PRÉMONITIONS

L'ÉPOPÉE DE K'TARA
LIVRE PREMIER

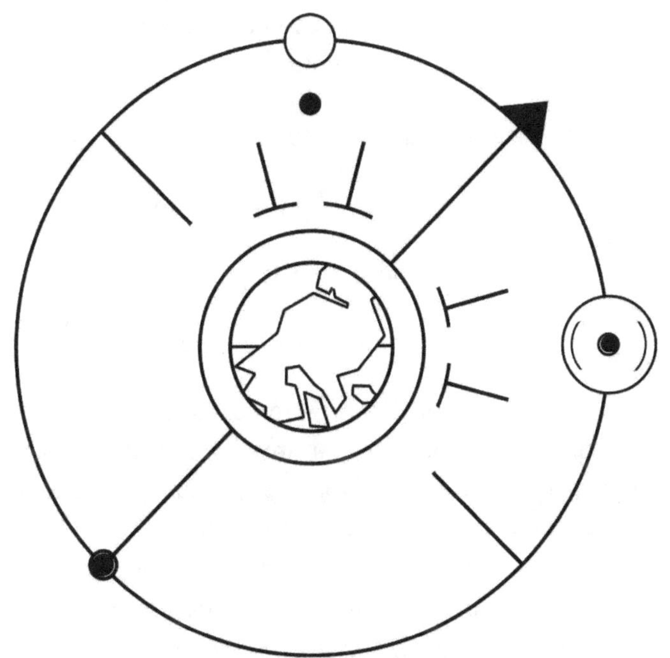

L.A. DI PAOLO

Traduit de l'anglais par Claire Bourély

Édition originale américaine sous le titre de Forebodings

Traduction française pas Claire Bourély

ISBN : 978-1-732-5330-6-6

Édition Finale

À mes parents.

Ai miei genitori.

REMERCIEMENTS

À l'instar de tous ceux qui ont essayé et réussi à faire ce que je viens de réaliser, la sortie de ce roman n'aurait pas été possible sans les nombreuses personnes qui m'ont encouragé et soutenu tout au long de mon travail.

Les premiers à qui j'adresse mes remerciements sont mes enfants : Sofia pour ses commentaires qui m'ont beaucoup aidé, même si elle n'avait que treize ans lorsque j'ai terminé le manuscrit ; Joseph pour sa contribution inestimable pour tout ce qui concerne la biologie et l'astronomie ; Tristan pour avoir lu mon premier brouillon en entier, pour avoir été mon premier fan et m'avoir donné de précieuses idées concernant plusieurs scènes et noms de personnages. Je souhaite également remercier mon frère, Pasqual, d'avoir lu ma version finale et de m'avoir donné des conseils avisés sur la composition et la structure afin d'améliorer la lecture ; merci aussi à sa femme, Mariève, d'avoir fait ce que personne d'autre n'aurait pu faire : m'aider à parler de mon roman avec confiance. Un grand merci aussi à ma sœur Vicky et à mes parents Pasquale et Filomena, pour être allé sur mon site d'auteur et pour m'avoir fait des critiques constructives sur son contenu, ainsi qu'à ma chère amie Nathalie Marquis Rosati pour ses corrections et ses réactions aussi drôles qu'honnêtes qui m'ont beaucoup encouragé. Merci aussi à tous ceux qui m'ont soutenu à leur manière.

Je souhaite également remercier Michele (prononcé Mikèlè) Parisi, le jeune illustrateur italien qui a donné vie aux images qui vivaient dans ma tête, ainsi que Guylaine Audette pour sa participation à la création d'une magnifique couverture.

Enfin, je remercie Claire Bourely, pour sa patience énorme lorsque je demandais des changements à des phrases qui étaient clairement correctes, à cause de l'infortunée anglicisation de mon cerveau après vingt ans aux États-Unis, ainsi que pour son dévouement à la traduction de *Forebodings*.

Table des matières

Cher lecteur : Si vous trouvez des erreurs dans ce livre—
car il peut toujours en rester malgré les processus d'édition—
vous pouvez les envoyer par message électronique dans le
formulaire de contact de mon site Web https//ladipaolo.net,
et peut-être gagner un exemplaire gratuit de la nouvelle
édition du présent Livre Premier ou du Livre Second selon sa
date de parution.

« *Il arrivera que la vérité sur le passé et les craintes sur un futur encore intangible anéantiront un peuple. Mais il arrivera aussi que des cendres de ce peuple, un nouvel ordre émergera, et une nouvelle chanson s'élèvera.* »

X

I LES ARDARS

Les cris de Toras déchirèrent tout à coup, le silence de midi. Sa peau était lacérée, brûlée par les rayons impitoyables des deux soleils au zénith qui, dans leur course quotidienne d'un bout à l'autre du ciel de K'Tara, se moquaient bien de leur victime ou de ce qui l'avait poussée à s'allonger là.

Mais ce n'était pas aujourd'hui que les soleils jumeaux auraient la peau du jeune humain. Hurlant de douleur, son cœur battant la chamade, la chaleur engourdissant son esprit et ses jambes encore chancelantes, Toras parvint malgré tout à se relever et se mit à courir aussi vite que possible vers la forêt.

L'air frais et humide qui régnait dans le bois le soulagea immédiatement. Il examina son corps meurtri, couvert d'un mélange de sang séché et de saletés, et secoua la tête à la vue de ses innombrables plaies encore à vif. Il souffrait aussi de blessures lancinantes au visage. S'il ne les soignait pas rapidement, elles ne tarderaient pas à s'infecter avec cette humidité, et, pour l'instant, il n'avait pas l'énergie nécessaire pour lutter contre une infection.

Toras savait qu'il n'aurait jamais dû s'endormir dehors et s'en voulait terriblement. Mais, l'épuisement des derniers jours avait fini par avoir raison de lui, et lorsqu'il avait atterri dans la clairière la nuit précédente, il s'était laissé glisser à terre et engloutir par le sommeil, espérant se réveiller avant que les soleils ne se trouvent à leur apogée. Malheureusement pour lui, il ne s'était pas réveillé à temps ; les soleils avaient déjà commencé leur ouvrage et on voyait au loin la tempête se rapprocher, comme elle le faisait toujours juste après.

Toras poussa un gémissement, maintenant que son corps s'était habitué à la température et que la douleur s'intensifiait.

« Je dois nettoyer et panser tout ça, et vite… », dit-il à haute voix en secouant la tête.

Prenant soudain conscience de la situation, il s'écria : « Mais où est Scratch ? Scratch ! »

Une dizaine de mètres derrière lui, une tête jaillit d'une masse recroquevillée. Alors que Toras appelait toujours, la fière créature se dressa sur ses quatre membres puissants, poussa un cri strident d'excitation, déploya ses ailes membraneuses, puis s'élança vers son maître.

Tout heureux de voir l'animal, Toras s'exclama : « Scratch ! L'espace d'un instant, j'ai cru que tu m'avais abandonné ! »

Scratch lâcha des petits grognements secs en battant frénétiquement ses ailes antérieures contre ses ailes postérieures. Il recula et lança à son maître un regard plein de reproches.

Entre deux gémissements, Toras continua : « Allez, Scratch, j'ai besoin de la selle… que j'ai laissé sur ton dos hier soir. J'suis désolé. »

Scratch poussa un cri accusateur cette fois, mais il avança vers son maître pour le laisser retirer la selle. Toras, reconnaissant, remercia l'animal d'une petite tape sur son bec lisse et strié. Scratch était vraiment le plus fidèle des compagnons. Il emmenait Toras partout, de vastes plaines en hautes montagnes, sur des kilomètres de marais mortels, de jour comme de nuit, au cœur des combats ou en des temps plus paisibles, sans jamais se plaindre. Cette complicité qui les unissait si solidement l'un à l'autre venait sans doute plus du fait que le furan et son maître avaient grandi ensemble que du contrat d'échange de nourriture contre les services du furan.

Aussitôt libéré de sa selle, Scratch se cambra et laissa échapper un étrange gémissement. Au même moment, Toras ressentit une violente douleur provenant de ses blessures et il poussa un cri. Inquiet, Scratch se tourna vers lui.

Toras expliqua : « J'ai vraiment besoin de soigner ces plaies, Scratch… ça veut dire que je dois d'abord me laver. Si je ne me trompe pas, continua-t-il, Aquilaqua[1] se trouve à quelques centaines de mètres d'ici, à l'ouest, de l'autre côté de la forêt. »

Scratch hocha la tête, avec ce mouvement de haut en bas qui le caractérisait. Toras le regarda et se dit qu'il serait injuste de lui remettre la selle. Cela l'aurait arrangé, mais il décida de la porter lui-même. Après tout, il était seul responsable de sa situation. Il souleva donc son fardeau, fit signe à Scratch de le suivre et se mit en route.

Dix minutes, quelques gémissements et gros mots plus tard, Toras et Scratch arrivèrent sur une plage de galets. Devant eux, une rivière chantait en éclaboussant pierres et rochers sur son chemin. Toras remarqua un large bassin qui lui parut un bon endroit pour se laver, en amont des rapides. Il se dépêcha de l'atteindre, impatient de laver et de soigner ses plaies avant que la tempête ne s'abatte sur eux. Il déposa la selle au sec sur un gros rocher, puis il se déshabilla et jeta son linge souillé sur les galets, avant de plonger. Le prince nagea vers un banc de sable où il avait pied et se mit à frotter doucement ses blessures, ponctuant ses gestes de gémissements, tandis qu'il débarrassait son corps des saletés et du sang séché.

Toras sursauta de dégoût lorsqu'il découvrit des croûtes verdâtres incrustées dans sa peau : le sang des choses dégoûtantes qui les avaient attaqués la nuit précédente. Le souvenir des bourras (c'est le nom qu'il leur avait donné) l'envahit aussitôt et un frisson le parcourut. Le simple fait de

---

[1] Aquilaqua : Eau des Aquiliens.

penser à ces créatures, les plus cruelles et répugnantes qu'il n'eût jamais affrontées, raviva sa peur et le mit mal à l'aise. Il secoua la tête pour les chasser de son esprit. Cela ne marcha pas longtemps cependant, car en devenant plus molle et plus liquide, la substance dégageait une odeur âcre qui, à mesure qu'elle montait à ses narines, lui rappelait ces créatures fétides qui avaient décimé ses hommes.

Toras grogna et se mit à frotter de plus en plus fort et de plus en plus vite, gémissant chaque fois qu'il se rapprochait d'une plaie. Ce ne fut qu'après que la rivière eut emporté toute cette saleté répugnante, l'ayant dissoute jusqu'à la dernière trace, que Toras retrouva la paix. Alors, il se mit sur le dos et se laissa flotter quelques instants pour profiter des bienfaits de l'eau fraîche sur ses muscles endoloris. Mais, tandis qu'il regardait le ciel, un gros nuage noir indiquant l'arrivée de la tempête projeta, entre les branches des arbres, des ombres inquiétantes. À ce même moment, Scratch lança un cri strident, aussi naïf qu'inattendu. Tout cela remua chez Toras des souvenirs encore plus horribles : ceux de la créature qu'il avait rencontrée dernièrement, une créature terrible venue du passé, connue sous le nom de *Scytale*, mais qui, aux dires de ceux qui avaient eu l'occasion de la croiser, ressemblait davantage à un *rokon*[2] de très grande taille. C'est ainsi qu'avait débuté son voyage funeste. Toras entendait encore résonner les cris épouvantables du Scytale, pénétrant ses muscles jusqu'à ses os, et ce souvenir qui resurgit au moment même où la marée se mit à monter avec des vagues effrayantes fit paniquer le prince qui s'étouffa.

Craignant pour son maître, Scratch s'apprêtait à plonger lorsque Toras, qui revenait déjà à la nage, l'arrêta d'un cri.

---

[2] Rokon : Prédateur qui ressemble à un grand reptile volant. Il vient des monts Tarkoth, au nord du territoire des Aquinos.

Fort heureusement, le rivage n'était qu'à quelques mètres et Toras parvint à sortir de l'eau malgré le courant.

Aussitôt, Scratch s'approcha de lui, le poussa gentiment avec son bec et le regarda avec ses grands yeux noirs à nouveau remplis d'inquiétude.

« J'étais juste perdu dans mes souvenirs quand tu… » Toras était sur le point de reprocher au furan ce qui venait de se passer, mais il se ravisa et dit « quand l'eau m'a bousculé, et j'ai eu un moment de panique. J'te remercie quand même de t'être inquiété pour moi. »

Le furan lui répondit par un hochement de tête, doublé d'un intense ronronnement. Il avait bien compris, entre le ton de sa voix et ses paroles, que son maître était de mauvaise humeur, mais que tout allait bien.

« Je pense que nous ferions mieux de trouver un lieu sûr pour attendre la fin de la tempête. Viens, Scratch. »

Toras se dépêcha de ramasser sa sacoche, y bourra son linge sale et enfila des vêtements propres, esquissant une grimace quand il installa la selle sur son épaule, et courut ensuite dans la forêt, Scratch trottant derrière lui.

Peu après, il trouva un gros rocher qui formait une sorte de grotte. Ils eurent à peine le temps de s'y cacher que les vents de la tempête marquant la fin des Ardars[3] déchiraient déjà la terre, et qu'une bourrasque arracha la branche d'un arbre voisin. Heureusement pour Scratch et Toras, ce jour-là les

---

[3] Ardars : Heures les plus chaudes de la journée sur K'Tara. C'est le moment où le soleil bleu et le soleil rouge se trouvent côte à côte. Ce phénomène a lieu deux quarts par mois. Le mot Ardars vient de la déformation par les Alvinoriens de l'expression « ardentes heures ». Les Ardars sont toujours suivies d'une violente tempête.

Ardars n'étaient pas aussi violentes qu'elles le seraient quelques jours plus tard, au milieu du prochain quart[4].

Toras faisait maintenant son possible pour sécher sa peau et panser ses blessures, malgré le vent et la poussière qui rendaient la tâche difficile. Tandis qu'il soignait sa dernière plaie, il secoua la tête : « J'suis vraiment stupide ! J'aurais mieux fait de mourir ici, réduit en cendres par les soleils, après tous ces hommes qui ont péri à cause de moi au cours du dernier quart[5] ! »

Toras passa un peu de temps à songer à ce qui s'était passé ces derniers jours. Au bout d'une demi-heure, alors que les vents s'étaient apaisés, son estomac se mit à gargouiller. Mais lui et Scratch devraient se contenter de croquer des grobs de terre séchés tant qu'ils ne seraient pas arrivés à Furanville, la capitale de l'Alvinorie. Le prince allait y rejoindre son frère aîné et son père, et il en avait encore pour une vingtaine d'heures.

Quinze jours plus tôt, juste après le combat contre le Scytale, il avait quitté la forteresse du Col de Corne avec trente hommes, choisis parmi ses gardes et ceux de son frère, pour se mettre à la recherche du haut roi. Toras avait retrouvé son père, mais la plupart des hommes qui l'accompagnaient avaient péri les uns après les autres. En effet, dès le lendemain de son départ, le prince avait perdu ses dix premiers hommes alors qu'ils avaient fait un détour pour aller aider des villageois contre ce même rokon — ou Scytale ou peu importe

---

[4] Quart d'Ardar : Quart au cours duquel les soleils sont côte à côte. Les quarts d'Ardar alternent avec les entre-quarts d'Ardar, où les soleils se chevauchent, le petit soleil bleu étant devant le gros soleil rouge, ou inversement. Ces quarts sont plus frais que les quarts d'Ardar.

[5] Un quart est une période huit jours. Le calendrier alvinorien contient quatre quarts dans un mois, et dix mois par année. Les quarts ont basés sur le cycle de rotation des soleils l'un autour de l'autre, cycle qui durait trente-deux jours

son nom — qui avait attaqué la forteresse la veille. Un peu plus tard, une mauvaise décision (une terrible décision de sa part qui le torturait chaque fois qu'il y pensait) lui avait coûté encore neuf vies. Finalement, sur le chemin du retour, alors qu'il venait de retrouver son père, quatre autres hommes moururent dans les griffes des ignobles bourras. Il ne restait plus à présent que Toras et trois de ses hommes.

Toras espérait que, de son côté, le roi poursuivait sa route sans encombre vers Furanville. Lorsque les bourras leur étaient tombés dessus, Toras avait supplié son père de continuer seul vers la capitale, lui promettant de le rejoindre une fois que lui et ses hommes se seraient débarrassés des affreuses créatures. Offensé, le roi avait d'abord refusé, mais comme il n'était pas habillé pour combattre et que cet ennemi inconnu avait déjà terrassé un homme et la moitié de leurs montures, il aurait été fou de rester. À contrecœur, le roi avait donc accepté de partir.

Toras était dévasté d'avoir perdu un si grand nombre d'hommes ; mais la mort d'autant de furans le rendait furieux et plus triste encore. Ces pauvres animaux n'avaient pas demandé à se trouver là ni à mourir de manière aussi cruelle. Pourtant, la mort les avait enlevés, tout comme la plupart de ses hommes et ceux de son frère.

Le prince ne parvenait pas à comprendre ce qui se passait. Jamais il n'avait vu ces créatures auparavant, et il avait seulement entendu parler de l'une d'entre elles dans les histoires que l'on raconte autour du feu. Tous s'étaient posé les mêmes questions : *D'où venaient ces créatures ? Que faisaient-elles ici ?* Un rokon qui n'était pas vraiment un rokon et que les Sœurs appelaient le « Scytale » ; d'infâmes créatures qui n'avaient pas eu de nom jusqu'à ce que Toras leur en eût donné un. Tout cela avait glacé son sang, chose qui lui arrivait rarement. La seule fois qu'il avait eu une aussi grande peur, c'était lorsqu'à dix ans il était tombé de Scratch. Chaque question en soulevait de nouvelles et toutes demeuraient sans réponse.

Dans la troupe maudite de Toras, il ne restait plus que l'un des hommes de son frère, son primus[6], et l'un de ses gardes. Mais comme leurs furans étaient morts et qu'ils n'étaient plus en état de voyager, Toras avait dû les abandonner, deux jours plus tôt, à la pointe sud des monts Colossi. Il avait pris soin d'appliquer sur la blessure purulente de primus Kendor presque tout le baume que lui avait donné une Lux Baiula[7]. Le prince ne savait pas si l'onguent était vraiment adapté à ce type de blessure, mais il espérait que grâce à lui, l'officier guérirait plus vite. Les deux autres hommes, terrassés par une violente fièvre, étaient couverts de larges plaies que Toras et Kendor avaient tenté de recoudre et de cautériser de leur mieux. Quant au prince, son bras droit avait été tailladé par les griffes d'un bourras. Par chance, les lésions étaient superficielles et son sang de Mêlé était venu à bout du venin.

Après avoir avalé les derniers grobs de terre séchés, Toras se leva pour harnacher Scratch et se prépara à partir, tout en se demandant si les hommes étaient encore en vie ; en tout cas, il l'espérait et, même s'il n'était pas croyant, il se mit à prier qu'ils le soient. Il vérifia une dernière fois que les sangles étaient bien serrées et sauta sur le dos de Scratch qui s'envola aussitôt, sans aucun signal. Le vent caressait la peau de Toras qui grimaçait toujours de temps en temps, mais la douleur était

---

[6] Primus : Grade le plus élevé de la Garde noire, après celui de seigneur commandant. Dans la Garde royale, le grade de primus se situe juste au-dessous de celui de haut capitaine et de grand seigneur commandant. L'insigne du primus est un soleil bleu sur fond rouge et un soleil rouge sur fond bleu au cœur d'un grand rectangle brodé en rouge et bleu.

[7] Lux Baiula : Porteuse de lumière, membre de l'Ordre des Sœurs de la lumière.

devenue supportable. Plus que vingt heures, à peine deux jours, et peut-être moins selon les capacités de Scratch.

II LE SCYTALE

La première fois que Toras rencontra le Scytale, c'était dans sa propre forteresse, la nuit qui précéda la fête des Colossi, alors qu'il était simplement venu chercher quelque chose... ou quelqu'un. Les hurleurs[8] avaient dû pressentir une anomalie ce soir-là, car leurs hurlements bas et continus avaient envahi la place forte, de même que Col de Corne, le village voisin. Quelques-uns pensaient qu'il ne s'agissait que d'un méchant orage à venir, ce qui aurait été un désastre pour les festivités qui commençaient tout juste — c'était ce qu'ils croyaient. Il y avait aussi ceux — du genre superstitieux — qui s'imaginaient que quelque chose de terrible, peut-être même de diabolique, allait arriver ; et cette fois, ils n'avaient pas tort.

Les hurleurs hurlaient ; Toras et son frère Aithen essayaient malgré tout de se détendre dans la salle des banquets. Ils étaient fatigués de leur journée passée à coordonner les festivités et aider aux préparatifs pour célébrer la libération de la forteresse par les Colossi pendant la Guerre Trionique, il y avait quatre cent soixante-sept ans, en l'an 1333 l'ère courante. Ce qu'ils avaient trouvé le plus difficile dans ces préparatifs, c'était sans doute la scène de reconstitution d'un combat à Col de Corne, situé à un kilomètre à peine au sud de la forteresse. On y avait sorti des étables, pour l'occasion, des statues de Rokhothiens et de Zébuloniens aux regards méchants sur leurs visages de pierre, des statues de Colossi et de Kynariens glorifiés, et des statues d'humains, avec leurs

---

[8] Hurleur : Grand voleteur prédateur domestique, utilisé par les humains pour veiller sur leurs propriétés, ainsi que comme animaux de compagnie.

superbes furans, et on les avait placées dans les espaces verts du village pour recréer la scène de bataille.

Ce fut un travail colossal, surtout le transport des statues de Colossi qui pesaient près d'une tonne chacune et que les hommes du village avaient tout de même déplacées en chantant comme chaque année ; et ils avaient sué sang et eau, comme chaque année. Pendant ce temps, les femmes s'étaient occupées à raccommoder de vieux costumes ou à en coudre de nouveaux, semblables à ceux que portaient les Alvinoriens et leurs alliés durant la guerre, tout en s'épuisant à sacrifier les bêleurs et les caqueteurs pour la fête. Quant aux enfants, on les avait laissés s'occuper à leur guise, et ils avaient couru, joué aux pierres ou fait des bêtises. Dans l'ensemble, la journée fut bonne et enrichissante, surtout lorsque toutes les statues furent placées. Les deux frères, héritiers du trône de l'Alvinorie, étaient très satisfaits en dépit de leur fatigue.

Toras et son frère étaient les fils du haut roi Octavius I de la maison Coriolis, roi d'Alvinorie et grand suzerain des territoires de Jarah, Pargah et Yerlah, époux de Dame Darya de Laranir, une prêtresse et noble Kynarienne. Ils étaient donc des Mêlés.

Physiquement, les deux princes, ainsi que leur plus jeune frère Ori, présentaient un mélange de caractéristiques ethniques. De par leur ascendance kynarienne, ils étaient grands et minces, mais musclés ; ils avaient le nez fin et droit et la peau brun clair. Du côté humain, ils avaient reçu des cheveux noirs et un visage pileux. Mais leur plus grande originalité venait de leurs yeux et sourcils verts, hérités de leur lignage coriolan.

Malgré ces nombreux points communs, les deux frères étaient faciles à distinguer l'un de l'autre : le plus jeune, Toras, avait un visage carré, des os épais et une musculature puissante, dus à son style de vie actif, tandis qu'Aithen arborait une silhouette davantage élancée, ainsi que des mains plus fines étant donné qu'il passait beaucoup plus de temps à superviser l'armée que sur le terrain avec les soldats. Ce mélange de caractéristiques hétéroclites des deux frères plaisait beaucoup aux humaines en général, mais pas du tout aux kynariennes, et Toras s'était souvent demandé pourquoi ils avaient ce sentiment de rejet, son frère et lui, lors de chaque passage un Kynarie.

Toutefois, même si les deux princes entretenaient une certaine ressemblance physique, leurs caractères étaient bien distincts. En effet, tandis qu'Aithen était plutôt intellectuel et fin stratège, son frère était un tacticien hors pair très à l'aise dans l'action. Toras avait aussi beaucoup plus de mal qu'Aithen à gérer le contraste entre leur nature introvertie kynarienne et leur tempérament impulsif et extraverti plus humain, ce qui avait fini par créer chez lui une personnalité instable qui déroutait ceux qui ne le connaissaient pas.

Pourtant, à seulement vingt-deux ans, Toras était devenu, malgré ses défauts, seigneur commandant de la forteresse du Col de Corne, frontière entre le Rokoth à l'ouest et la Basse-Alvinorie à l'est, territoire de la capitale du royaume de son père. Le col était défendu par la Garde noire, la force armée du prince constituée de mille hommes, une armée aussi puissante que la Garde royale selon ses membres — et même selon des personnes extérieures — malgré son petit effectif. Que cela fût vrai ou non, cette rivalité était source d'incessantes disputes entre les deux grandes gardes, à moins que ce ne fût en raison du lien de parenté entre les princes.

Mais une fois dans l'année, les membres de la Garde royale et ceux de la Garde noire prenaient plaisir à se retrouver, et même plus, ils attendaient avec impatience les cinq journées de la fête des Colossi. Cette année encore, les hommes des deux gardes travaillèrent conjointement, se lançant des défis dans la joie et la bonne humeur — la plupart du temps — pendant toute la durée des préparatifs.

Quelque quarante minutes avant le coucher du soleil rouge, tandis que les soldats s'installaient pour le repas préfestif, et que Toras versait un peu plus de vin dans le verre de son frère, un horrible cri en provenance de l'ouest déchira l'espace et fit sursauter tous ceux qui se trouvaient dans la forteresse et alentour. Ce cri perçant, immédiatement suivi de plusieurs autres hurlements, mit tout le monde en émoi ; on leva les yeux au ciel, tentant de percer l'obscurité naissante pour comprendre ce qui arrivait.

Les princes posèrent leurs coupes de vin et se précipitèrent sur le grand balcon au bout de la salle des banquets de la forteresse. De là, ils ne purent qu'apercevoir les falaises déchiquetées des montagnes sur lesquelles les cris continuaient de ricocher. Aithen, obéissant peut-être à son instinct, lâcha avec empressement : « Toras, je pense que nous devrions alerter les gardes. »

D'un air soucieux, Toras lui répondit : « Toi non plus t'es pas tranquille ? Plus tôt, les hurleurs tout excités et maintenant ces hurlements ? On dirait les cris d'un rokon, mais aucun rokon ne m'a jamais rendu aussi nerveux, pourtant, j'l'es aime pas, et j'en ai rencontrés plus que ma part quand ils ont traversé le col. »

« Je ne crois pas que ce soit un rokon, Toras. Je ne sais pas pourquoi, mais j'ai un mauvais pressentiment avec ces cris. »

Toras acquiesça et fit venir les gardes postés à l'entrée de la salle des banquets.

Deux jeunes hommes, presque imberbes, vinrent chercher les ordres de leur commandant. La jeunesse de ces gardes assignés à la protection du prince était un signe de la période de paix. Mais Aithen avait connu des soldats plus aguerris à ce poste auparavant.

Toras ordonna au plus grand : « Parthos, va demander au primus Kendor et au haut capitaine Harlion de mettre les hommes sur le pied de guerre. Le grand seigneur commandant et moi-même serons là sous peu. »

Au moment où les jeunes soldats sortaient de la salle, une superbe femme fit son apparition. Elle avait de longs cheveux roux et des yeux d'un bleu profond. Une cape mauve descendait sur ses épaules et recouvrait sa robe bleue cintrée à la taille par un cordon violet prolongé d'une pièce de tissu rouge ; les couleurs de son habit paraissaient choisies pour attirer l'attention. La femme avait les sourcils espacés et légèrement arqués et la bouche volontaire d'une personne habituée à donner des ordres.

C'était Élyana Lux Baiula, conseillère du haut roi et membre de l'éminent ordre historique, connu sous le nom de *Lucis Sororum Societas*, ou Ordre des Sœurs de la lumière. Ses membres, appelées *Lux Baiulae*, étaient dotées d'une biologie qui leur conférait des capacités bien au-delà de celles des gens ordinaires ; certains les admiraient et d'autres les méprisaient profondément. La cheffe de l'Ordre, connue sous le nom de *Magna Mater*[9], était le deuxième chef le plus puissant — si ce n'était le premier — des régions civilisées de Terrae Regis.

La femme entra dans les appartements de Toras sans y avoir été invitée, s'arrêta devant les princes et dit : « Aithen, Toras, vous devez me laisser gérer la situation ! »

Toras commença : « Qu'est-ce — ! »

« Tu n'as aucune idée de ce qui s'approche et je n'ai pas le temps de te l'expliquer. Ne discute pas, Toras. Suis-moi : nous devons organiser notre défense. »

---

[9] Magna Mater : Auguste Mère.

Les deux princes se regardèrent, inquiets. Toras hocha la tête et rejoignit la Lux Baiula qui avait déjà une longueur d'avance.

« Élyana, qu'est-ce qui se passe ? C'est pas un rokon, hein ? »

La femme allait répondre, mais se ravisa et pria simplement le prince de la suivre.

Toras s'indigna : « Élyana, je suis le seigneur commandant de cette forteresse et je dois savoir — »

La Lux Baiula s'arrêta un instant et regarda le prince droit dans les yeux : « Toras, tu as raison. Mais ce qui est en train d'arriver pourrait bien tous nous tuer, donc notre priorité est de préparer la forteresse au combat. »

« *Ma* priorité à moi sera de préparer la forteresse au combat une fois que je saurai ce qui se passe ! »

D'un air sombre, Élyana lui répondit calmement : « Toras, si je ne me trompe pas, tu ne pourras pas défendre la forteresse contre cette chose. Je t'expliquerai tout une fois que tu auras réuni tes hommes. »

Puis, Élyana reprit son rythme effréné dans le couloir.

Toras se retourna vers son frère, hocha encore la tête et courut rejoindre Élyana.

Lorsque les deux princes, et la Lux Baiula entre eux, descendirent le grand escalier noir de la citadelle, ils constatèrent que la confusion régnait parmi les civils et que les soldats se préparaient dans l'ordre avant de se hâter vers leurs postes sous les aboiements de leurs commandants, eux aussi rongés d'angoisse.

Remarquant que les princes étaient descendus, le primus Kendor se dirigea vers eux, mais Élyana Lux Baiula l'arrêta net, d'un geste de la main. Une fois en bas des marches, elle appela les gradés. Les hommes vinrent à elle, sourcils levés, feignant calme et assurance, et dissimulant les inquiétudes que sa prise de commande suscitait. Il allait sûrement se passer quelque chose de terrible. Mais quoi ? Les cris étaient ceux d'un rokon, non ?

« Haut Capitaine Harlion, Primus Kendor, vous suivrez mes ordres. Rassemblez vos hommes sur-le-champ. »

Alors que les hommes hésitaient, Toras et Aithen leur firent un signe de la tête. Les officiers répondirent avec le même geste et exécutèrent les ordres de la Lux Baiula.

Il fallut quelques minutes aux soldats pour se réunir sur la place de la forteresse. Lorsque cela fut fait, la Lux Baiula ne perdit pas davantage de temps et fit à tous la description physique de ce qu'ils allaient devoir affronter. Une vague d'incompréhension passa sur les visages de l'auditoire. Si tous les hommes de la Garde noire et nombre des hommes de la garde d'Aithen avaient déjà eu l'occasion de voir des rokons, ils n'en avaient jamais rencontré d'aussi imposants que celui que dépeignait la Lux Baiula. Pire encore, on n'avait jamais été aussi troublé par la venue d'un rokon et on n'avait jamais non plus dû mobiliser deux unités de gardes pour le combattre.

Bien que le jeune prince s'inquiétât lui aussi de l'arrivée du rokon, quelque chose le dérangeait. Il s'approcha alors de la Lux Baiula et lui demanda calmement : « Élyana, comment sais-tu si bien à quoi ressemble ce rokon ? Il se trouve encore à plusieurs kilomètres d'ici et j'sais que tu *peux pas* voir à distance. Tu nous caches quelque chose. »

À ce moment, un cri effrayant perça à nouveau les ténèbres naissantes, comme pour confirmer les dires du prince. Les quelques civils qui se trouvaient dans la forteresse sursautèrent et se blottirent contre les soldats, tandis que ces derniers gardaient leur calme tout en commençant à se demander si la Lux Baiula n'avait pas raison de s'alarmer à ce point.

Élyana savait que Toras avait le droit d'en savoir davantage, c'est pourquoi elle fit signe au haut prince et à ses deux capitaines de s'avancer et dit aux quatre hommes : « Mes princes et capitaines, écoutez-moi bien et ne répétez à personne ce que je vais vous confier ; je ne veux effrayer ni les forces armées ni les civils avec des idées surnaturelles ; je vous le dis à *vous* parce que vous êtes capables de supporter la vérité, et que cela vous aidera à mieux assurer votre sécurité. Mais comme nous n'avons pas le temps de discuter, vous devrez me faire confiance et faire ce que je vous demanderai de faire. »

Les hommes acquiescèrent, bon gré mal gré, et Élyana se mit à leur exposer ce qu'elle savait sur le *Scytale* — nom que la Sororité avait donné au rokon démesuré qui s'approchait alors de la forteresse. Elle leur raconta à la fois les légendes et les faits réels, car elle voulait les préparer à affronter la réalité du Scytale et à anticiper tout ce qu'ils pourraient s'imaginer en voyant la créature. Les quatre hommes regardaient la Lux Baiula, silencieux et bouleversés, chacun refusant d'y croire pour des raisons différentes : Toras et Kendor ne pouvaient accepter qu'une telle chose puisse exister ; de leur côté, Aithen et Harlion refusaient de croire que cette créature eût pu revenir d'entre les morts.

Cela faisait quelque six cents ans que le Scytale était supposé être mort, à la fin de la Guerre des ténèbres, donc la plupart des humanoïdes ne le connaissaient que comme un monstre mythique — une terrible et épouvantable créature que les mères utilisaient pour convaincre leurs enfants d'aller se coucher sans négocier. Mais les Lux Baiulae, ainsi que certains à qui elles avaient enseigné l'histoire savaient que ce Scytale avait bel et bien existé et qu'il avait détruit une partie de l'humanité au service d'un démon encore plus terrifiant, avant de succomber à son tour.

De nombreux livres de la bibliothèque de la Sororité décrivaient le Scytale de manière plus ou moins cohérente. Les récits les plus précis, qui furent le fruit du hasard et de la science, décrivaient le Scytale comme une créature d'au moins dix mètres d'envergure. Son corps était entièrement recouvert de dents acérées de 5 centimètres de long, destinées à déchirer la chair de ses victimes. Sa bouche abritait deux crocs d'une longueur effarante qui, à en croire les analyses post-mortem, étaient complétés, en arrière, par des arrêtes tranchantes avec lesquelles il broyait les os de ses proies. Tous les savants s'accordaient à dire que le Scytale mangeait le plus souvent des humanoïdes ou des furans à l'occasion, alors que les non-spécialistes considéraient que la créature se nourrissait exclusivement de jeunes filles belles, mais impures, ainsi que d'enfants désobéissants.

Dans plusieurs livres précieusement conservés dans les locaux de la Sororité, on lisait aussi que le Scytale possédait des pouvoirs surnaturels. Selon certains, la créature pouvait tuer un humanoïde en lui arrachant son âme pendant que celle-ci tentait de résister, terrorisée, et de réintégrer son corps, en vain. Toutefois, les preuves rassemblées par les chercheuses de la Sororité présentaient une réalité bien différente, liée à une sorte d'énergie utilisée par le Scytale pour attaquer le cerveau de ses victimes et le faire frire. Cette cuisson du cerveau laissait s'échapper de la fumée et quelques cendres, ce que les non-spécialistes interprétèrent comme une exhalation de l'âme des victimes par leurs yeux rétrécis. Quelques dizaines d'années après la Guerre des ténèbres, un érudit plein d'humour avait même forgé une expression pour décrire ces attaques : « Attaque de survoltage cérébral » ou ASC. Malgré les explications claires et rationnelles, de nombreux groupes croyaient encore que le Scytale possédait des pouvoirs surnaturels, car nul, au sein de la Sororité, ne parvint jamais à reproduire le processus, étant donné que les Lux Baiulae n'avaient pas le droit de tuer intentionnellement un organisme doté de vision pour faire une expérience.

Une fois la description du Scytale terminée, les quatre hommes regardaient toujours la Lux Baiula, incrédules. Les princes furent les premiers à sortir de leur torpeur pour lui demander presque d'une seule voix : « Qu'attendez-vous de nous, Lux Baiula ? »

Élyana sembla esquisser un sourire de gratitude et répondit : « Haut Capitaine, Primus, j'ai besoin que vous rassembliez tous les villageois à l'intérieur de la forteresse. Demandez aux civils de s'armer et envoyez tous les autres dans les montagnes. Les défenseurs — soldats ou civils — devront être prêts dans vingt minutes. Tout le monde doit absolument rester à l'intérieur d'un périmètre de trois cents mètres autour de la fontaine centrale. À part cela, vous pouvez répartir les divers corps de combat des deux gardes et les civils selon ce que vous pensez être le plus adéquat contre une attaque aérienne… Gardez aussi les grandes lanternes éclairées autour de la forteresse afin que nous puissions bien voir notre ennemi. »

Les capitaines hochèrent la tête et s'apprêtaient à exécuter les ordres de la Lux Baiula lorsque Élyana ajouta : « Les furans et les vorans[10], je suppose qu'ils se trouvent dans leurs étables de nuit [11] ? »

Le primus Kendor acquiesça.

---

[10] Voran : Grand herbivore ongulé à trois doigts. Il fait partie des nombreuses variétés de trompettistes et on s'en sert comme monture ou pour tirer les charrettes. Les vorans possèdent un magnifique chant.

[11] Les étables de nuits avaient été creusées directement dans la montagne. La Garde noire y laissait les montures la nuit pour les protéger contre les voleurs et contre les prédateurs de vorans.

« Très bien. Il faut que vous sachiez que je ne pourrai pas participer au combat, car je serai occupée à protéger les défenseurs — les princes en particulier. Pour ce faire, je créerai une nébuleuse[12] au-dessus de la forteresse afin de vous protéger tous contre les attaques cérébrales du Scytale » ; elle ajouta en proie à l'un de ses rares moments de doute en public : « En tout cas, j'espère que je parviendrai à faire marcher cette liaison. »

Cette dernière remarque provoqua un échange de regards anxieux entre les princes et les capitaines.

« Sachez enfin que je ne pourrai protéger personne contre les dommages physiques, à part les princes. Mais je veillerai sur vous, mes princes, grâce aux boucliers reliés[13]. »

Kendor, toujours le premier à poser des questions, tout comme son commandant, demanda : « Lux Baiula, pourquoi le périmètre de trois cents mètres autour de la fontaine ? »

« Tout simplement parce que c'est probablement la distance que je serai capable de couvrir avec la nébuleuse, Primus. »

L'officier acquiesça.

À son tour, Harlion demanda : « Est-ce que c'est tout Lux Baiula ? »

« Oui, c'est tout, à part une dernière chose : ce soir, vos hommes risquent de voir des choses qu'ils ne pourront pas comprendre. Vous devrez donc, tous les deux, vous déplacer dans la forteresse afin de maintenir le moral des troupes. En tant qu'officiers expérimentés, j'ai confiance en vos capacités

---

[12] Nébuleuse : Champ d'énergie généré par quelques Lux Baiulae et capable de protéger les gens contre des ondes cérébrales nocives ; appelé aussi « champ de perturbation ».
[13] Bouclier relié : Bouclier électromagnétique généré à l'aide du Lien qui repousse les objets à l'extérieur.

à garder vos inquiétudes pour vous et à maintenir l'ordre dans n'importe quelles situations, même les plus désespérées. »

Les capitaines acquiescèrent promptement, reconnaissants de cette marque de confiance, et se mirent en route pour exécuter ses ordres.

Pendant ce temps, Élyana prodigua quelques conseils aux frères royaux : « C'est la même chose pour vous, mes princes, je préférerais que vous restiez en un seul endroit afin que je puisse plus facilement vous protéger avec mon bouclier. Mais comme les villageois ont besoin d'être rassurés et que je ne crois pas qu'ils soient aussi réceptifs au commandement militaire qu'à vous-mêmes, il faudra que vous alliez un peu partout dans la forteresse fortifier leur courage lorsqu'ils en auront besoin. Soyez prudents et ne vous laissez pas décontenancer ; vous ne seriez alors d'aucune utilité pour renforcer la confiance des villageois. Et n'oubliez surtout pas que vous devez rester dans le périmètre de trois cents mètres autour de la fontaine. » Ensuite, elle posa un doigt sur ses lèvres rouges et se dit à elle-même : « En fait, ce serait plus utile de dessiner au sol les limites du périmètre. »

Toras répondit : « Je veillerai à ce que cette zone soit clairement dessinée, Élyana. »

« Parfait, merci, Toras. Et soyez prudents tous les deux. »

Sur ce, Aithen et Toras partirent s'occuper de la gestion des villageois qui avaient commencé à s'amasser au son de l'alarme.

Élyana jeta un regard vers les soldats et remarqua leurs airs perplexes alors que les officiers leur transmettaient ses ordres. Il était clair qu'ils n'avaient aucune idée de l'objectif final de sa stratégie, mais ils obéirent tout de même. Satisfaite, Élyana s'approcha de la fontaine centrale. En restant près de la fontaine, elle serait vulnérable, mais de là, elle serait capable de recouvrir presque toute la forteresse avec sa nébuleuse invisible — à condition qu'elle soit capable de la générer. Effectivement, elle ne l'avait jamais fait auparavant, mais la liaison lui était venue naturellement, avec les souvenirs du Scytale, dès l'instant où elle avait perçu son premier cri. Elle avait obtenu cette connaissance lors du transfert mémoriel dont elle avait bénéficié peu de temps après être devenue une Lux Baiula ; il lui sembla que cela faisait un siècle. Elle espérait malgré tout que ce champ de perturbation serait à même de protéger les défenseurs contre la terrible attaque cérébrale que le Scytale avait, il y avait bien longtemps, l'habitude d'utiliser contre ses victimes.

Ces souvenirs lui indiquaient aussi que la nuit prochaine allait faire de nombreuses victimes. Mais avait-elle le choix ? Peut-être, pensa-t-elle, que si le Scytale tentait de l'attaquer, *elle,* avec son ASC — c'est fou que des Sœurs si anciennes eussent déjà appris à parler sous forme d'acronymes —, elle pourrait comprendre la liaison qu'il utilisait et ainsi être capable de réaliser un bouclier encore plus efficace contre lui, à condition de réchapper à son attaque.

Si le Scytale m'attaque, je survivrai et je protégerai aussi bien les princes que leurs hommes.

Même si sa nébuleuse fonctionnait, elle savait qu'elle ne parviendrait pas à protéger les défenseurs contre les terribles blessures du Scytale ou à l'empêcher de les terrasser, à moins qu'elle ne réussisse à le tuer, chose peu probable même pour une Sœur de son rang. Elle savait que le fait de protéger simultanément Aithen et Toras pendant leurs déplacements dans l'enceinte avec son bouclier relié et de créer une nébuleuse au-dessus de la forteresse allait lui demander bien plus d'énergie que tout ce qu'elle avait connu auparavant.

J'aimerais tant qu'il existe un moyen de leur offrir les connaissances des commandants qui ont terrassé le Scytale pendant la Guerre des ténèbres. Mais K'Tara, puisses-tu leur venir en aide, les princes et leurs officiers vont devoir compter seulement sur eux-mêmes et sur leur expérience actuelle pour repousser la créature.

***

Cette nuit-là, tous les hommes en âge de se battre — civils comme soldats — prirent part à la défense de la forteresse et du village Col de Corne situé juste à l'extérieur de la forteresse. Les deux tiers environ étaient des soldats et le reste, des forgerons, des maréchaux-ferrants, des marchands ambulants, des fermiers et d'autres civils. Heureusement que la plupart avaient une certaine expérience des arcs qu'ils utilisaient pour chasser ou pour protéger leurs troupeaux des furans sauvages et des rokons et autres prédateurs occasionnels de ces régions sauvages du royaume.

Quant aux autres, femmes, enfants et impotents, ils avaient été conduits par les guérisseuses du village dans les cavernes de l'imposante fortification, creusées à même la montagne. Les cavernes qui puaient les vorans et les furans avaient fait grimacer les guérisseuses tandis qu'elles faisaient entrer les gens. Certains se plaignirent qu'on les avait forcés à abandonner le festin que tous, gardes inclus, avaient prévu de savourer ensemble après une dure journée. Par chance, les cavernes regorgeaient de nourriture — moins fraîche et moins chaude, certes — et d'eau grâce à la rivière souterraine traversant les cavernes qui fournissait plus d'eau qu'on ne pouvait en boire, de sorte que les plaintes s'apaisèrent — surtout au moment où les cris de la créature se firent plus puissants.

Juste avant l'arrivée du Scytale, Élyana — qui avait passé les dernières minutes à lutter contre l'idée que beaucoup allaient mourir cette nuit — frappa dans ses mains et provoqua un son étonnamment fort qui résonna dans la citadelle. Tous les regards se tournèrent vers elle comme tirés par un aimant et elle donna ses derniers conseils aux hommes, avec une voix tout aussi puissante. Elle exhorta les défenseurs à garder leur calme malgré leurs peurs, et de concentrer leurs assauts sur les ailes et la tête du Scytale, les points les plus vulnérables de toute créature ailée solidement protégée. Les soldats répondirent d'un signe de la tête. Quant aux civils, ils se tenaient là, nerveux, les uns tapotant leur arme, les autres échangeant des regards effrayés. La peur entrait dans la forteresse comme un être dangereux.

Et puis *il* arriva. De nombreux hommes se pétrifièrent tout simplement, abasourdis et traumatisés par cet immense lézard, et on vit les plus jeunes se tourner vers leurs princes comme pour demander : « Comment sommes-nous censés lutter contre *ça* ? ». Élyana aperçut également ce qui ressemblait à des airs de défi sur le visage de quelques hommes, comme s'ils pensaient : « Viens, viens sale bête ! Quoi que tu veuilles de nous, je me battrai jusqu'au dernier souffle ! »

Mais les cris, ces cris étaient si forts et si perçants que même ceux qui se terraient au fond des cavernes pouvaient désormais les entendre. Les bébés se mirent à hurler à pleins poumons tandis que leurs mères, ne pouvant rien faire d'autre que les serrer tout contre elles, réprimèrent autant que possible leur propre angoisse d'une mort prochaine. Nombreux furent ceux et celles — particulièrement les femmes âgées — qui tombèrent à genoux et se mirent à prier la Créatrice et les fondateurs.

Sur les murs de la citadelle, quelques villageois — incapables d'attendre le signal des officiers et craignant de mourir s'ils attendaient une seconde de plus — décochèrent les premières flèches sur le Scytale. La réponse de la créature fut immédiate et, dans un cri de colère, elle fondit sur les impatients qui avaient tiré ces flèches. Devant ce spectacle, Harlion et Kendor donnèrent aux archers l'ordre de tirer.

D'abord, personne ne parvint à toucher le lézard déchaîné. Les civils, parmi les soldats, faisaient de leur mieux pour atteindre le Scytale, mais tremblants de peur, ils envoyaient leurs flèches à des mètres de leur cible. Les soldats aussi manquèrent le Scytale au début, déroutés par les courants d'air que produisaient ses ailes.

Mais les gardes, répartis en archers et lanciers, les premiers disposés le long des hauts murs et les derniers le long des remparts inférieurs, s'avérèrent plus disciplinés et mieux équipés : ils ajustèrent leur technique de tir plus rapidement et parvinrent à toucher le Scytale. On n'entendit aucun cri de joie cependant. Au lieu de cela, ils regardaient avec incrédulité les flèches retomber au sol après avoir frappé le corps du Scytale.

Toras était tout aussi perturbé. Le garde qui se trouvait près de lui lâcha : « C'est pas un rokon normal, Seigneur Commandant, ma main à couper que c'en est pas un. »

Élyana, qui ne voulut affaiblir ni sa nébuleuse ni les boucliers reliés autour des princes, résista à l'envie de soutenir la défense par ses propres offensives.

Après encore quelques vaines volées des archers et des lanciers, le haut prince parvint enfin à transpercer les ailes du Scytale. Les hommes hurlèrent de joie. Voyant son frère tout près de lui, Aithen cria : « Le premier vrai coup, Toras ! »

Aithen se moquait-il de lui ? Toras allait frapper la créature dans l'œil droit quand la flèche ricocha sur l'écaille juste derrière l'œil ; il regarda alors Aithen, fâché d'avoir manqué son coup, surtout après le succès de son frère.

Un instant plus tard, Toras réussit à son tour, et ficha une flèche dans l'aile gauche du Scytale. Quelques soldats virent aussi leurs lances percer les membres du Scytale et déchirer un peu plus son aile droite. Le vol du Scytale devint soudain désordonné et la créature laissa échapper un cri de colère.

Avec toutes ces blessures qu'ils lui avaient infligées, les hommes étaient persuadés que le rokon allait faiblir, mais le lézard monta dans le ciel et plana une minute. Était-il en train de se soigner à l'aide d'un pouvoir surnaturel ? Toras et Aithen échangèrent des regards inquiets, refusant d'accepter ce que tous deux devaient penser.

Puis le Scytale repartit à l'attaque et vint s'écraser contre les murs de la citadelle, tuant plusieurs hommes et en jetant d'autres par-dessus bord. Comme Élyana l'avait prédit, le courage des combattants — surtout celui des civils — se mit à diminuer face à un tel ennemi. C'est alors qu'Aithen décida qu'il était temps pour son frère et lui de parcourir les ruelles de la forteresse afin de soutenir le moral des hommes. Il appela Toras et pointa du menton des fermiers qui avaient abandonné leurs armes, aux prises avec le désespoir. Toras acquiesça et vint vers eux après avoir encouragé ses hommes à ne pas ralentir leurs tirs sur la créature et crié aux armigères de remplir les carquois.

Aithen s'approcha d'un villageois d'âge mûr et de ceux qui devaient être ses trois garçons en pleine adolescence — tous assis dos au mur, désespérés — et la colère monta en lui. Voilà un homme qui, à cause de ses propres peurs et de ses doutes, empêchait désormais trois autres hommes de combattre ! Aithen se mit à la hauteur de l'homme, accroupi, et dit : « Mon brave, j'ai besoin que vous retourniez au combat. Je sais que c'est mal parti, mais — ».

Le villageois aux cheveux grisonnants releva soudain la tête et lui demanda vivement comment ils étaient supposés lutter contre ce monstre. Mais devant l'air surpris et déçu du prince, il se ravisa, gêné, s'excusa et lui promit d'essayer.

Aithen aida l'homme à se relever, et ce geste donna au bonhomme bien plus de courage que s'il lui avait parlé. Il ramassa son arc, appela ses fils et tous quatre retournèrent à leurs postes plus déterminés que jamais. Motivé par cette petite victoire, le prince poursuivit sa marche.

* * *

Élyana, seule au centre de la scène, le visage éclairé par les torches autour de la fontaine, transpirait et s'épuisait à maintenir la nébuleuse au-dessus de la forteresse, ainsi que les boucliers des princes. Ce champ de perturbation avait l'air de fonctionner, car elle n'avait pour le moment vu personne s'écrouler ou tomber à genoux, et prier en voyant l'esprit d'un allié s'échapper dans les airs. Quant aux boucliers reliés, ils avaient déjà sauvé la vie des princes à plusieurs reprises en déviant des roches arrachées des remparts par le Scytale, roches qui auraient dû leur briser le crâne. Aithen et Harlion la regardaient de temps en temps, se demandant combien de temps encore elle parviendrait à maintenir les boucliers en place.

Une heure passa. Une heure de réussites et d'échecs. Pourtant, malgré les efforts incommensurables de chacun et les maintes blessures infligées à l'ennemi, il était impossible d'arrêter le Scytale et encore plus de le vaincre. De temps en temps, il s'envolait au sommet des falaises, face à la citadelle, et prenait une pause. Chaque fois, Aithen s'arrêtait aussi, reprenait son souffle, visait sa tête et décochait une flèche. Le prince aurait dû atteindre sa cible, mais chaque fois, le Scytale bougeait sa tête une fraction de seconde avant que le projectile ne le frappe. Il agissait comme s'il sentait la flèche d'Aithen arriver. Il ne restait plus au prince qu'à bouillir en silence. Et le Scytale recommençait, après quelques secondes de repos, à attaquer la citadelle encore plus violemment.

Voilà que la créature avait entièrement détruit la tour extérieure au nord-ouest de la forteresse ; trois assauts de sa queue, telle une masse gigantesque sur l'enceinte, suffirent pour la démolir et envoyer une douzaine d'hommes à la mort. Le village avait aussi pris feu par endroits, sur le passage du Scytale là où se trouvaient des lanternes. Les animaux — meugleurs, bêleurs[14], trompettistes[15] et hurleurs — avaient succombé, étaient sur le point de le faire ou s'étaient enfuis. Heureusement que les montures de la Garde avaient été établées au creux de la montagne, sinon elles auraient probablement connu le même sort que les animaux du village.

À la surprise générale, le Scytale laissa soudain échapper un cri de douleur et s'écroula dans les airs. Les hommes placés dans l'enceinte intérieure du mur nord applaudirent à tout rompre en se félicitant. L'un d'eux avait fiché une longue flèche exactement dans l'articulation d'une aile. Mais, contre toute attente, le Scytale se stabilisa aussitôt qu'il eût retiré la flèche de sa blessure, et attaqua la forteresse avec encore plus de rage. Il s'abattit sur cinq hommes, quatre soldats et un villageois et les déchiqueta en tournoyant. L'un d'eux, transpercé par une dent corporelle de la créature, y resta accroché et déséquilibra le Scytale qui ralentit et se mit à voler de manière saccadée. La *chose* s'ébroua si fort que le corps finit par se décrocher, et fut projeté aux pieds d'Élyana qui,

---

[14] Bêleur : Petit animal des plaines qui produit du lait, de la race des voleteurs, mais dont la capacité à voler a été perdue au cours de son évolution.

[15] Trompetttiste : Herbivore ongulé à trois doigts, dont le cri ressemble au son d'une trompette. Les espèces varient d'un à trois mètres de hauteur à l'épaule. Meugleur : Herbivore duquel on récolte la coclice, une substance comestible.

éclaboussée par le sang et par les chairs de l'homme, ravala un sentiment de dégoût, n'en laissant rien paraître.

Le rokon s'envola alors vers la falaise et s'arrêta dans une anfractuosité pour s'y reposer un moment. En redescendant, il poussa un cri terrifiant si violent que plusieurs hommes se jetèrent à genoux, se tordirent de douleur et se mirent à pleurer comme des enfants. Rares étaient ceux qui avaient déjà affronté une telle épreuve.

Devant la situation désespérée, Élyana sentit la colère monter en elle. Un flot de questions et de pensées l'inonda : *Que fait cette abomination de la nature ici ? Que cherche-t-elle ? Je dois y mettre un terme ou nous serons tous anéantis avant grandnuit. Mais je suis si fatiguée. Je dois malgré tout tenir le coup. Je ne* peux pas *le laisser gagner et je me dois de protéger les princes... Il* faut *que je tienne le coup...* La porteuse de lumière décida finalement qu'il était temps pour elle de prendre des risques et d'attaquer le Scytale. Mais ce faisant, nébuleuse et boucliers reliés en seraient fatalement affaiblis. Espérant les empêcher de disparaître totalement, elle se concentra sur son métabolisme et se contenta d'accumuler ses sucres autour des centres de son corps chargés d'assurer la stabilité des boucliers. Elle prit ensuite une grande respiration et commença à transformer les atomes présents dans l'air autour d'elle en un jet enflammé pareil à un javelot. L'apparition de cette forme agressive et lumineuse suscita l'admiration des hommes qui se trouvaient près de la Lux Baiula.

Élyana lança le jet enflammé. Il fusa vers sa cible en sifflant. Tout le monde, sauf Élyana et les princes — eux aussi pourvus d'une vision avancée — eurent l'impression que l'action avait été instantanée. Mais, quelle que fût la durée de vol du jet enflammé, le résultat était clair pour tous : il s'évaporait dans les airs dès qu'il atteignait le Scytale.

Élyana se sentit désemparée lorsqu'elle vit plusieurs hommes tomber soudain à genoux sans raison apparente. Elle se rendit compte que ses craintes étaient devenues réalité et que la nébuleuse s'était effectivement affaiblie au moment où elle avait déplacé son attention pour attaquer le Scytale.

Ces hommes, mains sur les tempes, hurlaient de terreur et tentaient de résister à une force invisible. Par bonheur, si l'on peut dire, leur agonie ne fut pas de longue durée : ils succombèrent en quelques secondes. Ceux qui se trouvaient à proximité de ces hommes furent pris d'une terreur incomparable et se figèrent sur place, oubliant jusqu'à l'existence même du Scytale.

Élyana consolida encore un peu la nébuleuse et recommença à concentrer son énergie sur le Scytale, même si elle était intimement persuadée d'avoir commis une grave erreur et d'être responsable de la mort de plusieurs hommes. *Tant que les princes restent en vie,* pensa-t-elle. Elle construisit de nouveaux jets enflammés et les projeta sur le Scytale, ignorant la mort qui régnait autour d'elle et la sensation qu'ils avaient tous été maudits. Mais chacun de ses jets reliés disparaissait invariablement dès qu'ils atteignaient la créature.

Élyana se mit donc à envoyer d'énormes jets enflammés remplis avec tous les combustibles qu'elle pouvait ramasser au sol. Le Scytale se retrouva encerclé par les flammes. Cette fois, il hurla de douleur au moment où les débris acérés entrèrent dans sa chair. Des applaudissements montèrent des défenseurs de la forteresse, acclamant le premier assaut réussi d'Élyana et le répit que leur offrait alors le Scytale. Même Élyana eut un instant d'espoir. Cependant, dès qu'Élyana cessa l'offensive pour reprendre son souffle, le Scytale soigna ses blessures et repartit à l'attaque, fondant sur une douzaine de civils à découvert et les mettant tous en pièces.

Désespérée par ce nouvel échec, Élyana décida de réunir toute l'énergie qui lui restait pour envoyer le Scytale en enfer, en dépit du danger qu'elle courait. À mesure que le flux d'énergie augmentait, ses cheveux se dressaient sur sa tête et son visage devenait dur comme de la pierre. La femme rayonnait et une lueur bleuâtre émanait de son corps. Soldats comme civils se tournèrent vers elle, fascinés par cette vision, même si certains avaient déjà assisté à ce phénomène par le passé.

Soudain, alors qu'elle allait utiliser un gigantesque coup de tonnerre, une arme du Lien rarement déployée au combat à cause du réglage difficile et imprécis de la visée, le Scytale s'immobilisa dans les airs, se tourna vers la Lux Baiula et focalisa son attention sur elle. Lances et flèches cessèrent de pleuvoir et toute la forteresse, Toras et Aithen y compris, se pétrifia. C'était comme si quelque chose de capital était sur le point de se passer ; nul n'osait dire mot ou poser une question, et nul ne bougeait — même le soleil rouge semblait avoir suspendu sa course pour éclairer cet instant décisif —, pourtant, il s'écoula moins d'une minute avant que l'on vît la Lux Baiula chanceler au centre de la place ; à cet instant, une quantité incroyable d'énergie jaillit de son corps, comme des eaux impétueuses, et frappa la falaise. Le rocher s'effondra sur plus de trente mètres et des blocs de pierre déferlèrent de part et d'autre des murs de la forteresse. De nombreux hommes furent blessés et plusieurs, écrasés.

Les princes, qui se trouvaient côte à côte, virent un énorme rocher arriver sur eux, tandis qu'une autre grosse pierre se précipitait sur Élyana. Toras et Aithen reculèrent instinctivement et tombèrent, persuadés qu'ils allaient mourir. Mais la roche se brisa à deux mètres au-dessus des boucliers reliés qui, de toute évidence et heureusement pour eux, tenaient toujours.

Quant à la Lux Baiula, elle gisait au sol, blessée par un morceau de falaise qui s'était fiché dans sa jambe droite. Néanmoins, elle se releva et prit un moment pour réfléchir. À court d'idées, elle restaura la nébuleuse et, dans un dernier effort mental, elle puisa toute l'humidité du sol pour plonger la citadelle dans un brouillard épais, espérant ainsi gagner quelques minutes pour retrouver son sang-froid et penser à une alternative. À son grand soulagement, Élyana entendit les ailes du Scytale s'éloigner et ses cris devenir de plus en plus distants, tandis qu'il battait en retraite vers les montagnes au loin.

La Lux Baiula reprit enfin son souffle, souffle qu'elle eût l'impression d'avoir retenu trop longtemps ; elle chassa le désespoir qui l'avait envahie et passa en revue toutes les solutions possibles, cherchant une idée qui lui permettrait de protéger les défenseurs tout en *essayant* de terrasser le Scytale. Mais même sa mémoire transférée ne lui apporta aucune idée valable.

Alors qu'Élyana se creusait la tête à la recherche d'une stratégie qui les aiderait à vaincre le Scytale, Harlion courait le plus vite possible, percutait des hommes à cause du brouillard qui l'aveuglait, sautait par-dessus eux au dernier moment ou les écartait de son chemin pour atteindre les princes. Aithen, le teint blême comme un fantôme après s'être cru au seuil de la mort, aidait son frère à se relever lorsque le haut capitaine arriva hors d'haleine.

Le souffle court, Harlion dit : « Mes seigneurs, j'ai cru que c'en était fini de vous. »

Aithen répondit : « Tout va bien, Harlion, mais comment va Élyana ? »

« Bien. Je l'ai vue debout près de la fontaine centrale, juste avant que ce drôle de brouillard envahisse la forteresse, et *puisse le Créateur me réduire en cendres* si je comprends un jour comment elle a pu résister à tout ça sans s'effondrer. Mais, Votre Altesse, d'après ce que j'ai vu, elle ne sera pas capable de tenir bien longtemps encore, et nos lances et nos flèches ne servent à rien contre le Scytale. Il nous faut autre chose ! »

Aithen acquiesça tristement et demanda : « Que proposez-vous, Capitaine ? »

« Mon Prince, je voudrais emmener quelques-uns de nos hommes dans la tour intérieure sud-est. » Aithen allait répondre, mais il se ravisa et le laissa poursuivre.

« Je sais que la tour est à l'extérieur de la nébuleuse, mon Prince, mais, de là-bas, on pourrait utiliser des balistes et peut-être abattre cette horrible chose avec la même technique que nous avons utilisée jadis contre les varagons[16]. À condition, bien sûr, que le brouillard se lève. »

Toras lança un regard dubitatif à l'officier et dit : « Haut Capitaine, personne a utilisé ces balistes depuis des lustres et j'crois pas qu'on trouvera quelqu'un qui — »

"Pardon mon Seigneur Commandant, mais *moi*, je connais des hommes capables de manier ces armes. »

Toras fronça les sourcils et allait lui répondre quand un jeune écuyer essoufflé surgit.

Il s'adressa à Aithen : « Mon Prince, j'ai un message urgent de la part de la Lux Baiula. »

Aithen le pressa de répondre : « Alors, que dit-elle ? »

Kildare était l'écuyer du prince, un jeune homme de dix-huit ans, fils d'un seigneur de moindre importance au nord-ouest de la capitale.

---

[16] Varagon : Gros animal qui mesure environ sept mètres de long et trois mètres au garrot. Le varagon possède six cornes sur le front et deux longues canines. Son corps est musclé et sa peau, si épaisse qu'une simple flèche ne peut la transpercer.

Kildare se redressa et répondit : « La Lux Baiula veut vous informer que c'est elle qui a créé ce brouillard afin qu'elle puisse se reposer quelques minutes et nous donner le temps de réorganiser notre défense. Elle dit aussi que les flèches et les lances ne fonctionnent plus, tout comme ses… liaisons. Elle nous suggère d'utiliser… »

Toras le coupa : « Les balistes ? Comment elle a pu penser à ça ? »

Le messager leva les sourcils et haussa les épaules.

Toras continua : « Bon, peu importe. Haut Capitaine Harlion vient juste d'avoir la même idée. »

Il se retourna alors vers le capitaine et dit : « Parfait, Capitaine. On dirait qu'on va utiliser les balistes. Qu'est-ce que je peux faire ? »

« J'ai besoin de filets à varagons et de dondaines pour les balistes. »

« On a tout, Capitaine. Le filet se trouve dans l'armurerie et les dondaines sont déjà avec les balistes. J'vais envoyer quelqu'un chercher les filets ; mais c'est très lourd. Ça prendra un peu de temps à mes hommes. »

« Merci mon Seigneur Commandant. Je connais quelqu'un qui peut porter deux filets tout en se hâtant vers la tour. Si ça vous va, je l'enverrai chercher ce que vous avez. »

Toras n'en cru pas ses oreilles. Un seul filet à varagons pesait près de cent cinquante livres ! Comment un homme pourrait-il en porter deux en même temps et monter des escaliers ? Mais il répondit : « Très bien. Autre chose ? »

« Oui. J'ai besoin que la Lux Baiula attire l'attention du Scytale pour qu'il nous montre son ventre ou son flanc au moment où nous enverrons la dondaine. Je lui ferai signe dès que nous serons prêts. » Harlion fit un signe du bras.

Aithen répondit : « J'envoie Kil lui passer le message, Capitaine. »

Aithen poursuivit : « Sois prudent, mon ami. Au moindre danger, quittez la tour toi et tes hommes et regagnez la zone de sécurité. »

Le haut capitaine fit un signe de tête aux deux princes, esquissa un sourire à la fois courageux et conscient du danger, et partit aussi vite qu'il était venu.

Aithen le suivit des yeux jusqu'à ce que le brouillard l'eût englouti quelques mètres plus loin. Il était fier d'avoir à ses côtés quelqu'un d'aussi vaillant et avisé, et il espérait que le plan d'Harlion fonctionnerait afin que cet homme ne devienne pas la prochaine proie du Scytale.

Toras n'était toujours pas rassuré, mais le capitaine Harlion avait l'air de savoir ce qu'il faisait ; il décida donc de faire confiance au vieux soldat, et reporta son attention sur ses hommes en esquissant un geste d'adieu à son frère.

Après avoir regardé Toras disparaître dans le brouillard, Aithen se tourna vers Kildare qui attendait toujours sa réponse, et lui dit : « Kil, cours vers Élyana et dis-lui que j'ai bien reçu son message et qu'elle doit dissiper le brouillard dans dix minutes et attendre ensuite le signal du haut capitaine. Le capitaine sera dans la tour intérieure du sud-est. Dis-lui que lorsqu'elle verra ce signal », et Aithen reproduisit le geste d'Harlion, « elle devra distraire le rokon pour qu'il montre son ventre ou son flanc à la tour. C'est tout, vas-y maintenant ! »

L'écuyer salua et courut relayer les instructions du prince à Élyana.

Pendant ce temps, Harlion rassemblait ses hommes, toujours essoufflé par sa course effrénée. À cause du brouillard, il renversa accidentellement quelques hommes, dont l'un de ses officiers, le secundus[17] Loris cousin des princes. L'homme commença par le maudire, mais s'excusa lorsqu'il s'aperçut de qui l'avait bousculé.

Harlion dit avec empressement : « Pardon Secundus, mais où sont les jumeaux ?! »

« Au deuxième, Capitaine, au sud de l'enceinte intérieure », répondit l'officier en désignant les hommes, même s'il n'y avait rien à voir à travers l'épais brouillard.

« Parfait ! » fut la seule parole d'Harlion tandis qu'il traversait déjà au pas de course la forteresse pour réunir ses hommes. Mekiir et son frère jumeau, Kemiir, étaient originaires de Haute-Alvinorie. Ils n'étaient pas grands, mais leur musculature était impressionnante, et c'était ce qu'Harlion allait pouvoir utiliser à présent. Dès que leur commandant arriva et qu'il leur demanda de le suivre, ils se retournèrent, attrapèrent leurs lances et se précipitèrent à la suite d'Harlion qui avait repris sa course vers un troisième homme, côté nord-ouest de l'enceinte intérieure.

Urlis était originaire de la ville de Shadin. Il pouvait se vanter d'avoir une musculature aussi impressionnante que les jumeaux, mais, contrairement aux deux frères, c'était un grand gars. Et surtout, il connaissait bien les filets qui réclamaient normalement cinq hommes pour les manipuler et les lancer, car il avait passé son enfance sur des bateaux de pêche, à aider son père à chasser des léviathans de mer, des créatures huit à dix fois plus grandes que le Scytale.

« Urlis, j'ai besoin de toi pour aller chercher le filet à varagons et l'emmener en haut de la tour sud-est intérieure. Secundus Loris te montrera où elle se trouve. Tu devras le

---

[17] Secundus : Grade le plus bas des responsables dans la Garge. L'insigne du secundus consiste en un soleil bleu sur fond rouge et un soleil rouge sur fond bleu, le tout dans un rectangle brodé.

charger sur une baliste et t'en servir pour capturer la bête si on ne parvient pas à l'abattre. Vite ! »

Urlis se contenta de répondre avec un clin d'œil malicieux et fila trouver le secundus Loris.

Harlion se remit à courir vers la tour en compagnie des jumeaux. *On doit arriver à temps. Il faut qu'on y arrive. La Lux Baiula ne tiendra sans doute pas longtemps, et on doit trouver le moyen de détruire cette affreuse créature avant que la Lux Baiula soit totalement épuisée et qu'elle s'effondre inconsciente ou même morte, parce que si ça arrive, on est tous fichus.*

Harlion et les jumeaux parcoururent les cinq cents mètres qui séparaient le mur du nord-ouest et le sommet de la tour du sud-est en deux minutes, ce qui fut un véritable exploit pour le vieux capitaine. D'ailleurs, l'homme ressentit une subite douleur dans la poitrine tandis qu'il atteignait le haut de la tour et, l'espace d'un instant, il se demanda si son cœur n'allait pas l'emporter avant que le Scytale ne s'en charge.

Toutefois, le soldat qu'il était rappela immédiatement son attention sur la tâche qu'il avait à accomplir et dit : « Mekiir, Kemiir, j'ai besoin de vous, car vous êtes quasiment les seuls capables d'utiliser ces énormes arbalètes. »

Les frères considérèrent les armes à leur droite : contrairement aux arbalètes classiques, celles-ci reposaient sur une fourquine. Chacune mesurait trois mètres de long et leurs arcs faisaient presque deux mètres de large. On ne les utilisait que contre les varagons, mais cette grande espèce de prédateurs ayant disparu de la région depuis quinze ans, aucun des gardes actuellement affectés à la forteresse n'avait eu l'occasion d'expérimenter cette arme. Les jumeaux, cependant, s'étaient spécialisés dans la chasse aux varagons depuis l'âge de seize ans, et s'y exerçaient chaque année. En effet, Harlion avait l'habitude de les envoyer dans tout le royaume pendant un mois chaque automne pour chasser ce carnivore, malheureusement incompatible avec les humains. Les jumeaux se regardèrent et esquissèrent un sourire malicieux.

Harlion continua : « J'espère que ces dondaines pourront percer le cuir du rokon, même aux endroits les plus épais, autour du ventre et de la poitrine. La Lux Baiula vous aidera en essayant d'attirer le rokon pour qu'il vous présente son flanc ou son ventre au moment où vous tirerez vos projectiles. »

Les frères acquiescèrent.

À ce moment, Urlis arriva avec l'énorme filet à varagons, suant et soufflant à peine sous son poids. Les jumeaux regardèrent ce grand bonhomme avec envie.

Harlion hocha la tête et commanda : « À vos postes, messieurs, et renvoyons cette créature en enfer ! »

En un éclair, les trois gardes avaient gagné leurs postes, Kemiir et Mekiir aux commandes des balistes de droite et de gauche, et Urlis sur celle du milieu. Les hommes commencèrent à charger leurs armes tout en se demandant si ces machines étaient en état de fonctionnement, car il était évident, au vu de la difficulté qu'ils éprouvaient à la charger, qu'elles n'avaient pas été ajustées ni même huilées depuis plus de dix ans.

Lorsqu'ils eurent préparé les trois armes, les frères avec de lourds projectiles acérés, et le fils du pêcheur avec le filet à varagons, ils attendirent que leur capitaine signale qu'ils étaient prêts et guettèrent avec anxiété le moment où le brouillard allait se lever et où la créature apparaîtrait.

Harlion ferma les yeux un moment, sentant que les dix minutes que devait attendre Élyana pour dissiper le brouillard étaient presque écoulées. La capacité à ressentir le temps avec précision était une chose que les officiers devaient apprendre, mais rares étaient ceux qui y excellaient — Harlion en faisait partie. Les yeux toujours fermés, il déclara : « Tenez-vous prêts », et il entama le compte à rebours calmement : « 7, 6, 5, 4, 3, 2, 1. » Le brouillard se leva au moment précis où il arrivait à « un » comme s'il lui en eût donné l'ordre.

Les soldats furent un peu désarçonnés, car même s'ils savaient que les officiers travaillaient sur la notion du temps — ou peut-être naissaient-ils avec ? —, la disparition immédiate du brouillard semblait avoir été causée par lui. Mais ils se reprirent et portèrent leur attention sur le sommet de la falaise, là où le rokon attendait toujours, perché ; ils se demandaient s'il allait revenir.

Le suspense ne fut pas long, car le Scytale fondit aussitôt sur la forteresse. Voyant la créature en pleine forme, le cœur de Mekiir et celui de Kemiir s'arrêtèrent de battre et tous deux prièrent les fondateurs de les aider et d'empêcher qu'ils ne soient forcés de rejoindre prématurément leurs ancêtres. Leurs mains se crispèrent sur les balistes et leurs yeux ne virent plus rien d'autre que leur cible.

Comme un seul homme, les jumeaux crièrent : « Viens là, maudite bête ! Finissons-en ! »

Sur-le-champ, le lézard disproportionné cria, siffla et se tourna vers la tour. Lorsqu'il fut à quelque cinquante mètres de la tour, Harlion envoya son signal à la Lux Baiula. Élyana entra dans le Lien et appela, aussi fort qu'elle le pût, le Scytale qui dévia vers elle, orientant ainsi son ventre vers la tour. Alors, Harlion ordonna aux jumeaux de tirer et les projectiles meurtriers jaillirent de la machine, transpercèrent l'air comme s'ils eussent attendu cela depuis très longtemps — et tous retinrent leur souffle.

Les fondateurs ne devaient pas avoir entendu leurs prières, car, au dernier moment, le Scytale vira de bord et les projectiles manquèrent leur cible. Les frères en furie maudirent le Scytale.

Voyant le changement de direction subit du Scytale et comprenant qu'il avait l'intention de percuter la tour, le capitaine s'exclama : « Urlis, prépare-toi ! Mekiir, Kemiir, vite ! Rechargez et tirez de nouveau ! »

Les jumeaux se dépêchèrent de recharger leurs armes.

Mekiir, en colère, cria : « Enfer ! Maudits soient les fondateurs ! Ma baliste est coincée ! »

Le capitaine donna un coup sur le mur et demanda : « Kemiir, *toi,* tu es prêt ? »

Heureusement, Kemiir acquiesça et Harlion adressa un nouveau signe à Élyana, puis il ordonna immédiatement à Kemiir de tirer.

Kemiir tira. Pendant le vol de son projectile qui sembla durer une éternité, il le supplia d'atteindre la créature. Mais la dondaine manqua encore son but. Le Scytale s'était arrêté trop tôt : il s'était élevé dans les airs juste avant d'être touché, laissant le projectile continuer sa trajectoire jusqu'à terre et se ficher dans le sol à quelques mètres de là où se tenait Élyana.

Élyana pensa *Est-ce que d'autres morceaux de chair, du sang et des projectiles vont encore atterrir à mes pieds ?* De son côté, Kemiir se cacha le visage et secoua la tête, pensant à ce qui aurait pu arriver.

Urlis était resté silencieux pendant tout ce temps, mais il explosa tout à coup, hurlant qu'il était capable de le faire, qu'il était capable de toucher la bête, et il demanda à remplacer Mekiir ou Kemiir.

Harlion remua la tête et, découragé, lâcha : « Non, il vaut mieux — » À ce moment, la créature fit demi-tour pour revenir. Harlion s'en rendit compte et s'écria : « C'est l'esprit de Noctiferus ! Urlis, le filet ! C'est notre dernière chance. Vite ! »

Le fils du chasseur de léviathans regarda sa cible dans les yeux et se prépara ; il ne raterait pas ! Il se demanda si les dents qui recouvraient le corps de la créature n'allaient pas tout simplement découper le filet. Mais il devait y croire, et c'est ce qu'il fit, en donnant un dernier coup de manivelle à la baliste.

Mekiir cria : « Allez Urlis, tire !"

L'homme répondit tranquillement : « Non, pas encore. »

Kemiir cria à son tour à son camarade d'envoyer le filet, mais Urlis patientait toujours — et Harlion retint son souffle, confiant en son homme. Mais le capitaine se promit de parler aux jumeaux — si tous survivaient — de leur attitude perturbatrice.

Le Scytale n'était plus qu'à trente mètres de la tour lorsque les jumeaux s'apprêtèrent à lancer un nouveau cri contre leur camarade, mais, cette fois, Harlion leur lança un regard réprobateur et ils avalèrent leurs langues. La tension était à son comble quand le Scytale parut prêt à frapper la tour. C'est exactement à ce moment que le capitaine et les jumeaux entendirent Urlis décliquer et lancer le filet, avec calme et sérénité. Le filet enveloppa le Scytale et Urlis exulta dans une ivresse sans pareille : « Ouais ! J'l'ai eu capitaine, j'l'ai eu ! »

Harlion remercia les fondateurs, tandis que Kemiir et Mekiir maudirent le fils du pêcheur pour s'être fait un sang d'encre à cause de lui. Les hommes hurlèrent de joie quand la chose se mit à tomber. Ils avaient réussi et avaient encore de la peine à le croire — tout comme les autres défenseurs. Mais la liesse fut de courte durée, car le Scytale commença à se tordre et à taillader le filet jusqu'à ce qu'il n'en reste rien. Il rugit alors fougueusement et, contre toute attente, fonça droit sur la tour.

Criant à pleins poumons, Harlion ordonna à ses hommes de sauter du haut de la tour, mais avant qu'ils ne parviennent à s'enfuir, le Scytale était déjà là et il percuta l'édifice. Le toit se brisa et des pierres s'éboulèrent sur leurs têtes. Un grand pan du toit s'effondra sur Harlion, le bloquant contre le mur. Ce dernier recouvra vite ses esprits : il s'extirpa de la dalle et se releva pour prêter main-forte à ses hommes. Son cœur se serra lorsque, devant lui, il vit Kemiir, mort, la tête écrasée sous une pierre. Un instant, il ne put voir ni sentir autre chose que le corps écrasé de son homme et les tressaillements de ses membres. Mais il se reprit — un officier était habitué à la mort — et il perçut, venant de sa droite, les cris d'agonies de Mekiir et d'Urlis. Les deux hommes avaient survécu ! Harlion se précipita vers eux et les sortit des décombres. Comme Urlis allait assez bien, il le poussa de la tour. Ensuite, il attrapa Mekiir et sauta avec lui.

Les fondateurs avaient fini par entendre la prière de Mekiir, car les hommes atterrirent sur des ballots de paille, juste avant que le Scytale ne s'écrase à nouveau sur la tourelle qu'il détruisit entièrement cette fois. Harlion remercia sa bonne étoile qu'aucune des pierres de la structure ne tombât sur eux.

Entre-temps, le Scytale s'arrêta dans les airs et scruta les décombres de ses yeux perçants pleins de cruauté : tous le regardaient sauf Élyana qui, sans cacher son angoisse et son désarroi, fixait l'emplacement vide de la tour détruite. Après cette absence, Élyana reprit ses esprits et remarqua que le Scytale examinait les décombres. Impossible pour elle de voir si quiconque avait survécu à l'effondrement de la tour, mais lorsque le Scytale hurla, tourna ses yeux remplis de haine de l'autre côté des débris, elle sut que l'un des hommes vivait encore et qu'elle devait agir avant que le Scytale ne redescende terminer son travail. La Lux Baiula défit le bouclier relié autour des princes et en créa un plus grand au-dessus des ruines. L'instant d'après, le Scytale percuta la barrière invisible et se retrouva projeté sur la droite. Hors de lui, il revint au centre de la forteresse, bien décidé à se venger. Élyana cria à Toras d'envoyer des hommes chercher les survivants de la tour, avant de restaurer rapidement les boucliers reliés autour des princes.

Tout le monde replongea dans le désespoir lorsque le Scytale saisit six hommes, sans se préoccuper des centaines de flèches et de lances qui le frappaient, et dont certaines lui transperçaient les ailes, pour les précipiter contre la falaise derrière la forteresse. S'ensuivit une demi-heure de batailles meurtrières et de destructions massives, jusqu'à ce que le lézard rejoignît le sommet de la falaise, semblant vouloir se reposer à nouveau. Mais la créature redescendit brusquement et fondit sur Aithen. On forma une barrière illusoire à l'aide de jets de flèches et de lances pour empêcher le Scytale de s'en prendre au prince ; le Scytale esquivait tous les projectiles, les arrêtait en tournoyant ou subissait les blessures afin d'atteindre sa cible.

Croyant la mort du haut prince toute proche, tout le monde lui cria de s'enfuir du parapet, mais Aithen ne bougea pas. Alors qu'il allait le percuter, le monstre vira à gauche et attrapa un autre homme. Le pauvre soldat terrorisé hurla de douleur tandis que la créature refermait son bec sur son bassin avant de s'envoler.

Le Scytale n'alla pas bien loin, choisissant de s'arrêter au-dessus de la forteresse et se retournant ensuite vers elle. Tout le monde fut paralysé de terreur lorsque le Scytale fit tourner l'homme agonisant dans les airs, le rattrapa et l'avala tout entier avant de repartir vers le nord-ouest, comme il était venu. Ce faisant, il traîna sa queue le long des falaises dans un dernier sursaut de colère, et ses cris — plus graves à cause de sa proie qui comprimait sa gorge — s'affaiblirent d'autant plus à mesure qu'il disparaissait.

Au début, personne ne comprit ce qui venait de se passer. Pourquoi la créature avait-elle fait demi-tour et s'était-elle volatilisée ? Mais après quelques minutes de silence, les combattants tombèrent à genoux et prièrent, ou remercièrent tout simplement les fondateurs, ou même K'Tara elle-même, selon leur foi, d'avoir épargné leurs vies. Terreurs et questionnements s'ensuivirent et se mirent à fuser, plus du côté des civils que des gardes : Qui était ce lézard ? Certainement pas un rokon. Une créature venue des enfers, oui ! Venue pour détruire l'humanité. Non, les princes. Non, c'est la Lux Baiula qui l'avait appelée ! Les princes, qui tentèrent de rassurer tout le monde du mieux qu'ils purent sans pour autant révéler la vérité ou sembler dissimuler quelque chose, apportèrent des réponses qui ne satisfirent personne, et plusieurs s'échauffèrent. Mais le calme finit par revenir et les princes et leurs officiers se mirent alors à constater les dégâts.

Ils étaient considérables : pratiquement toutes les maisons du village n'étaient plus que des amas de pierres et de planches, et la structure de la forteresse était fortement endommagée. Trois des tours présentaient d'énormes percées aux endroits où les murs s'étaient effondrés, tandis que la quatrième — celle où Harlion et ses hommes avaient tenté d'abattre le Scytale — était entièrement détruite. Plusieurs édifices plus hauts avaient également été abîmés. Heureusement que les Lux Baiulae avaient participé à la construction de la forteresse, car elles avaient solidifié le granit et fusionné les grands blocs de pierre ensemble à l'aide du Lien, sans quoi, la forteresse n'aurait plus été qu'une ruine. Malgré tout, le simple fait que le Scytale eût abattu une tour et abîmé plusieurs parties de la forteresse était très inquiétant, en particulier pour Élyana — en fait, tout cela la rendait presque plus malade que de penser au nombre de morts et de blessés. Les ouvrages en pierres de la Sororité devaient être éternels, et les structures architecturales avec ! Élyana n'osa pas penser à ce que tout cela impliquait.

Du côté des hommes, nombre d'entre eux avaient été grièvement blessés, surtout les villageois, et une quarantaine avaient péri, encore des villageois ; presque que des villageois. Parmi eux, se trouvait Loris, le cousin des princes, un homme courageux, et secundus dans la Garde royale. Aithen devrait informer son oncle. Mais pour le moment, il devait s'occuper, avec son frère, des blessés, de *tous* les défunts et des villageois désormais sans abri.

Toras ordonna d'aller chercher les guérisseuses et de les informer que la Lux Baiula allait les aider à soigner les blessés, *civils inclus*, simplement pour s'assurer qu'elles ne déclencheraient pas un tollé quand elles la verraient traiter des villageois. Il commanda aussi de laisser les villageois sortir des cavernes, de la manière la plus organisée possible, afin que tous puissent se réunir en famille et avec leurs morts.

Le primus Kendor et ses hommes firent de leur mieux pour éviter une bousculade chez les villageois à la sortie des cavernes, mais il y eut tout de même un terrible chahut lorsqu'ils arrivèrent dans la forteresse, femmes, enfants et aïeux pleurant les morts et les blessés. Quelques heures plus tard, une fois qu'on se fut occupé de tous les morts et qu'on eût récité des prières, la forteresse retrouva une forme de paix. Comme grandnuit était déjà passé, il fallut aller chercher la literie dans les réserves et les distribuer aux villageois qui dormiraient cette nuit à même le sol de granit des cavernes — s'ils pouvaient dormir.

* * *

Pendant qu'elle soignait les blessés, Élyana Lux Baiula ravala son sentiment de culpabilité qu'avait fait naître en elle

46

la mort de tant d'hommes après avoir supprimé la nébuleuse et perdu le contrôle de son coup de tonnerre. La culpabilité était là malgré tout, endormie en attendant un moment de faiblesse pour se jeter sur elle.

Princes et officiers faisaient de leur mieux pour éviter tout commentaire négatif sur la femme, ou la naissance de tout sentiment de colère à son encontre. Au contraire, ils expliquèrent que sans elle, personne n'aurait pu survivre aux attaques cérébrales du Scytale. Mais ainsi étaient les gens, certains ne pouvant s'empêcher de trouver un coupable, en l'occurrence, la Lux Baiula. En fait, les Sœurs avaient l'habitude d'endosser la faute pour ce dont elles n'étaient pas coupables, simplement parce qu'elles ne gaspillaient pas leur énergie à se défendre, préférant rester concentrées sur leurs tâches, qu'elles qu'en fussent les conséquences.

Les deux guérisseuses qui aidèrent Élyana à soigner les blessés faisaient également office de médecins pour la Garde de la forteresse. La plupart des villages possédaient une ou deux guérisseuses, des femmes qui avaient appris à utiliser les pouvoirs de guérison de certaines plantes et insectes. Elles étaient assignées aux soins de leurs concitoyens, en cas de blessure ou de maladie. Mais ce soir-là, leur travail s'avérait un peu plus difficile.

Si l'on avait pu écouter les guérisseuses pendant qu'elles préparaient leurs cataplasmes, on les aurait entendues se plaindre de la Lux Baiula.

La plus petite, Frélina, chuchota : « Qu'est-ce qu'elle fait là ? On n'a pas besoin de son aide, au nom d'Élande[18]! » Elle avait l'air de quelqu'un qui aimait commander, mais qui

______

[18] Élande : L'un des fondateurs, Principe d'équilibre. Élande fut créé par les premiers K'Tarans.

n'avait jamais eu l'occasion de le faire, sans doute à cause de son attitude.

Karista, l'autre guérisseuse, était grande et imposante. Avec ses cheveux lissés et attachés dans sa nuque et son visage sévère, elle mettait souvent les gens mal à l'aise, en particulier les enfants ; c'était la première guérisseuse de Col de Corne. Elle répondit : « Je ne fais pas non plus beaucoup confiance aux autres comme elle, et je ne suis pas exactement sûre que quand elles font ce qu'elles font, elles ne cachent pas des choses affreuses dans les esprits de ceux qu'elles soignent. Une fois, dans un village proche de Praeghe, une Lux Baiula est venue pour soigner un homme dont la jambe avait été écrasée par la charrette d'un fermier. La jambe a bien été soignée, mais au cours des jours suivants, l'homme a commencé à courir dans les rues en disant des choses folles que je n'oserais pas répéter. Une guérisseuse de la région m'a dit que cet homme avait toujours été un citoyen modèle jusqu'à tant qu'il se fasse soigner par ces sorcières ! »

La petite femme jura à voix basse et dit : « J'crois pas que ce soit que des histoires, Karista. Pis t'as entendu ce que disent les soldats ? Qu'elle a tué plus de dix hommes ?! »

« Oui, mais les princes disent que c'est pas de sa faute à elle, que c'est le rokon qui a fait dévier sa frappe. Alors, pour l'instant, je laisse faire. En tout cas, Frélina, on n'a pas le choix ; il y a trop de blessés. Mais si un de nos malades perd la tête après ça, j'te jure qu'*elle* le regrettera. »

« J'suis pas sûre que j'arriverai à lui faire confiance, Karista. Elle pourrait faire un truc aux hommes et tout mettre sur le dos de la créature. »

La réponse de la première guérisseuse ne laissa aucun doute sur la haute opinion qu'elle avait d'elle-même : « Crois-moi, j'le saurai. »

À l'extrême ouest de la place, Élyana se dirigea avec détermination, mais d'un pas chancelant, vers Mekiir, le jumeau rescapé. Un autre garde tentait de panser ses blessures pendant que Mekiir retenait ses cris. Urlis, apparemment indemne, se tenait près de lui.

En arrivant, Élyana respira profondément, chassa ses doutes et déclara d'une voix exceptionnellement bienveillante : « J'imagine que vous êtes Mekiir ? »

Le soldat acquiesça en grimaçant.

« Le haut capitaine Harlion m'a chargée de regarder tes blessures. » Élyana s'agenouilla près de lui, examina son état général et commença à masser sa jambe cassée ainsi que son bras et son torse meurtris. Saborin, le compagnon de Mekiir, attendait un geste magique de la part de la porteuse de lumière. Sous les mains de la Lux Baiula, Mekiir sentit ses jambes, son bras et son torse se réchauffer. La chaleur se propagea dans ses os, puis la douleur réapparut et tout son corps se raidit.

Élyana avait désormais les yeux fermés et pénétrait dans le tréfonds de Mekiir, ouvrant son esprit aux couleurs vives provoquées par l'os fracturé qui entravait ses muscles et nerfs. Après s'être concentrée sur la zone touchée, elle chercha les zones silencieuses, les morceaux d'os broyé. Quand elle les eut trouvés, elle créa un faisceau résonant et l'envoya dissoudre les éclats. Une fois débarrassée de ces éclats, elle s'arrêta pour réfléchir à ce qu'elle devait faire ensuite. Un médecin aurait alors été capable de régénérer l'os et de réparer les muscles déchirés, les vaisseaux sanguins et les terminaisons nerveuses endommagées. Cela dépassait les compétences d'Élyana. En revanche, elle pouvait préparer les tissus pour leur permettre de guérir seuls. Elle dirigea donc le faisceau d'énergie sur les zones de croissances et activa le processus cellulaire nécessaire à la guérison. Si tout se passait bien, et avec l'aide des médecins de la capitale, Mekiir serait comme neuf dans quelques quarts.

S'étant occupée de la jambe cassée, Élyana examina encore le bras et le torse du soldat ; comme ces blessures étaient superficielles, elle décida de ne pas utiliser ses faibles réserves d'énergie pour les soigner. Elle retira ses mains du corps de Mekiir, se rejeta en arrière, s'épongea le front avec son mouchoir et poussa un long soupir d'épuisement.

Mekiir sentait toujours la chaleur parcourir ses muscles, mais la majeure partie de la douleur avait à présent disparu. Il voulut demander à la Lux Baiula ce qu'elle avait fait, mais il garda le silence ; il se contenta de regarder la femme, admiratif.

Élyana lui dit : « Ta jambe est toujours cassée, mais ça va aller ; dans quelques quarts, ton corps sera réparé. Mais il est important que tu consultes un médecin dès ton retour à Furanville si tu veux être sûr que tes tissus redeviendront aussi forts qu'auparavant. »

L'homme acquiesça.

« Je laisserai à Saborin, là, le soin de bander ta jambe et panser ta poitrine et ton bras. »

Saborin hocha la tête, heureux de la confiance de la Lux Baiula.

Élyana lui sourit et poursuivit : « Mes condoléances, Mekiir. Ton frère et toi avez tous les deux fait preuve d'un grand courage là-haut. » Puis, regardant tristement les trois soldats, elle ajouta : « Vous avez tous été très courageux. » Là-dessus, elle se leva et partit soigner quelqu'un d'autre. Tandis qu'elle marchait, Élyana joignit son pouce et son majeur et prit plusieurs respirations profondes pour revitaliser son corps fatigué autant que possible. Elle savait, cependant, qu'elle devrait manger et se reposer bientôt ; si elle épuisait toutes ses réserves, elle serait obligée d'attendre plusieurs quarts pour les reconstituer et elle ne pouvait pas se le permettre avec le retour sur Scytale sur K'Tara.

Lorsque la porteuse de lumière fut partie, Saborin demanda à son compagnon ce qu'elle lui avait fait. À sa grande déception, Mekiir lui confia qu'il n'en savait rien, sauf qu'il ne sentait plus l'intense douleur qu'il avait auparavant et qu'il pouvait à nouveau respirer correctement. Saborin se surpris en train d'espérer qu'il serait blessé la prochaine fois afin de comprendre par lui-même comment se déroulait le processus de soin des Lux Baiulae. Mais il se reprit aussitôt, car il ne voulait en aucun cas revoir cette bête diabolique.

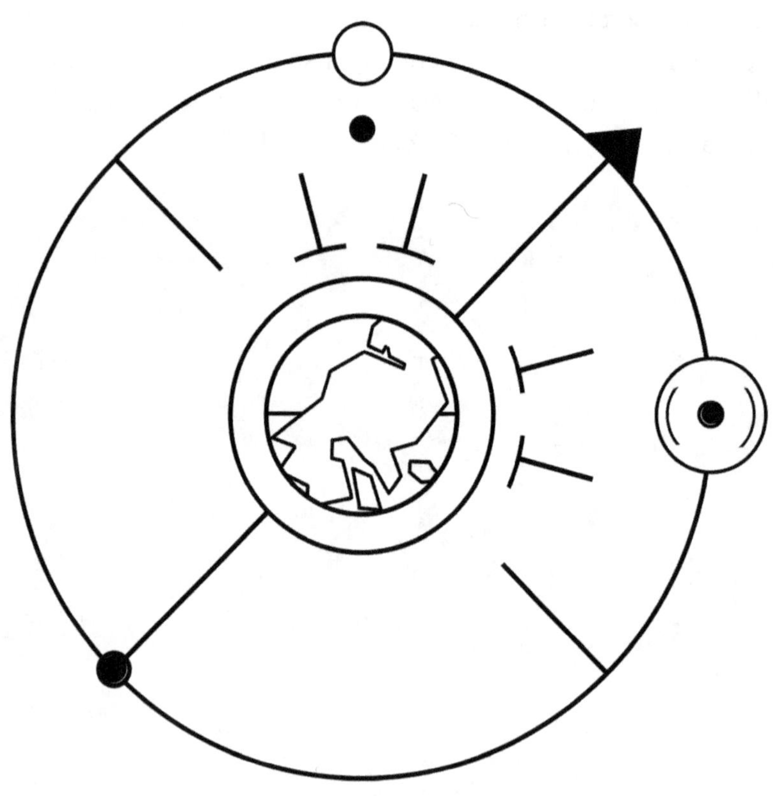

III DERRIÈRE LE BOUCLIER SONORE

Il restait encore quelques heures avant le lever du soleil. Comme le calme était revenu dans la forteresse, Toras offrit à son frère une coupe de vin dans ses quartiers. Une fois arrivé, Toras regarda autour de lui et parut bouleversé : il y avait des débris çà et là, au milieu de la salle de séjour. Les dommages subis par la forteresse l'affectaient profondément. Pour Toras, le Col de Corne était le symbole de la puissance du royaume.

Le jeune prince s'approcha du grand foyer que sa gouvernante venait tout juste d'allumer. Malgré la douceur des jours d'été, où la température avoisinait les onze galets[19], il faisait toujours froid, la nuit sur le col, et on descendait souvent à un hurleur-couvrant[20].

Toras fixa le foyer. Aithen le rejoignit. « Tu m'as l'air inquiet. »

« Je… » Toras frissonna, comme si la peur qu'il avait refoulée au cours de la bataille faisait soudain surface. « Le Scytale — je le sentais essayer d'arracher mon esprit. C'était encore plus terrifiant que de l'imaginer en train de me déchiqueter. Il était dans ta tête à toi aussi ? »

Aithen secoua la tête.

Toras poursuivit : « C'était terrible ! J'ai vraiment dû prendre sur moi pour cacher ma panique aux hommes. Et puis, qu'est-ce qu'il faisait là ? Qu'est-ce qu'il cherchait ?! »

---

[19] Un galet est la température atteinte par un litre d'eau en une minute sous l'effet d'un galet brûlant de 10g. Chaque galet équivaut à environ 2°C.

[20] Hurleur-couvrant (le) : Nombre de hurleurs nécessaires pour rester au chaud. Plus il faut de hurleurs, plus il fait froid.

Aithen croisa les bras et appuya sa main droite contre sa lèvre inférieure : « J'aimerais pouvoir te répondre, Toras. » Puis il ajouta : « Il faut informer Père de ce qui s'est passé. »

Tout à coup, Toras s'embrasa. « D'ailleurs, pourquoi il est pas là ? Ça fait des quarts qu'il est parti et toujours aucune nouvelle de lui ! Il aurait dû rentrer hier ! »

Aithen s'emporta sans raison : « Ça m'inquiète aussi, Toras ! Mais peut-être qu'il a été retenu plus longtemps que prévu par ses affaires à Spiritii. C'est pas la peine de t'énerver à ce point pour ça ! » Aithen eut honte de ce qu'il venait de dire à son frère. Il comprenait ses craintes — il les partageait même — mais il avait du mal à accepter ses effusions. Cependant, après un moment, il se reprit : « Je suis désolé. »

Peut-être était-ce parce qu'Aithen avait quatre ans de plus que Toras et qu'il était grand seigneur commandant de la Garde royale et premier aspirant au trône qu'il considérait les accès de colère comme une marque de faiblesse.

Toras regarda son frère avec résignation ; son attitude pouvait changer d'une seconde à l'autre — tout comme son humeur, d'ailleurs. Il dit : « T'as sûrement raison, Aithen. Mais c'est quand même pas son genre. »

Aithen, qui s'était éloigné quand Toras avait commencé à se fâcher, se retourna et répondit : « Je sais ». Puis il continua et s'arrêta devant un bureau qui débordait de papiers — des rapports apparemment. Il en tira un au hasard, sans le lire, et demanda : « Toras, est-ce que tu peux faire appeler Élyana ? On a besoin de conseils et d'explications à propos de cette nuit. »

« Je vais la chercher. » Quand Toras sortit, un garde plus âgé que ceux qui avaient été là la veille — les deux jeunes soldats n'étaient pas encore remis de leur blessures psychologiques — lui emboîta le pas, mais Toras l'arrêta d'un ton sévère : « J'reviens. »

« Mais — »

« J'ai dit non, Rathos. »

Et, livide, le prince partit chercher la Lux Baiula, se demandant si ses réponses suffiraient à lui faire retrouver une certaine sérénité.

Rathos et l'autre garde échangèrent un regard inquiet et poussèrent un soupir tandis que le prince s'éloignait.

En attendant le retour de son frère, Aithen repensa à tout ce qu'il savait sur le Scytale, ce qu'il avait appris de son père et de la sororité, en espérant comprendre ce que la bête faisait ici ; mais en vain, ce qui le contraria davantage. On disait que cette créature avait été détruite. Alors, comment pouvait-elle être de retour ?! À moins que les Lux Baiulae présentes le jour de sa mort eussent menti ou qu'elles se fussent trompées. Ou peut-être — pensa Aithen — Élyana s'était-elle fourvoyée ? Peut-être avait-elle confondu ce qu'elle croyait être le Scytale avec une créature qui lui ressemblait et qui agissait comme les Ailes du Maître ? Mais qui pourrait être à l'origine de cette réplique ? Le Scytale avait, dit-on, été créé par Noctiferus en personne, à partir d'un jeune rokon. Aithen n'osa pas aller plus loin dans les méandres logiques d'un tel scénario.

Lorsque Toras revint avec Élyana, Aithen chassa ses inquiétudes pour saluer la Lux Baiula. Toras, résolument plus calme, se tenait à ses côtés. Aithen l'interrogea du regard, mais il se doutait bien de ce qui avait pu apaiser son esprit.

En effet, Toras se méfiait un peu de la sororité. Il aimait pourtant beaucoup Élyana et se surprenait souvent à la considérer comme sa sœur aînée. Comment aurait-il pu en être autrement ? Elle était la conseillère du roi depuis trente ans et avait pratiquement toujours vécu avec eux, dans le palais royal.

Évidemment, Élyana n'avait jamais eu pour mission de distraire les princes, mais son rôle de conseillère du roi allait jusqu'à l'éducation de ses enfants. Elle l'avait fait avec brio, même si le plus jeune des deux princes avait toujours préféré les activités physiques aux travaux intellectuels. Enfant, il courait partout dehors et chassait n'importe quelle créature qui se trouvait sur son chemin ; adolescent, il avait affirmé ses passions avec des activités plus complexes : il pratiquait les arts martiaux ; il prenait part à de folles furanées aux côtés de l'unité d'élite montée de la Garde royale ; et il capturait des belliques[21] pour les dresser.

De son côté, Élyana, qui avait un don pour comprendre les humains et ce qui les motivait, avait vite compris que pour éduquer Toras, elle devait partager ses passions. Elle avait donc pris l'habitude de s'entraîner au combat avec lui, chose qu'elle avait appris à faire lorsqu'elle était Cordon rouge avant de passer conseillère du haut roi. Le comportement de la Lux Baiula en avait choqué certains, comme le haut roi et son épouse, mais son stratagème avait fonctionné, et le prince avait fini par apprendre tout ce qu'un commandant devait savoir — même si son interprétation des notions de commandement et de gouvernance était fondamentalement différente de celle de son père.

Aithen adressa un sourire bienveillant à la Lux Baiula : « Je sais que tu es épuisée, Élyana, mais il y a certaines choses que Toras et moi avons absolument besoin de savoir, et il y a aussi des décisions que nous devons prendre avant qu'on puisse tous aller se coucher et profiter des quelques heures qui restent. »

Élyana acquiesça. À ce moment, on frappa trois coups à la porte auxquels Toras répondit d'un : « Entre Lénion. »

---

[21] Bellique (une) : Animal carnivore gigantesque originaire des monts Furans, de la taille d'un voran de combat, qui tente souvent de se nourrir de jeunes furans, et parfois d'humains.

Une femme petite et rondelette au sourire radieux entra avec une jarre de vin et trois coupes. C'était la gouvernante de Toras. Le prince se tourna vers Élyana et lui proposa : « Du vin ? »

Élyana fit oui de la tête et Lénion leur versa du vin à chacun. Elle quitta ensuite la pièce dans une révérence respectueuse.

Aithen but une gorgée de vin et en apprécia la saveur quelques instants et remarqua : « C'est étrange que j'apprécie ce vin… malgré la nuit que nous venons de passer. Est-ce qu'il y a des survivants ici qui trouveront quelque chose à apprécier ? »

Toras, qui était sur le point de porter le vin à ses lèvres, arrêta son geste. Il se retourna vers Élyana, curieux de savoir ce qu'elle pensait du commentaire de son frère, mais il ne vit aucune expression sur son visage.

Prenant soudain conscience de la portée de son commentaire, Aithen se pressa d'ajouter : « Je ne veux pas dire qu'on devrait pas… boire ce vin. Je suis juste bouleversé, et fatigué ; du coup, je culpabilise. » Puis, il changea de sujet et son ton se fit plus léger : « Au fait, Élyana, comment se passent les soins ? »

Contrairement à Toras, la question ne surprit pas la Lux Baiula qui lui répondit : « Aussi bien que prévu, compte tenu du nombre de blessés. Les guérisseuses du village ont de bonnes potions pour soigner les blessures superficielles. Grâce à ça, j'ai pu mettre toute l'énergie qui me restait au service des blessures plus graves. Malgré tout, j'ai été incapable de faire quoi que ce soit pour sauver les survivants de l'attaque cérébrale du Scytale. » Élyana fit une pause et reprit d'un ton sombre, comme téinté de culpabilité : « Je crois qu'ils auraient mieux fait de mourir. »

Les mots de la Lux Baiula déstabilisèrent les princes. Aithen rétorqua : « Tu sais bien que ce qui est arrivé n'est pas de ta faute, Élyana. »

« Merci, Aithen, mais je n'ai pas besoin de réconfort. J'ai commis des erreurs de jugement cette nuit, et peu importe ce qui, au bout du compte, a provoqué la mort de ces gens ou causé leurs blessures. » Après une courte pause et un soupir inhabituel, la Sœur ajouta : « Ton commentaire sur le vin était sans doute pertinent… en tout cas en ce qui me concerne. Quoi qu'il en soit, je vous remercie tous de m'avoir témoigné votre soutien tantôt, car je doute fort que quiconque eût accepté mes soins sans votre intervention. »

Toras conclut en secouant la tête d'un air résigné : « Eh bien, comme Aithen l'a dit, j'crois pas que ce soit de ta faute, Élyana ».

Élyana se contenta de tourner vers lui un regard vide d'émotion et dit : « Il y a quand même une chose qui m'étonne et qui me rassure en même temps, c'est que le Scytale n'ait pas utilisé son attaque cérébrale contre Harlion ou contre ses hommes lorsqu'ils se trouvaient dans la tour. »

« Ça m'a aussi étonné, répondit Aithen. Est-ce que le Scytale aurait pu être surpris ou fâché par notre nouvelle tactique au point qu'il en aurait juste *oublié* d'utiliser son "attaque cérébrale", comme tu l'appelles ? »

Toras l'interrompit avec un gloussement : « Mais oui ! Ça arrive aussi aux hommes, parfois, surtout aux impulsifs. » Ce commentaire surprit Aithen et Élyana, mais Toras continua : « T'as déjà vu ça, Aithen, quand un capitaine est tellement choqué par la tactique de son ennemi qu'il décide de lancer son attaque, alors qu'il avait soigneusement planifié sa stratégie avant. C'est peut-être une faiblesse qu'on pourra exploiter si on revoit cette créature. »

Élyana laissa échapper un grognement cynique : « J'ignore ce qui a poussé le Scytale à ne pas utiliser son attaque cérébrale contre Harlion et ses hommes, alors qu'il aurait pu les tuer bien plus facilement qu'en se jetant sur la tour, mais ton hypothèse n'est pas mauvaise, Toras. Cependant, je n'ai aucun souvenir d'une telle faiblesse. Dans tous les cas, c'est une bonne idée et je la garderai en tête, parce que c'est sûr qu'on reverra la créature. »

Toras fronça les sourcils. Il invita ensuite ses invités à s'asseoir sur les chaises près de l'âtre. Toras s'installa à côté d'Élyana, laissant à Aithen le siège d'en face, ce qui, bizarrement, agaça ce dernier.

Chacun médita un instant sur la remarque d'Élyana. Puis, le haut prince prit sa coupe de vin entre ses mains, s'accouda sur ses genoux, et rompit le silence en déclarant : « Élyana, il faut qu'on comprenne ce qui s'est passé cette nuit : tu dois nous donner des réponses honnêtes. »

Élyana réfléchit quelques instants seulement, avant de considérer que son frère et lui avaient le droit d'en savoir autant qu'elle. Si on l'avait envoyée à Furanville trente ans plus tôt, c'était pour apporter son aide et ses conseils à la couronne, et cela s'appliquait aussi aux princes lorsqu'ils seraient en âge de commander ; c'était le cas à présent. La pratique consistant à affecter un conseiller aux dirigeants alvinoriens était ancrée dans l'histoire : c'était une condition nécessaire à l'alliance entre la dynastie coriolanne et la sororité. L'Ordre n'avait jamais dérogé à cette règle pendant près de cinq cents ans. Dans la plupart des cas, les deux parties en avaient tiré un bénéfice certain, même si quelques conseillers qui en avaient profité pour trahir la confiance du roi, du sénat ou du peuple furent expulsés de Furanville.

Quelques érudits et non-initiés virent dans le serment de l'Ordre la cause intrinsèque de la méfiance populaire vis-à-vis de la sororité : le serment de protéger toute vie. Pour eux, la protection de *toute* vie signifiait qu'une Sœur avait la possibilité — dans certains cas — de se prononcer en faveur d'un non-humain si elle jugeait que la situation pouvait engendrer plus de préjudices au genre non humain que de bénéfices aux humains. Toutefois, comme ce serment était la pierre angulaire de l'Ordre et de chacun de ses actes, il demeura inchangé durant des siècles et continua d'entretenir les craintes des craintifs et le cynisme des cyniques.

Élyana posa sa coupe de vin et porta délicatement à sa bouche un morceau de sabara, un fruit mauve, charnu. Elle tapa ensuite dans ses mains, puis, semblant peindre dans les airs, elle enveloppa la pièce dans un champ d'énergie déformant.

Ce n'était pas une première pour les princes qui avait souvent vu Élyana créer ce genre de champ à la demande de leur père, afin de pouvoir discuter de sujets confidentiels. Il s'agissait d'un champ sonore. Ce n'était pas la seule sorte de champ qui existait, mais c'en était un facile à générer, car il suffisait d'augmenter la densité de particules sur la surface des murs et de les faire vibrer de manière déformante. Toute personne en dehors du bouclier sonore ne pouvait ainsi entendre que des voix étouffées. L'inconvénient de cette protection était qu'elle atténuait également le son dans l'autre sens.

Élyana annonça : « Tout ce qui sera dit ici ne sortira pas de cette pièce, en tout cas pas pour l'instant. » Les princes acquiescèrent et Élyana poursuivit : « Aithen, tu te rappelles comment s'est finie la dernière bataille contre Noctiferus ? »

Surpris, Aithen rejeta sa tête en arrière et répondit : « Oui. Ça fait longtemps que tu me l'as appris, mais je m'en souviens. K'Tara a perdu beaucoup d'habitants — des dizaines de milliers, si mes souvenirs sont bons — et ton Ordre a perdu environ la moitié de ses Sœurs. À la fin de la Guerre des ténèbres, les Lux Baiulae et les Luxori ont capturé le Scytale et l'ont emmené dans le temple d'Aiala'Rhi[22] où la Créatrice en a pris possession. Aiala'Rhi, en personne, aurait capturé Noctiferus et l'aurait présenté aux K'Tarans réunis pour l'occasion. L'élimination du Scytale et de Noctiferus a permis à l'empereur Flavius Premier, ainsi qu'à ce qui restait de ton Ordre et des Luxori, d'éradiquer les hommes de Noctiferus alors sans chef. Certains d'entre eux auraient réussi à s'échapper dans des contrées reculées du globe. On lit aussi que Noctiferus fut dépossédé de tous ses pouvoirs et emmené aux confins de notre univers pour rester prisonnier dans un monde inconnu. Quant au Scytale, on trouve des récits où des témoins racontent qu'ils ont assisté à sa destruction par Aiala'Rhi. »

Toras demanda alors : « Mais comment le Scytale peut être là, alors, s'il a été exterminé ? »

Élyana prit la parole : « Je ne sais pas, mais il *est* bel et bien là. Soit il a été ressuscité, soit les récits qui relatent sa destruction sont faux. Dans tous les cas, il est là maintenant et il a un but. » La Sœur hésita un instant avant de poursuivre, chose rare pour une Lux Baiula et encore plus pour Élyana qui était une femme très sûre d'elle, habituée à dire les choses telles qu'elles étaient. Pourtant, tout à coup, un doute à peine perceptible sembla l'envahir. Les princes échangèrent un regard inquiet, puis l'interrogèrent des yeux. Élyana soupira dans une hésitation continue : « Pendant que je nous protégeais du Scytale… Je l'ai entendu me parler. Ça m'a beaucoup troublée et vous avez vu le résultat lorsque j'ai envoyé le coup de tonnerre sur le flanc de la montagne. Il

---

[22] Aiala (ou Aiala'Rhi) est la première fondatrice, et Créatrice de toutes choses dans la religion Rhiianne.

répétait quelque chose en langue ancienne, une litanie :
« *Finis adest. Sequimini aut morimini.*», ce qui signifie — »

« Je sais », la coupa Aithen, un tremblement dans la voix.
« La fin est proche, vous suivrez ou vous périrez. »

Une angoisse profonde et terrifiante obscurcit les visages
des frères.

Élyana tenta de décontracter l'ambiance en commentant la
traduction d'Aithen, « Tu t'es beaucoup amélioré en langue
ancienne, mon Prince. »

Soudain insensible aux compliments, le haut prince haussa
les épaules. Puis, il demanda : « Vas-tu en informer la Magna
Mater ? »

« Bien sûr. Je le ferai dès que possible. Le retour de la
créature représente une menace pour – »

Toras interrompit brusquement la Lux Baiula et se mit à
crier : « Mais ils veulent dire quoi les mots du Scytale,
Élyana ! *La fin ?* La fin de quoi ? Et suivre qui ?! »

La Lux Baiula s'apprêtait à reprocher son impatience au
jeune prince, mais à la place, elle soupira et dit : « Je n'en sais
pas plus sur le sens de son message que sur sa réapparition.
Mais sa seule présence suffit à représenter une menace pour
tout K'Tara, comme j'allais le dire quand tu m'as
interrompue… mon Prince… »

À ces mots, Toras se leva d'un bond, brandit ses bras d'un
air frustré, et tourna son visage tendu vers la Lux Baiula :
« J'suis désolé, Élyana. Mais tu sais que j'ai du mal à me
retenir quand il s'agit de danger, tant que je le comprends
pas. » Pour preuve, Toras se mit à faire les cent pas dans le
petit espace au milieu des chaises, ce qui eut pour
conséquence d'agacer Aithen.

Élyana, compatissante, considéra le prince : « Quoi
d'autre, Toras ? »

« Je pense qu'il faut trouver Père et avertir Mère ! »

Élyana lui répondit : « Judicieuse idée, mon Prince, et je veillerai à ce que le message soit transmis à dame Darya. Cependant, comme il devra transiter par le poste de direction de la Kynarie, je ne pourrai pas tout lui dire. Quant à ton père, on devra en effet le ramener le plus vite possible. »

Toras, toujours prêt, proposa immédiatement de s'en charger : « J'irai le chercher. Avec ma garde ailée, nous connaissons bien mieux que toi ou que ta Garde royale les territoires entre ici et les plaines au nord de Spiritii, Aithen. » Le haut prince passa du simple agacement à la colère, mais avant qu'il n'eût le temps de dire quoi que ce fut, Toras lui demanda : « Il est avec ses cinq habituels[23], j'suppose ? »

« Oui. Sauf que, Toras, c'est *mon* devoir de ramener Père, et la Garde royale en est largement capable — »

« Mes Princes, dit Élyana en avortant dans l'œuf le début d'une dispute entre les deux frères, dans le cas présent, je pense qu'il serait plus raisonnable que Toras parte vers le sud et ramène le haut roi, puisque Aithen devra s'occuper de reloger toute la population de Col de Corne, d'informer le sénat de la situation et de rassembler le conseil de l'Union pour préparer le royaume à réagir adéquatement en cas d'attaque similaire. »

La liste de tout ce qu'Aithen allait devoir faire à cause du Scytale lui fit tourner la tête et il lâcha : « C'est bon. Élyana a raison. Vas-y. Mais prends quinze de mes hommes. »

Toras hocha la tête pour le remercier et déclara : « Tes quinze hommes et mes quinze meilleurs voleteurs. Nous partirons à l'aube — ça nous laisse encore quelques heures pour nous reposer. Je sais que j'en ai besoin. Quoi qu'il en soit, on retrouvera Père et on sera à Furanville avant toi. »

---

[23] La garde personnelle du haut roi Octavius comprend Primus Julian et les jeunes, mais très chevronnés, gardes Jashan, Almiar, Kiron, et Merr.

Aithen se contenta de soupirer. Élyana avait raison. Il aurait préféré s'en rendre compte tout seul. D'un autre côté, il n'avait pas hâte non plus d'avoir affaire à des politiciens.

Élyana ajouta : « Je vais essayer de trouver le roi, *moi aussi* — par le Lien. Si je le trouve, la Sœur la plus proche lui transmettra mon message et l'informera de votre arrivée, mon Prince. »

« Merci. »

« Ah oui, Toras, rappelle-toi que tout ce que nous avons dit ici doit rester entre nous — pour l'instant. »

Toras acquiesça. Il se rapprocha ensuite de son frère, posa ses mains sur son bras et le salua. Dans ses yeux luisait un mélange de peur et d'espoir. Aithen, dont l'attitude contrariait fréquemment la famille royale, se serait contenté d'un simple geste d'adieu, mais Toras avait toujours été un homme très expressif. Quoi qu'il en fût, lorsque Aithen lui rendit son salut en grommelant, Toras s'en alla, impatient de préparer son départ — et de dormir un peu. En sortant de la pièce, il ressentit un étrange bourdonnement dans ses oreilles, à cause du champ d'énergie généré par le bouclier sonore. En entendant le murmure quasiment inaudible des voix de Aithen et d'Élyana, il pensa : « J'aimerais vraiment apprendre à faire ça. »

*** *** ***

Au départ de Toras, Aithen dit : « Je viens de penser à quelque chose, Élyana. Il y a de fortes chances pour qu'un marchand ambulant qui se trouvait au Col de Corne pendant l'attaque du Scytale soit maintenant en route pour la ville pour tout raconter, à moins qu'il soit mort ou blessé. »

Élyana acquiesça.

64

Aithen continua : « Peux-tu envoyer un message à Irania Lux Baiula par le Lien ? Il faudrait lui demander d'intercepter tous ceux qui reviennent du Col de Corne et les empêcher de répandre des rumeurs. Il faudrait aussi qu'elle aille voir le premier sénateur Léo pour lui expliquer que faire si une rumeur commençait à se propager malgré tout. »

« Je suis d'accord avec toi. Nous devons à tout prix éviter les racontars sur la nature du rokon, sinon la situation va rapidement dégénérer. Si cela signifie que nous devrons remplacer quelques souvenirs, Tania Lux Baiula s'en chargera. »

Aithen frémit. Il n'était pas bien vu d'effacer les souvenirs. Puis il pensa soudain à son frère et continua : « Il faut aussi dépêcher quelqu'un auprès d'Ori. Je ne veux *absolument* pas qu'il entende parler de ces morts ! »

« Tu as raison. Je pourrais lui envoyer Tania. Je crois qu'il l'aime bien. Elle devra lui dire qu'un rokon a attaqué le Col de Corne, mais au moins, elle pourra le rassurer et lui dire que vous allez bien, Toras et toi. »

Aithen la remercia d'un hochement de tête. Élyana poursuivit : « Comme je l'ai évoqué plus tôt, il va falloir que tu réunisses le conseil de l'Union et que vous mettiez au point un plan de défense pour protéger leurs territoires et leurs habitants, au cas où le Scytale déciderait de s'en prendre à eux aussi. »

Le haut prince poussa un grand soupir.

Élyana attendit un moment avant de continuer : « Je sais que tu n'en as pas très envie — la politique n'est pas ta tasse de thé, mais tu aimes que chaque menace obtienne une réponse rationnelle, même si nous n'avons pas connu de guerre depuis longtemps. Les grands vassaux et les sujets de ton père auront besoin de toi et de ta belle capacité à raisonner même au cœur du chaos — en tout cas jusqu'à son retour. »

Aithen poussa un nouveau soupir.

« Mais, bien entendu, je serai à tes côtés pour te soutenir pendant ces réunions. »

Aithen y songea un moment. Avait-il vraiment envie qu'une cordon mauve, la conseillère de son père, soit avec lui pour décoder les émotions des autres et pour s'assurer qu'il ne commettrait pas d'impair en répondant aux sénateurs ou aux grands propriétaires ? Aussi mauvaise que lui parût l'idée, il décida qu'il n'en avait pas envie et il déclara : « Je suis désolé, Élyana. Je dois faire ça tout seul. Mais j'apprécierai tes conseils sur la route vers Furanville. »

Élyana hocha la tête. Elle repensa à la manière dont le prince s'était conduit durant l'attaque et à ce qu'il pourrait devoir accomplir dans les prochains quarts et mois, et un étrange sentiment de fierté l'envahit.

Elle dit : « Je dois avouer que c'était… plaisant de te voir garder ton sang-froid pendant l'attaque ; c'est une qualité essentielle qui te servira à toi comme à ceux qui dépendront de toi, y compris ton père. Car si — j'ai bien dit *si* — nous ne parvenions pas à trouver le roi, ou si nous le trouvions diminué, il te faudrait devenir, un peu en avance, le chef qu'il voulait que tu deviennes, et alors tu aurais besoin de toute ton intelligence. »

Aithen la regarda dans un tumulte d'émotions. D'un côté, il n'était pas question pour lui de penser à prendre la place de son père ; Octavius était vivant et on allait le retrouver, point ! Il n'était pas non plus certain d'être prêt à prendre les rênes du royaume, alors même qu'il avait été éduqué et formé par les plus grands pour le faire, un jour. Mais il ne voulait pas la couronne, pas maintenant, pas comme ça.

D'un autre côté, Aithen était touché par les éloges d'Élyana ainsi que par sa façon hésitante de les lui adresser. C'était un peu comme si elle cachait ses sentiments pour lui. Cela éveilla chez Aithen des sentiments nouveaux pour elle, sentiments qu'il n'avait jamais appris à gérer. En réalité, il se sentit mal à l'aise. Élyana était une belle femme, malgré son grand âge. C'était vrai qu'elle ne paraissait pas plus vieille que lui, avec sa peau rose, ferme et souple, ses longs cheveux roux ondulés et ses yeux plus bleus que bleus. Entre le physique et l'esprit remarquable d'Élyana, Aithen avait chaque jour un peu plus envie de passer du temps avec elle.

Pendant que le prince luttait contre l'éveil de ses sentiments pour la femme, la Lux Baiula se demandait ce qui l'avait poussée à hésiter ainsi en faisant l'éloge du prince. Mais, à la différence de Aithen, elle ne cherchait pas une réponse émotionnelle, mais tout à fait rationnelle ; on aurait pourtant pu en douter si l'on avait pu entendre le grand débat qu'elle menait avec elle-même ; *c'est un bon chef et un homme exceptionnellement intelligent. Je ne sais pas pourquoi tu as hésité, Élyana ! Fondateurs, je pourrais me fustiger pour ça !*

Prenant enfin conscience du silence embarrassant qui s'était installé entre eux, Élyana prit la parole : « Je vais à présent me retirer dans ma chambre et contacter la Magna Mater. Je dois l'informer de ce qui s'est passé ici… Et, qui sait, peut-être pourra-t-elle m'éclairer sur tout ça. » Elle adressa à Aithen un léger signe de la tête, fit retomber le bouclier sonore, et quitta la pièce.

Aithen la suivit du regard, à la fois reconnaissant et nostalgique, puis il exhala un soupir silencieux pendant que l'un de ses gardes qui avaient pris la place de ceux de Toras fermait la porte derrière elle.

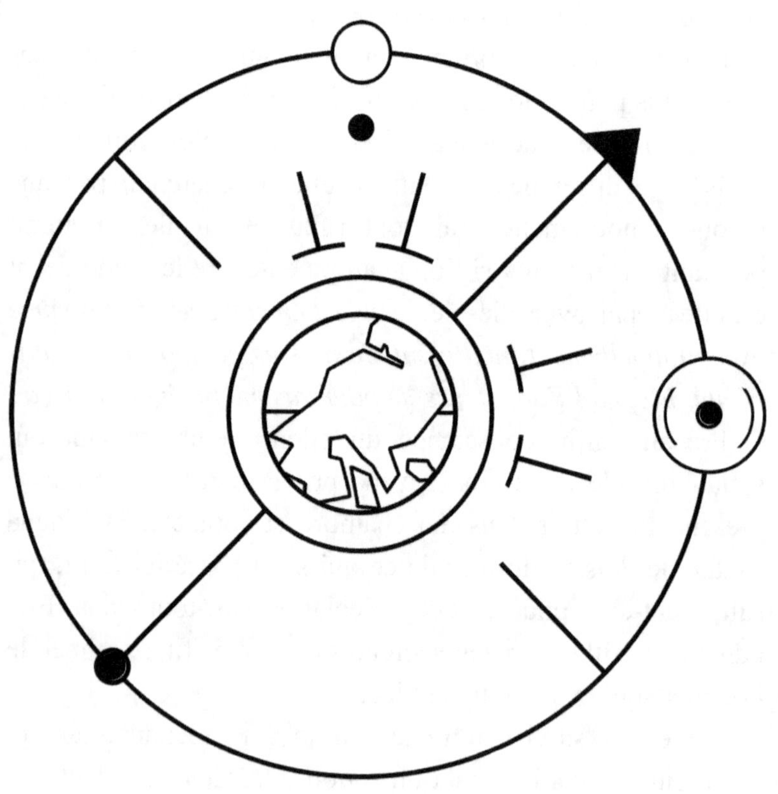

IV ESCAPADE AU LAC DES OMBRES

Avant les premières lueurs du soleil bleu, Toras, Kendor et quatorze de leurs meilleurs hommes, ainsi que quatorze hommes de la Garde royale et leur commandant, le secundus Jamir, étaient prêts au départ. La nuit de Toras fut courte et agitée, tout comme celle de Kendor, mais ce n'était pas une première pour les soldats aguerris qu'ils étaient et, mis à part leur mauvaise humeur, ils étaient alertes et prêts à partir.

Le prince, ses officiers, y compris le secundus Jamir, venaient d'établir l'itinéraire qu'ils devraient emprunter pour atteindre Spiritii, et s'étaient arrêtés sur l'idée de voler le long de la côte est des monts Furans. Cet itinéraire leur permettrait de faire une halte pour la nuit dans un avant-poste au pied de l'extrémité la plus au sud des monts, près du plan d'eau nommé Mont-Lac. C'était là que, chaque année, Toras envoyait, à tour de rôle, six de ses hommes chargés de transmettre des messages vers la forteresse en cas de nécessité ou de danger dans la région. Une fois à Mont-Lac, la troupe du prince en aurait encore pour environ trois jours avant d'atteindre les plaines entre les monts Colossi et Spiritii.

Le primus Kendor proposa de survoler la région par les sommets, car les furans étaient plus à l'aise au grand air des montagnes lorsqu'il s'agissait de longs voyages, mais Toras s'y opposa en évoquant les tempêtes quotidiennes qui se déclenchaient sur les montagnes à cette époque de l'année. À la place, il choisit de voler plutôt au pied de la crête. Bien sûr, cette option n'était pas sans risque, avec les croqueurs qui se trouvaient partout sur les terres humides des vallées au pied des monts. Certaines sortes de croqueurs étaient en fait capables d'arracher de minuscules morceaux de chair du ventre et de la nuque des humains ou des furans, réalisant des trous de la taille d'une tête d'épingle qui saignaient pendant très longtemps. Ces plaies finissaient toujours par s'infecter et pouvaient parfois être mortelles.

Bon, pensa Toras, *tant qu'on vole pas trop près du sol, ça devrait bien se passer.*

Après tout, ses hommes et lui connaissaient bien le terrain. La seule chose vraiment risquée, c'était de traverser le champ qui séparait les montagnes de la ville de Spiritii, car la zone était infestée de *tortilleurs*, des insectes nocturnes qui se déplaçaient par dizaines de milliers pour attaquer n'importe quel animal à sang chaud qui avait la mauvaise idée de passer par là ou de s'arrêter dans cette magnifique prairie luxuriante. On disait que se retrouver dans ces plaines après le coucher des soleils était une opération suicide. En effet, les rares survivants disaient qu'il ne fallait que quelques minutes à ces affreux insectes pour dévorer un humain tout entier. Nul n'avait tenté de capturer un insecte pour l'étudier — pas même la Sororité — mais il y avait suffisamment de preuves sur l'hostilité de ce milieu — et donc des tortilleurs — pour que tout voyageur avisé fasse un détour. Toras promit à son frère et à Élyana, qui s'étaient affolés en apprenant son itinéraire, qu'il prendrait ses dispositions pour éviter de devoir atterrir dans la prairie la nuit.

Le prince regardait à présent ses hommes, tout en grattant doucement la tête de son furan. Toras trouva que les soldats avaient fini d'emballer le nécessaire à emporter et de seller leurs montures avec une énergie extraordinaire compte tenu de leur grande fatigue. Peut-être, pensa Toras, avaient-ils hâte de quitter la forteresse et de gagner de meilleurs cieux ? Peut-être aussi qu'Élyana leur avait rendu une visite nocturne pour aspirer leur fatigue. En tout cas, il était reconnaissant de leur rapidité, car il avait lui aussi très envie de partir.

Il se demanda si les animaux, qui piaffaient et soufflaient avec nervosité, ressentaient la même chose. Ils ne faisaient probablement que réagir à l'agitation qui régnait autour d'eux. Ce qui était certain, c'est que les furans étaient dotés d'une intelligence incomparable à celle des autres espèces animales. Ils vivaient en société organisée et communiquaient entre eux pour mettre en place des stratégies de chasse, et comprenaient aussi bien le langage humain que la langue des signes. Malheureusement, les humanoïdes ne comprenaient pas bien leurs cris ni leurs ronronnements, bien que les soldats eussent appris à reconnaître certaines de leurs vocalisations ainsi que leurs mouvements de tête et de pattes, et que les kynariens pussent lire leurs pensées grâce au Lien. Toras regrettait de ne pas avoir le don de la lecture animale, malgré son lignage de mêlé. Il était cependant très fier d'être l'un des meilleurs à comprendre leurs vocalisations. Tandis qu'il regardait les furans communiquer en craillant, une nouvelle question lui traversa l'esprit. Est-ce qu'ils auraient dû utiliser les furans pour combattre le Scytale ? Il supposa que non, dans la mesure où il aurait fallu déployer les furans à l'extérieur de la nébuleuse de la Lux Baiula. Et pourtant, le Scytale n'avait pas lancé son attaque cérébrale contre Harlion ou ses hommes dans la tour. Peut-être. Peut-être.

Le prince se demanda aussi quelle était la différence entre ses hommes et ceux de la Garde royale. En effet, dans la Garde royale, on avait de beaux uniformes dorés et bien repassés, malgré la bataille de la nuit précédente, et on portait lances et épées ; dans la Garde noire, on avait revêtu les éternels uniformes noirs, qui étaient d'ailleurs plus gris que noirs ce matin, et on s'était armé de dagues et d'arcs d'alnor avec des flèches yerlayennes.

Les arcs d'alnor étaient les plus précieux de toutes les Terrae Regis. Ils étaient fabriqués à partir des branches d'alnor, un arbre que l'on trouvait uniquement dans les bois à proximité de la forêt des Colossi. Leurs fibres étaient longues et élastiques, mais très résistantes, et permettaient de lancer des flèches à plus de mille mètres. Évidemment, aucun humain n'était capable de distinguer quoi que ce soit d'aussi loin ; les humains n'utilisaient donc que rarement ce bois pour les arcs ; mais Toras, doté du don de vision par son ascendance kynarienne qui lui permettait de viser une cible située à huit cents mètres, avait la chance de pouvoir manier un arc d'alnor. Il avait également fait modifier l'arc afin que ses soldats puissent eux aussi s'en servir. Les améliorations leur permettaient d'ajuster la tension de l'arc en fonction de la distance et de la taille de leur cible. Grâce à ces transformations techniques et à un entraînement rigoureux, les hommes de la Garde noire étaient parmi les archers les plus redoutés de toutes les Terrae Regis, juste après leurs homologues kynariens.

Soudain, le primus Kendor s'approcha en se raclant la gorge : « Seigneur Commandant, la troupe est prête. On attend plus que vous pour décoller. »

S'extirpant de ses pensées, Toras fit un signe de tête à Kendor. Alors, l'officier trapu au visage carré se hâta vers le secundus Jamir et lui transmit l'ordre du seigneur commandant. En vingt secondes à peine, tous les soldats étaient sur leurs montures ailées.

Au moment précis où Toras allait donner le signal à Scratch, son frère surgit au balcon de la salle à manger. Le jeune prince adressa un signe de tête à son frère aîné qui lui rendit la pareille. Il ordonna ensuite à Scratch de s'envoler, ce qu'il fit accompagnant son acte d'un cri d'excitation, et les furans de la Garde noire de lui emboîter le pas, ainsi que les deux furans de somme. L'instant d'après, les montures de la Garde royale reprenaient le cri de la Garde noire.

Aithen considéra la troupe de furans montés avec un sentiment d'appréhension mêlé à de la jalousie, tandis qu'ils disparaissaient dans le lointain. Il soupira, puis rentra dans la salle à manger pour déjeuner et pour se préparer à partir à son tour.

* * *

À la fin du premier jour, comme la troupe avait volé sans répit, à part pendant les deux ardars autour de grandjour, elle fit halte près d'un bosquet au milieu d'une prairie nichée entre les bras nord et sud du grand Torrent. La prairie était éclaboussée de fleurs bleu ciel, oranges et mauve rose. En temps normal, Toras aurait survolé la zone avant de se poser, juste pour apprécier la vue, mais pas ce soir ; ses hommes avaient besoin de repos. Et lui aussi.

Leurs montures dessellées, les hommes en envoyèrent deux chercher du gibier. L'idée d'un bon bêleur rôti après leur aventure de la nuit précédente aurait dû réjouir tout le monde. Mais pas ce soir. Ni la vue de ce qu'avaient chassé les furans, ni sa cuisson avec ses effluves délicieux, ni même le goût de la viande tendre ne réjouit les hommes. Au lieu de cela, le sujet de conversation revint sur le rokon et sur les hypothèses à propos de sa véritable nature, ainsi que sur le souvenir des camarades perdus. Ce fut en vain que les hommes tentèrent d'aborder des sujets plus légers. Même Toras, qui d'ordinaire distrayait la compagnie avec quelques histoires, ne parvint pas à détendre l'atmosphère.

Ainsi, lorsque la lune se trouva à mi-chemin entre l'horizon et son zénith et que les estomacs furent apaisés, les hommes disposèrent leurs couvertures autour du feu et se couchèrent. Mais le sommeil fut bien difficile à trouver, et les veilleurs, entendant les bruits effrayants que faisaient ceux qui avaient réussi à s'endormir, se demandèrent s'ils ne feraient pas mieux de rester à leur poste jusqu'au matin. Par chance, les terreurs nocturnes avaient finalement cédé la place au sommeil profond, moment de grâce pour tout soldat fatigué. Ce fut une bonne chose, car c'est seulement lorsqu'ils se furent apaisés que le seigneur commandant s'abandonna lui-même au sommeil.

Le lendemain matin, les murmures des furans — de doux sons qu'ils produisaient lorsque le soleil bleu était le premier à se lever — réveillèrent les hommes. À la surprise générale, le moral était bien meilleur. Les fleurs, qui étaient la veille bleues, mauves et oranges, arboraient ce matin des couleurs blanches et jaunes, et sentaient si bon que cela mit tout le monde en joie, même les plus grincheux. Même Toras se surprit à sourire alors qu'il prenait une profonde inspiration. Peut-être qu'Élyana s'était trompée et que la créature qui avait attaqué le Col de Corne n'était finalement qu'un rokon ; gigantesque, oui, mais quand même un rokon. Du moins, ce fut la pensée que lui inspira ce petit paradis. Mais il savait bien qu'il fabulait, et son sourire s'estompa doucement.

Avant de lever le camp, les hommes déjeunèrent des quelques restes de viande de la veille ; elle était moins savoureuse parce que froide, mais elle suffit à contenter l'appétit des soldats. Une demi-heure plus tard, la troupe était déjà dans les airs.

Le jour se serait écoulé sans embûches si un vol de cacardeurs affolés par l'impérieux besoin de se mettre à l'abri avant les ardars n'eut pas semé la pagaille ; pagaille qui se poursuivit lorsque Toras et ses hommes décidèrent de se protéger à leur tour sous le même bosquet que les cacardeurs, faute de trouver un autre abri convenable dans les alentours. Les soldats auraient bien aimé chasser ces voleteurs, mais comme les cacardeurs faisaient partie des rares espèces dépourvues d'écran[24], les priver d'un abri les aurait envoyés directement dans la tombe. En effet, sans refuge, la plupart des créatures dénuées d'écran mourraient de chaleur, et n'importe quelle autre bête assez imprudente pour demeurer dehors à ces heures, même pourvue d'un écran, encourait de graves blessures, si ce n'était la mort, à cause de la tempête qui suivait les ardars. Alors, les soldats s'accommodèrent du vacarme de ces colocataires de fortune. En réalité, les ardars étaient souvent à l'origine de ce genre de refuges partagés entre diverses espèces, menant à l'association incongrue de prédateurs et de proies qui, chacun de leur côté dans une proximité manifeste, se regardaient calmement au cours de la première heure, mais avec une tension de plus en plus vive à mesure que les dernières minutes des ardars approchaient, jusqu'à ce que les proies s'enfuissent précipitamment dès que le risque était à peu près passé.

Les ardars terminées, les cacardeurs se mirent à cacarder pour tenir les furans à l'écart, sortirent de l'abris, puis s'envolèrent dans le même vacarme qu'à leur arrivée. Inutile de préciser que furans comme humains furent soulagés d'être débarrassés de ces animaux tapageurs. Quelques minutes plus tard, la troupe s'envola à son tour.

Juste avant le coucher du soleil rouge, Toras aperçut, entre les intenses rayons rougeoyants, ce qu'il cherchait. Il appela Kendor qui volait à quelques mètres de lui à sa droite, et lui montra du doigt le lac en contrebas ; à l'extrême ouest, on voyait l'avant-poste de Mont-Lac se dresser tel un phare. Kendor acquiesça, puis souffla dans sa corne pour réclamer

---

[24] Un écran désigne toute protection physique ou mécanisme chimique de défense que les animaux incapables de se cacher des soleils de midi déploient sur leur corps pour se protéger.

l'attention de l'équipée. Il souffla ensuite plus fort et plus longtemps afin de prévenir les hommes de l'avant-poste.

En bas, un soldat entendit la corne et donna l'alerte à son sergent. L'officier surgit d'une grande caserne, sortit sa lunette et la posa rapidement sur son œil pour voir qui approchait. Lorsqu'il reconnut les furaniers de tête, il ordonna à l'un de ses hommes de lui apporter le drapeau, ce que fit un soldat du nom de Curos. Dès que le drapeau alvinorien fut dans les mains du sergent, ce dernier l'agita pour donner aux nouveaux venus l'autorisation d'atterrir. Kendor répondit d'un signe de la main, puis regarda son commandant qui leva immédiatement son bras pour prévenir son équipage. Toras et ses hommes furent les premiers à descendre, suivis de près par les membres de la Garde royale et par les deux furans de somme. Une minute plus tard, l'ensemble des troupes touchait le sol.

Sourire aux lèvres, le sergent Tamas s'avança d'un pas alerte vers son commandant. « Seigneur Commandant, soyez le bienvenu ! Je ne m'attendais pas à votre visite, mais vous trouverez l'avant-poste parfaitement en ordre », déclara fièrement le soldat.

Le prince éclata de rire et répliqua : « J'suis *sûr* que votre avant-poste est parfaitement en ordre, sergent. Mais, comme vous pouvez l'imaginer, j'suis pas ici pour en faire l'inspection. Nous sommes en route pour Spiritii et nous devons faire halte ici pour la nuit. »

Le sergent lança au commandant un regard interrogateur auquel Toras répondit : « Nous voyageons avec des hommes de la garde de mon frère… en mission spéciale. »

L'homme, dans la cinquantaine, fronça les sourcils, sceptique. Il savait cependant qu'il serait inconvenant d'interroger son commandant, alors il laissa ses doutes de côté et demanda : « Mais vos hommes et vous-même, Seigneur

Commandant, devez avoir faim. Je vais envoyer les furans vous chasser un bon gibier bien tendre. » Sur quoi le sergent tourna les talons et cria : « Curos ! Lâche nos chasseurs pour qu'ils nous rapportent quelques bons brouteurs. Et assure-toi qu'ils reviennent avec la viande la plus tendre ! » Et il partit à rire de bon cœur.

Cet accueil chaleureux tira un nouveau sourire à Toras qui tapa sur l'épaule de l'officier en disant : « Sergent, Scratch accompagnera vos furans ; comme vous le savez, il adore chasser et, même si nous volons depuis ce matin, j'suis sûr qu'il a encore assez d'énergie pour nous ramener une bellique !"

« Absolument, mon Seigneur. L'un de mes gardes apportera des coquillons[25] pour les autres furans ; ce sera un bon début, le temps que les chasseurs reviennent avec de la viande fraîche. »

Le sergent aboya ses ordres à une jeune recrue qui était en train de se présenter à Toras et à ses compagnons. Sans une seule hésitation ni un soupçon d'agacement, l'homme se retourna, acquiesça et partit s'exécuter.

Le sourire de Toras ne cessait de grandir tandis qu'il observait le sergent ; il se surprit à penser qu'il appréciait vraiment ce Tamas. À première vue, il ne se serait jamais douté que c'était un homme aussi enjoué, avec sa stature de bellique, son corps petit et trapu, ses jambes en poteaux, ses bras filandreux et ses mains à essorer des pierres. En fait, le sergent avait été vainqueur six années consécutives des jeux de lutte organisés pour la commémoration du retour des hommes en avant-poste. Mais malgré son physique impressionnant, c'était un homme très avenant.

---

[25] Coquillon : Petite créature invertébrée qui porte une mince coquille sur son dos.

Toras quitta le sergent des yeux lorsqu'il entendit ses hommes rire. Ses soldats et ceux l'avant-poste, qui se connaissaient bien pour la plupart, riaient de leurs états respectifs.

Le prince pensa : *C'est bien : j'suis content qu'ils trouvent de quoi rire.* Mais il fronça les sourcils aussitôt qu'il remarqua que Jamir et les siens restaient à part. Il savait qu'ils ne connaissaient probablement personne à l'avant-poste, mais il soupçonnait certains d'entre eux, comme Jamir justement, de ne pas accorder beaucoup d'importance à ces « sacs », comme les soldats de la ville avaient coutume de les surnommer, et d'être donc ravis de rester à l'écart.

Quelques furans se connaissaient aussi, et les « locaux » accueillirent les « visiteurs » menés par l'un des hommes de l'avant-poste avec une série de petits gazouillis vibrants. Près de l'enclos, Curos ordonnait à tous les chasseurs — ils étaient dix, Scratch inclus — de revenir avec de la nourriture ; pour cela, il porta sa main à sa bouche, puis pointa son doigt vers eux, et enfin, descendit ses deux mains le long de son torse pour signer les personnes. Les animaux acquiescèrent, lancèrent un petit cri d'excitation et se mirent à battre de leurs ailes puissantes. L'instant d'après, ils étaient en vol. Les furans transporteraient dans leurs pattes la nourriture qu'ils trouveraient pour eux-mêmes, et dans leurs becs celle destinée aux soldats.

Trois soldats — les jumeaux Falirin de l'unité de Toras et un homme de l'avant-poste — se préparèrent à allumer un feu pour se réchauffer et pour faire cuire la viande lorsqu'elle arriverait. Pour ce faire, ils allèrent à l'arrière de la caserne où bûches et branches étaient proprement empilées. Là-bas, le garde, Hanne, un homme mince mais filandreux, aux yeux et cheveux sombres et dans la mi-vingtaine, lorgna sur une grosse bûche avec un air moqueur. Les jumeaux, eux aussi dans la mi-vingtaine et très bons amis de celui-ci, comprirent immédiatement ce que ce sourire provocateur signifiait. Ils se regardèrent avec impatience et acceptèrent sur-le-champ le défi. Au signal de Hanne, chacun se hâta d'attraper cinq grosses bûches, de courir vers le feu et de les y jeter le plus vite possible. Comme il s'y attendait, Hanne gagna, mais il embrassa Falor et Felor avec une bonne tape sur les épaules. Les hommes vaquèrent ensuite à leurs occupations, allumèrent le feu et mirent les broches à stériliser au-dessus des flammes.

Pendant ce temps, le reste des hommes des deux gardes s'occupaient de leurs furans : ils les dessellaient, les brossaient et vérifiaient qu'ils n'avaient aucune plaie causée par la selle. Ensuite, ils plantèrent la tente du prince ainsi que la tente commune.

Une demi-heure plus tard, les chausseurs rentrèrent, portant chacun un brouteur et un poisson. Les furans lâchèrent leurs prises devant Curos, le gardien des furans, sauf Scratch qui atterrit au pied de son propre maître et déposa devant lui le fruit de sa chasse. Toras le remercia, mais l'envoya confier sa proie à Curos, ce que Scratch fit d'un air agacé. Lorsque Curos eut toutes les prises des furans devant lui, il remercia les animaux, joignant le geste à la parole comme à son habitude, puis il demanda au cuisinier et à ses assistants d'emporter les herbivores.

Curos conduisit ensuite les chasseurs dans l'enclos, avec les autres furans, et avec l'aide d'un autre soldat alla couper les poissons en autant de morceaux qu'il y avait de furans, y compris ceux qui n'avaient pas participé.

Devant le foyer, Hanne et les jumeaux remercièrent les brouteurs pour leur chair et se mirent à les préparer : ils ôtèrent la peau ainsi que les parties que les hommes ne mangeaient pas pour les donner aux furans. Trente minutes plus tard, le repas était prêt et Hanne convia tout le monde à table. Toras, voyant les hommes s'organiser naturellement par unités de gardes, appela le secundus Jamir et l'invita à s'asseoir entre Kendor et lui. Jamir accepta l'invitation à contrecœur, mais au moins, cela força un peu le mélange. C'était une bonne idée, car lorsque tous se mirent à manger, chants et histoires fusèrent, et les Royaux, — constatant la liesse de leurs pairs — prirent part à la fête.

Cette complicité surprit agréablement le secundus Jamir qui regarda le prince et lui adressa un signe de la tête pour le remercier. Toras lui sourit et leva les yeux vers le ciel. Au loin, il aperçut un vol de furans sauvages qui survolaient la vallée entre les monts Furans et les monts Colossi. De là, ils paraissaient tout petits, mais les reflets du soleil rouge sur leurs ventres et leurs ailes firent quand même sourire Toras.

On connaissait trois espèces de furans sur K'Tara : la plus petite espèce, appelée « furan vert », mesurait deux mètres d'envergure ; son caractère amène en faisait un bon animal de compagnie dès lors que les humains réussissaient à capturer les jeunes. La deuxième sorte était le furan blanc, un très grand furan d'environ deux mètres cinquante d'envergure. Il n'était pas possible d'apprivoiser les individus de cette espèce très territoriale, dont les mâles combattaient souvent jusqu'à la mort. La plus grosse espèce de furans — à partir de laquelle on sélectionnait les furans royaux pour les élever — était connue sous le nom de « furan noir » et faisait environ quatre mètres d'envergure. Sa taille, comme son agressivité et le fait qu'il fût carnivore auraient dû en faire un ennemi des humanoïdes, mais le furan noir détestait leur chair. Il préférait de loin dévorer les quadrupèdes qui peuplaient les pentes des monts Furans, ainsi que les grands poissons des eaux environnantes. Le furan noir avait une longue espérance de vie et atteignait souvent l'âge de soixante-dix ou quatre-vingts ans. Grâce à cette longévité, la complicité qu'il entretenait avec son maître pouvait être indéfectible, à condition que son maître le traitât avec respect et que leur union initiale fût effectuée dans les règles de l'art. Mais par-dessus tout, le furan noir était une créature particulièrement intelligente : son langage et son schéma social complexes pouvaient, en étant correctement exploités, devenir des atouts puissants pour les humanoïdes.

Au moment même où Toras laissa échapper un soupir devant le spectacle des furans sauvages, l'un des soldats de l'avant-poste — un grand gaillard musclé en dépit de son âge — s'approcha du sergent Tamas et lui dit : « Sergent, il y a quelqu'un qui vient vers nous à toute allure sur un voran. »

Tamas se dressa et regarda vers la colline à l'est. « Hum, avec le soleil rouge presque couché, c'est dur de savoir qui c'est. Pourquoi n'irais-tu pas à sa rencontre au sommet de la colline, Elmanon ? »

« Comme vous voulez, sergent ! »

Elmanon partit se poster au milieu de l'étroit chemin qui menait à l'avant-poste. Le voranier n'était plus très loin à présent et Elmanon reconnut qu'il s'agissait d'un messager, avec son chapeau plat à petits bords rayé de rouge. Elmanon brandit son bras pour forcer l'homme à arrêter son voran.

L'homme immobilisa son voran à quelque trois mètres du soldat mais n'en descendit pas. Elmanon se tut et considéra l'homme pendant un moment, d'un air autoritaire. Pendant ce temps, le voran et son cavalier en profitèrent pour reprendre leur souffle, souffle qu'ils avaient apparemment retenu trop longtemps. Enfin, Elmanon s'enquit de la raison de sa venue, ce à quoi l'homme, toujours hors d'haleine, répondit qu'il avait un message urgent à transmettre au commandant du poste. Là-dessus, Elmanon lui fit simplement signe de descendre de sa monture. Le messager ouvrit la bouche pour protester, mais, ne voulant pas fâcher le soldat, se ravisa et s'exécuta.

Le messager était un homme petit et trapu, avec un accent particulier et une barbe encore plus étrange, coupée au milieu et tirée en arrière pour s'enrouler autour des oreilles.

Comme le messager ne comprenait pas le manque d'empressement du soldat, il cria : « Garde, j'ai fait cent soixante kil'mètres pour arriver ici et je dois voir le commandant tout d'suite maint'nant ! »

Mais Elmanon n'était pas du genre à laisser filer une occasion d'exercer son autorité, il continua donc de mettre le nouveau venu à l'épreuve. « Et tu viens d'où, Messager ? »

Le pauvre homme poussa un soupir exaspéré et répondit : « C't'un village sur la côte est : Galior. Et si vot' poste vient pas nous aider immédiatement, mon peuple mourra avant mon retour. S'ious plaît, laissez-moi voir vot' commandant. »

Elmanon leva un sourcil sceptique, mais le messager avait déjà vigoureusement enfourché son voran, et à présent il suppliait le soldat ; peut-être disait-il vrai ? Le vieux soldat fit signe au messager de le suivre et ils se dirigèrent ensemble vers le camp. L'étranger, qui eut voulu que le soldat accélérât le pas, le suivit, ajustant son chapeau nerveusement et époussetant son pantalon à plusieurs reprises.

Les hommes étaient toujours assis près du feu et finissaient leur repas ou buvaient un dernier verre de bière Bréminoise. Toras et les officiers se demandèrent pourquoi le nouveau venu était aussi nerveux et ils le regardèrent d'un air empreint d'interrogation et d'inquiétude. Le sergent Tamas s'excusa et vint à la rencontre des hommes afin de savoir quelle catastrophe le messager avait à annoncer à l'avant-poste.

Comme les trois hommes se rapprochaient, Elmanon accéléra. Lorsqu'il atteignit son commandant, le soldat lui transmit la requête du messager. Tamas fit un signe de tête à l'homme qui se tenait derrière Elmanon, comprenant que le soldat devait être à l'origine de son exaspération ; il remercia alors le garde et l'envoya s'occuper des vorans. Elmanon obtempéra, mais avant de partir, il adressa au messager un sourire dédaigneux qui ne passa pas inaperçu aux yeux de Tamas ; ce dernier poussa un nouveau soupir d'embarras.

Comme Elmanon s'éloignait avec le voran, Tamas se rapprocha de l'étranger et lui dit : « Je vous prie d'excuser l'attitude de mon homme, Messager. Il aime intimider les gens dès qu'il en a l'occasion ; une habitude que je n'ai pas réussi à lui faire passer. »

L'homme acquiesça d'un air incertain.

« Alors, Messager, qu'est-ce qui vous amène ici ? »

Les mots se bousculèrent dans la bouche de l'homme comme un torrent impétueux au travers d'une brèche, obligeant Tamas à le faire ralentir plus d'une fois, surtout lorsque le messager mentionna la présence d'une « créature démoniaque ».

Quand le messager eut terminé, Tamas secoua la tête, incrédule, et lui dit : « Bon. Je pense que vous devriez répéter tout ça à mon commandant. Ôtez votre chapeau et suivez-moi. »

L'homme obéit sans pour autant comprendre pourquoi il devait enlever son chapeau ; à sa connaissance, on ne devait agir ainsi qu'en présence d'un noble. Mais il s'exécuta et emboîta le pas au sergent.

Toras discutait avec son primus. Tamas se pencha vers lui et l'interrompit : « Pardon Seigneur Commandant. Un messager de… Galior… » Tamas se retourna vers l'homme pour vérifier qu'il n'avait pas écorché le nom du village, « un petit village le long de la côte. Il a des nouvelles assez incroyables et je ne sais pas trop qu'en penser, si ce n'est qu'il est venu ici chercher du secours. »

« Eh bien, laisse-le venir, sergent. »

Tamas fit demi-tour et dit au messager : « Venez, mon brave, et plaidez votre cause à notre seigneur commandant. »

Le petit homme paru soudain encore plus nerveux. Il ne connaissait pas bien ce que signifiaient les différents titres et grades de l'armée du royaume, car il n'avait jamais eu à faire auparavant avec aucun de ses officiers supérieurs, mais il était sûr d'une chose : « seigneur » devait désigner quelqu'un de très haut placé. Alors qu'il s'avançait et qu'il cherchait timidement à savoir qui était celui à qui il allait parler, il tournait nerveusement son chapeau dans ses mains.

« Eh bien, mon ami, qu'y a-t-il ? »

« Pardon mon Seigneur, 'suis venu chercher de l'ai — ». Le messager recula soudain et s'inclina très très bas, les yeux au sol. Il n'était peut-être pas instruit, mais il était assurément capable de reconnaître un membre de la famille royale, car il y avait, dans toutes les mairies du royaume, un tableau les représentant. L'homme fut décontenancé par la présence du jeune prince ici, juste devant lui. Après quelques instants, il se reprit et, gardant les yeux rivés au sol, son chapeau dans les mains, il se hâta de se présenter comme étant Grom de Galior.

Le prince lui dit : « Pas besoin de baisser les yeux, Maître Grom. Qu'est-ce qui menace ton village ? »

Le messager remercia le prince de l'autoriser à lever les yeux, mais ne releva légèrement que la tête avant de répondre à sa question : « M'sieur le Prince, une bête que personne a jamais vue avant est en train d'attaquer des villages s'la côte et il a d'jà tué des tas d'hommes. Hier, il a attaqué l'village qu'est juste à vingt kilomèt' du not'. Le maire dit qu'il va sûr'ment nous attaquer après. Il m'a envoyé chercher d'l'aide avant que ça soit trop tard pour nous aussi. »

La réaction du prince, qui se mit à rugir, fit sursauter tous ceux qui ne le connaissaient pas bien : « Ahhh ! Queue de grassier ! Pourquoi maintenant ?! Pourquoi ?! »

Grom recula, pensant qu'il avait fâché le prince.

Toras se calma lorsqu'il remarqua la réaction du messager : « Pardon, Maître Grom ; le Col de Corne a été attaqué la nuit passée et j'suis à peu près certain qu'il s'agissait de la même… créature que celle dont tu parles — un énorme rokon. »

Tout en gardant le regard à demi baissé, Grom répliqua : « 'Suis désolé mon Prince. Mais ça peut pas être un rokon. Les survivants ont parlé d'gens qui mouraient pas comme un rokon tue. »

Bon, pensa Toras, *on dirait que ça va être vraiment difficile d'étouffer la vraie nature de notre ennemi. J'aimerais dire la vérité, mais je respecterai les instructions d'Élyana. Je suppose que tout ce que je peux faire pour l'instant, c'est donner des réponses évasives à tout le monde.*

Toras dit : « Maître Grom, la peur peut nous faire croire qu'on a vu un fantôme là où n'y avait qu'une ombre. »

Le messager prit un air contrit, pensant qu'il avait offensé l'intelligence du prince. Il recula et s'excusa de son ignorance.

« Pas besoin d'avoir honte, Maître Grom. Je te demande simplement de ne pas répandre de rumeur ; ce n'est pas raisonnable de le faire, surtout pour un messager. Dans tous les cas, la requête de ton maire trouvera sa réponse. Laisse-nous un moment pour discuter entre nous. »

Grom était plus qu'heureux de laisser au prince le temps de consulter en privé ses officiers — et d'avoir lui-même du temps pour recouvrer sa dignité. Il s'inclina de nouveau et retourna auprès de son voran qui était attaché à côté de l'enclos des furans.

Kendor fut le premier à parler. « Seigneur Commandant, je propose que nous nous séparions. Je connais les ordres, mais c'est la meilleure chose à faire. Un tiers d'entre nous peut aller à Galior pendant que les autres continuent avec vous jusqu'à Spiritii. »

Jamir s'offusqua de cette suggestion et s'exclama : « On ne peut pas faire ça ! »

« Vous préférez laisser un autre village se faire massacrer ? » répliqua Kendor qui commençait à s'échauffer. « Sergent Tamas et ses hommes ne peuvent absolument pas s'occuper de ça tout seuls ! »

Un soupçon d'ironie dans la voix, Jamir lui rappela : « Nous avons pour ordre de ramener le haut roi, *Primus* Kendor. »

Kendor dû se contenir pour ne pas frapper cet idiot, mais il retint son bras et fusilla Jamir du regard. Toras maudit les Royaux dans un souffle. Franchement, il se demandait pourquoi certains Royaux étaient aussi hostiles vis-à-vis de la Garde noire ; sûrement pas à cause de son frère ni de Harlion, car tous deux avaient servi dans la Garde noire et la respectaient. Est-ce que c'était la jalousie qui avait rendu ces Royaux si hargneux ? Ou simplement la colère d'être soumis à un homme qui n'appartient pas à la Garde royale ? Dans tous les cas, ce Jamir ne se rendait pas compte que son manque de respect envers un homme de la Garde noire l'insultait, lui, au bout du compte, et dans d'autres circonstances, Toras l'aurait rappelé à l'ordre très sévèrement. Mais pas aujourd'hui. Il y avait autre chose de plus urgent à faire à présent. Il se promit quand même d'en toucher deux mots à son frère, plus tard.

Tandis qu'il revenait sur la situation actuelle, Toras remarqua que Kendor et Jamir l'attendaient — avec une certaine impatience — pour entendre son opinion. Toras les arrêta d'un signe de la main pour leur éviter de faire une autre remarque, et leur dit : « « Primus Kendor, prenez cinq de nos hommes et cinq du secundus Jamir et partez pour Galior. »

Jamir commença : « Je dois m'obj – » Mais Toras l'interrompit du regard, ce même regard furieux auquel son père recourait lorsque ses fils ou quiconque l'agaçaient. L'officier s'arrêta tout net.

Toras dit : « Secundus ! Un peuple sans défense a besoin de notre aide, donc nous la lui apporterons. Comme c'est aussi du ressort de la Garde royale de veiller à la défense du royaume, j'envoie quelques-uns de vos hommes aux côtés des miens. »

L'officier resta là sans mot dire, surpris et blessé dans son amour propre. Peu importait, Toras n'y pouvait rien, il l'avait bien cherché.

Le seigneur commandant poursuivit ainsi : « Primus, vous connaissez vos ordres. Secundus Jamir, choisissez les cinq hommes qui partiront avec le primus Kendor. »

Les deux hommes acquiescèrent tour à tour, l'un affectant un air satisfait et l'autre, le regard vide, qui se remplit d'étonnement lorsque Toras ajouta : « Quant à vous, Secundus, vous agirez comme mon second commandant jusqu'au retour du primus Kendor. »

Jamir parut déconcerté par le frère du haut prince. À part les éloges bien mérités sur ses talents au combat, Jamir n'avait jamais entendu que des commentaires négatifs sur le caractère et les décisions hâtives du jeune prince. Mais c'était sans doute sa manière à lui de déranger les gens avant de leur accorder sa confiance au moment où cela les déstabilisait le plus.

Toras continua : « Primus, si vous ne pouvez pas tuer le Scytale — ce qui est fort probable — essayez au moins de l'éloigner du village. » Puis il ajouta moins comme une question que comme une affirmation : « Vous connaissez les risques ? »

Le soldat le regarda en grimaçant, ce qui signifiait qu'il les connaissait très bien.

« Bonne chance, mon ami, et digne soit ton corps. »

Les hommes se serrèrent les bras et Kendor prévint Grom qu'ils allaient partir pour Galior dans quelques minutes. Toras ne manqua pas de remarquer le soulagement de Grom. Quant à lui, il sentit que sa tâche devenait de plus en plus difficile à accomplir, et presque désespérée. Toras constata aussi une certaine agitation chez les hommes qui venaient d'apprendre qu'ils devraient bientôt partir pour Galior. Ce genre de changement subit était toujours mauvais signe. Les hommes de l'avant-poste et leur sergent aidèrent le primus Kendor et son détachement à se préparer au départ, se demandant constamment, nom de Noctiferus, ce que c'était que cette histoire de rokon qui causait tant de dégâts.

À ce moment, Toras convia les officiers dans sa tente pour leur parler de la tactique à adopter pour le détachement de Galior. Dès qu'ils furent tous réunis et que Toras fut sur le point de commencer, le secundus Jamir l'interrompit — poliment — pour suggérer au prince d'envoyer un message à son frère afin de l'informer de son changement de plan et de la scission de la troupe qui en résultait. Toras poussa un nouveau rugissement qui stupéfia tout le monde, à l'intérieur comme à l'extérieur de la tente.

Ce ne fut pas Jamir qui l'avait tant énervé, mais plutôt le fait que tout le monde n'allait pas aider Galior à se défendre. *Pourquoi est-ce que je devrais, moi ou qui que ce soit, rester ici à siroter du thé, à boire une bière ou à dormir, pendant que d'autres affronteront vraisemblablement le Scytale d'ici une heure !? Pourquoi ?*

Son désir de partir à Galior et de combattre aux côtés de ses hommes étaient bien plus fort que celui d'accomplir sa mission pour trouver son père. Il *devait* aller à Galior. Là-bas, la situation était bien trop grave pour qu'il laisse ses hommes risquer leurs vies pendant qu'il continuait tranquillement. Son père était important, certes, mais quelques-uns des meilleurs hommes du royaume se chargeaient déjà de sa protection ; tout allait sans doute très bien pour lui, où qu'il fût.

Ces pensées, à force de se bousculer dans l'esprit du prince, faisaient augmenter sa colère et Jamir recula — au cas où. Tout à coup, Toras frappa de toute ses forces sur le poteau central de la tente avec son poing. Le poteau craqua dans un terrible bruit et le toit s'effondra. Dans sa fureur, Toras tira la toile, provoquant l'écroulement du reste de la tente. Tous les hommes durent se baisser pour se protéger de la chute des poteaux et traverses.

Le secundus Jamir — à l'instar des autres — était agenouillé sous la toile et secouait la tête. *Voilà donc ce qu'ils entendent quand ils disent que le prince est imprévisible et dangereux comme une bellique enragée.* À cet instant l'officier entendit le prince qui grognait toujours à quelques pas sur sa gauche. Avec un soupir, il dégaina sa lame et se mit à déchirer la toile pour tenter d'atteindre le prince. Mais ce ne fut pas facile avec les couches de tissus et les traverses emmêlées. Il y arriva malgré tout et au bout d'un moment, il se retrouva à côté de Kendor qui tentait lui aussi de dégager le prince. Jamir pensa d'abord que l'homme avait honte de l'attitude de son commandant, mais au lieu de cela, il haussa les épaules et les sourcils, résigné. Les deux hommes se mirent à crier, demandant au prince s'il allait bien.

Ce dernier répondit en grognant : « Bien sûr que je vais bien. Pourquoi j'irais mal ?! »

Jamir dut retenir un gloussement en voyant Kendor secouer la tête. Kendor dit, « S'il vous plaît, mon Prince, reculez. Nous allons déchirer la toile de ce côté. »

L'instant d'après, le prince surgit parmi les débris, suivi des deux officiers. Ils sortirent sous le regard déconcerté des hommes qui avaient dégainé leurs armes, craignant que quelque chose ou quelqu'un s'en fût pris au prince.

L'un des soldats demanda : « Seigneur Commandant, vous allez bien ? »

Toras s'arrêta un moment, mais ne répondit pas. Il se contenta de regarder l'homme, la mâchoire serrée, agacé que le soldat lui posât la même question que les autres au sujet de son état. Le pauvre homme recula et marmonna des excuses.

Toras se remit à marcher rageusement et se dirigea vers l'enclos pour récupérer Scratch et le préparer à partir.

« Scratch ! Viens ici ! »

Scratch leva la tête au fond de l'enclos, mais ne bougea pas. Toras l'appela à nouveau, ou plutôt hurla son nom, et cette fois, Scratch réagit avec de petits grognements tout en manifestant son refus de venir d'un signe de tête.

Toras allait se remettre à crier lorsqu'il réalisa ce qui était en train de se passer. Il se dit : « Bon. C'est sûr que c'est pas à toi de subir ma colère. En fait, je sais que si ça tenait qu'à toi, nous serions déjà à Galior. »

Toras l'appela encore une fois, mais le furan refusa toujours de venir, jusqu'à ce que le prince se rendît compte qu'il devait d'abord respirer, se calmer, puis s'excuser. Le furan accepta ses excuses avec un ronronnement plein de reproches, et s'approcha enfin de son maître qui le fit sortir de l'enclos pour le seller.

Les soldats s'étaient rassemblés autour de leurs capitaines près de la tente effondrée. Ceux qui ne connaissaient pas encore la personnalité du seigneur commandant se demandaient s'il était devenu fou. Quant aux hommes de Toras, ils surent que ce jour allait « simplement » être l'un de ces jours ou de ces nuits. Grom demanda à un grand soldat assez nerveux si le prince avait perdu la tête.

La réponse du soldat fut d'une grande honnêteté : Non, il est juste pas capable de laisser ses hommes affronter le danger sans lui. »

Quant à Kendor, il devinait facilement ce qui troublait le prince et ce qui allait se passer ensuite. Alors, il se contenta de patienter en compagnie des soldats et de rassurer ceux qui avaient besoin de réconfort — surtout les membres de la Garde royale. Il ne fallut pas attendre bien longtemps pour que les ordres du prince traversassent le camp.

« Primus Kendor, Secundus Jamir, préparez les hommes. On va tous à Galior ! Et j'veux pas entendre une seule plainte ni réflexion ! » Puis, faisant face à Tamas qui était venu le chercher, il déclara : « Sergent ! Envoyez un messager à mon frère, à l'est, et informez-le de ce qui se passe ici. La caravane est sans doute quelque part sur la voie Capitale, à l'heure qu'il est. »

C'est ainsi que le seigneur commandant Toras et son détachement firent un détour funeste par Galior.

V L'EXODE DES HABITANTS DE COL DE CORNE

Quelques heures après que Toras et son équipe eurent quitté Col de Corne, Élyana, Aithen et ses gardes commencèrent à organiser le départ de la population. La Garde noire — unité chargée de la protection du col – aidée par plusieurs charpentiers et maçons ainsi que par les chefs de chaque foyer, resterait sur place pour procéder à la reconstruction de la forteresse et du village. Les serviteurs assignés à la forteresse demeureraient également là afin de vaquer à la cuisine et aux divers besoins de la garde ; il en serait de même pour les guérisseuses.

Selon la requête d'Élyana, des Sœurs arriveraient dans les prochains jours pour participer à la réparation des édifices. En effet, les Cordons jaunes savaient utiliser le Lien pour renforcer la pierre, et ce renforcement s'avérait capital compte tenu de la position stratégique de la forteresse, entre la nation ennemie du Rokoth à l'ouest et la Basse-Alvinorie à l'est, où se trouvait la capitale coriolanne.

En fin de journée, tout était prêt : on avait chargé les charrettes des provisions nécessaires à un tel voyage, et le secundus Sheffar avait reçu ses dernières instructions. Ceux qui étaient capables de dormir avaient élu domicile pour la nuit sous des tentes ou dans leurs chariots. Tous les autres s'étaient réunis autour du feu et chantaient de vieilles chansons d'amour et de mort, en attendant le matin.

Le soleil bleu se leva enfin. La plupart des villageois étaient déjà réveillés et attendaient l'heure du départ avec impatience. Hommes, femmes et enfants déjeunaient de pain trempé dans l'huile, s'ils avaient de l'huile, et de sang cuit obtenu en entaillant le cou de leurs meugleurs ; sinon, il leur restait l'eau ou le vin. Vers six heures et demie après grandnuit, le haut commandant Aithen ordonna au clairon de sonner la corne.

Le cœur des civils bondit au son de la corne et, bon gré mal gré, tous les adultes se préparèrent avec leurs enfants et attelèrent les chariots à leurs vorans et beugleurs. Les familles avaient reçu l'ordre de n'emporter que les animaux destinés à tirer les chariots, ainsi que leurs hurleurs, le cas échéant. Les autres devaient rester sur place. Chaque famille avait aussi emballé de la nourriture sèche, un sac par adulte et un demi-sac par enfant ou par aîné, ainsi qu'un petit tonneau d'eau. Cela devrait suffire pour le voyage jusqu'à Furanville. Une fois là-bas, chaque famille se verrait attribuer un abri, ainsi qu'un travail à raison d'un adulte par foyer afin de subvenir aux besoins de la famille, en attendant que tous puissent retourner à Col de Corne.

Les gardes, quant à eux, se placèrent automatiquement à leurs postes, dans l'ordre et la discipline : cinq des quinze gardes pour assurer la surveillance du convoi à dos de vorans, et dix autres sur des furans, accompagnés par les furans non montés. Les équipes furanes seraient chargées d'explorer les terres — et les airs — pour assurer la sécurité du convoi. De son côté, Aithen voyagerait à dos de voran jusqu'à la capitale afin de pouvoir discuter à tout moment avec Élyana Lux Baiula ou avec ses capitaines. Son furan, Xyre, pourrait voler aux côtés des autres furans en liberté ou marcher auprès d'Aithen, à sa guise.

Si, parmi les officiers ou les gardes d'Aithen, quelqu'un avait le moindre doute à l'idée d'emmener autant de réfugiés dans la capitale, personne ne le montra.

Le prince, confortablement installé sur son voran, regarda son furan dans les airs et soupira. Xyre était un animal admirable. Du haut de ses vingt-sept ans, c'était un jeune furan expérimenté et digne de confiance, prudent mais courageux, contrairement au jeune Scratch qui avait tendance à être une tête brûlée, tout comme son maître. Ce qu'Aithen admirait par-dessus tout chez Xyre, c'était le dévouement dont il faisait preuve indépendamment de son état ou des difficultés qu'il rencontrait. Ce n'était pas un hasard s'il appartenait à Aithen : la famille royale avait priorité de choix sur les furans capturés tous les dix ans. Les autres — loin d'être mauvais — étaient généralement répartis entre les divisions ailées des deux Gardes, royale et noire.

Quelque vingt minutes après le son de corne, le convoi fut prêt à lever le camp. Aithen fit à nouveau signe au clairon, et le jeune garçon sonna la corne haut et fort une fois de plus : le convoi se mit en marche vers un lieu que la plupart des civils ne connaissaient pas du tout ou seulement à travers des histoires contées par des marchands ou des soldats. Les Corniers furent nombreux à éprouver une grande excitation à l'idée de visiter Furanville, la cité des rois et des empereurs ; ceux qui n'y étaient jamais allés s'imaginaient un lieu de rêve, et ceux qui la connaissaient la savaient splendide. Mais, malgré l'excitation générale, tout le monde affectait un air de deuil, et cela resta ainsi un long moment, tandis qu'on faisait avancer les animaux à coups de fouet, en partance pour la capitale inconnue.

La route entre Col de Corne et Furanville faisait partie des rares routes en graviers de tout le royaume ; cela signifiait que, même si le voyage allait être long en raison des quatre-vingt-quinze chariots du convoi, conducteurs et passagers seraient malgré tout bien installés.

Quelques jeunes garçons préférèrent monter les animaux de trait de leurs parents, tandis que les plus vieux — ils avaient déjà dépassé leurs peurs de la veille ou peut-être essayaient-ils de les oublier — décidèrent de courir et de s'amuser à côté des charrettes, plutôt que de rester dans l'atmosphère de deuil qui régnait à l'intérieur.

Mais après quelques heures, l'ambiance générale commença à se détendre, comme par magie. En effet, la voie Capitale ne se trouvait plus qu'à cinquante kilomètres de la côte nord, on entendait les chants joyeux des tzilleurs et les effluves des lonems emplissaient d'un parfum délicat la brise tiède ; tout cela contribua à remonter le moral de certains, voire de tous.

L'arbre lonem, qui poussait par bosquets de dix ou quinze pieds dans cette région, était un gigantesque épineux. Les plus grands pouvaient atteindre jusqu'à cent mètres de haut et s'enorgueillir d'un tronc de neuf mètres de large. Le plus vieux lonem, connu sous le nom d'*Adagnitius*, avait assisté à la naissance et à la chute de l'empire coriolan, à la fondation de l'ordre des Sœurs de la lumière, aux années funestes de la Guerre des ténèbres, ainsi qu'à l'apparition du virus qui extermina les Luxori. Adagnitius était révéré par une secte occulte, mais inoffensive dont les membres, des autochtones, vivaient dans les arbres. Ces gens, que l'on appelait simplement « les Sylvians », croyaient que les arbres, en raison de leur taille et de leur âge, portaient en eux des connaissances accumulées jour après jour, siècle après siècle, depuis qu'ils n'étaient que des graines et qu'ils pouvaient les transmettre à ceux qui habitaient dans leurs troncs. Le chef de leur secte, Branche Vivante, était le premier destinataire de cette science et résidait dans le grand Adagnitius.

Comme le convoi passait à cent mètres d'un bosquet, des sylvians sortirent de leurs demeures ligneuses, curieux, et s'émerveillèrent devant la longue file de chariots et devant l'extraordinaire troupe de furans au-dessus du convoi. Les Corniers se retournèrent sur eux, animé d'une curiosité plus grande encore.

Tout à coup, une vieille femme, solide comme un arbre, sortit du tronc le plus proche avec un long bâton orange. Après s'être éloignée du périmètre de l'arbre, elle s'immobilisa et planta son bâton bien droit dans le sol, déclenchant un grand fracas qui fit sursauter de nombreux voyageurs.

Sans même regarder ce qui avait provoqué le bruit, Aithen murmura : « La Branche Vivante. J'aurais dû m'y attendre. »

Harlion, qui chevauchait à la gauche du prince dit : « Il faudrait que quelqu'un aille la voir pour lui expliquer la raison de ce convoi. »

Aithen approuva la suggestion de son capitaine et se retourna vers Élyana qui répliqua : « J'y vais. Elle accueillera plus volontiers ma présence que celle d'un officier, mon Prince. »

Aithen lui répondit avec un doux sourire, « Je pense que tu as raison. »

Élyana lui renvoya son sourire accompagné d'un hochement de tête.

Le prince regarda la femme descendre de son voran avec grâce et la suivit d'un regard rempli de désir tandis qu'elle se dirigeait vers la Branche Vivante. Ce faisant, il se contenta de répondre d'un air absent à une remarque d'Harlion à propos des adeptes de la secte. Comme une image aussi intense qu'inattendue traversait l'esprit d'Aithen, il secoua la tête et demanda à son capitaine de lui donner une estimation de leur arrivée dans la capitale, histoire de penser à autre chose qu'à la Lux Baiula.

Lorsque Élyana atteignit la Branche Vivante, les deux femmes inclinèrent respectueusement la tête, puis discutèrent quelques minutes paisiblement. De temps à autre, la vieille dame jetait un œil inquiet en direction du convoi, puis regardait le prince avec insistance. Élyana s'inclina enfin de nouveau devant la Branche Vivante et rejoignit le convoi.

Alors que la Lux Baiula remontait sur son voran, Aithen se gratta le bras d'un air embarrassé : « Bon ? »

« Oui, c'est bon. On peut repartir. »

Aithen fixa la Lux Baiula en fronçant légèrement les sourcils et ajouta : « S'il te plaît, Élyana. »

« Oui, Aithen. Je veux dire que la Branche Vivante a accueilli mes explications, mais je ne pense pas qu'elle m'ait cru à propos du rokon, car les rokons passent souvent par ici et ne soulèvent jamais de tels affolements, et surtout pas un convoi comme le nôtre. En tous cas, aucune rumeur ne se répandra d'ici ; comme tu le sais, les Sylvians ne sortent pas des limites de leur territoire et ceux qui leur rendent visite n'apprennent rien d'autre que ce qui vient des arbres. Et nous avons de la chance, les arbres n'ont pas vu le Scytale. »

Aithen se racla la gorge et répondit : « Merci, Élyana. J'aime la façon dont tu as pris tout ça en main, même si je ne crois pas que le Scytale intéresse vraiment les arbres, à moins qu'il ne leur… chie dessus sur son passage, et encore. »

La Lux Baiula, surprise, cligna des yeux, mais s'en remit rapidement et déclara : « Ça, mon Prince, vous n'en savez rien. Mais je vous en prie. »

Ce fut au tour du prince d'être surpris par cette réponse. Son capitaine, qui avait écouté cet échange avec intérêt, partit à rire et dit : « Je ne prétendrai pas comprendre ce qui se passe entre vous, mais la Lux Baiula a raison. » Et l'homme se remit à rire de bon cœur.

Le prince, un peu vexé, décida d'ignorer ce commentaire et ordonna au convoi de se remettre en route ; il secoua la tête et grommela, mi-agacé, mi-ému, tout en repensant à ce dernier échange avec Élyana.

À mesure que cet interlude curieux disparaissait au loin, l'ambiance générale revint au beau fixe, stimulée par le parfum persistant des arbres et par la brise tiède.

Le prince, cependant, se laissa bientôt envahir par de sombres pensées, malgré les beautés et la force de vie qui entouraient le convoi, et la douce voix d'Élyana qui discutait calmement avec Harlion. L'importance des récents événements et son besoin de les expliquer, le tout mêlé aux responsabilités qui lui incombaient à présent faisait bouillonner son esprit.

Si les convictions d'Élyana sont justes, nous sommes tous condamnés. Comment pouvons-nous espérer combattre le Scytale, ainsi que tous ceux qui se joindront bientôt à lui ? Qui possède le savoir nécessaire aujourd'hui pour vaincre de telles choses ? Que vais-je pouvoir répondre aux membres du Conseil de l'Union lorsqu'ils m'assailliront de questions ? Et que vont penser les sénateurs de la ville en me voyant arriver avec huit cent quatre-vingt-dix-neuf hommes, femmes et enfants ? Et pourquoi diable je continue à penser à elle et à me sentir comme le dernier des imbéciles devant elle ? J'ai pas le temps maintenant de laisser ce genre de sentiments *me déconcentrer !*

Tels furent les pensées d'Aithen pendant le reste de la journée. Il se demanda également comment ses parents réagiraient s'ils apprenaient qu'il était attiré par une Lux Baiula. Octavius et Darya avaient commencé à lui mettre la pression pour qu'il se trouve un bon parti à épouser, alors qu'il venait tout juste de dépasser le premier huitième de la longue vie qu'il espérait avoir. Aithen avait du mal à comprendre pourquoi tout le monde s'attendait à ce qu'il trouve une fiancée, aussi jeune, puisque s'il avait un enfant maintenant, son fils serait déjà un vieillard avant même de s'asseoir sur le trône.

En tout cas, s'ils savaient qu'il avait jeté son dévolu sur une Lux Baiula, ils s'y opposeraient probablement. En effet, en devenant Sœur, une femme se devait de renoncer à tout type de bien et de propriété, ce qui signifie qu'une telle union ne rapporterait aucun avantage financier à la royauté. De plus, même si une Sœur avait droit au mariage, rares furent celles qui, dans l'histoire, profitèrent de ce droit, et aucune d'elles n'avait jamais consenti à un mariage avec un homme qui possédât pouvoir et richesses, car la sororité y aurait vu un risque que la Lux Baiula en perdît toute objectivité. Ces pensées renforcèrent la résolution d'Aithen : résister à ses sentiments naissants pour la dame.

À l'approche de la mi-journée, alors que la chaleur des ardars devenait une menace pour le convoi, Aithen ordonna une halte et l'on arrêta les charrettes dans un champ au bord de la voie. Chacun disposa immédiatement des toiles réfléchissantes sur les chariots tandis que les membres de l'équipage princier s'abritèrent dans des tentes pourvues de cette même sorte de toile. Vorans et autres trompettistes furent également couverts par de grands draps réfléchissants, fins, mais résistants. Quant aux meugleurs et aux furans, on les laissa là où ils se trouvaient, car les uns muaient pour s'enfermer dans de gros cocons comme des couvertures pendant les ardars, et les autres se contentaient de s'abriter sous leurs ailes dont la peau luisante gardait leur corps au frais et les protégeaient contre les débris projetés par la tempête après les ardars. Heureusement pour le convoi, les vents des ardars n'étaient pas aussi puissants à proximité de la côte nord de l'Alvinorie et, même si des débris pouvaient déchirer des toiles légères ou de la peau, ils ne briseraient pas les os ni les chariots.

La grande majorité des créatures terrestres — y compris les humanoïdes à moins qu'ils aient développé une technologie de refroidissement des corps — passaient les ardars dans une torpeur provoquée par la chaleur intense exténuante et avilissante. Seules quelques espèces de lézards volants, capables, même en plein vol, de vaporiser une sorte de brume sur leur corps, pouvaient rester en mouvement pendant ces heures mortelles.

Quelques heures plus tard, lorsque les vents se furent calmés et que les beugleurs se furent débarrassés de leurs cocons, tout le monde se réveilla. Les trompettistes, y compris les vorans, furent rapidement découverts, les tentes remballées et les abris de toits enlevés, tandis que les furans repliaient leurs ailes et étiraient leurs membres en poussant de petits cris.

Chacun vérifia que rien ne manquait et que tout était intact ; on ôta aussi les débris sur les chariots. La plupart des familles préparèrent ensuite un repas froid d'après grandjour, composé de fruits secs, de pain ou de fromage, selon ce qu'elles avaient emporté. Ceux qui possédaient un meugleur, en profitèrent pour allumer un feu et envoyer les enfants recueillir les restes de cocon avant qu'ils ne tombassent complètement à terre. Les morceaux de cocons furent soigneusement émiettés dans une casserole et cuits à feu doux jusqu'à caramélisation. On étala ensuite cette pâte sucrée appelée « coclice » sur du pain ou on y trempa des fruits secs. Mais cette nourriture n'était pas particulièrement appréciée par les citadins ni par les gardes de l'unité — car ils venaient de familles relativement aisées — et la vue comme l'odeur de cette gelée les dégoûtaient. Mais les quelques gardes aux origines plus modestes observaient les paysans avec envie, espérant qu'une famille finirait par leur proposer une peu de leur coclice. Enfin on les invita et les gardes sautèrent sur l'occasion avec délice sous les regards écœurés de leurs camarades.

Une heure plus tard, la corne retentit de nouveau et le convoi se remit en marche vers la capitale, faisant trembler la terre. Les bruits de pas et de roues, les cris des hommes et des femmes encourageant leurs animaux, et les coups de fouet sur le cuir des vorans ainsi que sur la chair neuve, et donc plus sensible, des meugleurs soudain plus réactifs, se répercutaient au sol et emplissaient l'air comme dans un écho.

Vers l'arrière du convoi, une bagarre avait éclaté entre de jeunes hommes dont les chariots avaient failli se heurter, et leurs cris se mêlèrent à la cacophonie. Mais les innombrables bruits de roues creusant le gravier finirent par étouffer tout le reste et le calme revint dans le convoi.

À l'avant de la file ininterrompue de chariots, Aithen et Élyana discutaient de ce qu'Aithen devrait faire une fois arrivé ; en premier lieu, il devrait rencontrer les sénateurs pour leur parler de l'organisation des réfugiés ; il faudrait ensuite qu'il s'entretienne avec le Conseil de l'Union à propos de la veille à assurer dans leurs villes et villages respectifs. Enfin, Élyana avait fortement insisté sur une ultime tâche, tandis qu'Aithen s'y était opposé aussi longtemps que possible ; il devrait rencontrer Galadrin, le premier clerc de l'ordre d'Aiala, et s'assurer que l'ordre ne colporterait aucune rumeur sur le caractère surnaturel de l'attaque de Col de Corne, chose que l'ordre faisait fréquemment lorsque survenait un événement inexplicable.

Aithen se demandait souvent pourquoi l'ordre d'Aiala était aussi différent de l'ordre d'Élande, un ordre religieux avec des croyances rationnelles — si tant fut qu'une croyance pût être rationnelle. La réponse, selon Octavius, était que le premier était mû par des ambitions politiques, contrairement au second. Étant donné son aversion pour la politique et la religion, il y avait peu de chance pour qu'Aithen appréciât ses discussions avec le premier clerc Galadrin. Mais le désamour d'Aithen pour le clerc n'avait rien à voir avec sa vision du monde ni ses motivations. La véritable raison pour laquelle il ne l'aimait pas était que l'homme était un fanatique et que cela se lisait sur son visage intentionnellement brûlé et scarifié. En effet, une brûlure au visage représentait la sujétion du brûlé à

Aiala et c'était là la condition essentielle de son admission dans l'ordre. Le sujet devait se brûler à nouveau à mesure qu'il gravissait des échelons de *soumission et de pureté*. Le visage de Galadrin avait subi plus de brûlures que n'importe lequel de ses prédécesseurs, de sorte que sa vue dégoûtait Aithen qui ne comprenait pas comment un groupe avec de telles croyances pouvait exister. Mais le prince savait que ses opinions personnelles ne prévalaient pas lorsqu'il s'agissait d'affaires d'État, c'est pourquoi il rencontrerait le premier clerc, comme Élyana le lui conseillait.

La question la plus délicate que le prince et la Lux Baiula se posèrent était de savoir s'il fallait ou non parler au clerc, aux sénateurs et aux seigneurs de la vraie nature du rokon. Élyana soutenait qu'il serait sage de ne rien leur dire avant qu'Urbs Lucis et la couronne ne se fussent d'abord entendus sur une réponse. Mais Aithen insista sur l'importance de dire la vérité à moins qu'une autre vérité ne s'impose d'elle-même, ce qui ne serait alors d'aucun secours pour la couronne ni pour la sororité. Pourtant, la Lux Baiula eut le mot de la fin et le prince se rangea de son côté, bien qu'à contrecœur, pour garder pour le moment le secret de la nature véritable du rokon. Quoi qu'il en fût, bien trop de choses restaient encore dans une zone de brouillard et Aithen accepta de circonscrire ce sujet à un nombre limité de personnes.

Le reste de la journée se passa bien, à part pour un garçon de dix ans qui se blessa sous les roues du chariot de ses parents. Heureusement pour le jeune garçon, l'un des gardes d'Aithen — qui voranait justement près de lui et qui avait suivi une formation sur les premiers soins sur le terrain — avait immédiatement réagi en nouant un garrot autour du mollet écrasé pour arrêter l'hémorragie. Le garde avait ensuite envoyé l'un de ses camarades en informer le prince. Quelques minutes plus tard, le prince les rejoignit en compagnie d'Élyana. Les parents du jeune garçon commencèrent par s'affoler, croyant que le prince leur en voulait pour avoir ralenti le convoi. Mais une fois qu'Aithen eût expliqué la raison de sa venue, ils s'excusèrent, gênés. Inutile de dire que l'attitude attentive du prince à l'égard de son peuple eut rapidement fait le tour de tout le convoi.

Aithen parla un moment avec les parents du jeune garçon afin de leur demander s'ils accepteraient qu'Élyana aidât leur fils. Normalement, les soins aux malades et aux blessés — humains ou animaux — étaient dispensés par la guérisseuse du village. Mais les deux guérisseuses étaient restées à Col de Corne, et bien que Peter, le garde d'Aithen, eût fait un excellent travail pour stopper l'hémorragie, il fallait soigner la blessure du garçon. Ni l'homme ni la femme ne savait que faire ; à l'évidence, ils avaient tous les deux les mêmes a priori que la plupart des civils à l'encontre des Lux Baiulae. Le prince avait ajouté qu'elle n'était pas médecin, mais qu'elle avait appris, comme toutes les Lux Baiulae, à soigner les urgences ; Élyana Lux Baiula pouvait en plus accélérer la guérison du garçon — sinon le guérir complètement. Inquiets et nerveux, les parents finirent par accepter de laisser la Lux Baiula s'occuper de leur enfant.

Élyana s'approcha du jeune garçon allongé à l'arrière du chariot. Il pleurait. Elle n'était pas rassurée non plus et cacha son propre inconfort à l'idée de soigner un civil. Bien sûr, elle s'était occupée des défenseurs de Col de Corne, mais elle n'avait alors pas eu le choix. Cette fois, c'était différent : le garde d'Aithen avait déjà arrêté l'hémorragie et elle savait que les civils n'avaient toujours pas confiance en elle, même si elle avait déjà secouru plusieurs des hommes qui se trouvaient maintenant dans le convoi. Comme elle avait déjà pris sa décision, elle afficha un adorable sourire et demanda : « Comment tu t'appelles, jeune homme ? »

Voyant cette femme puissante et si belle s'adresser à lui, le jeune roux ravala les larmes qui coulaient sur ses taches de rousseur, retint un grognement de douleur — pas question de la laisser penser qu'il était faible — et répondit : « J'm'appelle Martius, M'dame. »

« Martius. C'est un beau prénom. Tu sais que tu es chanceux ? »

« 'Suis chanceux ? »

« Bien sûr. Tu en connais beaucoup, toi, des garçons qui pourraient dire à leurs amis que le prince a fait venir une Lux Baiula pour les soigner ? »

Le garçon esquissa un sourire en dépit de la douleur et se détendit.

Aithen regardait Élyana, subjugué. Il ne l'avait jamais vue parler ainsi à un enfant, pas même à lui ou à son frère lorsqu'elle leur souriait, enfants, en les instruisant. Cette réflexion le mit soudain mal à l'aise ; il secoua imperceptiblement la tête et focalisa son attention sur le jeune garçon. *Cette différence d'âge me porte sur les nerfs !*

Élyana dit au garçon : « Maintenant, je vais mettre mes mains sur toi pour connaître l'ampleur de ta blessure. Je vais tout faire pour éviter de te faire mal, mais préviens-moi si tu ressens une douleur. Je prendrai ensuite une autre minute pour te sonder. Tu ne devrais rien sentir du tout. »

« Me sonder ? »

« Oui, je vais me servir du Lien — tu en as déjà entendu parler, non ? » Le garçon acquiesça. « Je vais me servir du Lien pour regarder à l'intérieur de ton corps, dans ta jambe. Tu me fais confiance ? »

Le garçon consulta ses parents, d'un air craintif. Ils se regardèrent, puis considérèrent le prince, avant de revenir vers leur enfant avec un hochement de tête. Si le prince lui faisait confiance, ils devaient faire de même.

Avant de commencer, Élyana tourna légèrement la tête vers les parents de l'enfant et leur dit : « Comme vous l'a dit le prince, je ne suis pas médecin, mais je pourrai arrêter l'hémorragie interne et lancer le processus de réparation osseuse. Une fois à Furanville, vous devrez emmener votre fils consulter l'un de nos médecins pour qu'il achève le processus. Si vous le faites, il pourra gambader comme avant. »

Les parents, ne sachant pas comment s'adresser à la Lux Baiula, ni comment la remercier, se regardèrent comme pour demander à l'autre de répondre. L'instant d'après, le mari s'exprima pour les deux : « Nous le ferons, M'dam… Lush Baiula. Merci. »

Élyana se mit alors à examiner la jambe du garçon qui grimaçait de temps en temps ; elle feignit de ne rien remarquer. Elle ôta le bandage que le garde avait posé et vit que l'hémorragie avait repris lorsqu'elle avait desserré le garrot.

Sans le regarder, elle dit au soldat : « Garde, vous êtes un medicus militum[26], je suppose ? »

« Pas tout à fait, Lux Baiula. Mon insigne a été endommagé lors de la bataille contre le… rokon et ressemble maintenant à un insigne de medicus militum. Mais je suis seulement étudiant. Quoi qu'il en soit, j'serais heureux de vous aider, si je peux. »

« Parfait, c'est tout ce qu'il me faut. Resserrez le garrot et préparez-vous à le desserrer doucement quand je vous le demanderai. »

L'apprenti médecin s'exécuta et Élyana se remit au travail. Après avoir examiné la blessure une minute — une longue minute au cours de laquelle le garçon et ses parents se demandaient ce qui se passait — elle sut ce qu'elle avait à

---

[26] Medicus Militum : Médecin militaire.

faire. Sans quitter l'enfant des yeux, elle s'adressa à tout le monde et leur expliqua ce qu'elle avait trouvé, en des termes qu'ils furent capables de comprendre. Lorsqu'ils acceptèrent son projet, elle commença le processus de guérison.

Elle envoya des vibrations à l'intérieur du corps du garçon pendant environ dix minutes pour accélérer ses défenses immunitaires, suturer ses vaisseaux sanguins et consolider l'os. Le garçon grimaçait tandis que ses parents se tenaient la main pour se rassurer. À la demande d'Élyana, l'apprenti médecin maintenait le garçon. Dix minutes pendant lesquelles Martius l'observa ; dix minutes à grimacer de moins en moins fréquemment ; dix minutes à se demander ce que la femme faisait à son corps. Enfin, Élyana s'assit sur le chariot près du jeune garçon et déclara : « J'ai fait tout ce que j'ai pu. Comment te sens-tu Martius ? »

« Me sens… bien ? J'peux bouger ma jambe ? »

« Non. Je te conseille de te reposer tout le reste de la journée. Ensuite, tu pourras marcher. Ne cours pas avant d'avoir vu un médecin à Furanville. Tu peux faire ça ? »

Avec un large sourire, le garçon répondit : « Oui m'dame… Lux Baiula, j'peux. » Le garçon sembla très fier d'avoir réussi à prononcer son titre correctement.

Élyana lui sourit à son tour et ajouta : « Très bien, jeune homme. Le garde ici présent reviendra ce soir pour changer ton pansement et il continuera jusqu'à ce que tes croûtes soient sèches et bien formées. »

À ces mots, le garçon afficha un air triste et Élyana ajouta promptement : « Je te promets de revenir moi aussi, afin de voir comment tu te portes et de m'assurer que ce jeune médecin fait du bon travail. »

Au grand bonheur d'Élyana, le garçon retrouva le sourire. Elle se retourna pour éviter de se laisser submerger par ses émotions et se rapprocha d'Aithen.

Ce dernier s'adressa aux parents : « Nous allons vous laisser à présent, mais tout ira bien pour votre fils. »

Les mains jointes en prière et les yeux remplis de larmes, la mère lui répondit : « Oh ! Merci, mon Prince. Merci. Et merci à vous aussi… Lux Baiula… vous n'êtes pas du tout comme ce qu'on dit que sont les gens de votre type. »

« Je vous en prie, madame… ? »

« Je m'appelle Sharan, Lux Baiula. »

« Je vous en prie, madame Sharan. Et je suis ravie que vous pensiez ainsi. Vous constaterez que… les gens de mon type… sont en réalité de bonnes personnes, mais on sait bien qu'on a du mal à faire confiance à ce qu'on ne connaît pas. »

Élyana remercia le garde pour son aide et remonta sur son voran, tout comme Aithen, pour reprendre la tête du convoi et repartir vers la capitale.

Comme ils voranaient, Aithen regarda Élyana à la dérobée et lui dit d'un ton hésitant : « Tu as été fantastique, Élyana. La façon dont tu t'es occupée de ce garçon et de ses parents en même temps… Je ne connaissais pas ce côté de toi. Tu as toujours été si solennelle, aussi loin que je me souvienne. »

« C'est parce que tu m'as toujours connue dans un contexte officiel. Et puis, ton frère et toi n'étiez pas des enfants ordinaires — » Elle s'interrompit lorsqu'elle remarqua qu'Aithen serrait les dents. « Enfin, tu vois ce que je veux dire. »

« Je suppose. Enfin, en tout cas, tu as fait un excellent travail. Merci… d'avoir pris soin de ce garçon. »

Soudain, Élyana se mit à rire. D'un adorable rire d'enfant. Puis elle s'arrêta, comme dévorée par la culpabilité. Elle secoua ensuite la tête, comme pour se réprimander, remercia Aithen, donna un coup de pied à son voran et s'éloigna.

C'était moins une, pensa Aithen, parce que la gêne avait commencé à empourprer ses joues. *J'suis un prince ? Héritier de la maison Coriolis ? J'suis un imbécile, voilà ce que je suis !* Aithen n'essaya pas de rattraper Élyana, mais il donna à son voran un léger coup de talon pour le faire accélérer. En arrivant en tête du convoi, il rejoignit Harlion, ordonna de remettre les chariots en marche, et resta à côté de son capitaine jusqu'à ce que son embarras fût oublié.

Comme prévu, le succès de la Lux Baiula fit le tour du convoi, ainsi que la bienveillance du prince vis-à-vis de l'enfant, ce qui donna à tous un sujet de conversation plein d'espoir jusqu'à la fin de la journée. Bien sûr, certains continuèrent à se méfier de la Lux Baiula et affirmèrent que les parents du gamin pourraient bien s'en mordre les doigts le jour où ils se réveilleraient un matin avec un enfant incohérent.

Lorsque les soleils entamèrent leur descente, Aithen avait oublié son embarras et il voranait à nouveau auprès d'Élyana. « Ça pourrait être un bon endroit pour établir notre camp, et je pense que tout le monde apprécierait de s'arrêter un peu plus tôt après la grosse journée que nous avons eue. »

Élyana répondit : « J'apprécierai moi aussi. J'ai besoin de me dégourdir les jambes et d'avaler quelque chose. »

« Alors c'est bon. » Aithen appela le haut capitane d'un geste de la main.

« Seigneur Commandant ? »

« Mon ami, nous resterons ici ce soir. Le voyage a été assez long pour un premier jour. »

« Hum, je vous conseillerais de continuer encore un peu, vu que les soleils ne se coucheront pas avant trois bonnes heures. »

« Merci, mais je préfère qu'on s'arrête ici. Ça permettra aux enfants de dépenser leur énergie avant de se coucher. Ordonne l'arrêt du convoi, dis aux villageois de faire un cercle avec leurs chariots et plante nos tentes autour de ce cercle. »

Harlion ne discuta pas les ordres du prince, même s'il trouva ses préoccupations plutôt étranges, puis il partit s'exécuter dans un « Oui, mon Prince. »

Lorsque Harlion fut parti, Aithen cria : « Kildare ! »

« Oui mon Seigneur ? »

« Nous ferons halte ici pour la nuit. Faites préparer un repas pour Élyana Lux Baiula, le haut capitaine Harlion et moi-même ; nous mangerons dans ma tente dès que ce sera prêt. »

« Absolument, mon Prince. Dois-je aussi faire apporter du vin ? »

« Oui, il sera bienvenu. Prends soin de Magnus ensuite, je te prie. »

« Oui, mon Prince. » Et l'écuyer s'éclipsa avec une révérence.

Magnus, le voran d'Aithen, était un remarquable destrier, même s'il y en avait de meilleurs dans la Garde royale. Mais Aithen, qui préférait monter son furan, s'en moquait et tout ce qui l'intéressait, c'était que son voran fût obéissant et en bonne santé, comme l'était Magnus.

Les caractéristiques les plus remarquables de Magnus étaient sans doute sa belle robe rouge et noir, sa crinière rouge autour de son cou et sa queue où des crins noirs et rouge sombre se mélangeaient. C'était un grand voran de dix-sept mains au garrot, mais il n'était pas aussi impressionnant que le voran de combat d'Harlion qui était non seulement très grand, mais aussi fort imposant. Ce qu'Aithen appréciait par-dessus tout chez Magnus, c'était son caractère posé qu'il conservait même dans l'adversité, tout comme Xyre.

Une fois descendu du voran, Aithen se mit à le caresser tout en regardant son capitaine. L'homme donnait des ordres aux soldats qui lui répondaient promptement et avec enthousiasme. Le prince hocha la tête, satisfait. Harlion était un homme bon et loyal. L'officier était au service de la couronne, d'un poste à l'autre, depuis quelque trente années déjà, et avait été l'un des mentors du prince pendant les onze dernières années : il lui avait enseigné l'art de la guerre et celui du commandement. Octavius et Harlion considéraient d'ailleurs ce dernier comme un élément fondamental de l'éducation du prince héritier. Harlion avait donc passé beaucoup de temps à instruire Aithen et à lui parler de l'importance de ses interactions avec des hommes prêts à donner leur vie pour leur commandant, leur roi et leur royaume, ainsi que les réponses à leur donner.

Lorsque Aithen se vit enfin confier le commandement de la Garde royale, ce fût chose naturelle pour lui de nommer Harlion comme son premier officier. L'homme avait ainsi continué à se révéler un atout précieux, même s'il arrivait souvent que le prince ignorât ses conseils. Mais Harlion était un homme droit, discipliné, très respectueux de la hiérarchie et une fois que le prince avait pris une décision, l'officier faisait de son mieux pour exécuter ses ordres avec brio. Grâce à Harlion, Aithen n'avait jamais subi aucune défaite — même si d'aucuns pourraient objecter qu'Aithen sous-estimait ses propres talents. Oui, l'homme était un atout inestimable et un bon ami.

✳✳✳

Le primus Kendor — qui descendait de son furan — se crispa tout à coup et souffla : « Mon Seigneur, vous avez entendu ce cri ? »

D'un air sombre, Toras répondit : « Oui. »

Il faisait nuit et la seule faible lueur qu'il y avait provenait d'Alba, la lune décroissante. Cela donna aux regards des hommes un aspect effrayant ; ces regards montraient que les hommes n'étaient pas pressés d'affronter à nouveau le

Scytale, même s'ils savaient qu'ils devraient le faire lorsqu'ils avaient quitté l'avant-poste. Il fallait se rendre à l'évidence : le voyage de trois heures pour Galior avait épuisé les hommes, ainsi que les furans.

Soudain, Kendor s'écria : « Gardes ! Arrêtez de perdre du temps et abreuvez vos montures, c'est la moindre des choses ! »

Tout le monde obéit — même les Royaux. Toras acquiesça pour lui-même et offrit à Scratch la plus grande rasade d'eau qu'il put. Non loin de là, Grom gémit et se mit à crier pensant que la bête était déjà là.

Toras lui dit : « Maître Grom, retenez-vous ! »

« Mes-mes ex-ex-excuses mon Seigneur. J'y p-p-peux rien. M-m-ma famille est là-bas. Qu'est-ce qui v-v-va leur arriver ? »

Toras, qui sentait la peur de cet homme, choisit de ne pas lui répondre. Il se demanda aussi comment un homme qui bégayait pouvait être devenu messager. Mais ces bafouillages étaient sans doute le produit de sa peur et il n'avait sûrement jamais dû craindre pour sa vie ou celle de sa famille quand il transmettait des messages.

L'homme comprit que le prince n'allait pas répondre à sa question, alors il en posa une autre : « Mo-mon P-Prince, est-ce que v-v-v-vous avez un p-p-pplan ? »

Toras soupira profondément et répondit : « Pas encore, Maître Grom. Vous devez d'abord nous donner la description exacte de la structure du village et nous indiquer à quel endroit se cachent les vôtres. Vous pouvez faire ça ? »

Grom acquiesça et fit la description de son village avec le plus de précision possible, malgré son bégaiement permanent ; il indiqua où se trouvaient le refuge, la maison du maire, les caves à vin — et tous les endroits où les villageois étaient susceptibles de se cacher. Dès que cela fut fait, Grom demanda à ce qu'on l'excusât afin qu'il pût tenter de rejoindre les siens dans le village. Le prince le laissa partir tout en se demandant comment cet homme pourrait aider qui que ce fût.

Toras suivit un moment des yeux l'homme qui trébucha sur des branches et des pierres tandis qu'il courait en bas de la colline. Toras soupira, puis leva la tête alors qu'une ombre immense recouvrit Alba. *Je ne veux pas être en dessous,* pensa-t-il, et il marcha vers ses officiers afin de mettre en place un plan d'attaque, s'extriquant par la même de l'ombre funèbre.

Lorsque le secundus Jamir proposa spontanément quelques bonnes idées de collaboration avec Kendor, le prince éprouva un grand soulagement. Dès que le plan fut prévu, les hommes enfourchèrent leurs furans et leur demandèrent de gravir une rude montagne qui donnait sur une falaise qui surplombait la partie est du village. De là, prince et officiers espéraient pouvoir surprendre le monstre.

À mesure que les minutes passaient, les cris de la créature se firent plus forts et plus fréquents, en même temps que les hurlements des humains terrifiés se mirent à atteindre leurs oreilles.

Près du sommet de la falaise, la troupe trouva la clairière qu'ils cherchaient. Tous s'approchèrent du précipice, restant à la limite des arbres le plus longtemps possible. Puis ils la virent. Elle attaquait le village avec la même rage que celle qu'ils avaient vue à Col de Corne, sauf que cette fois, aucune fortification ne résistait à ses assauts, et il n'y avait pas de Lux Baiula ou de gardes pour la tenir à distance. Les quelques malheureux défenseurs du village ne pouvaient rien faire d'autre qu'énerver encore plus la créature, comme de simples croqueurs sur un humain.

Les hommes se regardèrent, certains affichaient un air anxieux à l'idée de ce qui allait venir, d'autres avaient une lueur de terreur dans les yeux. Toras et Kendor, quant à eux, hochèrent simplement la tête, résolus à faire ce qu'il fallait faire, retenant leurs émotions pour plus tard.

Le prince se retourna vers les hommes et leur dit d'une voix calme et pleine de confiance : « On y est, gardes. Vous pouvez voir maintenant pourquoi j'ai voulu qu'on vienne ici. En bas, il y a des gens qui meurent parce qu'ils sont incapables de se défendre. Nous ferons ce qu'il faut pour leur laisser une chance. À partir de maintenant, et jusqu'à ce qu'on se jette sur cette horrible créature, gardez vos craintes et vos réflexions pour vous. En fait, non. Ne pensez à rien : suivez-moi et agissez. Penser ne fera que retarder vos réactions et entamer votre détermination. »

Un jeune soldat de la troupe de Jamir demanda timidement : « Pardon Seigneur Commandant, mais j'ai entendu des gardes de la forteresse dire que le rokon peut lire nos pensées et… faire frire notre cerveau. Est-ce que c'est pour ça que vous nous demandez de ne pas penser ? » Les autres soldats avaient l'air terrifiés. D'une main, le prince retint le secundus Jamir qui était sur le point de corriger le garde.

J'aurais vraiment préféré qu'on n'ait pas besoin de mentir là-dessus. Et j'aurais aussi aimé avoir les talents de Père ou d'Aithen pour contourner les choses… Et rester comme ça sans répondre, n'aide sans doute pas. Toras prit une profonde inspiration pour atténuer son agacement face à la question et répondit : « Non, garde, c'est pas pour ça. C'est parce qu'attaquer le rokon avec nos furans lancés à toute allure et réagir aux contre-attaques de la créature est impossible si on doit réfléchir ; ton furan et toi serez morts avant que ton cerveau ait eu le temps d'analyser quoi que ce soit. » *Voilà, j'ai dit la vérité. Je ressemble peut-être plus à Père et à Aithen que je le pensais.*

Ils fixèrent tous le soldat, agacés, jusqu'à ce que celui-ci s'excusât de sa sottise, qu'il reculât, au garde-à-vous, prêt à exécuter les ordres du prince.

Le prince dit : « Bon. Si quelqu'un d'autre a des doutes à propos de ce qu'on va faire, dites-le maintenant, et vous pourrez rester en arrière pour vous occuper des blessés quand nous en aurons fini. »

Tous les hommes restèrent au garde-à-vous pour lui signifier qu'ils étaient prêts à suivre ses ordres. Kendor, Jamir et le prince s'adressèrent un signe de tête résolu, dissimulant leurs craintes bien fondées pour garder l'espoir de leurs hommes intact.

Depuis leur point de vue, les troupes voyaient de nombreuses maisons en feu — des feux sans doute provoqués par des lanternes brisées ou des bûches déplacées par les assauts du rokon. Les flammes agressives devenaient pathétiques dès lors qu'on apercevait derrière elles des dizaines d'hommes, de femmes et d'enfants gisant au sol, morts ou hurlant de douleur, ou fixant simplement le ciel avant de succomber.

Toras décida : « Très bien. Prêts à envoyer cette bête en enfer ? »

Tout le monde acquiesça.

« Alors, allons-y ! Et, dignes soient vos corps ! »

En enfourchant leurs furans, chacun enferma sa peur, quelle qu'elle fût, à double tour, et chacun se concentra sur le plan de bataille. Kendor et ses neuf hommes, les premiers à s'envoler, allèrent se placer à l'ouest du Scytale. Jamir et les neuf autres soldats volèrent vers le nord. De son côté, Toras fondit en plein dans l'angle mort du Scytale. Chaque officier avait pour mission de positionner ses équipées furanes à environ cent mètres au-dessus du Scytale, pour l'attaquer à coup de carreaux d'arbalètes au signal de Toras. S'ils parvenaient à atteindre le Scytale et à le ralentir un peu, alors ils utiliseraient des lances, armes plus agressives.

Mais avant qu'ils n'eussent même le temps de démarrer leur assaut, le Scytale se retourna brusquement et vola rageusement vers l'équipe de Toras. Le prince tenta de rappeler les hommes, mais il était déjà trop tard et la bête se rua dans trois équipes furanes. Gardes et furans allèrent s'écraser sur-le-champ. Lorsque le bruit des os brisés parvint aux oreilles des autres, tous surent que c'en était fait d'eux et qu'ils ne réchapperaient pas à cette nuit.

VI L'ARRIVÉE D'UN ZÉBULONIEN

Aithen était assis autour de l'un des feux allumés pour le repas du soir. On avait fait des feux de petite taille pour qu'ils ne produisent pas trop de chaleur, car il faisait encore très chaud à cette heure de la journée. Officiers et gardes se tenaient aux côtés d'Aithen, en compagnie de quelques civils. On avait en effet dit aux villageois qu'ils seraient les bienvenus ce soir s'ils souhaitaient se joindre aux foyers du prince ou de ses gardes, afin de leur donner l'occasion de partager chants et histoires pendant que les cuisiniers d'Aithen préparaient le repas. Quelques Corniers en avaient profité, mais rares furent ceux qui avaient osé aller jusqu'au feu du prince. Ce dernier n'était peut-être que le frère du seigneur commandant de la forteresse, mais il restait tout de même l'héritier du royaume, ce qui intimidait la plupart des villageois, malgré sa grande bienveillance envers le jeune garçon, un peu plus tôt dans la journée. Les rares personnes qui avaient décidé de s'asseoir autour du feu du prince avaient osé venir uniquement parce qu'elles connaissaient quelques-uns des gardes qui se trouvaient là. Pourtant, un vieil homme — le bibliothécaire du village, aussi incroyable que cela pût paraître — était venu s'asseoir juste à côté d'Aithen, et le prince fut agréablement surpris d'apprécier la compagnie de maître Grand'front. Ils discutèrent alors un long moment sur des sujets aussi variés que la vie de campagne, l'histoire et la philosophie, et lorsque le bibliothécaire commença à poser des questions sur le très étrange rokon qui avait attaqué Col de Corne, Harlion surgit et le sauva.

« Grand Seigneur Commandant, excusez-moi de vous interrompre. »

« Pas de problème, Haut Capitaine, le bibliothécaire et moi-même pourrons reprendre cette conversation plus tard. Que se passe-t-il ? »

Harlion sursauta en entendant le titre employé par le prince pour désigner le vieil homme, mais il se dit qu'il devait avoir mal entendu et transmit son message à Aithen : « Il y a un homme qui vient juste d'arriver au camp et qui désire s'entretenir avec vous. Il voudrait en fait parler au roi, mais en l'absence de Sa Majesté, l'étranger voudrait maintenant s'adresser à vous. Il prétend détenir des informations d'une importance capitale pour le royaume. »

Aithen se montra quelque peu surpris et demanda : « Pourquoi il viendrait chercher le roi ici ? »

À son expression, Harlion n'avait pas de réponse à lui donner.

Aithen fronça les sourcils et continua : « Et comment s'appelle cet homme ? »

Gêné, Harlion lui répondit : « Pardon, Commandant, mais il ne m'a pas donné son nom. Tout ce que je peux dire, c'est qu'il n'est pas alvinorien. »

Hum, voilà qui est étrange. Mais au moins, cette histoire m'a permis d'échapper aux questions de maître Grand'front. J'écouterai donc ce que cet étranger aura à me dire. « Très bien… Conduisez-le à ma tente — Je suppose qu'elle est prête ? »

L'officier acquiesça. Il se tourna ensuite vers le disque horaire, toujours placé sur un grand poteau à quelques mètres du feu du prince — le centre du campement — et dit : « Je le ferai venir à sept heures après grandjour. »

« Ça devrait être bon. Assurez-vous de bien le fouiller ! Et demandez à Kil de repousser notre dîner d'une heure. »

Le capitaine acquiesça à nouveau et s'éclipsa.

Une minute plus tard, le prince se leva pour rejoindre sa tente. Il sembla encore perdu dans des pensées désagréables, à en juger par son air. Les soldats le saluèrent et les civils — y compris maître Grand'front — se levèrent pour s'incliner. Aithen pencha la tête à son tour et se dirigea vers son pavillon.

La tente du prince était grande, bien entendu, mais étonnamment peu décorée ; rien à voir avec les tentes rocambolesques que certains chefs prétentieux affectionnaient. De l'extérieur, les murs d'un blanc éclatant montraient que cette tente appartenait à une personne de haut rang, tandis que le drapeau d'Alvinorie qui flottait tout en haut désignait son propriétaire comme un membre de la famille royale. Comme il se rapprochait de sa tente, Aithen leva les yeux vers le drapeau et soupira doucement, pensant à tout ce qu'il impliquait. L'étendard était divisé en deux dans le sens de la diagonale : la partie gauche représentait un humain, brandissant un manuscrit doré, assis sur un splendide furan, et la partie droite figurait une Kynarienne qui tendait la main vers un furan sauvage pour l'apaiser.

La figure masculine représentait le haut roi Lucius Premier, fondateur de la lignée coriolanne, premier roi de l'Union composée d'Alvinorie, des territoires de Pargah, Jarah et Yerlah, et dompteur du premier furan noir. Aithen était très fier d'appartenir à la dynastie coriolanne, mais il était encore plus heureux de savoir que ses origines remontaient à la Première ère, lorsque l'empereur Tarchus le Grand, fondateur de la plus ancienne lignée aquinienne de la famille — celui qui fut à l'origine de l'unification des Aquinos, de la Kynarie et de l'Unumie — créa ce que l'on appelle aujourd'hui les *Terrae Regis*, c'est à dire, les territoires du roi. Le grand empire ne dura pas, cependant, et fut réduit des deux tiers de ses terres au début de la seconde ère dans les années 687, lorsque la Kynarie et l'Unumie acquirent leur indépendance des souverains aquiniens. L'empire aquinien fut encore plus affaibli quand, au début de la troisième et actuelle ère, en l'an 1333, une guerre éclata à la suite de l'assassinat de l'empereur Flavius III par un assassin trionique. Tout cela mena à la sécession du Rokoth puis à celle de la Trionie qui fût rebaptisée Zébulonie par sa nouvelle cheffe, Zébula I. Lucius Coriolis, le neveu de l'empereur aquinien assassiné, s'installa sur le trône, désormais plus petit, de l'Alvinorie, et régna sous le nom de Lucius Premier, établissant ainsi la lignée coriolanne. Lucius fut couronné haut roi de l'Alvinorie après la publication de la carte coriolanne[27] et forma l'Union actuelle. Aithen s'arrêta un instant, toujours à cent mètres de son pavillon. Soudain, il grommela et secoua la tête.

Père est toujours vivant, et il va revenir bientôt ! Il n'y a aucune raison pour que le trône me revienne maintenant, ni même pour que je me demande si je dispose de tous les outils pour gouverner.

Aithen secoua à nouveau la tête et reprit sa marche, se concentrant sur la dame sur le drapeau : Dame Liolwyn, la première Kynarienne qui épousa un humain. Son union avec Lucius Premier découla d'un accord pour sceller l'alliance entre les deux races les plus brillantes de K'Tara. Aithen se demandait souvent comment il était possible d'en arriver à une telle conclusion alors qu'il restait encore des terres outre-mer que ni les humains ni les kynariens n'avaient explorées. Il était d'ailleurs plutôt convaincu que les Zébuloniens, comme les Unumiens et les Rokothien devaient se sentir tout aussi

---

[27] La carte coriolanne est le document fondateur du territoire. La carte fut écrite par le roi Lucius Premier, en 1334, pour assurer la survivance de ce qui restait des possessions coriolannes. Ce document assurait la protection de la population du royaume contre les mauvais traitements ; il conférait deux droits inaliénables à tous les sujets du royaume : le droit à la vie et le droit à la dignité. Il définissait également les relations politiques et commerciales entre le roi coriolan et ses vassaux, ainsi que les pouvoirs du roi lui-même.

brillants. En tout cas, quelles que fussent leurs véritables motivations, les humains et les kynariens se lièrent indéfectiblement entre eux par le biais de ce mariage. Et pour être certain qu'aucune de ces deux races ne dominât l'autre dans la lignée royale — ce qui aurait créé des problèmes sociaux et politiques, il fut décrété que les héritiers masculins continueraient, les uns après les autres, d'alterner entre une épouse humaine et une épouse kynarienne. Le haut roi Octavius, père de Toras et d'Aithen, était la cinquième génération de cette lignée et il avait épousé une Kynarienne, Dame Darya. Aithen, en tant qu'héritier du trône, devrait donc épouser une humaine, afin d'assurer le maintien du bon équilibre entre le sang kynarien et le sang humain au sein de la famille royale.

Aithen pensa : *Je me demande ce que le Conseil de sélection dirait s'il savait que j'ai des vues sur une Lux Baiula. Elle est humaine, donc je remplis l'un de leurs critères, mais quelque chose me dit qu'ils s'opposeraient tout de même à cette union. Et s'ils ne le faisaient pas, alors c'est Mère et Père qui s'en chargeraient.*

À ce moment précis, Aithen passa entre deux soldats postés à l'entrée de son pavillon. Les gardes le saluèrent, mais parurent surpris lorsque le prince se contenta de grogner et de demander Kildare.

L'un des gardes lui répondit : « Kil est avec les vorans, mon Seigneur. Je peux aller le chercher. »

« Oui, s'il te plaît, Coris ; j'ai besoin de lui tout de suite.

Le garde, en pleine force de l'âge — l'un des quatre soldats chargés de surveiller, à tour de rôle, Aithen ou sa tente, bien que le prince n'eût pas de garde personnelle — acquiesça et s'exécuta. Aithen pénétra dans la partie principale de sa tente, une pièce relativement spacieuse dans laquelle il tenait ses réunions et prenait ses repas. Tandis qu'il entrait, son regard se posa sur l'emblème de la maison Coriolis sur le mur du fond : un furan noir à deux têtes représentant la lignée coriolanne, portant au-dessous la devise "Permanere Usque ad Finem[28] ". Le prince grogna en lisant cette devise.

Je me demande pourquoi Père pense que c'est une bonne devise. Oui, c'est bien de penser que nous perdurerons jusqu'à la fin, mais ça signifie aussi que nous croyons qu'il y aura une fin, et ce n'est pas quelque chose en quoi je souhaite croire, et surtout pas maintenant.

Aithen resta là pendant un moment, à fixer l'emblème, puis il secoua la tête et dit pour lui-même : « Qu'est-ce qui m'prend ? Je n'fais que ruminer depuis cette question de maître Grand'front sur le — ».

« Mon Prince ? »

« Kil ! Ça fait longtemps que tu es là ? »

« Je viens d'arriver, mon Prince. Pardon si je — »

« Non, non, pas de problème. J'me parlais à moi-même. »

Kildare acquiesça, mais ses yeux trahirent son inquiétude.

Aithen dit : « Ne me dis pas que toi aussi tu commences à remarquer mon énervement ? »

« Je m'excuse, mon Prince, mais vous avez beaucoup de choses à penser en ce moment. C'est tout à fait normal que quelque chose vous tracasse. »

Ce commentaire innocent venant de la part de son écuyer rassura Aithen qui soupira tout en disant : « Effectivement, ce serait normal, Kil. J'étais juste préoccupé par l'idée de devoir mentir à ce vieux bibliothécaire. »

« Est-ce qu'il vous a interrogé sur le Scytale ? »

« Oui, mais Harlion m'a évité de lui répondre quand il m'a interrompu. Enfin, je t'ai fait appeler parce que quelqu'un devrait venir dans… » Le prince jeta un œil à son disque

---

[28] Permanere Usque ad Finem : Continuer jusqu'à la fin.

horaire. « … dans dix minutes, et je porte toujours mes habits sales de la journée. J'imagine que j'ai un uniforme propre ? »

Kildare acquiesça.

« Est-ce que tu peux en déposer un sur mon lit ? »

« Oui, mon Prince. J'ai nettoyé tous vos uniformes avant de quitter Col de Corne. Je m'occupe de ça tout de suite. »

« Merci. Rien d'exceptionnel, par contre : mon uniforme blanc fera l'affaire. »

Kildare opina et entra dans les quartiers de nuit du prince, du côté droit de la tente, derrière deux rideaux unumiens, afin de récupérer l'uniforme. Ces quartiers étaient d'un blanc immaculé, vierge de tapisserie et sans autre mobilier qu'un lit, petit mais confortable, une table de chevet où trônait une lampe organique, un miroir dans le coin et un grand coffre rempli des vêtements du prince. Kildare ouvrit l'un des tiroirs du coffre et en sortit l'uniforme blanc. Il examina ensuite la partie principale du coffre et en tira une paire de bottes propres ; il plaça ces dernières près du lit et déposa l'uniforme sur le dessus avant de rejoindre le prince.

« Tout est prêt, mon Prince. »

« Merci, Kil. Si Harlion arrive en compagnie du visiteur, fais-les attendre à l'extérieur de la tente. »

✳✳✳

Lorsque Kil annonça l'arrivée du visiteur, le prince venait à peine de finir d'attacher les lacets de ses bottes. Il avait souri en les voyant près de son lit. Il n'avait en effet pas remarqué à quel point ses bottes de voyage étaient sales avant que la paire toute propre que Kil avait sortie pour lui ne lui fît regarder celles qu'il portait alors.

Aithen avait engagé le garçon comme écuyer un an auparavant à la requête du roi, pour remercier le père du jeune

125

homme de l'avoir soutenu lors d'un litige. Il avait des cheveux blonds rebelles et une pilosité naissante sur le visage où se mêlaient poils blonds et noirs. C'était un jeune homme mince, avec des jambes solides, mais des bras peu musclés, car — enclin aux travaux intellectuels — il n'aimait pas vraiment s'entraîner à l'épée et préférait avaler des livres sur les vorans et les furans, sur les techniques de commandement et sur l'art de la guerre, lorsqu'il ne courait pas un peu partout pour exécuter les ordres de son maître. Aithen adorait ce jeune homme, même s'il avait dû d'abord s'habituer à l'idée de prendre un écuyer. Kildare était méticuleux et prenait grand soin des harnachements d'Aithen ; efficace, il était toujours là lorsque Aithen avait besoin de lui ; et ce que le prince appréciait le plus, c'était sa vivacité d'esprit, même s'il aurait aimé que le garçon soit plus téméraire et moins timide.

Aithen alla dans la partie principale de sa tente, se dirigea de l'autre côté, où des bouteilles d'alcool étaient disposées sur une petite table, se versa un verre de liqueur kynarienne et demanda enfin à Kil de laisser entrer Harlion et le visiteur.

Lorsqu'Harlion entra, précédé de l'étranger, Aithen se demanda s'il n'avait pas vu son capitaine passer du calme à l'agacement, puis à nouveau au calme en une fraction de seconde. *Je dois avoir rêvé.*

Harlion dit alors : « Grand Seigneur Commandant, voici l'homme qui désire vous parler. »

« Merci, Capitaine, mais j'aimerais voir le visage de cet homme avant de l'accueillir. »

En entendant cela, Harlion se crispa et se tourna vers le visiteur pour lui demander de retirer sa capuche, mais c'était déjà fait.

Aithen et Harlion retinrent un mouvement de recul en voyant le visage de l'étranger. Cet homme n'était *en aucun cas* alvinorien et ressemblait beaucoup aux Zébuloniens des livres d'histoire, sauf pour ses traits raffinés, audacieux et étrangement beaux. En effet, dans les livres, on ne les représentait jamais que comme des créatures particulièrement bestiales. Mais cet homme *devait* être zébulonien, à coup sûr, et il était là, devant eux. Sa peau avait une couleur laiteuse. Ses cheveux, rasé sur les côtés et attachés en longue queue, étaient d'un noir profond, parsemé de mèches rousses. Son visage était peut-être encore plus singulier : il portait une mince barbe ronde et rousse et des sourcils roux également. Un symbole rouge était dessiné sur le milieu de son front, séparant ses deux yeux semblables à des taches noires au milieu d'un champ d'un blanc immaculé. Mais, contrairement aux images des livres d'histoire alvinoriens, ses traits étaient fins, avec un nez étroit, des lèvres minces, et des yeux penchés.

Aithen et Harlion échangèrent un regard furtif ; ils se demandaient tous les deux comment un Zébulonien pouvait être là, devant eux. Mais Aithen se demandait surtout pour quelle raison personne, pas même Harlion, ne s'était aperçu de son physique ; à coup sûr, quelqu'un devait avoir vu quelque chose, même avec sa capuche sur la tête. Il faudrait qu'Aithen en discute avec Harlion, plus tard.

Lorsque le prince finit par se rendre compte de la gêne occasionnée par le silence, il dit : « Donc, le haut capitaine Harlion m'a dit que tu avais des nouvelles de la plus haute importance à me communiquer, à propos de l'avenir du royaume de mon père ?

« Tout à fait, mon Prince. J'ai fait un long voyage dans l'espoir de rencontrer le haut roi Octavius pour partager cette information avec lui. Je me suis d'abord rendu à Furanville, mais le personnel du palais m'a dit que Sa Majesté ne se trouvait pas dans la capitale. Étant donné l'importance de mon information, je me suis renseigné un peu partout et j'ai appris que le haut roi serait à Col de Corne pour la célébration annuelle. J'ai donc trouvé un marchand qui a accepté de me conduire là-bas. Lorsque nous avons croisé votre convoi, le marchand s'est arrêté et j'ai su que vous étiez là, mon Prince ; j'ai alors décidé — comment vous dites — de tenter ma chance ici. »

Il a déployé des efforts énormes pour obtenir cette entrevue ; la plupart des gens auraient attendu à Furanville. Ça vaut peut-être le coup de l'écouter. Mais pourquoi son accent me surprend ? Il sonne comme un accent alvinorien du sud-est. Et sa manière de parler est celle d'un homme instruit... un homme dont on aurait dû m'annoncer le nom avant de le rencontrer. Aithen avait toujours du mal à croire qu'il ne lui eût pas demandé son nom avant de le conduire à lui, ou qu'il n'eût pas demandé lui-même à l'homme de s'identifier dès son entrée. *Je crois que la bataille de Col de Corne nous a bien plus affectés qu'on ne l'imagine.* Aithen laissa s'échapper un soupir silencieux et demanda son nom à l'homme, ce qui fit rougir Harlion.

« Je vous demande pardon, mon Seigneur, j'ai été impoli de ne pas me présenter d'emblée. Je m'appelle Lusk Methrim, maître guérisseur du seigneur Brando de Shadin où je vis depuis trois ans. J'ai quitté la Zébulonie lorsque la reine Zébula a ordonné l'arrestation de tous les guérisseurs et étudiants en arts de la guérison et leur emprisonnement dans les grottes de la mort pour réprimer notre révolte contre les Janarae qui ont réduit les hommes en esclavage durant des siècles. Aujourd'hui, la plupart des membres de notre guilde sont morts, mais une partie d'entre nous a réussi à se libérer de ses chaînes. Certains se sont cachés, d'autres — comme moi — ont pris le risque de traverser la frontière. »

« J'entends », dit Aithen. « Tu as dû avoir beaucoup de chance, parce que les frontières de la Zébulonie sont fort bien gardées. »

Le visiteur lui répondit d'un léger signe de tête.

« Et que faisais-tu en Zébulonie ? »

« J'étais le guérisseur personnel des enfants de la reine Zébula, mais cette fonction ne m'a pas évité la persécution. »

Aithen hocha la tête puis se retournant vers Harlion, il dit : « Haut Capitaine, vous pouvez nous laisser. Je présume que vous avez fouillé maître Methrim ? »

« Oui, mon Prince, il ne portait pas d'arme. »

« Parfait, on se verra plus tard. »

Là-dessus, le vieux soldat se raidit, inclina la tête et quitta la tente. L'officier parti, Aithen alla s'asseoir à son bureau et demanda au visiteur : « Alors, quelle est cette information que tu veux me donner ? »

« Haut Prince, j'ai entendu dire que la reine Zébula VI prépare l'invasion de l'Alvinorie. »

Aithen ne sut comment réagir. L'homme était peut-être fou. Pourtant, il n'avait pas l'air fou du tout. Aithen devait vérifier la véracité de cette information, ou du moins essayer. *Et s'il était vraiment venu pour me rapporter cette rumeur ? Qu'attend-il en échange de cette information ?*

L'étranger parut remarquer la réaction d'Aithen et jugea bon d'attendre quelques instants avant de poursuivre.

Aithen pianota sur ses lèvres, puis demanda : « Et où avez-vous entendu cette rumeur, maître Methrim ? »

« Oh, ce n'est pas une rumeur, mon Prince. C'est l'un de mes anciens collègues qui m'en a parlé ; il était au service personnel de la reine Zébula. Il gagne maintenant sa vie en passant des objets de contrebande en Alvinorie, par le Lac des ombres. »

Aithen ne put s'empêcher de cligner des yeux.

« Mon Prince paraît surpris. Il devient de plus en plus facile de traverser la frontière par le lac ou par les montagnes, même pour ceux qui n'essaient pas d'échapper à l'oppression de la reine Zébula. »

Comment se fait-il que je n'aie jamais entendu parler de ça ? Pourquoi mes informateurs ne sont pas au courant ?

« Dites-moi, maître Methrim, que gagnez-vous à me dire tout ça ?

« J'en suis venu à croire que ce territoire est celui de tous les possibles, à l'inverse de là d'où je viens. Je ne veux pas que la domination de la reine Zébula s'étende par-delà ses frontières. »

« Je peux comprendre. Mais qu'attendez-vous, personnellement ? »

« Je voudrais offrir mes services au haut roi Octavius. Voyez-vous, j'ai perdu la confiance du seigneur Brando, lorsqu'il a appris que je fréquentais les passeurs. Je dois cependant ajouter que je n'ai jamais porté atteinte à ses intérêts ; j'ai seulement profité de ces contacts pour essayer d'aider d'autres guérisseurs à traverser. Mais le seigneur Brando fait partie de ces gens qui pensent qu'une chose est toute noire ou toute blanche et, pour lui, mes relations avec les passeurs appartenaient au côté noir. J'ai entendu dire que le haut roi était un homme raisonnable, très instruit et qui appréciait les subtilités de la vie. »

« Oui ça correspond bien à mon père. Mais je pense que ni lui ni moi n'approuverions vos relations non plus. Quoi qu'il en soit, vous avez eu l'honnêteté de m'en parler. Je vous en prie, poursuivez. »

« Le seigneur Brando m'a appris que notre contrat prenait fin dans un mois ; c'était il y a deux semaines. J'ai donc décidé de lui demander un congé afin de venir rencontrer le haut roi et de lui offrir mes services en échange de mon information. »

« Le haut roi n'engage personne en échange d'informations. »

« Je comprends, Haut Prince. Mais je suis zébulonien et je pourrais devenir très utile au roi si mes informations se révélaient véridiques, ce dont je suis persuadé. Le roi pourrait avoir besoin de quelqu'un capable de parler la langue et qui connaît parfaitement les coutumes de mon pays. Je suis aussi particulièrement doué pour soigner les douleurs psychologiques des soldats pour qui la violence est un mal quotidien. C'est un talent rare, même ici en Alvinorie. Je pourrais être guérisseur de la Garde royale. »

« Intéressant. Et ambitieux. Bon, si vos informations s'avéraient justes, nous aurions sans doute besoin de quelqu'un comme vous, avec vos connaissances et vos talents. Mais vous devrez d'abord gagner notre confiance, et ni le haut roi ni moi ne l'accordons *facilement* . Comme le haut roi est absent pour le moment, vous devrez me convaincre d'abord. Je vais bien sûr faire une enquête par rapport à vos dires et, s'ils sont confirmés, je vous présenterai au haut roi pour lui exposer ce que vous venez de me confier. À ce moment, vous pourrez nous présenter une demande pour être à la fois informateur à sa cour et guérisseur à la Garde royale, sous mon commandement. Sachez que tant que votre information n'est pas corroborée, je la considérerai comme une simple rumeur. »

« Je comprends, mon Prince. »

« Tant mieux, parce que je ne tolère pas les rumeurs. Vous serez donc tenu de ne répéter à personne ce que vous venez de me dire, ici ou n'importe où en Alvinorie. »

Voilà quelque chose dont Aithen devrait discuter au plus vite avec son père, si cela se révélait vrai — et si on le retrouvait. Mais la première chose à faire était d'en informer Élyana pour qu'elle demande à ses Sœurs du sud d'enquêter sur cette rumeur.

« J'ai bien compris, mon Seigneur. Vous avez ma parole. »

« Il y a quelque chose qui m'intrigue, maître Methrim. Comment se fait-il que vous n'ayez absolument aucun accent ? Je veux dire aucun autre accent que celui de Shadin ?

« Je suis très bon en langues et j'apprends vite, mon Seigneur », dit l'homme sur un ton naturel, comme s'il n'y eût là rien d'extraordinaire. « En Zébulonie, il y a deux langues officielles et dix dialectes. Je parle parfaitement chacune des deux langues officielles et cinq des dialectes assez couramment. »

Aithen cligna une nouvelle fois des yeux. Lui-même connaissait plusieurs langues et dialectes, mais un guérisseur ? Enfin, peut-être qu'un maître guérisseur qui devait enseigner à des étudiants de différentes origines pouvait avoir besoin de connaître plusieurs langues. Il réfléchit un moment et choisit d'essayer d'en savoir davantage sur cet homme.

« Vous êtes une personne très intéressante, maître Methrim, et vous avez piqué ma curiosité. Dites-moi donc qui sont ces personnes dont vous m'avez parlées — comment les avez-vous appelées, déjà — *les Janarae* ? J'avoue que je ne les connais pas. »

« Bien sûr… » L'homme sembla hésiter un instant, comme s'il ne savait pas par où commencer. « Officiellement, ce sont les soldates de la reine et les administratrices publics. Mais au cours de ces dernières années, de nouveaux savoirs ont circulé dans les divers cercles de la connaissance. Il semble que, dès son accession au trône, la reine Zébula I ait fondé les *Janarae* en tant que corps médical secret. On pense aujourd'hui que son objectif initial était en réalité de trouver le moyen d'assurer sa descendance sans recourir aux hommes. »

Aithen leva un sourcil et secoua légèrement la tête, mais rien de plus, malgré qu'il eût du mal à croire ce qu'il venait d'entendre.

« Elles sont capables d'influencer un objet ou un être vivant par la pensée seulement », continua le Zébulonien. « Sur ce point, elles ressemblent un peu à vos Lux Baiulae, mais sur ce point seulement, car contrairement aux Lux Baiulae, les *Janarae* sont des créatures cruelles. » L'homme fit une pause avant de poursuivre : « Durant le long règne de Zébula I, les *Janarae* ont fini par y arriver grâce à l'aide du grand chirurgien royal. Ce mode de reproduction s'est ensuite répandu à toutes les femmes de haut rang en Zébulonie sous Zébula II, y compris aux *Janarae* elles-mêmes qui ont dû vouer leur vie et celle de leur descendance à protéger la couronne pour bénéficier de ce privilège et pour gagner en pouvoir et en terres. Cet octroi de privilèges a forcé les Janarae à agir publiquement, mais Zébula II a saisi cette opportunité pour les utiliser dans le but de transformer la société zébulonienne en nation *dirigée* par des femmes et pour le bénéfice *unique* des femmes. C'est à ça que ressemble la société aujourd'hui, où les hommes sont toujours asservis et *créés* dans le seul but de renouveler les stocks d'esclaves. »

Aithen lui lança un regard interrogateur en entendant le mot « créés ».

« On produit toujours les hommes par... copulation, tout comme les femmes du peuple. Les mères de naissance élèvent leurs garçons jusqu'à l'adolescence, après quoi les garçons leur sont enlevés et confiés aux Janarae pour qu'elles terminent leur éducation et qu'elles leur enseignent comment servir les nobles avec fidélité et constance pour le reste de leur vie. »

« Eh ! Excusez ma réaction, maître Methrim, mais ce que vous dites est ahurissant, et je ne comprends pas comment de telles choses peuvent exister. Qu'en est-il de cette révolte dont vous m'avez parlée au début ? Comment est-ce arrivé ? »

Le visage de Lusk Methrim se déforma sous l'effet d'une contradiction interne, et Aithen allait retirer sa question lorsque l'homme répondit : « Comme je vous l'ai dit, mon Seigneur, la Zébulonie est un pays dominé par les femmes, où les hommes sont créés dans le seul but de les servir, et même le plus haut placé des hommes reste un esclave ou un simple compagnon. Il y a cinq ans, lors du *Nettoyage* annuel, l'une des premières Janarae a attrapé une maladie inconnue ; dans un accès de rage, alors qu'elle se promenait au marché de la ville, elle a tué plusieurs dizaines d'hommes, jeunes et vieux, en déchaînant ses pouvoirs contre eux. Dans sa crise de folie, elle a hurlé que Zébula aurait dû éliminer tous les hommes d'un seul coup, plutôt que de les asservir. Lorsqu'elle a appris la nouvelle, sa commandante en second l'a fait escorter par cinq gardes à la maison régionale. Quelques heures plus tard, au crépuscule, elle a chargé la Garde de tout nettoyer. Les Janarae sont parties sans un mot, laissant la population sans voix ; les hommes étaient trop surpris pour réagir, tandis que les femmes riaient doucement ou dissimulaient leur propre douleur ainsi que leur honte devant un tel acte. »

Aithen ne pouvait pas en croire ses oreilles ; il était fasciné par ce récit et impatient d'en savoir davantage. Il demanda : « Vous parliez d'un "nettoyage annuel". De quoi s'agit-il ? »

« Ah, le *Nettoyage*, c'est le retrait de tous les "perturbateurs" de la ville, qu'ils soient bandits, vagabonds, contestataires, simples serviteurs ou compagnons, pourvu qu'ils aient eu la mauvaise idée de déplaire à leurs maîtresses. Une fois retirés de la circulation, personne ne sait ce qui leur arrive, mais on imagine qu'ils sont emmenés dans les grottes de la mort pour s'en débarrasser. »

Aithen ne fit aucun commentaire sur cette dernière remarque de maître Methrim, et l'homme demeura silencieux pendant un moment. Il dit enfin : « Mon Seigneur ? »

Aithen commença à se sentir très mal à l'aise à mesure que le Zébulonien parlait ; quelque chose sembla l'agacer. Mais quoi ? Il pensa à mettre un terme à l'entrevue, tout simplement, mais l'étranger avait attisé sa curiosité, et il comprenait l'importance de savoir tout cela — si tant fut que ce fut vrai. Il chassa donc ses pensées et déclara : « Continuez, maître Methrim, je vous en prie. C'est sans doute l'histoire la plus extraordinaire, bien que fort troublante, que j'ai entendue depuis longtemps. »

« Bien sûr, mon Prince. Après cette catastrophe, un sentiment de colère s'est mis à grandir chez les hommes des cercles de la connaissance, et plus particulièrement chez les guérisseurs. Ah oui, ce que nous appelons les cercles de la connaissance correspondent à vos sociétés et guildes et comprennent — en plus des guérisseurs — les philosophes, les tanneurs et les tailleurs de pierre, destinés à fournir à la reine et à ses sujets tout ce dont ils ont besoin. Comme je disais, un sentiment de colère s'est mis à monter en nous et nous avons passé des jours et des quarts à fomenter des plans pour nous libérer. C'est là que le soulèvement a commencé. Des dizaines de milliers d'hommes, menés par le cercle de la connaissance des guérisseurs, se sont rebellés et ont marché jusqu'à leurs maisons régionales respectives, pour demander à la reine de libérer tous les hommes de leur joug, en la menaçant de ne plus utiliser leurs savoir pour la servir. S'ensuivirent des mois de guerre civile au cours desquels les guérisseurs et leurs partisans furent massacrés de tous côtés. À la fin, la révolte a échoué, mais comme notre métier est indispensable à toute société, les guérisseurs qui restaient ont été capturés et emprisonnés dans des camps où ils avaient seulement le droit de former à l'art de la guérison d'autres hommes triés sur le volet par les Janarae. Je n'avais, pour ma part, pas participé à la révolte, mais Zébula a commencé à se méfier de moi et m'a emprisonné comme les autres. »

« C'est une triste histoire, maître Methrim et ça a été une heure très instructive. Je pense que le haut roi trouvera un certain intérêt dans ce que vous lui direz, à condition que les faits soient vérifiables… Vous devrez rester parmi nous jusqu'à Furanville. » Son estomac se noua en disant cela, pourtant, quelque chose qu'il ne comprenait pas lui chuchotait de faire confiance à cet homme, malgré ses doutes inexplicables. De toute façon, il avait besoin de garder cet homme avec lui, au cas où il lui aurait menti, car il devrait alors l'emprisonner ou demander à une Lux Baiula d'*ajuster* sa mémoire pour l'empêcher de répandre de dangereuses rumeurs.

Après un instant de silence, l'homme répondit à l'invitation du prince et conclut dans une grande révérence : « Je suis là pour vous servir, mon Prince. »

« Très bien. Garde ! »

Coris, le garde qui était allé chercher Kildare un peu plus tôt et qui occupait toujours le même poste, vint prendre les ordres du prince. Éberlué, il fixa l'étranger lorsqu'il vit son visage.

« Veille à ce que notre visiteur trouve une place dans notre camp. Il restera avec nous jusqu'à la capitale. Mets sa tente dans un endroit facilement accessible, car je pourrais le faire appeler fréquemment. » Le soldat savait ce qu'il voulait dire et placerait l'étranger dans la zone des gardes. Le Zébulonien fit une nouvelle révérence et partit avec le soldat.

* * *

En attendant le retour de ses conseillers, Aithen repensa à ce Lusk Methrim. *Quelque chose me donne envie de faire confiance à cet homme, malgré le fait que je le connais à peine, et malgré les révélations des plus extraordinaires qu'il m'a faites. Mais quelque chose d'autre chez lui me noue l'estomac. Je vais devoir demander à Harlion de faire une enquête sur lui afin de savoir qui il est vraiment.*

À ce moment même, Aithen entendit des bruits de pas arriver près de sa tente ; il se ressaisit, sortit de ses pensées et adoucit son visage. Un autre garde entra pour informer le prince que le haut capitaine Harlion et Élyana Lux Baiula étaient arrivés pour dîner.

« Faites-les entrer, Piros. »

Le garde fit demi-tour et invita Harlion et Élyana à entrer.

Dès qu'elle vit le prince, Élyana demanda : « Aithen, est-ce que c'est le Zébulonien qui vient juste de partir ? »

« Harlion t'a donc déjà avertie. Oui. Je dois dire que c'est un homme tout à fait remarquable, qui raconte des histoires assez hallucinantes. Il m'a dit s'appeler Lusk Methrim et m'a confié vivre à Shadin depuis trois ans. Pourquoi tu me demandes ça, Élyana ? »

Élyana ne répondit pas, mais enchaîna avec une autre question : « Est-ce qu'il va rester dans le camp ? »

« Oui. On est en train de lui préparer une tente. Pourquoi ? »

« Empêche-le de communiquer avec les autres, même si, franchement, je préférerais qu'il soit immédiatement renvoyé là d'où il vient… »

« Élyana, est-ce que *tu voudrais bien* me dire ce qui te dérange ? »

Harlion se demandait aussi pourquoi la Lux Baiula était aussi inquiète de la présence de l'homme. Il tenta de percer son expression, mais il lui était toujours impossible d'en tirer quoi que ce fût, même s'il la connaissait depuis fort longtemps. Puis la Lux Baiula leur donna enfin quelques explications.

« J'ai ressenti d'étranges vibrations, complètement inédites pour moi, émanant de cet homme, et ça m'inquiète. »

« Je dois avouer que moi aussi j'ai senti des choses bizarres quand il était là, et qui m'ont rendu très… mal à l'aise. Mais je ne pensais pas qu'il en était la cause. Ce qui m'a surtout intrigué, c'est qu'Harlion ne lui ait pas demandé de se présenter avant de le conduire à moi. » Harlion fusilla Aithen du regard, puis se sentit gêné par sa réaction et se maudit en silence. « … et que je l'aie moi-même laissé entrer sans lui demander son nom dès le début. »

Le prince continua : « Est-ce que tu sais que nos livres d'histoire décrivent faussement les Zébuloniens ? Tous les portraits que j'y ai rencontrés montrent des gens laids, mais c'est pas le cas de cet homme. En fait, j'aurais plutôt tendance à le trouver… beau »

Élyana et Harlion froncèrent tous deux les sourcils, pourtant, Harlion hocha la tête en signe de sympathie, car il avait lui aussi vu le visage de cet homme. Aithen changea d'attitude sous le regard surpris d'Élyana et dit : « C'est un fait. »

Élyana finit par hausser les épaules et dit : « Les historiens racontent l'histoire à travers leurs propres yeux et selon des angles subjectifs — qu'il s'agisse d'événements, de personnes ou d'autres choses — et lui donnent donc la couleur de leurs opinions. Lorsque les faits sont décrits longtemps après les événements, le risque d'y introduire son propre ressenti est d'autant plus grand. Je ne serais donc pas du tout surprise que les historiens aient décrit faussement les Zébuloniens comme des personnes disgracieuses. »

« Même vos propres historiens. Malgré le transfert de mémoire ? »

Le sujet mit soudain Élyana étrangement mal à l'aise et elle ne répondit pas. Au lieu de cela, elle soupira et continua sur sa lancée : « Mon Prince, est-ce que *maître Methrim* vous a donné la raison pour laquelle il est venu demander audience, ici, sur la voie de Col de Corne à Furanville ? »

« Élyana » — Le prince allait s'excuser, mais il s'interrompit et dit plutôt : « Ça ne fait rien. Oui, il me l'a dit. Il m'a expliqué qu'il était allé à Furanville — chose que j'aimerais que tu vérifies, Harlion — et qu'y ayant appris que le roi devait se rendre à Col de Corne pour la fête des Colossi, il avait décidé de s'y rendre plutôt que d'attendre dans la capitale, étant donnée l'urgence de son message. »

Harlion et Élyana demandèrent d'une seule voix : « Et quel était ce message ? »

« Il prétend que la reine Zébula projette d'envahir l'Alvinorie. »

Surpris, Harlion rejeta sa tête en arrière, incrédule. Quant à Élyana, tout son visage se contracta tandis qu'elle fronçait les sourcils.

Harlion lâcha : « Voilà une déclaration hors du commun ! »

Aithen ne pouvait pas décider s'il croyait ou non ce que maître Methrim lui avait confié, mais ce qui était sûr, c'était qu'il devrait ouvrir une enquête. Il dit : « Tout à fait, Harlion, tout à fait. Et le moment ne pouvait pas être plus mal choisi, mais nous ne pouvons pas simplement ignorer la plainte de cet homme. Malgré nos doutes, maître Methrim ne semble pas fou, et je n'ai pas eu l'impression que son histoire était créée de toutes pièces. »

Après un court silence, Aithen continua : « Élyana, est-ce que tu pourrais demander à tes yeux et oreilles du sud d'enquêter là-dessus sans l'ébruiter ? »

« Bien sûr. »

Aithen remercia Élyana et se tourna vers Harlion : « Haut Capitaine, j'ai besoin que vos Frumentarii[29] fassent des recherches sur le passé de notre invité ; tout ce que le seigneur Brando sait sur lui, je veux le savoir aussi. Maître Methrim prétend aussi qu'il y a des passeurs aux frontières de la Zébulonie et que c'est comme ça qu'il a obtenu ses informations sur les projets de Zébula. » En voyant les réactions d'Harlion et d'Élyana, Aithen ajouta : « J'ai réagi comme vous quand maître Methrim me l'a dit ; j'étais sûr que les frontières étaient infranchissables — mais peut-être que non. S'il existe effectivement des passeurs le long du Sagr, il faut que les Frumentarii les trouvent et qu'ils confirment les déclarations de notre visiteur. Si maître Methrim est un menteur ou un fraudeur, je dois le savoir au plus — ».

Comme Aithen finissait sa phrase, trois grands adolescents, deux filles et un garçon portant le signe de la maison Coriolis sur leurs vêtements, entrèrent dans la tente pour servir le repas. Les robes des filles, de couleur crème, étaient simples, mais ornées du blason royal sur la hanche droite. Le pantalon du garçon, de la même couleur, était tout aussi simple avec le blason sur la jambe droite ; sa chemise, quant à elle, était entièrement unie et vert foncé.

Dans l'espoir de détendre un peu l'atmosphère, le prince dit : « Bon, dînons. L'odeur de ce bon ragoût me donne faim. »

Aithen invita Élyana et Harlion à prendre place autour de la table sur les bancs rembourrés. Élyana défit sa cape mauve, la posa sur le dossier du banc et s'assit à droite d'Aithen. Les serviteurs installaient les ustensiles soigneusement, puis apportèrent nourriture et boissons. Lorsqu'ils eurent terminé,

---

[29] Frumentarius : Membre des services secrets du royaume. [Note : Les Frumentarii étaient en réalité des collecteurs de blé dans la Rome antique. En raison de leurs contacts fréquents avec les citoyens romains dans tout le pays, l'empereur Hadrien — qui avait besoin de renseignements — avait fini par les recruter pour en faire des espions].

ils s'inclinèrent respectueusement devant le prince puis devant ses invités et quittèrent la tente.

Ce fut le premier vrai repas du prince et de ses conseillers depuis la nuit de l'attaque. Cette nourriture disposée devant eux eût dû leur procurer un grand plaisir. Au lieu de cela, les trois compagnons saisirent leurs cuillères d'un air distrait, l'esprit encombré par tout ce méli-mélo d'événements terribles, aussi incroyables qu'inattendus.

Comme il mangeait, le prince jeta un œil à la porteuse de lumière, espérant déceler sur son visage ce qu'elle avait à l'esprit, mais son expression restait pour lui impossible à déchiffrer. S'il avait réussi à la lire, il aurait simplement trouvé une profonde fatigue. Aithen regarda alors son capitaine. Ses pensées comme ses émotions étaient bien plus faciles à deviner, avec sa façon de secouer régulièrement la tête ou de tremper rageusement son pain. Ils avaient perdu tant d'hommes à Col de Corne, et Aithen savait que la mort de Kemiir affectait particulièrement Harlion. Le ventre d'Aithen grogna ; il retourna donc à son repas, malgré les sombres pensées qui entachaient toujours son plaisir.

Lorsque tout le monde eût fini de manger, Élyana ferma les yeux, se concentra et entra dans le Lien pour peindre l'intérieur de la tente à coups de particules denses et compactes, comme l'eût fait une artiste, et créa le même bouclier sonore que celui de Col de Corne. Quand il fut formé, elle remarqua qu'Aithen et Harlion la fixaient. Elle dit : « Je pense que nous allons avoir beaucoup de discussions très confidentielles au cours des prochains jours, et aujourd'hui en particulier. Je voudrais éviter que notre invité ne laisse traîner ses oreilles. »

Harlion interrogea Aithen du regard.

Élyana continua : « Notre visiteur, dont je ne connais pas la force vitale, est peut-être un Alterintrant[30], ce qui le rendrait alors capable d'écouter nos conversations. Mon instinct me dit de me méfier de lui et je te supplie de rester vigilant toi aussi, Aithen. »

« Je suis d'accord avec toi, Élyana, et je ferai attention. Est-ce que c'était de ça que tu voulais parler ?

« De notre invité, oui, mais aussi du Scytale. Mais commençons par le Scytale. Comme je vous l'ai rapidement expliqué avant qu'il n'arrive à Col de Corne, la créature ne vient pas de ce monde ; son corps a peut-être été fabriqué ici, mais son esprit vient d'ailleurs. Comme vous le savez tous les deux, les humanoïdes l'ont rencontré pour la première fois au cours de la Guerre des ténèbres, où il était au service de Noctiferus. J'ignore si le Scytale est revenu seul ou s'il est accompagné de son ancien maître, mais, tout ce que je peux dire, c'est que je n'ai jamais ressenti personnellement la présence du porteur des ténèbres. » Élyana fit une pause et dit d'une voix contrariée : « J'ai cependant appris depuis les événements de Col de Corne, que d'autres Sœurs ont senti une présence pour le moment inexplicable — la présence de quelqu'un qui n'est pas d'ici. Mais peu importe que Noctiferus soit là ou que le Scytale ait trouvé un nouveau maître, sa présence est une prémonition de jours sombres. »

Harlion commença : « Je croyais que Nocti — Pardon, mais j'aime pas prononcer ce nom. Je pensais que le *Maître des ténèbres* avait disparu de notre monde à la fin de la Guerre des ténèbres, ses sbires et créatures avec. Comment il aurait pu revenir ? Et que faisait le Scytale à Col de Corne ? »

---

[30] Les personnes capables d'entrer dans le Lien sont appelées des Alterintrants. Ceux qui n'ont développé que des compétences de détection sensorielle sont appelés les sensoriels, tandis que ceux qui peuvent à la fois ressentir et utiliser le Lien se nomment les relieurs.

« Comme je l'ai déjà dit aux princes à Col de Corne, je ne sais pas comment ça se fait que le Scytale soit revenu maintenant. Ça va à l'encontre de toutes nos certitudes sur le sort du fondateur déchu et de ses suppôts, mais nous devons envisager toutes les hypothèses. La sororité va chercher tout ce qu'elle peut trouver à ce sujet et, dès que nous aurons plus d'information, je vous mettrai au courant. »

Harlion avait du mal à en croire ses oreilles. Il avait vu toutes sortes de choses dans sa vie et avait combattu d'affreuses créatures comme des tarkans et autres bêtes des profondeurs, mais ces choses venaient de K'Tara et il *savait* qu'il pouvait les terrasser. Avec Noctiferus et le Scytale, c'était une autre affaire. « Élyana Lux Baiula, est-ce que vous croyez que nous avons encore une chance, même si vos pires craintes deviennent réalité ? »

« Si le Maître des ténèbres devait lui aussi être là, alors nous livrerions une bataille sans merci, la plus grosse de nos vies, quel que soit le résultat final. Vous savez que c'est la seule réponse que je peux vous donner, Haut Capitaine. »

Pour la deuxième ou troisième fois de la soirée, Harlion fit son possible pour ne pas montrer son embarras. *Enfin, qu'est-ce qui m'arrive ?! D'abord, je laisse entrer un homme dans le pavillon du prince sans lui avoir demandé son nom, ensuite je pose une question que seul un bleu pourrait poser !*

Élyana poursuivit : « Revenons à notre invité qui semble transformer un homme en molpoisson ! Selon les vibrations que j'ai senties plus tôt : soit c'est une créature des ténèbres, soit c'est un Alterintrant doté d'une force vitale que notre ordre ne connaît pas. Ce serait tout à fait *possible*, puisque nous ne savons pas grand-chose des Zébuloniens à la suite de leur indépendance il y a plusieurs siècles. Dans tous les cas, on sait qu'il est charmeur et qu'il semble brouiller les esprits — même des plus responsables. » Aithen et Harlion lui adressèrent tous les deux un regard indigné, mais Élyana continua, impassible : « Nous, les Lux Baiulae, avons la chance de ne pas nous laisser perturber l'esprit aussi facilement, et nous savons comment faire pour lever le voile des apparences. » Cette fois, Aithen et Harlion la massacrèrent du regard, mais la dame ne parut pas plus affectée que précédemment. « Je vous conseille fortement de dire à vos gardes de rester loin de lui, Haut Capitaine, et de ne surtout pas se lier d'amitié avec lui. Dès que nous aurons terminé de manger, j'irai — »

Élyana s'interrompit lorsqu'elle sentit un picotement sur sa peau. Quelqu'un était en train de pénétrer le bouclier sonore. Elle tourna la tête et vit l'une des jeunes servantes qui venait leur apporter du fromage. La fille s'approcha et Élyana prit un morceau de fromage et du pain. Le prince et son capitaine laissèrent échapper un petit grognement et se servirent de fromage eux aussi, tout en remerciant la servante. Le prince lui adressa ensuite un signe de tête et la jeune fille quitta la tente avec une révérence.

Aithen, Élyana et Harlion dégustèrent paisiblement leur fromage avec quelques lampées de vin de temps en temps. Élyana ne pouvait s'empêcher de penser au Zébulonien et se demander s'il pouvait simplement être un Alterintrant dont elle ne connaissait rien. Les Alterintrants étaient des humanoïdes capables de se connecter au Lien grâce à leur force vitale. Ceux qui pouvaient seulement ressentir les choses étaient des sensoriels, tandis que ceux qui pouvaient également utiliser le Lien se nommaient les relieurs. Toutes les races humanoïdes ne possédaient, bien sûr, pas le même éventail de capacités. La plupart des Kynariennes, par exemple, étaient capables d'entrer dans l'esprit des non-humanoïdes, et étaient dotées d'un pouvoir exceptionnel pour *sentir* ce qui se passait dans le Lien, alors qu'il était très rare que des humaines puissent se connecter au Lien. Mais bien que seule une petite minorité d'humains pût ressentir ou utiliser le Lien, ceux qui y parvenaient figuraient parmi les Alterintrants les plus puissants. D'autre part, à cause du fait que l'utilisation de la force vitale pouvait être aussi bien à l'origine de grands dommages que de fabuleuses créations, la sororité et la feu-fraternité avaient décidé de surveiller l'apprentissage et l'utilisation des capacités de détection sensorielle et de liaison. La sororité avait poursuivi ses pratiques dans ce domaine, et toute humaine qui révélait un potentiel était alors admise pour être formée.

On ne connaissait pas d'autre race ou espèce capable de se connecter au Lien. Cependant, les Zébuloniens semblaient avoir développé des compétences de détection sensorielle et de liaison depuis leur séparation de l'empire coriolan. Si maître Methrim était vraiment un Alterintrant, Élyana devrait en informer la Magna Mater.

Après avoir avalé sa dernière gorgée de vin, Aithen demanda : « Si tu en as terminé avec le Zébulonien, Élyana, j'aimerais revenir sur la menace qui pèse *réellement* sur nous. »

« J'ai fini »

« Comment dire ? J'ai bien peur que la seule organisation qui pourrait savoir, qui *devrait savoir*, ce qui se passe n'ait absolument aucune idée de la raison pour laquelle le Scytale est ici ni pourquoi elles se mettent à ressentir des choses qu'elles n'avaient pas senties depuis des siècles. Comment pouvons-nous préparer une défense avec si peu d'informations sur notre ennemi ? »

Élyana répliqua : « Nous en connaissons suffisamment pour préparer une contre-offensive à la menace immédiate. Mais tu as raison, même la plus âgée d'entre nous ne peut dire avec certitude de quoi il s'agit... *pas encore*. Par contre, je suis sûre que nous *trouverons* nos réponses. Nous devons nous réunir à Urbs Lucis dans un mois pour y travailler. Je rejoindrai l'ordre dès que ma présence ne sera plus nécessaire à Furanville. »

Aithen et Harlion acquiescèrent immédiatement. Le prince espérait qu'Élyana avait raison. Quant à Harlion, il priait pour que ce fût le cas. Les soldats n'étaient pas supposés être religieux, et la plupart ne l'étaient pas, mais à soixante ans, Harlion commençait à se dire que les fondateurs *étaient* des dieux, omnipotents, omniscients, impénétrables, et pas, comme d'aucuns le croyaient, uniquement des êtres tout-puissants vivant sur une île de l'autre côté de la planète. Alors il se mit à prier Aiala'Rhi, la Créatrice, pour l'implorer de permettre aux Lux Baiulae d'accéder aux savoirs dont elles avaient besoin pour vaincre les dangers qui pesaient à présent sur eux.

Quand Élyana avala un dernier morceau de fromage, Aithen se surprit à remarquer le mouvement délicat de ses lèvres et de sa mâchoire. Il aurait tant voulu pouvoir se laisser aller à son désir grandissant pour elle. Mais il devrait être patient avec tout ce qui se passait. De plus, ses parents s'y opposeraient sans doute. La pensée de ses parents lui fit soudain penser à son père et il demanda : « Harlion, Élyana, qu'est-ce qu'on fait pour mon père ? On doit le retrouver. La situation ne peut pas durer ! »

Harlion lui répondit en soupirant : « J'ai envoyé des porteurs[31] à Spiritii et dans les villes alentour, mon Prince, mais je n'ai pour le moment reçu aucune réponse encourageante. J'espère qu'Élyana aura eu plus de chance que moi. »

---

[31] Un porteur est un petit animal volant qui achemine des messages d'une ville à l'autre.

Élyana tamponna sa bouche avec un linge blanc et dit : « Je n'ai pas encore réussi à le localiser, Aithen ; je suis désolée. Je vais devoir engager d'autres Sœurs dans cette recherche, mais on va le trouver… »

Élyana parut vouloir ajouter quelque chose, mais elle hésita. Aithen pencha la tête et lui demanda alors de préciser sa pensée. Élyana hésita encore un instant, puis hocha la tête et déclara : « D'après moi, le roi n'a simplement pas envie qu'on le retrouve. »

Poussée par les regards stupéfaits d'Aithen et d'Harlion Élyana ajouta : « Je sais que ça semble étrange. C'est cependant une possibilité que nous ne devons pas mettre de côté dans de telles circonstances. D'abord, le roi n'a donné aucune information initiale quant à sa destination ; ensuite, les derniers rapports au sujet d'un groupe de cinq voraniers entre ici et Spiritii remonte à plus de sept jours ; enfin, mes recherches à l'intérieur du Lien — qui auraient dû me permettre de trouver le roi — n'ont rien donné du tout. »

Élyana se leva, se dirigea vers Harlion et tira deux cylindres métalliques de sa ceinture. Tandis qu'elle donnait le cylindre bleu à Harlion, elle dit : « Haut Capitaine, demandez à votre équipe furane la plus rapide d'apporter ce message à Mérina Lux Baiula à Mélinor. » Elle lui tendit alors le cylindre mauve : « Et cet autre message est pour Mara Lux Baiula à Spiritii. J'ai besoin d'élargir le périmètre de mes recherches et j'ai l'intuition que Mérina ou Mara pourraient bien réussir là où j'ai échoué. »

« Bien sûr, Lux Baiula. Je suppose que vous voudriez que je dépêche quelqu'un sur-le-champ ? », demanda Harlion en reposant un morceau de pain à demi entamé. Il s'essuya ensuite la bouche et les mains avant de prendre les deux cylindres.

« Oui, merci, Capitaine. »

« Parfait. Je m'en occupe immédiatement. » Harlion se tourna alors vers Aithen et lui demanda s'il avait aussi des ordres à lui donner.

« En effet, Capitaine. Attendez un instant. » Et Aithen alla jusqu'à son bureau, prit une feuille de papier et un stylo, et écrivit un message qu'il plaça dans un cylindre doré orné d'une bande mauve en son milieu.

Aithen dit : « Faites transmettre ce message au premier sénateur Léo. Je lui demande de réunir le Sénat et les propriétaires dans dix jours, pour que je puisse m'adresser à chacune des assemblées dès mon arrivée. »

« J'imagine que ça veut dire que nous devons arriver pas plus tard que le matin. Ça va être difficile compte tenu de la taille du convoi, surtout si on continue de traîner comme aujourd'hui. »

Aithen répondit avec humour : « On pourra optimiser nos périodes de voyage dès demain, Capitaine. Mais, oui, nous devrons être à Furanville au plus tard ce matin-là, dans dix jours. Je te fais confiance et je te laisse gérer les questions logistiques. Si tu penses qu'il faut alléger le convoi, tu peux demander aux civils de tout laisser ici sauf le strict nécessaire. Dans ce cas, préviens-les que la couronne remboursera leurs pertes. Quant à ce message, assure-toi que le messager aura déjeuné et sera prêt à partir dans une heure. Compte tenu du temps que les messages vont mettre à arriver à tous les grands propriétaires et du temps de trajet jusqu'à Furanville, mieux vaut que le premier sénateur reçoive mes ordres le plus tôt possible. »

Le haut capitaine acquiesça et partit s'exécuter.

Alors que son officier franchissait les rabats de la tente, Aithen ajouta : « On se voit dans la matinée, Haut Capitaine ! »

Harlion s'arrêta sans se retourner, acquiesça à nouveau, puis disparut.

En regardant la Lux Baiula, le prince dit : « Je suppose que tu vas vouloir rencontrer le Zébulonien, maintenant ? »

« Oui, et j'espère pouvoir en revenir avec moins d'inquiétudes. »

« Je l'espère aussi. Quant à moi, je pense que je vais monter Xyre et gagner le rivage ; j'ai besoin d'un peu de temps pour moi, même juste une heure ; je dois essayer de donner un peu de sens à tout ça. »

La Lux Baiula parut un peu agacée par le projet d'Aithen, mais elle ne le montra pas et dit : « Alors mieux vaut que tu partes tant qu'il fait encore jour. Si tout va bien, je serai de retour d'ici deux heures pour te donner des nouvelles. » Elle attacha ensuite sa cape, tourna les talons, retira le bouclier sonore et sortit de la tente pendant qu'Aithen ne la quittait pas des yeux.

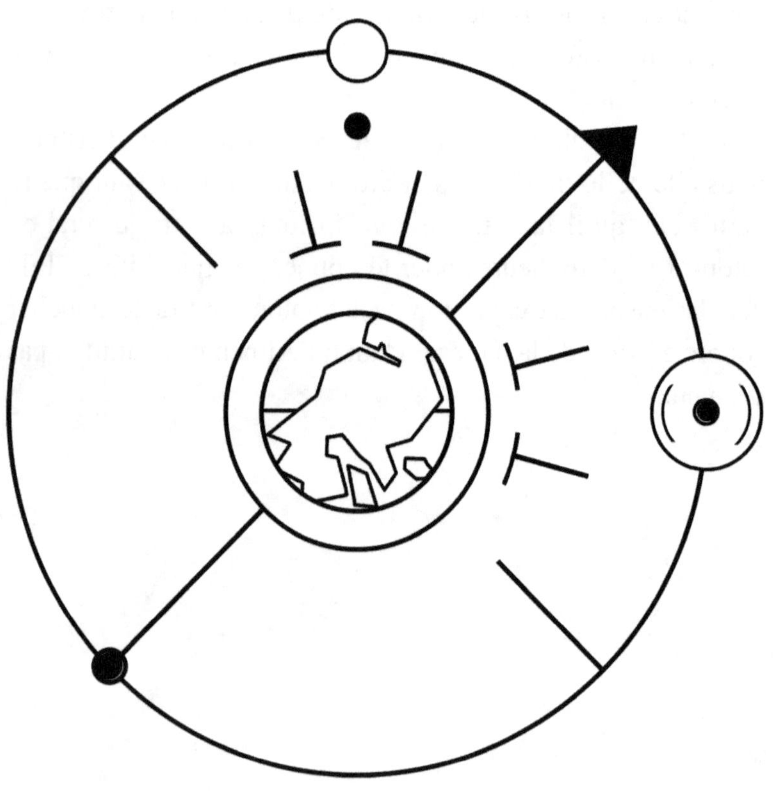

VII DU RISQUE À LA NÉCESSITÉ

De retour de son escapade sur la cote, Aithen venait à peine de se changer quand Élyana rentra dans ses quartiers. Il lui demanda : « Comment ça s'est passé avec notre invité ? » Mais il n'attendit pas sa réponse et continua : « Moi, j'ai fait mon petit tour sur la côte. L'océan est un spectacle fantastique par ici, avec les coraux qui donnent des reflets incroyables de rose et de mauve sur cette partie du pays. Je suis sûr que tu aurais apprécié. Tu l'as déjà vue ? »

Élyana secoua la tête.

« Eh bien, tu devrais y aller un jour. Et ces quarante petites minutes m'ont aidé à calmer l'ouragan qui tournait dans ma tête. Entre le Scytale, Noctiferus, notre voisine Zébulonienne et son histoire d'invasion prochaine, la disparition de mon père dont personne ne sait rien — aussi la mort de mon cousin que j'ai ignorée *exprès* depuis Col de Corne —, j'étais totalement dépassé. Mais maintenant, je me sens vraiment mieux. »

Élyana affecta un air ennuyé en lui disant : « Je suis contente que tu aies pu te détendre, Aithen. Mais pour répondre à ta question, ce que je pensais ne jamais avoir le loisir de faire… » Aithen se sentit soudain embarrassé par cette accusation, « ma rencontre avec Lusk Methrim de Zébulonie fut pour le moins décevante. J'espérais pouvoir apprendre qui il est réellement en le sondant discrètement, mais je n'ai pas réussi à sentir une seule des vibrations que j'ai perçues lors de notre première rencontre aujourd'hui. » Élyana s'arrêta un instant, puis ajouta avec un ton inhabituellement emphatique : « C'est quelque chose qui me dérange *beaucoup.* »

Aithen savait que cette incapacité à sentir les vibrations de l'étranger — c'est ainsi que les Lux Baiulae appelaient l'énergie vitale de tout ce qui était vivant — bouleversait réellement Élyana, mais il ne dit rien ; il savait qu'aucun commentaire ne pourrait l'aider. Car, que connaissait-il des capacités sensorielles et de liaison ? Pour lui, c'étaient des choses presque magiques, même s'il savait qu'elles se fondaient sur les propriétés véritables de l'univers.

Mais Aithen voulait malgré tout *pouvoir* réconforter Élyana. Depuis quelque temps, il se sentait terriblement attiré par elle et ne cessait de combattre son désir de révéler ses sentiments, de la toucher ou la sentir. Et même s'il avait déjà eu des relations privilégiées avec des femmes, aucune ne l'avait autant fait chavirer qu'Élyana. La Lux Baiula était belle – pour Aithen en tout cas — avec ses longs cheveux ondulés et ses traits puissants. Elle était en plus intelligente et sûre d'elle — comment eût-il pu ne pas l'aimer ; comment eût-il pu ne pas la *désirer* ?

Mais chaque fois qu'il se laissait aller à ses sentiments pour la dame, il s'en voulait en même temps. Élyana était bien plus âgée que lui, même si elle ne le paraissait pas. Il n'avait en fait aucune idée de son âge, mais elle était conseillère de son père depuis plus de trente ans, elle devait donc avoir au moins cinquante ans. Comment pouvait-il envisager de courtiser une femme plus vieille de plusieurs dizaines d'années ? Puis il s'encouragea, imaginant que cela n'avait peut-être aucune importance. En effet, puisque les Lux Baiulae pouvaient vivre près de deux-cents ans, elles vieillissaient peut-être très lentement, tandis que les Mêlés, comme lui, devenaient matures très rapidement, mais vivaient assez longtemps également ; ils étaient alors peut-être rendus au même âge physique et mental.

Malheureusement pour lui, chaque fois qu'il arrivait à une conclusion qui semblait appuyer son intérêt pour la dame en dépit de son âge, Aithen ne pouvait se défaire de l'idée que le roi et la reine, tout comme le Conseil de sélection, désapprouveraient à coup sûr cette union. Et ce soir, Aithen avait encore d'autres raisons pour ne pas laisser libre-cours à ses sentiments : la possibilité que tout ce qu'ils connaissaient tirât à sa fin. Toutes ces pensées ne prirent qu'une seconde pour traverser son esprit, mais elles le perturbèrent bien plus longtemps, et il espéra qu'Élyana n'eût rien remarqué.

Elle s'en était pourtant rendu compte, et cela la rassurait de savoir qu'elle pouvait au moins ressentir les émotions et les pensées de certains, même si elle ne savait pas où elle en était exactement avec ces sentiments naissants entre elle et le prince. Elle ne pouvait en aucun cas concevoir ces sentiments. Mais pour une raison encore inconnue, elle aimait le voir lutter comme il le faisait. Elle se souvint aussi de la manière dont elle avait aimé le taquiner, sans rougir, plusieurs fois au cours du voyage.

Mais ce n'était pas des pensées convenables pour elle et elle dut les chasser pour revenir à leur sujet de conversation, comme si cette parenthèse n'avait jamais existé. Elle dit : « Ce qui me dérange le plus, Aithen, c'est que les vibrations de maître Methrim ne sont pas les seules que je n'arrive plus à ressentir. En effet, pendant ma transmission par pensée avec la Magna Mater la nuit dernière — une communication très faible, car elle craignait que quelqu'un ne nous surprenne, même si cela est presque impossible — elle m'a informée qu'un grand nombre de Sœurs des *Terrae Regis* ont capté des vibrations inconnues, des vibrations si sombres et maléfiques qu'elles craignent qu'elles ne viennent de…Noctiferus lui-même. » Élyana s'interrompit et termina avec une insistance inhabituelle : « Mais, moi, je n'ai rien ressenti de tout ça ! »

Son incapacité soudaine à ne pas ressentir certaines choses bouleversait vraiment Élyana. N'était-elle pas l'une des plus puissantes Lux Baiulae, après tout ? Elle savait qu'elle n'était pas malade. Elle pouvait ressentir ses propres vibrations et elle était persuadée que son métabolisme comme son système nerveux fonctionnaient parfaitement. Peut-être sa flore microbienne avait-elle été affectée par son épuisement des derniers jours, et, si tel était le cas, elle devrait attendre d'arriver à Furanville pour que Tania Lux Baiula la sonde et la soigne, car cette technique était bien au-delà de ses compétences. Quelles que fussent les causes de son problème, elle devait en finir, car ses pouvoirs sensoriels étaient bien plus importants pour elle que la liaison.

Aithen lui demanda : « Élyana, comment c'est possible que tes Sœurs reconnaissent les vibrations d'un fondateur qui est censé avoir disparu depuis bien longtemps ? »

« Personne n'était là il y a six-cents ans, mais nous sommes nombreuses à avoir hérité des savoirs de cette époque. »

« Je connais le transfert de mémoire, Élyana, et je peux comprendre comment une pensée ou une image peut être transférée, mais la mémoire d'une vibration. Comment un sentiment, une *sensation*, peut-elle être transférée ? »

« C'est difficile à expliquer, mais les sensations ont une place physique dans nos mémoires. C'est la raison pour laquelle une odeur ou une vision peut déclencher une peur ou un plaisir qui nous rappelle notre jeunesse. De la même façon. Les vibrations du Maître des Ténèbres peuvent être reconnues par celles qui en ont reçu la mémoire. »

« Alors je te pose encore la même question. Qu'est-ce qu'on fait si le porteur des ténèbres — comme l'appellent certains croyants — est vraiment de retour ? »

« Je ne sais pas, Aithen, mais l'Ordre aura sans doute une idée. » Après une courte pause, elle continua : « La Magna

Mater Krystiana a fixé un rendez-vous dans le Lien ce soir, afin de commencer nos véritables recherches. Avec un peu de chance, nous apprendrons qui est notre ennemi ; d'après le peu que nous savons pour l'instant, il est probable que le Scytale n'agisse pas seul. Krystiana sait que je n'ai pas ressenti les ténèbres comme les autres, mais je suis la seule en qui elle a confiance pour l'aider dans cette recherche et pour la protéger pendant ce temps. » Puis elle répondit à la question implicite d'Aithen, et ajouta : « Les autres Sœurs ne doivent pas savoir que la Magna Mater est entrée dans le Lien à la recherche de notre ennemi, car certaines membres de l'ordre de la lumière pourraient questionner sa capacité à diriger si elles savaient qu'elle met sa propre vie ainsi que celle de l'ordre en danger avec ce qui est, en toute honnêteté, un plan périlleux. Mais c'est le seul qu'on ait pour l'instant. »

Aithen réfléchit un moment. Même si Élyana et son père lui avaient appris beaucoup de choses sur le Lien, ils ne l'avaient jamais encouragé à développer ses talents sensoriels, malgré ses nombreuses demandes. Il eût pensé que son père, lui-même sensoriel, et non des moindres, eût pu le faire ; hélas non. Et la sororité n'aurait jamais agi sans sa permission.

Tout ce qu'Aithen savait du Lien se limitait donc à quelques généralités et mises en bouche telle que le Lien pouvait élargir la compréhension du monde et permettre à tout itinérant de vivre des expériences encore plus palpitantes que celles du monde extérieur. Les capacités de liaison pouvaient aussi conférer à quelqu'un des pouvoirs extraordinaires, de celui de soigner ou d'influencer les autres à celui, bien plus incroyable, de lancer des boules de feu sur un ennemi trop puissant pour être terrassé par de simples armes. Mais le relieur trop aventureux risquait aussi de finir réduit en fumée ou de s'égarer à jamais dans le Lien, puis d'y vivre des choses si horribles que la folie les menait bientôt à la mort. Il y avait d'ailleurs, à Urbs Lucis, un asile où les itinérants imprudents qui n'avaient jamais réussi à revenir du Lien étaient internés et soignés. À cause de ces risques et parce qu'Octavius était intimement persuadé qu'un monarque ne devait fonder son pouvoir que sur sa supériorité intellectuelle, le roi avait toujours refusé de laisser la Sororité entraîner ses fils, bien qu'Aithen possédât clairement la prédisposition atomique des sensoriels et peut-être des relieurs. Aithen lui en avait toujours voulu pour ça. Si le roi pouvait accéder au Lien, pourquoi pas lui ? Ce don ne pouvait-il pas lui être utile en tant que futur dirigeant du royaume ?

Le prince dit à la Lux Baiula : « Élyana, je vais venir avec toi ! »

« Quoi ? »

« Je voudrais entrer dans le Lien avec toi. »

La Sœur secoua la tête et dit en élevant le ton : « Aithen, tu es fou ? C'est tout simplement impossible, et tu le sais ! »

Mais Aithen insista. « Je sais que les Lux Baiulae peuvent emmener les victimes de viol dans le Lien pour y retrouver leurs violeurs. Si un non-sensoriel peut entrer dans le Lien avec une Lux Baiula, je suis sûr que tu peux me prendre avec toi. »

Élyana posa une main sur son front, ne voulant pas croire ce que le prince lui demandait de faire : « Aithen, tu n'es pas entraîné et je ne peux pas mettre ta vie en danger de la sorte. »

Le prince savait qu'elle avait raison, mais cela ne le dissuada pas : il avait le droit de mener des armées au combat et de mettre ainsi sa vie en danger ; il pouvait aussi combattre le Scytale et s'exposer au danger. En quoi ceci était-il différent ? En tout cas, il sentit qu'il n'avait pas le choix et répondit : « Élyana, K'Tara va peut-être devoir faire face à une nouvelle guerre contre des forces inconnues de la plupart d'entre nous ; s'il y a une chance pour que j'apprenne quelque chose d'utile sur notre ennemi — un ennemi contre lequel les armées pourraient devoir lutter — alors, j'ai le droit, et même le *devoir* de venir. »

« C'est vrai, je ne suis pas entraîné, mais tu peux m'emmener. Et Père est *lui-même* un sensoriel. » Aithen hésita, ne sachant pas s'il devait ou non dire ce qu'il voulait dire, mais le fit quand même, presque pour lui-même : « Je sais pas pourquoi l'ordre refuse de me tester et de m'entraîner, mais tout le monde sait que je suis un sensoriel. Moi, je le sais depuis que j'ai douze ans. »

Aithen continua tout en regardant Élyana fixement : « Je *dois* venir, Élyana. »

« Aithen, ce que tu me demandes est extrêmement dangereux. Même les non-itinérants que nous invitons dans le Lien doivent s'exercer avant, pour ne pas commettre d'impair susceptible de menacer leur santé ou celle des Lux Baiulae, et je ne peux pas t'entraîner en une heure ! De plus, nous ne nous attaquons pas à un simple humanoïde, mais à une chose démoniaque. » Elle frissonna en disant cela.

« Je dois venir ! »

Élyana était à bout et ne pouvait contenir davantage sa colère sans crier. Elle explosa : « Aithen, tu es peut-être le fils du roi, mais cela ne te donne aucun droit sur ce qui ne regarde que l'Ordre. »

Le prince fut un peu gêné d'avoir poussé Élyana à se mettre en colère et il en conclut que ce n'était sans doute pas une bonne idée de continuer à se disputer avec elle ; il dit alors calmement : « Je suis désolé Élyana. Toutefois, il est de mon devoir de protéger notre pays et ses habitants. S'il m'est possible d'en apprendre davantage sur notre ennemi en t'accompagnant, alors je veux prendre ce risque. »

Élyana le fixa de ce regard si intimidant que savent utiliser les Lux Baiulae. Aithen ne cessa pas pour autant de la fixer.

Comment pourrais-je l'emmener avec moi ? Si je le faisais, je violerais les lois de l'Ordre. Même Krystiana ne serait pas capable de me protéger des sanctions auxquelles je serais forcément exposée. Et même s'il en a les capacités, il n'a aucune formation. Et si je me rate dans le Lien ? Mais c'est un homme à présent, il a la tête sur les épaules et a peut-être raison sur ce point. J'espère seulement que je ne le regretterai pas.

« Bon, ça va Aithen. Si c'est ce qu'il faut, allons-y. Tu as déjà les capacités, donc un cours rapide devrait te suffire pour t'emmener, tant que je te couvre et que tu ne fais rien de stupide. Avec un peu de chance, ce n'est pas aujourd'hui que je mourrai pour toi, car, même si je suis disposée à le faire, je préfèrerais vivre encore un peu. Alors, au travail : la Magna Mater Krystiana m'attend d'ici une heure. »

Aithen soupira, soulagé, et sourit à Élyana. Il n'avait aucune idée de ce qu'il pourrait rencontrer dans le Lien ni comment quelque chose d'éthéré pouvait menacer son existence, mais il savait qu'Élyana donnerait vraiment sa vie si c'était pour le sauver – et il n'aimait pas cette idée, non pas à cause de sa fierté, mais parce qu'il… enfin, il n'aimait pas ça, c'était tout. Il se promit donc de ne rien faire de stupide dans le Lien.

Élyana ajouta : « À partir de maintenant et jusqu'à notre retour, tu devras suivre mes instructions à la lettre sans poser de question. » Aithen acquiesça. « À tout moment, si tu es en danger, je te transmettrai un seul mot par pensée : "sors !" ».

« Oui. Mais, je n'ai jamais fait de… transmission par pensée. Je n'ai aucune idée de la manière… — »

« Dès que nous serons connectés, tu pourras communiquer avec moi de cette façon. Comme je le disais, si tu perçois cet ordre, tu dois disparaître, où que nous soyons. Tu devras te sentir retourner dans la tente, réintégrer ta matière. »

Aithen pensa : *Réintégrer ma matière, ça sonne tellement bizarre.*

« Oui. Je sais combien ça peut sembler étrange », dit Élyana.

Aithen sursauta. Comment avait-elle fait ça ? Il avait si souvent l'impression qu'elle lisait dans ses pensées.

Élyana poursuivit : « Mais c'est ainsi qu'on sort du Lien. En y entrant, on laisse notre corps matériel. Lorsqu'on quitte le Lien, on doit réintégrer notre matière. Nous allons essayer une fois pour que tu comprennes ce que je veux dire. Honnêtement, je ne sais pas si tu seras capable de le faire seul ; entrer et sortir du Lien est un apprentissage de plusieurs années pour une Lux Baiula, et toutes n'y parviennent pas forcément. Ce sera un peu comme jeter un enfant à l'eau pour lui apprendre à nager. De ce fait, je serai sans doute obligée de te chasser hors du lien. Sache que si je dois te chasser nous serons tous les deux plus vulnérables pendant que je serai concentrée sur toi et sur ton retour dans cette réalité. » Aithen la regarda avec une question qu'Élyana avait déjà anticipée. C'était comme si, alors qu'elle se préparait à entrer dans le Lien, ses sens devenaient plus aiguisés que jamais. Ou peut-être était-ce en anticipant les risques qu'elle allait prendre en le faisant entrer dans le Lien qu'elle devenait encore plus perspicace. Élyana répondit ainsi à la question qu'Aithen ne lui avait pas posée : « J'ai pu supporter bien pire à Col de Corne : vous couvrir, toi et ton frère et protéger toute la forteresse contre les attaques cérébrales, tout en luttant contre le Scytale. Mais la situation était différente, car nous étions dans le monde physique, où il n'est pas nécessaire de se concentrer sur soi-même pour rester entier. »

Aithen hocha la tête, inquiet.

« Lorsque nous en aurons fini avec ce petit exercice, nous retournerons dans le Lien pour rencontrer Krystiana. Je dépenserai un bon stock d'énergie pour te dissimuler en plus de me protéger ; alors tu ne devras en aucun cas réagir à sa présence. Sache que si elle se rendait compte de ta présence, je serais punie très sévèrement pour t'avoir emmené avec moi et la Magna Mater ne pourrait rien pour l'éviter. Je n'aime pas le fait de devoir te cacher, mais comme je ne peux demander ni sa permission ni celle du roi pour l'instant, je n'ai pas le choix. »

« Dès que j'aurai trouvé Krystiana, nous nous mettrons à la recherche du Scytale. Celui-ci pourra être accompagné d'autres créatures démoniaques, donc nous devons aussi nous y préparer. Et lorsque nous aurons trouvé le Scytale, nous tenterons d'entrer dans son esprit pour écouter tout ce qu'il pourrait penser ou transmettre par pensée avec qui que ce soit. » À ces mots, Élyana remarqua qu'Aithen avait peur, mais elle continua : « Ce sera une expérience éprouvante, mais tu seras auprès de moi, bien plus en sécurité que si tu étais seul dans le Lien, c'est certain. » Élyana avait dit cela avec désinvolture, comme si elle avait simplement parlé de la météo.

« Qu'est-ce que tu entends par *entrer dans son esprit* ? J'ai du mal à comprendre. »

« Comme tu le découvriras, le Lien est un monde qui ne ressemble à aucun autre et qui donne à ceux qui peuvent l'utiliser des pouvoirs bien supérieurs à ceux que tu connais. L'un d'eux est… d'entrer dans l'esprit d'un autre humanoïde pour voir ce qu'il voit, entendre ce qu'il entend et pénétrer ses pensées, visions et rêves ; seules trois d'entre nous — autant que je sache — possédons ce don : la Magna Mater, la Praefecta Medicas[32] et moi. Autrefois, il y avait plus de

---

[32] Praefecta Medicas : Administratrice médicale et cheffe de l'obédience des docteures.

femmes dotées de ce pouvoir, mais comme cette pratique a été interdite à la suite de l'exil de Natalia Lux Baiula qui était entrée par effraction dans l'esprit de l'un de ses étudiants, il y a environ soixante ans, provoquant chez lui un important traumatisme psychologique et faisant ainsi beaucoup de tort à l'ordre, nous ne l'enseignons plus — pas même pour résoudre des enquêtes criminelles. » Élyana ne put s'empêcher de se sentir gênée en évoquant cette femme ; elle fut une Lux Baiula très puissante et eût été d'un grand secours pour la sororité, mais hélas… Élyana s'arrêta un moment, puis ajouta : « Il existe aussi deux hommes capables d'entrer dans l'esprit d'autres humanoïdes, mais ce n'est pas à moi de dévoiler leur secret. »

Aithen leva un sourcil interrogateur, mais Élyana le devança : « Ne demande pas, Aithen. »

« Dans tous les cas, tu pourrais t'imaginer qu'entrer dans l'esprit du Scytale n'est pas plus compliqué que d'entrer dans l'esprit d'un animal, chose que les Kynariens peuvent faire facilement, cependant le Scytale s'apparente bien plus à un humanoïde qu'à un animal, c'est pourquoi la Magna Mater Krystiana et moi devons nous en occuper nous-mêmes. »

« C'est de la folie, Élyana ! Tu vas déjà devoir affronter la colère de la sororité juste pour avoir traqué le Scytale dans le Lien ; pourquoi voudrais-tu en plus entrer dans son esprit ? Qu'est-ce qu'elles *feront* si elles l'apprennent ? »

« Je préfère ne pas y penser, Aithen. Mais nous prendrons toutes les précautions pour éviter de nous faire remarquer par ceux qui voyagent dans le Lien ce soir. »

« Je n'aime pas ça. »

« Entrer dans l'esprit du Scytale est le seul moyen de comprendre ce qu'il a l'intention de faire ensuite, Aithen. Et, si nous avons de la chance, peut-être pourrons-nous aussi savoir d'où vient cette présence maléfique qui erre dans le Lien. »

« Pourquoi ne pas simplement trouver le Scytale et écouter ses conversations de loin ? »

« Ça ne marche pas comme ça dans le Lien, Aithen. Les sons n'y voyagent pas comme dans l'air ou dans l'eau. »

« Ça paraît toujours aussi fou, encore plus fou que tout ce que Toras a déjà fait, c'est dire. »

Élyana poussa un grand soupir et dit : « Aithen, je sais ce que je fais. Je ne sais simplement pas si c'est une bonne idée de le faire avec toi en moi. »

Aithen s'empourpra légèrement.

Comme d'habitude, Élyana feignit de ne pas s'en rendre compte et poursuivit, non sans prendre le temps de chasser sa propre réaction à ce qui, d'après elle, avait fait rougir le prince. « Quoi qu'il en soit, tu n'as que trois règles à connaître pour survivre à tout ça. Un, tu dois rester concentré sur moi ; deux, n'essaie en aucun cas d'entrer en contact avec ceux que nous rencontrons ; trois, si je dis "sors", concentre-toi sur ton corps et rejoins-le. Si tout se passe bien, après ça, tu sauras tout ce que tu dois savoir. »

Élyana baissa les yeux et pensa : *Je ne sais vraiment pas ce qui va arriver, mais c'est comme ça.*

Si Aithen savait à quel point elle se sentait perdue malgré son statut de Lux Baiula, peut-être qu'il ne lui ferait pas autant confiance. Mais les Lux Baiulae ne devaient jamais montrer leurs craintes ou incertitudes ; inquiétudes et hésitations devaient se produire chez les autres ; leur puissance dépendait peut-être même plus de cet effet que de leurs pouvoirs de liaison.

Élyana invita Aithen à s'asseoir sur le tapis moelleux de sa tente, en face d'elle. Elle écarta ensuite les mains entre lesquelles apparut une petite sphère qui semblait contenir un ciel nocturne, sombre, mais éclaboussé de millions de petits points lumineux.

« Maintenant, Aithen, pose tes mains sur cette sphère, ferme les yeux et cherche les battements de mon cœur. Une fois que tu y seras connecté, tu devrais être en mesure d'entendre ma transmission par pensée. Cette sphère facilitera notre liaison et la rendra plus stable. »

Aithen voulut lui demander comment fonctionnait la sphère, mais, comme ce n'était pas le moment, il ravala sa question et dit : « Je suis prêt. »

Élyana lui demanda de fermer les yeux et elle fit de même. Le prince commença à se détendre comme le lui avait appris son père. Il compta à rebours pour apaiser son esprit et se concentrer sur lui-même. Lorsqu'il arriva à zéro, il atteignit l'état de transe méditative. Il parvint alors à ressentir chacune des décharges électriques de son pouls, et le ralentissement progressif de ses battements. Après un moment au cours duquel il apprécia cet état de conscience profonde, il se mit à chercher Élyana, à l'appeler. Mais tout ce qu'il pouvait voir était son lieu sûr avec ses murs blancs, son grand bureau sombre et légèrement brillant, ses immenses étagères et la grande fenêtre laissant entrer une douce lumière tiède. Il appela Élyana à nouveau, tenta de percevoir les battements de son cœur. Toujours rien.

Il choisit alors de parler à haute voix, ce qui risquait de le faire sortir de son état de transe, mais il avait pratiqué cette technique depuis l'enfance, suffisamment souvent pour apprendre à le faire avec prudence en grandissant, et il devrait pouvoir le faire maintenant tout en conservant son état. Il dit alors à Élyana qu'il ne parvenait pas à la trouver. Élyana lui répondit qu'il devait s'ouvrir aux envois externes. Un frisson le parcourut immédiatement. Aithen détestait ouvrir son esprit à tout ce qui pouvait y entrer, même s'il avait appris à le protéger contre les éléments malveillants qui eussent pu vouloir y entrer. En effet, la dernière fois qu'il s'était ouvert aux envois externes — il y avait plusieurs années — il avait éprouvé des choses et reçu des pensées si affreuses qu'elles étaient restées en lui après son réveil. Depuis, il se limitait à n'ouvrir son esprit que dans l'intimité de son propre corps lors de méditations.

Sentant son hésitation, Élyana répéta ses instructions et le rassura en lui disant qu'il la trouverait, et uniquement elle, aussitôt qu'il ouvrirait son esprit.

Aithen répondit avec un simple « Ok », puis se concentra à nouveau et se mit à ouvrir son esprit aux éléments extérieurs. Plus son esprit se déconnectait de l'ici et maintenant — de lui-même — plus il prenait conscience de ce qui se trouvait au-delà de ses cinq sens. À un moment, un sentiment de panique l'envahit, cherchant à se frayer un passage à travers son calme, panique qui surgissait à l'idée de s'ouvrir à des influences extérieures. Mais il le chassa rapidement, recouvrit un profond sentiment de plénitude et se mit à percevoir les pulsations de la Lux Baiula. À cet instant, son esprit décela un son à peine perceptible, un pouls calme au rythme binaire. *Élyana.* Aithen n'avait pas prononcé ce nom, pas plus qu'il ne l'avait pensé ; il était juste apparu dans son esprit.

Juste après ou peut-être une éternité plus tard, Aithen parvint enfin à se connecter aux battements d'Élyana. Un pouls tranquille, régulier. Il sentit également ses propres battements se caler sur ceux d'Élyana jusqu'à ne plus pouvoir les distinguer. Puis, très lentement, il ressentit un drôle de tiraillement dans son esprit et, bien qu'il fût tenté d'y résister, il s'y laissa aller et commença à *entendre* Élyana dans ce monde spirituel. *C'est donc ça un mot transmis par pensée !* C'était doux. C'était tellement plus agréable que ce qu'il avait vécu avec les Locari. Il tenta de l'atteindre à son tour et envoya : « *Élyana, je t'entends, peux-tu m'entendre ?* »

« *Oui, Aithen. Maintenant, ressens-toi en train de suivre ma pensée. Ressens-la partout autour de toi.* »

Tandis qu'Aithen se laissait submerger par la voix éthérée d'Élyana, il sentit que son tiraillement devenait de plus en plus puissant, et soudain, il eut l'impression d'habiter à l'intérieur d'Élyana. Il envoya : « *Élyana, est-ce que je suis là, avec toi ?* »

« *Oui, Aithen, tu es avec moi. Tu es en moi.* »

Aithen ressentit un léger trouble, mais une étrange sécurité malgré l'absence d'images dans les seules ténèbres qui l'entouraient. Il demanda : « *Est-ce que je ne vais rien voir ?* »

« *Tu y verras dès que je te le permettrai. Tiens-toi prêt.* »

Des impressions visuelles firent soudain irruption dans leur union. Elles se transformèrent rapidement en lumière pure et éclatante prise dans une immense voie lactée. Aithen ne pouvait pas voir Élyana, mais il sentait son sourire. Même ses rêves les plus intenses ou ses profondes méditations n'avaient jamais été aussi vivantes. La joie. Incroyable. Extraordinaire.

Aithen était en proie à une soudaine excitation. Il demanda : « *Qu'est-ce que je… on voit ?* »

« *Tu perçois ce que voit mon esprit. Ce sont les consciences interconnectées des humanoïdes qui créent ce monde éclatant. Il n'a aucune présence physique, mais il irradie autour de nous tant qu'il existe des êtres qui pensent et qui rêvent.* » Sentant une autre question de la part d'Aithen, Élyana ajouta : « *Tous les humanoïdes libèrent cette énergie, mais seuls les alterintrants peuvent la percevoir, la pénétrer et l'utiliser.* »

Aithen fut émerveillé et terrifié tout à la fois ; effrayé de penser qu'il partageait son espace vital avec un nombre infini d'êtres, même si la peur n'avait habituellement pas d'emprise sur lui ; en effet, il avait vu de nombreuses batailles, y avait aussi pris part ; il avait volé comme un fou sur Xyre aux côtés de son frère ; et avait accompli un nombre incalculable de choses qui eussent terrorisé la plupart des gens.

Élyana sentit un pincement : « *Tu as une question ?* »

« *Oui. Tu m'as dit que tu dois pénétrer l'esprit d'un humanoïde pour entendre ses pensées et voir à travers ses yeux, mais puisque cet endroit est le produit de tous nos esprits réunis, tu ne peux pas connaître les pensées de tout le monde en te tenant simplement là ?* »

« *Non. Pour une raison encore inconnue, les pensées restent localisées, même dans le Lien. C'est seulement en entrant dans l'esprit de quelqu'un qu'il est possible de voir ce qui s'y trouve. Mais le simple fait d'être là, dans le Lien, fournit tout de même de précieuses informations. Je peux savoir où se trouve une personne et percevoir ses émotions. Je peux aussi voir les gens interagir les uns avec les autres, si ce sont des alterintrants.* »

« *Hum, on dirait que tu peux en apprendre beaucoup sur quelqu'un en trouvant ses vibrations dans le Lien ; je crois qu'Harlion aimerait que ses Frumentarii soient capables de faire ça.* »

« *Malheureusement, les hommes — sauf quelques-uns, mais ils sont rares — ne peuvent plus accéder au Lien. Et même s'ils le pouvaient, ils ne seraient pas autorisés à l'utiliser à leur guise. Comme je l'ai dit plus tôt, entrer dans l'esprit de quelqu'un est interdit et n'est pas enseigné, car espionner ce que les gens font ou ressentent est également mal vu par ceux qui revendiquent le droit à la vie privée. Peut-être ne le sais-tu pas, mais il existe aujourd'hui un groupuscule de l'ordre en faveur de l'interdiction d'enseigner aux femmes comment entrer dans le Lien afin de protéger la vie privée de tous.* »

Aithen sentit le dégoût d'Élyana à cette idée. Il lui envoya : « *Ça me semble complètement fou. Que deviendrais-tu si tu ne pouvais plus entrer dans le Lien ?!* »

« *C'est effectivement fou et ça me rend dingue. Mais si nous ne pouvions plus entrer dans le Lien, nous pourrions toujours l'utiliser pour invoquer des choses du monde extérieur.* »

« *Oui, mais tout ce que tu peux apprendre ici va bien au-delà de ce qui existe dans le monde extérieur, et tu perdrais tout cela ! Ça me rend malade chaque fois que j'entends des inepties pareilles provoquées par la peur et par l'ignorance. Je dois dire que ça me surprend que même les Sœurs puissent être sujettes à de telles absurdités.* »

« *Eh bien, heureusement, ce ne sont que de petites factions, et ce n'est pas demain qu'elles parviendront à imposer leur bêtise.* »

L'esprit d'Aithen fronça les sourcils. Il voulut dire à Élyana que, parfois, même certaines minorités parviennent à faire passer des lois absurdes, comme la loi contre l'enseignement de la théorie de l'origine extraorbitale des humanoïdes, mais avant qu'il n'eût pu le faire, Élyana lui envoya : « *Très bien, revenons à notre exercice.* » Et soudain, elle dit : « *Sors !* »

Aithen fût pris au dépourvu, mais il se souvint des instructions de la Lux Baiula : lorsqu'il percevrait l'ordre, il devrait immédiatement réintégrer son corps. Il essaya, mais rien ne se passa ; il ne pouvait pas le sentir. Frustré, son esprit se mit à battre de plus en plus fort.

Élyana n'attendit pas qu'il essaie à nouveau. Elle lui envoya ainsi un puissant « *Aithen.* » Son esprit reprit forme d'un seul coup, comme l'eau agitée dans un seau pouvait devenir une étendue d'huile juste après avoir été secouée. Élyana lui envoya ensuite : « *L'ordre de sortir exige ta réaction immédiate, pourtant tu dois être tout à fait calme lorsque tu le fais. Maintenant, détache-toi de cet endroit et ouvre-toi aux bruits autour de ta tente, ressens ton corps, concentre-toi sur tes mains posées sur la sphère. »*

Pendant un instant, Aithen eut envie de discuter ses ordres. Mais il savait qu'Élyana avait raison, et sans plus attendre, il suivit ses conseils. La vibration de son esprit qui se trouvait à l'intérieur d'Élyana sourit lorsqu'il sentit ses membres. Venait-il d'entendre des bruits de pas ? Probablement pas étant donné qu'Élyana avait établi un bouclier sonore. Mais il recommença à sentir ses jambes, ses pieds dans ses bottes, ainsi que ses mains contre quelque chose de dur. *Qu'est-ce que c'est ? Oui ! La sphère !*

« Élyana, je le sens ! Je sens mon corps ! »

« Parfait. Maintenant, sens ton esprit s'y enfoncer. »

Le prince essaya, mais il était inéluctablement attiré par le Lien chaque fois. Il recommença, mais n'avait toujours aucune prise sur son corps et ne cessait de déraper. *« Élyana, je n'y arrive pas. J'essaie, mais rien. »*

« D'accord. Alors, accroche-toi parce que je vais devoir t'éjecter. » Aithen n'avait aucune idée de ce que voulait dire « éjecter ». Il voulut demander, mais sans plus tarder, il sentit le monde qui l'entourait tourbillonner, accompagné d'une douleur. *« Aïe. Mon corps. Élyana ! Ahhhh ! J'ai mal ! »* Dans le monde extérieur, le corps d'Aithen se mit à gémir réellement. Il tenta de résister à la poussée d'Élyana, mais cela empira la douleur. Il décida donc de se laisser aller, et dans un dernier cri, il était de retour. De retour dans son corps, dans le monde extérieur.

Il ouvrit les yeux et vit ses mains toujours posées sur la sphère. Son visage était toujours déformé par la douleur, une douleur qui s'étendait à tout son corps. *Que s'est-il passé ?* « Élyana ». Pas de réponse. Il se sentit étrangement vide, non, nu. *Je ne te sens plus.* Toujours pas de réponse. Juste à ce moment, une nouvelle salve de douleurs le secoua et il gémit. Quelle bonne idée Élyana avait eu de mettre un bouclier sonore autour d'eux, sans quoi ses cris auraient sûrement attiré les gardes.

Il releva la tête et vit Élyana, ou plutôt son corps, devant lui. Il vit aussi de la douleur sur son visage et se mit à paniquer. Mais à ce moment même, Élyana ouvrit les yeux et dit : « Je suis heureuse de te voir respirer, même si, de toute évidence, tu souffres beaucoup. »

« Oui, vraiment. » Aithen retint un nouveau gémissement et regarda Élyana, un peu gêné et contrarié.

« Est-ce que tu comprends, à présent, pourquoi c'est une mauvaise idée, Aithen ? »

Aithen ne répondit rien, se détourna pour serrer les dents, avant de se retourner vers Élyana avec un air encore plus déterminé.

Élyana hocha la tête en silence, puis jeta un œil au disque horaire et dit : « Il est presque l'heure du rendez-vous avec la Magna Mater. Exerçons-nous encore une fois avant d'y aller. »

Cette fois-ci, Aithen réussit : il fut capable de réintégrer son corps sans avoir besoin d'être éjecté du Lien. Et c'était une bonne chose, car, sans cela, il aurait dû abandonner l'idée de suivre Élyana dans sa chasse au Scytale.

Élyana lui laissa quelques minutes de répit avant de replonger dans le Lien pour rencontrer la Magna Mater. Aithen la regarda et comprit à son air qu'elle était enfin prête à accepter son choix. Il la remercia en souriant : malgré son autorité de prince héritier du trône d'Alvinorie, il n'avait en réalité aucun pouvoir sur Élyana, qui, en tant que citoyenne d'Urbs Lucis — une ville indépendante du royaume — ne devait rendre de comptes qu'à la Lucis Sororum Societas.

Élyana renvoya le sourire du prince dans un grognement et dit : « Bon, passons à la suite. Nous n'avons pas de temps à perdre. Nous allons retourner dans le Lien maintenant et n'en ressortirons pas tant que Krystiana et moi n'aurons pas trouvé ce que nous cherchons. Tu es prêt ? »

« Oui. »

« Ferme les yeux. »

Aithen s'exécuta et reposa les mains sur la sphère. Ce faisant, il toucha accidentellement les mains d'Élyana et sentit son cœur chavirer. Il déplaça ses mains avec lenteur pour permettre à son rythme cardiaque de ralentir. Il se concentra et parvint rapidement à son état méditatif. Il se remit à chercher les battements de cœur d'Élyana et, dans cet état hors du temps, commença à ressentir le même curieux tiraillement sur son esprit, suivi de la pensée d'Élyana qui l'appelait. En un éclair, il était de retour en elle.

« Te revoilà avec moi, Aithen. Suis mes pensées. Et souviens-toi ! N'essaie jamais de toucher ou d'entrer en contact avec quoi que ce soit dans le Lien. Tu n'en seras pas capable parce que je te couvre de mon bouclier ; mais tu me déconcentreras si tu essaies, ce qui pourrait mettre la puce à l'oreille de Krystiana — ou de quelqu'un d'autre. Reste calme quoi qu'il arrive et suis mes pensées. Je vais maintenant appeler la Magna Mater. »

VIII DANS LE LIEN

« Comment avancent les préparatifs, Prime Dux ? »

Ce titre gênait l'imposant Genghis[33]. Cela lui rappelait cette ancienne langue ridicule, le latin, qu'il commençait à oublier après quelque deux mille quatre cents ans, malgré le rajeunissement régulier de son cerveau.

Genghis se tenait près de son bureau — un bureau équipé uniquement d'un écran virtuel et entouré de quelques chaises au milieu de cette pièce pour le moins austère. Seuls les souvenirs des conquêtes du proconsul, qui reposaient sur les étagères bordant les murs de verre de la pièce, lui donnaient un peu de personnalité.

Genghis répondit d'une voix ajustée à la perfection car son larynx avait, depuis longtemps, été remplacé par un module électronique, tout comme un grand nombre de parties de son corps. Il dit : « La semaine dernière, tout se déroulait encore comme prévu, Thabo. Andrus3[34] m'a informé que presque tout est déjà prêt pour notre arrivée d'ici un an. »

L'homme nommé Thabo répondit avec une bonne dose d'anxiété. « Un an. Plus trop long, mais encore assez pour que quelqu'un tombe par hasard sur nos plans, Prime Dux. »

Genghis répondit d'un geste insouciant de la main : « *Même si* Alia les découvrait, elle serait incapable de nous arrêter. En fait, il se pourrait bien qu'elle meure avant. »

Thabo fut à la fois choqué et inquiet en dépit du fait qu'au plus profond de lui, il détestait cette cheffe — après tout, elle *était* à l'origine de tout ce qu'ils savaient et c'était elle qui

---

[33] Genghis : À prononcer « ching-iss. »

[34] Andrus3 : AMAT (ou androïde médical tuteur) de troisième génération.

avait sorti l'humanité de sa tombe lorsqu'aucun dieu, ni chrétien, ni hébreu, ni musulman n'avait daigné le faire.

Genghis poursuivit sur son ton méprisant : « Elle est vieille, Thabo ; je ne sais même pas quel âge elle a exactement — nul ne le sait. Mais une chose est sûre : son cerveau se dégrade et nos meilleurs techniciens ne savent pas comment empêcher que ça continue, sans parler de restaurer ce qu'elle a déjà perdu de mémoire et de capacités. »

Thabo savait combien l'autre homme la haïssait, mais les mots et le ton qu'il employait l'effrayaient et faisaient sentir ce petit homme encore plus petit.

« Ne t'inquiète pas, Thabo. La vie ne s'arrêtera pas avec sa mort. »

Avec le dos voûté, Thabo se retourna pour regarder par le mur vitré du fond, côté nord, qui ouvrait sur la ville jadis étincelante, mais toujours magnifique : la Nouvelle Rome. Il ne voulut pas que Genghis vît combien il était troublé.

Se tenant parfaitement droit, les mains derrière le dos et les doigts pianotant les uns contre les autres, Genghis demanda : « Qu'est-ce qu'il y a, Thabo ? »

Le cœur de l'homme défaillit tandis qu'il s'en voulait d'avoir si mal su cacher ses sentiments au général. Il ne pouvait pas dire à Genghis combien il trouvait déplacés ses commentaires sur leur cheffe, alors il lui posa la question qui lui trottait dans la tête : « Êtes-vous certain qu'Andrus3 réussira, Prime Dux ? » Genghis leva un sourcil. « Je veux dire que ses communications sont devenues irrégulières, et il est tout à fait possible qu'il ne survive plus longtemps. En fait, j'ai déjà du mal à croire qu'il ait réussi à durer tout ce temps. Tous les autres AMT ont cessé d'être opérationnels après une centaine d'années, mais, lui, existe depuis plus de deux mille quatre cent cinquante ans ! »

Genghis, curieux, haussa un sourcil tout en essuyant une poussière invisible sur son bureau en onyx noir et dit : « Oui, presque autant que notre bonne cheffe. N'est-ce pas étonnant ? Mais il va bien, Thabo, il va bien. La mise à jour que nous lui avons envoyée il y a quelques mois lui est parvenue et lui permet à présent de réparer lui-même toutes ses anomalies. Il m'a assuré qu'il serait capable de préparer la planète pour notre arrivée. Un an Thabo. Un an et je vais changer nos vies comme Alia n'a jamais pu le faire. »

Le petit homme ne pouvait décider s'il devait sourire d'espoir ou se ratatiner de peur. Il décida finalement de sourire timidement au Prime Dux et se demanda pour la millième fois si ce qu'ils avaient l'intention de faire était vraiment juste.

***

Aithen vit le Lien éclatant autour d'eux. C'était magnifique. Cela ressemblait beaucoup à ce qu'il ressentit lorsqu'il vola sur Xyre pour la première fois, en dix fois, cent fois plus excitant. Lorsque le Lien apparut, il vit d'abord la lumière pure et éclatante et sa voie lactée. À présent, un incroyable mélange de teintes mauve, bleue et jaune explosa sous ses yeux. Et bien qu'il n'eût pas de corps dans ce monde virtuel, ses sensations se révélèrent encore plus intenses que dans le monde extérieur.

Après un temps indéterminé, Aithen entendit Élyana lui dire : « *Accroche-toi.* »

Il demanda : « *Que veux-tu dire ?* »

« *Reste concentré sur toi-même, à l'intérieur de moi.* »

L'instant d'après, son esprit se retrouva tiré et enroulé autour d'innombrables formes. Son corps, toujours assis en tailleur dans sa tente, se balançait au rythme de son esprit tiraillé de tous côtés et enroulé d'une forme à l'autre. Il se força avec peine à focaliser son attention. Lorsqu'il y parvint enfin, il demanda à Élyana ce qui se passait. La Lux Baiula lui expliqua qu'elle était « simplement en train de faire des recherches et d'inspecter les environs. » Quelques-unes des formes que vit Aithen étaient monstrueuses, alors que d'autres ressemblaient davantage à des humanoïdes. Bizarrement, la plupart avaient l'air étonnamment… attirantes. Il se demanda pourquoi et décida d'en parler plus tard avec Élyana.

Élyana fit une boucle autour de la dernière forme, puis ralentit et s'arrêta. Ce « ralentissement » procura à Aithen une sensation nouvelle et l'étourdit encore plus que les vrilles ; même les arrêts brusques de son furan n'avaient jamais provoqué de telles réactions. À l'instant, une forme humanoïde apparut devant lui — ou plutôt devant Élyana. Cette forme semblait d'abord proche, puis loin d'eux. Aithen ressentit une sorte d'appréhension qui, bien que très présente, ne venait pas de lui. Pouvait-elle venir d'Élyana ? Il pensa le lui demander, mais se ravisa ; ce n'était pas le moment. La forme devant eux se précisa pour prendre l'apparence d'une femme, et parla.

« *Élyana, je suis contente de te voir.* »

« *Moi aussi, Magna Mater.* »

Aithen trouva le constant changement de rapports de distance étourdissant.

« *Je commençais à avoir peur qu'il te soit arrivé quelque chose. À un moment, j'ai senti ta présence, puis d'un seul coup, tu as disparu.* »

« *J'ai dû m'occuper d'une question importante. Mais tout est réglé à présent et je ne devrais plus être dérangée.* »

Élyana ne mentait pas, elle ne disait simplement pas toute la vérité. Aithen savait, pour l'avoir constaté maintes fois avec Élyana comme avec d'autres Lux Baiulae, qu'elles répondaient souvent ainsi lorsqu'elles ne pouvaient dire la vérité.

« *Alors c'est parfait ; comme tu le sais, nous en savons encore très peu sur les événements récents qui nous ont toutes prises par surprise. Une chose est sûre, la créature que tu as rencontrée était bien le Scytale, et ce monstre vole maintenant sur le territoire à la recherche d'on ne sait quoi. Comment il a pu revenir, en revanche, même Biléna n'arrive pas à le comprendre, pourtant s'il y a bien quelqu'un qui devrait le savoir, c'est elle. Elle trouve cela très troublant, comme tu peux l'imaginer. Et puis, ce qui nous perturbe encore plus, ce sont ces vibrations inhabituelles que nombre d'entre nous avons perçues.* »

« *Est-ce que d'autres Sœurs que celles du cordon jaune les ont ressenties ?* »

« *Oui, mais pas beaucoup. J'aurais quand même aimé que les Sœurs des quatre cordonnetés les ressentent ; elles seraient plus en sécurité si elles étaient au courant de ce qui se trame, surtout s'il s'agit du retour d'un autre* », dit la Magna Mater, ne souhaitant pas prononcer le nom Noctiferus. Lorsqu'elle réalisa ce que pouvait ressentir Élyana, elle ajouta : « *Je suis désolée, Élyana. Je ne m'explique pas la raison pour laquelle tu n'as pas ressenti ces vibrations. Quand tu reviendras à Urbs Lucis, je voudrais que tu ailles voir Saara afin qu'elle t'examine.* »

« *Inutile d'être désolée, Mater. Après tout, ce qui interfère sur mes capacités sensorielles ne pourra pas durer éternellement.* »

Krystiana acquiesça et poursuivit : « *Je disais donc que* certaines *ont perçu sa présence, mais, de toute évidence,* toutes *ont eu connaissance des actions du Scytale. Ça suffit à les inquiéter et les décontenancer. Espérons que nous trouverons des réponses ce soir ; et que cette séance d'itinérance te permettra de recouvrer tous tes sens, car, dans tous les cas, j'aurai absolument besoin de ton aide pour affronter tout ce qui surgira par la suite, et ce serait bien mieux que tu sois en pleine possession de tes pouvoirs. En tout cas, je suis contente de voir que tu ne sembles pas avoir perdu tes capacités à naviguer dans le Lien ; je ne pourrai rien faire sans elles. »*

Élyana hoche la tête. À cet instant, elle éprouva un mélange de fierté et de colère ; de fierté à l'idée que son amie eût toujours besoin d'elle ; de colère en pensant à son incapacité à ressentir cette chose qui pourrait bien être Noctiferus en personne.

« Bon, assez parlé. Mettons-nous au travail, Élyana. Nous allons toutes deux entamer notre recherche du serviteur des ténèbres, mais nous il serait mieux que nous restions toujours en contact. Nous devons établir une connexion mentale qui te permettra éventuellement de me protéger si une autre Sœur se trouvait dans le Lien ce soir. Et, qui sait, si je percevais encore ces vibrations, notre connexion mentale pourrait peut-être relancer ta capacité à les ressentir par toi-même. »

Élyana frissonna un instant, craignant de ne pouvoir garder Aithen caché pendant que son esprit serait attaché à Krystiana. Mais comme elles étaient amies depuis longtemps, elle ne chercherait pas à fouiller dans les pensées d'Élyana. Elle pourrait toujours découvrir le prince dans son esprit, par accident, mais seulement s'il perdait le contrôle ; et elle espérait que ce ne serait pas le cas.

Le coup de fouet que donna Krystiana pour établir la connexion mentale survint d'un seul coup. Sa corde était une lumière bleue, ondulante, qui surgit avec une extrême violence et qui s'empara de l'esprit d'Élyana. Dans le monde physique, son corps s'agita lors de l'assaut ; si quiconque entrait dans la tente d'Aithen à ce moment précis, il penserait qu'elle était prise de convulsions. Là, dans le Lien, l'image de la Lux Baiula réagit vivement : elle se déforma et envoya des éclairs aveuglants dans toutes les directions. L'instant d'après, dans ce monde hors du temps, le coup de fouet se retourna sur Krystiana et la Magna Mater réagit presque aussi violemment qu'Élyana, puis son image s'enflamma.

Toutes deux continrent leurs cris tant bien que mal, de peur d'adresser par accident un son à quelqu'un d'autre dans le Lien — cela s'était déjà produit ; sujet à une telle douleur, un itinérant pouvait, sans le vouloir, envoyer la pensée d'un cri à quelqu'un qu'il connaissait. Un nouveau coup de fouet vint d'Élyana. Krystiana faillit hurler cette fois et s'apprêta à répliquer encore plus vigoureusement, croyant avoir vu un sourire se dessiner sur l'image d'Élyana. *Je la ferai fustiger quand nous rentrerons à Urbs Lucis.* Et puis la douleur s'effaça et sa colère avec.

La connexion mentale était à présent terminée et les deux femmes retrouvèrent doucement leur calme. Dans le monde physique, elles tremblaient toujours : il faudrait attendre encore quelques minutes pour que leurs corps reposent de nouveau paisiblement.

Lorsque la rencontre avec la Magna Mater commença, Aithen dut se forcer pour faire taire ses pensées, et même, pour ne penser à rien. Mais dès qu'il vit le coup de fouet venir de la cheffe de la sororité, il ne put rien faire d'autre que regarder avec stupeur cette nouvelle merveille. Il se dit qu'Élyana n'avait pas à s'inquiéter qu'il lui fît perdre sa concentration ; ce spectacle était si incroyable que ses pensées étaient clouées sur place et qu'il ne pouvait qu'observer et s'ébahir.

Il s'extirpa de ses pensées lorsqu'il entendit Krystiana.

La Magna Mater envoya d'un ton sarcastique : « *Fabuleux, je suis heureuse de voir que tu es déjà remise.* » Élyana sourit, bien que son cerveau fût toujours en feu. Puis la Magna Mater envoya : « *Commençons* » et son image disparut.

Élyana envoya un rapide mais sincère : « *Sois prudente.* »

« *Toi aussi, Élyana* », répondit Krystiana.

« *Je le serai, et je t'avertirai dès que j'aurai trouvé le Scytale.* »

Un petit rire lointain lui parvint, puis un silence total et des plus inquiétants suivit l'arrêt de toute transmission par pensée.

Aithen apprécia ce calme, plus profond que tout ce qu'il avait jamais pu créer en méditant. Quand il entendit à nouveau la voix d'Élyana, il se surprit à penser qu'il eût aimé ne pas l'entendre tout de suite. Puis, son esprit s'accrocha à un sentiment étrange ; étrange parce que, même s'il n'avait jamais ressenti cela auparavant, il en reconnaissait la source. Il envoya à Élyana : « *Je perçois quelque chose d'elle — de la Magna Mater. Comment je sais que ça vient d'elle ?* »

« *Tu le sais parce que je sais, et parce que tu as perçu ma réaction à l'envoi de Krystiana.* »

« *Ça va devenir très compliqué — ne pas savoir si c'est moi qui ressens quelque chose ou si ça vient de toi.* »

Aithen perçut le sourire d'Élyana, puis elle lui envoya : « *Tu t'habitueras.* »

Au bout d'un instant, elle ajouta : « *À présent, je vais me mettre à chercher le Scytale. Tu t'es bien débrouillé pour l'instant ; continue comme ça. Inutile de te dire que nous ne voulons pas que la créature se rende compte de notre présence.* »

« *En fait, tu viens de le dire. Mais, je sais — je resterai calme en tout temps et n'essaierai d'entrer en contact avec rien ni personne.* »

Aithen perçut un petit grognement qui venait d'Élyana. Elle lui envoya : « *Il y a des moments où j'aimerais vraiment rencontrer ceux qui ont créé ces expressions idiotes et leur dire à quel point elles sont dépourvues de logique. »*

Aithen voulut répondre, mais Élyana se mit à flotter à nouveau dans ce monde sans espace ; il laissa son esprit s'apaiser et s'imprégner des sensations. Comment elle pouvait trouver son chemin ici, il n'en avait pas la moindre idée, mais il voyait toutes les choses aller et venir et changer sans cesse. Bizarrement, cette recherche lui rappela ses séances de chasse aux belliques. En dépit de leur taille, les belliques étaient difficiles à pister, et un chasseur passait souvent des heures à les chercher dans les bois sur la partie basse des monts Furans.

À l'instant, Élyana envoya : « *Une fois que j'aurai trouvé la créature, j'entrerai en elle, mais mon bouclier nous cachera de sa conscience. Tu pourras l'entendre par sa propre voix. Il parlera probablement en langue ancienne, mais tu en connais les bases et tu devrais être capable de saisir l'essentiel de ce qu'il pourra dire. »*

« *Comment tu peux être aussi sûre que tu seras la première à le trouver ? »*

Aithen ressentit le sourire de satisfaction d'Élyana et il se demanda si elle souriait aussi comme cela dans la tente. Élyana lui répondit : « *La Magna Mater et moi savons toutes deux que je suis la meilleure à ce jeu. S'il est là, c'est moi qui le trouverai la première. »*

La Lux Baiula continua à flotter et virevolter, allant et venant d'une chose à l'autre dans ce monde éthéré, hors du temps, bien que les déplacements ne fussent pas les mêmes que dans le monde extérieur : ici, tout ce qui était proche pouvait s'éloigner, puis se rapprocher à nouveau, par-devant ou par-derrière. Aithen eut l'impression que chaque apparition d'une même chose pouvait ne pas être identique à la précédente. C'est-à-dire qu'elles semblaient stimuler des sens différents selon que l'on s'en approchait, y tournait autour ou les dépassait ; il ne pouvait cependant pas identifier à quel sens ces impressions faisaient appel. Voilà une autre question qu'il devrait poser à Élyana lorsqu'il en aurait le loisir.

Après ce qui lui sembla un instant ou une éternité, ils arrivèrent à ce qui semblait être un lieu structuré. Était-ce un jardin ? À l'intérieur, Aithen vit plusieurs formes qui discutaient. Il demanda : « *Qui sont-ils ?* »

« *Ils font partie du rêve de quelqu'un. À droite, ce doit être le rêveur — sa forme émet plus d'énergie que les autres.* »

La recherche dura encore quelque temps ; chaque fois qu'ils s'approchaient de quelqu'un, ils en faisaient le tour, dans un parcours sinueux et vertigineux. Parfois, les formes qu'ils voyaient étaient juste là, devant eux, au milieu de rien d'autre que la lumière du Lien. D'autres fois, elles étaient dans un lieu quelconque. Aithen remarqua que lorsqu'un lieu prenait forme dans le Lien, il y avait toujours un humanoïde.

Enfin, tout s'arrêta et Aithen se sentit étourdi comme lorsque Xyre atterrissait à toute vitesse. Quelque chose de flou se trouvait devant eux, mais Élyana regarda à sa droite, vers quelque chose d'autre ; comme l'image se précisait, la peur s'empara d'Aithen. Il la vit : la créature qu'il avait rencontrée et combattue pour sauver leur peau il n'y avait pas si longtemps. Elle parlait avec une forme humaine. Cet humain était grand et vêtu d'une cape rouge sang. Il paraissait fort : on voyait des muscles secs se dessiner sur ses bras nus. Il était aussi plutôt beau garçon, comme le Zébulonien, pensa-t-il. *Est-ce que ça pouvait être lui ? Non, cet homme avait la peau trop claire.*

Élyana ne répondit pas ; ce n'est pas lui qu'elle regardait à présent. Au lieu de cela, il l'entendit s'adresser à la Magna Mater.

« *C'est moi qui l'ai trouvé en premier, Krystiana.* »

« *Bien sûr ! Je n'en attendais pas moins de toi. En tout cas, sois très prudente, Élyana,* » commença la Magna Mater, et, en un éclair, elle était là, aux côtés d'Élyana. « *Ni toi ni moi n'avons fait ce genre de choses depuis bien longtemps, et nous n'avons absolument aucune expérience pour entrer dans l'esprit de choses comme* Lui *!* »

« *Je vais faire attention, Krystiana.* »

« *Je vais rester là. Si quoi que ce soit tourne mal, je t'éjecterai.* »

Élyana acquiesça.

« *Digne soit ton corps,* » envoya Krystiana, même si elle savait bien qu'Élyana n'avait jamais mis son destin entre les mains des fondateurs.

Élyana se détourna de son amie et s'adressa au prince : « *Je te conseille de faire le vide de toutes tes émotions maintenant : nous allons entrer en lui. Ne me résiste en aucun pas.* »

Aithen s'exécuta et mit en application tous les exercices de maîtrise de l'esprit que son père lui avait appris tout au long de sa vie, et il oublia ses peurs, ses disputes et ses questionnements. Les années que son père et Harlion avaient passées à l'entraîner à la maîtrise de soi pour qu'il ne cédât jamais à la peur et qu'il restât corps et esprit concentrés en toutes circonstances avaient déjà montré leur efficacité. Mais cette nuit, il allait mettre ces aptitudes à rude épreuve. Pourtant, il était prêt. Il n'échouerait pas — il ne pouvait pas se le permettre.

Aithen remarqua quelque chose, ou plutôt une absence — Élyana était si calme à présent qu'il la percevait à peine. Son attention se reporta sur le Scytale, et Aithen se demanda comment elle pourrait pénétrer son esprit. Ça ne pourrait pas être comme lorsqu'elle s'était connectée à la Magna Mater car ça ferait l'effet d'un voleur qui entrerait par effraction chez sa victime en faisant craquer les portes bruyamment. Alors, comment allait-elle faire ?

Élyana envoya : « *Prêt* ». Ce n'était pas une question, mais une affirmation, tandis qu'elle s'apprêtait à se faufiler à l'intérieur de la bête. L'instant d'après, tout devint vide ; toutes les sensations disparurent et la lumière fit place aux ténèbres. Pendant un instant qui dura sans doute une milliseconde, il se demanda ce qui se passait. Mais il se souvint des instructions d'Élyana et évacua ses pensées comme tout le reste, puis son dernier sursaut de conscience disparut lui aussi : plus rien. Pas même un *ça* qui aurait pu montrer que quelque chose eût été là.

Élyana et Aithen étaient à présent installés au plus profond d'un recoin de l'esprit du Scytale. Elle lui avait confié que le fait de les garder cachés dans le Scytale allait lui demander tellement d'énergie qu'ils ne pourraient pas rester longtemps. Il s'était posé bien des questions à ce sujet. Pourquoi avait-elle besoin de tant d'énergie pour réaliser ces actions imaginaires ? Elle avait tenté de le lui expliquer, mais il n'était pas encore capable de le comprendre.

Élyana envoya : « *Nous n'y voyons rien pour le moment, mais nous recouvrerons nos sens dès lors que je relâcherai un peu de la tension du bouclier. Peu importe ce qui arrive maintenant, ce qu'on va voir ou entendre, garde mes instructions en mémoire. Nos vies en dépendent. C'est parti.* »

Instantanément, une voix s'éleva et les envahit complètement. Elle était chargée de mort, et cette sensation était aussi palpable qu'un objet dans le monde physique. Aithen était à la fois terrifié et perplexe, terrifié par la mort qui régnait là, et perplexe de conserver si bien son calme. Il se surprit à remercier son père et son capitaine pour leurs précieux enseignements sans lesquels il aurait déjà cédé à la panique et se serait enfui — ou plutôt serait parti en itinérance — comme un fou.

La voix qu'il entendit appartenait au Scytale ; ce dernier parlait à son interlocuteur en langue ancienne. À présent, Aithen pouvait voir l'homme avec davantage de précision. Il avait des yeux noirs, brillants, des sourcils épais qui descendaient en angle droit sur ses yeux, et un nez droit et fin. Sa peau avait la couleur du sable. Aithen se demanda pour quelle raison les êtres diaboliques, hommes ou femmes, étaient toujours aussi attirants.

Élyana chuchota : « *C'est l'Umbra, l'ombre.* » Aithen sentit un léger frisson parcourir l'esprit d'Élyana tandis qu'elle s'interrogeait sur ce nouvel intrus. L'Umbra — c'était le lieutenant de Noctiferus sur K'Tara pendant la Guerre des ténèbres. Élyana se demanda s'il se cachait quelque part sur K'Tara à présent. Ou avait-il voyagé depuis un orbe lointain et sombre, aussi sombre que son âme, dans un corps informe ? Élyana chassa ces pensées et se focalisa à nouveau sur le Scytale.

Il parlait à Umbra des événements de Col de Corne et semblait particulièrement fâché de la résistance inattendue qu'il y avait rencontrée. Mais ce qui le mettait encore plus en colère, c'était la présence d'une Lux Baiula à la forteresse. Sans elle, il aurait probablement détruit entièrement le lieu malgré sa structure érigée à l'aide du Lien, et aurait exterminé toute la vermine humaine — villageois et gardiens.

En entendant ces mots, Aithen sentit la colère tourbillonner en lui, mais ne *ressentit* rien en réalité ; ses émotions restèrent enfermées ailleurs, et ce fut très bien ainsi.

De leur point de vue, dans l'esprit du Scytale, Élyana et Aithen pouvaient dire que l'évocation de la Lux Baiula avait horripilé la forme devant eux, à en juger par l'accumulation de tension dans sa figure pendant le récit du Scytale. L'Umbra envoya : « *Stulte! Debes terrorem creare, nec te periclitari !*[35] »

Le Scytale répondit en alvinorien ; peut-être était-il lassé par la langue ancienne. « *Je ne suis pas stupide, et je sais ce que je dois faire, Umbra. Inutile de me le rappeler : répandre la terreur mais en restant prudent.* »

L'Umbra poursuivit pourtant dans la langue ancienne, rétrécissant ses yeux diaphanes, et demanda : « *Invenistine scopos nostros ?*[36] », à quoi le Scytale répondit qu'il n'avait pas encore réussi à localiser l'homme qu'ils cherchaient. Cela contraria encore plus l'Umbra que lorsque le Scytale avait évoqué ses difficultés à soumettre la forteresse à cause de la Lux Baiula. Il gronda et repoussa le Scytale avec une détonation d'énergie. Soudain, Aithen ressentit une douleur aiguë. Il pensa d'abord à envoyer une question à Élyana, puis se ravisa. Le Scytale s'éloigna de son complice et lui répondit par un cri.

L'Umbra hurla sa question suivante, insistant sur une réponse : « *Per quartum iam quaesivisti. ubi sunt illi ?!*[37] »

La forme du Scytale vibra, craignant un nouvel assaut — peu importait s'il cherchait pendant un quart ou un mois — il ne serait pas capable de trouver ceux qu'ils cherchaient : soit leurs vibrations étaient protégées, soit elles se trouvaient dans un lieu protégé. Le Scytale répondit d'une voix étranglée, opprimée sous l'effet de l'émotion dans ce monde éthéré : « *Nescio*[38] ».

Élyana et Aithen se demandèrent ce que les Ailes du Seigneur des ténèbres et son complice pouvaient bien chercher. Le Scytale, semblant craindre que d'autres questions

---

[35] Imbécile ! Tu dois susciter la peur et non te mettre en danger !
[36] As-tu localisé nos cibles ?
[37] Ça fait un quart que tu cherches. Où sont-ils ?
[38] Je ne sais pas.

ne surgissent sur le sujet, demanda à l'Umbra s'il avait réussi à rassembler pour leur cause d'autres humanoïdes. Après une hésitation passagère, pendant laquelle l'Umbra parut se demander s'il acceptait ou non ce changement de sujet, il répondit d'un ton suffisant qu'il avait réussi à recruter de nombreux humains et Rokothien, mais, malheureusement, aucune Kynarien pour le moment.

La Lux Baiula et le prince perçurent une excitation mêlée à de l'impatience de la part du Scytale lorsqu'il cria sa prochaine question ; Aithen et Élyana craignirent qu'une nouvelle déflagration ne les atteignît. « *Sed cur manemus ? Nunc debemus copias nostras convocare !*[39] »

Étonnamment, l'autre répondit calmement, impassible : « *Patientes. Mundus erit nostrum, sed primum debemus Sorores et Kynarien perdere.*[40] »

L'Umbra ajouta en alvinorien : « *D'abord, les Kynariennes, ensuite les misérables Lux Baiulae, comme elles se nomment si bêtement.* »

Le Scytale cracha sa réponse : « *Comme je les méprise, ces Kynariennes.* »

Aithen pouvait sentir son mépris. Mais quelque chose le dérangea soudain : sa mère était une Kynarienne.

Le Scytale se remit à parler, et le prince recentra son attention. Il dit : « *Ce ne sera pas facile de les éliminer, les unes comme les autres.* »

L'Umbra répliqua : « *Oui, c'est sûr. Ce ne sera pas facile. Quand notre maître m'a montré comment te créer, ou plutôt te recréer, j'ai été heureux de le faire. En effet, même si nous avons été... vaincus, il y a six cents ans, tu as montré ton utilité*

---

[39] Mais qu'est-ce qu'on attend ? On doit mobiliser nos forces maintenant !

[40] Patience. Ce monde sera bientôt nôtre, mais nous devons d'abord éliminer les Sœurs et les Kynariennes.

en semant la terreur et la confusion, ainsi qu'en tuant un nombre incalculable d'ennemis, et — si les Luxori ne t'avaient pas mis des bâtons dans les roues — je suis sûr que nous aurions déjà écrasé les K'Tarans. »

« Ils sont beaucoup plus faibles aujourd'hui, mais ils représentent toujours une importante entrave à la réalisation de nos objectifs. Je croyais qu'en te ramenant à la vie, cette fois, nous pourrions réellement les vaincre. Mais je commence à me demander si tu es vraiment utile ; je soupçonne qu'il y ait eu un raté dans la procédure de clonage. »

Le Scytale répondit par un grognement sourd. Il n'avait jamais aimé l'Umbra et avait souvent rêvé de lui arracher simplement la tête, mais hélas, il n'en avait pas le pouvoir.

L'Umbra interrompit les réflexions fallacieuses du Scytale en envoyant : *« Si tu n'aimes pas la teneur de mes paroles, je te conseille de me donner de bonnes raisons d'en utiliser de plus flatteuses. Quoi qu'il en soit, la Societas et l'Ordre de Kynarie disparaîtront ; je réfléchis à nos alternatives depuis un moment, et j'ai quelques idées que je partagerai avec toi en temps utile. Sache que pour assurer notre succès, j'ai également mis Vaedrin sur le coup, et il pourrait bien réussir avant* toi. »

La forme du Scytale se tordit de colère et de dépit à l'évocation de ce nouvel acteur, et la tension à l'intérieur de sa forme ébranla l'espace où se trouvaient les vibrations d'Aithen et d'Élyana.

L'Umbra poursuivit : *« Éloge ou condamnation, ton issue dépendra entièrement de ta façon d'accomplir ta mission. »*

Élyana envoya une pensée en urgence à la Magna Mater : *« Krystiana, tu entends ça ? »*

La voix distante de Krystiana lui parvint comme un murmure : *« Oui, Élyana, et ça me terrorise. »*

Élyana s'apprêtait à lui envoyer sa réponse quand une nouvelle rage s'empara du Scytale à la suite de l'insulte de l'Umbra, et elle dut mettre un terme à l'échange pour renforcer son bouclier.

Mais l'Umbra parut se moquer totalement des sentiments du Scytale et il ajouta : « *Avant d'agir à découvert contre les Kynariennes, j'ai besoin que tu identifies les deux Luxori que notre maître a sentis ; une fois que tu les auras trouvés, amène-les-moi. Je me moque de la méthode que tu emploieras pour ça — tu peux utiliser les Temptatori si tu veux ; tu sais comment trouver leur chef à Kartak — mais tu les retrouveras et me les amèneras.* »

Le Scytale grogna sa réponse : « *Je les trouverai et je te les apporterai.* »

À cet instant, la peur et l'effroi s'abattirent sur Aithen. Le sentiment était si puissant que son corps se mit à trembler dans la tente et son cœur s'emballa ; s'il ne parvenait pas à le calmer, la connexion entre son corps et son esprit pourrait s'interrompre, le piégeant à jamais dans le Lien. Le prince l'ignorait alors, mais il s'efforça malgré tout de maîtriser ses émotions, sachant que sa sécurité et celle d'Élyana étaient menacées. Il demanda à la Lux Baiula ce que voulait dire l'Umbra. Est-ce que son père était l'un des Luxori ? Son père n'était pas un Luxor — Aithen le savait — mais c'était un *Alterintrant.* La Sœur tourna vers lui son œil virtuel et répondit qu'ils ne savaient pas exactement de qui parlaient le Scytale et l'Umbra, puis l'enjoignit à faire taire ses pensées, de peur d'être découverts. Aithen essaya, puis entendit l'Umbra dire — la voix emplie de haine : « *Ces deux hommes, je voudrais juste leur arracher la cervelle du crâne et les tripes du ventre, et je pourrais le faire, mais avant, ils vont me servir moi !* »

La haine de l'Umbra envahit le Scytale et tout le Lien. Aithen ressentit une haine d'un autre genre s'insinuer dans son propre esprit, et il s'imagina détruire le cerveau du Scytale de l'intérieur avec un poignard et se jeter sur l'autre pour lui trancher la gorge. Mais les formes de ces créatures n'étaient que des bulles d'énergie — rien qu'un couteau pourrait taillader. Ou peut-être que si ? Si l'on pouvait mourir ici, alors peut-être qu'un couteau imaginaire pourrait tuer une forme imaginaire et, avec elle, le corps physique qui y serait rattaché ?

Élyana s'efforça de contenir son hôte et envoya : « *Aithen, tu dois te contrôler ! Tu peux le faire. Si je devais nous éjecter tous les deux, nous serions perdus.* »

L'Umbra continua : « *Il faudra du temps pour que tout soit prêt, mais dès que le pire des Alterintrants aura disparu, il deviendra facile de conquérir les autres et de les asservir, surtout pour notre maître.* »

« S'Il *revient* », répliqua le Scytale.

« *Il va revenir d'ici un an. Et s'il ne le fait pas, eh bien, K'Tara m'appartiendra !* »

Élyana ressentit des soubresauts subits dans l'esprit d'Aithen. Krystiana avait dû les sentir également, car elle lui envoya une question : « *Élyana, ça va ?* »

« *Ça va, Magna Mater* », répondit Élyana, bien qu'elle commençât à s'inquiéter.

Élyana reporta son attention sur Aithen et, avec une voix qu'elle espéra apaisante, elle envoya : « *Aithen. Concentre-toi sur moi.* » Mais le prince ne réagit pas. Elle réalisa alors qu'elle devait elle-même restreindre les pensées d'Aithen car il n'était pas question qu'ils soient découverts. Le problème était qu'elle allait devoir se focaliser sur le prince — la recette du désastre — mais elle n'avait pas le choix : si elle laissait Aithen dans son état mental actuel, elle savait qu'ils seraient découverts ; si elle se concentrait sur lui, le risque était grand, mais il restait de l'espoir. Peut-être qu'en faisant très vite, pensa-t-elle, le Scytale pourrait ne pas s'en rendre compte ? Elle en doutait. *C'est exactement ce que je voulais éviter quand j'ai résisté à Aithen qui me suppliait de m'accompagner. Et nous y voilà.*

Élyana mit une fraction de seconde à se décider. Dès qu'elle en eût l'occasion, elle commença à envoyer des vibrations, depuis l'esprit virtuel d'Aithen vers son cerveau physique. Elle avait besoin que son cerveau libère des neurotransmetteurs calmants, les mêmes que ceux qu'elle libérait lorsqu'elle était stressée ou inquiète. Mais les cellules nerveuses d'Aithen refusaient de réagir et Élyana augmenta l'intensité de ses envois, provoquant un début de panique dans son propre esprit. Pendant un instant, le corps du prince s'affaissa, tandis que son cerveau libérait des hormones apaisantes. Élyana poussa un soupir de soulagement ; elle s'apprêtait à cesser ses envois, lorsque, tout à coup, elle perçut le regard du Scytale qui plongeait vers son propre intérieur ; sa réaction provoqua une salve de neurotransmetteurs de stress dans le cerveau d'Aithen, et le corps du prince se mit à convulser dans la tente, tandis que des décharges de panique s'échappaient de son esprit. Élyana gela ses propres réactions, comprenant qu'elle aurait tôt fait de rejoindre les voûtes sombres si elle ne les éjectait pas immédiatement. Fidèle à sa nature, cet impératif donna à Élyana l'élan et la force dont elle avait besoin pour restaurer l'esprit d'Aithen et pour appeler la Magna Mater.

« *Magna Mater, adiuva me !* [41] »

Krystiana réagit immédiatement.

---

[41] Magna Mater, Aide-moi !

« *Élyana, renforce le bouclier tout de suite !* » envoya la Magna Mater.

Élyana éprouva quelques difficultés à rétablir le bouclier, et le Scytale sentit clairement les deux vibrations nichées au fond de son esprit. Il cria avec plus de force que mille rokons enragés. Tout le Lien résonna autour d'eux et l'écho se répercuta en vagues sonores. Le Scytale n'avait pas été violé de la sorte depuis la Guerre des ténèbres, lorsqu'une Kynarienne avait pénétré ses pensées. Son esprit se retourna alors pour arracher ces mortels de ses entrailles et les anéantir. Élyana lutta de toutes ses dernières forces pour empêcher le Scytale d'atteindre la partie où Aithen et elle se cachaient.

Puis une tempête de feu s'abattit soudain sur le Scytale et sur son compagnon. Un enfer — pire que celui d'où venait le Scytale — arriva de Krystiana et se jeta sur eux. Au beau milieu de cet enfer de flammes, une lance éclatante de lumière jaune et rouge apparut et se précipita sur le Scytale à une vitesse telle que la créature n'eût pas le temps de réagir. La lance traversa l'image du Scytale par son milieu et lui fit lâcher un cri inouï, puis sa forme vacilla.

Le compagnon du Scytale était si abasourdi par ce qui était en train de se passer qu'il n'avait même pas réagi. Mais soudain, il dégaina son bras ; ses doigts s'ouvrirent et ses griffes se préparèrent à déchirer tout ce qui se trouverait devant lui. Malheureusement pour lui, la lance de lumière continua son chemin vers lui si fort qu'il n'eût pas plus de chance de l'arrêter que le Scytale. Son visage se tordit de haine. En le traversant, le javelot déchira momentanément l'image de l'Umbra.

Alors, Krystiana appela Élyana et lui demanda de se connecter à sa vibration. Il était temps : le Scytale se recomposait et Élyana s'était presque évanouie en proie aux énormes quantités d'énergie provenant à la fois de Krystiana et du Scytale enragé.

Élyana parvint, avec peine, à se connecter à la vibration de son amie et, avec le peu d'énergie qui lui restait, elle tourna son esprit vers celui d'Aithen, toujours inconscient, puis enveloppa sa forme pour conserver son intégrité.

Lorsque Krystiana tira Élyana de l'esprit du Scytale et l'éjecta du Lien, la Lux Baiula perdit connaissance à son tour, se déconnectant ainsi de l'immense douleur qui eût pu l'endommager de manière permanente.

IX JEUX

Après avoir éjecté Élyana du Lien, Krystiana se retrouva sans bouclier et totalement désarmée face au Scytale et à son compagnon.

Krystiana vit que le Scytale tentait de reformer son image tout en continuant d'enrager.

Il sentait que son esprit avait été violé. L'humaine allait connaître sa colère et implorerait sa pitié, et lui, il ne la lui accorderait pas. Le Scytale poussa encore un cri terrifiant, assourdissant, puis retrouva sa forme ; il se tourna vers la femme sans défense dans un rugissement sauvage qui eût percé les tympans de Krystiana dans le monde extérieur. Il lui lança à présent un regard meurtrier et s'apprêtait à se jeter sur elle pour la pulvériser, lorsqu'une main le retint. Près de lui, son compagnon venait de retrouver sa forme.

L'Umbra avait troqué son habit rouge sombre contre une robe noire à capuche, enflammée et battue par un vent imaginaire. Krystiana ne voyait rien d'autre que ses immondes pupilles plantées au milieu d'iris jaunes sous sa capuche. L'Umbra éclata d'un rire démoniaque, puis s'adressa à la Magna Mater avec une voix tonitruante qui semblait venir de tous les côtés en même temps.

« Eh bien, qu'avons-nous ici, une de ces misérables vermines d'Alterintrants ? Une Lux Baiula, peut-être. Et pourquoi ai-je l'impression de te connaître ? »

Krystiana ressentit soudain une violente douleur, tandis que l'Umbra pénétrait son esprit. Elle se dépêcha de trouver une réponse à sa question et décida d'essayer de le duper, de l'empêcher de savoir qui elle était exactement — et elle devait sortir du Lien le plus vite possible. Elle répondit donc :

« Pauvre fou ! Tu n'as aucune idée de qui je suis. Mais quand tu le sauras, il sera trop tard. »

L'Umbra parut contrarié. Que voulait dire cette femme par aucune idée de qui je suis ? Comme si elle pouvait être autre chose qu'une Lux Baiula ou une Kynarienne !

Krystiana vit qu'il tentait de cacher son embarras, mais il se reprit rapidement : « Tu me fais rire, femme ; c'est toi qui ne sais pas à qui tu as à faire. Je dois dire, cependant, que je suis très impressionné par ton audace et par la force dont tu as fait preuve en protégeant ta complice d'une mort certaine. Je me demande d'ailleurs comment elle a pu entrer dans mon ami. Quoi qu'il en soit, tu ne peux pas m'atteindre — ni même mon compagnon d'ailleurs. Je crois que tu le connais sous le nom du Scytale — un nom de serpent plutôt désobligeant, je dois avouer, car mon compagnon est bien plus que cela. Mais peu importe. »

Krystiana l'écoutait avec un petit sourire narquois.

Cela sembla agacer l'homme plutôt que de l'intimider, et sa voix explosa autour d'elle avec encore plus d'intensité. Elle entra en elle comme pour essayer d'anéantir son courage et sa détermination : « Pour la deuxième fois, je te demande qui tu es et ce que toi et l'autre femme faisiez ici. »

Krystiana sentit un besoin urgent de répondre, mais elle se retint, et résista à la voix de l'Umbra qui violait son esprit. L'Umbra, alors vraiment hors de lui, lui reposa sa question, d'une voix encore plus puissante. La Magna Mater sentit son esprit palpiter sous la douleur, et sa forme perdre ses contours sous l'effet des envois impétueux de l'homme ; si elle perdait la maîtrise de la situation, elle ne pourrait plus jamais ressortir du Lien. Elle lâcha un cri de douleur et de désespoir.

L'Umbra hurla : « Tu vas me répondre maintenant ! »

Krystiana suffoqua lorsque l'épouvantable main ardente de l'Umbra serra son cou, et l'agonie qui secouait son corps physique à Urbs Lucis lui fit presque perdre connaissance. Je dois… sortir… Je ne peux pas… résister plus longtemps.

Les yeux de l'Ombre s'enflammèrent de colère. Comment cette misérable humaine pouvait-elle lui résister ? Il gronda et envoya : « J'en ai assez de toi ; je te conseille de prier ton Aiala'Rhi adorée et de te préparer à mourir ! » L'Umbra tapa dans ses mains et, brusquement, tout le voile du Lien s'effondra autour de la Magna Mater qui fut à deux doigts de se faire réduire en cendres.

Elle cria à l'agonie ; jamais elle n'avait imaginé que l'on pût souffrir à ce point. Mais même si Krystiana était moins performante qu'Élyana dans le Lien, elle restait tout de même la deuxième Lux Baiula la plus puissante, et dans un effort démesuré qui arqua son corps physique, elle se redressa et recouvra sa forme. Ce faisant, le poids écrasant du Lien s'atténua légèrement, et elle leva les yeux, la mâchoire serrée et le regard déterminé.

Voyant que la femme reprenait sa forme et qu'elle le regardait avec tant d'aplomb, le Scytale ne put se maîtriser plus longtemps. La créature se mit à trembler de rage et se tourna vers l'Umbra en criant : « Comment peut-elle être encore vivante ? C'est une simple humaine ! Je vais m'en charger ! » Mais l'Umbra aboya qu'Il n'en ferait rien et que Lui allait en finir avec elle pour de bon. Le Scytale recula plein de rancœur. Umbra ou pas, cette chose n'avait pas le droit de manquer à ce point de respect aux Ailes du maître.

Pendant ce temps, Krystiana se rendit compte que si elle avait une chance de sortir saine et sauve du Lien, c'était maintenant. Elle se mit donc à puiser toute l'énergie qu'elle pouvait engranger. Dans sa salle, son corps était en feu, tandis que sa forme se mit à rayonner. L'instant d'après, juste au moment où les deux affreuses créatures se tournèrent vers elle, elle leur lança un formidable mur de feu tonitruant. Cette avalanche incandescente s'écrasa sur les deux compères qui n'en revenaient pas, pulvérisant leurs formes à nouveau, et forçant l'Umbra de lâcher le cou de Krystiana. Dès qu'elle se sut libérée, la femme se précipita hors du Lien.

Quelques heures après avoir été éjectée du Lien, Élyana sentit sur sa peau les rayons déjà chauds du soleil bleu qui se levait, et elle s'éveilla. Elle avait mal au dos et aux épaules d'avoir passé la nuit étendue sur le sol, dans la tente d'Aithen. Elle grogna, en proie à un terrible mal de tête, mais son grognement fit place à une soudaine panique alors qu'elle se souvint de ce qui s'était passé et qu'elle pensa à la Magna Mater.

Il faut que je sache si elle s'en est sortie. Pitié, Vénérable Fondatrice, faites qu'elle s'en soit sortie.

Élyana regarda le prince, son corps toujours étendu au sol, là où il s'était assis lors de leur séance d'itinérance. Il était si beau, même couvert de sueur : un frisson la parcourut tandis que son mal de tête lui arracha un nouveau gémissement. Comment puis-je avoir de telles idées, maintenant ? Comment !?

« Aithen, réveille-toi. »

Le prince s'éveilla, se frotta les yeux, et s'effondra de douleur.

« Élyana. On est de retour ? Quelle heure est-il ? » Il tira sur sa chemise que la sueur avait collée à sa poitrine et à son dos.

« Le soleil bleu vient de se lever. » Tout en retenant un autre gémissement, elle dit : « Je n'aurais jamais dû t'emmener dans le Lien. Si, dans ma vie, j'ai une décision stupide, c'est bien celle-ci. »

D'une voix indignée, le prince demanda : « Comment peux-tu dire ça, Élyana ?! »

Elle se retourna et se figea.

« Je suis désolé, Élyana. Mais je suis heureux d'être venu, malgré ce qui s'est passé. Voudrais-tu vraiment que j'ignore ce qui se trame là-bas ? »

Élyana ne répondit pas.

Aithen continua : « C'est une chose de connaître les créatures diaboliques à travers les légendes et les récits, mais c'en est une autre de les voir, de les habiter ! Je ne pouvais rien percevoir d'autre que la mort, la soif de la mort et leurs actes démoniaques. Toutes ces années d'entraînement à la maîtrise de moi-même m'ont fait croire que j'étais immunisé contre la peur, mais là, j'étais terrorisé, et je peux encore sentir la peur que les pensées de cette créature m'ont inoculée. »

« Ça ne me surprend pas. »

Le prince regarda la Lux Baiula comme s'il allait lui poser une question, mais il hésita. Élyana le regarda innocemment et dit : « Tu veux savoir si moi aussi j'ai eu peur. »

« Eh bien, je suppose qu'une Sœur n'a jamais peur, comme un vulgaire soldat s'imagine que les soldats de carrière n'ont pas peur, ou comme mes gardes pensent que rien ne m'effraie. Mais — »

« Pourtant tu as peur, et tu réussis seulement à le cacher. Voilà, moi aussi j'ai eu peur, Aithen, surtout quand tu as commencé à perdre le contrôle. Nous nous ressemblons sur ce point. »

« Hum, je n'en suis pas si sûr. Je ne t'ai jamais vue réagir comme je l'ai fait là-bas. »

« C'est parce que tu ne m'as jamais vue avec une épée sur le ventre ou un poignard sur la gorge. »

Aithen ricana, amusé, et fit un clin d'œil à Élyana, pour la remercier de sa bienveillance. Puis, sentant de douloureux nœuds dans sa colonne, il s'étira en gémissant de nouveau.

Une pensée surgit dans l'esprit du Mêlé et il demanda : « Qu'en est-il de ces — comment l'Umbra les a appelés ? — Temptor ?

Élyana le corrigea : "Temptatori." »

« Oui, c'est ça. C'est qui ? Je n'en ai jamais entendu parler. Mais je connais Kartak : c'est une ville pleine de racailles de toutes espèces, de voleurs en braconniers, en passant par les trafiquants. Des racailles ! »

« Ce nom est nouveau pour moi aussi. Mais notre priorité devrait être d'essayer d'en savoir davantage sur eux le plus vite possible. J'ignore si l'Ordre a des espions à Kartak — probablement pas — mais je m'informerai. Dans tous les cas, mieux vaut que ce soit la sororité qui se charge du problème, dans la mesure où ces Temptatori sont sûrement des Alterintrants. »

Aithen sentit sa tête tourner. D'abord, le Scytale, ensuite Noctiferus, et puis l'Umbra ; et maintenant, les Temptatori ! Qu'est-ce qui allait encore sortir de l'ombre ? Aithen s'assit, croisa les mains sur ses genoux, puis secoua la tête. Il dit : « C'est de la folie, Élyana. C'est juste… trop. Mais toi, avec tes Sœurs, c'est vous qui allez être au cœur de tout. » Aithen leva les yeux et demanda d'une voix pleine d'anxiété : « Est-ce que la sororité sera capable de se protéger contre tous ces… ennemis ? »

« Ne t'inquiète pas des affaires de la sororité, Aithen ; nous allons nous en charger nous-mêmes. »

« Que je ne m'inquiète pas ? T'es pas sérieuse. On n'est pas en train de parler de Rokothiens, de relieurs fous ou… de Zébuloniens, là ! On parle de choses qui ne sont même pas de notre monde ! »

« Techniquement, ils sont tous de notre monde, sauf le Maître des Ténèbres. Et s'Il est impliqué, alors le Scytale, l'Umbra et les Temptatori agissent en réalité sous l'influence de quelque chose qui n'est pas de K'Tara. Mais personne ne sait avec certitude, pour le moment, si le seigneur des ténèbres est de retour ou non. »

Élyana fit une pause et répéta : « Mais nous ne sommes pas des faibles, Aithen, même si notre Ordre est, certes, bien plus petit qu'il ne le fût jadis, et que la baisse de notre effectif a forcément entraîné une certaine perte de connaissance. »

Aithen ajouta : « Et vous n'avez pas non plus les Luxori pour combattre à vos côtés, comme ce fut le cas pendant la Guerre des ténèbres, malgré ce que semble croire l'Umbra qui a dit qu'il y en a au moins deux. »

« En effet, nous n'avons pas de Luxori pour nous aider, malgré ce qu'a dit l'Umbra. Honnêtement, je ne sais pas à quoi il faisait allusion ; peut-être aux Alterintrants — et ton père en est un — mais ils sont loin d'avoir les pouvoirs et les talents qu'avaient Luxori. »

Élyana poursuivit : « Peu importe, nous pouvons nous défendre et lutter, Aithen. Et, grâce à la découverte d'Afanasiia Lux Baiula au cours de la Guerre des ténèbres, la sororité a pu conserver une grande partie du savoir qui a été acquis pendant ces années-là, et il va nous servir à affronter ces créatures, si elles sont vraiment liées au fondateur. »

En entendant cela, Aithen fut pris du même émerveillement qu'il ressentait chaque fois qu'Élyana parlait du transfert de mémoire. En fait, l'idée que ces femmes pussent transférer leurs esprits de génération en génération de Sœurs couronnait les Lux Baiulae d'une aura d'immortalité qui inspirait, tant au peuple qu'à la monarchie, un mélange de crainte et de respect.

Élyana ajouta, avec une forte — et peut-être déplacée — conviction : « Enfin, que notre ennemi soit ou non de ce monde ne change rien. Ici, nous sommes tous sujets aux mêmes lois de physique, et nous pouvons en jouer. »

Mais le prince ne partageait pas cette certitude et dit : « Je suppose. » Après un moment de silence, le prince ajouta précipitamment : « Élyana, nous devons retrouver mon père et l'avertir. Je sais que le Scytale et l'Umbra n'ont nommé personne, mais nous ne pouvons pas prendre le risque que ce soit lui qu'ils recherchent. »

D'un air sombre, Élyana lui répondit : « Je suis d'accord avec toi. Je vais essayer de localiser le roi de nouveau, ce soir, à l'aide du Lien. »

« Je n'aime pas l'idée que tu retournes dans le Lien ce soir. Ne pourrais-tu pas laisser une autre Sœur s'en charger ? Que se passerait-il si le Scytale et l'Umbra t'y trouvaient ? Tu ne pourrais plus leur échapper ! »

Avant qu'elle ne pût répondre, Élyana sursauta. Elle dissolut le bouclier sonore et se précipita hors de la tente. Lorsqu'elle ouvrit les rideaux de l'entrée, les gardes d'Aithen se mirent au garde-à-vous. En face de la tente, Élyana vit Lusk Methrim qui parlait à un sergent tandis que l'homme faisait l'inspection du camp. Elle suivit le visiteur des yeux pendant un moment. Elle était persuadée que le Zébulonien l'avait remarquée, mais l'homme poursuivit sa conversation avec le sergent tandis que ce dernier examinait l'armure d'un soldat et lui faisait remarquer la présence d'une tache de rouille. Élyana se mordit la lèvre et retourna à l'intérieur. Ce faisant, elle remarqua que les gardes se regardaient en souriant, mais ils se redressèrent, gênés, lorsque la Lux Baiula leur jeta un regard courroucé.

Tandis qu'Élyana rentrait dans la tente d'Aithen, celui-ci dit : « Maître Methrim ? »

Élyana lâcha : « Le Zébulonien », puis elle prit une décision et ajouta : « Aithen, veux-tu bien demander à tes gardes de le conduire à ma tente ? J'y vais de ce pas. » Mais avant de s'exécuter, elle défroissa sa robe et chercha un miroir pour arranger sa coiffure. Lorsqu'elle se tourna vers Aithen pour lui demander s'il avait un miroir, le prince acquiesça promptement et lui proposa timidement d'entrer dans ses quartiers personnels pour l'utiliser. Élyana le remercia, reconnaissante de ne pas devoir sortir dans cet état après avoir séjourné dans la tente du prince.

Lorsqu'Élyana sortit de la chambre d'Aithen, elle était apprêtée et ses cheveux, bien que pas coiffés à la perfection, étaient comme d'habitude — du moins de loin. Aithen le remarqua, puis l'informa que le Zébulonien serait amené chez elle dans dix minutes. Élyana remercia le prince de son aide et partit afin de se préparer à accueillir le visiteur.

Comme il regardait Élyana s'éloigner, Aithen sentit une terrible douleur lui traverser le corps. Il dut même s'agripper aux rideaux de la tente pour s'empêcher de tomber à la renverse. Fort heureusement, ses gardes ne l'avaient pas vu vaciller ; ils regardaient la Lux Baiula s'éloigner, comme d'habitude, se demandant sans doute comme tant de puissance et de beauté pouvaient résider en une seule et même personne. Ne voulant pas prendre le risque que quiconque pût voir sa faiblesse passagère, le prince tira les rideaux de la tente et se reposa encore quelques instants avant d'appeler ses gardes afin de leur ordonner de ne pas le déranger et de ne laisser entrer personne jusqu'à nouvel ordre.

Les gardes saluèrent et sortirent, puis Aithen alla se coucher dans son lit pour essayer de se reposer pendant une heure.

✳✳✳

Élyana s'assit à son bureau ; une table simple et lisse, munie de quelques tiroirs, pas trop lourde, mais suffisamment solide pour supporter la rudesse du transport et — plus important encore — pour lui fournir un appui convenable pour écrire. Tandis qu'elle attendait le visiteur, Élyana se rappela tout ce qu'elle savait sur cet homme : il avait l'apparence d'un Zébulonien, ce qu'il prétendait être ; apparemment, c'était un guérisseur, mais elle n'avait pas été capable de le confirmer pour le moment ; il avait a priori fait partie des persécutés de Zébulonie, et était prêt à vendre ses services à la maison Coriolis.

« Élyana Lux Baiula ? »

Élyana se leva et répondit : « Oui ? », s'attendant à l'entrée de l'étranger.

« C'est le capitaine Harlion. Je peux entrer ? »

« Bien sûr, Capitaine, entrez. »

Harlion entra, l'air inquiet, puis s'arrêta sur le seuil.

« Qu'y a-t-il, Capitaine ? Vous n'avez pas amené le Zébulonien. »

« Non, pas encore. Il est introuvable, mais j'ai envoyé deux soldats le chercher. Je suis ici parce que trois de mes gardes ont été retrouvés inconscients dans leurs tentes. Mon garde et apprenti médecin Peter les a vus, mais il est incapable de poser un diagnostic sur leur état, et encore moins de les déplacer. »

Harlion ne pouvait pas dire si la Lux Baiula était ennuyée ou troublée par cette information, mais elle secoua la tête avant de dire d'un ton accusateur : « Vous savez que je ne suis pas guérisseuse, Capitaine. Mais je vais examiner ces hommes. »

« Merci, Lux Baiula. Si j'avais su que ce voyage depuis Col de Corne allait se passer ainsi, j'aurais emmené un médecin. Enfin, le sergent de l'unité attend à l'extérieur pour vous raconter ce qu'il sait. »

« Très bien, allons-y, Capitaine. »

Comme ils sortaient, le soleil bleu les aveugla. Il était juste au-dessus de l'horizon à présent, en face de la tente d'Élyana. Ses intenses rayons bleutés réchauffaient cette journée d'été encore jeune ; c'était l'heure que tous les K'Tarans détestaient, car ils n'avaient pas le choix que d'être actifs en ces matins très chauds s'ils voulaient faire quelque chose de leur journée, étant donné que les ardars les empêchaient déjà de passer plusieurs heures à l'extérieur. Inversement, tout le monde adorait le quart au cours duquel, chaque mois, le soleil rouge cachait son jumeau bleu et rendait les journées beaucoup plus agréables, de l'aube au crépuscule.

Le sergent Léon salua son commandant et adressa un signe de tête respectueux à la Lux Baiula qui l'interrogea immédiatement à propos de ses hommes endormis. Le sergent décrivit les activités de ses hommes, le contenu de leur repas de la veille, et l'état dans lequel il les avait trouvés au lever du jour.

Un élément retint l'attention d'Élyana : les gardes avaient partagé quelques verres avec le visiteur. Ils avaient écouté ses histoires et lui avaient confié leurs cauchemars depuis Col de Corne.

Élyana dit : « Sergent, montrez-moi le chemin. Je dois voir ces hommes tout de suite. »

Avec l'autorisation de son commandant, le sergent Léon fit demi-tour et les conduisit aux quartiers de ses hommes, passant tout près d'une file de chariots où les femmes préparaient le petit-déjeuner. Sur son passage, plusieurs femmes adressèrent à Élyana des sourires sincères et inclinèrent leurs têtes avec respect avant de se remettre à l'ouvrage, tandis que d'autres la regardèrent toujours avec méfiance. Élyana répondit aux premières avec un beau sourire et fit un léger signe de tête aux secondes.

La Lux Baiula, le haut capitaine et le sergent furent accueillis par un groupe de gardes curieux, devant les tentes où leurs camarades ensorcelés étaient toujours endormis. Harlion dispersa les curieux d'un geste de la main, les renvoyant à leurs tâches matinales avec un grondement. Une fois la zone dégagée, il demanda à Élyana de le suivre dans l'une des douze tentes de la zone et ordonna au sergent Léon de tenir les spectateurs à distance.

Peter, le garde apprenti médecin, se tenait près du lit, désemparé. Il ne remarqua pas immédiatement la présence de son commandant ni celle de la Lux Baiula. Lorsque Harlion se racla la gorge, le jeune soldat se mit à jurer, mais lorsqu'il vit de qui il s'agissait, il se tut sur-le-champ, salua son commandant et adressa un signe de tête gêné à la Lux Baiula. Il se confondit ensuite en excuses pour son langage inapproprié.

Harlion l'arrêta et dit : « Tu es excusé, garde. Alors, comment se porte ton camarade ? »

« Jurr est comme on l'a trouvé, Cap'taine. Pareil que Grael et Locke. Y a qu'un poison, un venin ou un truc comme ça qui pourrait les avoir mis dans c't'état, mais j'ai pas trouvé de preuve que ces trucs leur sont entrés dans le corps. » Peter s'interrompit, puis après un bref silence, il ajouta : « C'est très frustrant, Cap'taine. Mes connaissances servent à rien ici ! »

Le ton du soldat fit froncer les sourcils du haut capitaine, mais avant qu'il pût répondre, Élyana dit : « À votre place, je ne serais pas aussi sévère avec moi-même. Je sais pertinemment de quoi vous êtes capable, et vous le faites très bien. J'ignore si je réussirai mieux que vous à diagnostiquer le mal qui dévore vos camarades, mais je vais m'y efforcer. Et si je ne peux pas vous aider, je contacterai l'une de mes Sœurs de la cordonneté blanche. »

« D'accord, Lux Baiula. C'est simplement très frustrant de mêm' pas avoir une idée de c'qui les traumatise. »

Élyana acquiesça avec sollicitude et s'installa à la place de l'apprenti médecin sur la chaise près du lit. Le garde inconscient — un homme tout juste sorti de l'adolescence, selon Élyana — était étendu là, parfaitement immobile, l'air paisible sous sa barbe naissante. Élyana se pencha au-dessus de lui et commença à le palper. Elle n'était pas médecin, et éprouvait toujours une certaine appréhension lorsqu'elle devait examiner quelqu'un. Mais elle en savait assez pour effectuer un examen de base et pour apporter les premiers soins en cas d'urgence, mais elle ne pourrait pas exclure une maladie ou un trouble quelconque avec certitude si elle ne trouvait rien de particulier. Cela l'inquiétait beaucoup plus que de trouver un mal qu'elle pourrait au moins soulager.

Ses palpations ne révélèrent rien d'inhabituel en surface : pas de plaie fraîche, pas d'infection de blessures anciennes, et pas de piqûre pouvant indiquer la morsure d'un insecte. Ce qui avait fait plonger ce soldat dans la torpeur n'était pas entré par sa peau — cela, elle pouvait l'affirmer. Élyana se mit donc à sonder le jeune soldat à l'aide du Lien. Elle ne trouva aucune molécule anormale dans le sang ni quoi que ce fût d'anormal dans son métabolisme — à part qu'il était particulièrement lent, ce qui était plutôt logique étant donné son état comateux. Elle sonda ensuite la flore microbienne de ses parois internes et externes. Tout ce qu'elle pouvait faire ici, c'était envoyer des vibrations localisées et surveiller leurs réponses. Sa flore semblait être défaillante, mais elle ne parvint pas à déterminer de quoi il s'agissait exactement ; elle savait simplement que les microbes qu'elle sondait à l'intérieur de ses entrailles réagissaient d'une manière qu'elle n'avait jamais perçue auparavant. Mais, étant donné qu'elle n'avait pas testé tous les types de microbes qui pouvaient se trouver sur quelqu'un, elle savait qu'elle pouvait se tromper. Elle se fit néanmoins une note mentale et se concentra sur le cerveau du garde, le dernier organe qu'elle avait décidé de sonder.

Harlion observait la scène avec un air tendu greffé sur son visage mature mais lisse, chaque fois que la Lux Baiula s'attardait sur une partie du corps.

L'examen du cerveau de quelqu'un avait toujours était plus facile pour Élyana que celui de n'importe quel autre organe. En effet, ses sens étaient tout simplement plus sensibles aux vibrations du cerveau, et c'est peut-être cela qui fit d'elle une formidable conseillère politique ; elle avait toujours su percevoir l'état d'esprit d'une personne et, même sans connaître ses pensées, elle était capable de prévoir ses décisions avant même que la personne ne les exprimât.

Comme elle sondait l'esprit du garde, le cortex visuel d'Élyana dessina une image sur laquelle elle plaça les vibrations qu'elle ressentait. Elle constata ainsi que cette image était clairement celle d'un esprit perturbé, dont les couleurs ne cessaient de varier. Elle perçut également dans le cerveau du garde un léger conflit entre le siège des émotions et celui de la raison ; cela pouvait être le signe d'une personne en lutte contre une contrainte. Elle sentit ensuite quelque chose qu'elle ne s'attendait pas à trouver dans le cerveau de cet homme : un ensemble de vibrations similaires à celles qu'elle avait perçues chez le Zébulonien. Mais elle ne put pas l'affirmer puisqu'elle n'était parvenue à sonder le visiteur qu'une seule fois, et encore, à distance. Elle ajouta à sa note mentale qu'elle devrait comparer ces vibrations à celle du Zébulonien lorsqu'elle en aurait l'occasion.

Élyana s'attarda encore un moment sur le cerveau du soldat, se demandant si elle devait ou non sonder ses pensées.

Mais comme il était inconscient et qu'il n'avait pas donné son consentement, elle écarta cette idée. Tandis qu'elle observait le cerveau de l'homme luttant avec on ne savait quoi, Élyana se surprit à espérer posséder de meilleures compétences médicales afin de l'aider. Elle n'aimait pas le voir ainsi souffrir. Elle pensa alors : « Peut-être que je pourrais l'aider à se calmer — à adoucir son esprit avec des vibrations apaisantes qui pourraient le sortir de ce brouillard et l'aider à retrouver ses sens. Après tout, il n'est pas malade. Je peux me tromper, mais je ne pense pas qu'il le soit. Je pourrais le réconforter de la même manière que j'ai apaisé Aithen lorsqu'il a perdu la maîtrise de ses sens dans le Lien, sauf que je pourrais le faire plus calmement cette fois. »

Juste au moment où Élyana s'apprêtait à agir sur l'esprit du garde, elle capta une vibration indiquant qu'il était conscient. Inutile de dire que cela la surprit, mais elle se concentra, envoya une douce vibration pour sonder le siège de sa conscience et obtint la confirmation que le soldat était bel et bien en train de se réveiller.

Élyana se déconnecta de l'homme immédiatement et, lorsqu'elle ouvrit les yeux, elle le vit ouvrir les siens et la regarder d'un air troublé mais heureux.

Élyana dit : « Eh bien, on dirait que vous n'aviez pas besoin de moi, après tout, garde. »

Derrière la Lux Baiula, le haut capitaine demanda : « Qu'est-ce qui s'est passé ? »

Élyana passa du soldat au capitaine et haussa les épaules, ne sachant que dire.

Voyant que le capitaine et la Lux Baiula le regardaient d'un air soucieux, le soldat s'assit d'un bond et demanda : « Cap'taine, que faites-vous là ? Et la Lux Baiula ? »

Harlion prit la parole : « Vous voulez dire, soldat, que vous n'avez aucune idée de ce qui vous est arrivé ? De ce qui vous fait vous réveiller longtemps après les premières lueurs ? »

Ni Harlion ni Élyana ne parvinrent à obtenir de réponse claire de la part du garde à propos de ce qui s'était passé. Mais l'homme raconta que son sergent, ses camarades et lui avaient passé la veille au soir à écouter les histoires de l'étranger et que, en retour, ses camarades et lui avaient confié au visiteur les cauchemars qui les hantaient depuis Col de Corne ; cauchemars que le gardien constata ne pas avoir faits la nuit dernière. En fait, il se sentait bien, vraiment bien, à part sa légère confusion.

Les deux autres soldats racontèrent la même histoire à leur réveil, ce qui arriva peu de temps après le premier. Élyana les sonda quand même, au cas où, par chance, elle trouverait un indice qui pourrait expliquer ce qui leur était arrivé, mais hélas. Par contre, elle perçut chez tous, les mêmes vibrations que celles qu'elle avait ressenties chez le Zébulonien. Elle ajouta encore cela à sa note mentale et se résolut à forcer le visiteur à accepter qu'elle le sondât.

Le haut capitaine Harlion commanda à son apprenti médecin de veiller sur les hommes et de l'avertir si les gardes se mettaient à agir étrangement. Il quitta ensuite les lieux avec Élyana, en secouant la tête de temps en temps, tandis que la Lux Baiula élaborait une stratégie pour obtenir le consentement du Zébulonien pour qu'elle le sondât.

* * *

Élyana se hâtait vers sa tente lorsqu'elle sentit la présence du Zébulonien. Il arrive, pas très inquiet ; pas inquiet du tout, en fait. J'aurais aimé avoir un peu de temps pour me préparer à cette rencontre, mais au moins, ce sera fait.

Un garde se racla la gorge à l'entrée de sa tente. Élyana l'appela. Le soldat entra et dit : « Désolé M'dame Lux Baiula. L'homme que vous avez demandé à voir – »

« Maître Methrim ? Je sais, Jonal. Vous pouvez le faire entrer. »

Le soldat avait l'habitude de travailler avec la Sœur, et, comme d'habitude, il se rendit compte qu'elle savait déjà ce qu'il allait dire et réagit avec sa gêne habituelle lorsqu'il se tourna vers son camarade, lui faisant signe de faire entrer l'homme.

Maître Methrim ne donna pas l'impression d'être surpris par cette rencontre ni de s'y être préparé, lorsqu'il pénétra dans la tente. Aujourd'hui, il portait une tunique vert pâle, cintrée par une ceinture rouge. Il était également chaussé d'une paire de souliers noirs à bouts pointus, semblables à ceux que portait la noblesse. Très étrange, pensa Élyana.

L'homme dit avec une grande solennité accompagnée d'un léger signe de tête et d'un petit sourire : « Dame Lux Baiula. »

Il a vraiment un visage curieusement charmant, tout comme Aithen l'avait dit. Mais pourquoi est-ce que cela m'agace ? Et ces vibrations que je perçois : pourquoi me font-elles me sentir si… bizarre ?

Élyana ne fit pas cas de la solennité de l'homme et dit simplement, tout en pointant le fauteuil de l'autre côté de la pièce : « Maître Methrim. Asseyez-vous, s'il vous plaît. » L'homme acquiesça, toujours en souriant, et s'assit, les mains jointes sur ses jambes croisées.

Élyana s'adressa à lui : « Maître Methrim, j'ai besoin de votre aide pour quelque chose », ce qui suscita un réel intérêt de la part de Lusk, lui sembla-t-il. « J'ai besoin d'un guérisseur pour m'aider à m'occuper des dizaines de villageois victimes de l'attaque de Col de Corne. »

L'homme répondit : « Je serais fier de vous aider, Lux Baiula », et il voulut se lever pour la remercier. Mais Élyana lui fit signe de rester assis, puis avança vers son bureau, tourna la chaise et s'appuya contre elle, les mains croisées.

Et nous y revoilà, encore ces sensations contradictoires. Pourquoi je les ressens alors que rien ne me trouble à son sujet ?

Élyana ignora ces questions et continua de suivre son plan. Elle lui demanda : « De quels onguents disposez-vous pour traiter de larges coupures et des brûlures ? »

« Oh, j'ai dans ma sacoche toute une gamme d'huiles dont la plupart sont inconnues des guérisseuses alvinoriennes, mais très appréciées en Zébulonie. »

« Et vous en avez qui peuvent soigner blessures et larges plaies ? »

« Oui, Dame Lux Baiula. J'en ai une qui est faite à partir des glandes salivaires d'un insecte que l'on ne trouve que dans l'ouest de la Zébulonie et qui possède des propriétés hautement régénérantes. Appliquée sur une plaie de la veille, elle régénère la peau déchirée sans même laisser une seule cicatrice. Elle est connue sous le nom de velnia. »

« Hum, très intéressant. Et est-ce qu'il faut utiliser le Lien pour optimiser ses effets ? »

« Absolument pas. »

« C'est une substance effectivement puissante. Il serait intéressant de comparer son efficacité avec quelques-unes de nos méthodes. »

« Est-ce que vous possédez un onguent similaire ? Je n'en ai pas vu depuis mon arrivée en Alvinorie. »

« Les guérisseuses alvinorienne utilisent des limaces pour soigner les plaies. Elles empêchent les marques en digérant en permanence les tissus cicatrisants pendant que la peau se reconstitue. Après une journée, la blessure est guérie sans une seule marque. Mais je n'en ai pas ici, et je n'ai pas l'énergie de soigner tout le monde en utilisant le Lien. C'est pourquoi je serais ravie de trouver d'autres méthodes éprouvées et efficaces — si vous en possédez. »

Lusk acquiesça vivement et se mit à décrire les autres onguents, cataplasmes et traitements qu'il pensait pouvoir être utiles.

Élyana le questionna régulièrement et sembla convaincue, à la fin de l'entretien, que maître Methrim était bel et bien un guérisseur et très docte avec ça. Elle pensa : Tout est parfait, mais je dois toujours trouver la véritable raison qui l'a poussé à venir ici… et aussi la raison pour laquelle je continue d'avoir ces sensations conflictuelles. Élyana se demanda si elle avait intérêt à commencer à l'interroger pour déterminer le pourquoi de sa présence ici ou si elle devait plutôt découvrir ses compétences dans le Lien. Elle le regarda, tranquillement installé, et choisit la seconde option. J'aimerais vraiment avoir la liste de tous les Alterintrants du royaume, car je ne suis vraiment pas la plus qualifiée pour évaluer le niveau de connexion au Lien de quelqu'un. Mais j'espère que mes années d'expérience en politique me permettront d'évaluer si ses réponses sont vraies ou fausses. Élyana dit : « Dites-moi, Maître Methrim, je sais que vous êtes un Alterintrant — à moins que je ne me trompe. »

Mais les Lux Baiulae ne font jamais d'erreur, Dame Lux Baiula. Vous devez donc penser que si je décide de mentir, mais que je ne sais pas que les Sœurs sont censées être infaillibles, je mentirai sur mes compétences. Mais je n'ai pas besoin de mentir, ma Sœur. Et sur un ton où l'anxiété se mêlait à la fierté, il répondit : « J'en suis un. »

Élyana hocha la tête. Il était honnête et c'était bien mais pas suffisant. Peut-être que vous êtes digne de confiance. Mais, à présent, quelles sont vos compétences ? « La plupart des guérisseurs sont des sensoriels, et quelques-uns sont des relieurs, mais je ne peux pas dire de quelle catégorie vous faites partie. Je perçois une forte densité de Lien en vous, mais d'un genre auquel je ne saurais attribuer aucune de ces compétences. »

Lusk Methrim continua à répondre avec la même prudence. « Je suppose que c'est parce que notre flore microbienne est très particulière ; c'est une flore que nous aidons en y ajoutant quelques ingrédients de K'Tara aux propriétés bénéfiques. Cette combinaison spéciale de microbes et de matière inerte module nos vibrations d'une façon très différente de celle des humains ou des Kynariens. C'est aussi ce qui rend les guérisseurs Zébuloniens insensibles à presque toutes les maladies connues sur K'Tara. Mais pour répondre à votre question ; Dame Lux Baiula, je suis un relieur. »

Élyana hocha la tête pensivement : Un relieur, quelqu'un qui a donc la capacité d'influencer les autres ou de leur nuire comme il le souhaite — pourtant, quelque chose me pousse à vouloir lui faire confiance. Mais n'était-ce pas déjà le cas lorsque je lui ai demandé de m'aider avec les Corniers ? « Cette combinaison particulière de microbes et de matière inerte dont vous avez parlé ; j'aimerais beaucoup en savoir davantage et comprendre comment les Alterintrants zébuloniens utilisent leur flore microbienne pour accéder au Lien et pour l'utiliser. »

Lusk répondit, affolé : « Pardon ma Dame, mais ce savoir est réservé au cercle de la connaissance des guérisseurs. »

« Mais vous êtes un citoyen d'Alvinorie à présent. Vous ne devez plus rien à la Zébulonie ou à ses institutions, surtout depuis que vous avez offert vos services au haut prince — à moins que j'aie été mal informée ? »

« Vous n'avez pas été mal informée, Dame Lux Baiula — j'ai bien offert mes services à la couronne. Mais le haut prince ne les a pas encore acceptés et encore moins le haut roi. Quant à ma loyauté, je la dois toujours à la guilde qui m'a formée. »

Élyana grommela et lui posa enfin la question qui lui brûlait les lèvres : « Et pourquoi voulez-vous servir la couronne d'Alvinorie, Maître Methrim ? Vous êtes un guérisseur et non un diplomate. »

« En toute honnêteté, Dame Lux Baiula, c'est dans un but égoïste. Il est vraiment possible que la reine Zébula se mette en campagne contre l'Alvinorie et je ne veux en aucun cas voir les méthodes zéuboloniennes s'appliquer ici et perdre tout ce que j'ai gagné en quittant le royaume. »

« Le haut prince m'a confié à moi et au haut capitaine, ce que vous lui avez raconté à propos de la condition des hommes en Zébulonie, je peux donc comprendre ce qui vous pousse à faire ce choix. »

Élyana laissa la conversation en suspens et considéra les gestes et expressions du visiteur ; rien dans son apparence n'indiquait qu'il se jouait d'elle. Elle tapota ses doigts les uns contre les autres pendant quelque temps encore, puis dit : « J'en reviens à ma demande précédente : vous devez savoir que pour que le prince ou le roi acceptent votre offre, vous devrez nous confier ce que vous savez de la Zébulonie, et cela englobe ce que vous savez à propos des Alterintrants zéuboloniens. »

« Je comprends, Dame Lux Baiula, et je vais réfléchir à votre requête. »

Revoilà ces curieuses vibrations, qui semblent à présent provoquer la sécrétion d'hormones de l'affection dans mon cerveau. « Très bien, Maître Methrim. Passons à autre chose, alors. Le grand seigneur commandant et moi-même avons remarqué que les hommes semblent apprécier votre compagnie, et que certains vous font même suffisamment confiance pour vous avoir emmené faire l'inspection du campement. »

Maître Methrim hésita quelques secondes face à cette accusation détournée, mais dit : « En effet, ils apprécient ma compagnie, Dame Lux Baiula. Tous les soldats aiment les histoires venues d'ailleurs, et qui se déroulent dans des endroits qu'ils ne connaissent pas. Certains les affectionnent parce qu'ils aiment imaginer ce qui est exotique, d'autres parce qu'ils aiment être terrifiés ou émerveillés par la description que je leur fais de ces lieux. Quant à me faire confiance, tous ceux qui apprécient ma compagnie ne le font pas, mais quand vous arrivez à faire rire un homme de bon cœur, celui-ci est plutôt enclin à vous faire confiance, comme ce fut le cas ce matin avec le sergent Ovris. »

« C'est bien ; ces hommes ont vécu l'enfer il y a deux jours, et je suis heureuse que quelqu'un puisse les distraire et les aider à oublier cette terrible nuit. »

Lusk hocha la tête et répondit avec un sourire : « Je suis content de pouvoir me rendre utile, Dame Lux Baiula. »

Élyana se dit : J'espère pouvoir le croire. La raison me pousse à ne pas le faire, mais, d'un autre côté, mon cœur me dit de lui faire confiance. Dans tous les cas, je dois lui parler des vibrations que j'ai perçues chez les gardes. S'il est à l'origine de leur perte de conscience, je dois le savoir. Puis elle dit à haute voix en prenant un air sérieux : « Il y a encore une chose qui me tracasse, Maître Methrim. Ce matin, on a retrouvé trois gardes inconscients, plongés dans une sorte de coma. » Élyana fit une pause pour observer la réaction de l'étranger, et, effectivement, il réagit : Lusk parut accablé.

« Ma Dame Lux Baiula, s'agissait-il de Grael, Jurr, et Locke ? »

Élyana acquiesça, les sourcils froncés.

Lusk secoua la tête en regardant ses souliers, puis il dit tout bas : « La caresse cérébrale que j'ai réalisée sur eux devait être trop puissante. » Puis il leva les yeux vers Élyana et ajouta, l'air contrit : « Je suis désolé Lux Baiula. Je n'avais jamais exécuté une telle liaison sur des Alvinoriens et je crains de leur avoir fait plus de mal que de bien. »

Élyana serra les dents pour s'empêcher de crier contre l'homme. Comment ce maître Lusk parvenait-il sans cesse à échapper à son emprise et à se donner une apparence si innocente !? Et qu'est-ce que c'était encore que cette histoire de caresse cérébrale ? Mais Élyana apaisa sa colère desserra les dents, et répondit : « Eh bien, vous avez de la chance, Maître Methrim, car ils se sont réveillés sans mon intervention, il y a peu. Mais vous n'auriez jamais dû prendre une telle initiative. »

D'un air profondément désolé — et étrangement séduisant dans sa vulnérabilité — Lusk s'excusa de nouveau. Élyana attendit que l'homme lui trouvât une excuse, mais il n'en fit rien, ce qui l'impressionna malgré elle. Elle lui demanda alors : « Et qu'est-ce qui vous a fait croire que vous pouviez vous autoriser à soigner nos gardes ? »

« Rien d'autre que mon serment de protéger la vie sensible et d'en prendre soin. »

« Oui, le serment de guérison ; il semble figurer parmi les rares règles universelles. Quoi qu'il en soit, vous n'avez pas le droit de prodiguer des soins aux membres de la Garde royale. » Élyana songea : C'est maintenant ou jamais, et continua : « Si vous souhaitez utiliser vos compétences de relieur pour traiter nos gardes, je devrai avant tout vérifier que vous êtes qualifié, ce qui signifie que mes Sœurs devront tester vos capacités de liaison. »

« Excusez-moi, ma Dame Lux Baiula, mais le fait que j'aie été maître guérisseur à la cour du seigneur Brando devrait constituer une preuve suffisante de mes capacités à pratiquer cet art. »

« Votre emploi chez le seigneur Brando vous qualifie tout à fait pour soigner les gens du peuple, mais personne ne peut traiter les gardes royaux à moins d'en avoir obtenu la permission auprès de la cheffe de l'obédience des docteures à Furanville. En cas d'urgence, le haut capitaine Harlion, le prince ou moi-même pouvons délivrer cette autorisation. »

Il semble que je doive finalement accepter que vous me sondiez. Qu'importe les efforts que cela me demandera, je serai capable de le supporter tout en choisissant ce que je veux ou non partager. « D'accord. S'il le faut, je vous laisserai me tester. »

« Merci, Maître Methrim. Cela signifie, bien entendu, que vous ne pourrez plus traiter aucun garde tant que vous n'y serez pas autorisé, malgré votre serment. Vous pourrez, cependant, soigner tous les civils qui en auront besoin, si cela est en votre pouvoir. »

« J'ai compris, Dame Lux Baiula, et je respecterai vos règles. »

X DE RETOUR À FURANVILLE

Au onzième jour de voyage, aux alentours de midi, le convoi arriva enfin aux abords de la capitale de l'Alvinorie. Il avait réussi à se rendre, comme prévu, jusqu'à la ville, grâce au commandement efficace du capitaine Harlion. Le trajet fut difficile, entre les plaintes et les bagarres entre enfants, à mesure que l'excitation de la nouveauté du voyage se dissipait, et les chariots qui rebondissaient toute la journée sur les chemins caillouteux, provoquant des maux de dos aux adultes.

Mais, en dépit de leur fatigue, presque tous les Corniers restèrent bouche bée devant les hautes tours et les murs de cette magnifique cité — la plus ancienne et la plus grande de K'Tara. Certains pensèrent même que c'était là le berceau du premier humanoïde, dont le crâne était précieusement conservé dans le temple d'Aiala et révéré comme le lien unissant les K'Tarans aux fondateurs. D'ailleurs, certains affirmaient que les clercs conversaient réellement avec les fondateurs par l'intermédiaire de ce crâne du Premier.

Les enfants, en particulier, contemplèrent ce spectacle avec émerveillement, hypnotisés par ce qu'ils croyaient être de gigantesques queues de crécelles[42] en plein cœur de la ville, qui montaient jusqu'au ciel. Quelques-uns demandèrent à leurs parents s'il s'agissait vraiment de queues de crécelles, et parurent fort déçus en apprenant que ces choses étaient en réalité des tours érigées pour ressembler aux queues des

---

[42] Crécelle : Grand herbivore de Basse-Alvinorie. Les mâles possèdent de très longues queues constituées de nombreuses sections circulaires vides et osseuses. Les mâles agitent leur queue avec un bruit métallique pour intimider les prédateurs et s'en servent pour les asséner de coups lorsque l'intimidation n'est pas suffisante.

animaux — tout comme les formations crécelles qu'ils avaient rencontrées le troisième jour de leur périple, quoique leur ressemblance résultait de processus naturels.

Les autres prièrent, remerciant Aiala'Rhi de leur avoir permis d'atteindre la ville sains et saufs. Lorsqu'un doux effluve — porté par la brise tiède qui caressait le convoi — monta aux narines des enfants, ces derniers se mirent soudain à s'agiter et à crier, en proie à une excitation nouvelle, tandis que les adultes échangeaient des regards complices et considéraient leurs enfants avec de tout aussi larges sourires. C'était l'odeur de la mer de Tarkoth, juste de l'autre côté de la capitale, qui les ensorcelait. Nombre d'entre eux, et surtout les enfants, n'avaient jamais senti l'odeur de la mer, bien que les côtes ne fussent qu'à un jour de marche de Col de Corne ; ils ne connaissaient rien d'autre que les senteurs des pins qui poussaient sur les coteaux des monts Furans, et l'odeur âcre et pierreuse du Col. On vit les adultes prendre de grandes respirations, calmes et profondes, pendant que les enfants s'égosillaient, excités, en apprenant d'où venait l'odeur de cette brise exquise.

Malheureusement, la délicate odeur de la mer de Tarkoth n'exalta pas Élyana autant que les autres. La Lux Baiula était épuisée et son esprit regorgeait d'inquiétudes. En effet, depuis la nuit passée avec Aithen dans le Lien, elle avait très peu dormi, et le Zébulonien, qui voranait juste derrière elle, n'avait pas cessé une minute de la déstabiliser malgré ses apparences d'homme raffiné, poli et bien intentionné, sans parler de son propre élan qui la poussait à lui accorder sa confiance.

Les civils du convoi avaient réagi à la présence de l'étrange guérisseur avec leurs craintes et préjugés habituels, mais la plupart avaient fini par l'ignorer. Les soldats, quant à eux, l'avaient accueilli à bras ouverts, sans doute à cause d'Aithen et d'Élyana : ces derniers avaient, pour une raison qu'Élyana ne parvenait pas à s'expliquer, levé les instructions initiales qui visaient à limiter les déplacements de l'étranger et ses rapprochements avec les gardes. Tous les soirs, il s'asseyait autour du feu de divers soldats, et leur racontait des histoires de terres lointaines et des bizarreries qu'il avait rencontrées au cours de ses voyages. De toute évidence, les gardes avaient apprécié ses récits, autant que sa compagnie, en dépit de sa bizarrerie manifeste, et s'étaient même disputés lorsque l'ordre de ses visites vint à être chamboulé, une nuit, à cause d'une tempête.

D'autres soldats, ayant appris que le Zébulonien avait chassé les cauchemars de leurs trois camarades, avaient espéré qu'il ferait de même avec eux. Mais, à leur grande déception, ils avaient rapidement appris que le guérisseur ne pouvait plus exercer ses talents sur les gardes tant qu'il n'aurait pas obtenu le consentement de la sororité ; une large majorité de gardes furent ainsi pris en flagrant délit d'anathème contre la Lux Baiula. Cela avait profondément ébranlé Élyana, tout comme le prince et son capitaine.

Élyana avait également passé beaucoup de temps à méditer sur les vibrations très singulières qu'elle avait perçues chez le Zébulonien, se demandant pourquoi elle ne parvenait plus à les sentir. Cette incompréhension la contrariait énormément. Ce qui l'inquiétait également fut son attirance mal venue pour l'homme, qu'elle avait tenté de chasser avec vigueur, mais hélas ; plus elle avait de contacts avec l'étranger, et plus son inclination grandissait, bien que l'évolution de ses sentiments fût plus lente pour elle que pour toute autre femme. Elle ne pouvait rien y faire, et se trouva fort embarrassée lorsque son attirance commença à se voir, comme ce fut le cas le jour où le Zébulonien demanda à se joindre au feu de camp autour duquel le prince et elle se trouvaient. L'homme leur parla de la splendeur de la chaîne du Sagr, et son récit était si vivant qu'Élyana avait senti son pouls s'accélérer et sa respiration s'interrompre par moments. Elle était persuadée que cela n'avait pas échappé à Aithen, quand elle vit une question et une inquiétude cachée dans ses yeux : elle s'en était bien voulu, un peu plus tard dans la nuit.

Mais ce qui préoccupait surtout Élyana, tandis qu'ils se rapprochaient de Furanville, restait les propos échangés entre le Scytale et l'Umbra sur les Lux Baiulae, les Kynariens et les deux Luxori. En ce qui concernait les deux premiers, la Magna Mater devrait avertir tout le monde, autant au sein de l'Ordre de la lumière qu'en Kynarie, aussitôt qu'elle aurait confirmation de la menace qui pesait.

Quant aux menaces envers les derniers, tout ce qu'Élyana savait avec certitude était qu'il existait une légère possibilité pour que le roi fût effectivement l'un des deux hommes auxquels le Scytale et l'Umbra faisaient allusion. Oui, Octavius était un Alterintrant, mais il n'était pas un Luxor. Et il y avait quelqu'un d'autre — banni depuis longtemps — qui était également doté de certains pouvoirs de liaison. À ceux-là s'ajoutait un troisième homme, un Alterintrant, qui était apprenti médecin à Urbs Lucis. Mais il ne possédait que les plus faibles capacités des sensoriels et aucune des relieurs. Comment l'Umbra eût-il pu parler de l'un d'eux ? Il était néanmoins possible que le roi fût l'une des cibles des ennemis — il fallait donc le retrouver d'urgence et le ramener à la capitale.

Du reste, en plus du danger potentiel que courait le roi, un autre était, quant à lui, bien réel : si le roi ne revenait pas rapidement à Furanville, des rumeurs se répandraient sur son absence et porteraient préjudice à Aithen, comme au royaume et même à la sororité. Les patriciens commenceraient à s'accuser les uns les autres, ou à désigner le haut prince ou la sororité comme coupable de l'avoir enlevé pour prendre le pouvoir. Même les sujets du royaume pourraient paniquer, en s'imaginant que le roi les avait peut-être abandonnés pour un séjour plus sûr ; et avec tout ce qui se passait déjà, ce n'était pas le moment de créer autant d'agitation.

Enfin, Élyana gardait sa dernière préoccupation pour elle-même, car elle n'avait pas encore retrouvé sa capacité à ressentir la présence qu'avaient perçue les autres Sœurs. Elle avait espéré que sa connexion à la Magna Mater, l'autre nuit dans le Lien, lui aurait permis de retrouver ce pouvoir, mais cela n'avait rien changé. Certes, elle n'était pas une cordon jaune, et elle n'était pas, à l'instar des Sœurs de cette obédience, sensible à toutes les vibrations biologiques et physiques. Pourtant, tout cela la troublait, car elle possédait de nombreuses compétences autres que celles de sa propre obédience, et c'était justement cela qui faisait penser à un grand nombre de Sœurs qu'elle deviendrait la prochaine Magna Mater. Et si la diminution de ses capacités sensorielles était permanente ? Et si elle se mettait à perdre également ses capacités de liaison ? Cela était déjà arrivé à d'autres Sœurs par le passé — pas souvent, certes, mais tout de même. Cette inquiétude et toutes les autres tourbillonnaient dans son esprit tandis que le convoi s'approchait de la capitale.

À côté de tous ces soucis, il y avait une chose qui lui mettait du baume au cœur : le fait que Krystiana — malgré son incompréhension face à la décision d'Élyana de dissoudre son bouclier à l'intérieur du Scytale — avait accepté l'erreur d'Élyana comme telle, une erreur qui aurait pu avoir de graves conséquences, certes, mais qui restait une erreur, et elle n'ouvrirait pas d'enquête à ce sujet. Si la Magna Mater avait insisté pour qu'elle lui donne une explication valable, Élyana n'aurait eu d'autre choix que celui de révéler à sa supérieure qu'elle avait dû protéger le haut prince caché en elle, et en assumer les lourdes, et inévitables, conséquences. Oui, il y avait au moins un point positif.

Quant à Aithen, il sentait son sourire grandir à l'approche de la capitale, de sa maison, mais sa joie s'atténuait dès l'instant où il pensait aux réunions et décisions qui l'y attendaient, et au message qu'il avait reçu deux jours plus tôt l'informant que la troupe de Toras avait fait un détour pour aider un village sur la côte à se défendre contre une probable attaque du Scytale. Ce message faisait écho à une communication qu'Élyana avait reçue de Mérina Lux Baiula, faisant état d'une découverte épouvantable dans ledit village quelques jours après le détour de Toras.

Mérina s'était retrouvée face à une scène tragique à Galior, une scène comme ni elle ni ses surveillants Mélinoriens n'en avaient jamais vu. Tout y était dévasté ou incendié. Il ne restait pas un seul édifice et les rues étaient ensevelies sous des amas de décombres ; lorsqu'on découvrit les humains et les animaux, il n'en restait plus que des cadavres aux visages figés dans la terreur, et le tout baignait dans une atroce odeur de mort.

L'équipe de recherche fut si bouleversée par la scène, que tous restèrent à contempler le désastre, sidérés, pendant un long moment. Certains avaient manifestement des parents ou amis dans le village, ce qui choqua Mérina qui croyait qu'un garde ne devait jamais être affecté à proximité de son village natal. Quoi qu'il en fût, Mérina avait finalement réussi à sortir les gardes de leur torpeur pour les entraîner vers les lieux sûrs du village, dans l'espoir d'y trouver au moins une personne vivante.

Par chance, l'équipe de recherche y découvrit des survivants ainsi que quatre membres de la Garde noire, abrités dans une grotte bien dissimulée dans les bois attenants.

L'un des gardes présenta Mérina à l'épouse du maire du village et celle-ci lui raconta que, la veille, un rokon fou était arrivé et s'était mis à tuer tout ce qui y vivait. Harima, l'épouse du maire, ajouta que son mari avait rapidement réalisé qu'il ne serait pas capable de protéger son peuple, et qu'il l'avait alors envoyée dans le lieu sûr, en compagnie des femmes, des enfants et des aînés, pendant que les hommes tentaient de sauver le village.

Harima relata à Mérina qu'elle avait entendu les cris de nombreux furans s'approchant du village tandis qu'elle atteignait l'abri. Cela signifiait que leur messager avait réussi à récolter de l'aide. La femme confia à Mérina qu'elle était sortie de l'abri, après s'être assurée que personne ne la suivait, et avait couru jusqu'à la lisière de la forêt pour vérifier que l'aide était bien arrivée. Tandis qu'elle s'approchait de la clairière, elle vit son village en flammes. Elle allait se mettre à pleurer quand, à ce moment-là, elle discerna, à la lueur des flammes, dix ou vingt équipes furanes qui fondaient sur la vile créature, et elle retrouva un peu d'espoir.

Harima expliqua aussi à Mérina combien le désespoir l'avait frappée comme un couteau en plein cœur, lorsque le rokon abattit les deux premières équipes furanes, puis d'autres... et d'autres encore. Merina avait vu les gardes noirs - qui s'étaient assis non loin d'elles pendant que la femme racontait son histoire - serrer les dents et secouer la tête de temps en temps.

La femme du maire ajouta que le combat avait duré moins d'une heure, bien qu'elle ne pût pas l'affirmer vu que l'horloge centrale avait été pulvérisée, comme le reste du village. Elle sut que la créature avait gagné lorsque les cieux redevinrent silencieux et que l'on n'entendit plus que les cris victorieux du monstre et les lents battements de ses énormes ailes survolant les arbres sous lesquels elle était tapie. Puis plus rien. À part ses propres sanglots ou l'effondrement d'une maison ou d'une grange dans le lointain.

Harima dit qu'elle avait immédiatement voulu courir là-bas et chercher son mari, mais elle se rappela son peuple et retourna le rejoindre. Femmes et aînés se disputèrent longuement pour déterminer s'ils devaient retourner au village ou simplement y envoyer les trois enfants les plus âgés, afin de voir s'il y avait des survivants. Le rokon était parti et ils pensèrent qu'il n'y avait aucune raison pour qu'il revînt. Une femme rétorqua qu'il n'y avait aussi aucune raison pour qu'il fût venu et que personne ne pouvait donc être certain qu'il n'allait pas revenir. Mais la majorité l'emporta et tous retournèrent au village, espérant malgré tout qu'ils pourraient retrouver vivants tous ceux qu'ils aimaient.

Alors que le groupe progressait à travers le champ qui bordait feu leur village, on vit plus de dix équipes furanes s'éloigner dans les airs. Personne ne sut, à cet instant, s'il fallait s'en réjouir ou se lamenter : si les soldats étaient en vie, peut-être que leurs maris et leurs fils l'étaient également ? Mais lorsqu'ils pénétrèrent sur le champ de bataille, tous furent emportés par le désespoir, et mères et enfants se remirent à crier et à pleurer en chœur. Dans les rues, les morts étaient étendus au sol comme s'ils étaient simplement tombés, les visages contractés par l'horreur.

Harima pensa aussi avoir tout perdu, jusqu'à ce qu'elle rencontrât, dans la partie sud du village, une poignée de survivants : quatre soldats, leurs furans et quelques hommes du village. Les soldats, ainsi qu'un villageois, s'occupaient des blessés. Contre toute attente, elle vit son mari, l'air hagard, meurtri, mais indemne. Le maire confia à sa femme que tout le monde était mort à l'exception de ces quelques hommes et des soldats qui étaient partis un peu plus tôt, et que, sans ces gardes, aucun habitant n'aurait été épargné. Il lui raconta comment dix soldats et leurs furans avaient succombé au cours du combat et comment ces quatre-là avaient été laissés en arrière par leur chef, le seigneur Toras, pour les secourir. Le prince avait également promis d'envoyer d'autres soldats au village afin d'aider à sa reconstruction, ainsi qu'un médecin pour soigner les blessés.

Voilà ce qu'Aithen avait lu dans la lettre de Mérina, une lettre très détaillée, mais que la description précise des faits rendait encore plus terrifiante. À présent, Aithen se souvenait l'envie de vomir qu'il avait eue à la lecture de la lettre. Élyana avait tenté de lui redonner courage en lui rappelant que Toras faisait partie des survivants, mais Aithen avait explosé de rage en lisant la folie continuelle de son frère. Oui, il avait sauvé quelques vies, mais à quel prix ? Qu'est-ce qui lui avait fait croire qu'il pouvait affronter le Scytale avec les quelques hommes qu'il avait avec lui ? Aithen avait finalement réalisé que c'était lui le fou, et que son frère avait fait la seule chose qu'eût pu faire un protecteur du peuple.

Aithen chassa les pensées sombres qui hantaient son esprit et remarqua que le convoi ne se trouvait plus qu'à quelques centaines de mètres de la ville. Il leva la main droite et le haut capitaine Harlion hurla à pleins poumons : « Arrêtez ! » On répéta son ordre tout au long du convoi jusqu'à la dernière charrette, située à environ deux kilomètres de la première. Le vacarme produit par les hommes qui criaient à leurs vorans ou à leurs meugleurs de s'arrêter, par les animaux eux-mêmes, et par les furans qui atterrissaient fut assourdissant. Les vorans trompettaient, les meugleurs meuglaient, tandis que les furans rugissaient, impatients de revoir leurs étables confortables et, surtout, leurs partenaires.

Parce que les furans avaient un taux de fécondité très bas, une grande partie des montures de la Garde étaient accouplées afin de maintenir les effectifs de la furanerie. Et parce que, comme la majorité des vertébrés k'tarans, les furans étaient des hermaphrodites séquentiels dont les individus changeaient de sexe régulièrement ou en fonction de leur environnement, la Garde devait posséder deux fois plus de furans que de soldats pour s'assurer qu'il y aurait toujours suffisamment de mâles pour servir de montures étant donné que les partenaires ne se convertissaient pas en parfaite synchronisation, et qu'un mâle pouvait passer à la forme féminine et se préparer à la grossesse avant que son partenaire ne passe à la forme masculine. On pouvait néanmoins empêcher un mâle de devenir une femelle en lui enlevant un organe appelé la verta, mais il fallait éviter de le faire à tous les mâles d'une harde, sinon toutes leurs compagnes seraient condamnées à garder leur forme femelle indéfiniment, ce qui provoquerait chez les individus ainsi contraints un vieillissement et une mort prématurés. Par conséquent, seules les montures de la famille royale étaient dévertées [43], comme c'était le cas de Xyre et pour Scratch.

Lorsque les furans des gardes se mirent à rugir, leurs voix portèrent si loin qu'à chaque coin de rue de la ville quelqu'un sursauta. Quelques Furanvillois s'enthousiasmèrent, se souvenant que le haut prince était de retour, tandis que d'autres juraient sous leurs barbes, se souvenant que le haut prince revenait avec les réfugiés de Col de Corne.

À présent, l'officier responsable des gardes de la Porte du triomphe sortit de la ville, juché sur son voran, tout en se frottant les oreilles avec exagération et en grimaçant. Il s'arrêta à quelques mètres du prince, à qui il adressa, ainsi qu'au haut capitaine, un long signe de la tête en guise de salut, puis il leur souhaita, de même qu'à Élyana, la bienvenue dans

---

[43] Déverté : Désigne un animal à qui on a enlevé la verta pour empêcher sa transformation de mâle en femelle.

la capitale. Il jeta ensuite un regard méfiant à l'homme assis sur un voran derrière le prince, mais ne dit rien et reporta son attention sur le prince.

« Lieutenant Edrick. »

« Oui, Grand Seigneur Commandant ? »

D'un ton faussement accusateur ; le prince dit : « Je suis content que tu n'aies pas été ici lorsque les furans se sont mis à rugir, ou j'aurais sans doute fini avec un garde de porte sourd. »

Un peu embarrassé par ce trait d'humour, l'officier se confondit en excuses, mais Aithen lui répondit avec un large sourire et lui demanda un rapport sur la situation dans la capitale.

Le lieutenant déclara : « Tout va bien, mon prince, bien que la population ait été un peu ébranlée par l'annonce de l'attaque du rokon à Col de Corne. Mais la police sénatoriale a pu apaiser la situation. » Avec un rictus, l'officier ajouta : « Le tout malgré certains prédicateurs de l'Ordre d'Aiala qui clamaient que l'attaque de Col de Corne était un signe de la fin des temps. »

Aithen et Élyana froncèrent les sourcils, contrariés. Aithen secoua la tête ; et voilà un nouveau problème à gérer. Mais où était donc son père !?

« Lieutenant, aidez le haut capitaine à s'occuper des réfugiés. »

L'officier considéra le long convoi, se redressa et acquiesça.

Aithen se retourna ensuite vers Harlion et dit : « Haut Capitaine, veillez à ce que chacun soit logé et nourri selon ses besoins. Demandez aussi à quelqu'un d'accompagner maître Methrim à la police sénatoriale pour qu'il y soit enregistré, puis demandez à vos soldats de l'escorter jusqu'à la maison d'hôtes. »

Harlion hocha simplement la tête et s'apprêtait à faire avancer son voran lorsque Élyana l'en empêcha d'un léger geste de la main.

Harlion s'interrompit et Élyana dit tout haut : « Haut Capitaine, j'ai une faveur à vous demander. » Puis, s'approchant de lui, elle ajouta à voix basse : « J'ai besoin que vous affectiez quelqu'un d'assez discret pour surveiller notre invité. Faites en sorte que votre agent vienne me voir en priorité s'il constate quoi que ce soit d'anormal. »

Harlion répondit tout haut et d'un ton intentionnellement gai : « Absolument, Lux Baiula. Ce sera un plaisir. »

Élyana sourit et le capitaine se mit en route selon ses ordres.

Aithen se retourna à présent vers le Zébulonien qui le regarda avec méfiance. Il lui dit : « Maître Methrim, vous devez aller vous enregistrer auprès de la police sénatoriale ; mais ne vous inquiétez pas, c'est notre procédure habituelle pour les étrangers. Vous serez ensuite emmené à la maison d'hôtes et pourrez alors jouir de votre liberté tant que nous n'aurons pas besoin de vous, et que vous tenez les gardes postés au courant de vos intentions. »

L'homme semblait toujours inquiet, mais il acquiesça et remercia le prince de son amabilité.

Aithen cria un nouvel ordre à son haut capitaine pendant que celui-ci faisait avancer son voran vers le garde de la porte : « Haut Capitaine, rentrez chez vous, auprès votre famille, quand vous aurez terminé de vous occuper des réfugiés, et transmettez mes salutations à votre femme et votre fils. On se voit dans mes appartements dans la matinée. »

« Oui mon Seigneur. À demain, alors. » Harlion fit signe à son voran d'avancer d'un geste déterminé et s'approcha du jeune lieutenant, impatient de faire entrer tout le monde dans l'enceinte et de revoir sa famille.

Juste comme les deux hommes se mettaient à discuter, Aithen appela le jeune officier afin de lui transmettre son dernier ordre : « Lieutenant, envoyez quelqu'un prévenir le premier sénateur Léo de mon arrivée et demandez-lui de réunir les aînés dans la chambre du Sénat cet après-midi, vers quatre heures après grandjour. »

L'homme acquiesça et Aithen se détourna de son haut capitaine et de l'officier de porte. Il descendit ensuite de son voran et se mit à lui brosser affectueusement son large museau. Le voran recula sa tête et lança de petits coups de trompette répétés, signifiant qu'il était impatient de retourner à son étable. Aithen lui dit d'une voix douce : « Oui, oui. Je sais ce que tu veux, Magnus. Encore un peu de patience ; je vais demander à Kil de te ramener, car il y a encore quelque chose que je voudrais faire. » L'animal fit entendre un bref grognement lorsqu'Aithen appela Kil.

Kil, qui voranait quelques chariots en arrière, arriva tout de suite. Aithen lui tendit les rênes de son voran et lui commanda de donner un bain à Magnus avant de le ramener à son étable. Magnus émit un nouveau grognement d'excitation. Kil salua le prince du haut de son voran, un animal sombre de taille moyenne, puis partit avec le beau Magnus, s'efforçant tant bien que mal de ralentir son allure.

Satisfait que l'on s'occupât de tout, Aithen émit un petit sifflement discret et presque imperceptible. L'instant d'après, Xyre atterrit à quelques pas d'Aithen, soulevant de gros nuages de poussière, ce qui fit tousser tout le monde alentour, y compris Aithen et Élyana. Aithen laissa tomber un juron, mais Xyre ne sembla pas s'en soucier et continua de venir vers son maître avec le ronronnement typique des furans noirs — un ronronnement profond, intense et doux. Quand Xyre le rejoignit, Aithen le reçut avec une caresse ludique. Il se tourna ensuite vers la Lux Baiula et lui dit : « Élyana, je suppose que tu vas vouloir aller à Domus Lucis pour t'entretenir avec les autres Sœurs ? »

Élyana se mit à tapoter sa robe avec agacement avant de répondre : « En effet, une fois que j'aurai enfilé des vêtements propres, mon Prince. » Elle jeta ensuite un regard sévère au furan ainsi qu'à son maître.

Aithen répliqua avec un rire joyeux : « Pardon, Élyana. Il faut vraiment que je lui apprenne à atterrir plus loin. »

Pour toute réponse, Élyana se contenta d'un simple « Grrr ».

Aithen sourit et dit : « Très bien, je te vois vers neuf heures ? Pour dîner et élaborer le programme de demain ? »

Aithen reçut un nouveau « Grrr », après quoi, Élyana donna un coup de pied à sa monture et disparut rapidement par la porte de la cité.

Tout en regardant Élyana s'éloigner, Aithen pensa : Fondateurs ! Qu'est-ce que j'aime quand elle est comme ça. Ce soir… peut-être… au dîner, je pourrai lui confier ce que je ressens pour elle. Mais — Aithen s'interrompit tout net, furieux de toujours laisser ses pensées s'égarer ainsi.

Il secoua la tête et leva les yeux vers le ciel. Soudain, il se rappela ce qu'il voulait faire ; c'était une belle journée et il était impatient de profiter d'un moment à lui, seul, au bord de la mer, pour une ou deux heures. Mais d'abord, il fallait qu'il rejoigne ses appartements pour voir son frère et pour le rassurer. Ensuite, il boirait un coup avec un bon repas, quelque chose de bien différent du pain de racine et du halami[44] qu'il

---

[44] Le halami est une boisson réalisée à partir du jus d'un fruit rond, sucré et charnu, dans lequel on a noyé de gros insectes aux ailes coriaces. Ce processus permet la décomposition des chairs internes de l'insecte qui favorise l'extraction des éléments nutritifs et augmente la durée de conservation de la boisson lors des longs voyages.

avait mangés ces derniers jours, et enfin, il s'enfuirait vers la mer pour plonger dans ses eaux rafraîchissantes.

Aithen grimpa donc sur Xyre, tapota ses flancs, et l'animal l'emmena dans l'aile nord du château, l'aile réservée au haut prince et à la Garde royale.

***

« Ma tante, avez-vous entendu la nouvelle qui vient juste d'arriver à dos de porteur, de la part d'Élyana Lux Baiula ? »

« Oui, Aria. Je voulais t'appeler, mais je suis heureuse de te voir. Nos informateurs nous ont annoncé qu'une terrible chose était survenue dans les Aquinos il y a quelques jours, mais rien de plus. »

« Que vas-tu faire ? Tu ne peux pas laisser Aithen se charger seul des centaines de Corniers, alors qu'il a déjà beaucoup à faire avec le roi et Toras. »

Darya se retint de gronder sa nièce pour ses insinuations. « Je sais, Aria, je sais. Mais avant que je puisse partir, il faut que la situation soit débattue devant le Grand conseil. »

Aria grimaça. : « Tu veux dire "que la situation soit débattue par le Grand conseil qui décidera ensuite de ce qu'une mère peut ou ne peut pas faire dans cette situation". »

Darya s'empêcha de lancer un regard meurtrier à la nièce et se dit que la fille était encore trop jeune pour appréhender la réalité sans y mêler ses émotions. Au lieu de cela, elle dit avec indulgence : « Tu sais, nos règles sont là pour nous aider à prendre les meilleures décisions possible, Aria, surtout lorsqu'il s'agit de questions nationales ou internationales. »

« Je sais, ma tante, mais dans ce cas, les règles sont tout simplement — » Aria fit une pause pour trouver le mot juste, puis ne le trouvant pas, elle lâcha : « inappropriées ! »

L'épouse du haut roi secoua la tête, désespérée. « Aria, tu es presque prête pour ton Passage ; tu ne peux pas continuer à te laisser guider par tes émotions. Tu ne me convaincras pas de changer d'avis en réagissant de la sorte, par contre, tu pousseras le Conseil à remettre tes capacités en question s'il apprend de quelle manière cavalière tu contestes les règles à ce stade de ta formation. »

Aria ne baissa pas les yeux lorsque Dame Darya la rappela à l'ordre. Bien au contraire, elle regarda sa tante droit dans les yeux, les dents serrées.

Darya soupira. « Je sais que ta raison voit très bien la valeur de nos règles, même si tes émotions te chuchotent des pensées rebelles. Et je comprends les sentiments que tu éprouves pour Aithen et, en même temps, je les réprouve. Mais, même si je les approuvais, je n'accepterais pas ta réaction. Ce qui doit toujours dicter la conduite d'une prêtresse kynarienne est la quête du bien, et non ses intérêts personnels. » En disant cela, Darya avait répondu à ses propres peurs et inquiétudes, ainsi qu'à son désir de faire exactement ce que sa jeune nièce inconsciente suggérait.

Aria regarda sa tante d'un air exaspéré et dit : « Je n'ai plus de sentiments pour Aithen, ma tante. Sache que je fréquente Larad, le fils du seigneur Kilio depuis plusieurs mois maintenant. »

Darya cligna des yeux sous l'effet de la surprise, puis répondit : « Très bien. Raison de plus pour que tu te préoccupes de ta propre famille, tant que cela n'affecte pas ton devoir envers l'Ordre. Tu sais que le devenir de ton père et celui de tes frères dépendent de ta première entaille d'oreille qui permettra à ta famille de demeurer au premier plan dans le Conseil de l'Union, sans compter tout ce que ton père a fait pour que tu puisses être admise à l'école. Est-ce que tu veux maintenant trahir ton devoir envers les tiens ? »

Aria baissa les yeux, d'un air résigné. Sa tante avait raison. La stabilité de l'avenir de sa famille, compte tenu du désintérêt de ses frères pour la politique, le commerce ou la finance, dépendait effectivement d'elle, car elle avait de l'intérêt pour ces choses. Mais, comme les femmes « ordinaires » n'avaient que peu de pouvoir en Terrae Regis, son père avait recommandé à sa fille — après avoir négocié son admission avec la prêtresse suprême — d'aller en Kynarie pour y devenir une prêtresse de l'Ordre. En tant que membre de l'Ordre, elle pourrait éventuellement occuper un poste haut placé étant donné ses accointances avec la politique et la finance, et cela pourrait asseoir les positions de la famille. En effet, grâce à elle, son père aurait un lien direct avec l'Ordre kynarien qui avait une emprise sur tout le commerce, la finance, la santé et l'éducation en Kynarie — car le gouvernement civil de la Kynarie n'administrait dans le pays que les travaux publics. Il aurait ainsi la possibilité d'étendre ses activités à toute la riche nation kynarienne.

C'est ainsi que le jour de son quinzième anniversaire, Aria avait quitté sa famille pour la Kynarie, où elle allait devenir prêtresse. Là-bas, elle avait sa tante qui — en raison de son rang de haut lignage en Kynarie — était obligée d'y passer le plus clair de son temps, plutôt qu'en Alvinorie auprès de son mari. Mais Aria se demandait souvent si elle était contente ou non d'avoir sa tante sur place. Car Darya semblait toujours beaucoup plus intéressée par les règles et les convenances plutôt que par celles et ceux qui comptaient sur elle ou qui dépendaient d'elle, même ses propres fils, bien qu'elle semblât réellement aimer son mari, le haut roi Octavius, l'oncle germain d'Aria.

Darya prit une longue et profonde inspiration. Elle connaissait trop sa nièce et était inquiète à l'idée qu'elle n'était pas prête à faire son passage. Aria avait l'habitude de réagir sans réfléchir lorsque les événements affectaient des êtres chers, et elle se mettait facilement en colère, quel que fût l'endroit où elle se trouvait. Sa formation de prêtresse kynarienne aurait dû lui apprendre la maîtrise de soi, mais Darya savait bien que quelque maîtrise qu'elle parût avoir, ce n'était là qu'une illusion. Dans un an, lorsqu'elle aurait atteint l'âge de vingt ans, Aria devrait passer ce test : une épreuve épuisante faite pour évaluer ce qu'elle avait appris et pour cerner ses limites. Si elle passait, elle se verrait attribuer un rôle au sein de l'Ordre de Kynarie.

Soudain, on cogna à la porte. Darya demanda : « Qui est-ce ? »« C'est Lania, ma Dame. »

Dame Darya pria la femme d'entrer. Une vieille Kynarienne fit son apparition. Son visage était rond et dodu, et elle portait une robe verte de son rang — une jeune néo, malgré son âge avancé — et une dentelle noire autour du bras droit.

Lania fit une profonde révérence et dit à l'épouse royale que la prêtresse suprême venait juste de convoquer une réunion extraordinaire et requérait la présence de la dame.

Évidemment, cette nouvelle surprit la tante comme sa nièce et renforça leur conviction que quelque chose de terrible était en train de se passer sur le continent. Dame Darya répondit qu'elle viendrait tout à l'heure et ordonna à sa nièce de ne pas quitter ses appartements. Aria opina à contrecœur, et sa tante partit avec la vieille étudiante.

* * *

« Aithen ! »

Aithen ressentit une grande joie à la vue de son petit frère dans le corridor. Il aimait profondément Ori, peut-être parce qu'il se voyait énormément en lui. Du haut de ses treize ans,

234

le jeune prince était déjà si conscient du monde, si perspicace et logique, mais aussi plein d'un enthousiasme et d'une joie de vivre que lui-même, Aithen, n'avait jamais ressentis à ce point. En réalité, c'était ce qu'il aimait le plus chez ce garçon. Lorsque Ori arriva, il ouvrit grand ses bras et l'embrassa pendant une bonne minute.

Quand Aithen desserra son étreinte, Ori se dépêcha de lui dire combien il avait eu hâte de ce moment. Il lui dit : « Tania Lux Baiula m'a dit que tu allais bientôt venir. J'ai fait les cent pas dans ma chambre toute la matinée en t'attendant — et en attendant Élyana. Elle est là, elle aussi ? »

Il aime Élyana lui aussi, même beaucoup. Je me demande s'il serait jaloux ou heureux s'il connaissait mes sentiments pour elle. « Oui, elle est là, Ori. Elle viendra un peu plus tard. »

« Et Toras ? Et Père ? »

Aithen s'attendait à cette question, mais il n'avait pas réussi à trouver la bonne façon de lui dire les choses, et il s'en voulait terriblement. Pourtant, il s'efforça de donner à son petit frère une réponse aussi honnête que possible. Il dit : « Eh bien, Toras est… en route vers Père. Je suis certain qu'ils seront bientôt de retour. Mais, comme ils vont revenir de Spiritii, ils vont en avoir pour encore pour un moment. »

« Qu'est-ce qui se passe, Aithen ? Pourquoi tu fais cette tête ? »

« Rien. Enfin, quelque chose, mais nous ne savons pas encore avec certitude ce dont il s'agit. Rien, espérons, mais nous ne le savons pas. J'suis désolé, Ori. Tu étais tellement heureux de me voir, et voilà que j'ai tout gâché. Mais j'suis sûr que Père et Toras seront bientôt là pour que tu les harcèles avec tes questions. »

La diversion sembla fonctionner, ce qui provoqua chez Aithen un sentiment de culpabilité. Ori répondit : « C'est bon, Aithen. Je suis heureux de te voir. Mais tu as simplement l'air inquiet maintenant. Est-ce que tu vas me raconter tout ce qui s'est passé à Col de Corne et pourquoi tous les Corniers sont venus ? »

« Bien sûr. C'est promis. Mais un peu plus tard ce soir ? »

« D'ac. »

Aithen serra son jeune frère dans ses bras encore une fois, le laissa partir et regagna sa chambre.

***

Lorsque Élyana entra dans la ville, elle laissa son voran avec les gardes de la porte et se sentit rapidement replonger dans le brouhaha quotidien des rues, un bourdonnement qui se faisait de plus en plus fort à mesure qu'elle s'éloignait de l'artère principale. Ici, les gens vendaient, marchandaient et achetaient, les bêleurs bêlaient, les caqueteurs caquetaient, terrorisés chaque fois qu'on en attrapait un pour le tuer et le vendre à un client. Tout cela n'était qu'une immense cacophonie pour qui n'y était pas habitué. Pour les autres, c'était le bruit du prochain festin. Les odeurs qui exhalaient des allées de boucherie étaient parfois étouffantes, avec leur mélange de fumier, de sueur, de chair et de sang. Heureusement, le Sénat avait décrété, depuis déjà bien longtemps, que le sang des animaux devait être collecté et emmené toutes les heures dans une usine à l'extérieur de la capitale. L'usine traitait ensuite le sang pour le vendre sous forme de pudding dans la capitale ainsi que dans les villes et villages environnants. De plus, balayeurs et nettoyeurs passaient dans les rues deux fois par jour afin de les garder toujours en bon état.

On pouvait aussi sentir des parfums plus délicats en se promenant dans la capitale, ceux des épices kynariennes et yerlayennes. Ces épices pouvaient atteindre des prix incroyables, mais, la population de la ville étant plutôt aisée, on trouvait ces épices exotiques et parfumées dans presque tous les quartiers. Dans les quartiers les plus pauvres — si l'on pouvait les qualifier de pauvres — on vendait des épices plus communes, mais tout aussi parfumées.

À ce moment, Élyana aperçut son marchand préféré, un poissonnier. Comme elle s'approchait de son étal, l'homme leva rapidement les yeux et lui fit un large sourire, avant de retourner sur-le-champ expliquer à son apprenti comment extraire l'encre de molpoisson dans les règles de l'art et la verser dans des bocaux. Brak était le seul fournisseur d'encre « vivante » de toutes les Terrae Regis. Il avait découvert la source de ce merveilleux liquide — le molpoisson — trente ans plus tôt, et il était le seul Alvinorien à le chasser. En effet, il fallait du courage – certains disaient, une bonne dose de folie – et des navires très coûteux pour se rendre à l'endroit où se trouvait l'animal, dans une zone de la mer de Tarkoth sujette aux pires tempêtes, à quelque deux cents milles nautiques[45], à l'est des Aquinos et au nord de l'Unumie. À cause de tous ces obstacles et du coût de l'opération, aucun autre pêcheur n'avait jamais essayé d'atteindre cette zone, et c'était parfait pour Brak. Le molpoisson — que la plupart des gens considéraient comme un met délicat — lui valait de beaux revenus et l'encre vivante, qu'il fournissait à divers tribunaux et administrations, faisait de lui un homme relativement riche.

Après que l'apprenti de Brak eut fini de verser le liquide dans le dernier bocal, le pêcheur se tourna vers la Lux Baiula et l'accueillit. L'homme était toujours très souriant, mais dès qu'il voyait Élyana, son sourire s'élargissait et ses yeux brillaient. Car il aimait la dame ; il aimait sa gentillesse et sa conversation.

---

[45] Un mille nautique équivaut à 1,8 kilomètre ou 1,15 mille.

Il dit, d'une voix de baryton : « Que puis-je faire pour vous, ma bonne Dame ? »

Élyana lui sourit à son tour et ajouta : « Bonjour Brak. Je ne sais pas en fait.

Brak cligna des yeux, surpris.

« Je veux dire, je ne sais pas si je veux de l'encre ou du molpoisson. Je suis venue pour l'encre, mais j'ai été tellement à la diète sèche et sans saveur ces derniers temps, que le molpoisson me met l'eau à la bouche comme jamais. »

« Eh bien, on peut arranger ça facilement, ma Dame. Vous pouvez avoir les deux ! Je vais demander à mon fils de vous apporter le molpoisson plus tard. Il pourra même vous le préparer, si vous le souhaitez, même si je sais que les bons cuisiniers ne manquent pas à Domus Lucis. Toutefois, mon fils vient tout juste d'inventer une nouvelle recette en mélangeant du molpoisson et du raplat, et c'est absolument divin. Je serais très honoré si vous et vos collègues vouliez l'essayer. Quant à l'encre, je peux vous faire livrer vos cinq bocaux habituels. Nous avons un bleu particulièrement éclatant cette fois ; c'est sans doute le plus beau que j'aie récolté depuis des années ! »

Incapable de résister à la nature enjouée de l'homme, la Lux Baiula accepta son offre, mais l'informa qu'elle dînerait avec le prince ce soir et lui demanda d'envoyer plutôt le tout au palais. Le pêcheur répondit avec une grande excitation et une multitude de « Ma Dame, vous ne serez pas déçue », et « Le prince vous remerciera » et ainsi de suite. Lorsque ce fut fait, Élyana souhaita une bonne journée à Brak et reprit sa marche vers Domus Lucis.

Tandis qu'elle se frayait un passage au milieu de la foule — ce qui n'était pas aussi difficile pour elle que pour les gens du peuple — l'esprit d'Élyana vagabondait d'une pensée à une autre. Ce faisant, elle admirait les différentes vues, et appréciait les odeurs et les bruits qui envahissaient la cité. À présent, elle se rappelait un fait extraordinaire : tout le monde dans la capitale avait un gagne-pain, une profession ou un métier. En effet, peu après la fondation de la ville, alors nommée Alvinorie, le premier Sénat avait décrété que tous les habitants, à l'exception des invalides, devaient occuper un emploi rémunéré et participer à l'entretien et au développement de la ville. Si, pour une raison ou pour un autre, certains ne parvenaient pas à trouver un travail, l'administration les embaucherait afin de pourvoir aux besoins de la ville, comme la nettoyer, entretenir ses jardins, réparer ses routes ou traiter ses déchets. Cette politique perdurait avec succès, permettant à chaque citadin de participer à la santé de la capitale — économique, structurelle, sanitaire ou autre — et, réciproquement, le maintien de la santé de la ville profitait à la population en permettant à chacun de se nourrir et de vivre dans des quartiers propres et sûrs. Seules quelques rares bagarres, qui démarraient lorsque des voyageurs arrivaient avec de mauvaises intentions ou une mentalité batailleuse, ou lorsque des résidents poussaient leurs disputes un peu trop loin, parvenaient à briser la paix générale.

L'aménagement de la capitale avait également été bien pensé. L'artère principale de la capitale, l'Allée du triomphe, menait de la porte principale de la ville à la Maison royale. La rue, large d'une bonne quinzaine de mètres, était flanquée du marché principal, au nord, et abritait, entre le Temple d'Aiala et la Maison Royale, la Place royale où se déroulaient les fêtes et les proclamations royales. L'une des deux plus grandes rues nord-sud était l'Allée impériale, qui traversait Furanville en passant devant le palais et croisait quatre autres rues principales d'est en ouest. En cas de besoin, la Garde pouvait rapidement atteindre n'importe quelle partie de la ville grâce à ces rues principales.

En arrivant sur l'Allée impériale, Élyana vit les superbes murs de l'enceinte de la cité, ainsi que les murs qui entouraient le palais. Tous deux étaient faits en ardamantis, une roche créée par une forte pression exercée pendant des milliers d'années et venue d'une île déserte à l'est des Aquinos. Les murs de l'enceinte faisaient trois mètres de large et avaient été érigés par l'Ordre de la lumière à la fin de la dernière ère. Les maçons alterintrants avaient utilisé beaucoup d'énergie vitale pour fusionner les blocs d'ardamantis les uns avec les autres à l'aide du Lien, rendant ainsi ce mur impossible à briser.

Mais la meilleure protection de la ville provenait surtout du paysage alentour. Car la capitale était enfermée — avec la ville d'Antar à l'ouest, où se trouvait le palais d'été du roi — dans ce que l'on appelait les formations crécelles. Ces immenses formations rocheuses en demi-cercle représentaient une barrière naturelle autour de la cité. Les seules brèches, à l'ouest et au sud, n'étaient pas plus larges que deux charrettes côte à côte. Ces formations, constituées de colonnes serrées les unes contre les autres de trente ou quarante mètres de haut, ressemblaient aux queues des crécelles mâles. Elles rendaient toute invasion terrestre impossible, permettant uniquement à des assassins ou à de petites troupes de tenter un assaut, ce qui était très rare.

La capitale était également protégée contre les invasions ou les bombardements marins. En effet, les récifs de corail acérés endommageaient sévèrement tout navire tentant de s'aventurer trop près des côtes, et seuls trois passages très étroits et faciles à défendre menaient au port.

Toutefois, ces barrières naturelles constituaient de grands inconvénients dans la mesure où une évacuation en urgence de la ville était quasiment impossible. Ce fut parfait lorsque les batailles se tenaient principalement en territoire ennemi, mais dès le quatorzième siècle, les forces étrangères devinrent plus importantes et représentèrent de véritables menaces, et les rois coriolans avaient fini par se sentir de plus en plus enfermés dans ces paysages étriqués qui avaient, jusqu'à lors, si bien protégé le cœur du royaume. Évidemment, les armées adverses avaient érigé des postes de l'autre côté des formations rocheuses ainsi que derrière les récifs de corail, et avaient facilement assiégé la capitale. Les Alvinoriens avaient dû passer la majeure partie du siècle suivant à chercher un moyen de contrebalancer cette faiblesse. Puis, en 1468, sous le règne du haut roi Tarkien II, on découvrit le secret de la domestication des furans, et la tendance s'inversa en faveur de la maison Coriolis — et à la défaveur de ses ennemis. Cette découverte mena à la création de ce qui devint la force armée la plus importante de toutes les terres connues : les dix mille Coriolans !

C'était une force composée de dix mille furans noirs et de leurs furaniers. Grâce à cette force, la maison Coriolis acquit une supériorité à la fois offensive et défensive : nul ne put tenir le siège d'Alvinor plus longtemps, et Alvinor put attaquer n'importe qui, n'importe quand. Comme prévu, la maison Coriolis regagna le plus gros de son pouvoir et de son prestige passé. Ce fut à cette époque que le nom de la capitale, Alvinor, fut remplacé par celui de Furanville, et que l'on désigna les secteurs de Haute et Basse-Alvinorie sous l'appellation Alvinorie.

Mais, compte tenu de la paix relative qui régnait dans le royaume depuis Tarkian II, les effectifs de la force montée de furans avaient progressivement diminué pour ne compter aujourd'hui que trois mille équipes. Elle restait, malgré tout, probablement la force la plus efficace et la plus redoutable de toutes les Terrae Regis — du moins, c'était ce que les chefs militaires espéraient.

Quelques minutes plus tard, Élyana atteignit la Route ministérielle, la plus grande rue nord-sud qui traversait la ville derrière la Maison royale. Depuis le haut des bâtiments qui bordaient cette rue, on pouvait voir la mer, à perte de vue, dans toute sa splendeur. Bientôt, dès la moitié d'Octavus[46], les habitants de Furanville pourraient profiter de leurs vacances annuelles à la mer et passeraient tout un quart à aller à la plage, à danser, chanter et nager dans la mer de Tarkoth pour en célébrer les richesses.

Élyana s'extirpa de sa rêverie tandis qu'elle approchait de sa destination : l'impressionnante Domus Lucis — Maison de la lumière — s'élevait à quelque cent mètres sur sa gauche. Avec ses cinq étages, Domus Lucis était le deuxième plus grand bâtiment de la ville, même plus haut que le Sénat, bien que ce dernier fût plus étendu. Les murs du siège de la sororité étaient d'une blancheur éclatante, avec ses soleils rouge et bleu en haut et au centre des murs de chaque étage, et des flammes d'un rouge et d'un bleu brillants traversant chaque façade de la bâtisse. Les quatre côtés étaient ornés de dix superbes colonnes. Les deux plus impressionnantes se trouvaient à l'entrée du bâtiment, embellies de statues représentant les deux premières conseillères spéciales de la Maison Coriolis. Depuis le toit, on pouvait admirer les jardins royaux ainsi que le paysage par-delà l'enceinte de la cité. Les sièges de la Lucis Sororum Societas étaient les seuls bâtiments autorisés offrir une vue plongeante sur les jardins du château de la ville. L'empereur Flavius III avait accordé ce droit à la sororité pendant une période de grande agitation afin qu'elle puisse protéger la couronne et ses vassaux.

« Bonjour, ma Sœur », dit une jeune femme nommée Krpta, au moment où Élyana commençait à gravir le large

---

[46] Octavus : Huitième mois.

escalier de devant. Elle était l'une des plus jeunes Cordons mauves et deviendrait bientôt la plus jeune administratrice quand sa position de secrétaire du premier seigneur Gorvald d'Amalor-Ouest serait effective. Élyana appréciait cette fille ; elle était toujours très souriante, en toutes occasions, et son sourire attirait celui de tous ceux qu'elle croisait, malgré ses traits étrangers. En effet, Krpta venait de Yerlah, un état du sud-ouest de l'Alvinorie. Comme toutes les Yerlayennes, elle avait des cheveux blanc cendre, des sourcils sombres et des yeux d'un bleu profond. Mais son air jovial et confiant suffisait à vaincre les préjugés habituels contre les Alvinoriens du sud-ouest, et Élyana était persuadée que grâce à cela, la jeune femme verrait de nombreuses portes s'ouvrir, portes qui resteraient sans doute fermées sans cela. Bizarrement, elle ne souriait pas aujourd'hui.

Élyana hocha la tête et continua de gravir l'escalier — tout en se posant des questions.

« Ah ! Ma Sœur, c'est bon de vous revoir, » remarqua une autre Lux Baiula plus âgée, qu'Élyana eût préféré éviter à présent. La femme, une cordon jaune nommée Laranis, essayait toujours d'entraîner Élyana et les siennes dans toutes sortes d'expériences psychologiques idiotes. La femme essaya de rejoindre Élyana, mais celle-ci la salua et se hâta de monter l'escalier d'un air pressé ; la cordon jaune afficha alors une moue déçue. Tandis qu'Élyana atteignait le haut de l'escalier, une bonne douzaine de Sœurs et de novices sortirent par la porte centrale en fronçant les sourcils. Certaines la saluèrent avec une grande révérence, tandis que les autres se contentèrent de secouer la tête afin de la prévenir de ce qu'elle allait trouver à dans le bâtiment.

Que se passe-t-il ici ?

Alors qu'elle arrivait sur le palier, les lourdes portes de bois coulissèrent d'elles-mêmes à l'intérieur des murs. À présent, elle pouvait voir l'intérieur du vestibule, mais elle n'entendait toujours rien. Irania Lux Baiula parlait à quelques Sœurs débutantes en demi-cercle autour d'elle, et celles-ci n'avaient pas du tout l'air contentes. Tandis qu'Élyana entrait, la voix de l'administratrice frappa soudain ses oreilles.

« … ne réalisez probablement pas combien de telles erreurs peuvent nous faire du tort. Nous sommes censées être exemptes de reproche, en tout temps. Que. Cette. Erreur. Ne. Se. Reproduise. Plus. Jamais ! »

Carrain, Lopénia, Moradien, Lisandeka et Morla — toutes débutantes — se tenaient autour de l'administratrice et ne semblaient pas choquées par leur erreur ; au contraire, elles s'empêchaient de rétorquer, vexées d'avoir été prises. Élyana secoua la tête. Ces cinq-là n'auraient jamais dû être autorisées à entrer dans l'Ordre. Élyana resta à l'écart, car elle ne voulait pas créer davantage de malaise, mais Irania Lux Baiula, qui avait senti sa présence, lui fit signe d'avancer. Élyana prit une profonde respiration et s'approcha du groupe.

Élyana ! Heureuse de te revoir. Sais-tu ce que ces cinq débutantes ont fait ?

Élyana secoua la tête.

« On les a retrouvées en train de boire. De boire ! Avec des hommes en plus ! Heureusement, elles n'étaient pas encore ivres, sinon je les aurais fait fouetter sur-le-champ. »

Les débutantes rougirent de colère.

L'administratrice continua : « Je les envoie à ma sœur pour leur faire apprendre ce qu'elles devraient connaître depuis longtemps : le respect de soi et du cordon. »

Élyana acquiesça et dit : « Hum, oui, le fait d'aider à la purification des écoulements urbains devrait leur permettre de réfléchir à la gravité de leur acte. »

Les débutantes lancèrent un regard noir à Élyana, et la Lux Baiula les fixa, les sourcils levés, semblant leur demander :

« Une tâche trop ingrate pour vous ? » Mais les filles évitèrent de rencontrer son regard, à part Moradien : elle ne flanchait jamais, et cette confiance poussée à l'extrême faisait d'elle la meneuse de tous les groupes auxquels elle se joignait, d'emblée. L'année dernière, elle était entrée à la tête de ce groupe. Compte tenu de ses capacités, si elle décidait un jour de prendre au sérieux les règles de la sororité, elle deviendrait certainement l'une des Sœurs les plus puissantes.

Je devrais parler d'elle à Krystiana — le plus tôt possible.

À ce moment, Moradien dit : « Cette punition n'est pas juste, Administratrice. Et vous attendez-vous réellement à ce que nous nous soumettions à une tâche aussi dégradante que celle du champ de purification[47] ? »

« Ma chère, vos paroles prouvent simplement votre immaturité. Accepter les conséquences de ses erreurs est justement l'un des traits de caractère majeurs nécessaires à la stabilité de notre Ordre et à sa pérennité. Les femmes avec des pouvoirs comme les nôtres ne seraient jamais tolérées par les souverains si nous ne respecions pas un code de conduite très strict. Partez à présent ! Lucra Lux Baiula vous attend. »

On pouvait voir les débutantes bouillonner de l'intérieur. Au moins, elles parvenaient à contrôler leurs émotions, et c'était un point positif pour elles ; en effet, les femmes de pouvoir qui laissaient libre cours à leur colère, ou pire — qui utilisaient le Lien dans l'intention de faire du mal – méritaient le châtiment le plus élevé : la rupture de leur liaison. Cette procédure n'avait pas été développée pour châtier les femmes aux accès d'émotions violents, mais plutôt pour contrer celles qui étaient porteuses de microbes dangereux. Cependant, comme aucun meilleur châtiment n'avait été trouvé pour

---

[47] Champ de purification : Punition infligée aux Sœurs débutantes et consistant à aseptiser les écoulements urbains.

traiter les excès émotionnels des Alterintrants, on utilisait la même procédure dans tous les cas. Ce traitement laissait les femmes dans une sorte de torpeur et on les internait à perpétuité dans un établissement appelé l'Observatoire. Heureusement, seules cinq Sœurs avaient subi un tel sort depuis la création de l'Ordre, il y avait onze siècles, ce qui témoignait de la force de la formation et des convictions de celles qui entraient dans le cordon.

Les jeunes femmes répondirent d'une seule voix avec un calme forcé : « Oui, Administratrice. » Ensuite, elles saluèrent et, avec Moradien en tête, se hâtèrent vers le coin sud-ouest du bâtiment où se trouvait le bureau de Lucra, tentant du mieux qu'elles le purent d'éviter de croiser le regard de la Sœur, sauf Moradien qui fixait d'un œil glacial toutes celles qui osaient la dévisager avec mépris.

« Je vais te dire, Élyana, je ne comprends vraiment pas, par Élande, ce qui ne va pas avec le Comité. Il a l'air de ne plus se soucier de qui il accepte ou non. »

Sans quitter les filles des yeux, Élyana rétorqua : « Je ressens souvent la même chose, mon amie. » Elle se tourna ensuite vers l'administratrice et dit : « Bon, nous devons parler de choses très importantes, Irania ; peut-on s'entretenir tout en dînant dans tes appartements ? Je meurs de faim. »

« Oui, bien sûr, chère Élyana. Je demanderai à la cuisine de nous apporter de quoi te restaurer. Ça va mal, Élyana. »

« Je sais. »

✳✳✳

Les serviteurs d'Aithen lui avaient préparé un repas délicieux, pourtant il ne l'apprécia pas à sa juste valeur. Trop de pensées traversaient encore son esprit. Il mangea donc

246

rapidement et, dès qu'il eût terminé, il se leva et marcha vers le grand balcon de sa pièce principale.

Xyre était là et l'attendait patiemment. Mais, lorsqu'il vit le regard de son maître, il se releva, laissa échapper un petit cri, secoua ses ailes et se prépara à l'accueillir, comprenant exactement ce dont Aithen avait besoin. Cette réaction lui décrocha un sourire inattendu. *J'aime vraiment cet animal.*

Aithen monta donc sur son dos, mit les pieds dans les étriers, attrapa les rennes de la main gauche et la sangle arrière de la droite, et donna deux petites tapes sous le ventre de Xyre. Le furan se dressa sur ses deux pattes arrière et s'éleva aussitôt.

Il ne fallut que dix minutes à Xyre pour atteindre la zone côtière réservée à la famille royale. Un lieu sauvage et majestueux. C'était une grande baie isolée, avec un passage étroit. Il y avait une grande plage de sable blanc d'une extrême pureté, côté sud, tandis que le nord était balayé par des vagues envoyant une très fine brume sur les deux cents mètres de la falaise, une brume qui entretenait toutes sortes d'algues scintillantes rouges, vertes et mauves recouvrant les pierres blanches.

Dès que le furan toucha le sol, il laissa entendre un long ronronnement accompagné d'un frisson tout aussi long et doux.

« Oui, je sais que tu adores le sable et l'eau, Xyre. Je sais. »

Le furan le poussa légèrement.

« Attends, laisse-moi le temps de me déshabiller d'abord ! »

Le furan le tapota de nouveau.

« C'est bon… voilà ! Je suis prêt. » Aithen se rendit ensuite auprès de Xyre et lui enleva selle et bride. Aussitôt que son harnachement toucha le sol, Xyre se mit à courir vers l'eau. Aithen rugit et s'élança à ses trousses aussi vite que possible pour attraper les poils de Xyre et se balancer sur son dos. Après quelques enjambées, l'eau était à la hauteur du poitrail de l'animal, et Aithen se jeta du haut de sa monture et plongea tête la première tandis que Xyre se mettait à nager.

L'eau devait être à quatorze galets ! Elle n'était jamais aussi chaude à cette époque de l'année, peut-être onze galets, tout au plus. Il y avait des poissons et des lézards partout autour d'Aithen. La plupart regardaient Aithen et Xyre avec curiosité, mais les autres paraissaient avoir envie de les croquer. Les couleurs des poissons, qui contrastaient avec le fond blanc de la baie, donnaient toujours le sourire au prince.

À ce moment, une créature magistrale, d'environ trois mètres de long, nagea vers Aithen. Elle avait un corps plat en forme de cerf-volant, des yeux sur le dos, mais la tête baissée afin de pouvoir regarder devant elle. Sa peau était irisée, dans les tons bleu foncé, et couverte de taches noires qui se déplaçaient sur son corps dans un mouvement hypnotique. Elle regardait à présent Aithen avec attention tout en planant devant lui.

La plupart des humanoïdes seraient terrorisés, cloués sur place, s'ils se trouvaient face à une telle créature. Mais le prince n'était pas la plupart des humanoïdes et il n'avait pas peur. Au contraire, il se sentait toujours étrangement en sécurité en présence de la créature. La première fois qu'Aithen avait rencontré les Locari, dix ans auparavant, c'était au cours de l'une de ses rares escapades qui l'éloignaient de ses devoirs et études. Ses explorations l'avaient alors conduit dans la baie pour y chercher ces êtres mythiques. Ce fut alors que les Locari l'avaient remarqué et qu'ils l'avaient emmené auprès de leur chef, la créature qui nageait maintenant devant lui. Aithen la connaissait sous le nom de « Rivière », car sa présence était à la fois apaisante et puissante comme un torrent.

Plusieurs conspécifiques du Locarus arrivaient à présent, encerclant Aithen. Le chef des Locari les accueillit avec un grondement, auquel ils répondirent en gonflant leurs ouïes si fort qu'on eût dit qu'elles allaient se déchirer. Ensuite, ils ouvrirent leurs bouches et soufflèrent une grosse bulle d'eau dans l'eau autour d'Aithen, jusqu'à ce qu'il fût complètement enveloppé.

Le prince ferma les yeux et entra dans un bref état de méditation pour se détendre. L'instant d'après, ses paupières s'ouvrirent et il se mit à respirer l'oxygène de l'eau. Sa première inspiration était toujours aussi angoissante, mais bien moins que la première fois qu'il essaya.

Le chef des Locari envoya maintenant une pensée, ou plutôt l'image d'une pensée : « Nageoires touchent ». Ses lèvres ne bougèrent pas, sauf pour maintenir le flot d'eau dans la bulle qui permettait à Aithen de respirer.

Aithen forma une réponse dans son esprit et envoya : « Nageoires touchent, Rivière ».

Le Locarus envoya l'image d'une suite de lunes croissantes et décroissantes, signifiant que de nombreuses lunes avaient passé depuis leur dernière rencontre.

Aithen tenta de former sa réponse, il eut du mal à trouver la bonne représentation visuelle pour exprimer sa réponse — même un « oui » était difficile à modeler de même que la plupart des concepts abstraits. Les actions, quant à elles, étaient beaucoup plus faciles à communiquer. Dans tous les cas, le prince avait toujours besoin d'un certain temps d'adaptation pour communiquer avec ces drôles de créatures puisqu'il ne les rencontrait que quelques fois par an.

Le Locarus attendit patiemment.

Enfin, Aithen envoya : « De grosses vagues s'écrasent contre moi », espérant donner l'idée que ce qui se passait dans sa vie l'avait empêché de revenir vers l'océan, à commencer par la révolte à Ouragan huit mois auparavant, et l'attaque de la forteresse, plus récemment.

« Maintenant, c'est un ouragan qui arrive », envoya le Locarus.

Aithen prit encore un long moment avant d'envoyer à son tour : « Oui, un ouragan poursuit mon peuple, jeunes et vieux perdent leurs couleurs ». Il espéra que le Locarus comprendrait qu'il voulait dire qu'un temps de trouble arrivait et que cela terrorisait son peuple.

La teinte du Locarus changea subitement pour devenir un orangé brillant et doux : « Les soleils se cacheront et froides les eaux deviendront. Alors, au fond de l'océan, beaucoup se perdront. »

Aithen eut besoin d'un moment pour comprendre ce dernier envoi du Locarus, et il essaya de lui envoyer un « Oui » désespéré et pétri de peur, bien qu'il ne fût pas certain que son envoi transmettrait correctement ses sentiments.

La peau de la créature devint d'un apaisant rouge sombre et une légère ondulation caressa Aithen — peut-être que la créature avait compris. L'instant d'après, elle envoya une pensée intense : « Encore une fois, les nageoires se toucheront, Jeune qui marche, lorsque sous la lune, les mers les plus éloignées les premières se présenteront. »

Cela signifiait qu'ils se rencontreraient une nouvelle fois, dans vingt jours, à la première nuit de pleine lune, lorsque celle-ci serait assez brillante pour éclairer toutes les mers à l'est des Aquinos. Puis, aussi vite qu'il était apparu, le Locarus se retourna et partit avec ses compagnons, abandonnant la bulle d'eau qui entourait Aithen.

Le prince faillit s'étouffer alors qu'il se laissait aller à reprendre son souffle dans l'eau de mer redevenue normale ; cela lui arrivait chaque fois. Il remonta rapidement à la surface et cracha l'eau salée de son nez et de sa gorge. Une fois ses voies respiratoires dégagées, il se mit à penser que, malgré le fait qu'il était venu ici pour se détendre et tout oublier pendant un moment, et qu'il aurait dû apprécier cette rencontre avec les Locari, il se sentait maintenant encore plus mal. Soudain, une grosse vague submergea Aithen qui se retrouva projeté quelques mètres en arrière.

Il regarda en direction de l'origine de la vague et vit son furan traverser la surface de l'eau tout en lançant un cri gargouillant — il avait complètement oublié Xyre, mais ce dernier venait lui changer joyeusement les idées après cette brève, mais intense conversation avec l'étrange et merveilleuse créature. Avant qu'Aithen pût dire quoi que ce fût, une autre vague l'engloutit.

« C'est bon, c'est bon. Doucement, Xyre. J'arrive. »

Tous deux firent demi-tour et nagèrent vers l'étroite embouchure de la baie où Xyre aimait chasser des créatures particulièrement savoureuses — selon lui, en tout cas. L'animal ressemblait à un poisson, mais son corps était mou comme celui d'un molpoisson. Aithen trouvait cela répugnant.

Il alternait nage en surface et nage coulée, tandis que Xyre passait son temps sous l'eau, et surgissait à l'air seulement de temps en temps pour vérifier que son maître était toujours derrière lui.

En atteignant l'embouchure, Aithen se hissa sur la rive rocheuse et s'y reposa, pendant que Xyre replongeait pour chasser. Aithen ferma les yeux pour percevoir les sons et les odeurs. Il se sentit apaisé, malgré ses pensées pénibles un peu plus tôt. Lorsqu'il ouvrit les yeux pour contempler la vaste étendue de l'immense océan, il vit une valle percer la surface de l'eau non loin de la côte, et il sourit. La valle faisait partie des plus grands léviathans — de grands animaux marins chantants. Elle se déplaçait généralement en groupe, mais celle-là paraissait seule. Soudain, elle plongea et disparut pendant un moment, avant de jaillir hors de l'eau et de tournoyer avec une force incroyable pour se laisser tomber à plat dans un grand fracas.

À ce moment, Xyre refit surface et Aithen le regarda avaler quelques-unes des créatures dégoûtantes qu'il adorait, faisant des bruits écœurants quand son bec éventra l'animal. Puis sans crier gare, de sombres pensées envahirent à nouveau l'esprit d'Aithen, et malgré le fait qu'il se trouvait dans son endroit préféré des Terrae Regis, il replongea dans l'eau, appela Xyre et regagna la plage.

Là, Aithen s'assit directement dans le sable et repensa à tous ses soucis, tandis que Xyre continuait de nager. Il devait comprendre ce qui se passait, pourtant, il n'y parvenait pas. Tout ce dont il était certain, c'était que ce qui arrivait allait changer sa vie — la vie de tout le monde — ainsi que ses perspectives d'avenir. Aithen frappa le sable lorsque ses plans pour courtiser Élyana resurgirent dans son esprit. Il était extrêmement attiré par cette femme, chaque jour un peu plus. Pourtant, il se demandait comment il pouvait songer à la séduire maintenant. Et en plus de ses propres craintes, Aithen devait gérer celles de tous les autres étant donné l'absence continue de son père — encore une chose qui le déstabilisait et le mettait en rage.

Après un moment où il se contenta de fixer la falaise aux couleurs bigarrées de l'autre côté de la baie, Aithen dit tout haut : « Queue de grassier ! Que signifie tout ça ? Faire régner l'ordre dans le royaume est une chose, et je peux le faire très bien, assurément ; j'ai passé suffisamment de temps à aider Père. Mais lutter contre des choses qui ne devraient même plus exister — comment puis-je gérer ça ? Comment puis-je même commencer à élaborer des plans pour notre défense ?

Les pensées d'Aithen se poursuivirent ainsi pendant quelques minutes silencieuses, jusqu'à ce qu'il fût soudain ramené à la réalité. Il regarda à côté de lui et vit Xyre qui se tenait là et le regardait avec des yeux interrogateurs.

"Quoi ? Tu te demandes pourquoi je regarde dans le vide, pourquoi je secoue la tête et pourquoi je me parle à moi-même ?"

Xyre se contenta de renifler.

"C'est bon," dit Aithen en soupirant, "Rentrons. De toute façon, ma réunion avec le Sénat commence bientôt."

Aithen se dirigea vers le rocher sur lequel il avait posé ses vêtements et se rhabilla. Il alla ensuite vers Xyre et remit sa selle.

"J'ai eu beaucoup de chance jusqu'à présent, tu sais. Mais j'ai encore beaucoup à apprendre et à expérimenter" ; et le beau visage d'Élyana lui revint à l'esprit tandis qu'il disait cela. Cette pensée fit chavirer son cœur et il dut se secouer la tête pour l'en faire sortir.

"J'espère simplement que nous n'allons pas droit vers une fin prématurée."

Xyre se remit à renifler et Aithen monta sur son dos. Une fois assuré, il prit les rênes et dit : "Allez, Xyre. À la maison ! Je ne veux pas que les sénateurs ni les grands propriétaires m'attendent, même si j'aimerais mieux ne pas les voir du tout."

Le furan battit de ses puissantes ailes et l'instant d'après, ils étaient dans les airs. Aithen regarda la baie s'éloigner avec un grand soupir.

Le voyage, depuis Galior, fut long et très silencieux. Les hommes n'avaient aucune envie de plaisanter ni de partager leurs inquiétudes, il ne leur restait donc plus que le silence qui accompagnait leurs airs soucieux. Ils avaient perdu plusieurs bons soldats et amis au cours de la bataille contre le Scytale dans ce village abandonné, et le souvenir des cris du Scytale, ainsi que de son abjection manifeste continuait de perturber l'esprit des hommes et de leur miner courage et espoir. Et comme si cela n'était pas suffisant, la météo était particulièrement mauvaise ; jour après jour, les pluies torrentielles et glacées attiraient les croqueurs la nuit et leur faisaient souhaiter que ces endroits fussent tout simplement incendiés. Tous souffraient des longues heures de vol et certains luttaient contre le début d'un rhume.

Toras n'espérait plus qu'une chose : sortir de ces marais maudits et arriver enfin à Spiritii sans plus de dégâts. Les marécages, qui s'étendaient depuis près de trois cent cinquante kilomètres le long du versant est des monts Colossi, et encore cinquante kilomètres après les monts, n'étaient pas supposés être aussi spacieux. Leurs cartes montraient les marais sur seulement le tiers de la distance réelle et certainement pas au-delà des montagnes, mais ils étaient toujours là, comme pour augmenter la détresse de la troupe. Puis, deux heures avant le coucher des soleils et quelques kilomètres après la forêt des ténèbres, lors du quatrième jour après Galior, la pluie cessa et les marécages laissèrent soudain la place à une superbe prairie verdoyante, éclaboussée de fleurs aux couleurs éclatantes. Les hommes n'en crurent pas leurs yeux ; même les furans s'enthousiasmèrent à la vue de cette herbe luxuriante qui devait sans doute abriter des grignoteurs[48], ainsi que toutes sortes de petites proies faciles à chasser.

Toras, se souvenant des avertissements qu'il avait reçus sur cet endroit, mais pensant qu'il lui restait encore quelques heures avant le coucher des soleils, décida de s'arrêter là une petite heure afin que les hommes et les furans pussent se reposer et manger un morceau avant de poursuivre leur chemin vers Spiritii, qui se trouvait encore à quelques heures en direction du sud-ouest ; il suffisait d'être prudent et de faire en sorte que tout le monde fût prêt à quitter les lieux au moindre problème. Il leva alors son bras pour avertir ses hommes et, tirant d'un petit coup sec sur les rênes, il ordonna à Scratch d'atterrir. Dès que le furan entama sa descente, les autres le suivirent. Le groupe entier, tous les quinze, émirent de petits cris d'excitation.

Toutefois, à peine en contact avec le sol, les furans devinrent nerveux et se mirent à se secouer. Scratch fit un écart. Toras ne comprit pas ce qui lui arrivait. Il ne semblait pas y avoir quoi que ce fut d'inquiétant tapi dans les hautes herbes de la prairie qui les entourait.

Le prince savait qu'il pouvait faire confiance à son compagnon, mais comme il ne comprit pas ce qui rendait Scratch aussi nerveux, il le força à atterrir. Les autres hommes firent de même et poussèrent leurs furans à toucher terre. Dès qu'ils eurent touché le sol, ils sautèrent de leurs montures et poussèrent de grands soupirs de soulagement. L'herbe sentait bon et l'omniprésence de la végétation avait un effet apaisant. Mais les furans, qui voulaient remonter les airs, tirèrent sur

---

[48] Grignoteur : Animal dont la taille varie de quelques centimètres à un mètre de long, avec de longues incisives très dures dont il se sert pour manger des végétaux coriaces.

leurs rênes. Deux jeunes hommes se fâchèrent et se mirent à crier contre leurs furans.

Soudain, un homme cria. Jamir et Kendor se retournèrent pour le regarder, se demandant ce qui se passait. L'homme dit que quelque chose venait de se promener sur lui. Jamir sentit ensuite quelque chose monter sur ses jambes. Il baissa les yeux et lâcha un cri tout en sautant pour essayer de se débarrasser des insectes, puis il hurla : « Commandant, il faut partir, tout de suite ! »

À peine Secundus Jamir eût-il fini sa phrase que des essaims de tortilleurs jaillirent de l'herbe et s'agrippèrent aux hommes et à leurs montures ! Les furans laissèrent échapper des cris assourdissants et quelques-uns blessèrent même leurs furaniers en se secouant dans tous les sens. Scratch faillit, lui aussi, frapper Toras en sautant et en se secouant violemment pour chasser les tortilleurs.

Toras, aussi, fut assailli par les insectes ; il savait que s'ils ne s'envolaient pas sur-le-champ, tous rejoindraient bientôt les voûtes sombres.

Il se calma donc le temps de crier : « Kendor, Jamir ! Ordonnez de…. Ahhh. » Un tortilleur venait d'entrer dans sa bouche. Il rugit et le frappa de la main, l'écrasant sur ses lèvres et sur son menton. Il cria de plus belle quand il tira sur un tortilleur et que celui-ci lui déchira les lèvres. Des dizaines d'autres tortilleurs avaient déjà envahi son corps. Chaque petite morsure saignait et le liquide chaud recouvrait son visage, ses jambes et ses bras.

Toras regarda Scratch et lui vit le bec rougi de son propre sang tandis qu'il tentait de mordre de droite et de gauche pour chasser les tortilleurs — mais ils étaient insatiables. Toras appela à nouveau les capitaines. Tous deux le regardèrent remplis de désespoir. Toras hurla : « On doit partir, maintenant ! »

Secundus Jamir ne répondit pas — trois tortilleurs s'étaient accrochés à son visage et venaient de le mordre profondément ; ses yeux s'écarquillèrent. Kendor était aussi envahi et en arracha une pleine main de sa chevelure. Il se tourna ensuite vers Toras et lui signala qu'il avait compris son ordre. Il le répéta à ses hommes d'un cri rauque empreint de rage, mais seuls quelques soldats l'entendirent – les autres étaient encore plus terrorisés que lorsqu'ils avaient combattu le Scytale, et n'étaient plus réceptifs à quoi que ce fût à part leur propre douleur, leur propre sang qui coulait de tous côtés, et leur propre terreur.

Lorsque, Toras, Kendor et deux hommes remontèrent enfin sur leurs furans et leur ordonnèrent de s'envoler, ces derniers se limitèrent à répondre par de puissants grognements emplis de douleur, et ne parvinrent pas à décoller. Toras sentit son cœur défaillir. Il tira sur les rênes de Scratch et essaya de l'encourager verbalement à décoller, mais son furan ne répondit pas plus que les autres. Les montures avaient même cessé de lutter contre les insectes.

Toras hurla et supplia : « On peut pas mourir ici, pas comme ça ! C'est complètement fou ! Scratch, s'il te plaît, envole-toi », tandis qu'il réalisait que tout cela était entièrement de sa faute. Toras supplia de nouveau Scratch, il le supplia encore et encore. Pour seule réponse, son furan lança un cri assourdissant et, même si ses ailes ne fonctionnaient plus, il sauta si haut qu'il jeta Toras à terre. Gisant là, le prince se savait condamné. Il se maudit en voyant Scratch vaciller et se laisser tomber.

À présent, Toras était couvert de tortilleurs de la tête aux pieds, mais par miracle, il était toujours capable de maîtriser ses sens et ses actions. Il se mit alors à genoux et leva les yeux, cherchant à savoir si l'un de ses hommes avait réussi à s'envoler. Il ne vit aucune équipée furane dans les airs, mais il vit trois autres furans osciller avant de tomber, comme Scratch, inconscients — ou bien morts.

Lorsqu'un autre tortilleur essaya d'ouvrir ses lèvres, Toras se remit à paniquer et, au moment exact où il pensa que c'était la fin, une vague de chaleur intense s'abattit sur lui. Les hommes et les furans qui n'étaient pas déjà morts ou inconscients furent assommés par le choc, y compris Toras, mais pas Scratch. Au lieu de cela, l'animal poussa un grand soupir de soulagement, car la chaleur tua et dessécha les tortilleurs qui s'étaient enfoncés dans sa chair. Au bout de quelques minutes, la chaleur disparut et un calme inquiétant envahit la prairie.

Scratch s'assit sur l'herbe sèche, essayant de retirer les tortilleurs de ses blessures. De temps à autre, il frottait son bec sur l'herbe désormais jaune. Ce qui avait permis à Scratch de rester debout face à l'intense chaleur, pendant que les autres avaient été assommés, était la conséquence du soin qu'il avait reçu après avoir été foudroyé quelques mois après que Toras l'eut apprivoisé — la foudre avait écorché son dos et dessiné une clairière dans ses poils, une forme aux contours de décharge électrique au beau milieu de sa fourrure, c'est d'ailleurs pour cela que Toras l'avait nommé ainsi.

C'est alors que Scratch regarda sur sa droite et vit son maître étendu sur le sol, inconscient. Il se leva et grogna sous l'effet de la douleur dans ses muscles. Il se secoua le plus fort possible, essayant ainsi de se débarrasser de ses lancinations. Cela parut fonctionner, pour l'instant ; il se dirigea vers Toras et, de sa langue râpeuse, se mit à lécher son visage.

Les blessures de Toras se réveillèrent sous les coups de langue qui ravivaient sa douleur, et Toras reprit soudain ses esprits, tandis que Scratch eut un mouvement de recul.

Le prince était étourdi et sa vision était encore trouble et sombre, mais dès qu'il recouvra ses sens et qu'il vit Scratch penché au-dessus de lui, il se mit à crier son nom avec un grand soulagement.

Toras inspecta son corps d'un geste affolé et s'aperçut que plus aucun tortilleur ne grouillait sur lui, et que ceux qui étaient toujours dans sa chair s'étaient décrochés, pour la plupart. Les saignements aussi avaient cessé. Une pensée jaillit dans son esprit et il dit à Scratch, avec empressement : « Les hommes ! » Il craignit que personne ne répondît en les appelant, pourtant, il tenta sa chance en commençant par son premier officier.

La voix enrouée du primus Kendor lui répondit, suivie de celle du secundus Jamir qui leva une main. Deux autres voix de soldats s'élevèrent encore, et Toras hurla leurs noms, ravi de constater que plus d'un avait survécu. Avec un peu de chance, ils étaient tous en vie. Toras rit, relativement soulagé, puis se leva malgré la douleur afin de vérifier l'état des hommes. Il commença par Kendor.

Lorsqu'il arriva au capitaine, il fut soulagé de le voir sourire, comme il faisait après chaque grande bataille, même s'il n'avait pas combattu aujourd'hui. En réalité, c'était une tragédie, et tout était l'œuvre de Toras. Mais Kendor ne semblait pas lui en vouloir — du moins, pas encore. Toras l'aida à se lever.

Toras dit : « Primus, j'suis heureux de voir que vous êtes pas trop mal en point. » L'homme portait trois profondes entailles sur le côté gauche du visage, et quelques plus petites de l'autre côté, ainsi que des plaies sur les bras et les jambes, dont certaines comptaient encore des tortilleurs morts. Toras grimaça et tenta de s'imaginer à quoi il pouvait ressembler, lui. Pour sûr, il ne s'agissait pas de blessures de guerre ordinaires et, à moins qu'un guérisseur ne puisse soigner tout le monde, les cicatrices resteraient à jamais visibles pour lui rappeler sa stupidité.

Kendor dit : « Vous n'avez pas l'air trop amoché non plus, mon seigneur. Mais je dois dire que je suis étonné que vous soyez vivant. »

Toras baissa les yeux et lui répondit : « Ouais, j'suppose qu'on n'est pas près d'oublier cette journée. J'sais que j'oublierai pas, pour ma part ; tout est de ma faute. »

Kendor fronça les sourcils, posa une main sur l'épaule du prince, chose qu'il n'avait faite qu'une fois depuis qu'il était au service du prince, et dit : « C'est bon, Toras. Ne vous jetez pas la pierre. J'aurais pu m'opposer à cet atterrissage, comme le secundus Jamir. Mais aucun de nous ne l'a fait à cause de la chaleur et de la fatigue du dernier quart qui nous a tous fait perdre la tête. » Kendor fit une pause, réfléchit, puis ajouta : « Je crois aussi que les temps de paix de ces dernières années nous ont ramollis, et nous ne sommes plus vraiment préparés à ce genre de stress intense et continu. »

Kendor poursuivit, une pensée suivant l'autre : « En fait, étant donné la forte probabilité que les choses ne fassent qu'empirer — avec le Scytale, le maître des ténèbres et qui sait quoi d'autre — ce serait peut-être une bonne idée de réinstaurer les entraînements comme en temps de guerre. Vous devriez en parler à votre frère. »

Toras acquiesça à contrecœur, convaincu que son capitaine avait raison sur leur manque de préparation, mais il refusa de renoncer à sa responsabilité dans les décisions ; en ordonnant à sa troupe d'atterrir, il avait les idées claires et savait exactement à quels risques il les exposait — enfin, c'était ce qu'il croyait.

Tout en prenant une profonde inspiration pour redresser les épaules, Toras dit : « Merci, Kendor. Vous avez raison — en partie. »

Kendor fronça encore plus les sourcils, mais n'ajouta rien. Il connaissait bien le prince et savait qu'il était inutile de discuter certaines choses avec lui.

Toras dit : « Enfin, vous pouvez marcher ? J'vois que vous traînez la jambe gauche. »

Kendor grimaça tandis qu'il mettait son poids dessus, mais répondit : « Marcheur est tombé sur moi, mais ça ira, Commandant. »

Toras hocha la tête et dit : « Dans ce cas, vous voulez bien jeter un œil à Jamir ? » Puis il désigna un endroit situé à une vingtaine de mètres de là, d'où émanaient des grognements. « Et aussi sur ces hommes, là-bas ? »

« Avec plaisir, Commandant. »

Toras partit dans la direction opposée. Son cœur se serra lorsqu'il rencontra les trois soldats qu'il avait vu tomber plus tôt. Ils étaient morts. Deux gisaient sur le dos, des gardes royaux, mais il n'était pas capable de les reconnaître tant ils étaient défigurés : leurs lèvres et leur nez avaient été dévorés. L'estomac de Toras se contracta et il ravala un haut-le-cœur. Queue d'grass !

Le troisième homme était face contre terre et portait l'uniforme de sa garde. Toras le retourna, doucement, craignant ce qu'il allait découvrir. Cette fois, sa nausée revint en force jusqu'à sa bouche et brûla sa gorge, comme enragée d'avoir été repoussée la première fois. Quiconque aurait cédé et n'aurait pu contenir ce vomi, mais Toras n'était pas quiconque et il ravala sa bile.

Un cri de colère explosa du côté de Kendor : « Pourritures, pourritures ! » Toras leva les yeux, mais, sachant qu'il ne pourrait rien faire, il reporta son attention sur le corps inerte devant lui. Malgré sa chair déchirée du côté droit, son côté gauche était miraculeusement intact, et Toras reconnut le jeune Larad dont il connaissait les parents. C'était un bon gars et l'ami de sa cousine. Plus vraiment — ou il l'avait été, mais ne le serait plus. Depuis quelques mois, Larad s'était mis à courtiser Aria tandis qu'elle était en vacances en Kynarie. La poitrine de Toras se contracta et il repoussa une larme dans un gémissement. Il allait devoir annoncer la mort de Larad à Aria, ainsi qu'aux parents du jeune homme, et, même si, comme le voulaient les convenances, il devait normalement assurer le retour du corps d'un noble, il décida qu'il valait sans doute mieux ne pas le faire cette fois.

Ses larmes voulaient couler, et Toras dû se forcer pour les contenir. Un homme de son rang ne devait pas se laisser pleurnicher, pensa-t-il, mais il ne se rendait pas compte que ses accès de colère étaient aussi des signes de faiblesse qui poussaient parfois ses hommes à se demander s'ils devaient ou non le suivre. Toras dit tout haut : « J'peux pas le laisser comme ça » ; il sortit alors son poignard, découpa un grand morceau de tissu dans la chemise du jeune homme, et recouvrit son visage. De ses deux poings, il frappa ensuite le sol — les dents serrées pour ne pas hurler — et pulvérisa quelques tortilleurs au passage. À cet instant, il ne savait plus s'il était furieux contre les insectes ou contre lui-même.

Après avoir frappé encore une fois le sol, Toras se leva pour continuer ses recherches, espérant trouver encore des survivants. Alors qu'il se relevait, il fut frappé d'une sensation inattendue, la sensation que quelque chose de connu, qu'il reconnaissait en son for intérieur, était là. Mais il secoua la tête, pensant qu'il était certainement en train d'halluciner. C'était la sensation qu'il avait chaque fois qu'il pensait à son père ou quand celui-ci l'appelait, même si le roi était complètement ailleurs. Encore une fois, il ressentit un tiraillement dans son esprit, et, encore une fois, il l'ignora. À la troisième fois, cependant, il ressentit le besoin irrésistible de tourner la tête. Il regarda donc vers l'ouest et un cri de joie jaillit de sa gorge. C'était bien la présence de son père qu'il avait sentie !

Les hommes se tournèrent vers lui et le considérèrent avec effroi, craignant que leur commandant fût devenu fou. Kendor l'appela, mais Toras ne l'entendit pas. Il vit ensuite le prince courir vers – vers un homme debout à côté d'un voran. Bataille ! Que faisait le roi ici ?

Lorsque Toras arriva à sa hauteur, le roi attrapa son fils par les épaules et l'embrassa aussitôt.

Les hommes crièrent d'une seule voix : « C'est le roi ! Le haut roi ! » Ceux qui étaient trop blessés pour se lever réagirent avec des questions et des cris de joie à leur tour.

Le roi dit : « Toras, je dois admettre que je n'ai jamais eu aussi peur de te perdre que lorsque je vous ai vus ici, attaqués par les tortilleurs. Ces créatures impitoyables n'en ont pas pour longtemps pour terrasser un homme ou un animal, quelle que soit sa taille. »

Comme pour confirmer ses paroles, Toras considéra ses nombreuses blessures et ressentit celles qui se trouvaient sur son visage. Bientôt des cicatrices allaient commencer à se former et resteraient sans doute pour toujours, pensa-t-il, comme un souvenir indélébile de sa folie. Et c'est très bien comme ça. Avec un tremblement dans la voix, il dit au roi : « C'est ce que j'ai compris, Père. » Puis, après avoir dégluti, il ajouta : « Nous avons tous compris — enfin les survivants. » Et Toras secoua la tête d'un ton grave en disant : « J'étais sûr que c'était ma dernière heure. »

Le roi le regarda, une question au bout des lèvres, mais ne la posa pas tout de suite.

Toras demanda : « Mais qu'est-ce que tu fais ici, et où est ta garde ? »

« Ma garde est de l'autre côté de la forêt. »

Toras regarda le roi d'un œil suspicieux et demanda :
« Pourquoi ils sont pas avec toi ?! »

« J'avais une affaire importante à régler et je ne voulais pas qu'ils soient là, je leur ai donc ordonné de m'attendre au campement. »

Toras ouvrit encore de grands yeux. Il n'ajouta rien cette fois, mais il secoua la tête.

Le roi poursuivit : « Enfin, après avoir réglé mon affaire pour aujourd'hui, j'ai décidé d'aller chercher quelques rares espèces de plantes carnivores qui poussent près d'un ruisseau non loin de là, quand j'ai entendu des cris de furans au loin. Comme il n'y a pas de furans sauvages dans la région, j'ai supposé que ces cris provenaient des furans royaux et j'ai poussé Bataille dans cette direction. Peu après, j'ai entendu les premiers hurlements et j'ai su que ceux qui avaient atterri là avaient sûrement attiré les tortilleurs. Je me devais d'aider, donc je suis venu. »

« Comment t'aurais pu aider ? Ils t'auraient attaqué toi aussi. »

« Je sais, mais comme j'approchais de la lisière de la forêt, j'étais certain d'avoir entendu ta voix ; tu t'époumonais contre Scratch, tu le suppliais de décoller à nouveau. J'ai su que vos vies étaient en danger… alors j'ai bousculé Bataille pour vous rejoindre avant qu'il ne soit trop tard, mais les tortilleurs ont commencé à nous attaquer, nous aussi — comme tu peux voir, nous avons nos propres blessures — j'ai donc plongé et fait ce que je devais faire. »

« Qu'est-ce que tu veux dire par ce que tu devais faire ? »

« Je veux dire que j'ai fait ce que je devais faire pour nous sauver tous. »

« Père, s'il te plaît ! »

Octavius baissa les yeux et secoua la tête, sachant qu'il allait devoir dire à son fils ce qu'il aurait dû lui dire depuis bien longtemps. « Je suis désolé, Toras ; je veux dire exterminer ces affreuses choses. »

« Quoi ? » Toras semblait dans une grande confusion. Il ne savait pas s'il devait rire ou prendre un air choqué par cette déclaration absurde de son père — du roi. « Qu'est-ce que tu veux dire par exterminer les tortilleurs ? Une intense chaleur est arrivée de ce côté, et je pensais qu'une Lux Baiula avait dû venir et décider de nous sauver. Tu veux dire que cette chaleur est venue de… de toi ? »

Le roi attendit un instant, comme s'il cherchait comment s'en sortir, puis, semblant avoir pris sa décision, dévoila tout à son fils : « La constitution atomique qui permet aux Lux Baiulae et aux Kynariens d'entrer dans le Lien ne leur est pas réservée, Toras. Il y a cependant très peu d'hommes, de nos jours, qui ont la bonne constitution pour le faire. » Octavius s'interrompit, prit une profonde inspiration, et dit : « J'en fais partie. »

Toras resta là, en état de choc, incapable de prononcer un seul mot. Il regarda autour de lui, se demandant si son père s'était attribué le crédit d'une Lux Baiula cachée quelque part. Mais non, le roi était tout à fait sérieux. Comment était-ce possible ? Il était un sensoriel, oui. Toras le savait. Mais un relieur ?

« C'est quelque chose que je n'ai jamais dit ni montré à personne auparavant, simplement parce que la plupart des gens considèrent ces capacités comme contre nature, et s'ils savaient que je les ai, ils me craindraient plutôt que de me respecter ou de m'aimer, aussi bizarre que cela puisse paraître. Pour ma part, je ne me suis jamais senti à l'aise avec mes capacités de liaison. Tu vois, tout ce que le peuple attend de son monarque, c'est la sagesse, la bonté et l'esprit de commandement, ou, comme disaient nos ancêtres : Magnus rex sapiens, bonus, et praestans dux esse[49]. Il n'y a pas de place ici pour la magie ou pour tout ce qu'on considère comme des capacités contre nature, malgré le fait que ce sont justement ces pouvoirs qui ont aidé, qui aident et qui aideront toujours les gens à mener une vie saine et à repousser les menaces plus puissantes que celles que l'on peut simplement combattre à coups d'épée ou de flèches. »

Toras était abasourdi et restait là, paralysé. Les soldats, qui attendaient un signe de leur commandant pour s'approcher, observaient la scène et se demandaient ce qui se passait ; enfin, ils entendirent le prince exploser de rage : « Et tu ne m'en as jamais parlé ?! » Le roi le fixa d'un œil noir lui enjoignant de tempérer ses sentiments. Toras baissa le ton, mais il était toujours brûlant de colère, et dit : « Comment t'as pu ? Vraiment, Père, comment t'as pu me cacher ça pendant vingt ans ? Est-ce que quelqu'un d'autre est au courant ? Aithen ? Mère ? Ori ?! »

« Mère le sait et Aithen s'en doute. Je suis désolé, fiston, mais il valait mieux cacher certaines choses. Je vous aurais volontiers tout dit, mais vu mes sentiments à l'endroit de tels pouvoirs chez un roi, je préférais ne pas encourager Aithen, sachant qu'il prendra un jour ma place. Quant à toi, ton caractère et tes difficultés à te maîtriser m'ont conforté dans l'idée de garder le secret, pour t'empêcher d'essayer de cultiver ces capacités pour lesquelles tu as, en fait, la constitution nécessaire. »

Toras n'en revenait pas. Il voulut crier, maudire son père ; il leva les yeux vers lui pour s'exprimer. Et, voyant dans les yeux d'Octavius un mélange de souffrance et de honte, il se figea tout en exhalant bruyamment et secouant la tête. Comme son cœur se calmait, il se rendit compte que ses hommes les

---

[49] Un grand roi est un chef remarquable, sage et bon.

regardaient, et, d'une voix calme, il dit à son père : « Tu aurais pu le dire — tu aurais <u>dû</u> nous le dire à Aithen et à moi, Père. Tu aurais dû nous le dire à tous les trois. »

« Tu as peut-être raison, Toras. Je ne dis pas le contraire. Mais ! nous sommes d'abord roi et prince, et nous devrons continuer cette conversation à un moment plus opportun, car nos hommes ont besoin de nous maintenant. »

Toras acquiesça promptement, mais pas avant d'avoir fait promettre au roi de reprendre cette discussion.

La crise passée, le roi demanda à présent : « Mais dis-moi, Toras, que fais-tu là ? »

« Quoi ? Père, une bête — apparemment le mythique Scytale — a attaqué Col de Corne et s'en prend maintenant aux villages d'la Basse-Alvinorie. C'est pour ça qu'je suis venu te chercher. »

Cette nouvelle abasourdit le roi, comme s'il avait reçu un coup de garde d'une épée. Il posa les mains sur son front et dit à voix basse ! « C'est ça que j'ai senti il y a sept jours. Comment est-ce possible ? »

Octavius regarda ensuite son fils et lui dit : « Toras, tu dois tout me raconter. Mais pas maintenant. D'abord, nous devons nous occuper de tes hommes. »

Oui, de mes hommes et de ceux d'Aithen, pensa Toras avec gravité. Sa mâchoire se serra avec une colère grandissante lorsque des images du visage de Larad apparurent dans son esprit.

Le roi continua : « Kendor arrive ; je ne l'ai pas vu depuis longtemps. » Toras ne l'entendit pas, plongé dans ses pensées et déçu par ses propres décisions.

Kendor marcha jusqu'à eux, faisant de son mieux pour faire comme s'il n'avait pas remarqué la dispute qui venait d'avoir lieu entre père et fils. À ce moment, Octavius regarda le vieux soldat et lui fit signe d'avancer, chassant un mouvement de dégoût à la vue des blessures de l'homme.

« Mon Roi. Je suis heureux de vous voir ; nos recherches sont enfin terminées. »

« Je suis tout aussi heureux de vous voir, Primus Kendor. »

Cela fit sortir Toras de sa torpeur, et il adressa un signe de tête à son homme. Il lui lança un regard rapide pour apaiser ses craintes, conscient qu'il avait parlé trop fort et qu'il avait sans doute inquiété les gardes, puis il dit : « Combien de morts, Primus ? »

« Six, mon Seigneur. »

Toras secoua la tête. Son père lâcha un juron silencieux et Toras baissa fugitivement les yeux. Il avait honte, honte d'avoir encore pris une mauvaise décision. T'as eu raison de pas me faire confiance pour le savoir du Lien, vu toutes ces bêtises idiotes que j'arrête pas de faire.

Lorsque Toras releva les yeux, il interrogea Kendor : « Et les autres hommes ? Ils seront capables de voler pour rentrer ? En fait, combien de furans ont survécu ? »

Kendor lui répondit d'un air fataliste : « Quatre hommes sont grièvement blessés, dont le secundus Jamir, et sans l'intervention d'un médecin ou d'une guérisseuse, ils ne survivront pas longtemps. Les quatre autres vont bien, mais sont sévèrement amochés comme nous. Parmi eux, il y a les deux frères Falirin — des gars très solides ; je peux en envoyer un à Spiritii pour qu'il ramène de la ville une guérisseuse ou la docteure de la sororité, s'il en trouve une. Quant aux furans, huit sont vivants, y compris Scratch. »

Toras donna un coup de pied dans l'herbe brûlée et jura pendant un moment, se fustigeant ou accusant les fondateurs d'être responsables de leur malheur. Kendor et Octavius partageaient ce sentiment, bien qu'ils fussent en désaccord sur l'origine de la faute.

Une fois ces derniers sursauts de colère passés, Toras envoya Kendor commander à l'un des frères d'aller chercher de l'aide à Spiritii. Il se retourna ensuite vers le roi, découragé.

Ce dernier considéra qu'il était dans leur intérêt d'éviter de poursuivre leur discussion concernant ce s'était passé ici, et dit : « Toras, allons aider les blessés. Quant aux morts — hommes comme furans —, ils retourneront à la terre, sauf si certains doivent être ramenés à leurs familles. »

Toras secoua la tête, pensant à Larad, puis il se dirigea avec son père vers les survivants que Kendor avait rassemblés, malgré sa jambe blessée. Toras surveillait son père du coin de l'œil, se demandant s'il allait utiliser le Lien pour soigner ces hommes. Il devrait le faire, s'il en avait les capacités, non ? Mais le ferait-il, même s'il le pouvait ? Toras se sentit stupide ; son père était un homme honorable qui ferait le nécessaire, même s'il devait agir en secret.

XII EN KYNARIE

La réunion du jour de l'arrivée du porteur fut très frustrante. Rien ne fut décidé sauf qu'il fallait encore débattre davantage avant de prendre la décision définitive d'envoyer ou non une délégation à Furanville.

Dame Darya et Aria passèrent toute la nuit à parler pour évacuer leurs frustrations — oui, Darya avait elle aussi été déçue par cette journée, malgré sa « rationalité ».

À présent, assise jambes croisées sur son lit, Aria relisait le message qu'elle venait de recevoir de l'une de ses amies de Furanville.

– Chère Aria, j'ai été enchantée de recevoir ta lettre aujourd'hui. Cela faisait trop longtemps que je n'avais pas eu de tes nouvelles. Tu dois certainement être très occupée depuis que tu as déménagé en Kynarie. En tout cas, ici, en ville, la situation est vraiment très tendue, après l'attaque du rokon à Col de Corne, il y a huit jours. De nombreux hommes ont péri dans cette attaque. J'ai entendu dire que ton cousin Loris en faisait partie — tu le savais, n'est-ce pas ? C'est très triste. Je n'imagine même pas comment tu dois te sentir.

Les gens se demandent si la présence de ce rokon est une prémonition de temps terribles à venir ; certains disent qu'il y a peut-être une grande sécheresse sur les Terres inconnues et que les rokons se déplacent dans les Aquinos pour trouver de quoi se nourrir et que personne ne sera plus jamais en sécurité, ni les animaux ni les personnes. D'autres croient que ce sont les fondateurs qui sont en colère et qu'ils ont envoyé ce rokon pour nous punir, mais personne n'est d'accord sur la faute qui aurait été commise. Les prêtres de l'ordre d'Aiala terrifient les paysans et les citadins, et leur enjoignent de se débarrasser de leurs impuretés, d'aller au temple et de rendre hommage à Aiala'Rhi s'ils veulent que ce démon s'en aille. *Les prêtres de l'ordre d'Élande tiennent le même discours à leurs membres, mais avec moins de fanatisme.*

Et comme si tout ça n'était pas assez, nous devons abriter tout le village de Col de Corne ici. Ton cousin, le haut prince Aithen, a envoyé un message à ce propos il y a quelques jours, et le Sénat attend l'arrivée imminente d'un convoi d'environ mille hommes, femmes et enfants. J'ai du mal à comprendre comment on va pouvoir accueillir et nourrir tous ces gens. Ce qui est sûr, c'est que les citoyens de la ville ne vont pas être contents de se faire envahir par tous ces paysans — c'est comme ça qu'ils parlent d'eux, au lieu de parler simplement de personnes qui ont besoin d'aide.

Enfin, il y a aussi beaucoup de gens qui se demandent où est le haut roi. Ils disent que ton oncle ne doit pas vraiment s'intéresser à son peuple pour rester à l'écart pendant si longtemps. Quant aux Lux Baiulae, elles se demandent également ce qui se passe et sont très fâchées que le roi ait à ce point disparu et qu'il soit injoignable. Certaines disent qu'il ne devrait pas avoir le droit de quitter la ville sans être accompagné par une Lux Baiula. J'espère simplement qu'il va vite revenir. Et si tu as des nouvelles de lui, dis-le-moi, car nous avons besoin de lui de toute urgence. Comme je sais qu'il t'aime très fort, il t'écouterait peut-être, toi.

Voilà, je dois retourner à mes études maintenant. Je lis un livre sur la Bataille de la mer d'Irsis.

Affectueusement, Laren

Les choses vont mal au-dehors. Et nous, on est coincées ici ! Dès que j'aurai ma première entaille d'oreille, je partirai. Je demanderai à être affectée à Furanville, au pire, à Mélinor, mais je ne veux pas moisir ici, c'est certain, quoi qu'en pense mon père.

Comme la jeune fille sortait de son lit, se souvenant de son rendez-vous avec la directrice Delora, une larme roula sur sa

272

joue. *Loris… pourquoi étais-tu là-bas ? Tu n'avais pas besoin d'y être !*

Soudain, on frappa à la porte, extirpant Aria de ses pensées. Elle essuya sa larme et alla ouvrir la porte. Carasina se tenait là, les mains sur les hanches. C'était une jeune femme joviale, potelée, aux yeux ovales, bleus et pétillants, et au teint couleur crème fraîche brune. Carasina était légèrement plus âgée qu'Aria, mais elle s'appuyait sur son amie pour tout ce qui ne concernait pas ses études.

« Aria ! Ça fait un moment que je t'attends, maintenant. Si on n'y va pas, on va avoir des problèmes ; tu sais que la directrice Delora ne supporte pas les retards, et particulièrement aujourd'hui. » Puis, remarquant les yeux humides de son amie, Carasina demanda : « Ça va ? »

« Quoi ?! Je suis désolée. J'étais juste en train de… oh, rien, c'est pas grave, je t'expliquerai plus tard. Laisse-moi juste le temps d'enfiler mes chaussons. »

Aria et Carasina se mirent en route vers l'école, marchant le plus vite possible sans en avoir l'air.

Le trajet entre les quartiers privés et l'école n'était pas très long, mais les filles durent monter un escalier assez raide. Ici, le paysage était à couper le souffle, comme partout à Solinor. L'intégralité de la capitale de la Kynarie était bâtie sur cinq sommets, ou collines, qui surplombaient la superbe baie de Lardos, probablement le plus bel endroit sur K'Tara. Le siège du pouvoir Kynarien se situait sur le sommet le plus septentrional, appelé colline du Premier siège. On y trouvait la résidence du souverain, la chambre du Sénat et la chambre Aiala'Rhi. L'école de Kynarie, ainsi que les résidences des étudiants et de la faculté, se trouvait sur la colline du Second siège, dans le sens des aiguilles d'une montre, depuis la colline du Premier siège. De nombreux bureaux administratifs étaient sur la colline du Troisième siège, et les civils occupaient les collines des Quatrième et Cinquième sièges, appelées à juste titre « Quatrième et Cinquième collines ».

En arrivant près de l'école, elles jetèrent un œil au disque horaire à gauche du bâtiment principal et constatèrent qu'elles étaient pile à l'heure. Elles s'arrêtèrent un instant pour ajuster leurs robes et s'engagèrent dans le bâtiment. L'entrée de l'école était majestueuse. Il y avait des statues tout autour de la pièce, représentant les célèbres directeurs et directrices de l'école. La plus époustouflante était celle du directeur Adolphus : avec ses grands yeux, ses longs cheveux ondulés à la manière d'un plébéien. ; il était tout le contraire des autres qui portaient des cheveux courts — la seule coiffure admise par les Kynariens haut placés. Il était certain qu'Adolphus n'avait vraiment pas été un directeur ordinaire.

Les filles gravirent le grand escalier jusqu'au deuxième étage. Le cœur de Carasina s'emballa lorsqu'elle vit que la porte du bureau de la directrice Delora était déjà fermée. Elle lança un regard désespéré à son amie, mais Aria roula des yeux et frappa.

La porte résonna avec un grand fracas qui se propagea dans le couloir. Toutes celles qui se trouvaient là se retournèrent pour les regarder, curieuses de savoir à qui la directrice allait faire son sermon de ponctualité. En voyant les deux filles, beaucoup se demandèrent pourquoi elles cherchaient toujours les problèmes, tandis que les autres — les pairs d'Aria et de Carasina — ricanèrent en imaginant quelle punition les deux amies allaient recevoir. Carasina était crispée et agitée, tandis qu'Aria fusillait leurs pairs du regard.

La princesse affirma : « Je suis sûre que le bois de la porte a été sélectionné spécialement pour ses propriétés sonores, simplement pour embarrasser les gens. »

Carasina lui répondit avec un grognement exaspéré.

Après une longue minute d'attente angoissante — ou agitée —, la porte finit par s'ouvrir et les filles furent accueillies par une assistante de la directrice, l'air ennuyé.

« Entrez », dit-elle d'un ton sec.

Aria et Carasina passèrent le seuil, l'une nerveuse, et l'autre sauvant ses apparences.

« Suivez-moi. »

Aria et Carasina échangèrent un regard et lui emboîtèrent le pas.

Le bureau de la directrice était somptueux. Des peintures de scènes illustrant les différentes compétences des clercs kynariens recouvraient les murs : maîtrise de la végétation, maîtrise de la vie sensible, purification de l'eau et lecture animale. Dans l'une des scènes, une prêtresse faisait exécuter à une nuée d'oiseaux une danse aérienne des plus extraordinaires ; dans une autre, un prêtre constituait une armée d'envahisseurs avec des milliers d'aquilians. Il y avait aussi de belles cages un peu partout dans le grand bureau, contenant les plus beaux spécimens de voleteurs de K'Tara. Bizarrement, aucun ne chantait ou ne gazouillait, ils se contentaient de faire leur toilette ou de tourner autour de leurs cages pour changer de position de temps en temps.

« Directrice, les filles sont là. »

Aria et Carasina firent une révérence. La directrice était assise à son bureau — encore un meuble splendide dans cette pièce hors du commun.

Sans même lever les yeux, la femme déclara d'un ton acariâtre qui excoriait son bel accent kynarien : « Vous êtes en retard, mesdemoiselles. » Aria et Carasina étaient sur le point de répondre quand la directrice les en empêcha en disant : « Je ne veux pas d'explications. Je vous donnerai votre punition lorsque nous aurons terminé. » Elle les regarda d'un air mystérieux.

Carasina baissa la tête en signe d'allégeance et de résignation. Elle espérait qu'Aria ferait de même, mais au lieu de cela, la fille garda la tête haute et se contenta de se pencher légèrement.

« Aria, votre punition sera doublée. »

Sur le point de hurler, Aria se contint et se força à témoigner d'humilité cette fois, suffisamment pour ne pas quadrupler la punition de la directrice Delora.

« C'est beaucoup mieux », ajouta la femme. La directrice Delora n'était pas grande, mais elle était solide, avec des jambes pareilles à des poteaux courts et trapus et des bras tout aussi larges ; sa tête rectangulaire était recouverte de cheveux raides et épais, vaguement attachés dans la nuque ; ses vêtements étaient tellement amidonnés qu'ils ressemblaient à une nappe. Elle était l'exact opposé de la beauté qui régnait dans le bureau, et sa sévérité comme son apparence contrastaient terriblement avec son bel accent.

« Demain, vous entamerez votre dernière année de formation en tant que néos confirmées. Cela devrait être votre année la plus passionnante, mais ce ne sera pas un jeu d'enfant ; vous serez jugées comme jamais vous ne l'avez été ; vous serez mises au défi et devrez accomplir des tâches encore plus ardues, et vous serez poussées à affronter vos plus grands démons et vos pires craintes — du moins ceux que nous connaissons. Si, et seulement si, vous surmontez toutes les difficultés, alors vous serez autorisées à proposer votre Passage à la prêtrise. »

Aria et son amie ne savaient pas quoi en penser. Pour sûr, elles ne s'attendaient pas à ce genre de déclaration lorsque, la veille, elles avaient accepté le rendez-vous avec la directrice Delora. Maintenant, elles se lançaient des regards inquiets. Elles savaient bien que la dernière année était loin d'être aussi facile que le disaient les confirmés, mais elles ne s'attendaient pas à ce que ce fût aussi lourd que ce que disait la directrice Delora.

Aria se demanda comment elle allait consacrer autant de temps à sa dernière année avec tout ce qui se passait dans le royaume de son oncle. Et si le rokon s'attaquait à leur ville ensuite ?

« … dans les jardins où la maîtresse Annan commencera à vous entraîner à la lecture animale. Aria ! M'écoutez-vous ? »

L'hésitation d'Aria fut à peine perceptible. Elle savait bien écouter d'une oreille même lorsqu'elle avait l'esprit ailleurs : « Oui, bien sûr, Directrice. Nous irons dans les jardins commencer notre entraînement à la lecture animale. »

La directrice grogna.

« Parfait. Maintenant, vos punitions. Puisqu'il semble que vous ayez un problème avec la ponctualité, vous devrez toutes les deux, pendant tout le mois et à compter de demain, vous présenter tous les matins à cinq heures après grandnuit à la Grande salle. Là-bas, vous aiderez à la préparation des repas du matin pour la classe des néos avancés. »

Les filles étaient horrifiées. *Servir leurs pairs ?!* Elles allaient être la risée de toute la classe. Comment pouvait-elle leur faire ça ? Carasina priait pour que son amie ne rendît pas les choses encore plus difficiles, malgré qu'elle se sentît tout aussi humiliée. Heureusement, pour une fois, Aria se maîtrisa.

Tout ce que les deux jeunes filles répondirent fut : « Oui, Directrice. »

« C'est bien. Quant à vous, Aria, vous aiderez au nettoyage de la salle. Et, comme cela vous fera arriver en retard à votre premier cours de la journée, je m'attends à ce que le maître Callain vous inflige une autre punition. Toutefois, je lui parlerai cet après-midi afin qu'il soit indulgent aux vues des circonstances. »

Aria bouillait à l'intérieur. *Je la déteste ! Je hais cette femme ! Comment peut-elle me faire ça à moi, la nièce de dame Darya et du haut roi Octavius ?! Et elle sait très bien que le maître Callain se moquera complètement des raisons de mon retard. Ce n'est pas une double, mais une triple punition ! Mais je me fiche de qui elle est, un jour, je me vengerai.*

***

« Ah, Dame Darya, asseyez-vous, je vous en prie. »

« Merci, Révérende. »

La cheffe de l'ordre de Kynarie était une femme de grande taille, même assise. La prêtresse suprême, Ylana Maryn Dar'Muntake avait la peau brune, de longs cheveux grisonnants et de beaux yeux orange. Son visage était tout aussi saisissant, avec sa mâchoire et ses pommettes anguleuses, ainsi que son menton pointu. Dans l'ensemble, c'était une femme imposante. Elle était également l'un des esprits les plus aiguisés de Kynarie.

Ylana demanda : « Comment allez-vous ? »

« Ma santé est bonne, mais je suis inquiète. »

« Hum, moi aussi, pour de nombreuses raisons, et une en particulier. »

« Mon mari », devina Darya.

« En effet. Le roi. Voilà bien longtemps qu'il a disparu, trop longtemps, surtout compte tenu de ce qui se passe dans ses terres. Je doute qu'il lui soit arrivé quoi que ce soit, car nous en aurions entendu parler, mais il est néanmoins inquiétant qu'il reste hors de portée. Mais vous, vous devez savoir où il se trouve ? »

278

« Je… Je ne sais pas vraiment », répondit Darya. Elle se sentait vraiment mal, assise là, à se faire interroger par la cheffe de l'Ordre sur les actions de son mari.

Le roi lui avait confié qu'il partirait pendant quelques quarts pour voyager incognito à Spiritii et s'occuper de certaines affaires dans la province du sud, mais elle n'en savait pas davantage. Darya l'avait questionné plusieurs fois sur les raisons de son voyage, mais le roi avait toujours refusé de les lui donner. Tout ce qu'il lui avait dit, c'était qu'il avait besoin de le faire, que c'était pour le bien du royaume et qu'il devait agir en secret, car beaucoup s'opposeraient à ses projets et pourraient même l'empêcher de les mener à bien s'ils en connaissaient la teneur. Même elle, sa femme, pourrait bien lui interdire d'y aller. En ne lui disant rien, il la protégeait contre l'obligation de mentir lorsqu'on la questionnerait, et c'était mieux pour elle. Pour toutes ces raisons, et surtout pour la dernière, Darya avait accepté de rester dans l'ignorance, mais pas avant qu'Octavius ne lui eût promis d'utiliser le seigneur Valorian — l'homme le plus discret de tout le royaume — comme un intermédiaire, au cas où ils auraient besoin de communiquer en urgence.

Que pouvait-elle raconter à la prêtresse suprême ? Elle avait en fait envoyé un message au seigneur Valorian juste après les événements de Col de Corne, mais elle n'avait pas encore reçu de réponse. Cela l'angoissait au plus haut point. Elle se sentait aussi mal à l'idée de ne pas savoir où se trouvait le haut roi qu'à celle de devoir mentir.

Ylana lui dit sur un ton de reproche : « Hum, vous voulez dire que vous ne savez pas où il est. »

« C'est ça, Révérende… Je sais où il devrait se trouver – du moins d'une manière générale, et je lui ai envoyé un message, mais je n'ai pas encore eu de réponse de sa part. Je suis désolée, Révérende. C'est *très* embarrassant. Je suis

279

inquiète, mais pas pour sa sécurité. Je le saurais si quelque chose de grave lui était arrivé. »

« Oui, vous avez ce lien entre vous. Quoi qu'il en soit, quelqu'un dans sa position ne devrait jamais voyager sans donner à ses proches son itinéraire précis ; choisir d'agir autrement ne peut que conduire les gens à s'imaginer le pire. »

Darya se contenta d'acquiescer d'un air à la fois gêné et frustré.

Ylana poursuivit : « Ce soir, vous irez chez Gharana pour voir si vous pouvez l'aider à localiser votre mari et, si possible, pour lui envoyer une communication par pensée. Il vous suffira de l'aiguiller ; une fois qu'elle aura établi la connexion, elle ne laissera pas tomber avant qu'il ne lui réponde ou qu'elle ne sache exactement où il se trouve. »

Darya acquiesça à contrecœur. Elle aurait voulu avoir une bonne raison pour ne pas s'exécuter, au moins pour un jour ou deux. Mais, comment pourrait-elle s'opposer à la requête d'Ylana ?

Tout cela commençait à lui donner mal à la tête, et elle pouvait seulement espérer que Gharana et elle ne réussiraient pas à localiser le roi, malgré le fait que, égoïstement, elle aimerait beaucoup savoir où il se trouvait.

Ylana poursuivit : « Une fois que cela sera résolu, nous nous reverrons pour parler des… méthodes de votre mari. » Ylana Maryn Dar'Muntake appelait rarement Octavius par son titre — encore quelque chose qui énerva Darya. La prêtresse suprême n'avait pas vraiment de pouvoir sur le haut roi d'Alvinorie, mais l'alliance entre la couronne coriolanne et l'ordre de Kynarie impliquait un certain nombre d'obligations de la part du monarque. Ces obligations étaient d'ailleurs souvent le sujet de disputes entre Ylana et Octavius.

Darya répondit du mieux qu'elle le put : « Je suis à votre service, Révérende. »

« Parfait. À présent, revenons à mes autres inquiétudes. Cette année sera la dernière année de formation pour Aria en tant que néo avancée. Elle pourra bientôt se soumettre au test du Passage *si* elle est prête. C'est ce qui m'inquiète, cependant. Aria pourrait devenir l'une de nos plus grandes prêtresses. Elle en a les capacités, mais elle ne les exploite *pas encore*, et elle ne pourra pas le faire tant qu'elle n'aura pas complètement accepté sa voie. »

Sa voie… est-ce que c'est sa voie ? « Je sais, Révérende. Cela m'inquiète tout autant que vous, et je suis peinée chaque fois qu'elle s'énerve pour n'importe quoi, mais surtout contre ce qu'elle considère comme étant des attentes déraisonnablement élevées de ses maîtres. »

Ylana se leva et contourna son bureau pour prendre place auprès de Darya, les mains croisées sur ses genoux. « Je connais son caractère. La directrice Delora m'a tenue informée de ses progrès et difficultés, plusieurs fois au cours des quatre dernières années. »

Darya eut un léger sursaut et Ylana ajouta : « Mon intérêt pour Aria vous surprend ? Elle n'est peut-être pas une Kynarienne pur-sang, mais son potentiel est tel qu'il ne peut être ignoré et ne doit pas être rendu à l'Alvinorie si facilement. »

L'esprit de Darya s'emballa tandis qu'elle réalisait quelles étaient les conséquences des projets que formait la prêtresse suprême pour sa nièce — Claudius ne l'accepterait jamais. Elle prit une profonde inspiration et commença : « Révérende, je comprends vos intentions, mais — ».

« Mais son père pourrait ne pas accepter. Je suis consciente de ses ambitions et je ne m'y oppose pas. Mais il ne peut pas être *le seul* à y gagner quelque chose. Il existe des solutions pour que Claudius et l'Ordre puissent tirer tous deux un bénéfice de l'ordination d'Aria. »

Darya commençait à comprendre son rôle dans cette histoire et elle put enfin se détendre. Elle dit : « Je ferai ce que je pourrai pour que le seigneur Claudius accepte cet arrangement. Mais j'ai bien peur que rien de tout cela n'ait d'importance tant qu'Aria ne prendra pas ses études au sérieux et qu'elle ne sera pas autorisée à faire le test du Passage. »

« Tout à fait, Darya. Nous devons tout faire pour nous assurer qu'elle passe le test. J'en parlerai à ses instructeurs, dans le courant du quart. Je vais aussi l'emmener en… excursion. Je compte lui montrer des beautés qu'elle n'a encore jamais découvertes. Et, surtout, je peux lui montrer qu'une prêtresse kynarienne puissante peut non seulement préserver ces beautés, mais en créer d'autres cent fois, mille fois plus belles. »

Ylana continua : « Évidemment, il se peut que cette faveur provoque de la jalousie auprès de ses pairs, mais je n'ai aucun doute sur le fait qu'elle pourra facilement se défendre contre ceux qui lui en voudraient d'être ainsi privilégiée. »

L'esprit de Darya bouillonnait comme jamais. D'abord, il y avait eu l'angoisse et la gêne provoquées par son ignorance au sujet des allées et venues de son mari, ensuite, les révélations de la prêtresse suprême sur l'avenir d'Aria, et quoi d'autre ? Claudius serait ravi, mais pourquoi ne l'était-elle pas autant pour sa nièce ? *Parce que ce n'est pas ce qu'elle veut. Elle a d'autres rêves, d'autres désirs. Elle a certes le potentiel d'être une grande prêtresse et être reçue dans l'Ordre serait un plus bel exploit que tout ce qu'elle a en tête. Il doit bien y avoir un moyen de le lui montrer, de la convaincre. Elle a malgré tout manifesté son intérêt pour tout ce que nous pouvons réaliser, après tout, comme lors de notre concours semestriel de sensorialité. Peut-être que le plan de Dar'Muntake marchera. Oui, il marchera.*

Après avoir résolu son conflit intérieur, Darya répondit avec confiance : « Je peux vous promettre, Révérende, qu'elle sera prête pour son Passage. Je connais ma nièce, et même si elle ne sait pas toujours ce qu'elle veut pour son avenir, c'est de cela qu'elle a besoin, et si je devine bien ce que vous avez l'intention de lui montrer lors de votre excursion, je suis à peu près certaine que ses doutes s'envoleront dès qu'elle se rendra compte de ce qu'un maître de l'art peut accomplir. »

Le sourire aux lèvres, la prêtresse suprême dit : « Merci, Darya. J'espère que nous avons toutes deux raison, car notre ordre subirait une perte considérable si votre nièce quittait notre société. » La prêtresse suprême se leva.

Darya l'imita et, après avoir fait une révérence à sa supérieure, elle conclut : « J'irai voir Gharana ce soir comme vous me l'avez demandé, Révérende, et je vous tiendrai au courant dès que nous aurons réussi à joindre le haut roi. Je vous promets également qu'Aria sera prête pour son Passage à la fin de l'année. » Darya fit une nouvelle révérence, plus grande cette fois, et partit.

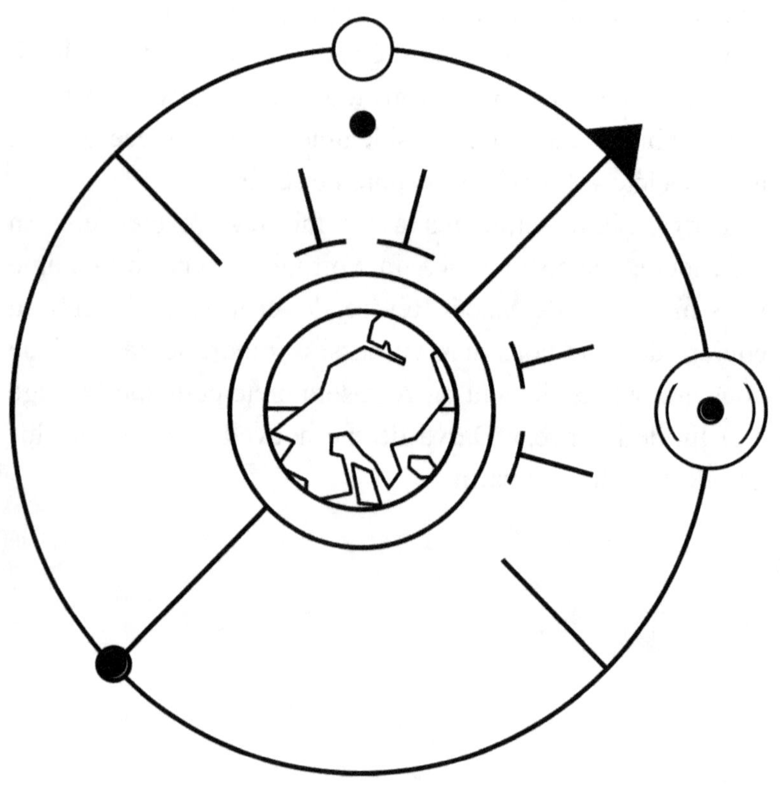

XIII URBS LUCIS

Alors que les soleils se levaient pour réveiller Urbs Lucis, une ville-état située sur les rives du fleuve Argon, en Haute-Alvinorie, des nuages menaçants barrèrent le passage aux rayons du soleil rouge derrière lequel se cachait son jumeau bleu. Pourtant, dans le bas de la ville, les enfants sortirent dans l'espoir de jouer, et les adultes commencèrent leurs tâches matinales ou installèrent des étals de fruits, de légumes et de viandes. D'autres se mirent à chauffer leurs forges pour façonner ou réparer des outils, et d'autres encore se préparèrent à entamer leurs activités, quelles qu'elles fussent, en ce jour peu glorieux.

Au centre de la ville, le palais semblait souffrir du manque de soleils, car merveille des Terrae Regis lorsque la lumière les illuminait, ses murs blancs d'ardamantis se chargeaient d'une pâleur déprimante sous les nuages, comme pour accentuer la morosité qui régnait. Seuls les sommets des basses tours, sculptés dans de l'ardamantis bleu — une pierre rare qui, les jours maussades et la nuit, renvoyait la lumière accumulée — conféraient à l'ensemble une allure extraordinaire.

À l'intérieur du palais, au niveau le plus haut, cinq femmes discutaient, dont deux sur un ton animé. Elles étaient assises en demi-cercle sur l'un des bords de la grande pièce. C'était le bureau de Krystiana.

« C'est comme ça depuis que Biléna a perçu cette présence pour la première fois, il y a dix jours ! À l'instant où une Jaune a l'impression de l'avoir, elle le laisse filer comme un pain de bêleur[50]. Quoi qu'il arrive, nulle ne peut se fixer à ces

---

[50] Pain de bêleur : Pain de savon fabriqué à partir de lait de bêleur.

vibrations. Pourquoi ? Je vais vous dire pourquoi. C'est parce que ce n'est pas un problème que la cordonneté jaune est capable de résoudre. Il nous faut trouver une autre solution, Mater, et vite ! »

La femme, c'était Larca Dax Amanis, originaire de la ville côtière de Brémin. Elle avait le teint vert pâle de son peuple et une petite silhouette sèche avec une musculature qui la faisait ressembler à un homme, surtout lorsqu'elle portait sa tunique bréminoise lors des exercices physiques. Elle avait les cheveux courts, sauf dans son dos où une longue tresse qui pointait vers le haut comme une queue de grassier[51] lui donnait un air peu engageant. Mais elle n'avait nul besoin d'être engageante en tant que Praefecta Milites[52] et cheffe de l'obédience rouge des guerrières.

Biléna Mani écoutait patiemment tout en tripotant son large cordon jaune richement tissé, signe de son rang de Praefecta Philosophas[53] et cheffe de l'obédience des Sœurs en quête de vérité. Biléna venait d'Amalor-Est, patrie de la Magna Mater, ce qui agaçait souvent Larca. Mais Biléna présentait un métissage étrange que la cordon rouge adorait lui faire remarquer à la moindre occasion. Biléna était grande avec la peau pâle, comme la plupart des Amaloriennes, mais elle avait le buste court des Yerlayennes et le long nez d'une Pargahni.

Quand Larca se tut, Biléna répondit sans cacher à la femme qu'elle était vexée : « Merci de me rappeler nos difficultés, Larca. Tu as raison. Malgré tous nos efforts, nous n'avons pas été en mesure d'identifier la source de cette présence sombre

---

[51] Grassier : Animal de la race des voleteurs rendu incapable de voler par d'importantes modifications de sa queue qui se déployait comme un éventail.

[52] Praefecta Milites : Administratrice militaire et cheffe de l'obédience des guerrières.

[53] Praefecta Philisophas : Administratrice scientifique et cheffe de l'obédience des Sœurs en quête de vérité.

dans le Lien. Mais les deux Rouges, qui ont elles aussi perçu ces vibrations, n'ont pas été plus efficaces, je te le rappelle... »

La petite femme au visage disgracieux de grassier fronça les sourcils et prit un air encore plus déplaisant. Heureusement que Larca ne s'était pas assise près de Biléna, car cette proximité aurait pu provoquer chez la cordon rouge une réaction physique, même si les Lux Baiulae étaient supposées garder la maîtrise de leurs émotions.

Krystiana décida d'essayer d'apaiser l'humeur de Biléna en ignorant le commentaire de Larca et demanda : « Alors, que suggères-tu, Biléna ? »

« À ce stade, je n'ai plus d'idées, Mater ; peu importe où nous cherchons ou comment, nous n'arrivons pas à localiser l'origine de ces étranges vibrations pour le moins inquiétantes. »

La femme assise à gauche de Larca se racla la gorge pour faire une suggestion. C'était Saara Rucius. Son large cordon blanc la désignait comme la Praefecta Medicas, cheffe de l'obédience des docteures. Ses cheveux d'un blanc cendre indiquaient qu'elle était également la plus âgée des Lux Baiulae, du haut de ses cent soixante-quinze ans ; pourtant — mise à part sa voix rauque —, on lui en aurait donné pas plus de soixante. Elle était en bonne santé et avait l'esprit aussi vif que toutes les autres. Elle dit : « Avez-vous tenté de localiser l'origine en écoutant les conversations sur le sujet qui nous intéresse ? Je sais que les chances de trouver quelque chose de cette manière sont minces, avec les quantités de rêveurs qui entrent et sortent constamment du Lien, mais puisque toute autre tentative a échoué, ça vaudrait le coup d'essayer. »

Biléna répondit : « On s'y est efforcées, Saara. Deux de nos Sœurs ont passé plusieurs jours et plusieurs nuits à écouter tout ce qui touchait de près ou de loin à l'attaque de Col de

Corne. Mais elles n'ont perçu que les cauchemars deshabitants de la forteresse. »

Krystiana grogna et se tourna vers la femme assise entre Biléna et Larca, cherchant son opinion. Raméla était la Praefecta Consuasores[54] et la cheffe de l'obédience des fonctionnaires et des conseillères. C'était une femme magnifique, au visage ovale bien arrondi et aux yeux brun clair. Sa chevelure d'un brun intense contrastait à merveille avec son cordon mauve. Raméla était une pure Jarahni, connue pour sa grande franchise et son sang-froid. « Durant le dernier quart, j'ai demandé à toutes nos espionnes de se rendre dans les villes principales d'Alvinorie et de signaler les discussions suspectes sur le Scytale ou sur le maître des ténèbres, mais elles n'ont pas eu plus de résultat que les Sœurs de Biléna. »

Biléna mit la tête dans ses mains et la secoua en signe de désespoir.

Krystiana demanda : « Qu'y a-t-il, Biléna ? »

« Je n'arrive toujours pas à comprendre comment tout cela est possible ! »

Saara tapotait en rythme avec le bout de ses doigts, comme elle le faisait chaque fois qu'elle était bouleversée, et dit : « Qui sait ce que les fondateurs ont vraiment fait, peu importe ce qui est écrit dans nos livres. »

Larca, Biléna et Raméla lancèrent un regard noir à la vieille Lux Baiula, comme si la femme avait blasphémé. S'en prendre à la vérité de leurs livres ? Personne ne faisait cela ! Saara les considéra, imperturbable ; son grand âge lui donnait des droits. Seule Krystiana regarda Saara avec des yeux qui disaient qu'elle avait sans doute raison.

---

[54] Praefecta Consuasores: Administratrice diplomatique, cheffe de l'obédience des fonctionnaires et des conseillères.

Elles restèrent assises en silence pendant quelques minutes, l'agacement faisant tempête dans leurs têtes. Puis, Raméla émit une suggestion qui, à son avis, déplairait à Krystiana comme aux autres, mais c'était la seule idée qui lui vint à l'esprit : « Et si nous appelions les Kynariennes ? Même si je n'aime pas ça, c'est peut-être notre seule issue. Elles peuvent entrer dans l'esprit des animaux, et si le Scytale a sa part dans les vibrations et qu'elles peuvent entrer dans *son esprit*, elles pourront peut-être répondre à nos interrogations. »

Biléna rejeta l'idée promptement, mais avec respect : « Ça ne marchera pas, Raméla. Le Scytale n'est pas un animal au sens propre du terme. C'est une création de Noctiferus avec un esprit encore plus avancé que celui d'un humanoïde. Personne ne sera capable d'entrer de force dans son esprit. »

Krystiana éprouva soudain la peur irrationnelle d'être découverte ; c'est exactement ce que venait de faire Élyana quelques jours plus tôt, et elle-même, ainsi que Saara, pourraient certainement en faire autant. Krystiana s'empêcha de réagir et ne dit rien — ce n'était pas le bon moment pour ce genre de révélation.

Biléna poursuivit, avec une légère irritation dans la voix, tandis qu'elle faisait des yeux le tour de la table : « Et, franchement, je n'aime pas l'idée que nous passions pour des incompétentes. » Biléna avait toujours été une femme très rationnelle, sauf lorsqu'il s'agissait de la réputation de l'ordre de la lumière — dès l'instant où cette réputation était menacée, sa fierté prenait le dessus et refusait toute alternative, aussi rationnelle fût-elle.

Malgré sa profonde aversion pour la proposition de Raméla, la Magna Mater garda son calme. Krystiana savait se maîtriser et laissait rarement transparaître ses émotions. Elle était une Lux Baiula exemplaire — dans la plupart des domaines. Elle réfléchit un instant, puis ses yeux brillèrent, comme chaque fois qu'une solution lui apparaissait. Sa voix était empreinte d'excitation en disant : « Ta suggestion n'est pas dénuée d'intérêt, Raméla, mais, moi aussi, je n'aime pas l'idée de demander de l'aide aux Kynariennes. Il y a pourtant un moyen de s'approprier leurs talents sans les impliquer. » Les autres femmes attendirent la suite avec impatience, tandis que Krystiana faisait une pause, mais Biléna voyait bien ce à quoi pensait la Magna Mater. Krystiana continua : « Maréna côtoie les Kynariennes depuis plus de sept ans et, comme Biléna le sait très bien, elle a acquis de solides compétences en lecture animale. Entre ça et ses impressionnantes capacités de lecture mentale, elle pourrait y parvenir. Par conséquent, si nous devions faire appel aux Kynariennes, je demanderais à Maréna de nous revenir immédiatement. »

Krystiana pensa : *Comment n'y ai-je pas pensé plus tôt ? Élyana et moi n'aurions pas eu besoin de prendre des risques puisqu'il existe une solution plus sûre et plus bestiale pour entrer subrepticement dans l'esprit du Scytale.*

Saara et Raméla parurent aimer cette idée. Cependant, Larca — comme on pouvait s'y attendre — rétorqua avec un dédain évident : « Bah ! Maréna ! Elle ne pourrait même pas trouver un *grignoteur* dans un sac de céréales. C'est qu'une — ».

La Magna Mater — en ayant assez des remarques désobligeantes de la femme — fusilla Larca du regard et interrompit son commentaire. Aussi impertinente fût-elle, Larca ne put soutenir le regard de la Magna Mater et baissa les yeux en serrant les dents.

Si Krystiana avait pu punir cette femme insupportable en lui faisant subir le champ de purification afin de lui réapprendre le respect et la maîtrise de soi, elle l'aurait fait sans l'ombre d'une hésitation. Mais la femme était l'une des cheffes de l'Ordre et elle ne pouvait être sanctionnée pour de telles fautes. Elle ne pouvait subir un châtiment — très sévère qui plus est — que si elle ne respectait pas un serment. Tout ce que Krystiana pouvait faire, c'était de parler à Larca pour l'aider à se rendre compte que son comportement n'était ni justifié ni approprié.

Je lui parlerai... *sous peu.*

Biléna ne remercia pas Krystiana d'avoir interrompu Larca ; elle ne voulait pas attirer l'attention sur l'intervention de la Magna Mater. Au lieu de cela, elle débarrassa sa robe d'une poussière imaginaire. Saara, de son côté, émit un petit rire de satisfaction, tandis que Raméla observait la scène, impassible.

À la fin, la cheffe des cordons jaunes se tourna vers la Magna Mater et lui dit, du ton le plus neutre du monde : « Je suis ravie de votre idée, Magna Mater. Mais je ne suis pas certaine que Maréna soit capable de faire ce que vous proposez, malgré ses fantastiques dons de lectures mentale et animale. »

Biléna jeta un coup d'œil furtif en direction de Larca, puis, la voyant apaisée, se détendit un peu. Cela lui offrit un moment pour réfléchir, et son excitation augmenta à mesure qu'elle comprenait ce qu'elle voulait dire. Elle ajouta avec une certaine appréhension dans la voix : « En fait, oubliez ce que j'ai dit. En effet, il peut être possible pour Maréna de contourner l'esprit conscient du Scytale et d'aller directement vers le siège de ses souvenirs les plus primitifs; ceux-ci ne contiendraient pas d'enregistrements de conversations, mais ils contiendraient des enregistrements visuels, tactiles et autres enregistrements auditifs! » Biléna sourit, motivée par l'idée qu'elles pourraient enfin savoir quelle était l'origine des inquiétantes vibrations.

La Magna Mater répondit avec satisfaction : « Excellent. Et passer par Maréna nous permettra de superviser ses actions dans le cas où elle trouverait une information utile. »

Raméla et Saara se regardèrent, échangèrent quelques pensées et dirent d'une seule voix : « Ce plan nous va. »

Krystiana se tourna vers Larca et la fixa jusqu'à ce qu'elle acceptât elle aussi. Alors, Krystiana revint vers Biléna et lui dit d'un air sincèrement inquiet : « Vous savez bien sûr qu'il y a dans cette opération un véritable risque de traumatisme, et même de mort. Pensez-vous que Maréna acceptera ce risque ? »

« Oui, Mater. »

« D'accord. Je vais envoyer une requête à Ylana Maryn Dar'Muntake dès aujourd'hui ; Maréna devrait arriver avant la fin du quart. »

Les femmes passèrent les quelques minutes suivantes dans le silence, considérant ce que Maréna serait ou non capable d'accomplir, tout en émettant, de temps à autre, des petits bruits empreints de pessimisme ou d'optimisme. Enfin, Raméla se racla la gorge et demanda : « Mater, qu'en est-il du grand roi ? Quelqu'un a-t-il enfin réussi à le localiser ? »

Krystiana fronça les sourcils et secoua la tête en répondant : « Non, même pas Élyana. »

Larca ne surprit personne en explosant de nouveau : « Vraiment, on dirait que nous ne pouvons plus rien faire correctement ! Il y a une présence inquiétante dans le Lien que la plupart d'entre nous ne parviennent pas à percevoir, et celles qui la *ressentent* ne sont pas capables de dire d'où elle vient. Et maintenant, on a un roi — le haut roi, rien de plus — que sa propre Lux Baiula n'arrive même pas à localiser ! Pourquoi en sommes-nous arrivées là ? Je vais vous dire pourquoi. C'est parce que nous sommes bouffies de vanité ! »

Larca, retiens-toi !

Larca s'indigna avec tellement de brutalité que Biléna, Saara et Raméla se demandèrent si la femme n'était pas en train de perdre l'esprit, jusqu'à ce qu'elles réalisassent ce qui venait de se passer. Krystiana s'était mise en transe temporaire et avait pincé Larca par la pensée. La capacité d'entrer et de ressortir du Lien en moins de temps qu'il ne le fallait pour le dire relevait de l'exploit, exploit que pouvait accomplir la Magna Mater.

Larca, visiblement choquée par cette manière de se faire rappeler à l'ordre, mais plutôt embarrassée par sa propre réaction qui, elle le savait, n'était pas passée inaperçue, se força à se calmer et détendit progressivement ses mâchoires ainsi que son visage. Le pincement mental de Krystiana parut avoir eu de l'effet, car la femme se contint pendant tout le reste de la réunion.

Krystiana répondit aux inquiétudes de la cordon rouge sur un ton clair, comme si de rien n'était : « Le fait que nous ne soyons pas capables d'identifier l'origine des vibrations est assurément très troublant, Larca, et, avec un peu de chance, Maréna pourra nous aider. Quant au haut roi, nous savons qu'il devrait être à Spiritii, ou dans les alentours. Je vais donc avertir Juliana et Mara pour leur demander de se mettre à sa recherche. Je les solliciterai également pour qu'elles restent en contact avec le seigneur commandant Toras qui doit être en train de surveiller la région avec sa troupe de gardes noirs à la recherche d'Octavius. Avec un peu de chance, le prince a déjà retrouvé son père à l'heure qu'il est. »

Biléna demanda : « Et s'il est impossible de le retrouver ? Est-ce que quelque chose pourrait être arrivé au roi ? »

Krystiana dit : « C'est peu probable, Biléna ; si quelqu'un avait enlevé le haut roi ou lui avait fait du mal, nous le saurions. Je suis certaine que nous le trouverons bientôt ou qu'il réapparaîtra tout simplement. À ce moment, je ferai en sorte que cela ne se reproduise plus. »

Les Praefectae se regardèrent intriguées, puis dirigèrent leurs regards interrogateurs vers leur cheffe.

Krystiana dit : « J'ai entendu dire qu'Octavius s'était mis en quête d'un assistant personnel maintenant qu'il entame le dernier tiers de sa vie. Je veux m'assurer que cet assistant appartient à notre cercle. »

Les Praefectae dévisagèrent la Magna Mater, perplexes.

« Vous vous demandez sans doute comment je vais trouver parmi nous un jeune homme à envoyer auprès du haut roi ? Je veux parler du seul Alterintrant que nous connaissons, bien sûr — Koricki Dar'Muntake. »

Cette fois, ce ne fut Larca pas qui fit le premier commentaire, mais Raméla. La cheffe de la cordonneté mauve dit : « Pardon, Mater, mais Koricki est un apprenti médecin et je ne crois pas qu'il aimerait devenir l'assistant personnel du haut roi. En outre, n'est-il pas parent avec la suprême prêtresse Ylana ? »

La cheffe de la cordonneté blanche lui répondit à la place de la Magna Mater : « En réalité, Raméla, Koricki a toujours été indécis sur sa vocation, et même s'il fait des études de médecine, il est passionné par la politique et l'administration, et il a souvent exprimé son envie d'être éventuellement transféré dans ta cordonneté. Dans tous les cas, je pense que cela pourrait l'intéresser de devenir l'assistant personnel du haut roi. »

Krystiana confirma ce que venait de dire Saara : « En effet, je lui ai parlé hier et il aimerait vraiment accomplir cette tâche, si le haut roi l'accepte à ses côtés. En tant qu'apprenti médecin, ce garçon prendrait plaisir à s'occuper de la santé du haut roi, et en tant qu'amoureux des questions administratives, il aimerait certainement aider à l'organisation du royaume. Et surtout, il est absolument fidèle à la sororité — aussi étrange que cela puisse paraître — malgré sa lointaine parenté avec la prêtresse suprême. De plus, il comprend la nécessité de savoir ce qui se passe en Alvinorie afin d'aider notre ordre à se préserver contre des menaces aussi bien externes qu'internes. Koricki serait donc très à l'aise à l'idée de me tenir au courant des agissements du haut roi si quoi que ce soit venait à l'inquiéter. »

Larca lâcha d'un ton moqueur : « Est-ce que le *jeune* Koricki a conscience que vous lui demandez en réalité d'espionner le haut roi ? Et que s'il se faisait prendre, il serait banni sur-le-champ des terres de la Couronne ? »

Krystiana soupira, agacée, avant de répondre : « Koricki n'agirait que selon son devoir envers la Couronne et la Societas, et en conformité avec le traité entre nos deux institutions. »

Larca se contenta de répondre avec un petit hochement de tête satisfait, cette fois, afin de montrer à la Magna Mater qu'elle abondait en son sens.

Krystiana poursuivit, se tournant vers la cheffe de la cordonneté mauve : « Comme nous sommes toutes d'accord, j'aurais besoin de votre aide, Raméla, pour que cela se produise. Je suis sûre qu'Élyana et vous serez capables de plaider la cause du jeune Koricki après que vous l'aurez vous-même rencontré et que vous aurez constaté, comme Saara et moi, qu'il pourra endosser ce rôle. »

Raméla acquiesça, et après une courte pause, Krystiana ajouta : « Bien sûr, cela suppose avant tout que nous trouvions le roi et que nous le ramenions à la capitale. »

Elle hocha de nouveau la tête.

Krystiana ajouta : « Il y a encore une chose à laquelle nous n'avons pas pensé : il est peut-être protégé par un bouclier ou dans un *lieu* lui-même protégé. »

Biléna répondit : « Dans le premier cas, cela signifie qu'il a été enlevé, ce qui, comme vous l'avez dit, est peu probable ; dans le second cas, cela peut signifier deux choses : soit il est avec les Colossi, soit — » Biléna fit une pause et continua à contrecœur : « Soit il est avec Marcus, le banni. »

Larca aboya : « Marcus le lecteur ? J'espère bien que non ! Le roi aura des comptes à rendre si c'est effectivement là qu'il se trouve. Les conditions du bannissement étaient très claires : Marcus doit demeurer dans un exil à perpétuité et personne, pas même une personne en autorité, ne doit communiquer avec lui. Tout manquement entraînerait le châtiment immédiat de son auteur. » Alors que les autres femmes regardaient Larca les sourcils froncés, elle ajouta : « Oui, oui. Je sais que le haut roi ne pourrait être puni, mais il ferait l'objet d'une enquête de notre part, et Marcus serait expulsé du continent. »

Krystiana dit : « Oui. Mais nous n'avons pas besoin de nous inquiéter de cela pour le moment. Nous devons en priorité retrouver le haut roi. Si Élyana, le fils du roi ou nos Sœurs du sud ne le trouvent pas d'ici demain, nous envisagerons la possibilité d'envoyer quelqu'un chez les Colossi… et dans les Bois sombres. »

Les quatre cheffes des cordonnetés se repoussèrent dans leurs sièges avec des airs variés, allant de la simple incrédulité à la franche aigreur. Saara croisa les jambes et tapota ses doigts les uns contre les autres, tandis que Biléna tapait les siens contre sa jambe, et que Raméla joignait ses mains, tête penchée, haussant les épaules de temps à autre. Larca secoua la tête et exhala rageusement.

Soudain, Krystiana se leva de sa chaise et se mit à faire les cent pas autour de la pièce, tout en réfléchissant. Les autres la regardèrent d'un air interrogateur, se demandant ce qu'elle allait encore leur révéler ce matin.

Le bureau de Krystiana était grand et admirablement meublé et décoré, mais sans arrogance. Les planchers étaient de bô sombre. De plus, le bô était verni, un traitement particulièrement coûteux, car le vernis était encore assez rare dans le royaume. Une immense bibliothèque recouvrait les deux murs latéraux, tandis que le mur du fond, orienté à l'ouest, possédait de larges portes coulissantes qui ouvraient sur un grand balcon dominant la place du palais. Sa table, d'ardamantis blanc, était recouverte de cartes, de livres et de documents. Une sculpture représentant l'ordre de la lumière trônait sur son bureau. Elle portait deux sphères, l'une bleue et l'autre rouge, figurant les soleils de K'Tara. La sphère bleue était placée légèrement plus haut que l'autre, et les deux étaient mobiles au-dessus d'un morceau de marbre d'où des flammes bleues jaillissaient tout autour de la sphère rouge et des flammes d'or enveloppaient la bleue. Krystiana revint à son bureau et caressa les flammes de sa main droite. Ce faisant, elle ferma les yeux un instant, prit une inspiration, et attira les flammes vers sa main. L'instant d'après, elle fit face aux Praefectae.

« Cela fait plusieurs jours que je me demande comment vous faire part d'une certaine information, et j'ai fini par me rendre compte qu'il n'existe pas de bonne façon pour le faire, à part de simplement vous le dire. Il y a quelques nuits, Élyana et moi nous sommes retrouvées dans le Lien afin de chercher la source des vibrations par nous-mêmes. Nous avons échoué, mais nous avons appris des choses extrêmement troublantes en revanche. »

Biléna répondit avec une naïveté incroyable : « Mater, vous savez que nous avons confiance en votre jugement quel qu'il soit, mais pourquoi n'avez-vous pas informé l'ordre de la lumière de votre projet ? Le fait de vous mettre en danger sans nous consulter au préalable va à l'encontre de nos règles. »

« Rah ! », répondit Krystiana, laissant libre-cours à ses émotions pour la première fois depuis le début de cette réunion douloureuse. « Je connais très bien nos règles, Biléna ; j'ai moi-même participé à la rédaction de nombre d'entre elles. Mais je pensais alors, et je le pense toujours, avoir pris la bonne décision au vu de notre situation actuelle. Enfin, lorsque nous étions dans le Lien, Élyana et moi avons eu la chance de tomber sur le Scytale. » Puis, la Magna Mater s'interrompit un instant pour réfléchir à la manière de dire la vérité sans révéler qu'Élyana était entrée dans l'esprit du Scytale, et que ce dernier, ainsi que son interlocuteur s'étaient rendu compte de la présence des Lux Baiulae. Mais son hésitation ne dura qu'un instant et, espérant qu'elle fût assez courte pour que les autres ne s'en fussent pas aperçues, Krystiana continua : « Nous avons surpris la créature en train de parler à quelqu'un que l'on appelait l'Umbra durant la Guerre des ténèbres. » L'évocation de ce nom fit surgir une mosaïque de réactions sur le visage des femmes, selon que ce nom rappelait ou non un souvenir. Krystiana fit une pause pour chercher la meilleure façon de paraphraser les paroles de l'Umbra et en atténuer la cruauté — autant que possible. Elle dit enfin : « L'essentiel de leur conversation a tourné autour du fait que la sororité et l'ordre de Kynarie sont des obstacles aux projets de leur maître, et ils ont convenu de nous éliminer les unes comme les autres. »

Les quatre Praefectae restèrent coites pendant un long moment. Enfin, Larca brisa le silence et partit dans un long monologue où elle se demandait pourquoi la Magna Mater avait attendu si longtemps avant de les informer de ce qu'elle et Élyana avaient découvert, et surtout quelque chose d'aussi important. Elle le fit avec retenue cependant, puisqu'elle s'adressait à leur cheffe.

Krystiana attendit que la Praefecta Milites eût terminé, puis elle s'adressa aux quatre femmes : « Je sais que vous vous posez sans doute des questions à propos de mes agissements et de mon choix de le faire sans l'assentiment de l'assemblée, mais je peux vous garantir que j'ai pris toutes les précautions nécessaires et je suis heureuse de vous dire que le jeu en valait la chandelle. Maintenant, je sollicite votre aide afin de décider de la suite, et j'accueillerai toutes vos suggestions sur la manière dont ces nouvelles devraient être annoncées au reste de la sororité. »

L'honnêteté de Krystiana ainsi que son invitation à participer ne produisirent pas immédiatement l'effet escompté. Ses Praefectae essayaient toujours de comprendre ce qu'elle avait fait et y parvenaient plus ou moins bien selon l'estime qu'elles avaient pour Krystiana. La Magna Mater leur laissa quelques instants pour digérer cette révélation, et lorsqu'elle vit leurs visages ou leurs mâchoires se détendre, elle formula une nouvelle requête pour qu'elles l'aident à décider de la suite. L'une après l'autre, les femmes acceptèrent sa décision, à commencer par Larca — si étrange que cela pût paraître — peut-être parce que, en tant que cordon rouge, elle appréciait la valeur d'une telle prise de risque. De plus, Krystiana était la Magna Mater, et les Praefectae n'avaient d'autre choix que d'accepter ses décisions, à moins qu'elles ne missent en danger l'intégrité de la sororité.

Ensuite, Saara prit la parole et demanda : « Mater, ce que vous venez de nous révéler nécessitera un peu de méditation avant que nous puissions même envisager une suite. Pourrait-on se retrouver dans une heure afin de poursuivre cette discussion ? »

« Très bien, Saara. Tu as raison. Nous nous réunirons dans une heure et je vous exposerai en détail ce qu'Élyana et moi avons entendu ; nous déciderons alors de la suite à donner à nos actions. »

À ces mots, les Praefectae se levèrent et quittèrent le bureau de Krystiana. Comme elles le faisaient, la Magna Mater demanda à Saara de rester encore un peu ; la vieille Lux Baiula y consentit et se rassit.

Tandis que les autres se pressaient vers la sortie, la cheffe de la cordonneté mauve demanda : « Et si Noctiferus *était* de retour, Mater ? Et si c'était *lui* qui dirigeait le Scytale et son complice ? »

Les cheveux de Biléna se dressèrent sur sa tête et elle répondit à cette question avec un peu trop de passion : « Vous savez que ce n'est pas possible, Raméla. Aiala'Rhi s'en est occupée elle-même, elle l'a dépouillé de ses pouvoirs et l'a envoyé dans les confins de notre univers, il y a bien longtemps, afin qu'il s'y éteigne comme un mortel. Comment pourrait-il être de retour ? »

Krystiana considéra la cordon jaune avec étonnement, mais décida de ne rien ajouter. Biléna se sermonnerait dès son retour à sa chambre pour son explosion irrationnelle. Krystiana avait également envisagé la possibilité que le fondateur déchu fût de retour et avait constaté qu'elle n'était pas encore prête à l'accepter, même si elle savait que le fait d'accepter ou non quelque chose ne changeait en rien la réalité de ce fait. Elle changea donc d'avis et répondit : « Malheureusement, Biléna, personne n'a assisté à la mortalisation de l'un ni à la destruction de l'autre, et le fait que Noctiferus ait été absent de ce monde pendant très longtemps n'est pas le gage d'un retour impossible. Tout comme son serviteur est revenu, son maître le pourrait aussi. Je suis sûre que tu seras d'accord avec cette logique, en tant que chercheuse. »

Biléna ne répondit pas, mais toutes pouvaient lire sa repentance. En effet, elle avait oublié l'une des lois fondamentales de la science : on ne peut pas prouver ce qui n'est pas. Elle se dit : *Je ferais mieux de demander à Lucra de m'affecter à la ferme pour cultiver la terre et transporter le foin jusqu'à ce que j'aie à nouveau la tête sur les épaules. Dans tous les cas, je vais passer la prochaine heure à me fustiger.* Puis elle secoua la tête d'un air déçu.

Krystiana essaya de terminer par une note encourageante et dit : « Peu importe la vérité, Biléna, ou la réalité des faits, nous devons nous y préparer et nous *serons* prêtes. Je vous retrouve toutes dans une heure. »

Les trois femmes acquiescèrent et sortirent. Comme la porte se refermait, Larca ne put s'empêcher de se retourner et de se demander pourquoi la Magna Mater voulait s'entretenir seule avec Saara.

Aithen n'allait pas souvent à la chambre du Sénat. En effet, la plupart des affaires de l'État auxquelles il avait déjà assisté se déroulaient dans la chambre d'audience privée où le haut roi entendait des causes et en débattait avec ses conseillers les plus proches, les doyens du Sénat ou ses fils. Le haut roi se rendait rarement en personne à la chambre du Sénat, et ne le faisait que lorsque le Premier sénateur n'était pas en mesure d'obtenir l'unanimité du Sénat sur une question importante pour le roi ou quand ce dernier devait déclarer la guerre à un voisin. Aujourd'hui, Aithen ne voulait pas déclarer de guerre, mais ce qu'il avait à dire, il devait le dire à tous les sénateurs, car l'attaque de Col de Corne et l'existence du Scytale étaient assurément des sujets qu'ils avaient besoin d'entendre de sa bouche si Aithen voulait éviter que l'histoire ne dégénère, puisque la véritable identité du Scytale ne pouvait pas être révélée avant que l'on connût précisément ses objectifs et que l'on eût élaboré une stratégie pour contrecarrer ses plans. De plus, Aithen devait s'assurer que le Sénat allait débloquer les fonds nécessaires pour aider les réfugiés qu'il avait ramenés avec lui.

Plus tard dans la journée, il s'adresserait aux seigneurs assemblés dans la grande salle d'audience, où se trouvait le trône du roi, afin de préparer la riposte sur leurs terres contre le Scytale. Il leur dirait la même chose qu'aux sénateurs. Sa dernière réunion serait avec le premier clerc Galadrin. Demain matin, il rencontrerait ses officiers afin de préparer la défense de la capitale au cas où le Scytale s'y attaquait.

Aithen se frotta les tempes à l'idée de toutes ces réunions à venir. Élyana lui avait encore demandé s'il était sûr de ne pas vouloir l'avoir à ses côtés, pour déchiffrer les vibrations des sénateurs, des propriétaires et du premier clerc, mais même si sa part peu confiante avait envie d'accepter son offre, il avait remercié encore une fois la Lux Baiula et était resté sur sa décision initiale d'accomplir son devoir en solitaire.

Tandis qu'il arrivait à la salle, Aithen sentit son estomac se retourner. Comme il avait en plus la tête qui tournait, il lui serait assez difficile de s'adresser ainsi au Sénat ; il se concentra alors sur lui-même et se détendit, comme le lui avait appris son père. Il sentit une brise tiède le traverser et cela lui permit de détendre ses muscles, d'éclaircir son esprit et de ralentir son rythme cardiaque. Il ne parvint pas à alléger sa fatigue, mais il allait mieux. Il vérifia ensuite son uniforme et s'assura que tout était en place. À dix mètres de la chambre, quatre gardes le saluèrent et poussèrent pour lui les portes d'entrée. À ce moment, des voix en colère emplirent le couloir. Le bruit parvint aux oreilles du prince, sans pour autant l'affecter. L'un des gardes entra et annonça l'arrivée du prince.

Quand Aithen apparut, les aînés se turent d'un seul coup, se levèrent et le saluèrent avec leur bras droit sur la poitrine. La plupart des sénateurs l'accueillirent avec sincérité, tandis que quelques-uns feignirent d'être contents, mais le prince n'avait que faire de leurs humeurs. Le premier sénateur Léo, flanqué des deux autres patriarches, se tenait devant la grande table ovale en face des autres anciens. Les trois patriarches se retournèrent vers les portes et accueillirent le haut prince.

Aithen embrassa la salle du regard et reconnut les hommes et les femmes qui s'y trouvaient. *Hum, le plafond semble avoir été refait ici ; ça sent la peinture fraîche.* Aithen se reprocha cette remarque incongrue, mais pas avant d'avoir examiné l'ensemble de la pièce. Le plafond de la chambre était orné de fresques remarquables, illustrant les décisions les plus importantes que le Sénat avait prises au cours des siècles, et une nouvelle scène venait de s'y ajouter. Elle représentait la période entre le règne de Flavius III et le début de celui de son père, lorsque le Sénat avait dirigé le royaume en l'absence de roi. Les murs de marbre blanc étaient dépourvus de représentations picturales et contrastaient admirablement avec les bancs de granit vert. Les bustes des anciens doyens étaient alignés le long des trois murs ainsi que d'un côté et de l'autre de la porte du quatrième mur. D'immenses fenêtres se trouvaient dans la partie supérieure des hauts murs. La lumière filtrait par les vitres et ses rayons convergeaient vers la table oblongue des patriarches. *Bon, c'est le moment de commencer.*

Comme Aithen s'approchait de l'estrade, le premier sénateur Léo vint à sa rencontre et dit d'un ton fleuri : « Haut Prince, mon siège est à vous. »

Comme on pouvait s'y attendre, Aithen remercia le premier sénateur, mais ne prit pas son siège et s'installa plutôt près du bout de la table, d'où il pourrait plus facilement s'adresser à toute l'assemblée, y compris aux patriarches. Le premier sénateur Léo lui donna la parole avec solennité et le haut prince signala à tous de s'asseoir.

Après un raclement de gorge, Aithen inaugura la première de ses deux réunions très importantes de la journée : « Premier Sénateur Léo, Patriarche Amis, Patriarche Paula, Sénateurs ; je vous remercie de me recevoir aujourd'hui. Comme vous le savez, j'arrive de Col de Corne avec près de huit cents villageois. » Dans l'assemblée, on remua et on fronça les sourcils à l'évocation du nombre, malgré que ce nombre eût déjà été porté à la connaissance de tous, mais Aithen poursuivit, imperturbable : « J'ai déjà discuté de la question des réfugiés à plusieurs reprises avec le sénateur Léo depuis notre départ de Col de Corne, et celui-ci m'a assuré que la ville était prête à les accueillir. » Le premier sénateur acquiesça pour confirmer les dires du prince. « Il m'a dit que des logements avaient été mis à leur disposition et que les fermiers et les artisans avaient été avertis afin de produire davantage de marchandises pour nos visiteurs. Il m'a aussi confié que certains d'entre vous avaient exprimé des réserves à ce sujet, et je dois avouer que vos réserves ne sont pas sans fondement, mais je n'ai — nous n'avons — pas d'autre choix étant donné qu'il n'est pas possible de loger les réfugiés à l'extérieur de la ville et que je ne souhaite pas qu'ils dorment sous des tentes. »

Il y eut encore des froncements de sourcils chez les sénateurs, mais la plupart hochèrent la tête pour montrer qu'ils comprenaient. L'un des doyens, répondant au nom de Clovis, toujours le premier à donner son avis sur tel ou tel sujet, se leva et dit d'une voix excessivement mielleuse : « Grand Seigneur Commandant, c'est bon de vous voir à nouveau parmi nous. Combien de temps pensez-vous que ces réfugiés demeureront à Furanville ? »

Aithen remarqua que le sénateur avait utilisé son titre militaire. Il savait bien qu'il voulait dire : *Je pense que vous agissez comme un général qui désire s'acquitter de son fardeau avec le plus d'efficacité possible et non comme un prince qui se soucie de son peuple.* Aithen ignora ce sous-entendu, tout en le notant pour plus tard, et répondit sans détour : « Deux mois, peut-être trois, Sénateur. »

Le sénateur Clovis acquiesça, mais continua : « Grand Seigneur Commandant, je pense que la plupart d'entre nous approuvent votre choix d'accueillir ces personnes dans le besoin, mais que ferions-nous si elles décidaient ensuite de ne pas rentrer chez elles ? Que ferions-nous dans ce cas ? Il est certain que nous ne pourrons pas — ».

Cette fois, Aithen dut remettre l'homme à sa place et l'interrompit pour dire avec fermeté : « Tout d'abord,

Sénateur Clovis, les emmener ici n'était pas un choix, mais une décision nécessaire, comme je l'ai déjà dit. Ensuite, je doute qu'ils soient nombreux à vouloir rester, mais certains le pourront, et nous *aiderons* ceux qui auront une raison valable à trouver un logement stable dans la capitale. Ce sont de vaillants travailleurs et des Alvinoriens, comme vous et moi, ce qui signifie qu'ils ont autant le droit de vivre dans la capitale que nous tous, Sénateur. »

Le sénateur Clovis pâlit légèrement et décida de mettre fin à son intervention en disant : « Merci, mon Prince. Vous avez raison, bien entendu. »

Mais les opposants n'allaient pas lâcher le morceau aussi facilement, et un autre sénateur qui avait lancé un regard méprisant à Clovis pour son comportement pleutre, prit son courage à deux mains et exprima ses préoccupations : « Haut Prince, je comprends votre position, mais j'ai du mal à voir comment nous pourrions accepter ne serait-ce qu'une dizaine d'habitants supplémentaires. Vous n'êtes sûrement pas sans savoir que nous avons déjà atteint la capacité maximale de notre cité et qu'avec nos enfants qui décident à présent de rester dans la capitale plutôt que de s'aventurer au-delà de ces murs, nous n'aurons bientôt plus d'espace pour nous, sans parler des nouveaux-arrivants, si rares soient-ils. »

La sénatrice Luma Kraelion, une femme qu'Aithen connaissait bien, se leva pour prendre la parole. Le haut roi avait l'habitude de la recevoir dans sa résidence privée d'Antar. Elle était intelligente et sa compagnie était tout aussi agréable que sa conversation et sa capacité d'écoute : « Mon Prince, puis-je ? » Aithen acquiesça et la sénatrice Kraelion engagea sa réponse : « Sisipe, en dépit de notre situation actuelle, je suis convaincue qu'il est de notre devoir d'accueillir les réfugiés et de les aider jusqu'à ce qu'ils puissent retourner à Col de Corne, ainsi que de réfléchir à la meilleure façon d'accompagner ceux qui choisiront de s'établir ici ou ailleurs. À moins qu'il n'existe une loi qui nous interdit de secourir les gens dans le besoin ? »

Le sénateur répondit en serrant les dents : « Bien sûr que non, Luma. »

« Sous-entendez-vous donc que si nous aidons ces réfugiés, nous provoquerons la ruine irréparable de la capitale ? »

Encore une fois, l'homme serra les dents et répondit que non.

« Dans ce cas, vous devez forcément insinuer que le désagrément dont ils seront la cause constitue un motif suffisant pour leur refuser l'aide à laquelle ils ont droit, celle que nous dicte notre chère Carte coriolanne. »

Le sénateur Sisipe se sentit alors vaincu et se rassit tandis qu'une foule d'applaudissements s'éleva en faveur du discours de la sénatrice Kraelion, et que se firent entendre aussi les mouvements des opposants irrités et qui s'agitaient sur leurs bancs.

Le premier sénateur Léo tapa d'un coup sec sur les rotules du Premier[55] pour attirer l'attention des doyens et annonça que la sénatrice Kraelion avait eu gain de cause concernant le projet du prince, ce qui signifiait que le Sénat était désormais engagé pour le soutenir.

Après que le premier sénateur eut frappé encore une fois sur les rotules du Premier, la sénatrice Kraelion reprit la parole et ajouta avec fierté mais sans vantardise : « Mon Prince, à présent que le Sénat est prêt à vous aider, je voudrais vous annoncer comment j'ai moi-même l'intention d'aider les Corniers : je propose de créer un bureau qui les aidera à

---

[55] Rotules du Premier : Instrument de marbre noir en forme de demi-lune, doté de quatre rotules sur le côté convexe. On utilise les rotules pour « frapper » une base en aluminium, émettant un bruit explosif chaque fois qu'elles entament le métal.

trouver un travail afin de leur permettre de subvenir aux besoins de leurs familles pendant qu'ils sont ici, sans avoir besoin de mendier. »

Un grand nombre de sénateurs applaudirent soudain des mains sur leurs genoux pour supporter la proposition de Luma Kraelion, et seul un petit nombre garda le silence. S'ensuivirent plusieurs minutes durant lesquelles un doyen ou un autre prenait la parole pour promettre d'aider les réfugiés à sa manière. Cette vague de soutien toucha profondément Aithen, et il se promit de garder en mémoire la façon dont il était arrivé à ce résultat. Après la dernière proposition — il y en eut sept qui émanèrent de divers sénateurs —, tous se turent, fatigués par leurs applaudissements et encouragements ininterrompus, et se tournèrent vers le prince.

Le prince dit : « Je vous remercie, sénateurs, et merci à vous, Sénatrice Kraelion. Vos propositions sont bienvenues et très encourageantes ; j'invite tous ceux qui ont fait une proposition à informer la Couronne dans le cas où vous auriez besoin d'aide pour la mettre en application. »

Aithen attendit un moment au cours duquel il prit un air sérieux et solennel, puis il répondit à la question que tout le monde se posait : « Sénateurs, comme vous le savez, l'exode de Col de Corne fait suite à l'attaque d'un rokon très particulier. Ceux que nous avons l'habitude de voir sont ridiculement petits à côté de celui-ci. Son attaque fut d'une violence extrême, et heureusement que nous avions avec nous Élyana Lux Baiula qui était présente pour la fête des Colossi, car, sans elle, nous aurions sans doute perdu bien plus d'hommes. »

Soudain, un jeune sénateur du nom de Cronin Sur'Élando, aux croyances religieuses très fortes, frappa les mains pour demander la parole et dit : « Mon Prince, excusez-moi, mais nous sommes plusieurs à avoir entendu dire qu'il ne s'agissait pas d'un rokon, mais de quelque chose… d'une création démoniaque. »

Deux autres sénateurs crièrent : « Ouiii » pour appuyer leur collègue.

Queue d'grass ! On dirait bien qu'Irania Lux Baiula n'a pas réussi à empêcher les rumeurs d'se propager. J'vais devoir mentir, maintenant. Queue de grassier ! À moins que…

« Si j'étais vous, Sénateur, je ne me fierais pas à ces rumeurs : elles sont souvent trompeuses. »

« Excusez mon insistance, mon Prince, mais on m'a raconté des histoires de morts sans raison physique. Si c'est vrai, cela ne peut signifier qu'une seule chose : que l'un de nos fondateurs est de retour, à savoir Nocti — ».

Lorsque le sénateur Sur'Élando commença à prononcer le nom du fondateur déchu, un tollé de voix indigné l'arrêta sur-le-champ. Le premier sénateur Léo frappa plusieurs fois sur les rotules du Premier, jusqu'à ce que le calme fût revenu dans la chambre.

Je dois y mettre un terme ici et maintenant. « Sénateur… Sur'Élando, c'est bien ça ? Adepte de l'église d'Aiala. Je comprends pourquoi vous interprétez les choses de la sorte. Mais il n'est pas sage d'interpréter des rumeurs d'une manière qui pourrait angoisser le peuple. Je vous intime donc à tous de vous en prémunir. Mais soyez certain que je ferai part au Sénat de tout ce que j'apprendrai, une fois que la véracité en aura été démontrée. » *Et voilà, pas de mensonge, et avec un peu de chance, j'les ai assez embrouillés pour qu'ils continuent à réfléchir jusqu'à ce que j'puisse leur en dire davantage.*

Le sénateur Sur'Élando était effectivement assez désarçonné par la déclaration du prince, comme tout le monde, à part Luma Kraelion. Le sénateur sembla vouloir demander au prince de répéter ce qu'il venait de dire, mais il se ravisa et se rassit, tandis qu'un autre doyen se levait pour poser sa propre question.

Cela dura un certain temps, temps au cours duquel les doyens interrogèrent le prince sur ce qu'il comptait faire pour protéger l'Alvinorie contre de nouvelles attaques, ou sur son projet de reconstruction du village et de la forteresse de Col de Corne, et, bien entendu, sur l'absence prolongée du haut roi — question à laquelle Aithen n'apprécia pas non plus de répondre. Mais, fort heureusement, il n'y eut pas davantage de questions sur la nature du rokon. La dernière à laquelle eut droit Aithen, ce fut un petit homme légèrement obèse qui la lui posa nerveusement. En effet, le doyen avait vu le Zébulonien plus tôt dans la journée :

« Mon prince… vous avez également ramené quelqu'un d'autre dans la capitale ; un homme qui semble être… » Puis le sénateur poursuivit à voix basse comme si cela allait porter malheur d'en parler à voix haute : « … un Zébulonien. »

L'homme situé à sa gauche, ainsi qu'un certain nombre d'autres personnes demandèrent : « Qu'as-tu dit, Mimius ? » Tandis que les autres lâchèrent un simple : « Quoi ? » ou se crispèrent avec incrédulité.

Aithen s'attendait à cette réaction et savait que quelqu'un finirait par lui parler de l'étranger, il avait donc préparé sa réponse : « C'est vrai, Sénateur Mimius. Cet homme s'appelle Lusk Methrim, et c'est un guérisseur de Zébulonie. »

Le sénateur Clovis était sur le point de se lever et de reprendre la parole, mais Aithen leva la main signalant à l'homme de rester assis. Le doyen obéit avec un grognement silencieux. Le prince dit ensuite : « L'homme est ici parce que je l'ai moi-même invité. Je demande donc à chacun de vous de s'adresser à lui avec la politesse due à nos invités. Son apparence est surprenante ; je vous l'accorde. Mais en dépit de ses traits, c'est un *humain* et non une créature fantastique ou cauchemardesque. »

Le patriarche Amis se leva et demanda : « Mon Prince, je suis sûr qu'il y a une raison à la présence de cet… homme. Mais comme nos deux pays sont ennemis et qu'il n'y a pas eu de Zébulonien ici depuis des siècles, il est naturel de se demander ce qui vous a amené à l'inviter ici. »

Un autre sénateur, Listus, se leva à son tour et lui répondit : « En fait, patriarche, j'ai entendu dire qu'un Zébulonien vivait à Shadin depuis un bon bout de temps. »

Les sénateurs fixèrent Listus, l'air surpris, et tournèrent leurs regards perplexes vers le prince.

Le prince dit : « Patriarche Amis, votre question est pertinente. Cet homme a déserté la Zébulonie. Comme l'a dit le sénateur Listus, il a en effet vécu à Shadin ces trois dernières années en qualité de maître guérisseur au service du Shadisha. Son travail pour le Shadisha a été impeccable, mais pour des raisons qui ne regardent que nous, il souhaite à présent offrir ses services à la Couronne, et je l'ai emmené ici afin de le faire examiner par la sororité qui décidera si nous pouvons l'employer comme médecin de la Garde royale. »

Le patriarche Amis ne parut pas tout à fait satisfait par cette réponse, mais comme elle était suffisante pour le moment, il remercia le prince. Un brouhaha de chuchotements emplit ensuite la chambre, tandis que les doyens approuvaient, formaient des hypothèses ou exprimaient leur méfiance eu égard à ce Zébulonien qui aurait travaillé trois ans à Shadin et dont une seule personne aurait entendu des *rumeurs* à son sujet, et que ce même… homme… était maintenant l'invité du haut prince.

Aithen délaissa les murmures et se tourna vers le premier sénateur Léo pour lui signifier que son adresse au Sénat était terminée. Le premier sénateur acquiesça et frappa trois coups avec les rotules du Premier, marquant ainsi la fin de la réunion. Aithen remercia les patriarches et les doyens et sortit en compagnie du premier sénateur.

Une fois à l'extérieur de la chambre du Sénat, Aithen exprima sa gratitude à Léo et lui demanda de lui rapporter toutes les rumeurs qui démarreraient au Sénat à la suite de son intervention. Le vieil homme accepta, puis demanda au prince s'il pouvait lui donner des précisions à propos de ce qu'il avait dit sur le rokon, mais Aithen refusa. Il put lire dans les yeux de l'homme son vif désir d'insister ; le premier sénateur n'était certainement pas un imbécile.

Mais Aithen ne pouvait vraiment rien ajouter sur le Scytale à ce stade, donc il prit congé du premier sénateur et se dirigea vers la cour où Kil l'attendait avec Magnus. Aithen hocha la tête et sourit de temps en temps chemin faisant, avant de pousser un soupir depuis trop longtemps retenu.

Lorsque Kil vit son maître, il crut l'entendre parler ; il dit alors : « Mon Prince ? »

Il ne fallut à Aithen qu'une fraction de seconde pour revenir à la réalité, et il dit en souriant : « Ça s'est bien passé, Kil. J'ai réussi à gérer. »

« C'est bien, mon Prince. »

« Tout à fait, Kil. Et maintenant, les seigneurs ! » D'un geste leste, Aithen monta sur le gentil Magnus et revint au palais avec son écuyer, content de lui-même et se disant que son père aurait été fier de lui — enfin il l'espérait.

＊＊＊

Le prince s'attendait à ce que sa réunion avec les seigneurs et les dames d'Alvinorie et les représentants des royaumes vassaux de Jarah, Pargah et Yerlah fût difficile, mais elle fut carrément douloureuse et la rencontre faillit se solder par un

313

échec. Il y avait à cela de nombreuses raisons, mais la principale était sans doute le nombre de membres au conseil de l'Union. En effet, le conseil était formé par vingt-huit seigneurs et dames, et trois rois, ayant chacun ses besoins propres, ses attentes et ses intentions. Leurs cris, pires que ceux du Scytale, avaient failli lui déchirer les tympans. Les propriétaires les plus puissants étaient prêts à remonter dans leurs voitures rutilantes pour préparer leur riposte, tandis que les petits patriciens — dont aucun ne disposait de forces défensives — réclamaient de l'aide sans que personne ne parvînt à s'entendre sur la manière de la leur fournir. Quelques-uns demandèrent s'il était possible d'obtenir le soutien de la sororité. D'autres exigèrent que l'on envoyât les forces du haut roi afin de protéger les terres des petits patriciens.

Sans la présence de deux personnes, la réunion aurait été bien pire — si cela eut été possible — et aucun accord n'aurait été conclu. Ces deux hommes n'étaient autres que les oncles d'Aithen : le seigneur Gaius de Praeghe et le seigneur Claudius de Brémin. Ils n'étaient pas parmi les vassaux les plus puissants du haut roi, d'un point de vue militaire, mais ils avaient beaucoup d'influence sur leurs pairs.

Le seigneur Gaius était le frère cadet du haut roi ; il venait de fêter ses cent ans. C'était un homme jovial et dynamique, propriétaire d'une terre fertile, brillant en affaires et apprécié de ses serfs comme de ses voisins pour sa grande générosité et pour ses bals où plébéiens et patriciens étaient les bienvenus — bien que les premiers et les seconds fussent tenus à part les uns des autres. Gaius était également, contre toute attente, au deuxième rang des meilleurs archers du royaume, juste après son neveu, Aithen, et il avait l'habitude d'impressionner ses hôtes en décochant une flèche dans une outre de vin que ses fils tenaient dans leurs bouches. Il y avait encore une chose pour laquelle Gaius était connu, c'était son talent pour faire changer les gens d'avis et se ranger du côté de ceux qui avaient son soutien. Parfois, il le faisait par la force de ses convictions qu'il partageait avec brio, d'autres fois, il embarrassait un seigneur ou une dame jusqu'à ce que la personne cédât, pensant alors être arrivée à ce résultat par elle-même. Évidemment, ce genre de manipulations était parfois source d'ennuis avec les patriciens les plus puissants, mais le seigneur Gaius avait suffisamment de partisans pour ne pas s'en inquiéter, et il était après tout le frère du haut roi — à la quatrième place pour le trône — et nul n'osait le toucher de peur de s'attirer les foudres d'Octavius.

Le seigneur Gaius était veuf : il avait perdu son épouse, une humaine de vingt ans sa cadette et avait avec elle deux fils, ou plutôt, il avait eu : Ulvius le plus grand seigneur des mines, et Loris, mort lors de l'attaque du Scytale à Col de Corne. Aujourd'hui, l'oncle du prince n'était plus lui-même, car il était toujours affligé par le décès de son fils. Gaius avait même demandé la permission de refuser l'invitation à Furanville, mais Aithen lui avait dit que sa présence était fort importante, donc il était venu. Aujourd'hui, il fit son possible pour se comporter et interagir avec les autres comme à son habitude, et seuls ses sourires en retard et son rire forcé lorsqu'un noble, ignorant le décès de Loris, tentait de le dérider, témoignaient de son chagrin omniprésent.

Quant au seigneur Claudius, bien qu'il eût autant de succès que Gaius, il ne pouvait pas être plus différent de Gaius et même d'Octavius par sa nature. Claudius, d'un caractère extrêmement sérieux, paraissait presque toujours absorbé, riant seulement à quelque chose de vraiment drôle et bien approprié, et ne souriait que lorsque quelqu'un, par ses actes ou par ses paroles, le rendait particulièrement heureux. Contrairement au quotidien mouvementé de Gaius et à la vie trépidante d'Octavius, souverain de l'un des territoires les plus grands et les plus peuplés, Claudius — âgé de cent trente ans

— avait une vie relativement calme mais confortable, avec ses deux fils et sa femme dans une grande et luxueuse villa sur les rives de la mer de l'Est. La fille du seigneur Claudius, Aria, se trouvait en Kynarie pour y développer ses capacités sensorielles et devenir prêtresse. En effet, Claudius voulait qu'Aria accède à la prêtrise en Kynarie, l'institution la plus puissante et la plus influente de ce pays particulièrement riche, afin d'assurer l'avenir de sa famille, ses fils ne s'intéressant ni à la politique, ni à l'armée, ni à l'économie.

Grâce à son inclination pour l'observation et la réflexion, Claudius était devenu un homme très instruit, doté d'une intelligence spécialement affûtée pour saisir l'esprit des lois, et avait une connaissance particulièrement fine et poussée de la Carte coriolanne. Il en savait même plus sur la Carte coriolanne que les propres avocats d'Octavius, ce qui faisait de lui le jurisconsulte le plus recherché[56] du pays. Il était en réalité connu pour avoir résolu de nombreux différends entre roturiers et propriétaires, et avait également aidé lors de conflits présentés à la Cour au fil des décennies. L'activité de jurisconsulte s'ajoutant aux revenus générés par le port le plus fréquenté de l'Alvinorie, Claudius était devenu un homme riche. Mais à présent qu'il vieillissait et se fatiguait rapidement, les richesses accumulées finiraient par s'envoler à moins que sa fille n'atteignît la prêtrise et ne reprît possession des terres le moment venu.

Après trente minutes de querelles et après que les seigneurs et les dames eurent décidé de prendre une pause pour respirer, Lord Claudius s'était levé et avait saisi l'occasion de s'adresser au haut prince. Il dit : « Mon prince, seigneurs et dames, puis-je résumer la situation telle que je la vois ? » Aithen hocha la

---

[56] Jurisconsulte : Personne érudite, amatrice de droit et ayant étudié les lois, que tout le monde peut consulter pour des questions légales.

tête avec impatience, tandis que les autres soupiraient d'épuisement ou suppliaient le vieux penseur de parler, espérant qu'il résoudrait les choses pour eux.

« Mon Prince, je pense que tout le monde s'accorde à dire que si un village ou une petite ville se trouvait menacé, il serait normal que ses occupants soient rassemblés dans le bastion le plus proche qui devrait normalement être la forteresse du propriétaire de la localité. Mais il est fort probable que les forces défensives d'un petit propriétaire seront dépassées par le rokon, étant donné la puissance meurtrière et destructive dont il a fait preuve contre la forteresse de Col de Corne qui était, quant à elle, extrêmement bien défendue. Je crois qu'il n'y a donc que trois manières de résoudre ce problème : la première serait d'ordonner aux populations touchées de se réinstaller dans la grande forteresse la plus proche ; la seconde serait de demander aux grands propriétaires de détacher de petits groupes de défenseurs afin d'augmenter les forces des petits propriétaires ; la troisième serait que la Garde royale elle-même se charge de détacher de petits groupes de soldats. Bien entendu, quelle que soit l'option choisie, Urbs Lucis devra contribuer à l'élaboration du projet, malgré l'aversion de certains pour l'idée d'accueillir des groupes de cordons rouges sur leurs terres. »

Lorsque Claudius se rassit, on entendit partout dans la salle un concerto de voix de la plupart des petits propriétaires qui se ravissaient de ses propositions. Mais ces voix furent aussitôt relayées par d'autres voix en désaccord, celles de nombreux grands propriétaires et de quelques petits.

Aithen en prit acte et répondit en conséquence : « Merci, Seigneur Claudius ; il semble que ce soient là nos seules solutions, et bien que je ne puisse forcer personne à accepter la première ni la deuxième — ou la quatrième — j'ai bien conscience qu'il faudra les adapter les unes aux autres afin de plaire à tous. Car la Garde royale, même si elle représente la force armée la plus importante du royaume, ne possède pas les effectifs suffisants pour envoyer ses soldats auprès de chaque petit propriétaire. Nous devrons faire un compromis pour satisfaire nos obligations à tous, en tenant compte de ce que chacun peut ou ne peut pas faire. »

Claudius commençait à plébisciter son neveu lorsque le seigneur Arotek de Mélinor l'en empêcha, choquant certains membres de l'assemblée et provoquant des œillades entre ceux qui le connaissaient bien. En effet, tout le monde savait qu'il avait le frère érudit d'Octavius en horreur, et qu'il se moquait de la bienséance. Ce dernier trait de caractère, Arotek le démontrait tous les jours en rassemblant ses cheveux dans une queue de huit centimètres, alors que — par convention — seuls les hommes de la Maison Coriolis étaient autorisés à porter une telle coiffure : l'héritier du trône pouvait porter une queue de dix centimètres, le second héritier, une de sept centimètres, tandis que tous les autres hommes devaient se limiter à quatre centimètres.

Le seigneur Arotek dit ainsi : « Je vous remercie, Seigneur Claudius, d'avoir énuméré ces possibilités pour nous. Mais, mon Prince, vous vous doutez que je ne peux pas me permettre de mettre les populations de mes propres terres en danger pour aller soutenir des propriétaires qui n'auront pas été capables de bien gérer leurs ressources ni leurs forces. Et quoique ma forteresse soit très grande, elle l'est juste assez pour y abriter mes habitants et pour subvenir à leurs besoins. J'ai bien peur que Votre Altesse ne doive envisager d'envoyer des soldats de la Garde royale là où une protection supplémentaire sera nécessaire. »

Les nerfs d'Aithen allaient lâcher en écoutant les propos durs et irrespectueux d'Arotek, mais le prince modula néanmoins sa réponse, et ce qu'il dit surprit toute l'assemblée et en réjouit un bon nombre. Les yeux plissés et les lèvres serrées, Aithen déclara : « Seigneur Arotek. Tout d'abord, je vous rappelle que même si cela n'est pas écrit noir sur blanc, politesse et respect sont les exigences de ce corps, que ce soit mon père ou non qui le préside ; je vous exhorte à vous en souvenir. »

Colère et humiliation envahirent le visage du seigneur tandis que de nombreux pairs eurent du mal à cacher leur plaisir.

Le prince continua : « Maintenant, Seigneur Arotek, je comprends vos inquiétudes, mais si ma mémoire est bonne, chaque Maison est légalement tenue de protéger ses habitants sur son territoire. De plus, les sommes versées à chaque propriétaire sont fonction de la taille et de la force armée du propriétaire, et l'exigence principale au maintien de telles forces est qu'elle doit être utilisée pour défendre les habitants dudit propriétaire. Cependant, les sommes que vous recevez sont assez importantes et même disproportionnées par rapport à l'étendue de vos terres — chose qui agace nombre de vos pairs. Mais nous ne sommes pas ici pour parler de cela : nous devons trouver un compromis qui permettra d'assurer la sécurité de toute communauté susceptible d'être attaquée par le rokon dans les jours prochains, et ce compromis *exigera* que nous participions tous et que nous mettions de côté nos aversions et nos craintes. »

À la fois choqué et profondément humilié par ce commentaire ainsi que par l'attitude confiante et autoritaire du prince à laquelle Arotek ne s'attendait pas, ce dernier se tassa dans son siège et dit en serrant les dents, d'une voix à peine audible : « Oui, mon Prince », espérant ne plus être au centre de l'attention.

Quant à Aithen, il ne savait que penser de cette réussite et se demanda s'il n'avait pas fait une erreur en se créant ainsi un nouvel ennemi. Il devait pourtant conclure ce débat et il lui sembla que cela devenait soudain possible. Il se tourna donc vers son oncle et lui demanda : « Seigneur Claudius, qu'en pensez-vous ? »

Claudius lui répondit, comme si de rien n'était : « Mon Prince, je suis d'avis que les principales Maisons devraient s'occuper de protéger leurs propres habitants, de même que ceux des petites Maisons qui ne peuvent pas fournir ce genre de protection à leurs populations, ainsi que le recommande la loi. Lorsqu'il est évident que les ressources d'une grande Maison ne suffiront pas, je suggère à Votre Altesse d'y détacher un groupe de soldats de la Garde royale, pour lequel, évidemment, la Maison en question devra dédommager la Couronne. »

La suggestion de Claudius suscita de nombreuses réponses, mais la loi est la loi, et la plupart des patriciens avaient conscience du fait que la Garde royale ne serait pas en mesure de protéger tous les petits propriétaires, nonobstant sa taille, et la majorité acquiesça à cette proposition.

Après un moment, Claudius ajouta : « Je vous conseille également de faire appel à Urbs Lucis pour solliciter son aide, mais uniquement lorsque cela sera absolument nécessaire. »

Les membres du conseil grognèrent, mais le seigneur Arotek prit à nouveau la parole : « Vous voulez parlez d'envoyer… des Sœurs, à la demande d'un propriétaire, ou vous parlez d'autre chose, Seigneur Claudius ? »

« Je veux dire envoyer des Sœurs là où il sera nécessaire de protéger les sujets du haut roi. »

Le seigneur Arotek, rouge de colère, garda le silence pour s'empêcher de dire quelque chose qu'il pourrait regretter, mais ses partisans tournèrent vers lui des regards qui disaient : « Ne vous inquiétez pas, Arotek, nous ferons regretter au prince et à son vieux croûton d'oncle d'avoir prononcé ces paroles. »

Aithen en prit bonne note et pensa : *Je n'envie vraiment pas mon père... et je n'aime pas cet homme... en fait, j'vais devoir me méfier de lui et de ses partisans. Le problème, c'est que même mon oncle ne sait pas à quel point ce* rokon *est une créature dangereuse, et qu'il n'y a qu'une Lux Baiula qui pourra empêcher un massacre — à condition qu'Élyana trouve ou forme d'autres Sœurs capables de générer cette nébuleuse.*

Arotek lui-même s'en rendra compte si le Scytale attaque ses terres. Il faut une Lux Baiula dans chaque grande forteresse.

Après avoir pris sa décision, le haut prince regarda l'ensemble des membres du conseil et formula sa proposition : qu'une Lux Baiula fût présente dans toutes les forteresses principales afin de les aider à se défendre contre le rokon. L'assemblée accueillit cette proposition avec un tollé d'indignation, et Aithen commença à désespérer de ne jamais trouver le moyen de faire accepter son idée aux grandes Maisons.

C'est alors que le seigneur Gaius vola à son secours, haranguant les opposants les plus virulents (tous des hommes) et déployant encore plus d'effort qu'à l'accoutumée, peut-être sous le coup de la perte que lui avait occasionnée l'attaque du rokon à Col de Corne. Il fit honte aux seigneurs en leur rappelant que jamais une Lux Baiula n'avait tenté d'usurper le trône depuis des décennies, qu'aucun propriétaire conseillé par une Lux Baiula n'avait tenté d'envahir les terres de son voisin, et que dames Falco et Moradina — les deux patriciennes les plus appréciées et les plus respectées — employaient chacune deux Sœurs.

Plusieurs hommes se rassirent, gênés. D'autres, cependant, tentèrent de contrer les arguments du seigneur Gaius en se référant à des rumeurs selon lesquelles les Sœurs sèmeraient le trouble dans les esprits, au point que personne ne pouvait se rendre compte de ce qui avait été perdu en échange de leurs prétendus services. Gaius explosa et se mit à énumérer tous les cas *répertoriés* qui avaient été réglés grâce à l'intervention d'une Lux Baiula, au sein même de ce Conseil. N'êtes-vous pas satisfaits du résultat ? demanda-t-il aux propriétaires en question. La plupart grognèrent pour toute réponse, bien trop gênés pour prononcer la moindre parole. Voyant que la bataille était presque gagnée, Gaius asséna le coup final en donnant un dernier exemple de la crédibilité de la sororité, en rappelant que le haut roi lui-même, aimé et respecté dans toute l'Alvinorie, employait aussi une Lux Baiula, une Lux Baiula qui n'avait pas hésité à plaider en faveur de leurs intérêts — ceux des seigneurs et des dames alvinoriens — lorsque le roi avait envisagé de limiter l'accession aux terres de la Couronne partout dans le royaume. Cette dernière remarque acheva de convaincre l'opposition. Le seigneur Gaius se rassit sous les applaudissements et les cris d'encouragement, content de lui-même et étrangement soulagé. Il hocha la tête à l'intention de son neveu comme pour lui dire : « Ils sont prêts à faire des compromis, Aithen. »

Après deux heures de négociations, les membres du conseil de l'Union étaient enfin parvenus à un accord : Aithen dépêcherait quelques soldats dans les villes des petits patriciens que les grandes Maisons ne pourraient pas protéger pour diverses raisons, sauf dans les territoires du nord, où les rois de Jarah, Pargah et Yerlah — qui chérissaient leur petite indépendance — préféreraient s'occuper de leur propre défense. La partie la plus litigieuse de la proposition d'Aithen — le fait qu'Urbs Lucis envoie une Sœur dans toutes les grandes forteresses afin d'aider les forces défensives — fut adoptée sans condition. On se serra la main et l'on se remercia — et tout le monde se mit sur le départ. Les représentants des royaumes de Jarah, Pargah et Yerlah remercièrent le prince avec des pierres précieuses et des cargaisons des meilleures épées et flèches du continent, ravis qu'aucune force de la Maison Coriolis ne serait envoyée sur leurs territoires ; pour eux, c'était une question d'honneur, même s'ils étaient grands vassaux du haut roi.

Épuisé mais satisfait, Aithen quitta la grande salle d'audience, tout en réfléchissant à la dernière réunion à laquelle il devrait se rendre avant la fin de la journée.

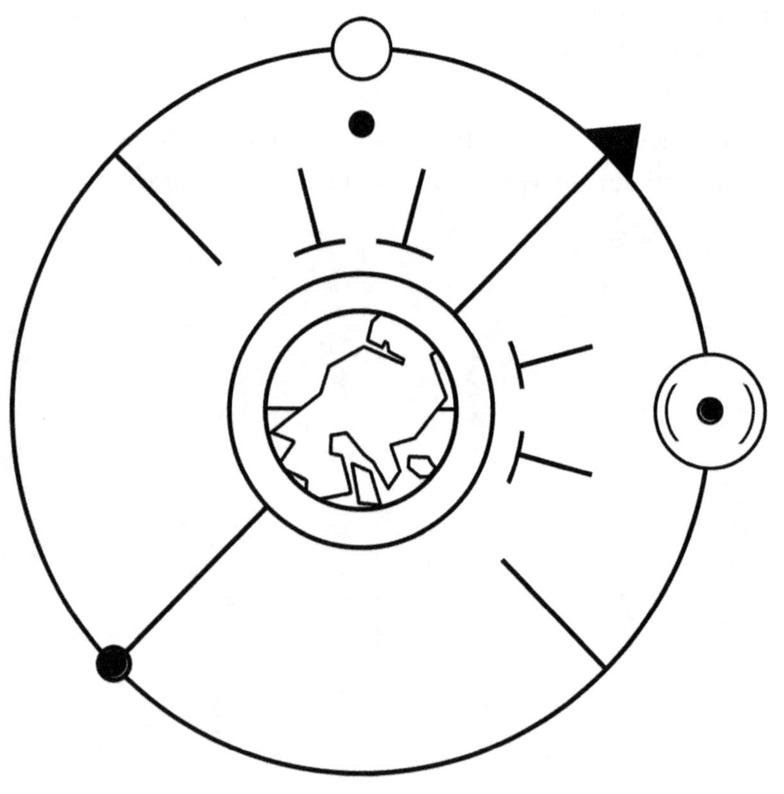

XV DES ÉMOTIONS TROUBLANTES

Dame Darya entra à contrecœur dans le grand bureau de Gharana, la prêtresse traqueuse. Les murs étaient revêtus de couleurs aveuglantes, de jaunes et de rouges. *Comment peut-elle supporter ça ?* La prêtresse était assise derrière un immense bureau, parfaitement verni, si bien que les couleurs criardes du bois aveuglaient Darya. *Je vais finir par avoir mal à la tête si je continue à regarder ça.*

Gharana accueillit Darya avec un accent kynarien oriental impeccable, c'est à dire composé de longues voyelles extrêmement étirées. « Daaame Daaryaaa! Ouiii, entreeez. Asseeeyez-vous. »

Darya n'avait jamais réussi à se faire à cet accent des territoires de l'Est de la Kynarie et, jusqu'à lors, elle ne pouvait l'entendre sans grimacer. Seules deux prêtresses venaient de cette région du continent kynarien. Pour des raisons que l'on ignorait, la plupart des hommes et des femmes de la région n'étaient pas capables de ressentir le Lien ou d'y entrer. Certains pensaient que cela pouvait être un minéral contenu dans le sol qui empêchait l'esprit d'atteindre des niveaux de conscience inférieurs ; cependant, même élevés à l'ouest du territoire, les natifs de l'Est ne parvenaient pas à développer ces aptitudes — ce qui alimentait le sentiment de supériorité des gens de l'Ouest. Malgré leur raffinement et leurs connaissances de pointe, les Occidentaux étaient toujours pétris de préjugés, pensa Darya. Mais ce n'était pas son cas, et elle était du genre à considérer chaque femme instruite comme son égale, même si cela n'atténuait pas son aversion pour l'accent oriental.

Darya répondit : « Merci, Sœur Gharana », tandis qu'elle s'asseyait sur un fauteuil de verni sombre.

« Bien, la révérende m'a demandé de vous aider à localiiiser le roi, votre maaari. »

Bah. Cet accent !

« En effet. Je ne suis pas capable de le faire moi-même, malgré ma forte connexion avec lui. Je suis certaine que vous savez combien il est important de le retrouver et de le faire revenir. Mes fils peuvent encore gérer cette situation un moment, mais leur autorité en tant que prince héritier et protecteur du Col ne suffira pas. Je crains également qu'Aithen ne puisse pas s'occuper bien longtemps des questions politiques du royaume. »

Gharana dit en étirant encore les voyelles plus que de raison : « Oui, je suis sûûûre qu'ils seront bientôt dépaaaassés. Alors, allons-y. »

La femme se leva et sortit de la pièce pour se rendre sur le balcon. Les Kynariennes croyaient que pour se connecter efficacement au Lien, un sensoriel devait se trouver dans un espace ouvert afin de communiquer avec les éléments naturels.

Au sol, il y avait un petit tapis pelucheux couleur crème. Gharana s'agenouilla dessus et s'assit en tailleur. Ses fesses heurtèrent le sol dans un bruit sourd ; la femme était assurément lourde. Mais elle était, malgré tout, fière et très sûre d'elle.

Darya s'agenouilla elle aussi, puis s'assit dos à dos avec Gharana. La femme se pencha ensuite en avant et attrapa sur une chaise près d'elle une ceinture conductrice. Elle attacha une extrémité à son poignet droit et donna l'autre bout à Darya afin qu'elle l'attache à son poignet gauche. Ainsi, leurs flux électriques seraient connectés.

Darya n'avait effectué ce genre de connexion par les flux qu'une seule fois auparavant — car elle entrait généralement dans le Lien par ses propres moyens —, mais elle connaissait le principe de la procédure. Avec un léger scepticisme, elle dit : « Je suis prête, Sœur Gharana. »

« Parfait, je vais entrer dans un état méditatif de niveau deux. Lorsque nous serons en transe, vous pourrez commencer à chercher votre mari puisque vous saurez reconnaître les signes de sa présence. Je pourrai ressentir la même chose que vous, grâce à notre connexion — je suppose que vous connaissez le principe ? Oui ? Cela simplifiera les choses. »

Gharana poursuivit : « Fermez les yeux et entrez en transe. Une fois connectées dans le Lien, vous pourrez lancer vos recherches. »

Darya s'exécuta. Lorsqu'elle atteint le niveau deux, elle entra dans le Lien et se mit à suivre les battements de cœur de Gharana. Quelques minutes suffirent pour le trouver et s'y connecter. À présent, elle se tenait à côté de l'autre prêtresse, dans la blanche et pure lumière du Lien, avec son immense voie lactée. Cette expérience aurait dû lui procurer de la joie, une joie immense, comme c'était le cas pour la plupart des Alterintrants. Pourtant, ce n'était plus aussi grisant pour Darya et cela l'attristait considérablement.

Gharana envoya à Darya : « *Parfait, Ma Dame. Je suis ravie de constater que les affaires politiques ne vous ont pas rendue incompétente.* »

La forme de Darya tourna la tête et lui lança un regard incrédule. Pour qui me prend-elle ?!

« *J'ai rencontré beaucoup de femmes de votre rang qui ont laissé choir leurs capacités de liaison à cause de leurs prétendues priorités. Mais ce n'est pas votre cas et c'est une bonne chose.* »

La forme de Darya relâcha légèrement — très légèrement — ses sourcils froncés.

L'Orientale continua avec son terrible accent : « *À présent, démarrez votre exploration, Daaame Darya. Lorsque je perceeevrai la vibration que vous cherchez, je pourrai poursuivre par moi-mêêême et me fixer aux vibrations du haut roi une fois que je l'aurai trouvé.* »

Darya sentit sa forme se recroqueviller, et constata avec embarras que, même dans le Lien, l'accent de la femme l'irritait toujours. Mais il fallait en finir, et elle convoqua l'image et la vibration de son mari afin de commencer sa recherche.

***

La chasse se révéla, malheureusement, un échec. La Sœur Gharana en voulait à Darya, tandis que l'épouse du roi maudissait son mari pour l'avoir placée dans une position aussi embarrassante, même si elle savait qu'il valait mieux ne pas l'avoir retrouvé, malgré son vif désir de savoir où il était et — plus encore — avec *qui* il était. Il lui avait en effet confié — la veille de son départ incognito en compagnie de sa garde — que si les Kynariens ou l'ordre de la lumière avaient vent de ses projets, ils n'hésiteraient pas à le punir. Comme il ne voulait pas que cela arrivât ni que Darya eût à mentir à ses supérieurs pour le protéger, il avait réussi à la convaincre qu'il était préférable qu'elle ne sût pas les détails de sa mission.

Évidemment, cela signifiait qu'elle se trouverait un jour dans cette exacte situation : être humiliée de ne pas savoir où était son mari, et supporter les remarques négatives de la prêtresse suprême ainsi que celles de la prêtresse traqueuse. Elle aurait tant aimé pouvoir gifler cette dernière ; la femme l'insultait et remettait en question ses capacités tandis qu'elle tournait en rond dans son bureau après leur dernière vaine tentative. Darya avait bien envie de dire ce qu'elle pensait à

328

cette prêtresse, mais elle savait que cela ne servirait à rien et elle préféra laisser Gharana vider son sac. Soudain, une pensée agréable surgit dans l'esprit de Darya : Gharana avait perdu son accent — on eût dit que cela résultait de sa colère.

Eh bien, il semble que les mauvaises choses peuvent *en engendrer de bonnes.*

✳✳✳

« Haut Prince, je ne conteste pas le fait que vous soyez responsable de la sécurité du peuple, mais ce que je vous dis, c'est que, moi, je suis responsable de la sécurité de leurs *corps sacrés ainsi que de leurs âmes.* Et ce que je sais de ce rokon m'indique que les deux courent un grand danger. »

En réalité, ceux qui sont en danger, ce sont leurs corps et leurs esprits... *et vos invocations ne sauveront personne. Pas plus que votre troupeau de prieurs ni l'expiation de leurs pêchés.*

Aithen faisait de son mieux pour cacher son aversion tandis qu'il regardait le prêtre dans les yeux : « Que *savez*-vous de ce rokon, Premier clerc ? »

« J'en ai entendu les rapports et — »

Aithen interrompit le prêtre : « Vous avez entendu les rumeurs. »

« J'ai appris que de nombreux soldats et villageois avaient perdu leur âme à Col de Corne, mon Prince ; que des hommes ont vu ces âmes sortir des corps de leurs camarades alors qu'ils tombaient, et leurs corps — corps qu'ils devaient garder intacts pour le jour de l'Union — se déformer et s'altérer à la suite de leur lutte désespérée pour y ramener leurs âmes. Ces récits sont pour le moins troublants. » L'homme suffisant se tut, comme pour donner à ses paroles le temps de faire leur chemin dans l'esprit du prince. « Il est primordial que j'envoie

329

des prêtres à la forteresse ainsi que dans chaque village attaqué afin de vérifier ces faits et... »

Aithen corrigea à nouveau le clerc : « Ces rumeurs... »

« Oui, je sais que la Couronne n'a fait aucune déclaration officielle à ce sujet, mon Prince. Mais vous devez admettre que lorsqu'un grand nombre de soldats et de paysans racontent la même chose, il y a forcément une part de vérité que je *ne peux* ignorer. Il est donc impératif que j'envoie quelques-uns de mes prêtres là-bas afin de vérifier tout cela. Si ces *rumeurs* se révèlent fausses, nous leur ferons barrage, car il n'y a pas de place dans notre religion pour les fausses croyances. Mais si elles devaient être avérées, comme je le crois, alors l'Église s'en mêlerait pour protéger les corps sacrés et les âmes de notre peuple — mon Prince. »

J'vais l'étrangler ici et maintenant. Pour qui s'prend-il ? Il est encore pire que cet arrogant d'Arotek ou cet idiot de Sisipe. Si seulement Élyana était là ; elle saurait probablement mieux que moi comment s'y prendre.

« Comme je l'ai déjà dit, Premier Clerc, nous avons déjà établi un plan pour protéger les villes et les villages contre le rokon, si ce dernier poursuit ses offensives. Vous avez le droit, bien entendu, de vous rendre dans les villages et d'apporter votre aide à ceux qui en ont besoin. Mais il ne serait pas raisonnable de terrifier les gens en leur racontant des histoires d'âmes arrachées ou pire encore. » Aithen lança au chef de l'ordre d'Aiala un regard qui signifiait qu'il était prévenu. C'était peut-être un homme puissant, mais il n'avait pas le droit de menacer la sécurité du royaume en permettant à ses prêtres de colporter de folles histoires de fin du monde.

Galadrin serra les dents, puis se détendit pour répondre : « Bien sûr, Haut Prince. Au bout du compte, nous avons les mêmes objectifs : garantir la liberté, la paix et le bonheur de tous. Je parlerai à mes clercs lors de la communion de ce soir et je m'assurerai que leur message est conforme à la vérité. »

Oui, j'en suis certain. Le problème est là : de quelle vérité parles-tu ? De la tienne ou de la mienne ? Ceci étant, tu as raison sur un point : cette créature est loin d'être un simple rokon, Galadrin. Mais je ne peux pas te laisser usurper cette situation. Mon père ne le voudrait pas, et moi non plus.

« Très bien, Premier Clerc. Je puis donc m'attendre à ce que vos fidèles ne troublent plus la quiétude des sujets de la Couronne. »

Aithen savait qu'il venait d'offenser l'homme, mais il s'en moquait. Il détestait ce clerc et, avec lui, tout ce qu'il représentait : l'asservissement continuel de l'esprit humain pour le *bien des dieux.* C'était fondamentalement mauvais, ces dieux fussent-ils réels ou chimériques. Aithen attendit que le premier clerc se fâchât, mais Galadrin possédait manifestement une excellente maîtrise de ses émotions et exprima son mécontentement par un simple mouvement de lèvres discret.

À ce moment, l'homme demanda, d'un air faussement poli, si le prince souhaitait s'entretenir de quelque chose d'autre. Lorsque Aithen l'informa que c'était tout et que la réunion était terminée, Galadrin le remercia de cet échange, lui fit une révérence approximative, et tourna les talons.

Alors que Galadrin passait la porte, Aithen l'interpela : « Ah oui, encore une chose, Premier Clerc. Si vous ou vos gens entendez d'autres rumeurs qui pourraient semer la panique parmi les habitants, il est impératif que vous n'en fassiez rien et que vous n'en parliez pas avant de m'en avoir informé. »

« Tout à fait, mon Prince. Je comprends. » Et l'homme s'éloigna, rouge de colère.

Épuisé, Aithen se laissa tomber dans un fauteuil en feuilles de lacora. Il était près de huit heures et demie après grandjour. Chaque fois qu'il était fatigué, et surtout les jours de grande chaleur, il aimait s'y asseoir pour se détendre, réconforté par les branchages dynamiques et la fraîcheur des feuilles humides. Le siège était formé par les branches et les feuilles du lacora. Les moines de l'Ordre d'Élande passaient plusieurs mois à façonner les plantes pour vendre ces sièges à de rares privilégiés. Les feuilles, épaisses et souples, possédaient des bords crochetés permettant de les relier les unes aux autres. Sous la pression, comme lorsque quelqu'un s'y asseyait, les branches se gonflaient, apportant ainsi à l'ensemble suffisamment de résistance pour supporter le poids d'un homme ; la surface pouvait se durcir ou se ramollir en la frottant doucement. Lorsque la personne bougeait, la chaise adaptait sa forme à son corps.

Assis dans ce fauteuil vivant, le prince laissa libre-cours à ses pensées, vagabondant entre les événements de Col de Corne, la nuit dans le Lien avec Élyana, l'étranger, son frère, son père, ses réunions — surtout la dernière — et Élyana. Lorsqu'il arriva à la Lux Baiula, son esprit s'y attarda, toujours perturbé par ses sentiments déconcertants — ou plutôt troublants. En effet, il avait beau considérer ses sentiments pour la Lux Baiula sous tous les angles, il en arrivait toujours à la même conclusion : une relation avec elle serait source de nombreux soucis et il ne pouvait pas se le permettre pour le moment.

Un léger coup contre la porte de sa chambre ramena le prince à la réalité. Une jeune voix s'éleva :

« Grand Seigneur Commandant ? »

« Oui, Kildare ? »

« Élyana Lux Baiula est ici pour vous voir, mon Prince. »

332

« Fais-la donc entrer et fais monter notre dîner. »

Kildare reçut les instructions du prince, mais ne bougea pas, embarrassé.

« Qu'y a-t-il, Kil ? »

« Nous avons un… enfin un… nous avons un chef-invité dans la cuisine. On m'a dit qu'il s'agissait du fils du poissonnier Brak. Il est là pour préparer du molpoisson à la demande d'Élyana. »

« Du molpoisson !? À la demande d'Élyana ? »

« Voulez-vous que je le renvoie, mon Prince, et que votre cuisinier prépare le repas ? »

« Hum. Non… non. Je suppose que si Élyana a organisé tout cela, c'est qu'elle pense que je vais aimer cette recette — bien que j'ignore comment elle *sait* cela. Assure-toi simplement qu'il y aura quelque chose d'autre que j'aime au cas où le molpoisson ne me convienne pas finalement. »

L'écuyer d'Aithen acquiesça, salua et sortit.

Peu après, la Lux Baiula entra. Le prince se releva et, ce faisant, la plante de lacora reprit sa forme initiale. Aithen fut ému en voyant la femme apparaître. Elle était encore plus belle que d'habitude. Elle s'était changée et avait passé un vêtement léger et décontracté — une robe blanche aux manches mauves, avec bien sûr son cordon mauve et sa pièce rouge — mais sa robe simple était néanmoins très bien ajustée et son allure ainsi que son regard serein la rendaient irrésistible, à tel point que lorsque leurs yeux se rencontrèrent, un sentiment soudain de joie et de soulagement submergea Aithen, et sa voix se chargea d'émotion tandis qu'il l'accueillait, bien malgré lui. Aithen espérait que la Lux Baiula n'avait rien remarqué, mais elle s'en était aperçue et il observa une légère hésitation dans la démarche de la femme. *Grrr ! Pourquoi ai-je réagi comme ça ? Qu'est-ce qui ne va pas avec moi ?!*

Élyana s'en remit tout de même rapidement et s'installa à sa place habituelle — un large fauteuil brun en daim juste en face d'Aithen —, fermement décidée à mettre un terme aux distractions émotionnelles du prince. Le seul problème était qu'au fond d'elle, elle se livrait aux mêmes distractions émotionnelles. Et elle aurait tant aimé les ignorer.

Aithen se racla la gorge, gêné, sentant le malaise s'installer. Il savait pertinemment qu'il valait mieux qu'ils en viennent directement aux faits, pourtant, voici ce qui sortit de sa bouche : « Je suis heureux que tu sois enfin là. J'suis sens dessus dessous depuis notre arrivée à Furanville et, après toutes ces réunions, j'ai désespérément besoin d'une conversation simple et amicale. »

« J'entends. Je suppose que tes réunions étaient aussi pénibles que prévu ? »

« Oui, surtout celle avec cet imbécile complètement bouché. »

« Le premier clerc Galadrin ? »

« *Mmm*. Si je ne savais pas aussi bien me maîtriser, je l'aurais sans doute frappé quand il se tenait devant moi, et j'en aurais fini avec lui *hic et nunc*[57]. Tu aurais dû l'entendre essayer de me convaincre qu'il est tout aussi responsable que moi — sinon plus — du bien-être des sujets du royaume. »

Élyana répondit : « De son point de vue, il est le seul capable de nous protéger tous. Après tout, lorsque tu ne parviens pas à protéger nos enveloppes corporelles, c'est le réceptacle que l'on nous apprend à soigner et à conserver intact pour l'offrir aux fondateurs le jour de l'Avènement que nous perdons en même temps que l'âme qui y est attachée.

---

[57] Hic et nunc signifie « ici et maintenant » [Note : C'est une véritable expression latine, encore utilisée aujourd'hui pour caractériser ceux qui cherchent à satisfaire leurs désirs immédiatement].

Mais Galadrin protège l'entièreté de nos personnes, y compris la tienne et la mienne. »

Aithen lui lança un regard agacé et dit : « Tu ne m'aides pas, Élyana. J'sais que tu n'es pas croyante. »

« Je suis désolée, Aithen, mais le fait est que tant que les hommes croiront en ces balivernes, Galadrin et ses semblables continueront à être leurs seuls protecteurs *véritables*, et c'est ce qui donne tant de pouvoir aux castes religieuses. »

« *Ah* ! On aurait dû éliminer les ordres religieux tant qu'on le pouvait, il y a des années. »

« Cela n'aurait été d'aucun secours. Tu ne peux pas éradiquer les croyances religieuses en supprimant simplement la caste religieuse ou leurs rites. On a essayé de le faire dans l'Ouest et ça n'a pas fonctionné. La seule façon d'éliminer la religion serait d'éclairer les gens et de leur donner un autre moyen de vaincre la mort. »

« Fais-tu allusion à ces tribus de Yerlah et à leurs rituels de transmission ? »

« Oui. »

« Je me suis souvent demandé si le reste du royaume pouvait être incité à adopter ce genre de rituels. »

Élyana réfléchit sérieusement à la question d'Aithen et lui répondit : « Peut-être. Il y a aussi sûrement d'autres manières d'obtenir les mêmes résultats ».

« Que veux-tu dire ? »

« Je parle du transfert de mémoire. Imagine un monde dans lequel on pourrait tous transférer ce qui compte vraiment avant de mourir — les souvenirs ; dans notre ordre, nous le faisons depuis des siècles. Ce serait encore mieux que la vie éternelle rêvée par les religieux qui ne constitue qu'une simple promesse invérifiable. Par le transfert de mémoire, l'esprit de quelqu'un est immédiatement préservé, preuves à l'appui, et reste vivant à jamais dans les mémoires des êtres. »

« Oui, c'est à envisager, effectivement », dit Aithen, emporté par l'excitation d'Élyana. Mais soudain, les paroles anciennes sur l'emblème familial accroché au mur comme le rappel éternel des devoirs sacrés de la famille royale, le bouleversèrent et il se mit à grogner. « *Ah* ! Tout cela est bien beau, mais totalement inutile lorsque notre existence même est menacée ! »

« Peut-être. En fait, oui, tu as raison, Aithen. Ces rêveries sont inutiles aujourd'hui. »

Élyana continua : « Alors, quelle a été la conclusion de ta rencontre avec Galadrin ? Et avec les doyens ? Les propriétaires ? »

Aithen fut pris de cours par le changement brutal de sujets, passant de leur rêverie sur un monde dans lequel chacun vivrait éternellement grâce au transfert de mémoire, à son bouillonnement à l'idée que tout ce qu'il connaissait pourrait bientôt s'effondrer, puis à la question d'Élyana sur ses réunions, le tout sans transition.

Élyana s'en rendit compte et dit : « Tu sais aussi bien que moi que se lamenter n'apporte aucune solution. Bien au contraire, cela embrume l'esprit et paralyse le corps. »

Aithen grogna doucement et dit : « Ce n'est pas ça qui me surprend, Élyana. C'est le fait que tu aies accepté ma colère sans un seul commentaire, et que tu m'aies posé ensuite ta question sans même changer de ton. C'est… Ce serait comme faire des acrobaties spectaculaires sur Xyre, puis atterrir d'un seul coup et repartir, un pied devant l'autre, simplement. »

Élyana sourit et commenta : « En fait, je t'ai déjà vu le faire. »

« Rah ! Laisse tomber. D'accord. Pour répondre à ta question : Galadrin m'a promis de dire à ses gens ce soir de ne pas relayer de rumeurs à propos d'un rokon démoniaque qui errerait sur nos terres. Mais j'aimerais connaître quelqu'un de son cercle afin de m'assurer qu'il tiendra sa promesse. Quelque chose me dit que le message parviendra aux oreilles de ses prêtres sous une forme bien différente. » Élyana acquiesça, mais ne proposa rien en échange.

Aithen poursuivit : « Quant au Sénat, tout le monde a — plus ou moins — accepté mon histoire sur le Scytale. Cependant, plusieurs sénateurs restent inquiets à propos des réfugiés. Le sénateur Sisipe, par exemple, est convaincu qu'ils vont semer la pagaille et préfèrerait les voir relogés dans un camp à l'extérieur de la ville. Je ne suis pas d'accord ; si nous faisions cela, les réfugiés se sentiraient immédiatement rejetés et choisiraient de servir leurs propres intérêts, plutôt que de se sentir redevables et de décider de participer à la vie de la cité de manière constructive. Heureusement, la sénatrice Kraelion l'a remis à sa place. »

Aithen ajouta : « J'suis heureux de savoir que nous avons au moins une alliée au Sénat. »

« Hum. Ton père a en réalité un grand nombre de partisans au Sénat, et je suis persuadée que si le doyen Sisipe et ses acolytes avaient essayé de se soulever, les autres se seraient insurgés — à la fin. Mais la sénatrice Kraelion n'est pas du genre à attendre le *bon* moment pour défendre ce qu'elle juge juste, ou pour se lever contre l'injustice avec ou sans le soutien des autres. »

« Oui, Père m'a parlé d'elle ; c'est une femme vraiment respectable. Il y a juste une chose qui me tracasse à propos des villageois. Je sais que ce sont des gens honnêtes et qu'ils travailleront pour gagner de quoi subvenir à leurs besoins, mais l'infrastructure de la ville va être très sollicitée, surtout les services médicaux et les écoles. Est-ce que la sororité pourrait fournir son aide ? »

« Je ne pense vraiment pas qu'une seule de mes Sœurs blanches accepte cette charge supplémentaire à long terme, mais je demanderai à Urbs Lucis s'il est possible d'envoyer quelques médecins — et professeurs — de plus. »

À ce moment même, on frappa à la porte de la chambre du prince. Aithen reconnut les coups de son écuyer et le fit entrer après avoir remercié Élyana.

Kil annonça : « Le repas, mon Prince. »

Tout en lançant un regard goguenard à la Lux Baiula, Aithen dit : « Ah, oui, le molpoisson ! »

« Parfait, Kil, apporte-le ici. Je suis *impatient* d'y goûter ! »

Malheureusement pour Aithen, la Lux Baiula ne mordit pas à l'hameçon et répondit plutôt d'une voix sympathique : « Le poissonnier Brak m'a promis que tu *allais* apprécier, Aithen. Il m'a assuré que son fils avait inventé une recette qui ravit les palais les plus *délicats*. »

Et malheureusement pour Aithen, il mordit à l'hameçon d'Élyana et, s'apprêtant à répliquer, il se ravisa et décida de simplement « atterrir et repartir » — enfin, il essaya, et y réussit dans une certaine mesure, à part sa voix légèrement sarcastique : « Eh bien, espérons que ce plat est aussi bon que l'a promis le poissonnier Brak, car je ne mâcherai pas mes mots lorsqu'il me demandera si j'ai aimé ou non, et je sais qu'il me posera la question. » Le prince avait raison. Chaque fois que des cuisiniers extérieurs au palais y servaient de nouveaux aliments ou y réalisaient de nouvelles recettes, ils envoyaient des *rapporteurs* le lendemain — rapporteurs chargés de savoir si la nourriture avait été appréciée ou non. Si la famille royale avait aimé le plat, le cuisinier le faisait savoir dans toute la ville, espérant être invité par des nobles et des riches marchands qui voulaient figurer parmi les premiers « découvreurs ». Dans le cas contraire, le cuisinier étouffait l'affaire autant que faire se pouvait. Si ce n'était pas possible, comme lorsqu'un membre de la famille royale révélait son mécontentement, le pauvre cuisinier détruisait la recette et se retirait du monde gastronomique pendant un certain temps ou faisait un nouvel essai, s'il en avait le courage.

Soudain, Élyana décida de ramener la conversation au sujet initial : « Donc, où en étions-nous ? Ah oui ! Les médecins et professeurs supplémentaires ! Je ne peux pas te promettre que nous aurons des médecins, Aithen, parce que la cordonneté blanche est déjà à court d'effectifs avec la baisse du nombre de candidats au cours des dix dernières années, mais je le leur demanderai. D'un autre côté, je suis certaine que la cordonneté jaune pourra envoyer quelques professeurs. »

« Merci. » Aithen fit une courte pause, surpris par l'odeur de la nourriture disposée sur le balcon, où Élyana et lui allaient manger. Il adressa un sourire coupable à Élyana. Elle lui sourit à son tour, et Aithen reprit : « Si le met est aussi bon que l'odeur qui s'en dégage, je vais l'apprécier. Enfin, revenons à mes réunions : je suis fier de te dire qu'après moult débats, tous les propriétaires s'en sont retournés plus ou moins satisfaits sachant que ceux qui auraient besoin d'un soutien militaire pourront en bénéficier — que ce soit de la part des grandes Maisons ou de la Garde royale. Ils ont aussi accepté que des Lux Baiulae les aident à protéger toutes les grandes communautés ; mon secrétaire possède la liste. Pourras-tu en parler avec la Magna Mater ? »

« Bien sûr. Elle avait anticipé cette requête. Mais rappelle-toi que nous ne sommes pas nombreuses à avoir la capacité de générer ce genre de nébuleuse ; les autres devront apprendre et cela prendra du temps. »

« Je sais, Élyana. Je voudrais seulement qu'Urbs Lucis me tienne au courant de l'évolution des choses, si les Sœurs ont effectivement besoin d'entraînement, afin que je puisse informer chaque propriétaire du moment où il ou elle pourra s'attendre à la venue de l'une d'entre vous. »

À cet instant, un serviteur s'approcha d'Aithen et lui annonça que le repas était servi. Le prince invita Élyana à table, toujours inquiet à propos du molpoisson dont il aimait *malgré tout* l'odeur. Aithen contempla Élyana tandis qu'elle allait s'asseoir à table, et il se surprit à espérer que la conversation dérivât vers autre chose que la politique, les créatures démoniaques ou la sécurité du royaume. Et il se fâcha à nouveau contre lui. Comment pouvait-il se passer quoi que ce fût entre eux ? D'abord, elle était bien plus âgée que lui ; elle était aussi beaucoup plus savante que lui sur un million de sujets que *lui* comprenait à peine. Comment pourrait-elle penser à développer une relation amoureuse avec lui, un simple mortel ? Pourtant, il avait envie de lui parler des moments où il était *supposé* méditer et qu'il ne pouvait rien faire d'autre que contempler son beau visage paisible. Tandis qu'une lutte sans merci se livrait dans son esprit, son regard se posa par inadvertance sur Élyana. La Lux Baiula baissa les yeux sur la table pour éviter le regard du prince.

Ils dînèrent lentement pendant deux heures, étouffant leurs grognements et détournant tous les deux leurs regards chaque fois que le flot de paroles ralentissait, Élyana se dérobant à ses sentiments et Aithen ne voyant pas qu'elle désirait la même chose que lui. Le prince ignorait si Élyana se rendait compte que son visage se crispait chaque fois qu'il ravalait un soupir, mais il espérait que non. Ou peut-être espérait-il au contraire qu'elle s'en rendait bien compte ? En réalité, il ne savait pas ce qu'il espérait ; mais ce qu'il savait avec certitude, c'était que son esprit était de plus en plus troublé et embrumé chaque jour où il se battait contre ses sentiments.

Les bois étaient vraiment aussi inquiétants que ce que l'on racontait. Malgré les soleils qui approchaient de leur zénith, seule une pâle lumière filtrait jusqu'au sol. Toras tournait sa tête de tous côtés, persuadé de voir des choses bouger, induit en erreur par les ombres omniprésentes. Mais le roi continuait de marcher, semblant se moquer de ce qui pouvait se cacher dans l'obscurité.

La touffeur de l'air chaud et humide accablait encore plus Toras. Habituellement, les arbres conservaient la fraîcheur — c'était au moins comme cela dans le Nord-Est — mais ici, ils n'étaient d'aucune utilité. Le dos et le front de Toras ruisselaient, tandis que ce dernier se demandait comment son père pouvait demeurer aussi sec.

Il dit : « Je vais bientôt avoir besoin d'un bain. Je suis trempé jusqu'aux os. »

« Ça ne m'étonne pas ; tu n'as jamais appris à respirer correctement. Mais nous sommes presque arrivés. »

Après une quarantaine de minutes à progresser au milieu de la forêt menaçante, le roi s'arrêta enfin entre deux arbres insignifiants. À leurs pieds, le sol paraissait avoir été brûlé, et les feuilles des quelques petites plantes qui avaient résisté étaient recouvertes d'une étrange poussière cristalline. Toras s'apprêtait à interroger son père, lorsque le roi baissa la tête et murmura des paroles que Toras ne parvint pas à entendre. Soudain, une porte apparut devant eux et se plaça juste au-dessus du sol, comme par magie. Les arbres, derrière cette porte, semblèrent osciller entre présence et absence, et le sol sur le seuil grésillait sous l'effet d'une sorte de champ d'énergie invisible.

Nom d'Aiala'Rhi, qu'est-ce que c'est ? Et ces crépitements, ça me fait penser à — comment on appelle ça ? — un champ électromagnétique *pareil à celui créé par les Lux Baiulae à l'Académie du savoir, il y a quatre ans.*

Toras regardait son père, interloqué, mais le roi leva la main et l'invita à le suivre.

« Père, tu sais combien j'ai confiance en toi, mais là, j'suis dubitatif. D'abord, je ne sais pas du tout où nous allons. Ensuite, une porte apparaît, sortie de nulle part, et j'suis censé te suivre tout simplement là-dedans ? Comment je pourrai te protéger en cas de besoin ? »

Octavius leva un sourcil et dit : « Il n'y a aucun danger de l'autre côté, Toras. Mais, oui, tu es censé me suivre tout simplement là-dedans, et je te promets que tu auras bientôt des réponses à tes questions. » Le roi fit signe à son fils et lui dit : « Viens. » Puis le haut roi ouvrit la porte en la poussant légèrement, et entra. Le prince le suivit, toujours réticent et un peu nerveux lorsque le corps de son père sembla se brouiller.

Ce que Toras vit de l'autre côté de la porte était ce qui devait être une grande villa, où régnaient paix et pure merveille. Le domaine était époustouflant avec ses arbres fruitiers, ses fleurs et ses bassins tout autour. Là, des épineux étaient taillés pour représenter diverses créatures fabuleuses. Des coqs multicolores picoraient le sol aux côtés de splendides porteurs blancs et de tzilleurs de toutes espèces, dont le prince n'avait, pour la plupart, jamais entendu le chant. En se retournant vers la porte par laquelle ils étaient arrivés, Toras eut la surprise de la voir encastrée dans un mur particulièrement haut qui semblait entourer la villa — quelle qu'elle fût. Le mur, fabriqué dans le même matériau inconnu que la porte, devait mesurer six ou sept mètres de haut. C'était sans doute une zone dangereuse du royaume — s'ils étaient toujours dans les Aquinos — à en juger par la hauteur de l'enceinte.

Toras demanda au roi où ils se trouvaient. S'ils étaient toujours dans la forêt ou ailleurs. Mais, alors que son père allait lui répondre, deux hommes sortirent d'une maison que Toras n'avait pas remarquée, à quelque cinquante ou soixante mètres de là, nichée aux creux d'un jardin féérique.

L'un des deux hommes marchait légèrement devant l'autre. Son visage avenant arborait un large sourire lorsqu'il accueillit ses invités. L'homme était grand et mince, à l'exception de son ventre un peu rebondi. Des cheveux blancs et une barbe bien taillée entouraient son visage. Sur ses joues, on apercevait deux cicatrices qui partaient du coin externe de ses yeux jusqu'au bas de ses oreilles. Toras fut d'abord simplement intrigué, puis quelque chose au fond de lui s'ébranla et il se rappela soudain à qui appartenaient ces deux cicatrices : c'était les stigmates d'une punition très rare. Son père et lui se trouvaient face à un homme banni, le seul qu'il connaissait — Marcus le Lecteur !

Toras se tourna vers son père et lui dit de la voix la plus basse possible : « Père, si c'est celui que je crois, nous enfreignons les lois du pays en étant ici ! Nous ne *pouvons pas* être là ! »

« Du calme, fiston ! Je t'ai emmené ici pour une bonne raison ; garde ton sang-froid et observe : tu comprendras vite que ce que je fais est raisonnable. »

Toras était sens dessus dessous, ne comprenant pas les raisons qui auraient pu pousser son père à enfreindre la loi. Mais il était assez intelligent pour ne pas faire de scène maintenant, et il se calma du mieux qu'il le pût. Leur hôte et son acolyte — un petit gars aux allures étranges, à la peau lait de noisette, aux cheveux roux et aux yeux bridés — se tenaient à présent devant eux, et leur adressaient une large révérence.

Leur hôte dit d'un ton enjoué : « Mon Roi, je suis ravi de vous revoir. »

Le petit homme s'inclina sans conviction et bredouilla : « Majesté. »

Alors qu'il regardait Toras avec curiosité, leur hôte sembla intrigué par ses vêtements en lambeaux et les blessures, toujours visibles malgré les soins qu'il reçut, sur son visage, ses bras et ses jambes. Il dit ensuite, en déplaçant son regard de l'un à l'autre : « Et qui est ce jeune homme, mon Roi ? »

« C'est mon fils, Toras, le seigneur commandant de la forteresse du Col de Corne. »

« Toras ! Votre père m'a beaucoup parlé de vous. Je suis Marcus Vrol. »

Toras, toujours aussi méfiant, ne répondit pas.

L'homme poursuivit : « Je comprends votre hésitation. Mais que vous est-il arrivé ? »

Le Mêlé n'avait aucune envie d'entamer une conversation avec cet homme, mais, n'ayant pas le choix, il lui répondit, tout en prononçant son nom avec une pointe de résistance : « Je préfèrerais ne pas en parler, *maître Vrol.* »

Marcus remarqua le ton employé par le prince, mais ne le releva pas et dit : « Très bien. »

Toras lui demanda : « Et qui est votre ami ? »

Le petit homme répondit : « Yé souis Methor… de Sépoulonie. »

Avant que Toras ne pût répondre quoi que ce fût, le roi intervint et expliqua : « Methor est ici en toute amitié pour demander notre aide. Un grand nombre de Zébuloniens veulent mettre fin à la dictature de la reine Zébula et se réconcilier avec le reste du continent. Je réfléchis à sa requête. »

Le prince se tourna vers le roi, mais retint ses questions et commentaires. *Dans quoi tu t'es embarqué, Père ?*

Marcus le Lecteur dit : « Mon Roi, mon Prince, quelque chose que dit que vous aimeriez vous rafraîchir. Les bois font l'effet d'un sauna aujourd'hui ; j'ai dû y aller pour cueillir des herbes ce matin et, même si je ne suis sorti que trente minutes, j'en suis revenu aussi trempé que le prince, et bien que le roi semble moins sensible à la chaleur, je suis sûr que lui aussi apprécierait un peu de fraîcheur. Je viens justement de récolter mes premiers melonroux de la saison et ils sont excellents contre la surchauffe. »

Octavius accepta l'invitation de son hôte et le petit groupe suivit Marcus le Lecteur jusqu'à sa maison. Là, les hommes s'installèrent sous une treille, idéale contre la chaleur des soleils du matin. Toras fut surpris de voir Marcus prendre un melon dans un seau en bois et le couper pour ses invités. Il aurait pensé qu'un homme qui possédait une villa aussi opulente aurait eu un ou deux serviteurs, mais, apparemment, il n'en avait pas. Marcus tendit la première tranche au roi. Elle était vraiment appétissante et Toras en avait l'eau à la bouche malgré ses doutes. Quand Marcus lui en proposa une, Toras accepta avec une certaine réticence, ne voulant pas se livrer à cet homme, même si son père semblait lui faire entièrement confiance — un homme connu comme étant un paria.

« Mon prince, pardonnez ma franchise, mais je vois votre embarras. Je suppose que le roi, votre père, ne vous avait pas parlé de notre rencontre ? »

« En effet, maître Vrol. »

Marcus regarda le roi qui acquiesça pour lui donner la permission d'expliquer la situation à Toras.

Puis il se tourna vers le Zébulonien et lui demanda si ce dernier voulait bien les laisser seuls et revenir dans une quinzaine de minutes. L'étranger opina, se leva et, après une révérence, quitta les lieux.

Lorsque l'homme fut parti, Marcus commença : « Mon Prince, vous vous demandez sûrement pour quelle raison le roi enfreindrait la loi en rendant visite à un criminel, un homme banni de la société ? Un homme qui a jadis commis le crime le plus grave au monde : la violation de l'esprit de quelqu'un ? »

« Oui c'est bien la question qu'je m'pose. »

« À la vérité, je ne suis pas coupable du crime dont on m'accuse, bien que je comprenne la raison de mon bannissement. »

Toras cligna des yeux et renifla, surpris. *Qu'est-ce qu'il m'raconte ?*

« Vous voyez, il y a quarante ans, un groupuscule, appelé La main du créateur, a décidé de détrôner le roi, pensant que ses politiques religieuses et éducationnelles mettaient le royaume en péril. Il a commencé par assassiner un certain nombre de partisans du roi partout dans les terres. La milice du palais — que je dirigeais à cette époque — a passé des mois en collaboration avec Urbs Lucis à enquêter en vain sur ce groupuscule ; nous n'avions alors aucune idée de leur identité et ne sommes même pas parvenus à en appréhender un seul. En decimus de cette année-là, nous avons reçu un message de la part du groupuscule qui disait : "Le roi mourra ce mois-ci." Comme nous n'avions pu empêcher aucun des assassinats précédents, nous étions très inquiets, terrifiés, à l'idée que cette dernière menace devienne également réalité. Alors, ne sachant plus que faire, Élyana Lux Baiula et moi-même avons décidé de cacher le roi et de dire à tout le monde qu'il était parti dans sa retraite d'Antar. Pour que cela puisse fonctionner, il fallait que votre père ait un sosie, et, fort heureusement, nous l'avons trouvé. L'homme connaissait les risques d'une telle entreprise, mais il les accepta en échange d'une promesse de la Couronne qui aiderait et soutiendrait sa famille si quoi que ce soit lui arrivait. »

« Une fois que tout était prêt et que le roi avait été envoyé en secret en Kynarie, Élyana Lux Baiula, le haut capitaine Darius et moi-même, ainsi qu'une garde composée de trente hommes, avons emmené le double du roi à Antar. Le dix-neuf de decimus, le double était assassiné. Cet événement a nui non seulement à La main du créateur et à l'âme malchanceuse de celui qui avait accepté de prendre la place de votre père, mais aussi à nous qui n'avions pas été capables, encore une fois, d'empêcher cet attentat ni de capturer le tueur. Il ne nous restait plus qu'un espoir : l'assassin ne pouvait pas venir de l'extérieur. Mais savoir que cet assassin devait être l'un de nous, ou l'un des gardes, nous terrorisait. Nous avons alors décidé de faire venir Élyana Lux Baiula afin qu'elle interroge tout le monde, ainsi que le capitaine et moi-même. »

« Le lendemain, alors qu'Élyana Lux Baiula interrogeait le haut capitaine Darius, j'ai décidé de me rendre dans les cuisines afin de calmer mon angoisse par la nourriture. La cuisinière était toute seule en train de préparer le repas des gardes. Tout à coup, la femme m'a attaqué, mais ne voulait pas me tuer, sinon, je serais mort à coup sûr. Au lieu de cela, elle m'a plaqué au sol, a mis sa main sur mon front, et m'a violé. C'est ça : elle est entrée dans mon esprit par la force. Elle est devenue folle — vraiment enragée — lorsqu'elle a réalisé notre subterfuge qui lui avait fait assassiner un imposteur. Elle voulait savoir où se trouvait le roi et a tout fait pour arracher cette information de mon esprit. »

Marcus s'interrompit, but une gorgée de vin, puis continua : « Heureusement, je suis moi aussi un lecteur et j'ai su riposter. Ce faisant, j'ai eu la chance d'apprendre l'identité de leur chef. La femme s'est alors sentie violée à *son* tour, ce qui l'a rendue encore plus folle de rage — si tant est que ce soit possible. Elle m'a tellement bombardé avec son pouvoir qu'elle aurait fait griller mon cerveau si je n'avais pas été plus fort qu'elle dans le Lien. La colère de l'assassin a provoqué une surcharge de son système nerveux et, l'instant d'après, elle a lâché prise et s'est effondrée, morte. »

Marcus pouvait voir que le prince réfléchissait beaucoup à tout cela et qu'il essayait de savoir si cela changeait quoi que ce fût.

Toras dit : « Donc, vous avez tué le prétendu assassin. Comment ça s'fait que vous ayez été banni ? »

Marcus Vrol prit alors une profonde inspiration remplie d'une vieille rancœur refoulée, et répondit : « La sororité a fait une enquête, c'était son devoir, et elle en a finalement conclu que *c'était moi* qui avais violé la femme ; votre père n'en était pas du tout sûr, mais il a préféré ne pas prendre le risque que je sois un violeur d'esprit, et a accepté le jugement de la Magna Mater : "bannissement à perpétuité." »

Toras s'assit silencieusement et rumina cette histoire pendant un moment. Le récit de Marcus était plausible, mais cela n'expliquait toujours pas pourquoi le roi lui faisait à nouveau confiance. Toras demanda : « Père, tu as donc changé d'avis sur maître Vrol, mais de quelles nouvelles preuves disposes-tu pour être convaincu de son innocence ? »

Le roi lui répondit sans hésiter une seule seconde, comme s'il dressait simplement la liste de ce qu'il avait mangé pour le déjeuner : « Je suis entré dans son esprit. »

Toras, perturbé, répliqua avec un peu plus de force que nécessaire : « Tu as fait quoi ? »

« Avec la permission de maître Vrol, je suis entré dans son esprit le jour où je suis arrivé ici. Ça n'a pas été facile, car la dernière fois que j'avais fait quelque chose de ce genre, c'était avant mon couronnement, lorsque je dirigeais les services secrets de mon père, avant que maître Vrol n'en prenne la tête.

Quoi qu'il en soit, je n'ai trouvé aucune preuve que maître Vrol a violé l'esprit de cette femme, aussi loin que j'aie pu creuser dans son esprit. »

Toras remarqua que, lorsque son père avait mentionné le fait d'avoir regardé au plus profond de lui, Marcus s'était senti mal à l'aise. Il se demanda pourquoi. Est-ce que l'homme aurait quelque chose d'autre à cacher ?

« Ne te trompe pas sur la réaction de Marcus, fiston. Même si mes recherches n'ont rien révélé sur le soi-disant crime — ni sur aucun crime d'ailleurs — entrer dans l'esprit d'un homme dévoile forcément des choses que la personne aurait préféré garder secrètes. »

Toras décida : « Bon, d'accord. Je suppose que ça ne me plairait pas à moi non plus. Mais il y a toujours quelque chose qui m'intrigue : si tu as pu entrer dans son esprit, pourquoi aucune Sœur n'en a fait autant il y a quarante ans ? »

« Ça ne leur a pas paru nécessaire ; Marcus était connu pour lire dans les pensées et une femme était morte, les yeux injectés de sang. » Devinant la question de Toras dans son regard, Octavius ajouta : « Ce sont les premiers indices de la lecture d'esprit. »

Marcus prit la parole : « Lorsque l'esprit de quelqu'un est violé, son sang afflue au cerveau sous l'effet de la pression provoquée par sa résistance ; plus la résistance est importante, et plus le sang afflue vers le cerveau. Si la victime meurt, le sang reste là et les yeux prennent une couleur rouge sombre. En ce qui concerne mon agresseuse, la tension que ma propre résistance a provoquée sur elle lui a donné ces mêmes symptômes. »

Toras lui adressa un signe de tête prudent : « Alors pourquoi avoir décidé de réexaminer ce cas, Père ? »

« Marcus a pris contact avec moi pour m'informer de la requête des rebelles zébuloniens, rebelles qu'il connaît pour des raisons que nous n'avons pas besoin de détailler. Je savais que je ne pouvais pas ignorer cette demande, je suis donc venu et j'ai fait ce que j'aurais dû faire depuis bien longtemps. » En disant cela, Octavius regarda son ami avec un air qui témoignait d'une profonde culpabilité.

Tous restèrent assis en silence pendant quelques minutes. Octavius et Marcus voyaient bien que Toras repassait l'histoire dans sa tête pour en arriver à une conclusion qui le fit enfin se détendre. Octavius remarqua également chez son fils que quelque chose le dérangeait toujours — même s'il s'était détendu. *C'est vrai que même si on peut comprendre pourquoi j'ai transgressé la loi, il reste que je l'ai fait, et Toras sait qu'il y aura sans doute des conséquences.*

Juste à ce moment, le Zébulonien revint. Toras jeta un œil au disque horaire — un appareil finement travaillé, logé dans une alcôve du mur latéral de la maison — qui indiquait une heure dix avant grandjour. C'était résolument un homme ponctuel. Marcus invita le rebelle à s'asseoir, ce que ce dernier fit d'un air prudent, ne sachant pas s'il devait ou non discuter de sa demande d'aide devant Toras. En réalité, il n'était pas sûr de pouvoir mettre sa confiance dans le haut roi et encore moins dans ce jeune commandant – fils du roi ou pas. Mais l'air détendu de leur hôte prouva au Zébulonien qu'il pouvait parler librement devant lui. Alors il commença.

✳✳✳

« Sarra. Que savez-vous sur les Temptatori ? »

La vieille Lux Baiula cligna des yeux : « Pourquoi me demandez-vous cela, Mater ? »

« Parce qu'Élyana a entendu le Scytale en parler avec son complice. Il semble que le Scytale doit rencontrer leur chef à Kartak. »

350

Saara fut tellement surprise qu'elle faillit tomber de sa chaise en s'exclamant : « Quoi ?! »

Saara n'avait jamais rencontré de Temptator ; le dernier avait été détruit il y avait environ six cents ans, au cours de la Guerre des ténèbres. Mais elle conservait les souvenirs d'une Lux Baiula qu'ils avaient capturée au plus fort de la guerre contre Noctiferus. Les Temptatori avaient infligé à la femme à des tortures incroyables pendant des mois avant qu'elle craque — presque. Se voyant sur le point d'abandonner, elle décida de se donner la mort en envoyant à ses reins l'information de cesser leur travail et avait libéré toutes les toxines de son foie dans son sang. Ironie du sort, ce même jour, un groupe de Cordons rouges prenaient le complexe d'assaut pour sauver la femme. Elles furent désespérées lorsqu'elles trouvèrent leur collègue dont la vie ne tenait plus qu'à un fil, mais elles purent tout de même sauver quelque chose d'elle. En effet, Afanasiia Lux Baiula, une Sœur qui venait juste de mettre au point la capacité de transfert de mémoire et qui fonderait plus tard la cordonneté jaune, attendait à l'extérieur de l'établissement. Afanasiia décida de réaliser son premier essai de transfert mnémonique en urgence et elle parvint avec brio à capter tous les souvenirs de la mourante. De transfert en transfert, la mémoire appartenait à présent à Saara et, aussi vieille qu'elle pût être, Saara pouvait encore ressentir la souffrance qu'avait enduré la Lux Baiula, ainsi que ses doutes, son dégoût pour sa propre faiblesse, sa haine pour le maître des ténèbres et ses suppôts, et sa détermination à mettre fin à ses jours avant de lâcher prise.

Sortie de son état de choc, Saara dit : « C'étaient des humanoïdes de la pire espèce. On dit qu'ils étaient les créatures de Noctiferus lui-même, parce que lui seul possédait la capacité d'entrer dans un esprit et d'en effacer toutes ses inhibitions et les restes de morale, qu'il s'agisse d'un esprit de roturier, de noble, de philosophe ou de soldat. Une fois qu'il était aux commandes de cet esprit, il l'envoyait recruter enfants, partenaire, frères, sœurs, amis, collègues et étrangers. Chaque nouvel esprit séduisait ses victimes en assouvissant leur gourmandise, leurs désirs, leur cupidité leur paresse ou tout autre péché, et en les paralysant à l'aide d'une liaison inconnue. En fonction de la force mentale de ses victimes, il fallait aux Temptatori de quelques quarts à des mois pour transformer un esprit, mais ils y parvenaient toujours. Ils l'ont fait avec leur propre famille, Magna Mater ! » La vieille Lux Baiula détourna les yeux et secoua la tête avant d'ajouter : « Et ils ont aussi corrompu certaines d'entre nous de cette manière. »

La fébrilité de Saara prit Krystiana au dépourvu. La femme laissait rarement libre-cours à ses émotions, mais, de toute évidence, cette histoire la troublait profondément – et par-là même, cela bouleversa Krystiana.

La Blanche continua : « Cette cellule de corruption fut encore plus dangereuse que toutes les forces armées de Noctiferus. Partout sur K'Tara les Temptatori travaillaient de l'intérieur à la destruction de l'essence de la société. Nous avons eu beaucoup de chance de gagner la guerre, à l'époque, vraiment beaucoup de chance. Et ce n'est pas mon simple avis : je *sais* que c'était de la chance. »

« Vous voulez dire que vous le savez grâce au transfert mnémonique ? »

« Oui. »

« La mémoire de Carla Lux Baiula ? Celle qu'Afanasiia Lux Baiula et les autres avaient essayé de libérer... des Temptatori ? »

Saara acquiesça, abattue.

Krystiana lui demanda : « Saara, qu'est-ce qui aurait pu les faire revenir ? Autrement dit, qu'est-ce qui aurait pu recréer ces créatures aujourd'hui ? »

La femme prit un moment pour répondre, semblant se débattre avec sa réponse, une réponse qu'elle se refusait de donner.

« Si nos Sœurs disparues avaient raison, la seule chose qui pourrait avoir ressuscité les Temptatori », Saara s'interrompit et regarda Krystiana droit dans les yeux : « C'est Noctiferus lui-même. À moins que quelqu'un d'autre ait découvert comment effacer tous les instincts vertueux de l'esprit d'un humanoïde, ce qui est peu probable. »

Krystiana faisait les cent pas dans la pièce, pâle et tendue par cette révélation.

« À quelle vitesse le maître des ténèbres peut-il rebâtir les Temptatori — si nous supposons que c'est lui qui le fait ? »

« Je crois qu'il a été capable de corrompre une ou deux personnes par quart, puis chaque Temptator a métamorphosé trois ou quatre humanoïdes par mois. C'est un calcul assez mathématique. S'il est à l'origine de tout cela, ou si quelqu'un de notre planète a développé ce même pouvoir, il pourrait créer jusqu'à cent quatre Temptatori la première année, qui à leur tour pourront recruter jusqu'à deux mille cent douze subalternes. À la fin de la deuxième année, il pourrait y avoir deux cent huit Temptatori et neuf mille deux cent seize de leurs subordonnés. Ceux-ci seraient alors mandatés pour infiltrer chaque institution de la société, ici comme en Kynarie et dans les pays non affiliés, c'est-à-dire dans les gouvernements et dans les autres institutions de nos ennemis, ce qui mènerait au chaos mondial. »

Krystiana ne s'attarda pas sur cette dernière remarque, même si elle savait que Saara n'exagérait pas. Au lieu de cela, elle demanda : « Est-ce que, jadis, ils avaient réussi à infiltrer facilement la sororité, Saara ? »

« Pas facilement, Mater, mais ils l'ont fait. Le maître des ténèbres a eu plus de facilité à subvertir les Lux Baiulae que les Luxori, mais il n'en existe plus aucun pour nous sauver cette fois. »

Krystiana chuchota le nom de leurs homologues masculins, déplorant leur extinction : « Comment pouvons-nous nous protéger, Saara ? »

« Je ne sais pas, Mater. »

Krystiana prit Saara par surprise en lui disant avec aplomb : « Eh bien, voilà quelque chose sur quoi vous devrez enquêter, Saara ! »

La vieille praefecta acquiesça, l'air impassible, bien qu'elle sentît peser sur ses épaules le poids écrasant de la responsabilité que sa supérieure venait de lui confier. Tout ce qui trahit son état émotionnel fut la question suivante que la Magna Mater dut lui poser deux fois :

« Saara ! À quoi reconnaît-on un Temptator ? »

Saara répondit sans ciller : « D'après ce que les livres nous apprennent, les Temptatori alterintrants — hommes et femmes confondus — avaient une caractéristique très particulière qu'une Lux Baiula pouvait reconnaître en y prêtant attention et en sachant ce qu'elle devait chercher. Malheureusement, je n'ai pas la moindre idée de ce que cette caractéristique vibrationnelle pouvait être. D'un autre côté, nous avons la chance qu'il n'y ait plus que très peu d'hommes alterintrants à présent, et que les Temptatori d'aujourd'hui sont probablement des femmes, moins cruelles et pas aussi puissantes que les hommes, selon les souvenirs de Carla. »

Krystiana hocha la tête avec espoir.

« Quant aux Temptatori non-sensoriels, il n'était pas possible de les distinguer des autres humanoïdes, à part leur capacité à se lier d'amitié avec qui que ce soit. »

Krystiana répondit : « Eh bien, peut-être pourrions-nous utiliser cette information sur les non-sensoriels pour rechercher les deux types, puisqu'il semble logique de supposer que même les Temptatori alterintrants auraient la même aptitude à se lier d'amitié avec n'importe qui. »

Saara écarta les mains : « Peut-être. »

Krystiana tapota ses doigts et dit : « Les Temptatori alterintrants… est-ce que les souvenirs de Carla Lux Baiula contiennent — »

Saara interrompit sa cheffe : « Je suis désolée, Mater, mais les souvenirs de Carla ne me donnent plus que de légères sensations de répulsion et de… nausée, et là, il y a beaucoup de personnes dans le royaume qui me révulsent, ainsi que du monde à Urbs Lucis qui me donne la nausée, et je suis incapable distinguer les sentiments que je ressens dans les souvenirs de Carla. »

« Je vous ai dit, il y a longtemps, que votre incapacité à étouffer ces sensations deviendrait un jour problématique. Et nous y voilà, sûrement étranglés par ce problème. »

Saara serra les dents et respira lentement pour ne pas réagir à cette accusation. Elle prit alors conscience que la Magna Mater avait raison. Combien de temps doit-on vivre pour devenir réellement maître de soi-même ?

Pendant ce temps, Krystiana marcha jusqu'à son bureau, s'arrêta devant lui et attisa la flamme bleue qui léchait la sphère représentant le soleil rouge. Elle saisit la sphère, faisant grossir la flamme un instant, puis scruta au plus profond de cet objet de cristal, comme pour y trouver des réponses et un savoir intrinsèque.

Saara observa sa cheffe avec une certaine jalousie. *Je me demande si ces rumeurs sur les sphères contenant le savoir des anciennes Magnae Matres sont vraies. Les souvenirs distincts que nous avons grâce au transfert de mémoires seraient bien ternes en comparaison.*

À cet instant, une part bouleversante du savoir contenu dans les souvenirs de Carla surgit dans la conscience de Saara : « Mater, est-ce que vous vous rendez compte de ce que pourrait engendrer l'existence d'une cellule de Temptatori à Kartak ?... Mater ? »

Krystiana sortit instantanément de sa rêverie et reposa la sphère à sa place sur sa base de marbre avant de répondre à la Praefecta Medicas. Krystiana continua de regarder la sphère qui rebondissait avant de retrouver sa position initiale, à nouveau engloutie par la flamme bleue. Puis elle se retourna et dit : « Selon la taille de cette cellule, cela pourrait signifier que Noctiferus — si c'est de lui qu'il s'agit — est au travail depuis des mois — si ce n'est des années. Cela signifie aussi que ses sbires ont peut-être déjà infiltré toute la société et attendent le moment idéal pour agir et lui rendre ce monde. Est-ce que c'est à ça que vous pensiez ? »

« C'est aussi ce qui me fait peur. Nous devons envoyer des Sœurs à Kartak, le plus vite possible ».

« Oui. J'en parlerai à Biléna. Si une obédience peut se charger de ce travail, c'est bien la jaune. Mais les Sœurs devront être préparées ; vous devrez leur dire tout ce que vous savez sur les Temptatori, Saara. Elles auront également besoin de pouvoir infiltrer Kartak sans se mettre en danger. Je veux que vous les y aidiez. Vous étiez jadis une Jaune, et l'une des meilleures en plus ! »

Saara redressa son vieux dos et prit une profonde inspiration avant de répondre : « Je suis ici pour servir, Mater. »

« Merci, ma vieille amie. »

« Aussi âgée que je sois, et malgré tout ce que j'ai vécu et ce à quoi j'ai assisté, je ne me réjouis pas de ce travail, Mater. »

« Je comprends, Saara. »

La Praefecta Medicas hocha la tête, puis ajouta d'un ton pressant : « Mater, allez-vous en parler aux ambassadeurs[58] ? »

« Je dois d'abord y réfléchir attentivement, car nous ne voulons pas provoquer une panique. Mais je devrai en informer la Maison Coriolis. J'espère que quelqu'un parviendra vite à retrouver le haut roi, sinon nous devrons œuvrer conjointement avec le haut prince Aithen et je ne sais pas s'il est prêt à assumer ses responsabilités et les blessures morales inhérentes à une nouvelle guerre des ténèbres. »

« Enfin, ce sera tout pour le moment, Saara. Je vous informerai lorsque j'aurai parlé à Biléna. »

Saara opina, s'inclina et se retourna vers la porte.

Krystiana ajouta : « Ne parlez de cela à personne pour l'instant. »

« Bien sûr, Mater. Autre chose ? »

« Oui, demandez à Lupa Lux Baiula[59] de venir dans dix minutes, et souriez avant de sortir, s'il vous plaît. »

Saara fronça les sourcils, mais elle savait ce que Krystiana entendait par là. Elle quitta le bureau de sa cheffe et fit de son mieux pour détendre ses traits, tout en pensant : *C'est trop difficile à cacher... J'ai intérêt à regagner ma chambre au plus vite avant que quelqu'un ne me voie et se mette à*

---

58 Chaque royaume et ville principale possédait un ambassadeur à Urbs Lucis.

59 Lupa Lux Baiula : Secrétaire personnelle de la Magna Mater.

colporter des rumeurs sur l'existence d'autres mauvaises nouvelles, bien que, cette fois, elles ne seraient pas fausses.

La Blanche faillit oublier de passer voir la secrétaire de la Magna Mater, tant elle avait l'esprit encombré. Craignant que Lupa ne se rendît compte de son trouble, elle décida de rester dans l'antichambre, donner ses instructions à la femme par l'entrebâillement de la porte, et se diriger vers sa propre chambre sans attendre la réponse.

Quant à Krystiana, elle alla s'asseoir sur son tapis bleu et rouge à côté de son bureau, croisa les jambes, ferma les yeux et entra dans un profond état de méditation pour carillonner Élyana, car elle avait grand besoin d'une amie.

* * *

« Haut Roi, ce que ché sollicite aujourd'hui, c'est votre intervention en faveur de l'Organisation pour la libération des hommes Zébuloniens. »

Toras pouvait lire la frustration dans les yeux de l'étranger. Depuis une heure, le Zébulonien et le roi discutaient de la possibilité d'apporter au groupe de rebelles un soutien financier et stratégique, mais, de toute évidence, son père n'avait pas envie d'assouplir ses conditions.

Octavius soupira et lui répondit : « Je comprends, mais pourquoi ferais-je cela ? Pourquoi j'aiderais votre groupe et pas une autre faction rebelle ? Qu'en sera-t-il des Zébuloniennes ? Est-ce qu'elles vous soutiennent ? Vous devez comprendre que je n'interviendrai que pour soutenir l'instauration d'une société libre pour tous les Zébuloniens et Zébuloniennes, et vous devez encore me convaincre que c'est ce que votre organisation a l'intention de faire. »

« Haut Roi, nos femmes ne peuvent pas accepter de vivre aux côtés d'hommes libres, surtout les Janarae. Il ne peut y avoir qu'un seul sort pour la Garde de Zébula. »

« J'ai bien peur que ce ne soit pas possible. »

Le Zébulonien se leva de table si précipitamment qu'il fit tinter les coupes de fruits et de vin. Il dit : « Comprenez-vous que la reine Zébula va envahir votre royaume ?! »

Toras et Marcus fixèrent le Zébulonien, incrédules. Même si le roi n'avait jamais décapité quiconque pour avoir violé le protocole — comme certains monarques le faisaient ailleurs — il avait l'habitude de clore les audiences avec ceux qui lui manifestaient un manque de civilité ou de respect sans réfléchir, qu'ils soient locaux ou étrangers. Mais cette fois, le roi se contenta d'avertir l'homme. D'une voix ferme, destinée à remettre l'homme à sa place et ne lui laisser aucun espoir quant aux conséquences qu'engendrerait un nouvel égarement, Octavius dit : « Surveillez vos paroles, Maître Methor ; notre conversation ne tient plus qu'à un fil. »

Le petit homme sembla être sincèrement désolé et gêné de son comportement — extrêmement gêné même — et il baissa la tête pour exprimer sa pénitence et sa soumission, ce qui, en raison de sa petite taille, rendit le geste comique : « Je vous prie de m'excuser, Majesté, je ne voulais pas vous manquer de respect. Si vous avez des suggestions pour l'intégration des femmes — et particulièrement les Janarae — dans une Zébulonie libre, je les accueillerai avec joie, car je ne connais pas un seul Zébulonien qui sait comment le faire. Voyez-vous, les Janarae donnent leur vie, corps et âme, au service de la reine ; grâce à cela, elles sont cheffes, riches et libres. Mais nous, les hommes, nous ne sommes que des serviteurs, de génération en génération, et à cause de cela, nous n'avons ni l'expérience… ni… ni… le tempérament nécessaire pour réaliser ce que vous proposez. Mais nous sommes volontaires et résolus à changer les choses afin de bâtir une société meilleure. »

Octavius fut profondément impressionné par la volubilité soudaine de l'homme et par sa sincérité évidente : « J'accepte vos excuses, Maître Methor. Il est si rare de voir quelqu'un reconnaître ses torts sans tenter de se justifier ; cela demande une grande humilité et c'est une qualité que j'admire. Si vous aviez essayé de vous justifier, j'aurais mis fin à notre rencontre et ne vous aurais plus jamais accordé d'autre audience. Et vos paroles me convainquent de la valeur de vos objectifs. Mais pour répondre à votre question : Je comprends quelles sont les intentions de votre reine et je suis prêt à défendre mon royaume sans l'aide d'aucun groupe. Cependant, si je peux prévenir une attaque sur mes terres en vous aidant à atteindre vos objectifs — s'ils sont raisonnables, ce qui semble être le cas — je serais alors heureux de le faire. »

Après un moment de réflexion au cours duquel l'étranger examina les conditions du roi, l'homme baissa la tête et dit en présentant au roi les paumes de ses mains : « Sire, j'accepte vos conditions, même si je ne sais pas comment il sera possible d'intégrer les Janarae à une société libre, ce qui est sans doute dû à mon ignorance. Et je peux vous promettre que mes frères les accepteront également. »

« Vous aurez donc mon soutien. Quant aux Janarae, sachez simplement cela : les vainqueurs peuvent imposer aux vaincus n'importe quel nouvel ordre, à condition que leur victoire soit totale. Si les vainqueurs sont en plus des gens honorables, la plupart des vaincus finissent par se soumettre naturellement aux nouvelles règles. Toutefois, la minorité réticente — surtout si elle sème le trouble — devra être retirée de la société afin de faire régner la paix, et son élimination doit être prévue avec autant de soin que tout le reste. Nous vous aiderons à l'organiser, si cela s'avère nécessaire. »

Methor regarda le roi avec un grand étonnement. Comment un homme pouvait-il être aussi confiant ? Et la rationalité du roi comme sa sagesse — qualités dont la reine Zébula était totalement dépourvue — le firent sentir encore plus petit. En signe de respect, il s'inclina très bas devant le haut roi. Marcus hocha la tête, satisfait.

Toras, de son côté, se demandait ce que son père entendait par « l'élimination des minorités réticentes », mais il avait appris de ses tuteurs que son père avait parfois dû utiliser ce genre de mesures extrêmes pour renforcer l'autorité du royaume. Ses tuteurs n'étaient pas entrés dans les détails et Toras se demandait toujours si cela signifiait qu'il avait fait emprisonner ou exécuter ses opposants. Mais il savait également que le royaume était plus fort qu'il ne l'avait été depuis longtemps et que le tout le monde dans le pays était très favorable à la Maison Coriolis. Alors, quoi que son père eûtait pour consolider son pouvoir, ce dut être une bonne chose.

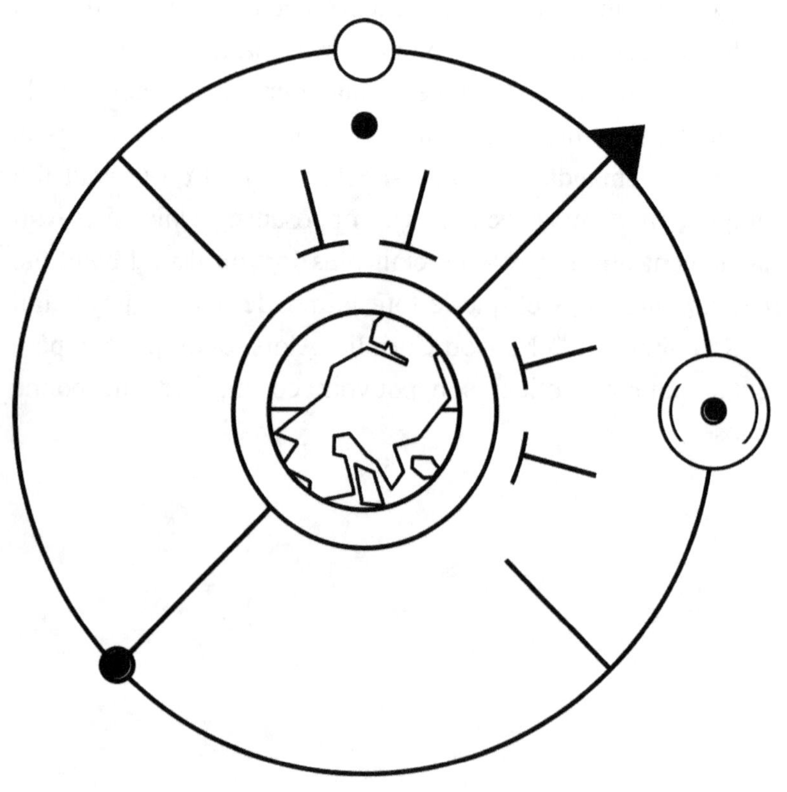

Après avoir brillamment conclu leur rencontre, le haut roi Octavius et le Zébulonien se mirent d'accord pour entamer le mouvement de rébellion au printemps prochain et s'entendirent sur les modalités de leur prochain rendez-vous. Entre-temps, maître Methor devrait valider cet accord avec son organisation et le confirmer au roi lors de leur prochaine rencontre, dont ils fixèrent la date avant de se quitter.

Marcus invita le roi et son fils à rester un peu plus longtemps, mais Octavius, conscient de la nécessité de sa présence à la capitale, fit ses adieux à leur hôte, et père et fils reprirent le chemin du camp de Toras, hors du Bois des ombres. Heureusement pour Toras, le retour fut plus agréable que l'aller. En effet, les soleils flirtaient avec l'horizon et la chaleur humide de la matinée avait disparu. Mais l'échange entre Toras et le roi resta néanmoins tendu, tandis que Toras questionnait les motivations de son père.

Octavius écouta les doléances de son fils et lui apporta des explications complémentaires sur toute l'histoire afin d'apaiser ses doutes. Mais au bout du compte, le roi comprit que Toras, égal à lui-même, ne se rangerait à son avis que lorsqu'il serait totalement convaincu du bien-fondé de l'histoire ; Octavius mit un terme à la discussion pour se consacrer à ce qui l'inquiétait vraiment à ce moment : en tant que souverain, la décision de lever une armée n'appartenait qu'à lui, et à lui seul. Mais pour combattre les Janarae, il aurait besoin du soutien de la sororité, et il n'en avait pas parlé avec la Magna Mater avant de prendre un engagement qui l'impliquerait à coup sûr. Après discussion, Krystiana accepterait sans doute de l'aider, mais ce ne serait pas facile, car Octavius la mettrait devant le fait accompli, face à un accord déjà conclu, par l'entremise d'un homme banni qui plus est. Octavius se demanda ce qui fâcherait le plus la Magna Mater.

Enfin, ce qui est fait est fait. Elle s'en remettra. Mais c'est Élyana qui me préoccupe le plus. Elle est ma conseillère et j'aurais dû lui en parler — à elle plus qu'à quiconque. Lorsqu'elle apprendra que je lui ai caché ça, elle va me faire une crise.

« Père ? »

« Hmm ? »

« Nous voilà arrivés. »

« En effet. Dans ce cas, c'est l'heure d'un bon bain. »

Toras regarda son père d'un air offusqué : « Un bain ? Comment ça ? »

« J'ai demandé aux hommes d'apporter de l'eau du ruisseau le plus proche pendant notre absence. »

Toras ne fut pas satisfait de cette réponse et trouva que son père utilisait leurs hommes avec beaucoup trop de désinvolture. Il lui dit d'un ton sarcastique : « Ah, bon. Profites-en bien. »

« Tu ferais bien d'en prendre un, toi aussi. Ne t'inquiète pas, fiston, j'ai donné la permission aux hommes de se baigner dans le ruisseau après nous avoir apporté de l'eau — je ne suis pas aussi indifférent que ce que tu sembles le croire. Tu devrais me connaître un peu mieux. »

« Vraiment ? »

« Hum, je vois. Tu es toujours fâché à propos de ce que tu as appris hier, et peut-être aussi à propos de mon accord avec Marcus Vrol et le Zébulonien. Eh bien, je t'ai donné mes raisons et il ne tient qu'à toi de les accepter maintenant. »

Octavius continua : « Si tu n'as pas envie de te baigner, je te demanderais de rassembler les officiers pour commencer à préparer notre retour vers la capitale, et de venir me présenter tes plans d'ici une heure. »

Toras lui répondit d'un ton abrupt : « Très bien Père », et il se dirigea vers la tente de la garde prétorienne qu'il avait récupérée étant donné qu'il avait détruit la sienne à Mont-Lac.

Quant au roi, il continua sa lente marche méditative vers sa propre tente.

Un homme inquiet salua le roi : « Sire, je suis content de vous voir ; je dois avouer que jamais je n'ai attendu votre retour avec autant d'impatience. »

Alarmé par ce discours accompagné de gestes nerveux, Octavius demanda à l'homme : « Que se passe-t-il, Primus ? »

Primus Julian était le capitaine de la garde personnelle du roi. C'était un homme grand, musclé, aux cheveux roux et aux yeux verts, qui, paraissant trop doux pour être soldat, parvenait souvent à leurrer ses adversaires.

« Sire… deux Lux Baiulae sont arrivées vers midi. Elles viennent d'Urbs Lucis pour vous voir, et elles sont de mauvaise humeur. En plus, elles ont déjà interrogé le primus Kendor, le secundus Jamir et moi-même cet après-midi. »

« Où sont-elles, maintenant ? »

« Elles sont retournées dans leur tente, là-bas, mon roi. Elles voulaient encore m'interroger, mais elles ont finalement décidé de faire d'abord un rapport à Urbs Lucis. »

« Et quelles étaient leurs questions ? »

« Sire, elles voulaient savoir où vous étiez, ce que vous faisiez ici et pourquoi vous avez quitté Furanville sans avertir quiconque, pas même Élyana Lux Baiula. »

« Oui, j'imagine qu'elles voudraient savoir tout cela. Parfait, il faut juste que je me rafraîchisse un peu avant. » Octavius sortit son disque du temps de sa tunique, y jeta un œil et ajouta : « Vous pouvez dire aux Sœurs que je les verrai à huit heures quinze. »

Julian — qui confirmait habituellement très vite les ordres du roi — hésita un instant avant de répondre d'une voix affectée « Oui, mon Roi ».

« Est-ce que quelque chose vous tracasse, Julian ? »

Le primus hésita de nouveau avant de dire : « Oui, Sire. L'une d'entre elles est… ma sœur jumelle… Juliana Lux Baiula. Elle vient d'être affectée au service du seigneur Valorian, avec Mara Lux Baiula. »

« Oh non ! Voilà qui est inattendu. Je parie que ce n'est pas comme cela que vous vous imaginiez revoir votre sœur après – combien de temps déjà ? – trois ans ? »

« Ça fait deux ans qu'elle est partie à Urbs Lucis, mon Roi. »

« Eh bien, j'espère que vous n'avez dit que la vérité à votre sœur et à sa compagne. »

« Sire, vous avez eu bien raison de ne pas me donner la raison pour laquelle vous étiez venu ici ; donc, je ne pouvais pas mentir. Cependant, cela n'a pas empêché ma sœur de me cuisiner autant — peut-être même plus — que sa collègue. »

« J'entends. Si vous préférez, je peux envoyer quelqu'un d'autre transmettre mon message aux Lux Baiulae. »

Le primus Julian se recula, un peu insulté : « Sire, comme vous le savez, je n'ai jamais rechigné à accomplir mes tâches. J'irai transmettre votre message. »

« Très bien, Primus. Je sais bien à quel point vous êtes attaché à votre devoir. »

Voyant que son capitaine hésitait toujours, le roi lui lança un regard interrogateur.

« Sire, saviez-vous que Juliana était une tireuse de vérité ? »

« Ah !? Non, mais c'est bon à savoir. Autre chose, Primus ? »

« Non, Sire. C'est tout. Je vais de ce pas chez les Lux Baiulae pour les informer de votre arrivée et pour leur faire parvenir votre invitation. »

Dans sa tente d'emprunt, Toras écouta Kendor l'informer de l'arrivée des Lux Baiulae, mais il décida qu'il en avait assez entendu et qu'il serait mieux de laisser le roi s'en occuper. Il changea donc de sujet pour évoquer le retour du roi dans la capitale. Cependant, comme le chef de la Garde prétorienne devrait donner son accord sur l'organisation de ce retour, Toras envoya le secundus Jamir le chercher.

Le secundus Jamir trouva le primus Julian en train de tourner en rond et de piétiner rageusement le sol, tout en paraissant curieusement accablé. En effet, son dernier contact avec les Lux Baiulae avait été un désastre. Sa sœur et sa collègue avaient été furieuses d'apprendre que le roi préférait prendre un bain plutôt que de les rencontrer, et elles avaient exigé des explications de sa part, qui bien sûr ne les satisfirent pas. À la fin, les sœurs avaient décidé de le remercier de son message et avaient renvoyé le primus. Elles l'avaient renvoyé ! Le primus avait fait en sorte que sa sœur vît bien son regard consterné en quittant la tente. Ensuite, il avait appelé l'un de ses hommes et lui avait demandé de conduire les Sœurs au roi à l'heure dite, puis s'était dirigé vers son voran, espérant que s'occuper de son animal lui permettrait de se calmer. Au lieu de cela, il s'était mis à tourner en rond autour du voran, tout en frappant des pieds par terre. Lorsque le secundus Jamir s'approcha de lui, il cria : « Quoi maintenant ? »

Jamir lui dit : « Pardonnez-moi, Primus. Le seigneur commandant Toras m'envoie vous demander de l'aide pour organiser le retour du roi à Furanville. »

« Pourquoi donc il — ? Peu importe, allons-y. »

L'instant d'après, Jamir et Julian entraient dans la tente du prince. Julian fit une petite révérence et demanda, ou plutôt dit d'un ton agacé : « Mon Prince, j'ai cru comprendre que vous vouliez parler de la manière de faire rentrer le roi à Furanville ? »

« Tout à fait, Primus. J'dois présenter notre plan à mon père d'ici une heure. »

Le commandant de la garde personnelle du roi prit un moment pour réfléchir à la demande du prince. Apparemment, il sembla choqué par celle-ci — même outragé. Il répondit : « Mon Prince, avec tout le respect que je vous dois, ceci est de *mon* ressort. »

Toras cligna des yeux en entendant la réponse cinglante du primus Julian. *Eh bien ! Quel bon début de conversation. Il me prend pour qui celui-là ? Pour le poissonnier ?* Toras adressa au secundus Jamir un regard interrogateur auquel l'homme répondit par un haussement de sourcils, suivi d'un froncement qui signifiait que l'officier avait des circonstances atténuantes pour son comportement et que le prince devrait simplement l'ignorer pour l'instant.

Toras comprit et dit : « Je sais, Primus, je sais, mais nous sommes dans une situation exceptionnelle. Maintenant, j'suis certain que vous avez entendu parler de l'attaque du rokon à Col de Corne et dans plusieurs villages côtiers. Vous et vos quelques hommes ne tiendriez pas longtemps face à lui si vous veniez à l'rencontrer, surtout à dos de vorans. Moi-même, j'suis parti à la recherche du roi afin de le ramener, en compagnie de trente hommes, et nous ne sommes plus que dix à présent. J'sais que la sécurité du roi est entre vos mains et j'serai éternellement reconnaissant à vos hommes et à vous de vous assurer qu'il n'arrive rien à mon père pendant notre voyage de retour à Furanville. Cependant, étant donné mon expérience avec le rokon, j'prendrai la tête de cette opération et vous devrez suivre mes ordres jusqu'à ce que nous ayons ramené le roi. »

Primus Julian commença à protester, mais Toras l'interrompit : « Primus ! J'connais vos assignations et j'vous demande pas de violer votre serment à mon père. Ça signifie que même si c'est moi qui suis aux commandes et qu'je m'attends à ce que vous m'obéissiez, j'vous demanderai jamais de quitter les flancs du roi ni de faire quoi qu'ce soit qui le mette en danger. C'est mon père après tout, et j'ai pas envie qu'il lui arrive quelque chose. Est-ce que vous êtes satisfait ? »

L'officier réfléchit un instant avant de répondre : « Oui, mon Prince. »

« D'accord. Alors, mettons-nous au travail. Primus Kendor, les cartes ! »

***

Toras et les trois officiers passèrent l'heure qui suivit à discuter de leurs options pour ramener le roi à Furanville le plus vite possible et en toute sécurité. Leur plus gros problème était qu'ils ignoraient où le Scytale allait diriger sa prochaine attaque. Le primus Julian proposa de rester dans les zones forestières afin de se cacher de la créature aérienne, mais comme les furans avaient de la difficulté à marcher sur une longue distance, ils laissèrent cette idée de côté. Il suggéra également de demander des vorans à Spiritii pour remplacer les furans de la troupe de Toras, ce qui accroîtrait la protection rapprochée du roi. Mais comme de nombreux tronçons du parcours devaient se dérouler à découvert, Toras et Kendor insistèrent pour que leurs soldats se déplaçassent en furans afin de tenir le rokon à l'écart du roi en cas d'attaque.

Après avoir tout bien considéré, y compris la météo, l'accessibilité des routes et la proximité des villes et des villages — ils voulaient rester le plus possible à l'écart des zones habitées, étant donné les habitudes d'attaques du rokon — ils décidèrent d'un commun accord de suivre les contreforts des monts Colossi jusqu'à Mont-Lac, puis de couper à travers champs jusqu'à Furanville.

Le seigneur commandant Toras congédia alors tout le monde afin de préparer leur départ aux premières lueurs, heureux d'être parvenu à un consensus sans trop de difficulté. Mais la crainte de rencontrer le Scytale ne cessait de le hanter. *Queue de grassier ! Mais qu'est-ce qu'il veut ?!*

*****

Dans la tente du roi, une discussion beaucoup plus houleuse se déroulait. Les Lux Baiulae étaient arrivées à huit heures quinze pétantes. Les Lux Baiulae avaient un sens inné du temps, et lorsque Kiron les avait appelées, elles avaient ajusté leur allure pour être sûres d'arriver à la tente du roi à l'heure exacte, et Kiron avait dû ralentir plusieurs fois pour les attendre, chose qui l'avait fortement agacé.

Les Sœurs passèrent les vingt premières minutes de la rencontre à dire au roi combien son escapade secrète avait été irresponsable. Le roi écouta calmement leurs accusations, car, c'était un fait : elles avaient raison. Elles essayèrent également du mieux qu'elles le purent, de lui faire avouer le but de sa venue ici. Mais il ne voulut rien dire et leur promit que dès qu'il serait prêt à le faire, il en informerait la Magna Mater directement. Même la familiarité de Juliana Lux Baiula avec le roi ne lui fit lever le voile sur la raison de sa présence ici, quand bien même elle essaya à plusieurs reprises de le faire parler.

Soudain, Juliana dit : « Mon Roi, je comprends qu'en tant que souverain vous n'ayez pas besoin de justifier vos actions et vos décisions. Mais pour la sécurité du royaume, notre alliance exige que votre conseillère — au moins elle — soit toujours au courant de vos agissements. Pourtant, Élyana ignorait où vous vous trouviez pendant tout ce temps, et les décisions que vous auriez dû prendre ont été prises sans vous, comme les discours que vous auriez dû adresser ont été réalisés en votre absence. »

Juliana observa la réaction d'Octavius, tentant de saisir un spasme oculaire ou un tremblement de doigt afin de déceler s'il éprouvait de la culpabilité, de la surprise ou tout autre sentiment. Mais s'il était déjà très difficile d'essayer de connaître les pensées profondes de quelqu'un à partir de ses gestes, ça l'était encore plus avec quelqu'un d'aussi expérimenté que le haut roi. Elle devait le faire parler davantage. Alors elle continua : « Heureusement que le haut commandant Aithen — guidé par les conseils du haut capitaine Harlion et d'Élyana Lux Baiula — a été en mesure de prendre la situation en main, à commencer par le relogement de la population de Col de Corne à Furanville, suivi de l'organisation d'une réunion avec le Sénat et d'une autre avec le conseil de l'Union afin de les informer de ce qui s'était passé et d'évoquer ce qui risquait d'arriver. »

En apprenant ce que son aîné avait fait en son absence, l'émotion submergea le roi et l'affecta bien plus que la colère de la Sœur. Il avait toujours été fier d'Aithen, mais à présent, cette fierté devenait encore plus prégnante et lui faisait chaud au cœur. Cette fierté était cependant teintée d'inquiétude. En effet, Aithen ne s'était adressé au Sénat et au Conseil qu'une seule fois auparavant, et avec le roi à ses côtés, pour les aviser de son intention d'apaiser la révolte qui faisait rage à Ouragan, il y avait de cela un an et demi.

J'aurais dû être là ; elles ont raison. Les deux chambres vont essayer de tirer avantage de son inexpérience. J'espère que Luma et mes frères seront là pour le soutenir.

Juliana se rendit compte du débat intérieur qui se tenait dans l'esprit du roi, et saisit cette occasion pour examiner ses réactions de plus près. À en croire la forme de ses lèvres, il semblait éprouver une certaine culpabilité. Et lorsqu'il leva un peu les yeux vers Mara et elle, il parut reconnaître que leurs questions n'étaient pas sans fondement. Juliana attendit que le roi la regardât droit dans les yeux et lui demanda : « Sire, avez-vous des raisons de vous méfier d'Élyana Lux Baiula ? »

Le roi lui répondit d'un ton acerbe : « Non, pas du tout. J'ai toujours eu une confiance aveugle en Élyana, et je l'ai encore. Cependant, dans le cas présent, je ne pouvais pas lui faire part de mes intentions. »

Juliana l'écouta avec son sens aiguisé pour démêler le vrai du faux, prête à déceler le moindre non-dit, mais, mis à part le même sentiment de culpabilité qu'elle avait perçu juste avant et l'intense frustration dans la voix du roi, elle ne put détecter aucune fausse note dans sa réponse. Néanmoins, cette culpabilité évidente constituait un élément d'information significatif qu'elle se devait de rapporter à la Magna Mater.

Le roi ajouta : « Maintenant ! J'aimerais arrêter de discuter de mes actions avec vous, Lux Baiulae — même avec vous, Juliana. Mais j'en parlerai avec la Magna Mater lorsque je l'entendrai. »

Les Sœurs clignèrent des yeux, choquées par les paroles du roi qui étaient non seulement lapidaires, mais aussi à la limite de l'irrespect. En fait, non, elles *étaient* irrespectueuses ! Jamais personne ne s'était adressé aux Lux Baiulae sur un ton aussi arrogant. Mais bon, le haut roi était l'homme le plus puissant des territoires alliés. En outre, les souverains de la Maison Coriolis avaient toujours entretenu une relation particulière avec l'Ordre, et surtout le haut roi Octavius.

Le roi patienta un moment pendant que les Sœurs digéraient sa déclaration. Lorsqu'il fut certain qu'elles avaient bien compris qu'il ne les laisserait plus le questionner, il dit : « Pourriez-vous me dire tout ce que vous savez sur l'attaque de Col de Corne, et sur ce rokon qui n'en est pas un ? »

Juliana Lux Baiula, qui se remettait à peine de l'affront du roi, se tourna vers sa collègue pour la laisser raconter ce qu'elle savait. En effet, Mara Lux Baiula avait reçu un rapport sur les événements de Col de Corne, ce qui la rendait la plus à même d'informer le roi.

La désormais docteure en cheffe du seigneur Valorian était plus petite que la plupart des femmes, mais son allure témoignait d'une grande confiance en elle, confiance dont elle usait efficacement tant avec les plébéiens qu'avec les patriciens. Elle se tourna alors vers le roi d'un air calme et posé, en dépit des remarques déplacées de ce dernier.

Le roi tenta de jauger sa personnalité tandis qu'elle organisait ses pensées avant de se lancer dans le récit. Ses épais cheveux noirs et sa mèche blanche lui donnaient un air sévère, mais son large visage et ses grands yeux ovales révélaient une femme douce et aimable. Malgré tous ses efforts, le roi ne parvint pas à la cerner, à part que son cordon blanc et sa robe verte immaculés — elle venait pourtant de Spiritii et avait voyagé à dos de voran dans la poussière sèche des chemins — prouvaient qu'elle accordait peut-être un peu trop d'attention à son apparence. Enfin, Mara Lux Baiula plongea ses yeux dans ceux du roi et commença :

« Sire, nous pensons que le rokon qui a attaqué Col de Corne est en réalité la créature connue sous le nom du

Scytale. » Mara s'interrompit un instant pour que Juliana étudie la réaction du roi.

Mais le roi ne laissa rien transparaître et prit une inspiration à peine audible. Il demanda : « Quelles sont vos preuves ? »

« La Chose a parlé à Élyana Lux Baiula. »

Cette fois, la réaction du roi fut tout sauf calme et il hurla : « Quoi ?! »

« Sire, le Scytale a parlé à Élyana Lux Baiula pendant l'assaut et lui a adressé un avertissement. Il lui a dit : "la fin est proche", puis "vous suivrez ou vous périrez". Il lui a aussi parlé dans la langue ancienne. »

Le roi était visiblement secoué par cette nouvelle et se laissa tomber sur son fauteuil. Après qu'Octavius avait sauvé Toras et ses hommes, son fils lui avait raconté des bribes de ce qui s'était passé à Col de Corne, puis lui avait aussi parlé des autres attaques à Galior et dans les villages de Basse-Alvinorie, mais il avait omis tous les détails surnaturels à part que le rokon n'était, disons, pas vraiment naturel.

Pourquoi Toras ne m'a-t-il pas raconté cela ? Grrr ! Tu es un imbécile, Octavius. Le roi était fâché contre lui-même à présent, fâché d'avoir disparu et de s'être retrouvé totalement injoignable empêchant ainsi ses fils et sa conseillère de l'avertir d'un événement d'une telle gravité.

Tandis que les pensées se bousculaient dans l'esprit du roi, les Lux Baiulae échangèrent des regards et firent des conjectures, à travers le Lien, sur ce que le roi pouvait penser.

Enfin, il se remit debout, les mains dans le dos, et demanda : « Avons-nous capté d'autres signes de l'identité du rokon, une explication relative à la réapparition du Scytale — s'il *s'agit* bien de lui ? »

« Pas à notre connaissance, Sire. Quant aux modalités de son retour, cela suscite un vif émoi au sein de la sororité ;

comme vous le savez sûrement, le Scytale est supposé avoir été éliminé à la fin de la Guerre des ténèbres, ce qui — »

Le roi acheva la phrase de Mara : « Ce qui signifie que soit les récits sont faux, soit le Scytale a été ressuscité, et si l'on va au bout de cette logique, il faut aussi en conclure que Noctiferus n'est pas bien loin. »

Les Sœurs acquiescèrent d'un air un peu moins indifférent qu'à l'accoutumée.

Sentant que le moment était propice pour évoquer le retour du roi, Mara dit : « Sire, vous devez absolument retourner à Furanville, sans tarder. Vous seul pourrez prendre les décisions qui s'imposent, et, même si le haut prince Aithen s'en est bien sorti jusqu'à présent, il ne l'a fait que sous la tutelle de ses conseillers. Heureusement pour nous tous, le haut capitaine Harlion et Élyana Lux Baiula sont les deux personnes les plus loyales et désintéressées du royaume, mais à moins que vous ne reveniez rapidement, leur influence risque de dépasser les limites de la simple suggestion, ce qui ne serait bon pour personne. »

Cette dernière remarque fit sursauter le roi. Les Lux Baiulae étaient renommées pour toujours essayer d'influencer les décisions des souverains. L'Ordre aurait logiquement dû être ravi d'avoir l'occasion de manipuler le prince Aithen. Mais il était aussi vrai que, même si de nombreuses Sœurs tentaient de diriger le royaume, Krystiana avait toujours réprouvé ce genre de comportement, et même si elle ignorait parfois les manigances de ses consœurs dans les petites juridictions, elle les jugulait lorsque cela se passait à la cour du haut roi.

« J'apprécie votre franchise, Mara Lux Baiula. Et il se trouve que j'ai déjà ordonné à mon fils de préparer mon retour au – » Le roi pencha soudait la tête vers l'avant de la tente. « Ah ! Ce doit être le prince Toras ! Je reconnais ses gémissements : il arrive à point nommé. Soyez les bienvenues si vous souhaitez rester et assister à l'exposé de son plan de retour. »

Les deux Lux Baiulae se regardèrent, hochèrent la tête et répondirent d'une seule voix : « Merci, Sire. Nous restons. » Le roi leur adressa un regard étonné, puis Mara Lux Baiula ajouta : « En fait, nous avons absolument besoin de connaître ce projet, car nous avons ordre de vous accompagner dans votre voyage afin d'assurer votre sécurité. »

Le roi fut tout d'abord importuné par cette remarque. En effet, la Magna Mater n'avait pas le droit de lui assigner des Sœurs sans son consentement préalable. Mais l'agacement d'Octavius se dissipa rapidement lorsqu'il se rendit compte que, même si tout cela ne correspondait pas exactement aux règles établies, les Lux Baiulae étaient sans doute sa meilleure défense en cas d'attaque du Scytale.

Octavius ne s'empêcha cependant pas de grogner et de toiser les Sœurs avec un regard qui se voulait intimidant. *Juliana tire sur sa robe. Bien. Elle semble comprendre que cette manière de m'imposer leur présence était inappropriée. Cette Mara Lux Baiula, au contraire, paraît s'en moquer complètement. Pourtant, quelque chose me chuchote de lui faire confiance. J'espère que l'avenir ne me donnera pas tort.*
Puis il sortit accueillir Toras.

* * *

À son réveil, le lendemain matin de son dîner avec Élyana, Aithen se fit une promesse : la faire sortir de sa tête jusqu'à ce que tout redevînt normal — si cela arrivait un jour.

Puis il lut le court rapport des Frumentarii portant sur les activités des prêtres de l'ordre d'Aiala après leur Communion de la veille.

376

Harlion s'assit en silence face au prince et étudia le visage de son protégé pendant sa lecture, même s'il n'en avait pas besoin, car il avait déjà pris connaissance du document comme chaque fois qu'un rapport de police portait la marque d'un dard stylisé : ce dessin signalait tous les rapports sur les activités ou les personnes présentant un risque pour le royaume.

Comme le capitaine s'y attendait, le visage du prince passa de l'inquiétude à la frustration, puis à la colère lorsqu'il lut la dernière phrase.

Voici ce que disait le rapport :

Des carolets intrépides quittent le nid, plein d'entrain

Ils cheminent côte à côte à travers champs

Dans le nid voisin, deux d'entre eux attisent des ouvriers

Cela signifiait que les prêtres avaient été aperçus au moment de quitter le temple à grandnuit. Ces mêmes prêtres avaient été surpris en train de gagner les villes et les villages des alentours vers trois heures du matin. Deux d'entre eux se trouvaient dans les villages voisins après le lever des soleils, semant la terreur et incitant les gens à la révolte.

Aithen s'écria : « Je savais que je ne pouvais pas faire confiance à cet homme ! J'le savais et j'ai pourtant cru ce qu'il me disait ! Je suis un imbécile ! »

« Ne soyez pas aussi dur avec vous-même, mon Prince. Nous ne savons pas s'il a tout simplement mal compris ou s'il a délibérément choisi d'ignorer… votre demande. »

« Je sais que si c'était mon père qui avait eu affaire au premier clerc Galadrin, tout cela ne serait jamais arrivé. Galadrin aurait obéi ! »

« Peut-être, mais cela ne nous dit toujours pas pour quelle raison il n'a pas suivi votre ordre. Comme je te connais, et je sais que je te connais bien, je pense que tu n'as pas été suffisamment clair sur tes attentes, et au lieu de lui interdire de répandre la peur, tu lui as simplement laissé entendre qu'un tel comportement ne serait pas toléré. »

« C'est ce que j'dis. Je suis un imbécile. Je n'ai pas les compétences requises pour gérer des adversaires comme le premier clerc ou quiconque de sa trempe. Je suis un soldat ! Pas un politicien ! »

« Mon Prince, puis-je me permettre une suggestion ? »

Aithen, sous son masque de tragédien, se contenta de hausser les épaules.

« Tu pourrais peut-être demander à Élyana Lux Baiula de parler au premier clerc Galadrin. Elle pourrait ainsi s'assurer que le sens de vos ordres ne présente plus pour lui aucune ambiguïté. Si elle le rencontre, elle pourra également établir s'il a t'a délibérément désobéi ou s'il n'avait simplement pas saisi ce que tu voulais dire. »

« D'accord. Je ne suis pas contre cette idée. J'y avais aussi pensé après-coup. Et maintenant, voilà où nous en sommes. »

Aithen se dirigea vers son bureau, y rédigea une note, puis tira sur une corde fixée au mur. L'instant d'après, un jeune homme entra. C'était un petit gars avec des cheveux noirs ondulés, des yeux qui paraissaient tout examiner, un long nez pointu et une bouche étroite dont les lèvres, serrées par l'excès de concentration, formaient une ligne droite.

« Maître Trébloc, veuillez amener cette note à Élyana Lux Baiula, s'il vous plaît. Dites-lui que c'est urgent. »

Maître Trébloc fit une révérence au prince, se tourna légèrement pour saluer de la tête le haut capitaine Harlion, pivota encore pour terminer son tour, et sortit exécuter ses ordres.

Harlion leva un sourcil : « Où est Kil ? »

« Je lui ai donné sa matinée pour qu'il reste avec sa famille en visite dans la capitale. »

« Ah ! Bon, c'est un étrange jeune homme qui vient d'emporter votre message. »

« Je sais ce que tu veux dire, mais je n'ai jamais rencontré quelqu'un d'aussi organisé, diligent et ayant autant le souci du détail que lui, et je dois admettre que je l'aime bien. Je pensais que maître Ramenic allait me manquer, mais c'est plutôt l'inverse. Je crois que maître Trébloc ira loin. Je suis à deux doigts d'en faire mon secrétaire personnel si le roi me laisse l'engager. » Puis Aithen ajouta pour lui-même : « Si jamais j'ai encore besoin de l'approbation de mon père. »

« Pardon ? »

« Rien, Harlion, rien. Comme je le disais, je songe à demander à mon père de me laisser avoir maître Trébloc. Je sais qu'il est jeune, mais il a fait preuve de grande initiative depuis que le roi l'a affecté au Trésor royal il y a trois mois, et il a découvert quelques irrégularités dans le budget des garnisons de la Haute-Alvinorie, ce qui me pousse à douter des capacités du vieux maître Ramenic. »

Harlion fronça les sourcils ! « Des irrégularités ? »

« Oui. Je ne sais pas encore qu'en faire. J'allais t'en informer demain, mais je peux aussi bien te dire ce que je sais dès maintenant, même si le rapport que j'attends de maître Trébloc pourrait changer la donne. »

Harlion n'avait pas l'habitude de se mêler des affaires financières de l'armée ou des questions administratives : quelques années auparavant, Aithen lui avait clairement fait savoir qu'il voulait qu'Harlion se concentrât sur les hommes, sur leur formation et leur développement, ainsi que sur leur moral. Mais il y avait quelque chose d'inquiétant dans le ton du prince, quelque chose qui pouvait signifier que cela pourrait aussi le concerner.

Aithen se dirigea vers l'avant de son bureau et s'assit sur le rebord, mains croisées, face au capitaine. Son hésitation ne fit qu'augmenter l'inquiétude du capitaine.

« Le premier rapport que maître Trébloc m'a montré il y a un mois indiquait une baisse inexpliquée du budget de l'armée et une hausse proportionnelle des dépenses du personnel. Ce qui est encore plus étrange, c'est que toutes les forteresses de la Haute-Alvinorie présentent la même pondération. Maître Trébloc a alors décidé d'examiner cela d'un peu plus près, et il a découvert que les forgerons des garnisons en question avaient tous été remplacés au cours des six derniers mois — cela, sans l'approbation du seigneur Warbender[60]. Finalement, maître Trébloc a constaté que les métaux utilisés pour forger les armes ne provenaient plus du même endroit. Ce n'était pas particulièrement dérangeant en soi, puisque les forgerons sont autorisés à choisir l'origine de leurs métaux à condition que ceux-ci soient de bonne qualité, mais maître Trébloc a tout de même trouvé ce changement suspect. Prises toutes ensemble — s'il a raison —, ces coïncidences témoignent de décisions contraires à l'éthique dans nos forteresses de Haute-Alvinorie. Ce n'est déjà pas une chose positive dans l'absolu, mais ça l'est encore moins maintenant que nous risquons de nous engager dans une nouvelle guerre des ténèbres. »

Harlion se frotta le menton pensivement. « Mon Prince, je ne pense pas que maître Trébloc parvienne à ce genre de conclusion simplement en étudiant nos livres de comptes. Ces derniers n'indiquent pas les changements de transferts d'argent entre comptes au niveau de la garnison. »

---

[60] Seigneur Warbender : Seigneur de l'Armurerie.

« En fait si, c'est indiqué maintenant. Si tu t'en souviens bien, le seigneur Kaffin[61] a récemment instauré l'utilisation de ce qu'il appelle les *grands livres*, et, grâce à la mise en place du service de courrier cette année, il peut désormais suivre les recettes et les dépenses de toutes nos opérations effectuées dans le royaume, et ce, sur une base quartrielle. »

Harlion laissa échapper un petit grognement et dit avec un léger agacement : « J'avais oublié ce détail. Mais si ce que le maître Trébloc a découvert est vrai, pourquoi ne m'as-tu pas averti immédiatement ? Les irrégularités dont tu parles peuvent affecter gravement les capacités de mes hommes ! »

« Je sais, Harlion, je sais. Mais je ne voulais pas inquiéter qui que ce soit à partir des découvertes du jeune homme ; il est possible qu'il ait mal interprété les livres et les rapports des garnisons. J'ai demandé aux seigneurs Warbender et Kaffin de regarder leurs propres rapports ce matin et de renvoyer leurs bilans à maître Trébloc plus tard dans la journée. J'espère que ce dernier me reviendra avec de meilleures nouvelles et qu'il me dira que ses inquiétudes n'étaient pas fondées. Cela ne serait pas très bon pour lui, mais ce serait tout de même une excellente nouvelle. »

« *Grrr*. Bon, espérons qu'il n'y ait eu que de la fumée sans feu. »

« En effet. Si tu veux, tu peux te joindre à notre réunion avec maître Trébloc cet après-midi. »

« Merci, mon Prince, mais comme vous le savez, je dois rejoindre mes officiers cet après-midi. Mais je peux revenir dans la soirée. »

Harlion continua après une courte pause : « Je n'en parlerai pas avec mes officiers tant que rien n'est sûr. »

---

[61] Seigneur Kaffin : Trésorier royal.

« C'est une sage décision. Bon. Maintenant, passons à autre chose… comment se passe l'installation des réfugiés ? »

« Je dois dire que ça se passe étonnamment bien, mon Prince. On n'a eu aucun mal à leur trouver des logements. »

« Et les animaux ? Je suppose qu'ils ne sont pas dans la ville. »

« La plupart des Corniers ont pu confier leurs animaux aux agriculteurs locaux et aux propriétaires à un coût raisonnable ou avec un autre type d'arrangement. Les autres ont simplement décidé de vendre leurs bêtes contre de l'argent. »

Aithen hocha la tête, satisfait. « Et pour la nourriture ? »

« Nous avons déjà distribué la moitié de nos denrées en réserve aux réfugiés. Ça devrait leur permettre de subsister quelques quarts, mais nous devrons bientôt prendre d'autres mesures. »

Aithen répondit : « Ça ne devrait pas être un problème. La sénatrice Kraelion essaie de trouver un emploi à tous les hommes afin de les aider à nourrir leurs familles à la sueur de leur front. Elle travaille aussi avec les fermes locales pour augmenter la production de roux[62], de fruits et d'œufs. »

Le capitaine esquissa un sourire. Il connaissait la sénatrice — depuis des années — et il n'en attendait pas moins de la part de cette femme.

Aithen dit : « C'est bon de savoir qu'il existe des personnes qui feront ce qui est juste, n'est-ce pas ? Et qui ne le font pas parce qu'on leur a dit de le faire — ni même parce qu'on le leur a demandé —, mais parce qu'elles ont le sens inné de faire le bien. »

« Absolument. »

---

[62]Roux : Légumes k'tarans. La plupart des plantes de la planète K'Tara sont de couleur rougeâtre en raison de leur absorption de rayons issus du soleil bleu. Les plantes tropicales, cependant, sont bleues, car les feuilles renvoient la lumière bleue, très intense à cette latitude.

Après un moment de silence au cours duquel le prince et le capitaine pensèrent à la chance des Corniers d'avoir à leurs côtés une femme comme la sénatrice Kraelion, Aithen changea à nouveau de sujet, et d'un ton sombre qui contrasta avec la conversation précédente, il dit : « Alors, passons aux choses sérieuses. Comme tu le sais, le Scytale s'en est pris à d'autres villes et villages après Col de Corne, et rien n'indique qu'il a l'intention de s'arrêter là. D'après ce qu'Élyana et moi avons appris dans le Lien, il a pour objectif de semer la terreur, et il y a lieu de penser qu'il ne s'arrêtera pas tant que tout le pays ne sera pas sens dessus dessous, car il recherche… les deux Luxori. »

Chaque fois que le prince évoquait quelque chose lié à sa folle aventure dans le Lien, le capitaine fronçait les sourcils. Comment le prince pouvait-il s'exposer à de tels dangers occultes ?

Aithen poursuivit sans prendre en compte le rejet de l'homme ; il savait ce qu'Harlion en pensait, mais, après tout, si les raisons d'Aithen avaient réussi à convaincre Élyana, cela devrait effacer tous les autres doutes. Ignorant donc le froncement de sourcils d'Harlion, Aithen déclara : « Quoi qu'il en soit, puisque nous n'avons pas suffisamment d'effectifs pour défendre tous les villages, nous rassemblerons les paysans et les habitants de ces villages dans les villes du royaume plus faciles à protéger. Les principaux propriétaires ont accepté de défendre leurs propres terres et cités et d'offrir leur protection à quelques villes mineures sur les terres adjacentes. En ce qui concerne nos forces, nous en déploierons une partie pour défendre les plus petites villes dont les populations ne peuvent compter sur les grands propriétaires. Chacun a également accepté l'aide de la sororité pour lutter contre la créature. »

Harlion se frotta le menton et dit : « Hum, je ne sais pas si rien de tout cela aidera, mais nous ne *pouvons* rien faire de plus. J'imagine que tu as dressé une liste des villes où nos hommes doivent aller ? »

« Oui. » Aithen s'approcha de son bureau, saisit la liste et la donna à son capitaine.

Harlion dit : « La liste est longue, mon Prince. Vous savez que nous ne pouvons pas nous permettre d'envoyer des troupes, quelle que soit leur importance, dans chacune de ces villes ? »

Entre découragement et refus rationnel de laisser tomber, Aithen répondit : « Oui, je sais. Mais nous ne pouvons *pas* ne rien faire ni entasser les populations davantage ; sinon, ce sera le chaos. » Après une courte pause, il ajouta : « Si seulement nous pouvions prédire quelle sera la prochaine cible du Scytale ; nous pourrions bien mieux organiser nos troupes de cette façon. »

Le haut capitaine opina, prit un moment pour réfléchir, puis déclara : « Aujourd'hui, notre force furane n'est plus aussi importante qu'avant, elle ne compte que trois mille équipes furanes[63], mais peut-être que — à défaut de connaître l'itinéraire de notre ennemi — nous pourrions placer nos effectifs dans quelques villes à des positions stratégiques à travers le royaume. Nous pourrions également disposer des guetteurs un peu partout sur le territoire et à proximité des villes et des villages sans défense afin qu'ils donnent l'alerte s'ils aperçoivent le Scytale ; nous pourrions alors répondre présents dans les trois heures. »

Aithen frotta sa fine barbe tandis qu'il réfléchissait à l'idée d'Harlion, tout en balayant la pièce des yeux sans rien regarder. C'était une bonne idée, mais cela ne suffirait pas.

---

[63] Équipe furane : Une équipe furane est composée du furan et de son maître.

« J'aime ton plan, Harlion. Mais les renforts ne seront d'aucune utilité si, en plus du temps que les équipes furanes mettront à arriver, il faut aussi compter celui que le message mettra pour sonner l'alerte à l'approche du Scytale à un endroit en particulier. »

« Vrai. Mais nous disposons *seulement* de tours de feu. »

Aithen se mit à tourner en rond dans son bureau, tandis que son esprit passait en revue toutes les possibilités. Il secouait la tête de temps à autre, puis il finit par donner un coup de poing dans sa main gauche : « Je vais convaincre Urbs Lucis de répartir des Lux Baiulae partout dans le royaume conjointement avec nos troupes. Nous *les* utiliserons comme guetteuses, et elles seront ainsi capables de communiquer directement entre elles au moindre signe du Scytale, ainsi qu'avec nos troupes dès que ce sera nécessaire. »

« Je n'ai jamais entendu dire que la sororité fournissait un tel… service. Mais si elles peuvent le faire, et que vous réussissez à convaincre la Magna Mater, alors c'est un bon plan ! Je vais donc mettre les choses en route, car il nous reste encore beaucoup à faire avant que les forces ne soient prêtes à partir. Ça prendra sans doute quelques quarts pour tout organiser. »

« Haut Capitaine, laissez-moi d'abord informer le Sénat, car la remise en service de l'armée va susciter une grande agitation ; surtout parce que cela fait bien longtemps que les trois mille équipes furanes n'ont pas été mobilisées. Vous pouvez en parler avec vos officiers si vous le souhaitez, mais attendez que j'aie informé le Sénat avant de préparer quoi que ce soit. Ma réunion avec eux devrait avoir lieu dans les deux prochaines heures. »

Le vieux capitaine regarda son protégé avec un étrange mélange d'excitation et d'incertitude

« Qu'y a-t-il, Harlion ? »

« Ce n'est pas grand-chose, mon Prince, mais, quelque part, je me sens excité à l'idée de rassembler à nouveau toute la furanerie[64]. »

« Je vois ce que tu veux dire. Ça me fait la même chose, pourtant il n'y a pas lieu de l'être. »

« Non, clairement pas. » Puis, se levant du fauteuil en feuille de lacora, qui était devenu un peu trop confortable pour lui, Harlion ajouta : « J'attendrai de vos nouvelles dans mes quartiers, mon prince. »

« Ça va. Je t'enverrai chercher si j'ai besoin de toi plus tard, sinon, tu pourras lancer les préparatifs dès que tu recevras mon feu vert après ma réunion avec le Sénat. »

✳✳✳

La jeune Aria se frottait les tempes. Elle était assise dos à dos avec Carasina et essayait de lire dans l'esprit d'un Locarien rouge[65] situé dans la pièce voisine. Là-bas, une jeune néo parlait avec le locarien, et Aria devait, avec Carasina, déterminer ce que faisait la néo. Elles étaient ensuite censées communiquer entre elles pour parler de ce qu'elles avaient lu dans l'esprit du locarien.

Elles avaient suivi leurs premiers cours dans les jardins, où la Magistera Annan leur avait montré comment entrer dans l'esprit de divers animaux, pour y lire leurs pensées et percevoir ce qu'ils voyaient. Les deux jeunes filles avaient trouvé ces cours faciles, surtout en liaison avec la Magistera Annan. Mais lorsqu'il s'agissait de le faire seules, enfermées dans une pièce sans voir ne serait-ce que la silhouette de l'objet de leur lecture, c'était autrement difficile.

---

[64] Furanerie : Force montée de furans.
[65] Locarien rouge : C'est l'un des plus avancés parmi les Locariens inférieurs, le groupe d'espèces à partir duquel les Locari ont évolué

Sans se retourner ni avoir l'air de s'adresser à quelqu'un, la jeune Mêlée chuchota à son amie : « Je commence à avoir mal à la tête. Ça fait maintenant plus de trois heures qu'on y travaille. Quand donc va-t-elle revenir ? »

Carasina gémit : « J'ai les tempes qui palpitent depuis déjà longtemps. C'est comme si on m'avait mis la tête dans un casque, qu'on l'avait resserré jusqu'à ce que ça me fasse mal, et qu'on l'avait laissé comme ça. »

« Comment tu peux savoir ce que ça fait d'avoir la tête dans un casque ? »

« Mes frères me laissaient jouer à l'épée avec eux, et insistaient toujours pour que je porte un casque, même si les leurs étaient toujours trop grands pour moi. Mais une fois, ils m'ont fabriqué un casque avec une grande coque de palanoix qui, selon eux, m'irait bien mieux. Ça n'a vraiment pas été le cas et j'ai eu mal à la tête pendant plusieurs jours après. Eh bien, maintenant, ça me fait encore plus mal ! »

Toujours en chuchotant, Aria demanda : « As-tu réussi à lire quelque chose de ce stupide Locarien rouge ? »

« En fait, je crois que *oui*. Mais je n'arrive pas à t'envoyer ses sentiments ou ses images. »

« Pareil. Chaque fois que j'ai l'impression d'avoir lu quelque chose et que j'essaie de te l'envoyer, ça ne fonctionne pas, *et* je perds ma connexion avec le locarien. »

Carasina, qui était une éternelle optimiste, lui répondit qu'elles avaient simplement besoin de passer plus de temps à s'exercer. Mais Aria n'était pas convaincue.

Changeant de sujet, la princesse demanda : « Bon, quand crois-tu que la *si utile* magistera va revenir ? »

D'une voix angoissée, son amie lui murmura : « Je dirais tout de suite ! »

Magistera Annan entra dans la salle de lecture animale, les lèvres pincées et les sourcils haussés, les semelles de bois de ses chaussures résonnant doucement sur le sol en marbre. C'était l'une des femmes les plus excentriques de Solinor[66], avec ses cheveux grisonnants qui semblaient ne pas avoir été peignés depuis des jours, le dégradé éclatant de rouges et de jaunes sur sa robe couleur crème et ses boucles d'oreilles dépareillées qui pendaient de chaque côté de son visage. La seule chose qui la désignait comme prêtresse kynarienne, était le haut col de sa robe et l'entaille arrondie sur le sommet de ses oreilles. Cette entaille dans les oreilles d'un Kynarien représentait la puissance de ses capacités sensorielles. Plus l'entaille était profonde, plus la connexion du prêtre ou de la prêtresse au Lien était importante. Celles de la magistera Annan étaient assez profondes, mais pas autant que celles de la prêtresse suprême, qui étaient les plus profondes.

Debout face à Carasina, les mains jointes, la prêtresse dit : « Carasina, Aria, je sais que vous avez remarqué ma présence. Vous étiez sans doute en train d'exprimer vos frustrations quand je suis entrée. »

Carasina ouvrit grands les yeux, l'air sincèrement gêné. Aria, pour sa part, prit un air indigné.

Avec un large sourire, la magistera Annan dit : « C'est bien ce que je pensais. Cela m'aurait étonnée que vous ne soyez pas frustrées et démoralisées à ce stade de votre apprentissage. Je n'ai jamais vu personne assimiler cette compétence en moins de cinq ou six mois. La maîtrise, quant à elle, prend bien plus de temps. Alors, ne vous découragez pas. Vous allez y arriver. »

Aria ne parut pas convaincue et grogna.

Carasina tenta d'encourager son amie : « Je pense que la magistera Annan a raison, Aria. Nous arrivons déjà à ressentir les émotions de l'animal mieux que quiconque ; je suis

---

[66] Solinor : Capitale de la Kynarie.

persuadée que nous apprendrons à lire ses pensées aussi. » Puis, regardant son instructrice d'un air suppliant : « Et je suis sûre que magistera Annan ne verra pas d'inconvénient à nous donner quelques cours supplémentaires, puisque nous serons les deux seules néo à faire le test de Passage cette année. »

L'instructrice-prêtresse sourit.

Pas Aria. En réalité, elle avait plutôt envie d'assommer son amie. À quoi pensait-elle ? Elles avaient à peine le temps de dormir avec tous ces cours cette année. Les néos plus avancées leur avaient dit que la dernière année était la plus facile. Il n'en était rien ! Et par-dessus tout ça, elle devait travailler tous les matins à la cafétéria, dans la graisse de cuisine, à servir et nettoyer, la risée de ses pairs. Carasina n'était peut-être pas gênée de *servir* les autres, mais elle n'avait pas en plus besoin de nettoyer derrière eux !

Bon, c'est peut-être un peu *de ta faute, ce qui t'arrive. Tu as un mauvais caractère doublé de la mauvaise habitude d'être toujours en retard.*

Aria se rendit compte que Carasina et la magistera Annan la regardaient, se demandant ce qui se passait pour qu'elle baissât ainsi la tête et les épaules. Si elles avaient pu lire dans ses pensées, elles auraient été sidérées : c'était la première fois qu'Aria reconnaissait ses fautes.

Saisissant soudain l'importance de ce qui venait de lui arriver, Aria s'étonna elle-même en disant : « J'aimerais m'exercer davantage, moi aussi, Magistera Annan. Je ne sais simplement pas comment trouver le temps de le faire. »

À ces mots, Carasina esquissa un large sourire et ses yeux brillèrent de soulagement.

La magistera Annan semblait perplexe, mais répondit : « Nous pourrons regarder vos emplois du temps après le repas, lorsque vous reviendrez discuter de notre séance de lecture animale de ce matin. Je suis sûre que nous pourrons trouver un arrangement qui nous conviendra toutes et je serai ravie de parler à vos autres instructrices et instructeurs afin d'alléger votre emploi du temps, si nécessaire. »

Aria fixa son instructrice, hébétée. Que s'était-il passé ici ? Depuis quand quelqu'un s'intéressait à leur charge de travail ?

La magistera Annan ajouta : « Eh bien, allez-y, je vous vois d'ici une heure. Pour ma part, je vais demander à la prêtresse vétérinaire Loma de sonder Brutus. Parfois, lorsque les étudiants ont mal à la tête après avoir essayé de lire un animal, les locariens ressentent la même chose. »

Les filles se levèrent, époussetèrent et défroissèrent leurs robes, puis firent une petite révérence à la magistera Annan avant de quitter la pièce. Carasina arborait un grand sourire et Aria ne parvenait pas à se défaire de son air consterné face aux changements inattendus qui s'opéraient en elle comme autour d'elle.

Toras fit demi-tour sur sa selle et regarda les hommes, en pensant : *J'en ai perdu tellement. Pourvu que je ne fasse plus de bêtises.* Puis il se retourna vers son père et lui demanda : « Tu es prêt, Père ? »

Le roi acquiesça. Toras cria : « C'est bon ! Allons-y ! »

Le primus Kendor et les autres hommes de la force montée s'envolèrent, tandis que les furans poussaient des cris, tout aussi heureux que les hommes de quitter cet endroit. En effet, bien que Mara Lux Baiula eût guéri leurs blessures, le souvenir de l'attaque des tortilleurs était toujours présent, et les furans étaient restés aux aguets, jour et nuit. En réalité, ils avaient été difficiles à tenir depuis l'attaque ; les animaux n'avaient pas voulu revenir au camp après la chasse, et les hommes avaient dû utiliser leurs cornes de bêleurs du Sagr pour les rappeler. Ces cornes, provenant de bêleurs mâles vivant dans la chaîne du Sagr, produisaient des ultrasons capables de couvrir des dizaines de kilomètres, et les furans les détestaient. Les animaux, pendant leur dressage, apprenaient vite à comprendre que le meilleur moyen de faire cesser ce terrible son était de retourner auprès de leurs maîtres.

Les équipes furanes, dont Kendor, le secundus Jamir et plusieurs gardes faisaient partie, restaient à l'affût du moindre danger, prêtes à sonner l'alerte si l'un d'eux apercevait le Scytale. Le reste de la troupe voyageait à dos de vorans.

Le prince, lui aussi, avait échangé son coursier ailé contre le voran de l'un des hommes de son père et allait voraner afin de pouvoir voyager aux côtés du roi. Scratch avait commencé par se fâcher contre cet arrangement, mais Merr était un bon pilote, et le furan avait paru accepter l'étranger. Toras, quant à lui, n'avait eu aucun problème avec le voran de Merr ; le castrat était un animal bien entraîné et avait l'habitude d'être monté par différentes personnes.

Le roi avait un sentiment étrange — voire inquiétant — de se savoir encadré par une garde pour le moins éclectique, avec à sa droite, son fils en lambeaux, à sa gauche, le fier primus en costume et manteau impeccables, derrière lui, les deux Lux Baiulae dans leurs robes immaculées, le regard sévère sur leurs visages sans âge, et, trois autres hommes en triangle autour d'eux, avec en tête Jashan qui, originaire de Spiritii, connaissait très bien ces régions.

Installé sur le voran de Merr, le prince se mit à songer à la lourdeur de la première étape de leur voyage : en effet, afin d'éviter le surgissement d'une nouvelle attaque de tortilleurs, la troupe devrait atteindre la base des monts Colossi avant le coucher des soleils, ce qui signifiait qu'ils devraient parcourir quelque deux cent trente kilomètres en quinze heures. Bien entendu, cela n'était pas difficile pour les furans aux ailes puissantes — ils étaient capables de voler plus de cinq cents kilomètres par jour — mais le meilleur des vorans ne pouvait marcher que cent quatre-vingts kilomètres dans des conditions météorologiques fraîches et sèches. Toras savait que les vorans royaux étaient bien entraînés et qu'ils pourraient supporter ce qu'on leur infligeait, mais ceux des deux Lux Baiulae — bien que de bonnes montures — n'avaient pas été dressés pour endurer de si longues distances dans des conditions difficiles. Ainsi, la troupe devrait s'arrêter régulièrement pour permettre aux vorans de se reposer, mais aussi — et surtout — pour que Mara Lux Baiula pût les soigner au détriment de ses réserves d'énergie et de sa santé.

Pourtant, tout le monde était prêt à affronter un rude voyage, et Toras espérait simplement que Jashan serait en mesure de choisir une route sûre jusqu'aux monts, malgré qu'il ne fût pas allé dans cette région depuis plus de trois ans.

Vers le milieu de la matinée, la troupe passa près d'un torrent arrosé par les ruisseaux des monts. Jashan fit ralentir son voran et proposa au prince de faire une brève halte. Toras jeta un regard interrogateur aux Lux Baiulae qui acquiescèrent tout en montrant les vorans qui commençaient déjà à écumer de sueur. Le prince informa le roi et leva la main pour prévenir tout le monde qu'il fallait s'arrêter, tandis que Jashan soufflait dans sa corne afin d'avertir les furaniers.

Jashan avait entretenu une allure assez rapide au cours des trois premières heures, espérant couvrir un maximum de kilomètres lorsque la température était encore supportable. Il estimait que la troupe avait parcouru un bon soixante-dix kilomètres pendant cette première étape. Pas mal. Mais bientôt, la chaleur allait devenir oppressante et les forcerait à ralentir le pas pour éviter que les vorans ne surchauffent, même s'ils étaient à présent dans le premier entre-quart et que l'intense soleil bleu était caché derrière son jumeau plus grand, mais plus faible.

Ce fut ainsi que vorans, furans et humains étanchèrent leur soif dans le torrent. Tandis que leurs propres vorans buvaient, les Lux Baiulae humectaient les animaux avec des linges mouillés pour les aider à se rafraîchir. Cependant, comme l'eau était déjà assez chaude, Mara dut faire appel au Lien pour éliminer la chaleur de l'eau afin que le liquide puisse absorber celle des vorans pendant qu'il s'évaporait.

Toras en profita pour aller voir Scratch qui le salua dans un grand cri et un petit coup sur la poitrine, ce qui manqua de le faire tomber en arrière.

Pendant ce temps, Merr vérifiait les sangles de l'autre côté. Toras aimait bien cet homme. Peut-être parce qu'il était kynarien, à moins que ce ne fût parce que, s'étant mesuré à Aithen et à lui lors des trois derniers jeux aquiniens et ayant presque gagné à chaque fois, Merr avait quand-même su rester humble.

Remarquant la présence du prince, Merr dit : « Il est assez démoniaque celui-là, Seigneur Commandant. »

« Ah ah ! Oui. J'parie qu'il a fait battre votre cœur lors de la descente. »

« Eh bien, c'est pas faux. C'est clair qu'il n'est pas fait pour les cœurs sensibles. »

« Non, c'est sûr. Mais il a aussi conscience de son furanier et il sait ajuster sa posture s'il sent que celui qui est sur son dos commence à lâcher prise. »

« Oui, j'ai remarqué, et ça m'a permis de me détendre et de profiter de la dernière partie de la descente. »

« Je suis content. Votre voran n'est pas mal non plus. Mais ça m'a fait bizarre de me retrouver sur le dos d'un voran. La dernière fois que j'ai vorané, sur le mien ou sur un autre, c'était l'hiver dernier, quand Scratch était enfermé dans l'étable de son guérisseur pendant quelques jours pour se rétablir après avoir reçu un bloc de glace sur la tête. »

Merr écarquilla les yeux sous l'effet de la surprise. Il n'avait jamais entendu parler d'un si gros glaçon causant une telle blessure. Il n'y en avait certainement pas en Kynarie où les températures ne descendaient jamais sous le point de congélation, et même s'il avait déjà accompagné le roi dans les régions les plus froides du continent aquinien pendant la saison hivernale, le plus gros glaçon qu'il n'y avait jamais vu mesurait environ un pied de long, mais comme il était très fin, il n'aurait pas causé de blessures sérieuses en tombant sur quelqu'un.

Toras remarqua le regard interrogateur du garde. Il lui dit : « On chassait les belliques près du sommet des monts Furans. On s'est arrêtés un moment sur la corniche pour reprendre notre souffle, lorsqu'une bellique est apparue au bout d'un surplomb juste au-dessus de nous. La glace s'est brisée et la bellique est tombée avec tout le reste. L'animal nous a évités, mais un javelot de glace s'est abattu sur Scratch qui a perdu connaissance. J'étais tellement fâché que j'aurais voulu pourchasser la bellique à mains nues, mais j'pouvais pas quitter la corniche sans me briser les os, alors j'suis resté là à soigner Scratch. Pendant un long moment, j'ai cru qu'j'étais perdu. Mais, finalement, Scratch est revenu à lui et, malgré ses douleurs et sa faiblesse, il m'a tout d'même laissé le monter : il s'est laissé tomber du rebord pour rejoindre la forteresse. J'ai jamais rencontré de furan aussi courageux et déterminé que lui. »

« Vous n'avez jamais pensé à le faire se reproduire, Seigneur Commandant ? »

« D'autres me l'ont déjà conseillé, mais je ne suis pas encore décidé. » Puis, regardant sa montre gousset, Toras se rendit compte que trente minutes s'étaient déjà écoulées. Il caressa Scratch et lui rappela d'être gentil avec son furanier, ce à quoi Scratch répondit en reniflant. Merr salua le prince et Toras s'en alla rejoindre le roi pour lui dire qu'il était temps de repartir. Une fois le signal donné, tout le monde se remit en selle, et la troupe reprit la route.

La température se mit à monter rapidement au cours des deux ou trois heures suivantes. Vers midi, elle devint insupportable. Juliana Lux Baiula estima qu'il devait faire plus de onze galets. Sa monture, un voran gris de trois ans nommé Pétale, alors en phase femelle, respirait avec difficulté et écumait de sueur. Le voran de sa compagne, un vieux rouan castré répondant au nom d'Étoile, s'en tirait encore plus mal. Les vorans de la garde Royale ne semblaient pas encore souffrir à ce point, mais ils commençaient à ralentir considérablement. Seul Bataille, la monture du roi, n'avait pas l'air d'être affecté par la chaleur ni par la longue marche.

Soudain, venant du ciel, le bruit d'une corne leur parvint. Les furaniers venaient tout juste d'apercevoir le lac que Jashan cherchait pour faire leur deuxième pause. Jashan s'arrêta pour regarder dans la direction indiquée, s'assura qu'il s'agissait bien du lac qu'il connaissait — l'un des plus sûrs de la région —, puis informa le roi et le prince, et la troupe s'achemina vers leur prochaine aire de repos.

Quelques minutes plus tard, lorsque tous furent descendus de leurs montures, Toras les rassembla pour parler de leur progression.

Il demanda : « Jashan, où en sommes-nous ? Va-t-on atteindre les monts avant la nuit ? »

Le garde frotta sa barbe blonde et bien taillée pendant un instant, regardant les vorans avec l'œil expert habitué à ce genre d'expédition : « Hum, eh bien, il nous reste encore plus d'la moitié du chemin à faire, et seulement huit heures avant qu'les tortilleurs débarquent, mon Seigneur Commandant. Ça nous fait, mmm, quelque quarante ou cinquante kilomètres par heure. Ça va être dur de garder le rythme, surtout si la température monte au-d'sus de dix-sept galets — vous savez bien que même les meilleurs vorans s'effondrent à partir de là — et que je sois brûlé par les fondateurs, mais ça paraît qu'ça va être chaud aujourd'hui. » Se rendant compte qu'il venait de jurer devant des dames — rien moins que des Lux Baiulae — Jashan se retourna vers elles et s'excusa dans un « Pardon mesdames. » Les Lux Baiulae firent de leur mieux pour accroître sa gêne, avec force froncements de sourcils et raclements de gorge.

Jashan poursuivit : « Et puis j'ai l'impression que les vorans des Sœurs sont déjà à deux doigts de s'effondrer, malgré les soins régénérants de Mara Lux Baiula. » Jashan se tourna vers la dame et s'excusa encore.

Mara répondit, s'adressant elle-même à Toras : « Aussi difficile à admettre que ce soit, le garde Jashan a raison. Je suis épuisée et je ne pense pas être capable de continuer à soigner nos vorans. »

Toras demanda : « Des conseils ? Jashan ? Quelqu'un ? »

Le Primus Julian avança une idée : « Seigneur Commandant, je pense qu'il serait mieux de faire voyager les Sœurs avec deux hommes sur des furans. Leurs vorans devraient pouvoir parcourir cette distance s'ils ne les portent pas. Quant aux autres vorans, nous pouvons simplement les surveiller. Nous pourrons réévaluer la situation dans quelques heures et, si cela s'avère nécessaire, nous miserons tout sur les furans. »

Les deux Lux Baiulae se regardèrent, hésitantes ; elles n'aimaient pas l'idée de devoir voyager derrière des hommes comme de petits enfants derrière leur père. D'un autre côté, elles n'accepteraient pas non plus l'idée d'avoir des gardes assis derrière elles. Mais elles se sentirent ridicules et s'envoyèrent l'idée qu'elles ne *savaient* même pas comment conduire un furan. Ce serait donc ainsi.

Le prince répondit en grognant : « D'accord. Faisons comme ça. Nous n'avons pas de temps à perdre. Espérons que nous parviendrons à atteindre les monts, car le roi s'rait trop exposé sur un furan, et nous n'savons rien des plans du Scytale ou rokon, ou quoi qu'il soit. Mais si nous devons doubler les effectifs sur les furans, mieux vaut attendre l'dernier moment. » Toras se tourna vers son père pour avoir son assentiment.

Octavius dit : « C'est sans doute la chose la plus sensée que nous puissions faire à ce stade de notre périple, Toras. Mais je dois avouer que je ne dirais pas non à voyager sur un furan en ce jour aussi chaud. » Ce disant, le roi essuya la sueur qui perlait sur son front.

Toras remarqua avec surprise que son père transpirait aujourd'hui, alors qu'il était resté tout-à-fait sec dans les Bois sombres, quelques jours plus tôt. Le prince hocha quand-même la tête avec un sourire complice, puis ordonna à chacun de monter en selle. Juliana Lux Baiula monta derrière le secundus Jamir, et Mara Lux Baiula, derrière le primus Kendor. L'instant d'après, on entendit battre les ailes et les pattes frapper le sol asséché.

Les quatre heures suivantes furent les plus difficiles ; Juliana Lux Baiula estima la température à quatorze galets au milieu de l'après-midi. Tous les vorans montés avaient de la difficulté à respirer ; ils suaient sang et eau et avaient l'écume au coin des lèvres. Seuls les vorans des Lux Baiulae, dont les rênes étaient attachées à la selle de Kiron, s'en tiraient bien.

Vers cinq heures après grandjour, il faisait si chaud que Toras commença à s'inquiéter pour Scratch qui risquait fort de se déshydrater. Il pensa : *Foutu climat ! Comme si tout ça n'était pas déjà assez dur.* Ce fut à ce moment précis que Jashan décida d'une nouvelle pause.

En effet, le garde avait déjà fait ralentir l'allure de la troupe à environ 10 km/heure, et il savait qu'à cette vitesse, ils ne parviendraient jamais à arriver aux monts avant la nuit ; il demanda donc un nouvel arrêt, et tout le monde, à part Jashan, s'assit derrière un furanier. Jashan allait monter Bataille et continuer, seul, jusqu'aux montagnes, suivi des autres vorans.

Il y eut un moment de confusion lorsqu'il fallut statuer sur qui accompagnerait le roi et la personne devait se trouver devant ou derrière lui — la dernière fois que le roi avait furané avec quelqu'un remontait aux cinq ans de Toras. Penser que le roi, le haut roi, allait devoir monter un furan avec quelqu'un, surtout s'il était derrière cette personne, était sujet d'embarras pour tout le monde, sauf pour les Lux Baiulae — elles pensaient que cela ne pouvait que lui faire du bien. Finalement, on décida que le roi devrait furaner avec le prince qui avait son arc et ses flèches en cas de danger.

Le roi, quant à lui, ne ressentit aucune gêne à l'idée de monter avec quelqu'un, mais il hésita un moment à l'idée d'être aux rênes puisqu'il n'avait pas furané depuis la mort de son propre furan, quelques années plus tôt. Normalement, le roi aurait dû aller chasser une nouvelle monture, mais comme il avait déjà cent trente-huit ans à ce moment-là, il décida de ne pas remplacer son furan. Il était surtout impatient de n'avoir plus qu'un seul animal à soigner. Car le roi avait toujours pris personnellement soin de ses montures ; il les toilettait et passait du temps avec elles quotidiennement, ne manquant à ce devoir que lorsqu'il était malade. Mais comme il n'était plus ce jeune homme plein d'énergie, il appréciait de n'avoir qu'un voran à monter et à soigner. Le roi était donc plutôt nerveux de devoir furaner à nouveau, surtout avec Scratch. En effet, lorsque Octavius l'avait capturé pour l'offrir à son fils le jour de son dixième anniversaire, l'animal était déjà sexuellement mature, ce qui signifiait qu'il avait un caractère audacieux et téméraire qui lui resterait pour toujours. Mais c'était ce que voulait Toras, et le roi — comme le bon père qu'il était — lui avait fait plaisir.

Maintenant, considérant Scratch d'un œil perplexe, il dit : « Bon, tu es toujours aussi sauvage, Scratch ? »

Scratch fit « non » de la tête.

Toras se mit à rire de la réponse de son furan et dit : « J'te garantis qu'il est encore plus fou qu'avant, Père. J'espère que tu sais ce que tu fais. »

Le roi leva un sourcil et lui répondit : « Je ne suis pas encore un vieillard, fiston. »

« Ha ! Non, c'est certain, Père. Tu en es loin. »

Après avoir vérifié les sangles et la bricole, Octavius monta Scratch avec nervosité. Toras s'installa derrière lui.

Lorsque tous furent en selle, Toras fit signe au primus Kendor de donner l'ordre de s'envoler. Battant des ailes, les furans soulevèrent un nuage de poussière qui étouffa tout le monde, et Juliana Lux Baiula laissa échapper un juron qui choqua les soldats. Seuls le roi et le prince se mirent à rire. En un instant, tous les furans étaient en vol, alignés derrière le primus Kendor qui se trouvait à la pointe de deux formations en V encadrant le roi.

Pendant ce temps, Jashan accélérait au sol et menait les vorans dans les tourbières dangereuses au pied des montagnes. Là, le problème n'était pas les tortilleurs, mais les sables mouvants qui attendaient les plus stupides qui s'aventuraient dans la zone. Jashan l'avait déjà fait — et avait survécu — mais il n'avait jamais eu sept vorans à sa suite. Il devait tout simplement leur faire confiance et les laisser le suivre, car il lui serait impossible de détourner ses yeux du sol avant d'avoir atteint les monts. Il pria Aiala'Rhi, car il allait avoir besoin de son aide pour tirer les vorans des tourbières avant la nuit.

Après deux heures de vol, au cours desquelles le soleil rouge brûla le dos des furaniers, les montagnes apparurent devant Kendor. Il cria : « Seigneur Commandant, mon Roi ! Les monts ! »

Toras aurait été le premier à voir les montagnes, s'il ne regardait pas vers l'Ouest depuis dix minutes, dans la direction du soleil couchant, hypnotisé par sa descente. En entendant son officier, il secoua la tête et lui cria : « Je vous entends, Primus ! » Puis un peu moins fort, mais criant toujours pour contrer le double effet assourdissant du vent et des battements d'ailes, il dit au roi : « Père, tu vois ? »

Dix minutes plus tard, la troupe survolait le pied des monts Colossi. Kendor fit signe au corneur et le jeune homme souffla un long et doux son dans sa corne. Les furans crièrent, et les furaniers se préparèrent à descendre en vérifiant leurs sangles arrière.

Juliana Lux Baiula fut à l'origine d'une petite agitation lorsqu'elle vit que la sangle n'était pas attachée à sa ceinture. Quiconque aurait paniqué, mais elle se contenta d'utiliser le Lien pour envoyer un message au secundus Jamir sans devoir crier, pour lui demander d'attendre avant de descendre. L'homme était en train d'entamer la descente lorsque la voix lui parvint et lui fit virer son furan de manière inattendue. Jamir s'inquiéta encore plus lorsqu'il vit que la Lux Baiula n'était pas attachée, mais la femme tendit calmement son bras derrière elle, attrapa la sangle et la rattacha. Après cela, Jamir se détendit et reporta son attention sur la descente à venir.

Tandis que Toras et Octavius se préparaient à descendre, Toras cria : « Père, tu te rappelles comment faire atterrir Scratch ? »

« Euh… !? » Le roi s'interrompit, réalisant que son fils devait être sérieux. « Bien sûr, fiston. Mais la question est : "est-ce que ton furan se souvient de comment *moi*, j'aime descendre ?" »

« Père, je suis désolé, mais tu hésitais tout à l'heure à monter Scratch, et maintenant, tu veux faire un piqué ? »

« C'est la mémoire musculaire, Toras, et mes muscles ont déjà réappris tout ce qu'ils savaient faire sur un furan. »

Toras se retourna prudemment, attrapa la sangle derrière lui et l'attacha à sa ceinture. Il allait dire à Octavius de faire de même, mais le roi s'en était déjà occupé. Toras acquiesça pour lui-même et prit une grande inspiration. Dès que Kendor donna le signal de l'atterrissage, le roi sortit de la formation et entama la descente en piqué qui l'avait rendu célèbre dans ses jeunes années. Toras et Aithen étaient connus pour leurs propres cascades en furan, mais aucune d'elles n'avait jamais réussi à égaler les violentes descentes d'Octavius.

Cela faisait bien longtemps qu'Octavius n'avait pas réalisé ce genre de chute sur Scratch, mais le furan n'avait pas oublié ses signaux. Aussitôt que le roi s'abaissa sur le cou du furan et qu'il mit ses talons en avant, Scratch referma ses ailes sur les jambes du furanier, redressa son corps et tomba.

La pression de la sangle sur la ceinture de Toras écrasa ses tripes et faillit lui vider le ventre. *Sacré lui ! Je ne m'y habituerai jamais.* La dernière fois que Toras s'était assis derrière son père sur un furan, il était bien plus jeune. Pourtant, il se souvenait parfaitement d'avoir vomi dans sa bouche et d'avoir ravalé sa bile afin d'éviter de cracher son repas dans le dos de son père et devenir la risée de toute la cour.

Le vent qui fouettait le visage de Toras le faisait pleurer et collait ses cils à ses yeux. Il eut envie de demander à son père de ralentir sa chute, mais il ne le fit pas — il ne le put pas. Le roi, quant à lui, ne parut pas gêné par la vitesse, ses yeux comme de simples fentes se contentaient de fixer le sol qui approchait à grande vitesse.

Soudain, Octavius aperçut une clairière et tira sur les rênes de Scratch pour l'orienter dans cette direction. Le furan réduit son inclinaison, ajusta sa direction, et, dès qu'il sentit les talons d'Octavius avancer de nouveau, il piqua. Derrière, sur les autres furans, on trembla et on échangea toutes sortes de jurons entre gardes, tandis que les Sœurs continuèrent de regarder la descente du roi, impassibles.

Une minute plus tard, tout le monde avait atterri et le primus Julian se dirigeait vers le roi d'un air très contrarié.

« Mon Roi... »

« Oui, Primus ? »

« Vous auriez dû laisser quelqu'un d'autre atterrir avant vous. Je peux pas pr — ».

Le roi leva sa main et suspendit la phrase de son officier : « Je sais, Primus, je sais. Mais ma vision est toujours meilleure que celle de n'importe quel autre officier ici présent, et je pouvais voir que la zone d'atterrissage était sans danger, donc je suis descendu et j'ai pris un plaisir que je n'avais pas eu le loisir de prendre depuis longtemps. »

« Bien sûr, Sire, mais même votre regard perçant n'aurait pas pu pénétrer la profondeur des bois qui entourent la clairière… »

« Primus ! Ça suffit. À moins que tu veuilles vraiment m'enlever ce petit plaisir que je me suis offert ? »

« Bien sûr que non, Sire. Excusez-moi. »

Octavius grogna pour signifier à son officier qu'il acceptait ses excuses et se tourna vers Toras pour lui demander : « Seigneur Commandant, je suppose que c'est un lieu correct pour y installer notre camp en attendant Jashan ? »

Toras ne répondit pas, au lieu de cela, il cria : « Primus Kendor, Secundus Jamir ! Est-ce que l'endroit est sûr ? »

Lorsque les officiers lui répondirent que oui, le primus Julian se retira et partit s'occuper de son furan. Octavius se tourna vers son fils avec un sourire de joie et de satisfaction intenses — un sourire presque enfantin.

Toras lui dit : « Je vois que tu as vraiment apprécié la descente, Père. J'aimerais pouvoir en dire autant. »

Le roi éclata d'un grand rire joyeux : « Je sais que tu n'as jamais eu l'estomac assez solide pour ça, fiston. Seul Aithen a déjà réussi à le faire. Mais ne t'inquiète pas, je ne t'en tiendrai pas rigueur… Ahaha ! Quelle belle journée ! »

Toras ne lui répondit pas. *Il a vraiment perdu la tête !* Une belle *journée ?*

***

Les deux heures qui suivirent furent consacrées à la détente, aux chants et au repas. Au début, la majeure partie des conversations tournait autour de la descente impressionnante du roi. Seules les Lux Baiulae n'avaient pas été impressionnées — bien au contraire, elles trouvaient cette cascade immature et irresponsable, surtout de la part d'un centenaire, mais elles gardèrent leurs commentaires pour elles, sachant qu'elles ne trouveraient aucun soutien parmi les hommes. En effet, même les officiers parurent émerveillés lorsque le roi raconta le frisson de sa chute et celui des chutes qu'il avait eu l'habitude de faire avec son propre furan, le beau Tonnerre, père de Scratch.

Tonnerre avait été le furan préféré du haut roi. Ce dernier en avait eu deux dans toute sa vie, Lumos, le premier, qui était mort au combat quelque quatre-vingt-dix ans plus tôt, et Tonnerre, qui avait succombé à une mort naturelle quatre ans auparavant. Lumos avait certes été une excellente monture, mais Octavius n'avait jamais été capable de lui faire entièrement confiance. Tonnerre, en revanche, le roi lui aurait confié sa vie, et l'animal avait éprouvé cette même confiance aveugle en son maître ; le roi se contentait de poser sa main sur le cou du furan pour l'encourager au combat. Il avait également été un furan d'une qualité sans égale.

Scratch, l'un des furins que Tonnerre avait engendrés, lui ressemblait beaucoup, et c'est la raison pour laquelle le roi avait décidé de descendre en piqué avec lui ce jour-là ; il savait que le furan se rappelait comment le faire en toute sécurité.

Pendant que son père amusait les hommes, Toras s'interrogeait sur les Lux Baiulae qui se trouvaient légèrement sur le côté. Il y avait quelque chose à leur sujet qui ne cessait de le déranger. Même s'il avait entièrement confiance en Élyana, il se méfiait de la sororité. En effet, bien qu'elles fussent censées travailler seulement pour le bien de l'humanité, il avait été témoin de nombreuses décisions et actions de leur part qui avaient eu l'effet opposé. À la fin de son adolescence, il avait essayé de comprendre le pourquoi de ces contradictions, de déchiffrer ce qui motivait les sœurs durant les nombreuses nuits passées à débattre de diverses choses avec ses amis et cousins, , mais en vain ; les interactions politiques et sociales n'étaient pas son fort, ça l'était encore moins lorsqu'il s'agissait de la sororité, et il regarda donc Mara et Juliana avec méfiance, se demandant de quoi elles pouvaient bien parler, et pourquoi elles prenaient la peine de s'asseoir aussi près si elles n'avaient pas l'intention de participer aux discussions.

Alors que les soleils étaient presque couchés, le primus Julian s'approcha de Toras. Il commençait à s'inquiéter à propos de Jashan et voulait envoyer un éclaireur pour voir s'il pourrait apercevoir l'homme. Toras était d'accord, sachant que s'ils n'avaient pas déjà rejoint le pied des monts, ils étaient sans doute en proie à un nouvel assaut de tortilleurs.

Toras dit : « Envoie deux équipes furanes, dont une avec Mara Lux Baiula, au cas où Jashan serait blessé — ou pire. »

Le primus Julian acquiesça et partit demander à Kiron et Almiar de partir à la recherche de de leur camarade en compagnie de Mara Lux Baiula.

Cette activité inquiéta également les autres et la soirée se termina rapidement. Au bout de vingt minutes, les derniers rayons de soleil avaient disparu, et les éclaireurs n'étaient pas encore revenus, ce qui déclencha un débat animé entre Toras, le roi, Juliana Lux Baiula et les officiers. Toras voulut s'envoler dans l'espoir de voir, au-dessus de la cime des arbres, les autres revenir. Le secundus Jamir suggéra d'envoyer un autre homme, tandis que Juliana Lux Baiula proposa d'essayer de se connecter à Mara par le Lien.

Le prince levait les bras au ciel au moment même où des cris d'agonie provenant des furans déchirèrent le campement, provoquant la panique générale. Kendor, Jamir et leurs gardes attrapèrent armes et torches, et se précipitèrent vers les arbres le long de l'orée au nord de la clairière, là où leurs montures étaient attachées. Scratch, qui était allongé auprès de son maître, se releva brusquement en entendant les cris de détresse de ses compagnons, et aurait lui aussi couru vers eux si Toras ne l'avait pas retenu. Le prince ne pouvait pas l'expliquer, mais il savait qu'il ne devait pas laisser son furan partir, alors il l'attacha à un piquet fiché dans le sol et s'élança à la suite des autres, avec Juliana.

Il était difficile de voir ce qui avait fait crier les furans à cause de l'obscurité, mais trois d'entre eux étaient couchés sur le flanc, laissant échapper de longs cris de détresse, pendant que les autres se tenaient là, en proie à la panique, tirant frénétiquement sur leur corde pour essayer de s'échapper. Toras, Kendor et Jamir se regardèrent et s'approchèrent des furans à l'agonie. La lueur de toutes leurs torches éclaira une scène tragique : de longues piques rouges traversaient leurs corps. Du sang coulait de toutes parts et l'âcre odeur contaminait l'air. Ce fut un miracle que personne ne vomît ; peut-être que ce fut leur état d'alerte qui les retint.

Le roi voulut rejoindre les autres, mais le primus Julian l'en empêcha : « Je suis désolé, Sire, mais nous n'avons aucune idée de ce qui a pu arriver là-bas, et il serait trop risqué de vous laisser y aller. »

Le roi parut, cependant, vouloir aller voir par lui-même.

« Sire, s'il vous plaît ! Ne me forcez pas à vous tenir. »

« Bon, ça va Primus. Mais il faut que je sache ce qui s'est passé. »

« Le prince et Lux Baiula reviennent, Sire. »

Pas une seconde plus tard, Toras rejoignit le roi, contenant sa peur qui transparaissait néanmoins sur son visage.

« Père ! Il faut qu'tu partes, tout de suite. »

« Quoi ? »

Juliana Lux Baiula, dont le regard, éclairé par les flammes, parut effarouché, bien que celle-ci éprouva simplement l'inquiétude propre aux Lux Baiulae, répondit à la place de Toras : « Mon Roi, le prince a raison. Vous devez partir immédiatement. Il y a… des choses là-bas. Elles ont envoyé des piquants empoisonnés aux furans, et trois d'entre eux sont maintenant presque morts. Je ne sais pas quel poison peut faire ça à un animal, et j'ai peur pour votre sécurité… nous devons partir tant qu'il y a encore des furans pour nous porter. »

La voix hésitante et inquiète de la Lux Baiula aurait dû faire réfléchir le roi sur sa volonté de rester, mais il parut toujours aussi déterminé : « Juliana Lux Baiula, merci de votre sollicitude, mais je ne vais pas — »

À ce moment, le cri d'agonie d'un homme résonna dans le camp, coupant court à la réponse du roi. Le cri fut suivi de la voix de Kendor : « Seigneur Commandant ! Nous sommes attaqués ! Nous devons partir ! »

Toras se tourna vers son père, suppliant. Le roi regarda vers la forêt et secoua la tête.

Le primus Julian se rangea du côté des autres : « Mon Roi, je suis d'accord avec eux. Vous n'avez pas d'armure pour combattre et nous n'avons aucune idée de ce qui se trouve là. La seule chose sensée que nous ayons à faire est de vous emmener en lieu sûr, tout de suite. »

Le roi réalisa enfin que tout le monde avait sans doute raison, et il grogna, frustré : « Très bien, Primus. Je vais… venir. »

À l'instant où le roi disait cela, Falor et Gabel arrivèrent avec les deux furans survivants. Le primus Julian en attrapa un et engagea le roi à le monter.

Le roi dit : « Il n'y a pas assez de furans pour nous tous. »

« Père, tu dois quand même partir. Le primus Julian, Juliana Lux Baiula et Merr peuvent t'accompagner. Quant à nous, nous resterons et nous nous battrons comme nous le pourrons. »

Un cri s'éleva depuis l'orée de la clairière. C'était le secundus Jamir. « Seigneur Commandant ! Nous avons besoin d'aide ! Et protégez-vous ! »

Toras était déchiré entre regarder son père partir et courir vers les hommes. Il s'apprêtait à demander au roi de partir, une dernière fois, lorsque deux furans arrivèrent du ciel et atterrirent près d'eux. L'homme et la Lux Baiula étaient revenus avec Jashan.

Mara Lux Baiula, assise derrière Kiron, demanda d'une voix à peine audible : « Juliana, que s'est-il passé ici ? »

Ce fut le primus Julian qui répondit : « Pas le temps d'expliquer, Lux Baiula. Nous partons immédiatement. »

Mara réagit avec stupéfaction, mais elle n'eut pas l'occasion de dire ou demander quoi que ce fût. Le primus Julian ordonna à ses hommes et à sa sœur de se mettre en selle. Julian monta un furan avec le roi, et s'assit devant Octavius, plutôt que derrière lui comme l'avait fait le prince pour venir ici. En effet, le roi ne pouvait pas, selon le protocole établi, accueillir derrière lui quelqu'un qui serait susceptible de lui enfoncer un couteau dans le dos, comme cela était arrivé à deux de ses prédécesseurs, tous deux tués par les capitaines de leur garde personnelle. Avoir quelqu'un d'autre que lui aux rênes du furan agaça Octavius, mais les règles étaient les règles, même pour lui.

Juliana, qui s'était installée derrière Merr, regarda sa compagne, pétrie d'interrogations et d'inquiétude. Mara se contenta de secouer la tête et lui fit un signe voulant dire qu'ils venaient d'échapper de justesse à une tragédie, tout en montrant Jashan. L'homme était assis, ou plutôt affalé, derrière Almiar ; il semblait faible et terrorisé, mais il était vivant. Personne ne posa de question sur les vorans. Si quelqu'un l'avait fait, Kiron leur aurait dit que la plupart d'entre eux avaient succombé à une attaque de tortilleurs, et que deux ou trois semblaient en avoir réchappé, y compris la monture du roi.

Lorsque tous furent prêts à partir, le roi appela son fils :
« Seigneur Commandant ! »
« Mon Roi ? »
« Prends soin de toi. »
« Je n'y manquerai pas, Père. Partez à présent ! »
Les furans prirent leur envol, et à ce moment, les regards de ceux qui venaient d'arriver témoignèrent d'une profonde incompréhension, tandis que ceux des autres, y compris ceux du roi, se remplissaient de culpabilité.

De terribles sons déchirèrent encore la forêt, des sons que personne ici n'avait jamais entendus. Le prince n'hésita pas cette fois. Se rappelant les mots du secundus Jamir, il courut vers les selles. Là, il en saisit une pour s'en servir de bouclier et, après avoir rapidement retiré les étriers et pris la poignée spécialement conçue qui se trouvait sous la selle, il se précipita vers les combattants, prêt à affronter tout ce qui se trouverait là.

À son approche, des choses ressemblant à des flèches vinrent se ficher dans sa selle. Toras prit une grande respiration et se précipita pour aider des gardes pris d'assaut.

Comme il avançait, Toras jeta un œil rapide vers le ciel, se demandant s'il reverrait son père.

À quelque dix mètres dans les airs, le roi regarda en bas et se posa la même question, tout en suivant des yeux son fils plonger dans la mêlée. *Au nom des fondateurs, je me sens déjà comme un lâche ! Et pourtant... ils ont raison. Même si j'utilisais mes capacités de relieur, je ne pourrais pas empêcher que ces flèches ne se plantent dans mon ventre.*

Les piques empoisonnées vinrent subitement siffler près des furans et de leurs furaniers. Par chance, personne ne fut touché. Mais Octavius entendit que l'une d'elles était venue se ficher dans le sol, près de Scratch qui était toujours attaché à son pieu.

Le roi hurla ses ordres à Merr. Sans hésiter, le garde tira une flèche sur la corde qui retenait Scratch, malgré la distance et l'obscurité, et libéra le furan. Le roi ne fut pas surpris et loua le sang kynarien.

En bas, un Scratch très heureux poussa un grognement sauvage. Le roi le vit se tourner vers la forêt avec un rugissement de colère grandissant.

Il sait que Toras est là-bas et qu'il se bat. Vas-y ! Va le retrouver, Scratch, et veille sur lui ; je ne pourrais jamais me le pardonner s'il venait à mourir ici.

***

Debout sur la dépouille d'un furan, la créature regardait méchamment Toras. De l'articulation de sa main gauche sortait une griffe presque de la même longueur que son avant-bras. La griffe était rougie par le sang du furan qu'elle venait juste de transpercer pour parader, sans doute pour effrayer le prince. Elle dut réussir à lui faire peur, car Toras se tenait là, paralysé par la vue de cette chose. La créature se mit à bourrasser tout en regardant Toras avec ses yeux rouges feu et sa langue cramoisie qu'elle semblait utiliser pour subjuguer ses adversaires.

Soudain, la chose se rua sur le prince avec un grognement terrible qui tira Toras de sa torpeur. Ce dernier tenta d'esquiver son agresseur, mais sa botte se prit dans une racine et le fit tomber à la renverse. En tombant, ses pieds frappèrent accidentellement la mâchoire de la créature. Celle-ci laissa échapper un étrange glapissement et se recroquevilla de douleur. À ce moment précis, une main releva Toras. Le prince se retourna, surpris, mais soulagé de voir Rulok, l'un des hommes de son frère. Tandis qu'il hochait la tête pour le remercier, une griffe transperça le ventre du garde. Rulok regarda Toras, le visage tordu par une douleur indescriptible, et ses yeux se remplirent déjà de larmes tant il se savait perdu. Il utilisa son dernier souffle de vie pour crier à Toras : « Derrière vous ! »

Dans un réflexe de soldat bien entraîné, Toras se tourna et dévia la trajectoire de la griffe surnaturelle de son agresseur. Ce faisant, il fit glisser la griffe sur son bras droit et elle lui infligea une large coupure. Le prince sentit une violente brûlure, extrêmement douloureuse. Cela attisa sa colère et il brandit son bras avec une telle force, malgré la douleur ou peut-être à cause d'elle, qu'il fendit le crâne de la créature. Mais il ne se réjouit pas trop vite et se retourna instinctivement, juste à temps pour arrêter la griffe qui avait transpercé l'officier de son frère. Son propriétaire fétide se mit à danser autour du prince, bourrassant et actionnant sa griffe pour la faire entrer et sortir dans le but évident de déstabiliser Toras.

L'astuce de la créature parut fonctionner, car, par deux fois, Toras balança son épée pour arrêter la griffe qui n'était pas là, faillit perdre l'équilibre et manqua s'empaler de peu sur l'éperon qui réapparut subitement. Avec tout ça, Toras commençait à s'épuiser, et la sueur qui coulait de son front risquait de l'aveugler à tout moment. Heureusement que la créature ne l'attaquait pas, mais continuait à jouer avec lui ; il se força alors à se concentrer et à envisager ses possibilités. Après quelques autres pas de danse de la créature, le prince s'était décidé : il serra les dents et se jeta contre la chose. Son épée frappa le bras griffu de son adversaire et, de sa main gauche, il enfonça son poignard dans la gorge de la créature. Elle ne produisit aucun son, mais son sang gicla sur le prince qui recula d'horreur malgré sa grande expérience militaire.

Avant qu'il eût le temps de reprendre son souffle, un autre cri frappa les oreilles de Toras : « Seigneur Commandant ! »

Kendor ! Où est-il ?

« Seigneur Commandant ! »

Toras essuya le sang et la sueur qui recouvraient ses yeux, et, dans le crépuscule de cette jeune mais mortelle nuit, il vit ses hommes se battre contre des créatures à une trentaine de mètres sur sa droite. Les hommes étaient acculés par une bonne dizaine de ces choses innommables.

Le prince couru vers les hommes sans même répondre à son capitaine, espérant que les créatures ne remarquassent pas qu'il approchait. Il y avait, à quelques mètres du groupe, un gros arbre à bô ; le prince s'arrêta juste derrière afin de réfléchir au meilleur moyen d'aider ses hommes. Il devait penser vite ; de là où il se trouvait, il pouvait voir les hommes — Kendor, Jamir, Gabel, et les jumeaux — qui se battaient encore, mais à grand-peine, et il comprit alors que se joindre au combat ne ferait que retarder leur mort certaine. Il devait trouver autre chose, un autre moyen de terrasser ces créatures. Mais quoi ?

Comme pour répondre à sa question, Scratch surgit soudain derrière Toras, le faisant sursauter et presque crier, ce qui aurait donné l'alerte aux créatures. Dans un murmure, le prince lui demanda : « Scratch, d'où viens-tu ? »

L'animal, d'un signe de tête, avec son bec et sa crête, pointa la profondeur des bois, puis désigna les créatures qui attaquaient les autres hommes.

« T'as pourchassé ces choses ?! Mais qui t'a détaché ? Laisse tomber. On s'en fiche. J'vais avoir besoin de toi pour repousser ces choses immondes, Scratch. Ça devrait aller, puisque ça fait un moment qu'elles ont pas lancé de piquants. Ces projectiles avaient l'air de sortir de leurs mains, mais on dirait qu'elles sont à court, maintenant. Tu peux m'aider ? »

Scratch rassura Toras avec un grand signe de tête. Le prince désigna alors les créatures les plus en arrière qui étaient en train d'attaquer le primus Kendor et deux autres hommes, et en une fraction de seconde, Scratch se rua sur elles.

Toras esquissa un petit sourire lorsqu'il constata la peur et la confusion que sema l'attaque de Scratch, et il en profita pour contourner l'arbre et décapiter la chose la plus près de lui d'un geste leste. Son voisin se retourna et sortit rageusement sa langue cramoisie devant Toras. La créature fonça sur le prince avec une brutalité excessive, mais Toras ne lui laissa pas la possibilité de se rapprocher de lui ; il lança son poignard sur elle avec une telle précision qu'il entra directement dans la bouche ouverte de la chose, disloquant les vertèbres de sa nuque. La tête de la créature retomba en arrière, mais fut retenue sur ses épaules par sa peau grisâtre.

Pendant ce temps, Scratch abattit trois créatures, en broyant leurs crânes avec son bec. Les hommes, reprenant courage grâce aux renforts, tentèrent de repousser les assaillants. Mais ils étaient bien plus fatigués que le prince, et en un instant, Felor et Gabel furent tous deux transpercés par des griffes.

Falor hurla de colère en voyant son jumeau tomber ; il voulut courir vers lui, mais il était au milieu d'un combat à mort contre la version géante de ces créatures, et ne pouvait pas s'en extirper. La griffe de celle-ci se terminait en crochet qui n'était pas destiné à tuer, mais le monstre l'utilisa pour tenter d'attraper Falor. D'abord, Falor pensa que cette tactique pouvait l'avantager, car si la créature, après l'avoir accroché, le tirait tout près d'elle, il lui suffirait de lui enfoncer son poignard dans le ventre. Mais il remarqua qu'une griffe toute droite sortait du bras droit de la créature, et il décida de changer de stratégie, d'essayer d'épuiser la chose et d'éviter de se laisser attraper, tout en cherchant une faiblesse, ce qui arriva très rapidement. En effet, le spectacle de la chute de son frère avait aiguisé ses sens et avivé son esprit : il savait à présent comment abattre la chose ; c'était trop facile — la créature avait un bras droit plus court et balançait toujours son bras gauche de haut en bas. Il sut alors qu'il pouvait s'en servir !

Maintenant, Falor ralentit et s'offrit à la créature. Au moment où elle commença à abaisser son bras gauche, il se faufila entre les jambes de la créature. Elle poussa un cri strident rempli de colère, et tenta de l'atteindre avec sa griffe droite, mais de sa hauteur, elle ne parvint pas à toucher Falor qui en profita pour lui enfoncer son épée dans le ventre. La chose poussa un glapissement puissant et aigu — un hurlement ridicule pour une créature aussi démoniaque, pensa-t-il. Puis Falor se retourna à genou et retira la lame de la créature, mais ce faisant, le sang putride et les tripes de la chose se répandirent sur lui et brûlèrent sa peau. Contre toute attente, la substance se solidifia autour de Falor et l'emprisonna dans une affreuse coquille, sauf dans sa bouche et dans son nez, où le liquide demeura visqueux, obstruant ses voies respiratoires. Le soldat hurla de panique mais ne produisit aucun son. Il tenta de briser son cercueil chitineux en rebondissant au sol. Mais rien n'y fit, et la panique ainsi que son manque d'air avaient déjà épuisé presque toute son énergie lorsque, par chance, il entendit le matériau se fissurer, desserrer son emprise et se briser.

Falor resta là pendant un moment, respirant puissamment et remerciant Aiala'Rhi pour son aide. Il pensa soudain aux autres et entendit qu'ils se battaient toujours. Il se força à se relever et regarda autour de lui. Il constata avec surprise qu'il ne restait plus que trois créatures, chacune face à un homme : une grande affrontait le seigneur commandant Toras, une petite faisait face au primus Kendor, et une autre grande et large créature se tenait devant le secundus Jamir. Les deux officiers semblaient mal en point et en position de défense, mais le seigneur commandant continuait d'attaquer. Il savait qu'il devait y aller, mais il hésita un instant quand tout à coup, le souvenir de son frère lui revint en mémoire. Il enfouit alors cette pensée au plus profond de lui-même et, dans un grondement, ramassa de la terre pour enlever les restes de saleté sur son visage, saisit son épée et se précipita à la rescousse des autres.

Falor accourut d'abord vers le prince. Son arrivée fit diversion et Toras en profita pour transpercer la créature avec son épée, la retirer et reculer rapidement. Car Toras avait remarqué que, du ventre des créatures jaillissait souvent une substance qui durcissait et qu'il valait mieux éviter. Toras adressa ensuite un signe de tête à Falor pour le remercier de son aide, et se retourna vers sa prochaine cible.

Après avoir évalué la situation, Toras envoya Falor aider le secundus Jamir qui venait tout juste d'être blessé au flanc, et il se précipita, lui-même, aux côtés du primus Kendor.

Falor tenta d'attaquer la créature par-derrière, mais celle-ci remarqua le regard du secundus Jamir et se retourna pour lacérer le visage de Falor avant de faire de même avec Jamir. Les hommes tombèrent au sol, hurlant de douleur.

L'épaisse créature se tourna et se dirigea vers son homologue plus petite qui était mal prise. Remarquant l'arrivée de la créature, Toras avertit Kendor. Les deux hommes changèrent de position pour se protéger mutuellement contre les deux monstres. Ils se regardèrent d'un œil accablé, pleinement conscients de leur fin prochaine. Mais l'espoir revint lorsqu'ils aperçurent Scratch qui revenait de la forêt après avoir pourchassé et tué deux autres créatures. Les deux hommes se regardèrent et décidèrent de leur prochain mouvement. Ils prirent une grande inspiration dans leurs poumons brûlants et se ruèrent sur les choses avec des hurlements terrifiants.

Cela perturba les créatures qui reculèrent, juste un peu. C'est alors qu'un cri perçant et assourdissant retentit au-dessus d'elles, et elles se retournèrent, terrifiées. Se sentant prises entre les hommes et l'immense furan démoniaque, les créatures se mirent dos à dos et attendirent l'attaque. Un sourire effrayant se forma sur les lèvres de Toras lorsque Scratch le regarda, et tous en même temps, hommes et furan lancèrent l'assaut.

Lacérés de tous côtés et terrifiés, les affreux prédateurs se convertirent en proies. L'une des choses parvint à entailler la poitrine de Kendor et l'homme tomba à genou. Mais Toras et Scratch se rapprochèrent des deux créatures et, à coups de bec et d'épée, broyèrent leurs crânes.

Toras mit un certain temps avant de se détendre, ignorant s'il y avait encore d'autres créatures dans les parages, prêtes à leur sauter dessus. Lorsqu'il comprit que plus rien ne sortirait des bois, et qu'il vit Scratch assis à côté de lui, se reposant, le prince relâcha la pression qui l'avait fait agir jusqu'à présent et se laissa tomber sur son séant, épuisé.

La bataille était finie, mais Toras savait qu'il y avait encore beaucoup à faire ; il devait à présent compter les morts et les survivants, et s'occuper de chacun des hommes, selon ses besoins. Il commença par Kendor qu'il retrouva vivant et capable de se tenir debout, à son grand soulagement. Ensemble, ils arpentèrent le champ de bataille, de plus en plus déprimés à mesure qu'ils avançaient. Sur dix hommes, seuls Jamir et Falor étaient encore en vie, en plus d'eux deux. Il ne restait plus aucun furan vivant à part Scratch : un furan pour quatre hommes, cela signifiait qu'ils ne pourraient pas tous quitter les lieux.

Toras et Kendor utilisèrent le peu d'énergie qu'il leur restait pour panser les blessures des gardes ainsi que les leurs, tout en priant pour que rien d'autre ne se passât cette nuit.

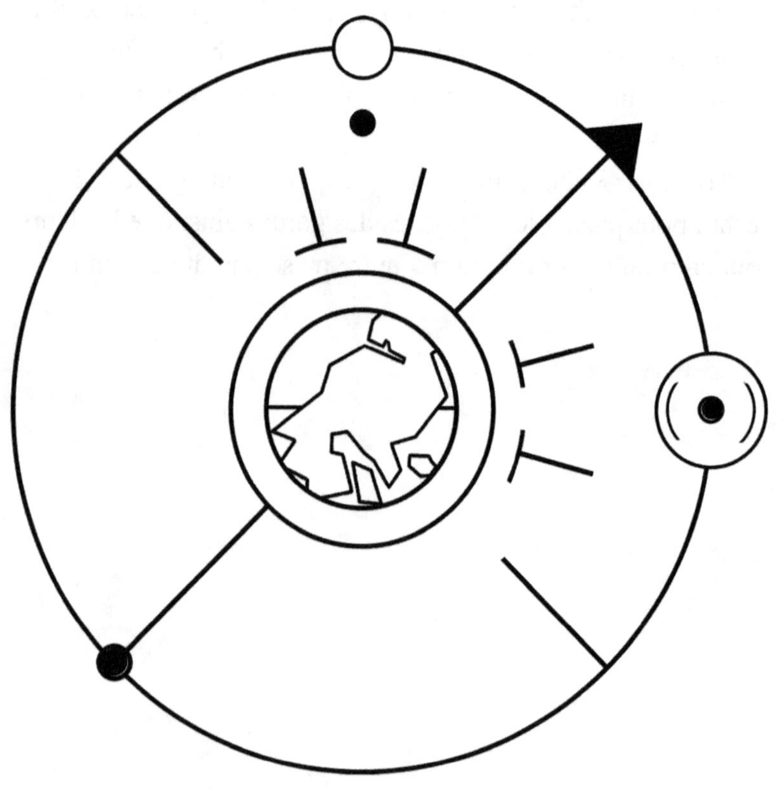

XIX DEUX AUTRES RETOURS À FURANVILLE

La troupe du roi mit trois jours à rejoindre la capitale depuis la pointe sud des monts Colossi. Durant le trajet, les discussions houleuses tournèrent autour de ce qui s'était passé et de ce qu'il faudrait faire pour protéger les sujets de la Couronne. Octavius passa également du temps à se demander comment il avait pu se mettre dans cette situation où tout le monde cherchait à lui imposer de nouvelles restrictions, afin de le protéger de lui-même et pour assurer la stabilité du royaume, en ces temps incertains.

Il était près de trois heures après grandjour lorsque la troupe aperçut enfin la cité. Tous étaient épuisés : les hommes, les femmes et surtout les furans. Certains d'entre eux éprouvaient toujours un sentiment de culpabilité, le roi, en particulier.

Juliana Lux Baiula tapota Merr dans le dos et lui demanda d'aller voir le roi. L'homme tira sur les rênes du furan et l'animal vira pour s'aligner sur le furan du roi et du capitaine de la Garde prétorienne.

Juliana cria pour contrer le vent : « Sire, je propose que nous atterrissions bientôt afin que nous puissions nous rafraîchir un peu avant d'entrer dans la ville ! »

Le roi considéra la Lux Baiula avec agacement, car, bien qu'ils eussent convenu avec le primus Julian et elle d'entrer dans la capitale par la porte de la Victoire, il n'avait pas envie de sourire à ses sujets aujourd'hui, et surtout d'être assailli par les membres du Sénat qui pourraient se trouver dans les rues à cette heure de la journée. Mais Juliana Lux Baiula avait réussi à le convaincre qu'il était important, malgré l'agacement qu'une rencontre avec ses adversaires politiques pourrait susciter, de se montrer à la population — surtout aux Corniers. En tant que Cordon mauve, elle savait que c'était ce que devait faire le roi, et elle était persuadée qu'Élyana Lux Baiula lui aurait prodigué le même conseil. Octavius accepta donc de le faire.

Le roi donna l'ordre de descendre, et la petite troupe atterrit près d'un bosquet d'immenses arbres offrant un bel espace ombragé, juste derrière les formations crécelles. Une fois au sol, tout le monde s'empressa de défroisser ses vêtements et d'en ôter la poussière.

Mara Lux Baiula, bien qu'elle n'eût pas encore digéré son épreuve dans les marécages, était suffisamment en forme pour paraître aussi resplendissante que n'importe quelle autre Lux Baiula — de loin en tout cas — après avoir utilisé le Lien pour réparer sa robe et enlever le sang que les tortilleurs avaient fait jaillir de ses bras et de ses jambes. L'opération était loin d'être parfaite, car le motif de la robe se perdait autour des réparations et des taches de sang — qui étaient, certes, moins vives mais toujours présentes —, mais personne ne s'en apercevrait de loin. Elle tira alors d'une poche de sa robe un petit miroir, lissa ses cheveux et nettoya son visage.

Quant à Juliana Lux Baiula, elle se trouva suffisamment présentable après avoir épousseté sa robe ; elle alla donc s'occuper de Jashan et s'assurer qu'il pouvait s'asseoir bien droit pour éviter d'inquiéter les spectateurs lors du passage de la troupe dans les rues animées de la ville, jusqu'au palais. Satisfaite, elle alla voir le roi qui enlevait lui aussi la poussière de ses vêtements, tout en grommelant contre les tâches de transpiration.

Octavius aperçut la Lux Baiula du coin de l'œil et leva le regard vers elle : « Qu'y a-t-il, Juliana ? »

« Je peux vous aider avec vos habits, Sire, puisque vous n'avez aucun valet ou serviteur avec vous. »

Octavius, surpris, bascula sa tête en arrière, et rétorqua : « Vous êtes une femme bien étrange, Juliana. Je ne savais pas qu'une Lux Baiula trouverait convenable d'agir… comme un serviteur. Mais j'accepte votre aide. »

« Je vous connais depuis longtemps, Sire, et je n'ai pas oublié votre générosité envers ma famille, dans mon enfance. »

Le roi hocha la tête et laissa la Lux Baiula redresser le col de sa chemise et l'arrière de son pourpoint, et utiliser le Lien pour absorber les traces de sueur.

Juliana apportait la touche finale à ses vêtements lorsque le roi se mit à songer à quelque chose qui lui avait noué l'estomac depuis leur départ des monts Colossi ; il devrait bientôt raconter à diverses personnes ce qui était arrivé dans ces monts, leur expliquer pourquoi le prince et ses hommes n'étaient pas rentrés avec eux, et il appréhendait ce moment, surtout avec Aithen. En effet, son aîné n'accueillerait pas la nouvelle avec joie. Mais il ferait son devoir, comme il le faisait depuis cinquante ans, en tant que souverain du Grand royaume d'Alvinorie.

Lorsque tout le monde se sentit aussi présentable que possible, compte tenu des circonstances, le primus Julian ordonna à Merr de partir devant avec Juliana Lux Baiula afin d'aller informer le haut prince que son père arriverait dans la capitale d'ici une heure, et pour demander que deux furans sellés attendent devant la porte principale de la cité. Merr devait également prévenir le garde de la porte ainsi que le personnel du palais que le haut roi était en route et qu'il arriverait dans les *deux* prochaines heures.

Dix minutes après que Merr et Juliana furent partis, le reste de la troupe se prépara à suivre. Cependant, tout en resserrant la sangle de sa monture, Julian remarqua que les muscles des ailes de l'animal étaient douloureux. Il demanda alors à Kiron et à Almiar de vérifier les muscles des ailes de leurs montures à eux, et les deux hommes firent le même constat que Julian. Ainsi, la troupe décida de terminer son voyage au galop. Alors qu'ils ordonnaient à leurs furans d'avancer, Octavius repensa à son voran, Bataille, et laissa échapper un juron silencieux, se demandant si l'animal était toujours vivant ou si, lui aussi, avait succombé à l'attaque des tortilleurs.

✳✳✳

Aithen essuyait sa bouche lorsque Kildare entra pour annoncer l'arrivée de Merr. Il venait à peine de terminer son repas avec Élyana, Harlion, Léo, et Luma Kraelion. Il était à présent près de trois heures et demie après grandjour.

Kildare s'approcha calmement de son maître : « Haut Prince, l'un des gardes du haut roi attend dehors pour vous délivrer un message. »

Le cœur du prince s'emballa et son estomac se noua. Comme il ne voulait pas poser de question à son écuyer devant tout le monde, il tira sa chaise, posa ses mains sur la table, et dit à ses convives : « Pardonnez-moi de vous quitter si soudainement, mais j'ai une affaire urgente à régler. Je serai de retour sous peu. »

Le prince se tourna vers Rovali, son majordome, et lui demanda d'apporter des amères[67] à ses invités. Harlion et Élyana lancèrent un regard interrogateur au prince qui leur répondit d'un signe de la main signifiant qu'il les informerait dès que possible de tout élément important, mais qu'en attendant, ils devaient rester avec les sénateurs afin d'éviter

---

[67] Boisson digestive.

que ces derniers ne se mettent à s'imaginer des choses. Puis, sans attendre, Aithen suivit son écuyer.

Hors de la salle à manger, il trouva Merr très impatient. L'homme lui fit une grande révérence et commença :

« Haut Prince, j'ai un message du haut roi, votre père. »

Dans son excitation, Aithen répondit plus brusquement qu'il ne l'eût souhaité : « Que dit-il, homme ? Parle ! »

« Le roi sera ici d'ici trente minutes, soit à quatre heures après grandjour. Il m'a cependant ordonné de dire aux gardes de la porte de la Victoire qu'il serait là dans les deux prochaines heures. »

Cela signifie qu'il ne veut pas être reçu en grande pompe.

« Est-ce qu'il va bien ? Est-ce que mon frère est avec lui ? »

« Le roi va bien, mon Prince, mais le seigneur commandant Toras… »

« Quoi, homme ? »

« Nous avons dû le laisser ainsi que d'autres hommes au pied des monts Colossi, il y a trois jours ; nous avons été attaquées : il ne restait que deux furans pour nous transporter tous, et plus aucun voran, il est donc resté en arrière pour nous laisser ramener le roi en lieu sûr. Deux Lux Baiulae étaient également avec nous, l'une d'elles est venue avec moi et a pris un chariot pour Domus Lucis. »

« Quelle attaque ? Qui vous a attaqués ? »

« Je n'ai aucune idée de ce qui nous a attaqués, mon Prince ; je n'ai rien vu. Mais le seigneur commandant Toras et les officiers ont été catégoriques : le roi devait partir immédiatement sachant que nous n'avions plus de voran et que les créatures avaient déjà tué la moitié de nos furans, ainsi que l'un de nos hommes… ils considéraient que le roi courait un trop grand risque en restant là. »

Merr regarda le prince qui avait les traits tendus et la mâchoire contractée, oscillant entre inquiétude et colère.

« Est-ce qu'il y avait une créature volante avec ceux qui ont attaqué votre groupe ? »

« Non, mon Prince. Pas que je sache. Si vous voulez parler de la créature qui a attaqué Col de Corne, nous ne l'avons pas vue. »

Après un moment, le prince répondit d'un simple : « Très bien. » Puis il se tourna vers son écuyer et lui dit : « Kildare, appelle le haut capitaine Harlion et présente mes excuses aux sénateurs ; je les ferai appeler plus tard. »

« Et fais venir Élyana Lux Baiula dans mes appartements. »

Se tournant à nouveau vers Merr, Aithen ajouta : « Merr, vous donnerez les coordonnées exactes de l'endroit où vous avez laissé mon frère au capitaine Harlion, afin qu'il puisse envoyer une équipe de secours. »

« Bien sûr, mon Prince. Vous devez savoir que le seigneur commandant avait encore son furan lorsque nous l'avons laissé, il y a donc une chance pour qu'il soit déjà en train de revenir ici pour envoyer du secours aux autres. »

Aithen allait répliquer, mais il entendit son capitaine approcher derrière lui. Son pas était plus rapide qu'à l'accoutumée et reflétait son inquiétude. Puis il s'arrêta. Harlion dut avoir reconnu Merr. Aithen se retourna.

Harlion s'était arrêté devant le prince ; il hocha la tête vers Merr, l'air rempli de questions qui se bousculaient, et dit : « Seigneur Commandant, vous m'avez fait appeler. »

« Oui. Merr vient d'arriver pour me dire que le roi sera ici sous peu. Mais mon frère n'est pas avec lui ; il a été abandonné quelque part au pied des monts Colossi, tandis qu'il affrontait on ne sait quoi. Je veux que vous envoyiez une équipe de secours là-bas, de toute urgence. Dépêchez vos meilleurs furaniers avec une docteure de Domus Lucis. Je veux qu'ils arrivent là-bas avant demain, au plus tard. Une autre chose », Aithen hésita et regarda Merr comme pour demander une confirmation que l'homme ne pourrait lui donner, « mon frère est peut-être déjà en route. Donc, dites à nos furaniers de garder un œil sur ceux qui viendraient dans cette direction. »

Harlion acquiesça et Aithen poursuivit : « Merr, veuillez donner au capitaine toutes les informations dont il pourra avoir besoin. Je retourne dans mes appartements maintenant… et, Capitaine, veuillez tout préparer pour accueillir mon père. Vous savez quoi faire ? »

« Oui. »

Merr semblait avoir quelque chose à ajouter ; Aithen l'invita à parler.

« Je suis désolé, mon Prince. Le primus Julian souhaite que deux furans soient sellés et postés devant la porte de la Victoire. »

Aithen et Harlion froncèrent les sourcils devant cette étrange requête. Merr expliqua : « Mon Prince, le haut roi et les autres sont deux par furan. »

« Ah, d'accord. Haut Capitaine, préparez les furans. »
Harlion acquiesça.

« Est-ce que c'est tout Merr ? »

« Oui, mon Prince. »

« D'accord. Merci, Merr. Capitaine. »

Harlion et Merr firent un salut. Merr avec une grande révérence, et Harlion, un signe de tête, puis Aithen partit.

＊

Quelques minutes plus tard, Aithen était dans ses appartements avec Élyana.

« Élyana, mon père est en route et devrait arriver d'ici une demi-heure. »

Élyana parut réellement soulagée en entendant cette nouvelle. Elle demanda : « Et ton frère ? »

427

« C'est bien ce qui m'inquiète. Il n'est pas avec eux. Mon père, ses hommes et deux de tes Sœurs ont dû l'abandonner, *lui* et quelques hommes, parce qu'ils n'avaient pas assez de montures pour les porter tous, et la troupe était aux prises avec des créatures inconnues. »

Le soulagement d'Élyana se changea en profonde inquiétude. Elle dit : « Des créatures inconnues. Et des nouvelles du… – »

« Du Scytale ? Non. »

« Hum. Je suppose que tu leur envoies des secours ? »

« Oui. »

« Eh bien, espérons qu'ils sont en sécurité. »

« Oui, espérons. En tout cas, nous d'vons préparer le retour de mon père. Je crois qu'il faudrait lui laisser un peu d'temps pour s'installer, mais nous devrons le rencontrer ce soir pour l'tenir au courant des événements survenus à Col de Corne, et lui raconter également c'que nous avons appris quand… quand nous sommes allés dans le Lien. »

Élyana remarqua qu'Aithen avait hésité en évoquant leur excursion clandestine dans le Lien. Pour sa part, elle n'avait pas du tout envie d'en parler au roi. *Enfin, ce qui est fait est fait.*

« Je suis d'accord avec toi, Aithen ; et j'ai aussi des questions à lui poser. En fait, je suis sûre que le monde entier a des questions à lui poser, bien que peu puissent le faire. Quoi qu'il en soit, quelque chose me dit que les prochains jours ne seront pas de tout repos pour lui, surtout s'il n'est pas disposé à donner des réponses recevables à la Magna Mater et au Premier sénateur. »

« Tu crois qu'il a quelque chose à cacher ? »

« Oui. »

« Pourquoi ? Pardon, oublie ça. Nous n'avons pas d'temps à perdre avec ça pour l'instant, mais j'veux savoir ce à quoi tu penses, plus tard. Ce qu'il nous faut faire maintenant, c'est d'préparer son arrivée. »

Il fait bien trop de contractions. Ça ne lui arrive que lorsqu'il est vraiment énervé. Enfin, peut-on le lui reprocher ? Tout le monde s'est inquiété pour le roi, et je suis certaine qu'Aithen encore plus que les autres. « Bien sûr, Aithen. Que puis-je faire pour toi ? »

« Accepterais-tu de mettre les guérisseuses et les docteures sur le qui-vive, au cas où on aurait besoin d'elles ? Merr m'a dit que le roi allait bien mais j'ai l'impression que d'autres membres de la troupe pourraient avoir besoin de soins. »

« Bien sûr. Autre chose ? »

Le prince se gratta le pouce nerveusement, à l'aide de l'index et du majeur et dit : « Non. C'est tout. »

« Et quand voudras-tu informer le roi et entendre ce qu'il a à dire ? »

« À six heures après grandjour ? »

Élyana réfléchit un instant et répondit : « Ça devrait être bon. »

« J'suppose tu vas prévenir Urbs Lucis du retour d'mon père ? »

« Oui. Dès que j'aurai fait passer ton message à notre docteure en cheffe. »

« Merci. »

« Je t'en prie. » Puis, l'air inquiet, la Lux Baiula ajouta : « Essaie de te détendre, Aithen. Tu *es* un peu tendu. »

« J'suis tendu ? Pourquoi le serais-je ?! »

« Tu viens de le prouver ; tu sais bien que tu ne fais des contractions que lorsque tu es nerveux ou enthousiaste, n'est-ce pas ? Et tu n'as pas arrêté de le faire au cours des cinq dernières minutes. »

Le prince répondit avec un petit sourire gêné : « Vraiment ? »

Élyana lui renvoya un sourire bienveillant : « Oui, vraiment. »

« Je n'avais pas remarqué. En tout cas, je suppose que t' –, tu *as* raison. Mais je me détendrai lorsque j'entendrai mon père, et lorsque mon frère sera de retour en un seul morceau. »

Avec un sourire, Élyana dit : « Voilà, c'est déjà beaucoup mieux. »

« Ah ah ! Oui… Eh bien, me forcer à avoir l'air calme ne signifie pas que je le suis. »

« Hum. Enfin, je vais y aller à présent… et que l'air chante[68] quand tu entendras ton père. »

« À plus tard, Élyana. »

La robe de la Lux Baiula flotta doucement au-dessus du sol tandis qu'elle se retourna pour partir. Même lorsqu'elle avait des choses importantes ou urgentes à faire, elle marchait calmement, maîtrisant toujours ses émotions — sauf à Col de Corne, la nuit de l'attaque. Cette nuit-là, elle avait marché vite, allant de la salle des banquets de Toras à la cour. Aithen regarda la Lux Baiula avec gourmandise tandis qu'elle sortait de son bureau, puis de l'antichambre. *Comme j'aime être avec elle, même quand il s'agit des affaires de l'État. Et comme j'aime son odeur ; je pourrais l'écouter toute la journée. Bientôt… bientôt, je lui révélerai mes sentiments, mais — .*

Le prince n'eut pas le temps d'aller au bout de sa réflexion. Au lieu de cela, il jeta un œil à l'horloge ; encore dix minutes environ avant l'arrivée de son père. Il se demanda s'il ne devrait pas avertir Léo et Kraelion de l'arrivée du roi. Mais son père ne voulait pas que le Sénat fût au courant. Cependant,

---

[68] « Que l'air chante » est une prière alvinorienne que l'on dit à quelqu'un avant une réunion attendue depuis longtemps ; cette expression signifie « puisse votre réunion être heureuse ».

il ne pouvait pas laisser le Premier sénateur et la sénatrice comme cela.

Je vais envoyer Kil leur demander de revenir à sept heures après grandjour, et de revêtir leurs uniformes officiels. Ainsi, lorsqu'ils apprendront que mon père est de retour, ils ne s'offusqueront pas du fait que je ne les aie pas prévenus de son arrivée imminente, puisqu'ils comprendront, quand ils le verront, que je prévoyais qu'ils le rencontrent de toute façon.

Puis, Aithen appela Kildare afin de lui donner ses instructions pour les sénateurs, et pour l'envoyer avertir Ori de l'arrivée imminente de son père. Ensuite, il courut seller son voran à l'étable et rejoignit la garde le long de l'Allée du triomphe.

***

Aria n'avait jamais eu ce sentiment d'espoir de toute sa jeune vie. La magistera Annan avait tenu sa promesse. Elle avait parlé à leurs instructeurs et instructrices et leur avait demandé d'alléger leur charge de travail pour quelques quarts, afin qu'elles pussent s'exercer plus souvent à la lecture animale. La magistera Annan avait également accepté de consacrer la moitié de ce temps supplémentaire à la démonstration des techniques. Et aujourd'hui, après plusieurs mois d'apprentissage, et à force de travail eu une percée.

« J'ai réussi ! *Nous* avons réussi ! »

Carasina, tout aussi enthousiaste et surprise, dit : « Oui, j'ai du mal à croire que ce soit arrivé aussi facilement, d'un seul coup ! C'est comme si c'était la chose la plus naturelle du monde pour moi, comme… comme marcher ! »

« Comme marcher ? Comme voler ! »

« Comme voler ? Voler, ce n'est pas naturel. »

Aria répliqua : « Je sais, mais pour moi, c'est comme si j'avais soudain appris à voler et que je le faisais avec autant de naturel qu'un voleteur. C'était tout simplement incroyable. »

« Carasina, je veux recommencer ! »

« Oui, bien sûr. Mais Brutus ne sera peut-être pas d'accord. Nous travaillons sur lui depuis déjà plusieurs heures. »

« On va voir. » Et Aria se dirigea vers la salle des spécimens où se trouvait le locarien pendant les séances de lecture animale. Elle frappa à la porte et une femme d'âge moyen, petite et dodue, ouvrit ; c'était la prêtresse vétérinaire Loma.

« Avez-vous terminé, Maîtresse Aria ? »

« En fait, Vétérinaire Loma, je voulais savoir comment va Brutus. Je sais qu'il est resté ici toute la journée, mais Carasina et moi aimerions essayer encore une fois de lire ses pensées. »

« Hum, normalement, je devrais dire non, mais il a été de bonne humeur toute la journée et ses fonctions vitales sont normales. Je pense que vous avez réussi à établir une connexion stable avec lui. »

Tout excitée, Aria lui répondit : « Je le crois aussi. Peut-on réessayer, alors ? »

« D'accord. Une fois de plus et nous le laisserons se reposer ensuite. Laissez-moi cinq minutes. »

« Merci, Vétérinaire. »

La prêtresse cria ses instructions à un assistant, lui demandant de changer les objets dans la pièce où se trouvait le locarien, et referma la porte derrière elle.

Aria se retourna vers Carasina avec une telle excitation que son amie ne put se retenir de répondre de façon tout aussi excitée.

« Allons-y, Cari. Et ensuite, nous irons chercher la magistera Annan ! »

« J'ai hâte de voir sa réaction. Et celle de ta tante — elle sera contente, elle aussi. Tout le monde sera ravi ! »

Les filles s'assirent par terre, dos à dos, au centre de la salle de lecture animale et se préparèrent à lire l'esprit du Locarien rouge encore une fois, avant d'annoncer au monde entier qu'elles étaient enfin prêtes pour le test de Passage. Du moins, c'est ainsi qu'elles se sentaient à ce moment précis, bien qu'elles eussent encore beaucoup d'autres choses à maîtriser avant d'être capables de faire leur Passage à la fin de l'année.

* * *

Le haut capitaine Harlion avait bien organisé l'arrivée des gardes sur l'Allée du triomphe. Il savait que le roi ne voulait pas être importuné par des autorités qui viendraient le harceler dès son entrée dans la cité, et il avait fait en sorte de dégager le passage pour que le roi pût entrer dans la ville sans alarmer le Sénat, et si cela devait arriver, il s'était arrangé pour que les aînés n'eussent pas le temps d'arriver *en masse*.

Pour commencer, il avait envoyé quelques gardes sur l'Allée du triomphe afin de demander discrètement aux marchands ambulants et autres colporteurs, dont les tables pouvaient se trouver sur le chemin, de se déplacer. Les gardes avaient reçu l'ordre de répondre à quiconque demanderait pour quelle raison il fallait déplacer ses affaires, avec un simple : « Ordre du prince ». Harlion ordonna également au sergent de la porte de l'avertir lorsque la troupe du roi se trouverait à un kilomètre de la ville. Cela lui laisserait le temps, ainsi qu'aux vingt gardes royaux montés d'aller former un cordon de sécurité dans l'Allée du triomphe, pour permettre au roi de se rendre jusqu'au palais, sans laisser aux aînés le temps d'être prévenus et de venir à la rencontre du roi. Bien sûr, cela n'empêcherait probablement pas des sénateurs se promenant dans le coin d'apprendre l'arrivée du roi, mais Harlion ne pouvait rien contre cela. Quant au premier clerc Galadrin, il ne poserait aucun problème aujourd'hui, car il était à la campagne, tentant de recruter les paysans du voisinage.

À quatre heures précises après grandjour, la troupe du roi arriva à la porte, fraîche et digne. Octavius devrait plus tard remercier Juliana et Mara qui avaient accompli un travail admirable en effaçant sur chacun d'eux toute trace de bataille ou de blessure. Mara avait également dû déboussoler quelques hommes qui les avaient croisés sur la route menant à la capitale, et elle ne l'avait pas fait de gaîté de cœur, car les Sœurs n'avaient le droit d'utiliser la confusion que dans les cas d'urgence. Mais le roi le lui avait demandé, et comme elle trouvait que la règle de l'Ordre contre la confusion était un peu injustifiée, Mara avait consenti à le faire ; l'opération était sans danger de toute façon et, dans le pire des cas, elle laissait les gens traités avec un petit mal de tête pour une courte durée.

Soudain, le haut capitaine Harlion — bien droit sur le dos de son voran Rufus — s'approcha de son roi.

« Mon Roi ! Heureux de vous revoir. »

« Merci Haut Capitaine. Je suis content d'être de retour. »

Le primus Julian salua le haut capitaine. Harlion hocha la tête en retour.

« Où est mon fils, Capitaine ? »

« Il sera bientôt là, Sire. »

Le roi hocha la tête à son tour, puis, désignant les furans derrière Harlion, dit à Julian qui était assis devant lui : « Primus, vous pouvez descendre et prendre l'un de ces deux furans. Je resterai sur Coureur ; c'est un bon animal. »

« Bien sûr, Sire. »

Une fois descendu, Julian ajouta : « Je demanderai à Almiar et à Jashan de se séparer également et de laisser Mara Lux Baiula furaner avec Kiron. »

Pendant que Julian et Jashan se préparaient à monter sur leurs furans respectifs, Harlion informa Octavius des ordres d'Aithen concernant l'équipe de secours envoyée à Toras et à ses hommes. Cette nouvelle allégea le cœur du roi, et le fait de savoir que son fils était capable de prendre des décisions pertinentes par lui-même déposa un sourire sur ses lèvres.

Le primus Julian sortit le roi de ses pensées en disant : « Sire, nous sommes prêts. »

Octavius se tourna pour regarder la troupe et, voyant que tout le monde se tenait sur un furan, dit d'une voix pétrie d'excitation — une excitation qui cachait son inquiétude à l'idée des questions qui l'attendaient —, il dit donc : « Parfait, au palais ! »

Ce fut ainsi qu'Octavius entra dans la cité, entouré par sa garde personnelle, Mara Lux Baiula, et le capitaine de la Garde royale.

Comme prévu, les sujets de la Couronne réagirent avec étonnement et enthousiasme, en voyant leur souverain. Les hommes ôtèrent leurs chapeaux et s'inclinèrent, tandis que les femmes firent de belles révérences. Tous se demandèrent pour quelle raison le roi et sa troupe furanaient soudain, alors qu'il était notoire que le roi ne se déplaçait plus qu'à dos de voran. Le roi répondit d'un geste de la main aux acclamations et aux saluts pleins de respects.

La réaction de Mara Lux Baiula fut une surprise. Elle savait que les sujets du roi l'aimaient et le respectaient, mais elle ne savait absolument pas à quel point.

Les enfants couraient dans la rue après la troupe, enthousiaste de voir le roi, mais encore plus de voir les furans qui paradaient rarement à travers la ville.

À un moment, un jeune garçon qui courait avec les furans se mit à crier à ses amis que l'un d'eux avait du sang sur la sangle. Un adulte l'entendit et la rumeur se propagea parmi la foule, disant que le roi et sa troupe revenaient sans doute d'une mission secrète au cours de laquelle ils avaient enlevé la femme qu'ils ne connaissaient pas, et que leurs furans avaient été blessés lors du combat qui s'en était suivi ; ou peut-être que le roi et sa troupe avaient été attaqués par le rokon qui avait détruit Col de Corne, et la femme, qui était une Lux Baiula, avait été appelée par le roi en renfort pour combattre la créature. Un enfant courageux décida de demander directement au roi si l'une de ces rumeurs — celle qu'il préférait — était vraie.

Le roi répondit avec un sourire : « Non, non, nous n'avons pas été attaqués par un rokon, fiston. » Évidemment, le garçon fut déçu, mais le roi l'avait appelé « fiston », et cela lui suffisait pour oublier les rumeurs et pour passer à autre chose de bien plus excitant : raconter à ses amis comment le roi s'était adressé à lui.

À la grande joie du roi, seuls deux sénateurs étaient présents, deux sénateurs qui se parlaient à voix basse tout en souriant au roi pour le saluer, pour ensuite s'adonner à leur activité préférée : répandre des rumeurs. Ces deux-là étaient sûrement allés au marché pour rencontrer les gens, comme les sénateurs avaient l'habitude de le faire, chacun leur tour, une fois par quart. Et le premier clerc Galadrin était absent, ce qui réjouit le roi.

Mais ce qui réconforta vraiment Octavius et qui éclaira son visage, ce fut l'arrivée d'Aithen. La compagnie de ses enfants lui procurait toujours un immense plaisir, à moins qu'ils eussent fait quelque bêtise, bien sûr, et c'était rare chez son aîné. Tandis qu'il regardait son héritier s'approcher, il se dit que même si Galadrin apparaissait subitement, il se contenterait de l'ignorer, sans que cela ne puisse ternir la joie qu'il éprouvait à ce moment précis.

À sa grande surprise — il ne savait pas si cela était causé par le soulagement ou la fierté —, son fils était resplendissant et bien plus détendu qu'il ne se l'était imaginé.

Comme Aithen tournait pour faire marcher Magnus avec le furan du roi, certaines personnes dans la foule l'acclamèrent. Les hommes s'inclinèrent et les femmes firent des révérences. Les jeunes filles rougirent et soupirèrent à l'idée qu'elles n'auraient jamais la chance de connaître intimement le prince, de sentir ses bras musclés autour de leurs hanches ou ses lèvres sur les leurs. Certaines firent de leur mieux pour fixer le prince — en vain. Aithen les ignorait toutes ; il n'avait jamais été du genre à répondre à ce fanatisme, et à ce moment, ses pensées étaient uniquement tournées vers son père, tout en luttant contre une multitude d'émotions : soulagement de le revoir, appréhension par rapport aux nouvelles de son frère, et nervosité tandis qu'il s'interrogeait sur ce que son père allait penser de sa manière de tenir les rênes du royaume.

« Aithen. C'est bon de te revoir, et c'est bon de te retrouver dans une forme aussi éblouissante. » Octavius s'interrompit et sourit un moment avant de reprendre : « Je dois avouer que j'étais un peu inquiet que les responsabilités, que je t'ai forcé à endosser en mon absence, aient pu te donner des cheveux blancs ou un regard abattu, mais j'avais tort de m'inquiéter. »

Aithen esquissa un sourire cynique et dit en plaisantant : « Je vais assez bien, en effet, Père, compte tenu des circonstances, et c'est sans doute parce que tu m'as bien préparé à affronter ce genre de situation. Mais c'est bon de te voir en bonne santé, toi aussi. Tu as rendu tout le monde fou d'inquiétude ces derniers quarts, y compris Toras et moi. D'ailleurs, en parlant de Toras, pourquoi n'est-il pas avec toi ?

Merr m'a dit que tu as dû le laisser et que vous avez été attaqué ? »

« Je te raconterai tout lorsque nous serons rentrés au palais, fiston, sans quoi je ne pourrai continuer à sourire à la population. »

« Tu me fais peur, maintenant, Père. Mais je comprends. Nous sommes presque arrivés de toute façon. »

Effectivement, cinq minutes plus tard, la troupe arriva au palais. Le roi trouva son personnel rassemblé sur la place centrale pour l'accueillir, mais, quand il ne vit pas son plus jeune devant, il réprima un mauvais sentiment qui surgissait afin de ne pas paraitre ingrat envers son personnel.

Leurs acclamations furent plus modérées que celles de l'Allée du triomphe, non pas parce que les membres de son personnel étaient moins enthousiastes que le reste du peuple, mais parce que, connaissant leur maître, ils savaient que celui-ci n'aimait pas les grandes effusions. Donc, à la place des acclamations tonitruantes, son personnel lui fit un accueil chaleureux et authentique, rempli de sourires, de saluts et de révérences. Le roi exprima son contentement en adressant un signe de tête à chaque personne présente.

Après cela, chacun retourna à ses occupations. Le roi libéra sa garde pour la soirée et hocha la tête en réponse au salut du haut capitaine Harlion, en lui promettant qu'il l'entendrait plus tard. Mara Lux Baiula inclina sa tête vers lui, descendit du furan, remercia Kiron d'un petit grognement, et monta dans le chariot qui l'attendait pour l'emmener à Domus Lucis.

Lorsque tout le monde fut parti à part son fils, Octavius demanda : « Où est Ori ? Pourquoi n'est-il pas là ? »

Aithen allait répondre qu'il ne le savait pas, quand son petit frère apparut en haut des marches du palais, aux côtés du maître Rackeli, le majordome du roi. Tout en le pointant du menton, Aithen lui répondit : « Il arrive, Père. »

À ces mots, le roi se retourna, et un grand sourire fendit son visage. Dès que le jeune prince vit le sourire de son père, il se mit à courir vers lui, abandonnant le maître Rackeli.

Octavius passa de longues et précieuses minutes avec Ori, pendant qu'Aithen et Rackeli attendaient. Il écouta Ori « l'informer » de tout ce qui s'était passé pendant son absence, puis il lui demanda comment allaient ses études, ce à quoi Ori répondit qu'il avait appris les bases biologiques des pouvoirs sensoriels et de reliure de divers Alterintrants. Enfin, Ori demanda à son père si la capitale était en danger, et après l'avoir rassuré en lui promettant que tout allait bien, Octavius l'embrassa encore une fois et le renvoya auprès du maître Rackeli qui emmena le jeune prince au magister Setarcos pour sa leçon suivante.

Octavius laissa échapper un soupir en regardant Ori partir. Il l'aimait très fort, et il avait mal à l'idée que ce qui était en train de se passer le mettait lui aussi en danger. Lorsque Ori eut disparu, Octavius se tourna vers Aithen et lui dit : « Parlons, fiston. »

Aithen acquiesça et ils se dirigèrent ensemble vers le banc qui se trouvait sous le grand arbre à bô qui trônait du côté nord de la place du palais. Le roi et le prince avaient l'habitude de venir ici pour discuter en privé, plutôt que de rester dans leurs appartements. En effet, les Lux Baiulae jaunes avaient incrusté des minéraux résonants dans l'écorce de l'arbre, minéraux qui créaient un mur de son dans un rayon de trois mètres autour de l'arbre.

Père et fils s'assirent sur le banc de marbre blanc, Aithen, avec les jambes étendues devant le banc, et Octavius, les bras appuyés sur ses jambes et les mains l'une contre l'autre.

Octavius prit une grande inspiration et commença à expliquer ce qui s'était passé à la pointe sud des monts Colossi. Il savait qu'il devrait ensuite expliquer à son fils ce qu'il avait fait dans les Bois sombres, mais il décida de laisser cette partie du récit de côté pour la soirée.

« Après que ton frère et ce qui restait de sa troupe m'a trouvé près de Spiritii — ou plutôt, après que moi je les ai trouvés — nous avons fait route vers la pointe sud des monts Colossi. Nous avions, en effet, tous convenu que le moyen le plus rapide et le plus sûr était de voyager le long de la base des montagnes, jusqu'à Mont-Lac, puis de couper à travers champs pour rejoindre la capitale. Le voyage vers les monts n'a cependant pas été facile, avec la température qui est montée jusqu'à près de dix-sept galets dans l'après-midi, et les vorans de plus en plus mal en point au fil des heures, malgré les soins de Mara Lux Baiula. Craignant que les vorans ne s'effondrent avant d'arriver aux monts, nous avons décidé de laisser les vorans à Jashan, pendant que nous autres, y compris les deux Lux Baiulae, monterions à deux sur les furans pour rejoindre les montagnes. Nous y sommes parvenus sans difficulté, mais tandis que les soleils se couchaient, nous avons entendu les cris déchirants de furans à l'agonie, en provenance de l'orée de la clairière. Ton frère et quelques hommes ont pris leurs armes et se sont rués vers les furans pour voir ce qui se passait. Je ne sais pas ce qu'ils y ont vu, mais ils ont été choqués. Étant donné que personne n'avait réussi à savoir ce qui avait terrassé les furans, Toras et Juliana Lux Baiula m'ont demandé de partir, surtout qu'il ne restait plus que quatre furans, en plus de Scratch. Je ne voulais pas partir, mais compte tenu de la situation, et de l'insistance de tout le monde, je m'en suis allé avec mes hommes et les Lux Baiulae. La dernière chose que j'ai vue, c'est Toras qui accourait à l'orée de la clairière pour aider les autres. »

Cette histoire augmenta l'inquiétude d'Aithen. Il comprit que la menace avait dû sembler importante, surtout si même les Lux Baiulae avaient préconisé la fuite. Mais n'auraient-ils pas pu rester ? Juliana et Mara n'auraient-elles pas pu les protéger ? Aithen posa la question à son père, tout en essayant de ne pas laisser sa voix trembler.

« Père, je ne sais pas si je peux critiquer ta décision, mais j'ai besoin de comprendre pourquoi même les Lux Baiulae se sont senties démunies au point de te conseiller de t'enfuir en abandonnant Toras — le deuxième héritier du trône — avec le reste des hommes. »

Le roi, un homme très perspicace, peut-être le plus perspicace de tout le royaume — une qualité qui expliquait sans doute en grande partie sa capacité à négocier avec les souverains des royaumes mineurs et avec les propriétaires — avait remarqué et apprécié la retenue de son fils, mais il ressentit lui aussi une certaine gêne, il décida d'en faire part à son fils. Il secoua la tête et dit : « En réalité, Mara Lux Baiula n'était pas là lors de la proposition ; elle était partie dans les marais avec deux de mes hommes afin de retrouver Jashan. La troupe est revenue au moment où nous étions prêts à partir, et Mara et Jashan requéraient des soins urgents. Entre cela, la grande crainte de ce que Juliana avait senti, et le fait qu'il ne restait plus que cinq furans pour plus de douze personnes, tout le monde m'a supplié de partir. Alors nous sommes partis. »

Octavius s'arrêta avant d'ajouter : « Je sais ce que tu ressens, Aithen ; je ressens la même chose. »

Aithen était sur le point de répondre lorsqu'il entendit les battements d'ailes de plusieurs furans. Il leva les yeux.

« Eh bien, je crois que c'est l'équipe de secours ; espérons qu'elle retrouvera Toras et les autres vivants. »

« Oui, espérons-le. En tout cas, voilà ce que je voulais te dire. »

Après un moment de silence oppressant, Octavius demanda : « Au fait, comment va Élyana ? »

Surpris par le brutal changement de sujet, Aithen n'en tint pas compte et répondit à son père avec un léger trouble dans la voix : « Elle va bien, même si elle cache bien qu'elle est épuisée. » Il s'interrompit puis ajouta rapidement : « Je ne sais pas ce que j'aurais fait sans elle depuis Col de Corne. » Aithen s'interrompit de nouveau, puis ajouta comme pour se corriger : « ou sans Harlion. Mais Élyana nous rejoindra plus tard. »

La bouche d'Octavius se contracta dans un spasme imperceptible lorsqu'il remarqua le tremblement dans la voix de son fils. *Hum, je jurerais que quelque chose a changé dans l'attitude d'Aithen vis-à-vis d'Élyana. Le ton de sa voix semble chargé d'admiration, de réconfort et d'autre chose.* Il décida de prêter attention à leurs relations au cours de la réunion, afin de vérifier s'il y avait quoi que ce fût de ce qu'il avait ressenti.

Octavius dit : « Je suppose qu'elle a essayé de me retrouver dans le Lien ? »

Aithen lança un regard dur au roi : « Oui, Père. Elle a effectivement essayé de te retrouver — et de trouver aussi la créature infernale. »

La bouche du roi se figea, peut-être parce qu'il culpabilisait d'avoir été à l'origine de tant d'inquiétude, et pour ne pas avoir été joignable dans un temps si important.

D'une voix sombre, Octavius dit : « Ton frère m'a dit ce qui s'était passé à Col de Corne ; on dirait qu'il ne veut pas croire que le rokon qui vous a attaqué était le Scytale, mais avec tout ce que j'ai pu ressentir et ce que Mara et Juliana Lux Baiulae m'ont dit, ce doit être lui. »

« C'*était* le Scytale, Père. Élyana et moi en avons eu la confirmation. Et plus encore. »

« Plus ? »

« Il n'est pas seul. Il travaille avec au moins un complice, et ce dernier a réellement l'intention de conquérir la planète. »

« Qui donc ? Et d'où tiens-tu cette information ? »

Le prince hésita un instant. Il ne savait pas si c'était le bon moment pour ces révélations, mais il se résolut de tout lui dire, sans doute pour une raison purement égoïste ; il était adulte, et il avait pris la décision qu'il jugeait être la bonne. Il dit alors : « Élyana m'a emmené dans le Lien... dans l'esprit du Scytale. »

« Elle a fait quoi ?! Urbs Lucis connaît depuis longtemps ma position par rapport à l'itinérance dans le Lien, et Élyana n'aurait jamais dû t'emmener sans m'en parler avant. »

D'un air accusateur, Aithen lui répondit : « Tu n'étais pas là pour donner ton avis, Père, et je devais l'accompagner pour savoir à qui nous avions affaire. »

Le roi continua à fixer son fils, les dents serrées.

« Tu m'as toujours dit que je devais apprendre par moi-même les choses qui étaient importantes pour moi, pour ma fonction et pour mon travail. Connaître l'identité de notre ennemi était un élément primordial... et nous avons accompli notre mission avec succès. »

Le roi secoua la tête, incrédule. Mais l'instant d'après, son regard se métamorphosa.

Aithen demanda : « Quoi ? »

« Bien que tu aies fait quelque chose d'extrêmement dangereux, je ressens maintenant une... très grande fierté envahir mon cœur. »

Le prince prit une goulée d'air, un soupir de soulagement.

Octavius eut envie de caresser les cheveux de son fils, comme il avait l'habitude de le faire lorsque Aithen était plus jeune, mais il s'empêcha de le faire et, au lieu de cela, il demanda : « Alors, qu'as-tu appris... dans l'esprit du Scytale ? »

Le puissant désarroi contenu dans les paroles d'Aithen surprit Octavius : « Il travaille avec un humanoïde qu'Élyana appelle "l'Umbra". Cet homme semble avoir la ferme intention de conquérir K'Tara et de livrer la planète au maître des ténèbres, qui est apparemment de retour de là où il était retenu. »

« Quant au Scytale, il est rempli de haine contre nous — contre la sororité — et je peux la ressentir au fond de moi, comme une sorte de folie qui envahit mon esprit chaque fois que j'y pense. »

L'expression du roi passa de la fierté à l'incrédulité et la consternation. Octavius joignit ses mains tandis que son esprit tournait à plein régime pour essayer de donner du sens à cette petite, mais terrifiante révélation. *Comment est-ce possible ?* pensa-t-il.

Il dit : « Dis-moi que c'est tout, fiston. »

« Oh non. Il y a plus, Père, il y a encore plus. » Aithen hésita à continuer. Il voulut le faire, mais il pensa qu'il serait sans doute mieux de révéler le reste de ce qu'il avait appris en présence d'Élyana, et ce fut ce qu'il proposa à Octavius.

Ce dernier répondit : « Très bien. C'est peut-être mieux. » Puis il se leva et lâcha sur un ton qui démentait ses véritables sentiments : « Je vais rentrer dans mes appartements maintenant, pour me rafraîchir ; ce fut une dure journée après tout. Je te verrai à six heures après grandjour ? »

« Oui, à six heures après grandjour, dans ta chambre d'audience privée. J'espère que lorsque tu en auras l'occasion, tu me diras aussi ce que tu es allé faire à Spiritii, à l'origine, Père. En fait, on est nombreux à vouloir le savoir, et comme j'imagine que tu ne voudras en parler à personne, j'espère que tu me le diras, à moi. »

« Oui, Aithen, je te le dirai avant la fin de la journée. »

Octavius se retourna et se dirigea vers l'aile sud du palais, là où se trouvaient ses quartiers. En chemin, il secoua la tête de temps en temps, puis soupira.

Aithen regarda son père partir. Il avait toujours eu beaucoup de respect pour lui et avait toujours admiré sa forte personnalité, son courage, son intégrité dans tout, ainsi que son dévouement envers sa famille et ses sujets. Mais aujourd'hui, son père le décevait et Aithen n'était plus aussi convaincu de son bon jugement. Comment avait-il pu accepter d'abandonner Toras et les quelques hommes qui restaient pour affronter seuls un danger inconnu ? Lui-même n'aurait jamais pu faire cela s'il avait été dans la situation de son père. En fait

—

Aithen interrompit le cours de ses pensées en entendant la voix d'Élyana.

« Aithen ! »

Le prince se tourna vers la droite et vit Élyana qui se tenait les mains sur les hanches.

« Je suis désolé, Élyana, je ne t'avais pas entendue. »

« Bon. Que fais-tu là ? »

« Je parlais avec mon père sous l'arbre à bô ; il vient tout juste de partir. »

« Et comment ça s'est passé ? »

Pour toute réponse, Aithen se contenta d'un haussement d'épaules et d'un froncement de sourcils.

« J'entends. Ou plutôt, non, puisque tu ne dis rien. Mais j'imagine que tu n'as pas eu l'information que tu voulais ; je suis sûre que le roi va bientôt s'ouvrir à toi et te révéler ses secrets. »

Aithen secoua la tête et lui répondit : « Non, c'est pas ça, Élyana. C'est sa décision d'abandonner Toras et les autres hommes en proie au danger qui me met en colère. »

« Eh bien, je suis certaine qu'il y a une bonne explication à tout ça, et mes consœurs, Mara et Juliana Lux Baiulae, pourront le confirmer. Je suis justement en route pour les rencontrer. »

« Je n'pense pas que ce soit d'une grande utilité. Mon père m'a déjà dit que Juliana Lux Baiula et ses officiers lui ont demandé de s'enfuir et que Mara et Jashan avaient besoin de soins médicaux d'urgence. »

« Hum, en tout cas, je vais m'entretenir avec elles. Mais, Aithen, tu sais que ton père n'est pas un lâche et qu'il ne prend pas des décisions à la légère — et qu'il n'accepte pas n'importe quel conseil. Pourquoi doutes-tu de lui, maintenant ? »

« Parce que ça ne lui ressemble pas. Il a eu tort d'abandonner mon frère face à on ne sait quoi, sans être sûr que Toras et ses hommes pourraient survivre. Ils auraient pu essayer de monter à trois sur un furan. C'est vrai qu'ils ne seraient pas allés bien loin, mais suffisamment pour se tirer d'un mauvais pas, et, au moins, ils seraient tous partis ! »

Un mur de silence s'éleva entre eux, tandis qu'Aithen reprenait la maîtrise de lui-même et qu'Élyana pensa à la manière de l'aider à obtenir la réponse qu'il attendait vraiment.

Après avoir fait les cent pas le long d'une petite haie qui bordait l'allée qui menait à l'arbre à bô, le prince s'arrêta et considéra Élyana, gêné, et les yeux implorant son secours.

Élyana brisa le silence et dit : « Ce soir, j'irai dans le Lien et j'essaierai de localiser ton frère. S'il rêve, je le trouverai, et si je le trouve, nous saurons qu'il va bien. Je sais que tu n'auras pas l'esprit tranquille tant que tu ne sauras pas avec certitude qu'il va bien, et nous ne pouvons pas nous permettre de te laisser déstabiliser avec tout ce qui se passe ici. »

« Merci, Élyana. Mais je ne peux pas te demander ça. Je sais que tu as été obligée d'entrer très souvent dans le Lien au cours de ces quinze derniers jours pour chercher mon père, ainsi que le Scytale et son complice. Tu as besoin de repos. »

« Je connais mes limites, Aithen. Ne te préoccupe pas de ma santé. »

« Mais — »

« Aithen, laisse-moi faire cela. Je dois admettre que je suis aussi un peu inquiète pour ton frère. »

Aithen dit avec hésitation : « Bien… Merci… »

La Lux Baiula se contenta d'hocher la tête. À la vue de ce geste simple, Aithen poussa un soupir silencieux, un soupir qui portait avec lui tous ses désirs enfouis au plus profond de lui. Mais, comme d'habitude, ce moment de puissant désir passa, et Aithen secoua la tête, puis demanda : « Mais pourquoi es-tu ici, d'ailleurs ? Je croyais que tu étais partie à Domus Lucis. »

« J'avais besoin d'une dispense pour autoriser Mara et Juliana Lux Baiulae à rester ici, toutes les deux. Comme tu le sais, la sororité ne peut avoir que sept Lux Baiulae dans la capitale, et nous serons huit avec elles. »

« Une règle stupide. Et as-tu obtenu ta dispense ? »

« Oui, et je retourne avec elle à Domus Lucis. »

« Bon. Je t'entends plus tard alors ? »

« Oui. Je t'entendrai plus tard. » Puis la Lux Baiula s'éloigna, sûre de ses compétences et de sa place dans la société.

Mais Aithen se demanda, tout en la regardant partir, si elle était capable d'aimer. Il ne connaissait que très peu de Lux Baiulae mariées ; en réalité, il n'en connaissait que deux.

Imbécile, tu recommences ! Grrr. Pourquoi j'me fais ça ? Et pourquoi ça ne m'intéresserait pas ? Qu'est-ce qui serait incongru dans le fait que je la courtise ? Je suis un homme, elle est une femme — une belle et fantastique femme ! Le prince secoua de nouveau la tête, soupira et regagna ses appartements après avoir jeté un dernier coup d'œil vers Élyana, et après avoir lancé un regard glacial à deux étrangers qui quittaient le palais après avoir assisté à son soliloque.

À six heures exactement après grandjour, le haut prince Aithen, Élyana Lux Baiula et le haut capitaine Harlion attendaient, vêtus de leurs uniformes officiels, le haut roi dans sa chambre d'audience privée ; le roi n'était jamais en retard, mais il n'arrivait pas avant les autres non plus.

Aithen, assis à l'extrême droite de la table de marbre, dos droit et mains baissées, était plongé dans ses pensées. Élyana, assise dans la longueur, face à la porte, les mains sur les genoux, écoutait le capitaine Harlion lui donner les dernières nouvelles du maître Methrim. Harlion n'était pas assis : il se tenait près de la table et regardait Élyana, légèrement orienté vers l'avant de la salle, afin de ne pas tourner le dos au roi lorsque ce dernier entrerait.

Enfin, la porte de bois pivota sur ses gonds parfaitement huilés et le roi fit son entrée. Il ne portait pas sa couronne — il la réservait aux réunions officielles avec les dignitaires étrangers ou avec le Sénat, ou encore aux audiences de la grande salle — mais cela n'enlevait rien à son air royal.

Harlion recula d'un pas et salua le roi. Octavius répondit par un simple « Harlion », et hocha la tête.

Aithen et Élyana se levèrent à l'entrée du monarque, comme le voulait la coutume. Aithen accueillit son père avec son titre, ce à quoi le roi se contenta de répondre par un signe de tête. Enfin, Élyana termina le cérémonial avec une légère révérence et dit : « Sire. » Puis elle s'interrompit un instant avant d'ajouter : « Je suis contente de vous revoir. »

Le roi ne rendit pas immédiatement ses salutations à sa conseillère. Au lieu de cela, il baissa les yeux un instant, tapota le dessus de la table, puis s'assit. « Et moi de même, Élyana », dit-il, tout en invitant les autres à s'asseoir également.

Octavius prit immédiatement la parole : « Tout d'abord, je vous dois des excuses. »

Aithen, Harlion et Élyana affectèrent l'air de surprise et de confusion auquel le roi s'attendait. Ils savaient que celui-ci n'était pas trop fier pour s'excuser lorsqu'il avait tort ou qu'il avait mal agi — ce n'était pas la première fois —, mais comme un monarque n'avait pas *besoin* de s'excuser auprès de ses sujets, lorsque Octavius le faisait, la plupart des gens étaient plus gênés que fâchés.

« J'aurais dû m'assurer de pouvoir être joignable en cas d'urgence ; je croyais l'être, mais il semble que mon organisation n'était pas bonne. Peut-être que quelque chose a produit des interférences dans le Lien et a empêché ceux qui savaient où j'étais de relayer cette information lorsque cela fut nécessaire. »

Élyana acquiesça aux hypothèses du roi, bien qu'elle n'eût aucune preuve de l'existence de forces brouillant le Lien — à part quelque chose qui interférait avec ses propres capacités — cela dit.

Le roi poursuivit : « Vous vous demandez sans doute pourquoi j'ai quitté Furanville de manière si discrète. »

Harlion prit la parole pour la première fois depuis l'entrée du roi : « En effet, c'est ce que tout le monde voudrait savoir, y compris les officiers, les aînés ainsi que le peuple et ses dirigeants. Et aussi, Élyana pourra le confirmer, Urbs Lucis. Je ne peux que supposer que la prêtresse suprême de Kynarie et Dame Darya se posent la même question. Vos proches auraient au moins dû être informés de l'objet de votre voyage. Je vous connais depuis suffisamment longtemps, Sire, pour savoir que ce n'est pas un problème de confiance qui vous a retenu de nous dire où vous alliez. Par conséquent, il s'agissait soit de nous protéger, soit de vous protéger contre ce que nous aurions fait si nous avions su quelle était votre destination. »

Aithen sembla scandalisé. Harlion était un homme sage et brillant, qui avait toujours été hautement considéré par le roi ; il avait été son conseiller pour tout ce qui se rapportait à la sécurité et à la guerre, avant de devenir le conseiller personnel et premier officier du haut prince, et commandant des Frumentarii — les services secrets du roi. Harlion était aussi l'ami du roi depuis plus de trente ans maintenant, et cela lui conférait certains droits dont peu d'autres jouissaient. Mais accuser Octavius si abruptement ?!

Quant à Élyana, elle parut simplement surprise, mais pas choquée par la franchise d'Harlion. Elle aurait parlé au roi de la même manière si le capitaine ne l'avait pas fait en premier. À présent, elle attendait patiemment la réponse du roi.

« Mon cher ami, c'est exactement cela : j'ai décidé de ne rien vous dire, car vous dévoiler un seul élément aurait été aussi préjudiciable que de tout vous dire, et je ne pouvais pas me permettre de vous voir intenter quoi que ce soit contre moi. »

Cette fois, Élyana réagit : elle leva un sourcil. Aithen tourna les yeux vers elle et ils échangèrent un regard plein d'inquiétude. Octavius le remarqua, mais reporta son attention sur Harlion.

« Je vous ai caché l'*objet* de mon voyage parce que je suis allé rencontrer un Zébulonien, et j'ai gardé ma *destination* secrète parce que l'endroit où j'ai rencontré cet homme est un lieu interdit à tous, et même à moi. »

Harlion dit : « Je n'aime pas ça, Sire. Qui est ce Zébulonien que vous avez rencontré ? Où ? Et pourquoi ? » Harlion se tourna vers Aithen et Élyana, certain qu'ils se posaient les mêmes questions.

Le roi soupira en réalisant que cela allait se passer exactement comme il le craignait. Dans un autre soupir, il répondit : « Je savais bien que cela ne vous plairait pas, Capitaine. Le Zébulonien s'appelle Lub Methor. » Le roi remarqua l'air surpris de l'assemblée et demanda : « Vous connaissez ce nom ? »

Aithen répondit : « Non, Père. Mais cela ressemble étrangement à un *autre* Zébulonien que nous avons rencontré récemment. En fait, Élyana et moi devons en parler avec vous. »

Le roi hocha la tête et constata que son fils échangeait encore un regard perplexe discret avec la Lux Baiula. Il dit, plus ou moins pour lui-même : « Un autre Zébulonien ; quelle étrange coïncidence. » Puis il continua pour tous : « En tout cas, ce Lub Methor est le représentant d'un groupe de rebelles formé en Zébulonie il y a environ cinq ans, et il est venu me demander de l'aide. »

Aithen demanda : « De l'aide pour quoi ? »

« Il m'a demandé si je pouvais intervenir en faveur de la rébellion de son groupe contre Zébula ! Le groupe est — aussi bizarre que cela puisse paraître — l'*Organisation pour la libération des hommes Zébuloniens*. Nom étrange, je sais, mais à l'image de la société zébulonienne. »

Aithen, Harlion et Élyana adressèrent un regard entendu au roi.

« C'est un groupe rebelle parmi tant d'autres, mais c'est apparemment le plus gros, et nous pourrions atteindre nos objectifs en l'aidant. »

Harlion et Aithen écarquillèrent les yeux, ayant du mal à croire ce qu'ils entendaient.

« Père, vous savez que nous nous fions à tous vos jugements, mais il était imprudent de discuter de questions militaires en mon absence ou en celle d'Harlion. »

« Comme je l'ai dit, si je vous avais prévenu, il m'aurait été quasi impossible d'aller à cette rencontre. »

Élyana prit la parole pour la première fois : « À cause du lieu de rendez-vous ? »

Le roi acquiesça et déclara clairement, sans hésiter : « Oui, la rencontre a eu lieu dans la villa de Marcus Vrol. »

Le choc et la consternation s'emparèrent des visages d'Aithen et d'Harlion, tandis qu'Élyana, habituellement impassible, s'assombrit en voyant ses doutes se confirmer.

Élyana dit : « Sire… vous me mettez dans une très mauvaise position. Je suis sûre que vous savez que je devrai en parler à la Magna Mater. »

« Je le sais. »

« Et que vous serez convoqué pour répondre de votre transgression devant l'Ordre de la lumière. »

« Je comprends. Mais, je peux peut-être vous convaincre d'attendre un peu. »

Élyana lui répondit d'une voix grave et contenue : « Sire… »

Octavius leva la main et dit : « Élyana. Laissez-moi vous expliquer comment j'en suis arrivé là, et ce qui est ici en jeu. »

Après un moment de tension au cours duquel tout le monde imagina les pires scénarios possible, Élyana finit par acquiescer.

Octavius passa les quinze minutes suivantes à expliquer à son Conseil privé les raisons pour lesquelles il avait repris contact avec Marcus le lecteur, comment il en était arrivé à décider d'accepter son invitation et de venir rencontrer le Zébulonien, et pourquoi il était à présent persuadé d'avoir pris la bonne décision.

Lorsque le roi eut terminé, Aithen soupira et dit : « Eh bien, ce que le maître Methor vous a dit corrobore ce que Lusk Methrim nous a raconté. Peut-être que la possibilité de focaliser l'attention de Zébula sur son propre territoire valait la peine de prendre le risque que vous avez pris, Père, cependant, même si vous êtes le roi, vous n'êtes pas au-dessus… de nos lois. Vous avez toujours soutenu, *devant tout le monde*, que personne en Alvinorie ne devait se permettre de se moquer de nos lois, des lois que nos propres ancêtres ont inscrites dans nos fibres mêmes et, par deux fois maintenant, vous avez — ».

Octavius leva à nouveau la main et dit : « Fiston, *j'assumerai* les conséquences en temps voulu, je te le promets. Mais ne prétends pas comprendre mes actes. »

Cela jeta un froid dans la chambre d'audience privée du roi, et tous restèrent assis en silence pendant un moment. Mais l'air d'Aithen en disait long ; ses émotions semblaient passer de l'embarras à l'apitoiement, puis à la colère, à l'indulgence et enfin à une sorte d'acceptation lorsque ses traits et sa mâchoire se décrispèrent et que ses épaules se détendirent.

Aithen savait que son père était un honnête homme et qu'il agissait toujours pour le bien de tous. Son père était aussi un homme d'honneur, qui ne craignait jamais les conséquences de ses actes ou de ses décisions, ainsi, le prince savait que le roi saurait payer pour ses erreurs, quel qu'en fût le prix.

Mais ce qui amena Aithen à penser qu'il avait peut-être mal interprété les actes de son père, ce fut le souvenir de ce que celui-ci lui avait dit une fois : « Les lois humaines n'ont rien de scientifique, Aithen ; elles sont imparfaites, car elles sont édictées par des hommes et des femmes imparfaits et inconstants, et l'on ne devrait donc jamais leur être assujetti au point de risquer de commettre une grave injustice ou erreur en les appliquant de manière aveugle et dogmatique. »

***

« Alia, dis-moi pourquoi nous persistons à vouloir vivre ? Qu'est-ce qui nous pousse à vivre encore un jour, même après deux mille ans ? Ce ne sont certainement pas nos instincts biologiques... » Genghis n'alla pas au bout de sa pensée. Alia n'aimait pas qu'on lui rappelle qu'il ne lui restait pas grand-chose d'humain — peut-être uniquement ses pensées, et encore.

D'une voix mieux ajustée que celle de son général, l'impératrice de la Terre et de ses colonies et la sauveuse de l'Humanité répondit encore une fois à la question que Genghis lui avait si souvent posée au cours des siècles, bien qu'il ne semblât jamais s'en souvenir — c'était possible : son cerveau était un organe vivant, après tout. Elle lui dit : « C'est gravé dans nos esprits, Genghis. Pour ceux qui sont faits de tissus vivants, c'est inscrit dans les gènes qui ont programmé leur corps lors de la conception, à jamais indélébile — tant qu'ils prennent soin d'eux. Pour les rares qui, comme moi, ont transféré leur esprit dans des circuits positroniques, la volonté d'avancer est gravée, là, dans *ces* circuits. »

Le proconsul tapota du doigt le muret du large balcon de l'impératrice, balcon qui surplombait la capitale. Il vit les solides structures métalliques, les murs vivants de bio-béton, les gens un peu partout, l'énormité de tout cela, mais il ne regardait rien, son esprit était ailleurs. Il dit : « Et pourtant, je ne pense pas que cela soit suffisant. Sans but, sans volonté ni désir, il n'y a aucune raison valable pour que ces réflexes demeurent. »

« Genghis, ce n'est pas la première fois que tu me poses cette question, tu t'en rends compte, mais c'est la *première fois* que tu me présentes cet argument. »

« Tu es sûre ? » Genghis se souvenait d'une autre fois, il y avait longtemps, où il avait soulevé la question de la finalité de leur vie.

« Oui. J'ai une très grande mémoire, ininterrompue depuis deux mille quatre cent soixante ans, pour être précise. »

Pour être précis, tu as oublié. Mais apparemment, tu ne t'en rends pas compte. C'est comme si certains événements n'avaient jamais eu lieu. Combien de temps continueras-tu à fonctionner, Alia ? Même les cerveaux positroniques finissent par s'abîmer avec le temps, quelle que soit la perfection des circuits et de leurs systèmes d'autoréparation.

Genghis prit la décision consciente de souligner la dégradation de santé d'Alia, une santé non humaine, tout en espérant que cela ne se retournerait pas contre lui, mais que sa confiance en elle se déliterait encore plus. Il savait qu'il jouait avec le feu. Il dit : « Alia, je t'ai déjà présenté cet argument il y a plusieurs siècles, alors que nous allions nous lancer dans la conquête de Sirius I. Tu te le rappelles, n'est-ce pas ? » Alia cligna des yeux pendant une fraction de seconde, fraction assez longue pour que Genghis remarquât son inquiétude. Il prit son courage à deux mains et poursuivit : « Tout ce que je veux dire, c'est que la simple existence continue de voies, ou réseaux, ou circuits neuronaux ou autres, leur simple intégrité ne suffit pas à faire avancer un être humain. Il faut quelque chose de plus, quelque chose qui *pousse* à vivre, et moi, en particulier, ce dont j'ai besoin, je n'ai pas le droit de l'avoir — tu sais de quoi je veux parler, Alia. »

Les traits si parfaits de l'impératrice prirent une forme contrariée : « Je sais de quoi tu veux parler, Genghis. Et c'est là ta faiblesse, faiblesse rendue possible par les parties organiques de ton corps. Je suis convaincue que tu irais beaucoup mieux si tu acceptais de subir la transformation, car *mon* cerveau, aussi positronique soit-il, continue à me faire avancer, *moi*, malgré mon absence de désirs. Je suis l'Humanité dans ce qu'elle a de plus pur ; je suis son esprit, son âme, dépourvue de toute influence organique, influence qui ne fait qu'entraîner les humains dans leurs instincts les plus bestiaux. Je ne te blâme pas pour ce que tu es, Genghis, mais j'ai besoin que tu deviennes plus. »

Genghis tourna le dos à l'impératrice et grinça ses dents de zirconium. Il se demandait pourquoi il avait pris la peine de lui parler de ses questionnements. Jamais elle ne comprendrait, et il se demandait aussi si elle était encore humaine. Ses souvenirs, transférés dans son cerveau positronique à partir des tissus vivants abandonnés depuis bien longtemps, avaient-ils jamais suffi à conserver son humanité ? Pas à sa connaissance. Non. Il ferait ce qu'il avait l'intention de faire, avec ou sans elle.

*** *** ***

Soudain, le disque horaire de la chambre d'audience privée se mit à sonner. Il indiquait sept heures quinze après grandjour. Le disque horaire était composé d'un disque principal indiquant l'heure, et d'un disque plus petit placé dans la partie inférieure, qui pouvait être ajusté pour sonner légèrement après une certaine durée.

« Père, le premier sénateur Léo et la sénatrice Kraelion vont bientôt arriver, mais nous devons encore vous faire part de ce qu'Élyana et moi avons découvert dans le Lien, et nous n'aurons pas assez de quinze minutes pour le faire. »

« Du peu que vous m'en avez déjà dit, il est certain que c'est plus urgent que de rencontrer les sénateurs, et je préfèrerais l'entendre avant. »

Aithen hocha la tête et tira sur une corde située derrière lui. Kildare fit irruption dans la pièce.

Le jeune homme avait l'habitude de se trouver en présence du roi ou des puissants — son maître était l'héritier du trône, après tout. Mais il était timide et croyait fermement que le haut

457

roi comme le haut prince étaient les représentants des fondateurs de K'Tara, c'est ce qui, par-dessus tout, l'empêchait de se sentir vraiment à l'aise. Il fit donc une grande révérence au roi, une révérence un peu moins cérémonieuse au prince et un salut normal à Harlion et à Élyana, avant de se retourner vers son maître pour entendre ses ordres.

« Kil, excuse-moi auprès des sénateurs et dis-leur que nous devons reporter leur audience avec le roi à sept heures trente après grandjour. »

« Oui, mon Prince. » L'écuyer d'Aithen quitta la pièce avec force révérences, comme il était entré.

Une fois les portes à nouveau closes, le roi dit : « Quel étrange garçon, Aithen. Tu devrais lui dire qu'il n'a pas à se sentir aussi gêné en notre présence. »

Aithen soupira. « Je le lui ai déjà dit, Père, mais je ne peux pas le changer, bien que je m'y sois efforcé. »

Le roi haussa les épaules et dit : « Enfin, qu'avez-vous appris *exactement* dans le Lien ? »

« Comme je vous l'ai dit plus tôt, lorsque Élyana et moi sommes entrés dans l'esprit du Scytale, ce dernier était en train de parler avec celui qu'Élyana appelle "l'Umbra" ».

Harlion observa les réactions du roi, espérant qu'il aurait une idée de la manière de combattre ces ennemis, bien qu'il ne sût pas pourquoi, car le roi n'avait jamais eu à affronter de tels ennemis non plus. En effet, le règne du roi avait été plutôt paisible et nul n'avait rencontré ces choses démoniaques sur K'Tara depuis des siècles. Pourtant, Octavius était un homme avisé ; il connaissait bien l'histoire ancienne ; il avait même des capacités de relieur ; et il était un chef admirable. L'avoir à leurs côtés augmentait à coup sûr leurs chances de survie, si ce n'était de victoire contre un fondateur déchu et ses sbires.

Aithen continua d'un ton encore plus grave : « Il semble que le Scytale ait pour objectif de s'attaquer aux villes et villages afin de répandre la terreur, ce qui signifie que cela va continuer et que de nombreux autres innocents vont périr. » Aithen s'interrompit pour laisser au roi le temps d'assimiler cette information.

« Pendant que nous les espionnions, nous avons aussi entendu l'Umbra parler de l'existence de… Temptatori… à Kartak. Est-ce que vous les connaissez, Père ? »

Le roi secoua la tête, frotta sa tempe droite et secoua à nouveau la tête, refusant de croire ce qu'il entendait. Il dit : « Bien sûr que je les connais ! » Aithen et Harlion, surpris, clignèrent des yeux. Le roi, gêné par sa propre réaction, soupira. « Savez-vous depuis combien de temps ils sont à l'œuvre ? – À recruter des humanoïdes ? »

Élyana répondit : « Non, Sire, mais Urbs Lucis mène son enquête. »

« Bien. Je veux que vous me teniez informé de tout ce que la sororité pourra apprendre en lien avec Kartak. Assurez-vous que la Magna Mater soit au courant, Lux Baiula. »

« Oui, Sire. »

« Un repère de Temptatori ! Dans mon royaume ? Comment est-ce possible ?! »

« Père, il y a autre chose que nous avons appris en écoutant leur conversation. Ils sont à la recherche de deux Luxori… mais le dernier Luxor a disparu il y a plus de deux cents ans ! Vous êtes un Alterintrant, mais pas un Luxor, et il n'existe que deux autres Alterintrants mâles dans le royaume. Donc, soit notre ennemi se trompe, soit il existe effectivement des Luxori quelque part. »

D'un ton mi-figue mi-raisin, le roi répondit dans un long soupir : « Je pourrais très bien être l'un des deux Luxori qu'ils recherchent. »

Aithen et Harlion reniflèrent, incrédules. Élyana prit la parole et dit : « Cela se peut, Majesté ; pour eux, n'importe quel sensoriel doit être un Luxor. Mais la question reste entière : pourquoi seraient-ils à vos trousses ? » Après une courte pause au cours de laquelle Aithen et Harlion s'interrogèrent, et pendant laquelle Élyana se demanda si le roi lui avait caché — à elle comme à tout le monde — bien plus que ses relations avec un banni, Élyana dit : « Peut-être qu'ils veulent vous faire payer pour la participation de votre ancêtre à la destruction de Noctiferus... en fait, c'est ce qui est le plus logique... »

Le roi dit : « Que voulez-vous dire, Élyana ? »

« Je veux dire que votre ancêtre, l'empereur Flavius I, et l'ancêtre de Marcus Vrol, Nogarin Vrollis, ont œuvré ensemble à la défaite définitive et à l'humiliation de du fondateur. L'Umbra et le Scytale pourraient justement vouloir vous éliminer non pas pour se venger, mais plutôt parce qu'ils craignent que Marcus et vous ne déjouiez leurs plans. »

Octavius se leva soudain et se mit à faire les cent pas. Il dit à voix haute, mais surtout pour lui-même : « C'est de la folie. De la folie ! Comment tout cela est-il possible ? J'ai cru avoir un règne paisible, même ennuyeux parfois, et j'ai souvent espéré qu'il se passe quelque chose de plus, de différent, et j'étais donc excité lorsque Marcus m'a contacté pour me dire qu'un Zébulonien rebelle voulait me parler. Mais ça ?! »

Élyana tapota ses doigts les uns contre les autres, les yeux rivés sur la table. Le roi le remarqua et dit : « Vous voulez ajouter quelque chose, Élyana ? »

« Sire, le Scytale et l'Umbra sont peut-être après vous, mais peut-être pas, même s'il est probable qu'ils le soient, et bien que nous ne soyons pas encore sûrs que le Maître des Ténèbres se trouve derrière tout cela, l'existence des Temptatori... »

Le roi termina la phrase de sa conseillère, d'un air sombre :
« … signifie que Noctiferus *est* sans doute aux commandes,
étant donné qu'il était le seul capable de créer des Temptatori
par l'intermédiaire de son Umbra. »

« C'est ça, Sire. »

Octavius poussa un profond soupir, puis demanda : « Que
proposez-vous, Lux Baiula ? »

« Les Temptatori représentent une grave menace pour le
royaume, Sire, plus grave encore que le Scytale, car en
infiltrant *chaque* institution de notre société, y compris la
cour, ils détruiront l'Alvinorie plus efficacement que les
décimations du Scytale. »

Le silence s'abattit sur l'assemblée tandis que chacun
tentait de comprendre les conclusions d'Élyana.

Élyana poursuivit : « Majesté, nous ne connaissons pas
encore toutes les pièces du casse-tête, et nous ne pouvons donc
pas élaborer de plan pour vous protéger ni pour protéger notre
monde. Mais ce que nous pouvons faire et que nous devons
faire immédiatement, c'est renforcer votre sécurité. Je propose
d'assigner des Lux Baiulae pour veiller à votre sécurité en plus
de la Garde prétorienne. »

Élyana parut hésiter à nouveau et le roi l'invita à
s'exprimer : « Comme il est presque certain que les
Temptatori chercheront à vous joindre, je recommanderais de
ne laisser aucun suppliant vous approcher à moins que vous
ne soyez accompagné par l'une de mes Sœurs.
Malheureusement, nous ne savons pas comment identifier un
Temptator. » Le roi et le capitaine baissèrent les yeux et
secouèrent la tête, se demandant combien de mauvaises
nouvelles ils allaient encore recevoir. Élyana essaya de leur
redonner un peu d'espoir en ajoutant : « Mais une Lux Baiula
bien entraînée saura toujours si un mendiant émet une

vibration anormale, Sire, ou s'il tente de vous influencer de manière inhabituelle. »

Octavius se mordit les lèvres et fit de petits cercles près de son siège, les mains jointes dans le dos, jusqu'à ce que, ayant pris une décision, il dise : « Bon, très bien. Je suppose qu'une Cordon blanc ou mauve me sera assignée ? »

« Oui, une Mauve. Nous sommes mieux entraînées à reconnaître les schémas cérébraux anormaux, les changements inopinés d'attitude ou de caractère, tous les signes de l'influence d'un Temptator — en supposant que nous pouvons nous fier à nos archives provenant de la Guerre des ténèbres. »

Le roi acquiesça et grogna, puis dit : « Je ne vois qu'un problème là-dedans : comment allons-nous justifier la présence d'une autre Cordon mauve à mes côtés ? »

« Nous trouverons une bonne raison, Sire. »

Octavius soupira et dit : « Donc ma garde rapprochée se verra augmentée de Sœurs — du cordon rouge, je suppose — , et une autre Sœur assistera à mes audiences aussi. » D'un ton sarcastique, Octavius ajouta : « Quelle joie. »

« Je sais à quel point vous tenez à votre vie privée, Sire, mais je ne vois pas, pour l'instant, d'autre solution pour vous protéger. »

Octavius hocha la tête et recommença à faire les cent pas, plongé dans ses pensées.

Harlion, qui avait gardé le silence tout ce temps, dit : « Sire, je crois que nous devrions placer des membres de cette garde augmentée à vos balcons. Comme vous le savez, ils sont faciles à atteindre en passant par les arbres. »

« Grrr. D'accord ! J'en parlerai au primus Julian. Mais il faudra que les gardes et les Sœurs se rendent sur les balcons en furans, car je ne veux pas qu'ils traversent mes appartements. »

Harlion acquiesça.

Se tournant vers Élyana d'un air qui ne laissait aucune place à la discussion, le roi dit : « Et les Sœurs obéiront au primus Julian ! »

Élyana chercha ses mots et répondit : « J'y veillerai, mon Roi. »

À ce moment, Aithen regarda le disque horaire et lorsqu'il se rendit compte de l'heure qu'il était, il dit : « Père, les sénateurs seront là d'une minute à l'autre et nous ne pouvons pas repousser votre rencontre indéfiniment ; nous devons nous préparer. »

« Oui, préparons-nous. Haut Capitaine, Lux Baiula, si je ne vous appelle pas ce soir, je vous verrai demain. Et, Haut Capitaine, veuillez reprendre la Garde des Brèches. Cela ne sera pas utile contre le Scytale, mais ça le *sera* pour lutter contre les créatures terrestres qui vont bientôt arriver. »

À cette demande inattendue, Harlion cligna des yeux, mais acquiesça tandis qu'il s'apprêtait à partir : « Sire, qu'Alba libère votre voie. » Élyana fit de même et tous deux s'en allèrent.

Octavius soupira, puis regarda son fils, les yeux remplis d'incertitude en songeant aux temps sombres qui se préparaient, se demandant comment il allait sortir sa famille et ses sujets de cette impasse. Comment pourrait-il affronter en même temps les brigades de Zébula et celles de Noctiferus ? Peut-être que les plans de Zébula n'étaient pas si fortuits en fin de compte. Mais que ce soit ou non une coïncidence que Zébula fomente justement l'invasion de son royaume, l'attaque du maître des ténèbres allait certainement inciter les autres souverains, ceux qui étaient jaloux des richesses de son royaume, à tirer avantage de ce désordre. Le pandémonium était en marche ; un frisson parcourut le corps du roi.

Je cherche trop loin. Personne ne sait encore avec certitude qui se cache derrière tout cela. Et il y a un plan en cours pour confiner Zébula dans son propre territoire. Calme-toi, Octavius. Calme-toi.

Le roi se retourna vers son fils et dit : « Bon. Où sont les sénateurs, Aithen ? »

À ce moment précis, un garde frappa à la porte, entra et annonça l'arrivée des sénateurs.

***

Lorsque le premier sénateur Léo et l'aînée Kraelion entrèrent, le roi se força à se vider l'esprit, aidé par la vue de sa vieille amie Kraelion. Il avait toujours apprécié la compagnie de la sénatrice ; elle était drôle et enjouée, mais également très intelligente, ce qui donnait toujours lieu à des discussions utiles, constructives et passionnantes. Le premier sénateur Léo, quant à lui, le décevait souvent, mais Octavius n'avait que très peu de pouvoir sur l'élection du premier sénateur, et il avait dû apprendre à tolérer cet homme, à l'écouter lorsqu'il le devait, et à l'utiliser du mieux qu'il le pouvait quand cela était nécessaire pour atteindre ses propres objectifs. Cette fois, comme cela arrivait parfois, les sénateurs n'étaient pas venus pour faire une requête ou pour relayer les plaintes du Sénat concernant les impôts ou la politique administrative, mais seulement pour parler des réfugiés, sujet qu'Octavius était impatient d'aborder.

Après avoir jeté un coup d'œil rapide à Aithen, à qui il était reconnaissant d'avoir organisé cette rencontre, le premier sénateur Léo prit l'initiative d'accueillir le roi et de le remercier de prendre le temps de les recevoir, comme le voulait la coutume ; le roi lui répondit aussi chaleureusement que possible. Kraelion imita l'autre dans ses propres mots,

464

plus sincères et plus accueillants, et, pour toute réponse, le roi prit les mains de la femme dans les siennes et les tint pendant un moment, ce qui fit grimacer le premier sénateur.

Cette familiarité entre eux deux avait toujours déplu aux dirigeants du Sénat, et ce n'était pas une première, compte tenu du long règne d'Octavius. Le premier sénateur Léo se sentait tout comme ses prédécesseurs — en fait, il s'était senti menacé à plusieurs reprises par l'amitié entre Kraelion et le roi, et il avait fait de son mieux pour avoir toujours une longueur d'avance sur la sénatrice, et lorsque cela n'était pas possible, il prenait soin — sournoisement — de se vanter des victoires de la femme.

Une fois les minauderies terminées, Léo se lança dans le compte-rendu détaillé de la situation des réfugiés. Il informa également le roi du mécontentement de nombreux aînés, ainsi que d'un petit nombre de résidents et de marchands, devant une telle déferlante de paysans qu'ils trouvaient impolis, grossiers, sales et même paresseux.

Remarquant l'agacement du roi, le premier sénateur releva que la proposition de la sénatrice Kraelion d'aider les réfugiés — proposition qu'il avait lui-même approuvée — semblait avoir porté ses fruits et que la plupart des Corniers avaient trouvé travail et logement. Ce fut une bonne nouvelle pour le roi, même si c'était bien maigre par rapport à toutes celles qu'il avait reçues dans la journée.

Ce qui ravit le plus le roi fut l'éloge que fit la sénatrice Kraelion à l'endroit d'Aithen et de sa manière d'avoir su gérer les aînés qui s'étaient opposés à l'entrée des réfugiés. « Il les a dirigés avec brio », dit-elle, et elle parvint même à faire ajouter, malgré lui, au premier sénateur un « En effet ». Cela fit sourire Octavius, et un sentiment de fierté l'envahit, comme chaque fois que ses fils dépassaient ses attentes.

Après avoir écouté le compte-rendu des sénateurs, le roi leur confia ce qu'il pouvait leur dire sur l'attaque que sa troupe avait essuyée et leur donna son avis sur ce que pouvait signifier cette attaque par un ennemi inconnu, ainsi que celle du rokon. Il culpabilisa à l'idée de devoir cacher des choses à Luma ; peut-être pourrait-il lui parler plus tard en privé — s'il en avait le temps.

Le récit de l'attaque de sa troupe au pied des monts Colossi choqua les sénateurs qui se demandèrent quel si terrible danger avait pu faire reculer le roi alors qu'il était entouré par les meilleurs soldats de tous les territoires alliés, ainsi que par deux femmes possédant les pouvoirs du Lien. Ce récit agaça visiblement Aithen, et seul Octavius en comprit la raison. Le roi le laissa faire — pour le moment.

Quand tout fut dit, le roi remercia les deux sénateurs et leur fit promettre de garder pour eux tout ce qu'ils venaient d'apprendre, jusqu'à nouvel ordre. En contrepartie, le roi les assura qu'il les tiendrait au courant de ce qu'il apprendrait au sujet de ces nouvelles menaces. Kraelion serra la main du roi, puis s'inclina, avant de se diriger vers la sortie. Le premier sénateur l'imita avec une révérence légèrement plus petite.

Lorsque les portes se furent refermées derrière les sénateurs, Octavius se tourna vers son fils et dit : « Tu es toujours aussi perturbé par le fait que j'aie pu abandonner ton frère ? »

« Père, tu sais ce que je ressens. »

« Aithen, mon fils. Je pense que nous en avons fini avec toutes ces formalités pour aujourd'hui. Asseyons-nous pour discuter ; ce serait bien de pouvoir apaiser tout ce qui nous sépare depuis cette histoire. »

***

Octavius et son fils parlèrent pendant près de trois heures, tout en mangeant et en buvant; Aithen avait avalé ses bouchées sans plaisir au début, et Octavius avait mangé doucement en considérant les émotions de son fils, ses réponses et ses silences, jusqu'à ce que surgissent les premiers signes d'une véritable compréhension. Puis, père et fils trempèrent leur pain dans le ragoût — à présent froid — avec un appétit nouveau.

Une fois le ragoût terminé et les bols saucés avec le pain frais, ils s'embrassèrent et se souhaitèrent bonne nuit, puis regagnèrent leurs appartements respectifs. Aithen aurait toujours voulu qu'une autre décision *eût pu* être prise, mais il savait désormais que c'était la seule raisonnable, étant donné les circonstances. En d'autres termes, son père avait pris la décision la *moins pire*, et Aithen espérait qu'il n'aurait jamais à faire de même.

✳✳✳

Il était déjà grandnuit lorsque le roi se prépara enfin à se coucher. Après sa conversation avec Aithen, il avait passé une heure à prendre connaissance de toutes sortes de missives en provenance de tout le royaume, ainsi que d'un grand nombre de rapports d'Harlion et du maître Trébloc. L'un de ces rapports l'inquiéta. Ce dernier détaillait des transactions très inhabituelles dans le budget des garnisons, ainsi que dans l'approvisionnement des métaux utilisés pour forger les lames. Heureusement, ces changements semblaient résulter d'une décision prise par la Guilde des forgerons un peu plus tôt dans l'année, ce qui avait affecté les budgets de toutes les garnisons et toutes les pratiques d'approvisionnement. Le rapport était signé par Neaj Trébloc et contresigné par les seigneurs Kaffin et Warbender. *Ce jeune homme s'avère très compétent*, pensa le roi, et il se rendit compte à quel point le garçon avait appris ces derniers temps. Il devrait envisager de confier de plus grandes responsabilités au maître Trébloc ; peut-être pourrait-il le transférer à la Garde royale afin d'aider l'armée à gérer son budget.

Vers une heure après grandnuit, Octavius réalisa qu'il ne parvenait plus à se rappeler ce qu'il venait de lire, alors il recouvrit de chiffons apaisants les lampes organiques[69] de son bureau et se retira dans sa chambre. Comme il s'apprêtait à s'allonger, il sentit un léger tiraillement dans son esprit. Il s'arrêta un instant, se demandant ce qui pouvait être à l'origine de ce tiraillement, mais, ne trouvant rien, il décida de s'allonger.

Quelques instants plus tard, des bruits d'hommes qui couraient et de gens qui criaient l'assaillirent. Ils semblaient dire… La porte de son antichambre s'ouvrit et il entendit Kiron et Merr accueillir quelqu'un avec surprise, mais il ne parvint pas à entendre le nom de ce visiteur. Le roi se dressa dans son lit, et se prépara pour il ne savait quoi, lorsque, soudain, il entendit une voix qu'il ne pourrait jamais confondre avec une autre, une voix suivie d'un coup énergique à sa porte de sa chambre : « Père ! C'est moi ! »

***

L'arrivée du prince Toras provoqua une grande agitation dans le palais, principalement à cause de l'heure tardive : on tirait les gens du lit pour rencontrer le prince, préparer ses appartements ou tout simplement, pour être informé de la nouvelle par un conjoint ou un compagnon surexcité.

---

[69] Lampes organiques : Lampes peuplées de micro-organismes luminescents et utilisées pour éclairer un espace. On les recouvre de Chiffons apaisants la nuit pour éteindre la lumière et arrêter la luminescence afin de restaurer les réserves en énergie des micro-organismes.

Octavius et Aithen, ainsi qu'Élyana — qui était revenue de Domus Lucis — se trouvaient à présent dans les appartements du roi et écoutaient Toras leur raconter tout ce qui s'était passé depuis le départ du roi dans les monts Colossi.

Octavius et Aithen furent soulagés de voir Toras vivant ; le premier parce que cela le libérait de la culpabilité qui le tourmentait depuis cette terrible nuit, et le second parce qu'il n'aurait pas à haïr son père pour la mort de son frère, même s'il avait compris la raison qui l'avait poussé à prendre cette décision.

Aithen dit : « Espérons que les équipes furanes que j'ai envoyées te chercher trouveront ton officier et les deux autres gardes en vie. Mais la perte inutile de tous les autres hommes est dure à accepter. Je ne t'en veux pas d'avoir perdu mes neuf hommes à Galior ; tu as fait ce que tu devais faire. Mais tu as été imprudent d'arrêter la troupe de nuit dans les champs au-delà des monts Colossi, surtout après ce qu'Élyana t'avait dit ! »

« J'ai déjà dit que j'm'étais pas arrêté là-bas la nuit ! Il y avait encore deux — ».

Élyana interrompit la dispute : « Aithen, Toras, il est inutile de s'attarder là-dessus. Ce qui est arrivé est arrivé, et je suis sûre que Toras a appris une leçon qu'il n'est pas près d'oublier. C'est une leçon tragique, certes, dont l'apprentissage a coûté la vie d'autres hommes. Mais je crois Toras lorsqu'il nous dit que ses hommes et lui ont atterri là alors qu'il restait encore deux heures avant le coucher des soleils. En effet, mes Sœurs de la cordonneté jaune ont appris que certaines espèces nocturnes ont avancé leurs horaires. Manifestement, les tortilleurs ont fait de même. J'aurais fait d'autres recommandations à Toras si j'avais su. »

Aithen ne parvenait cependant pas à se calmer et dit : « Il n'aurait quand même pas dû s'arrêter là du tout, Élyana, sachant ce qu'il savait. Larad fait partie des victimes ! Comment comptes-tu annoncer sa mort à Aria, Toras ?! »

Comprenant que cette discussion ne mènerait à rien, le roi y coupa court en disant : « Aithen ! Ça suffit ! Toras, nous en parlerons demain matin. Inutile de vous agiter à ce point de nouveau. »

Aithen se retira, secouant la tête. Il avait envie de se la frapper tant il était frustré, mais il se contenta de tourner les talons et de s'éloigner.

Octavius fit rouler ses yeux, puis se tourna vers le jeune prince et dit : « Je suis heureux que tu sois sain et sauf, fiston, mais maintenant, je dois me reposer. Reviens pour que nous déjeunions ensemble ; nous aurons alors le temps de discuter plus amplement. Élyana, demandez à l'une de vos docteures d'aller voir Toras dans ses appartements, je vous prie. »

« Bien sûr, Sire. »

« Aithen, je te verrai dans mon bureau à dix heures après grandnuit. »

Là-dessus, tous comprirent qu'ils venaient d'être congédiés, et quittèrent la chambre du roi. Aithen était tiraillé entre colère et soulagement, tandis que Toras ne ressentait que de la colère après avoir été ainsi reçu à la suite de toutes les épreuves qu'il avait traversées. Quant à Élyana, elle évaluait en silence la probabilité qu'Aithen puisse se retourner contre sa famille quand la tempête se déchaînerait, et elle n'aimait pas ses conclusions, même si elle savait qu'Aithen était un homme raisonnable. Tandis que tous trois se séparaient au bout de l'aile sud — chacun était plongé dans ses pensées — Élyana poussa un petit grognement. Aithen se tourna vers elle, se demandant ce qui avait causé cette réaction, mais Élyana se dirigeait déjà vers la sortie du palais.

Le roi regagna sa chambre, s'assit sur son lit et — la tête sur les mains — il passa l'heure qui suivit à penser à ses fils, incapable de dormir. *Au moins, je n'ai pas à m'inquiéter pour Darya*, pensa-t-il.

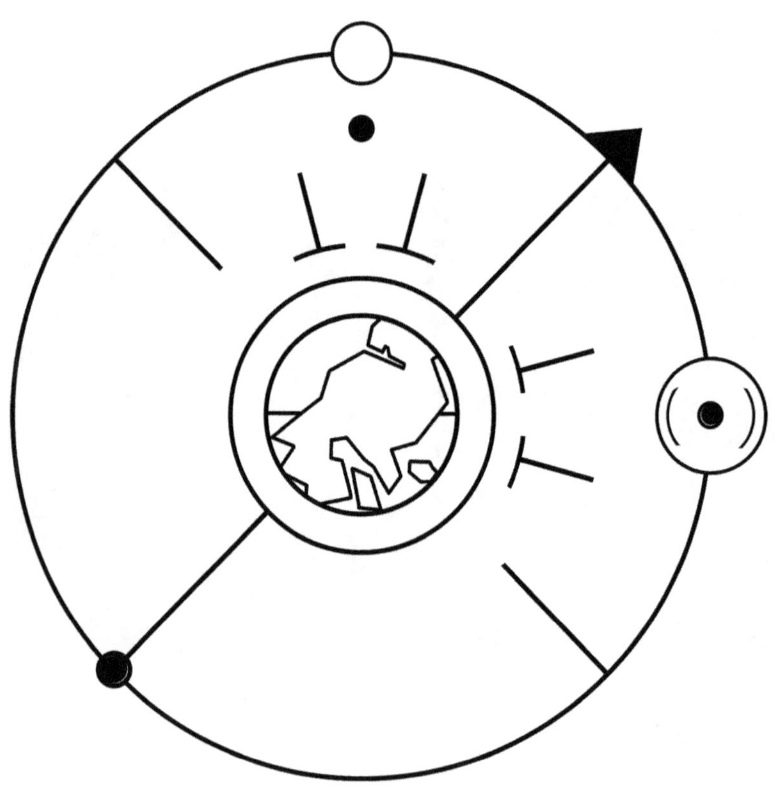

Élyana ne dormit pas beaucoup une fois rentrée dans ses quartiers. D'une part, elle passa une bonne heure à penser à Aithen, essayant de se convaincre qu'elle avait perdu la raison, que jamais il ne se retournerait contre sa famille, et surtout pas contre son père. Elle pensa que ces scénarios insensés se déroulaient peut-être dans sa tête à cause de ses sentiments pour lui.

Au bout du compte, elle en conclut qu'elle était simplement un peu bête, et elle reporta son attention sur quelque chose qui l'inquiétait tout autant : l'impulsivité permanente de Toras. Pendant longtemps, au cours de l'adolescence du prince, elle avait essayé de convaincre le roi d'envoyer son fils dans une école militaire en Kynarie. En effet, l'école était reconnue pour enseigner l'autodiscipline aux jeunes les plus récalcitrants, mais le roi avait toujours refusé ne serait-ce que de réfléchir à cette idée. Le regrettait-il à présent ? Élyana poursuivit ces pensées pendant un petit moment. Lorsqu'elle finit par tomber de sommeil, elle fit un geste pour baisser la lumière des lampes organiques, mais elle dut envoyer les mauvaises vibrations, car toutes redoublèrent d'intensité. Elle poussa un rare et faible grognement. Mais elle répéta son geste et, cette fois, elle parvint à baisser l'intensité lumineuse des micro-organismes des lampes. Après cela, Élyana s'allongea dans son lit, tout habillée, et sombra rapidement dans le sommeil.

Quand elle se réveilla, elle se sentit reposée, malgré ses trois heures de sommeil. Mais les Lux Baiulae avaient la capacité de maîtriser leur métabolisme et de provoquer un sommeil profond et réparateur presque à la demande, simplement en ajustant les niveaux de leurs sécrétions hormonales ; le seul moment où elles ne pouvaient pas le faire, c'était lorsque leurs cellules étaient en manque de sucres à cause d'un stress prolongé ou de malnutrition sévère. L'Ordre avait découvert cela à ses débuts, avant d'interdire les expériences sur tout organisme doté de vision.

En 1568, année qui suivit la disparition du dernier Luxor, et année qui vit la fin d'une famine sévissant depuis dix ans dans les Aquinos, une Lux Baiula curieuse, créative et peu scrupuleuse, décida, après avoir constaté que certaines Lux Baiulae situées dans différentes parties du continent étaient moins affectée que d'autres par la famine, de chercher ce qui, dans leur nourriture, leur permettait d'utiliser le Lien. Pour mener cette expérience, elle obtint l'autorisation de travailler sur trente Sœurs. Elle sépara les femmes en trois groupes, l'un étant privé de viande, l'autre de sucres et le dernier de graisses, le tout pendant dix jours. Elle remarqua que les femmes qui manquaient de sucre avaient plus de mal à entrer dans le Lien, tandis que celles qui manquaient de graisses présentaient de la difficulté à rester dans le Lien pendant plus de trente minutes. Celles qui manquaient de protéines, quant à elles, présentaient les symptômes des deux autres groupes en plus de dépérir. Inutile de préciser qu'aucune de ces femmes n'était heureuse ni en bonne santé au terme de l'expérience, et quelques-unes durent être exclues du programme après avoir perdu connaissance. Ce fut à la suite de cette expérience que l'on édicta des lois pour interdire toute expérimentation sur des organismes dotés de vision.

Une fois ses inquiétudes à propos de Toras et d'Aithen dissipées et reléguées à un recoin de son esprit, lorsque la belle lueur d'un jaune éclatant du soleil rouge envahit chaleureusement sa chambre — c'était le deuxième quart d'ardar, où le soleil rouge était le premier levé — et que des voleteurs se mirent à chanter, l'humeur d'Élyana s'emplit d'espérance, et même d'optimisme. Elle décida donc que ce jour serait parfait pour faire ce qu'elle reportait depuis trop longtemps : elle allait appeler Lusk Methrim et faire tester ses capacités de guérison.

En y réfléchissant, elle eut une grande conversation avec elle-même : *C'est vraiment ce que tu souhaites découvrir sur lui ? Ou est-ce que tu le soupçonnes d'avoir des buts obscurs ?*

Peut-être. Il y a aussi le fait que les hommes capables d'utiliser le Lien sont très rares, et que nous devons trouver comment il fait cela ; trouver quelle partie ou quel processus de la constitution atomique des Zébuloniens les protège contre le même destin fatal que celui qu'ont eu nos Luxori il y a plusieurs siècles. Au moins, si je ne découvre rien de plus sur lui ou de lui, ce serait bien de savoir cela.

Élyana tira sur la corde située près de son lit, et son assistante, étudiante débutante du cordon mauve, entra pour entendre ses ordres.

« Bonjour, Lux Baiula, vous m'avez appelée ? »

« Bonjour, Claren. Oui, je déjeunerai bientôt avec l'administratrice Irania. En attendant, veuillez porter un message au maître Methrim pour lui demander de venir à dix heures. Je le recevrai dans la chambre isolée[70]. J'ai aussi besoin que vous apportiez ceci à Mara et Tania Lux Baiulae. Prévenez-les que nous allons tester les capacités de guérison du maître Methrim aujourd'hui. »

La fille s'inclina et sortit exécuter ses ordres.

---

[70] Chambre isolée : Pièce faite avec des matériaux imperméables au Lien. On peut utiliser le Lien en puisant dans la matière et dans l'énergie de la pièce, mais, comme cela est atténué, les actions qui en résultent sont aussi atténuées.

Le roi examinait les rapports matinaux des Frumentarii que le haut capitaine Harlion lui avait transmis. La liasse de documents non classés contenait un rapport sur les activités de l'Ordre d'Aiala, dont les détails le dérangeaient, mais pas beaucoup plus que d'habitude ; un deuxième rapport sur les problèmes frontaliers — c'était un rapport sur le trafic illégal aux frontières zébuloniennes ; et un troisième sur des activités étrangement suspectes à Kartak. Le roi lisait ce dernier — ses doigts pianotant nerveusement sur son bureau et son front se creusant de profonds sillons — lorsque Toras entra.

« Toras ! Entre », dit le roi en rangeant les rapports.

Le prince, toujours un peu vexé par le mauvais accueil qu'il avait reçu la nuit précédente, répondit : « Bonjour, Père. »

« Que sais-tu sur Kartak ? »

Cette question pour le moins soudaine et inattendue prit un peu de court Toras, mais, comme il avait une opinion arrêtée sur Kartak, il n'hésita pas longtemps avant de répondre : « Ce qu'je sais ? Qu'il faudrait nettoyer c't'endroit de toute sa vermine. Mais bon, on peut pas simplement les éliminer, et on ferait que leur faire déménager leur crasse et leurs rixes ailleurs si on les exilait. Pourquoi cette question, Père ? »

« Parce qu'il semble que nos ennuis prennent leur source là-bas. »

« Que veux-tu dire ? »

« Que quelque chose ou quelqu'un lève une armée d'insurgés à Kartak. Ces insurgés étaient connus sous le nom de Temptatori pendant la Guerre des ténèbres, et bien qu'ils n'eussent jamais su utiliser le Lien pour conjurer le feu ou pour faire trembler la terre, ils représentaient un plus grand danger pour l'humanité que les hordes de Noctiferus. »

« Il y a sûrement quelque chose à faire, alors, s'il ne s'agit que d'chasser et d'capturer des humains ! »

« Ha ! Oui, c'est ce qu'on pourrait croire, mais ce n'est pas si facile à faire. Tu devrais lire les récits de cette période noire ; cela t'aiderait à comprendre ce que nous affrontons. Mais nous devons tout de même essayer ; avec un peu de chance, ils ne sont pas encore beaucoup. »

« Et la sororité peut pas trouver ces — comment tu les as appelés ? – Temptatori ? »

« Je ne sais pas si, aujourd'hui, les Lux Baiulae sont encore capables de le faire ; et cela n'a pas non plus été facile pour elles pendant la Guerre des ténèbres. Néanmoins, Urbs Lucis enverra ses Yeux et ses Oreilles à Kartak, tout comme nous — Harlion est déjà en train d'essayer de trouver nos meilleurs agents à envoyer là-bas. Espérons que l'un d'eux parviendra à infiltrer Kartak, et nous reviendra avec des informations exploitables. Cela fonctionnera s'ils ne se font pas capturer, tuer ou — pire — retourner. »

Octavius prit alors une inspiration silencieuse et fixa son fils droit dans les yeux, ses lèvres malicieusement pincées, comme toujours lorsqu'il devait parler de choses désagréables, des choses qu'il préférerait ignorer.

« Maintenant, je voudrais te parler d'autre chose, fiston. Je sais que tu m'as expliqué certaines choses lorsque je vous ai secouru, dans les plaines près de Spiritii, mais je crois qu'il est temps que nous parlions franchement de ton commandement. »

Toras afficha un air piqué, mais, au lieu de s'opposer à tout ce que la déclaration de son père impliquait, il se mit à déverser un torrent de paroles : « Père, je sais que tu nous as sauvés dans la plaine et que si ça n'avait été à cause de mon erreur, tu n'aurais pas eu à le faire. J'ignore ce qui me fait prendre de si mauvaises décisions, mais je sais que je ne peux pas continuer ainsi tout en gardant mon poste de commandant, je le sais ! »

Toras tourna la tête un instant, se mordit les lèvres, puis poursuivit : « Kendor m'est loyal, et j'sais qu'il se retournera pas contre moi, même si j'l'envoie à la mort sans raison valable, mais j'peux voir que le reste des hommes pourraient être plus réticents à continuer à m'suivre… et j'les en blâmerais pas. »

Le roi regarda son fils, surpris par cette confession. Comme Toras s'était arrêté, le roi pensa qu'il avait peut-être terminé, mais dès qu'Octavius ouvrit la bouche pour donner son avis au prince, ce dernier reprit.

« C'est comme s'il y avait, à l'intérieur de moi, un petit bonhomme qui m'disait d'faire quelque chose alors qu'je sais que j'devrais faire l'inverse. Ça s'est toujours passé comme ça, mais ça s'est intensifié ces derniers temps et ça me frustre au plus haut point ! J'sais que, enfant, j'avais tendance à réagir trop violemment et à désobéir, mais pas autant que maintenant, sinon tu m'aurais jamais confié ce commandement. »

« C'est vrai. »

« Et j'*veux pas* perdre ce commandement. J'fais du bon travail, du moins pour c'qui est de la gestion des opérations régulières et d'la protection du Col de Corne. »

Pour toute réponse, le roi leva un sourcil, ne voulant pas dire à son fils qu'il exagérait, puisque les Rokothiens n'avaient pas tenté d'envahir leurs terres depuis leur dernière tentative, quinze ans auparavant. Toras n'avait donc jamais vraiment eu l'occasion de prouver ses capacités.

Toras continua : « C'est comme si mes émotions prenaient le dessus quand mes hommes ou ceux qu'j'aime sont en danger. Je… » Toras soupira et regarda son père, les yeux implorants.

Le roi n'était pas du genre à se laisser entraîner dans des discussions émotives, et ses réponses restaient toujours très rationnelles, ce qui agaçait souvent son épouse. Mais c'était le caractère d'Octavius et sa manière d'aborder toutes choses, et l'expérience avait prouvé que c'était aussi bon pour lui que pour le royaume. Il dit : « C'est pourtant dans ces moments-là que tu dois le plus maîtriser tes impulsions, prendre le temps de réfléchir et prendre des décisions rationnelles, Toras. »

Octavius se leva et s'assit sur le rebord de son bureau, face à Toras. Il lui dit : « Toras, les temps qui viennent seront *sombres* si les craintes des Lux Baiulae se révèlent vraies, et il n'y aura plus de place pour des erreurs semblables à celles que tu as commises, car ta vie ou celle de quelques hommes ne seront pas les seules en jeu, mais c'est la vie d'innombrables personnes qui seront entre tes mains. Tu dois prendre conscience que nos ennemis vont chercher tous les points faibles du royaume, et vont essayer d'en tirer profit, et pour l'instant, ton impulsivité constitue l'un de nos plus gros points faibles. »

Cette dernière déclaration pouvait potentiellement détruire son fils — Octavius le savait. Mais il avait le sentiment qu'il devait clarifier les choses avec Toras, une bonne fois pour toutes. Il attendit donc, plein d'espoir. Et son cœur se gonfla lorsqu'il entendit Toras dire d'une voix décidée, les pupilles rétractées comme deux billes bien noires, prouvant qu'il avait pris une résolution importante, loin de la pression et des menaces imminentes, mais grâce à la réalisation sereine de la vérité : « Je comprends, Père. J'aimerais juste savoir comment m'aider moi-même. »

« Je pense que seule la vie pourra te l'enseigner à présent, Toras. Ce que je veux dire, c'est que tu as passé l'âge de recevoir l'éducation de ceux qui te disent et te montrent ce que tu dois dire ou faire et qui t'apprennent à penser. Les seuls enseignants valables pour toi aujourd'hui, ce sont les conséquences de tes actions et de tes paroles. »

Octavius marcha un moment, les bras croisés et caressant sa barbe bien taillée d'une main, tandis que le prince le suivait d'un œil inquiet. Enfin, Octavius hocha la tête et dit : « Cela fait longtemps que j'y réfléchis et je pense que la seule solution, mis à part ton renvoi immédiat du poste de commandant, est de t'assigner un nouveau premier officier qui ne te suivra pas dans tes actions insensées, mais surtout, qui aura le courage de te relever de ton commandement si elle pense que tu agis de manière irrationnelle. »

Le visage de Toras n'avait jamais été aussi blême, pas même lors de son plus terrifiant plongeon sur Scratch, ni lorsque, aux jeux aquiniens, il été tombé contre feu Trevok, le colosse de la Garde royale, trois ans plus tôt. Il eut l'impression que le monde s'effondrait autour de lui et se sentit humilié. Et Octavius avait-il dit « *elle* » ?

« Je ferai en sorte que le haut capitaine Harlion rappelle Kendor le mois prochain et je demanderai à Krystiana — qui a déjà validé mon plan — d'envoyer une Cordon rouge au Col de Corne prendre la place de Kendor en tant que commandante en second. »

Le roi laissa un peu d'espace à son fils et retourna s'asseoir sur le rebord du bureau, les yeux rivés sur Toras entre espoir et inquiétude.

Quant au prince, il fut submergé par une foule d'émotions qui — s'ils ne l'étouffaient pas — risquaient d'entraîner la fin de toutes ses aspirations, si ce n'était son emprisonnement. Mais le prince parvint à se raisonner, et après plusieurs longues minutes, il leva la tête vers le roi et dit : « J'comprends, Père… et j'accepte ta décision. Merci pour ta confiance. »

Octavius sourit, soulagé. Soulagé de voir que son fils avait réussi à se maîtriser malgré la colère qui l'avait sûrement envahi, soulagé que Toras eût compris la vérité qui se cachait sous sa décision. Il répondit à Toras d'une voix sincère et remplie d'émotion : « Je suis… très fier de toi à cet instant, Toras. C'est — ta réaction, tes paroles — précisément ce que doit faire un homme dans ta position, et cela me rassure de voir que tu comprends que le défi que je te lance est le signe du caractère final que prendra tout nouveau manquement de jugement, mais aussi, et surtout, une marque de confiance et non de méfiance. »

Sur ce, Toras acquiesça et redressa les épaules, tout en prenant un air calme et résolu.

Octavius comprit à l'expression de son fils qu'il était prêt à passer à autre chose, et il dit : « Alors, tu veux entendre quelle mission j'ai à donner à ta garde ? »

Quoi ? Il change de sujet ? Comme ça ? Évidemment. C'est toujours c'qu'il fait. « Une mission ? »

« En effet. »

« Oui… bien sûr. Que se passe-t-il ? »

« J'ai besoin de ton aide sur l'affaire de Kartak. Ce n'est pas trop risqué et c'est le genre de chose que tu peux faire en tant que commandant de la forteresse, ça ne sera donc pas trop suspect. J'ai besoin que tu retournes au Col de Corne dès que tu te seras reposé et rétabli, et que tu inspectes la zone occidentale des monts Furans — jusqu'au col d'Argon — en portant une attention particulière à toute circulation inhabituelle ou accrue de personnes en route pour Kartak ou qui en reviennent. »

Toras dit : « Nous patrouillons rarement dans cette zone, mais avec l'attaque du Scytale, ce n'sera pas très difficile de leur faire croire qu'nous augmentons nos surveillances à cause de la créature. »

« Bon. Assure-toi, cependant, de ne jamais interroger qui que ce soit à propos de — . »

« Oui, je sais. On n'peut pas questionner qui que ce soit au sujet de ce qu'il sait de ces *Temptatori* ou de ses liens avec eux. »

« Exact. » Le roi sourit et ajouta d'un ton pressé, tout en se frottant les mains : « Maintenant, déjeunons, et discutons de choses plus légères ! »

Bizarrement, Toras n'accepta pas immédiatement l'invitation de son père. Il sembla se demander s'il était *capable* de discuter de choses légères avec son père, après ce qui venait juste d'arriver. Mais il ne lui fallut qu'un instant de réflexion pour dire : « Ça m'ferait plaisir, Père. »

Octavius sonna alors Rackeli pour lui faire apporter leur déjeuner. Comme père et fils se dirigeaient vers le salon, Octavius pria pour que Toras persévérât dans sa résolution, tandis que Toras priait lui aussi, mais pour que les décisions de son père fussent effectivement destinées à l'aider à apprendre — contraint et forcé — ce qu'il n'avait pas réussi à apprendre par la théorie.

* * *

Dans la chambre isolée de Domus Lucis, trois femmes étaient assises en demi-cercle, comme d'habitude chez les Lux Baiulae. L'une d'entre elles s'exprimait avec un étrange accent qui prononçait les consonnes finales de chaque mot, même en cas de lettres muettes, particulièrement avec les mots « pas » et « évaluation ».

« Franchement, je ne pense pass que nous devrions l'autoriser à pratiquer les arts de la guérison si une seule de nous a le moindre doute. Et même si Mara et moi le trouvions

482

convenable, je m'opposerai à cette autorisationn si tu as des réserves, chère Élyana. »

Cette femme était Tania Lux Baiula, une Yerlayenne et docteure en cheffe à Furanville. Les femmes qui recevaient leur éducation à Urbs Lucis perdaient généralement leur accent après quelques années et parlaient avec un accent alvinorien presque aussi bon que n'importe quelle native de Basse-Alvinorie, mais, depuis longtemps, Tania s'était fait un point d'honneur à conserver son accent yerlayen. La docteure était aussi l'une des meilleures guérisseuses d'Urbs Lucis, ce qui lui avait valu d'occuper son poste actuel à Furanville — un poste dont elle était fière et qu'elle prenait très au sérieux, tout autant que d'assurer la réputation de l'obédience des docteures en maintenant et en appliquant des exigences très strictes, tant pour favoriser l'accession des Sœurs débutantes à la cordonneté blanche que pour autoriser les profanes à pratiquer les arts de la guérison.

En effet, bien que les guérisseuses n'eussent pas besoin d'avoir été formées par Urbs Lucis ou d'avoir reçu son autorisation pour exercer sur les plébéiens, elles devaient avoir été agréées pour s'occuper d'un membre de la Maison royale, même pour soigner les serviteurs, les administrateurs ou quiconque était rattaché à la Maison Coriolis. De nombreuses familles nobles exigeaient, par ailleurs, que leurs guérisseuses fussent agréées par Urbs Lucis, service que la sororité offrait avec plaisir contre rémunération. Les guérisseuses publiques, quant à elles, demandaient souvent l'agrément de la sororité vu la distinction et le plus grand honneur qu'elles gagnaient dans leur communauté d'origine.

Élyana répondit à sa collègue : « Je comprends, Tania, mais même la promotion des Sœurs de la cordonneté ne requiert pas l'unanimité. Et c'est la même chose ici ; si je n'étais pas convaincue, mais que Mara et toi trouviez Lusk Methrim acceptable, vous pourriez lui délivrer l'agrément pour pratiquer son art. Après tout, je ne suis pas docteure, et je peux mal interpréter les vibrations que je ressens. Ce qui me rassure, c'est que le seigneur Brando *a confirmé* que le maître Methrim était à son service ces dernières années et que, mis à part le fait que le Zébulonien s'acoquinait avec les passeurs, ce que le shadisha ne pouvait tolérer, il n'a eu aucun problème à recommander le maître Methrim comme guérisseur. Pour cela, je vote pour l'agréer comme guérisseur de la Garde royale *à condition* que nous trouvions la preuve qu'il est bel et bien ce qu'il prétend être, et que son utilisation du Lien est exempte de vibrations nocives. »

Tania secoua la tête, leva les bras, exaspérée, et continua avec son accent lent et emphatique : « Mais, pourquoi ? Parce que c'est un homme. Je sais, tu as toujours été intriguée par les hommes Alterintrants. »

Élyana allait lui répondre lorsqu'une voix se fit entendre, interrompant ainsi la discussion. La voix leur parvenait depuis un long tube métallique dans le mur, appelé communicateur. À l'arrivée, la voix était déformée, mais, avec le temps, elles avaient appris à reconnaître à qui chacune appartenait. « Élyana Lux Baiula, votre invité est là. »

Élyana se tourna vers les autres pour obtenir leur agrément, et lorsque celles-ci acquiescèrent enfin — non sans que Tania ne tira une promesse d'Élyana de l'éclairer sur son intérêt pour les Alterintrants — elle connecta sa propre voix au communicateur et demanda qu'on amenât Lusk.

Un instant plus tard, une brèche apparut dans le mur pour laisser entrer le Zébulonien, suivi de la débutante Claren. Contrairement aux attentes d'Élyana, l'homme entra et se tint parfaitement calme et confiant devant la femme, malgré l'effet de surprise que dut provoquer en lui le fait de se trouver face à trois Lux Baiulae alors qu'il s'attendait à n'en rencontrer qu'une seule.

Eh bien, soit il n'a rien à cacher et attend avec impatience de prouver sa valeur, soit quelqu'un *l'a prévenu de ce qui l'attendait.*

« Vous pouvez nous laisser, Claren. Veuillez informer les Sœurs assistantes que nous débuterons le test d'ici peu et qu'elles ne doivent pas nous déranger. »

« Oui, Lux Baiula », répondit la débutante. Une fois hors de la pièce, Claren se retourna et toucha le mur externe de la chambre. La porte se dématérialisa aussitôt, et le mur redevint solide, dans son état initial.

Les deux collègues d'Élyana regardèrent l'homme d'un air intrigué.

Mara l'examina de la tête aux pieds, comme elle aurait estimé un voran, mais elle ressentit également une attirance inattendue pour le Zébulonien, de sorte qu'elle dut s'empêcher de rougir en modérant ses glandes surrénales et en resserrant son système sanguin superficiel. Cela lui prit un instant.

La réaction de Tania fut plus mesurée, peut-être en raison de son âge et de sa moindre propension à se laisser aller aux influences biologiques. Mais elle fixa tout de même l'homme, fascinée par son regard intense et son assurance.

Le Zébulonien profita des évaluations silencieuses des femmes pour examiner la pièce. Il se souvenait vaguement d'avoir été dans un lieu similaire il y avait très longtemps, même si ces souvenirs n'étaient pas les siens, mais ceux de l'Umbra. Il savait qu'il se trouvait dans une chambre isolée simplement à cause des matériaux qui composaient sa structure.

Les chambres isolées étaient faites avec des matériaux appelés isolateurs ; on ne les trouvait que dans les profondeurs de l'île Nonnommée. Ces matériaux possédaient deux propriétés uniques en leur genre : ils changeaient de couleur en fonction de la nature de l'énergie qu'ils rencontraient, et étaient, d'autre part, totalement imperméables aux vibrations du Lien, prévenant l'écoulement de tout type de vibrations à travers eux. Sans la présence du communicateur métallique, ceux qui se trouvaient dans les chambres isolées seraient entièrement et efficacement déconnectés du monde extérieur, et perdraient rapidement toute notion de temps, de réalité et même d'eux-mêmes.

Cette chambre possédait cependant un toit constitué d'un matériau légèrement différent qui permettait à la lumière des soleils de pénétrer. Les plantes qui se trouvaient dans la pièce, que l'on utilisait parfois pour évaluer des guérisseurs prometteurs, en avaient besoin.

Élyana commença : « Maître Methrim, voici Tania et Mara Lux Baiulae, docteures en cheffe de notre Ordre, respectivement en poste à Furanville et à Spiritii. Elles évalueront vos capacités de guérison aujourd'hui. Si vous réussissez cette évaluation, vous serez autorisé à pratiquer l'art de la guérison — avec supervision — et à entrer au service du haut prince Aithen, s'il a toujours besoin de vous. »

« Je suis ici pour servir, Lux Baiulae. »

Hum. Son attitude est très différente de celle qu'il a eue il y a deux quarts ; il n'était pas aussi décontracté et heureux à l'idée que nous l'évaluions.

Élyana désigna un siège face à eux et demanda au maître Methrim de s'y asseoir.

Le Zébulonien prit la chaise et s'assit, le dos droit, la tête haute et les mains croisées sur ses genoux, les yeux remplis d'attentes. L'homme, parfaitement calme et serein, attendit que l'une des Lux Baiulae reprît la parole.

Après un moment, Élyana se tourna vers Tania et la docteure en cheffe dit, avec son fort accent : « Tout d'abord, vous devez comprendre que nous devrons examiner presque tous les détails de votre anatomie comme de votre physiologie — et cela inclut votre flore microbienne. Élyana Lux Baiula nous a prévenues que vous ne souhaitiez pass nous parler de votre flore microbienne. Si cela est toujours le cass, alors nous ne pourrons pas continuer, et nous vous renverrons immédiatement à Shadin. »

« Je comprends… Tania Lux Baiula. Je veux servir la Couronne coriolanne, par conséquent, je me soumettrai à toutes les évaluations nécessaires. »

Tania échangea un coup d'œil rapide avec Élyana et dit à Lusk Methrim : « Bien. Vous trouverez sans doute l'évaluationn longue et fatigante. Mais elle ne sera pass douloureuse. Nous vous demanderons de vous laisser complètement faire et de ne nous opposer aucune résistance. Nous étudierons votre physiologie et analyserons les vibrations qu'émettra votre corps en contact avec le Lien. Si vous réussissez ces tests, nous vous demanderons ensuite de réaliser certains travaux afin d'évaluer vos capacités de guérison. Si vous réussissez ces tests, et que… les résultats nous convainquent… », Tania jeta un œil à Élyana, lui indiquant qu'elle était résolue à respecter leur accord, « vous pourrez être autorisé à pratiquer l'art de la guérison pour la Garde royale sous surveillance. »

« Comme je l'ai dit plus tôt, je suis prêt et disposé, Lux Baiulae. Mais puis-je vous demander pourquoi vous dites *"pourrez être autorisé"* ? »

« Bien sûr. C'est tout simplement parce que nous n'avons pas encore reçu toutes les informations de ceux qui vous connaissaient avant votre arrivée ici, informations qui pourraient agir en la défaveur de votre agrément. »

« Je comprends. Mais je peux vous garantir que vous ne trouverez rien de mauvais, Lux Baiula. Je suis un guérisseur, un point c'est tout. »

« Parfait ; espérons que ce sera le cas. Alors ! Pour les premier et deuxième tests, vous devrez garder les yeux fermés mais rester éveillé. Ces deux tests pourront durer une heure. Pour le troisième, vous devrez vous déconnecter de la réalité pendant que nous continuerons à vous toucher avec le Lien. Cela pourra durer moins longtemps. Quand nous en aurons fini avec ces trois premiers tests, vous pourrez vous reposer trente minutes, avant que nous procédions au quatrième et dernier test. Pour cela, nous vous donnerons un certain nombre de tâches à effectuer pour évaluer vos capacités de guérison ; vous disposerez d'une heure pour tout faire. »

Lusk acquiesça.

Tania regarda Mara qui lui répondit par un simple signe de tête. Les deux femmes allaient tour à tour sonder le maître Methrim, et Mara serait la première. Tania se tourna alors vers Élyana qui acquiesça elle aussi, puis les trois créèrent une faible connexion mentale, appelée lien mental. Ce dernier était facile à établir et connectait seulement les pensées des Alterintrants ainsi liés, et aucun de leurs sens. Cela permettrait à Mara et Tania d'envoyer des notes mentales à Élyana qui jouerait le rôle de secrétaire. Le lien mental était normalement établi grâce à une routine aussi merveilleuse que remarquable, mais compte tenu de la présence de l'étranger, les femmes prirent leur temps pour réaliser ce lien dans le silence complet : seuls leurs cheveux statiques et une légère étincelle bleuâtre éphémère indiquaient que les femmes utilisaient le Lien.

La jeune docteure, debout dans un état presque extatique, alla chercher une paire de gants posée sur une étagère contre le mur du fond. Après avoir enfilé les gants de cuir, elle prit une étrange table dans le fond de la pièce. À l'aide du Lien, Mara déplaça facilement la table. Ce faisant, le sol émit une teinte orangée. Elle plaça la table devant Lusk, enleva ensuite ses gants, les remit sur l'étagère, puis revint s'asseoir face au Zébulonien.

La table, de petite taille, était faite d'un matériau translucide connu sous le nom d'amplificateur, ayant pour but d'augmenter les diverses vibrations émises par les êtres vivants en dégageant différentes couleurs d'intensités variables selon la nature et les propriétés de l'énergie qu'elle absorbait de son environnement. L'une des propriétés les plus spectaculaires de la table était que lorsque l'on posait les mains dessus, des rallonges poussaient à chaque bout, venant envelopper les mains et les avant-bras de la personne, ce qui provoquait un stress important chez les sujets non initiés.

Mara dit : « La table est partiellement faite d'un matériau vivant qui amplifiera vos vibrations, ordinaires et extraordinaires. La table viendra entourer vos mains et vos avant-bras, mais ne vous inquiétez pas ; vous pourrez les retirer si vous paniquez. »

Lusk feignit l'indignation, mais la Lux Baiula ne parut pas s'en faire. En réalité, cette table, inconnue pour lui, piquait sa curiosité. Il n'avait aucun souvenir de cet objet, ce qui signifiait que ce genre de table avait certainement été créé après les souvenirs qu'il avait reçus de l'Umbra.

Si les Lux Baiulae avaient pu lire ses pensées à ce moment, elles auraient perçu une question, mais également une réponse méprisante. En effet, les Lux Baiulae ne parviendraient pas à entrer dans son esprit s'il ne le voulait pas, quelles que fussent les propriétés extraordinaires de la table, il en était sûr.

Mara Lux Baiula dit : « Très bien, posez vos mains sur la table et fermez les yeux, Maître Methrim, mais n'entrez pas dans le Lien. Votre esprit doit rester connecté au monde extérieur. »

Lusk s'exécuta, les priant silencieusement de faire de leur mieux.

Dès que ses mains entrèrent en contact avec la table amplificatrice, les légères vibrations intentionnelles de Mara déclenchèrent, au contact des vibrations involontaires de Lusk, l'extension de la table qui se mit à envelopper totalement les mains et les avant-bras du Zébulonien. La table se mit, maintenant, à émettre une faible lueur bleuâtre, un peu plus intense autour des mains de la Lux Baiula. Elle ferma les yeux, puis entra dans le Lien.

Mara était sur le point de sonder les surfaces internes et externes de Lusk Methrim afin d'analyser sa flore microbienne. Plus tard, elle sonderait certains de ses organes pour évaluer leur densité mitochondriale. Il était primordial de connaître cela, car la force de reliure d'une personne dépendait en grande partie de trois éléments : premièrement, les types de microbes et leur quantité ; deuxièmement, l'abondance des mitochondries dans les cellules de divers organes impliqués dans l'activité de reliure ; et, troisièmement, la capacité du système nerveux à exploiter et à canaliser les vibrations d'un type particulier d'organisme ou de la totalité de la flore du sujet.

La spécialité de Mara, l'étude de la *Vita Invisibilis*[71], lui permettait de reconnaître un millier de sortes différentes de microbes en fonction des vibrations émises et des produits chimiques qu'ils sécrétaient dans tout le corps. Bien sûr, les vibrations d'un seul microbe étaient si faible — ou les sécrétions si limitées —, qu'il était pratiquement impossible de les sentir, mais avec une colonie de ces organismes, les

---

[71] Vita Invisibilis : Vie invisible ; leur étude comprenait tous les êtres trop petits pour être vus à l'œil nu, à savoir, les microbes.

vibrations et les sécrétions devenaient très faciles à détecter. Grâce à la composition de la flore microbienne de quelqu'un, Mara pouvait connaître avec précision sa force potentielle ainsi que ses capacités dans le Lien.

Mara pouvait également déterminer si la personne portait des microbes dangereux — des microbes qui rendaient l'utilisation du Lien incontrôlable —, et c'était justement ce qu'elle recherchait en sondant Lusk Methrim. En effet, la sororité sondait tous les Alterintrants qui cherchaient ou non à entrer dans l'Ordre, pour déterminer s'ils abritaient des microbes nocifs. Si quelqu'un hébergeait de tels microbes, une docteure tentait de les éliminer définitivement. Si la procédure réussissait, l'Alterintrant était libéré ou accepté en tant qu'apprenti. Si elle échouait, la personne était envoyée dans un centre d'observation pour le reste de sa vie. Là, elle était condamnée à être lavée tous les jours avec des antimicrobiens, et contrainte à boire toutes les nuits diverses potions pour atténuer les espèces dangereuses de sa flore. Malheureusement, ces soins empêchaient aussi le développement des micro-organismes bénéfiques, et laissaient la personne faible et misérable, écourtant considérablement son espérance de vie. Urbs Lucis évitait autant que possible de procéder à cet internement d'Alterintrants souillés, mais c'était alors le seul moyen de préserver la société contre ces personnes à haut risque, et les cordonnetés jaune et blanche tentaient tous les jours de trouver le moyen définitif d'éliminer tout micro-organisme dangereux, dans l'espoir de ne plus avoir besoin de procéder ainsi.

Sonder la flore microbienne de quelqu'un était un processus lent, qui prenait en général vingt ou trente minutes. Mara savait le faire mieux et plus vite que quiconque. Au début, elle envoya des vibrations de différentes fréquences sur toutes les surfaces du corps de Lusk Methrim et observa les réponses de son organisme. Si elle sentait quelque chose dans les fréquences mauves, elle devrait ralentir son balayage et évaluer avec plus de minutie cette zone de tissus, car les fréquences mauves étaient celles des microbes interdits connus. En cas de confirmation de ces présences, elle devrait sortir du Lien et transférer immédiatement le maître Methrim dans une chambre isolée, et en informer la Cheffe de la cordonneté blanche. La Praefecta Medicas préviendrait à son tour la Magna Mater qui ordonnerait d'effectuer la procédure d'extraction. En cas de succès, l'évaluation du maître Methrim pourrait se poursuivre. En cas d'échec de l'extraction des microbes indésirables, la Praefecta Medicas en informerait la Magna Mater qui ordonnerait sur-le-champ son internement dans le Centre, sans autre forme de procès. Mara espérait que Lusk Methrim serait exempt de microbes indésirables afin que rien de tout cela n'arrivât.

Après avoir sondé Lusk pendant quinze minutes, Mara ne trouva rien d'inquiétant chez le sujet, ni dans ses téguments externes, ni dans ceux qui tapissaient son tube digestif, ni même dans ceux de ses voies respiratoires. Toutes les vibrations qu'elle sentit se limitaient aux rouge, jaune et bleu. Rien dans le mauve. La Lux Baiula poussa un soupir de soulagement silencieux, ouvrit les yeux et demanda au Zébulonien de faire de même.

Pendant que le Zébulonien obéissait, la table se rétracta et libéra Mara et Lusk. Ce dernier frotta ses bras pour se débarrasser d'une sensation étrange au moment de sa libération, mais ne se plaignit pas. Il regarda alors la Lux Baiula avec un sourire suffisant, puis demanda : « J'imagine que ce premier test a été un succès, ma Sœur ? »

Mara répondit d'un ton neutre : « Vous avez réussi le premier test, Maître Methrim », mais une faible lueur passa dans ses yeux. La Lux Baiula s'en voulut lorsqu'elle s'en rendit compte. Une part d'elle semblait vouloir se noyer dans les yeux de l'homme, tandis que l'autre lui chuchotait que ce n'était pas ainsi que devait se comporter une Lux Baiula. Après que Mara eût repris la maîtrise de ses pensées s'ensuivit un instant de silence embarrassant, elle ordonna à Lusk de remettre ses mains sur la table, puis leurs mains et avant-bras furent à nouveau enveloppés par la chaleur radiante du matériau.

Une minute plus tard, Mara envoya des vibrations à Lusk Methrim afin de tester le contenu mitochondrial de ses cellules. En effet, la cordonneté blanche avait découvert, un siècle plus tôt, que plus une Lux Baiula possédait de mitochondries dans ses cellules, plus elle pouvait générer d'énergie. Elle avait également remarqué que les Alterintrants présentaient une concentration plus élevée de mitochondries dans les cellules de leur cerveau, de leurs intestins et de leurs mains que les non-sensoriels.

Alors que les vibrations de Mara touchaient la peau de Lusk, la table répondit en émettant une lumière à basse fréquence — rouge et orange pâles. Elle s'y attendait puisque la peau avait une très faible concentration de mitochondries, mises à part les mains, où l'intensité des vibrations renvoyées était beaucoup plus forte. Mais le retour de vibrations des mains de Lusk fut d'une intensité inhabituelle, d'un bleu vibrant. Mara envoya une note mentale à Élyana. La docteure se déplaça ensuite vers les organes internes, en commençant par les poumons et le cœur. Ceux-ci émirent une lumière rouge de faible intensité, comme chez un non-sensoriel. Elle continua de sonder les autres organes et ne trouva rien d'anormal.

Puis, Mara prit une grande inspiration et ralentit son métabolisme avant de sonder les intestins de Lusk, et enfin, son cerveau. En effet, comme elle pouvait trouver une très forte concentration des structures génératrices de puissance dans ces deux organes, elle devait envoyer de très faibles vibrations pour ne pas faire griller le corps de Lusk en activant accidentellement des milliards de mitochondries. Chez les humanoïdes non-sensoriels, il n'y avait aucun risque, mais chez un Alterintrant, surtout un Alterintrant puissant, le nombre élevé de mitochondries pouvait causer une libération d'énergie telle qu'elle faisait littéralement cuire le sujet de l'intérieur, et pouvait également blesser le testeur — deux choses à éviter. Cela s'était déjà produit à deux reprises dans l'histoire de la sororité, deux tristes événements à la suite desquels on avait établi des protocoles très stricts afin d'empêcher que de tels accidents ne se reproduisent. L'une des exigences de ce protocole était que seules les Lux Baiulae spécialement formées à cet effet fussent autorisées à effectuer le test. Mara était l'une des Cordons blancs spécialisées. Elle ne ferait pas griller le beau Lusk et elle ne blesserait personne par négligence.

Pourquoi ai-je pensé cela ? Ce n'est qu'un homme, un Zébulonien. Qu'est-ce qui ne va pas avec moi ?!

Élyana reçu par accident la pensée de l'autre femme, et lui renvoya immédiatement un : « *Concentre-toi, Mara.* »

La femme répondit : « *Je sais. Merci, ma Sœur. Mais — .* » Mais elle ne put pas mentir : « *Je sais.* »

Élyana lui envoya un signe de tête par le Lien. Mara renvoya tout de suite aux deux Sœurs une autre pensée, pour les avertir du test suivant : « *Tania, je vais commencer à sonder les mitochondries de ses intestins et de son cerveau.* »

Elles répondirent en chœur : « *Nous sommes prêtes.* »

Mara commença à envoyer des vibrations dans les entrailles de Lusk. Celles qu'elle sentit en retour furent intenses et concentrées en bleu et en violet. L'intensité de cette réponse prouvait que Lusk était un Alterintrant puissant, et un homme en plus ! Mais il n'y avait pas de quoi s'inquiéter pour cela. Pourtant, lorsqu'elle sonda l'intestin grêle, elle rencontra une poussée d'énergie inattendue ; Lusk Methrim tressaillit et gémit, et Mara fut touchée par un intense reflux qui faillit la faire s'évanouir. Ses Sœurs s'inquiétèrent et étaient sur le point d'intervenir lorsque Mara envoya : « *Non, je vais bien.* »

L'intestin du maître Methrim était chargé de mitochondries. En fait, Mara n'avait jamais rencontré quelqu'un qui présentât une telle concentration de petits organites dans les intestins. Lusk devait être capable de libérer une quantité phénoménale d'énergie lorsqu'il faisait appel au Lien. Mara envoya une nouvelle note mentale à Élyana et poursuivit son examen.

Mara ne rencontra plus de concentration inhabituelle de mitochondries dans les organes du maître Methrim. Après avoir terminé, elle envoya ses notes finales à Élyana et dit : « Maître Methrim, nous avons terminé. Je vais me libérer de la table, mais je vous demanderai de rester là où vous êtes. Tania Lux Baiula va prendre ma place. »

Tania et Mara échangèrent leurs sièges. Tandis qu'elles se croisaient, Mara lança à l'autre femme un regard qui semblait dire : « C'était l'examen le plus déconcertant que j'ai jamais réalisé ». Pour toute réponse, la Sœur aînée se contenta de plisser les yeux.

« Maître Methrimm, je vais effectuer le troisième test. Pour cela, j'ai besoin que vous entriez dans le Lien et que vous répétiez un ou deux vers d'une chanson de votre choix. Avez-vous une chanson en tête ? »

Lusk ne répondit pas tout de suite et pensa : *Ah ! Nous avons déjà utilisé cette méthode lorsque nous voulions examiner l'esprit d'un sujet tout en focalisant son attention sur autre chose.*

« Oui, Lux Baiula. Voulez-vous que je vous la chante ? »

« Oui, s'il vous plaît, car je devrai la chercher dans le Lien. »

Lusk se mit alors à chanter, d'une voix lugubre : « Des monts jusqu'à la vallée, il n'y a que de vides allées. Dans cet endroit oublié, il n'y a que des gens hantés. »

La Lux Baiula fut troublée par cette chanson. Pourquoi choisir un air si sombre ? À moins que ce ne fût la voix de l'homme qui la troubla ? Reprenant le dessus, elle apaisa ses émotions et enfouit ses questions.

« Très bien, Maître Methrimm, vous pouvez entrer dans le Lien tout en répétant ces vers jusqu'à ce que je vous trouve. » Tania continua : « Une fois que je vous aurai trouvé, je sonderai votre esprit, afin de vérifier — entre autres — la véracité de vos réponses aux nombreuses questionns que je vous poserai. » Tania ne lui dit pas qu'elle allait aussi envoyer des vibrations pour le sonder sur tout signe violent ou immoral.

« Je comprends, Lux Baiula ; je n'ai rien à cacher. »

Puis Lusk entra dans le Lien et se mit à se répéter les vers. Dans le monde extérieur, ses lèvres bougeaient mais aucun son n'en sortait.

Tania prit une grande inspiration, entra dans le Lien et commença à chercher la voix de Lusk Methrim. Elle la trouva rapidement. En effet, elle perçut ces vers litaniques presque à l'instant où elle entra dans le monde intérieur, les reconnaissant parmi un million de chansons chantées par un million de personnes dans des milliers de lieux différents, et chantées dans une centaine de langues différentes. Il lui suffit ensuite de suivre ces sons jusqu'à la source. Elle trouva Lusk au sommet d'une montagne, contemplant une ville vide aux rues étroites, envahie par la mousse, la vigne et de vieux arbres. Il était vêtu élégamment, mais une capuche recouvrait sa tête ; il affichait un air mystérieux, mystérieux et charmant.

Cet homme nous mènera tous à notre perte, pensa-t-elle.

Tania s'approcha de la forme et Lusk la reconnut.

« *Je vais maintenant vous interroger, Maître Methrimm. Vous devrez répondre rapidement à chaque question.* »

« *Bien sûr, Lux Baiula.* »

Tania procéda à l'interrogatoire du Zébulonien. Pour ce faire, elle dut tout d'abord établir les schémas lumineux associés aux réponses avérées en posant à l'homme des questions dont elle connaissait les réponses. Lorsque ce fut fait, elle commença à interroger le Zébulonien. Elle l'interrogea sur ses expériences passées et lui demanda s'il avait déjà blessé quelqu'un ou cherché à la faire, s'il avait déjà perdu un patient et toutes sortes de questions pour déterminer s'il était digne de confiance pour soigner les autres.

À chaque réponse, Tania examinait son cortex préfrontal afin de comparer son schéma lumineux à celui de la vérité dont elle avait établi le schéma plus tôt. Si un schéma se mettait à s'écarter significativement du modèle référent, elle saurait qu'il mentait. Cette méthode était loin d'être infaillible, bien sûr, et la Lux Baiula ne pouvait jamais être certaine d'avoir correctement interprété les réponses, mais en cas de doute, elle déclarerait un échec sans tarder.

Après un instant ou une éternité, la Sœur aînée conclut son interrogatoire. L'homme avait réussi cet autre test, mais elle ne le lui dit pas. Au lieu de cela, elle dit à Lusk qu'elle allait à présent fouiller plusieurs zones de son esprit afin d'évaluer ses réponses involontaires. Elle lui enverrait aussi des images représentant diverses situations pouvant être agréables, violentes ou neutres. Elle saurait ainsi si l'homme avait un penchant pour la violence ou l'immoralité. En effet, la sororité avait découvert que les humanoïdes (Alterintrants comme non-sensoriels) auteurs d'actes violents ou immoraux activaient des neurones dans deux régions du cerveau : le cortex préfrontal (qui participait aussi à la vérité), anormalement calme chez les individus violents, et les amygdales, anormalement actives chez les individus présentant des tendances violentes.

Tania commença à envoyer des images en rafales à Lusk, pas trop vite afin qu'il eût le temps de les percevoir, mais suffisamment pour l'empêcher de tempérer consciemment ses réactions. Une succession rapide d'images assaillit Lusk : Des enfants jouant dans un champ — *pas d'activité* ; des vorans en pleine course — *pas d'activité* ; un vieil homme en pleurs — *activité dans le cortex préfrontal* ; un parent fessant son enfant — *pas d'activité dans les amygdales. A-t-il souri ?* Elle envoya une note à Élyana et poursuivit les successions d'images. Ensuite, un soldat au garde-à-vous — *pas d'activité dans les amygdales, légère activité dans le cortex préfrontal* ; et enfin, un homme battant la femme d'un autre homme et le mari enfonçant un poignard dans le ventre de son assaillant — *cortex préfrontal* —. La Lux Baiula n'acheva pas cette note.

Tania sortit ensuite du Lien et ouvrit les yeux. Elle avait une sensation étrange, comme si elle était restée inconsciente pendant un moment. Mais elle ne ressentit pas le besoin de s'interroger. Au lieu de cela, elle se tourna vers Lusk Methrim, qui sortait lui aussi du Lien et réintégrait le monde extérieur, et lui sourit en disant : « Merci Maître Methrimm. Pour pouvez maintenant vous reposer pendant une demi-heure. Ensuite, nous évaluerons vos capacités de guérison. Ce sera le dernier test. »

Lusk acquiesça et la Lux Baiula relâcha l'emprise de la table. Le Zébulonien massa la peau de ses mains et de ses avant-bras à nouveau ; il n'aimait vraiment pas cet outil.

Tania lui dit, en désignant une table du côté droit de la chambre isolée : « Vous pouvez boire de l'eau et manger des biscuits si vous le souhaitez. » Elle chercha ensuite le consentement de ses consœurs pour préparer le dernier test. Mara et Élyana lui répondirent d'un signe de tête, puis Tania se dirigea vers le communicateur et appela une Sœur postée. L'instant d'après, le mur trembla et la porte réapparut pour s'ouvrir et laisser entrer une jeune Cordon rouge d'à peine vingt ans. Tania lui demanda de préparer les échantillons de guérison et de les apporter dans une demi-heure. La femme partit s'exécuter, et l'ouverture disparut à nouveau derrière elle.

Au bout d'une demi-heure exactement, une voix se fit entendre depuis l'extérieur, ce qui surprit légèrement Mara qui était perdue dans ses pensées, le regard rivé sur Lusk. Tania répondit et la même Cordon rouge entra, suivie de deux jeunes hommes en uniformes blancs. Les hommes emportèrent la table amplificatrice avec peine — l'objet était bien plus lourd sans l'aide du Lien — puis apportèrent une table de bois garnie de divers spécimens vivants d'organismes non dotés de vision, ainsi qu'un certain nombre d'organismes morts, dotés de vision, dans des bocaux ou de petits aquariums.

Lusk regarda cela avec curiosité, mais ne montra pas son étonnement, tandis qu'il pensait : *Hum, encore une innovation de ces Lux Baiulae.*

Tania dit : « Maître Methrimm, vous aurez une heure pour terminer votre examen de guérison. Vous devrez d'abord soigner les organismes non dotés de vision, qu'ils soient blessés ou malades. Ensuite, vous devrez réaliser la procédure décrite sur la note figurant devant chaque organisme doté de vision en mort cérébrale. »

Lusk acquiesça, totalement indifférent.

« Vous avez des questions ? »

« Non, Lux Baiula. »

« Très bien, c'est parti. Mes collègues et moi reviendrons dans une heure. »

« Vous ne voulez pas voir de quelle manière j'utilise le Lien pour soigner ? »

Mara répondit à la place de Tania : « Non, c'est inutile, Maître Methrim. Les plantes enregistreront les flux d'énergie que vous générerez pour vos soins, ce qui, avec tout ce que nous avons appris en vous sondant plus tôt, nous donnera une bonne idée de la façon dont vous vous y prenez. »

Lusk s'assit devant la table, un petit sourire en coin, et les Sœurs quittèrent la pièce.

À leur retour, une heure plus tard, elles trouvèrent le Zébulonien debout près du mur du fond, en train d'étudier les plantes. Il avait l'air très satisfait.

Tania parla en premier : « Maître Methrimm, vous avez terminé. »

« Oui, Lux Baiula. Ça fait dix minutes que j'ai fini. Vous constaterez que j'ai accompli chaque tâche de manière satisfaisante. »

« Nous vous dirons si nous sommes satisfaites une fois que Mara Lux Baiula et moi-même aurons achevé l'examen de chaque spécimen. Vous allez maintenant être reconduit dehors et nous vous appellerons lorsque nous aurons pris une décision. »

« Puis-je savoir dans combien de temps ? »

« Nous vous donnerons notre réponse demain, Maître Methrimm. »

« Parfait. Je vous attendrai avec impatience. »

Tania appela la Sœur postée et lui demanda de conduire le maître Methrim à l'extérieur du bâtiment. Le Zébulonien s'empressa de remercier les Lux Baiulae, et emboîta le pas à son escorte, l'air satisfait.

Après avoir regardé le Zébulonien s'éloigner, Tania se tourna vers ses collègues et dit : « Eh bien, Mara, nous devrions nous mettre à l'examen des spécimens. Cela va sans doute nous prendre quelques heures, et j'aimerais avoir terminé avant le souper. »

Mara acquiesça et Élyana dit : « Je vais vous laisser travailler, alors. Je suppose que nous nous retrouverons après le souper pour revoir tous les résultats, en prévision de notre décision de demain ? »

Tania répondit, légèrement contrariée : « Oui, Élyana, après le souper. Je sais que tu as hâte de prendre une décision concernant le maître Methrimm. »

Élyana allait lui répondre, mais elle décida de se contenter d'un simple grognement, et partit promettant de revenir plus tard.

***

Le jour suivant, Élyana et les deux Cordons blancs donnèrent à Lusk Methrim l'autorisation de pratiquer les arts de guérison. En effet, les deux docteures avaient été très positives quant aux résultats de Lusk, même si elles restaient décontenancées par la très forte densité de mitochondries dans ses intestins. Mais il avait réussi tous les tests et avait correctement soigné toutes les créatures qui lui avaient été présentées. En outre, elles n'avaient rien découvert qui prouvait que l'homme avait blessé quelqu'un ou qu'il était susceptible de le faire, et elles venaient tout juste de recevoir le rapport des Yeux et des Oreilles qui disait que l'enquête sur le passé de Lusk n'avait rien révélé d'inquiétant. Élyana était d'accord avec leur évaluation, malgré la confusion intermittente que la pensée de l'homme suscitait en elle.

Lorsque Élyana l'informa de son autorisation à pratiquer l'art de la guérison, Lusk la remercia avec un sourire aussi charmeur que désarmant. *Pourquoi ai-je le sentiment qu'il savait qu'il réussirait nos tests ? Il y a toujours, chez lui, quelque chose de troublant. Mais pourquoi donc ne puis-je rien faire contre ce sentiment ? Que les soleils soient brûlés !* Élyana répondit à son sourire et invita Lusk à se rendre dans son bureau le lendemain pour le préparer à ses nouvelles fonctions.

XXII ENTRAÎNEMENT

Le premier quart au cours duquel le Zébulonien travailla comme guérisseur de la Garde royale fut pour le moins mouvementé. Pour commencer, un soldat fut assassiné par l'un de ses pairs, et Lusk figura — temporairement — au nombre des suspects. Le haut capitaine Harlion avait appris la nouvelle le matin du neuf Sextus[72], tandis qu'il parlait des ressources militaires avec ses officiers.

Le meurtrier était en fait une nouvelle recrue qui avait traversé une période extraordinairement difficile à la suite de l'expérience traumatisante de l'attaque de Col de Corne. L'homme faisait également partie de ceux que Lusk avait traités après avoir reçu son agrément. Naturellement, les soupçons pesaient sur le Zébulonien, mais Dalima Lux Baiula, une autre docteure de la capitale, qui avait supervisé les soins, n'avait rien à reprocher à la procédure de Lusk. Lorsqu'elle fit part de son expérience à Élyana Baiula, cette dernière fut soulagée, mais demanda tout de même à Tania de sonder le cadavre de la victime à la recherche de signes inhabituels. En fin de compte, la docteure en cheffe ne détecta aucune vibration anormale ni quoi que ce fût pouvant incriminer Lusk. Lorsqu'elle reçut le rapport, Élyana se sentit doublement soulagée.

Le lendemain, l'interrogatoire des camarades de l'accusé et de son supérieur ne fit que renforcer l'opinion dominante selon laquelle le jeune homme avait tout simplement perdu la raison à la suite de l'attaque de Col de Corne. On nota les conclusions dans le dossier du soldat, et l'on envoya un

---

[72] Sextus : Sixième mois.

courrier à la famille de la victime pour l'informer des circonstances de cet événement funeste, de l'indemnisation de leur perte, et pour les inviter à Furanville dans deux quarts. Un autre courrier fut également envoyé à la famille du coupable afin de leur transmettre les mêmes informations, et de leur demander d'assister aux cérémonies funèbres au cours desquelles les prêtresses d'Élande transmettraient les cendres de la victime, ainsi que ce qui était connu d'elle aux deux familles.

Pour tenter d'empêcher que de nouvelles tragédies ne surviennent, Élyana Lux Baiula demanda que l'on nommât des docteures supplémentaires pour sonder tous les gardes qui avaient assisté au drame de Col de Corne, et pour apaiser leurs esprits en soins préventifs. Quant à Lusk, il dut se contenter de soigner les blessures physiques et reçut l'interdiction formelle de sonder ou de guérir les esprits, et ce, jusqu'à nouvel ordre – ce qui le contraria particulièrement, mais il accepta de se soumettre à cette exigence.

Le vingt-troisième Sextus, Aithen présenta enfin Lusk à son père, le haut roi. Octavius fut tout d'abord surpris par le récit du Zébulonien. Connaissait-il le maître Methor ? Était-il membre de l'Organisation pour la libération des hommes zébuloniens ? Au moins, son récit concordait avec ce que le maître Methor lui avait raconté dans la villa de Marcus.

Quelques minutes après le début de leur discussion, Octavius décida de jouer franc-jeu, et demanda au Zébulonien s'il avait entendu parler de l'OLHZ. Ce fut au tour de Lusk d'être surpris.

Remarquant cela, le roi lui dit : « Je sais beaucoup de choses, Maître Methrim ; cela fait partie de mes devoirs. Alors, connaissez-vous cette organisation ? »

Lusk lui répondit avec méfiance : « Oui, Majesté. »

« Hum, vous n'étiez pas un partisan ? »

« Non, Majesté. »

« Et pourquoi pas ? Assurément, vous ne pouvez pas être contre leurs desseins. »

« Les chefs de l'organisation étaient un tas d'indécis qui n'auraient jamais réussi à gagner la liberté escomptée sans véritable direction. »

Hmm, voici un élément important pour mes négociations avec le maître Methor.

« Je suppose que vous parlez par expérience, Maître Methrim. Avez-vous été membre de cette organisation ? »

« Oui, Majesté, mais je l'ai quittée peu de temps après y être entré. C'était il y a quatre ans. Mais pourrais-je vous demander pourquoi cet intérêt ? »

« C'est juste que j'ai récemment eu vent de l'existence de ce groupe, et j'ai trouvé curieux qu'une telle organisation puisse exister. »

« La société zébulonienne ne ressemble à aucune autre, Majesté, et elle est à l'origine d'un grand nombre de choses qui dérouterait tout étranger. »

« En effet, je n'ai aucun doute sur ce point. Bon, alors, mon fils m'a bien sûr dit que vous souhaitiez m'offrir vos services. Mais je vais vous laisser m'expliquer cela vous-même. Pourquoi aurais-je besoin de vous ? »

« Sire, parce que, comme vous l'avez peut-être entendu, la reine Zébula compte envahir l'Alvinorie, et comme Zébula et sa cour me sont familiers, je serais sans doute capable de vous aider à protéger vos terres du mieux possible. »

« Et comment se fait-il que vous connaissiez Zébula et sa cour aussi bien que vous le prétendez ? »

Sur un ton résolument sarcastique, Lusk lui répondit : « J'étais le guérisseur personnel du vaisseau de Sa Grandeur. »

Aithen, assis derrière Lusk, du côté gauche, fronça les sourcils et se dit : *Ce n'est pas ce qu'il m'a dit. Je jurerais qu'il m'a dit qu'il s'occupait des enfants de la reine.* Aithen s'apprêtait à poser la question au maître Methrim, mais le roi le devança :

« Je ne connais pas cette expression. En Alvinorie, un *vaisseau* est un bateau ou un conteneur. »

« Sire, *ce* vaisseau-là désigne la femme qui porte les enfants de la reine. »

« Porte ? »

« Oui, la société zébulonienne est à la pointe de la médecine, Majesté, surtout dans le domaine de la reproduction. C'est une autre femme, appelée "vaisseau", qui recueille dans son utérus les embryons de la reine après un mois de gestation. Les Janarae utilisent également ce terrible moyen de reproduction. Il était de ma responsabilité de veiller sur la santé du vaisseau de sa grandeur ainsi qu'au bon développement des fœtus. Mais ce n'est pas l'exploit le plus impressionnant de la médecine zébulonienne, Sire. Les enfants des reines ont tous été ce que nous appelons des clones — c'est-à-dire des copies — de Zébula I, produits sans hommes, par un processus connu sous le nom de virgocreatio[73] ».

Aithen avait toujours l'air un peu confus, ce que son père, tout aussi abasourdi que son fils, prit pour de l'incrédulité face à des pratiques si révoltantes, mais, en réalité, Aithen se demandait toujours si ce que Lusk lui avait confié auparavant à propos de son rôle à la cour de Zébula concordait vraiment avec ce qu'il venait de raconter au roi. Le prince dit : « Voici de bien étranges pratiques, Maître Methrim, et j'ai du mal à imaginer comment tout cela est médicalement possible, mais ce n'est pas le sujet. J'ai, au contraire, besoin que vous me confirmiez quelque chose. Dites-moi, est-ce que votre

---

[73] Virgocreatio : Mode de reproduction qui permet le développement d'un individu sans la contribution génétique d'un homme.

506

fonction de guérisseur personnel du vaisseau signifiait que vous étiez aussi responsable de la santé des *enfants* ? »

« Oui, mon Prince. C'est, à vrai dire, la mission principale du guérisseur personnel du vaisseau de sa grandeur. »

« J'entends. Merci. » Aithen regarda son père et lui signala qu'il avait terminé.

Octavius dit : « Bien, pour en revenir à votre requête, Maître Methrim, vous souhaitez m'offrir vos services *parce que…* »

« Parce que je déteste tout ce qui se rapporte à la Zébulonie, et parce que je ne veux pas retourner à ma vie passée, ce qui arriverait sûrement si *elle* envahissait ce pays. »

« C'est un motif raisonnable. Et comment pourrais-je tirer profit de vos services ? »

« Je connais bien Zébula VI, et je connais ses motivations, ses forces et ses faiblesses, pour l'avoir servie pendant de nombreuses et longues années. Je connais aussi très bien la société zébulonienne ainsi que la plupart des gens de la cour. Il est vrai que certaines ont pu changer depuis mon départ, mais mes connaissances pourront tout-de-même se révéler utiles lorsque Zébula attaquera, Majesté. »

« Votre offre n'est pas sans mérite, Maître Methrim. Je vais y réfléchir au cours des prochains jours et je vous donnerai ensuite ma réponse. En attendant, vous pouvez continuer à aider nos docteures avec vos capacités de guérison, bien que j'aie cru comprendre que votre champ d'action a été limité tant que la question de violence de l'un de vos patients n'a pas été tout à fait résolue. »

Le Zébulonien affecta un air non de honte — ou de culpabilité —, mais d'agacement. Pourtant, il répondit avec le même ton respectueux : « En effet, Majesté, c'est bien ça. »

« La perte d'une vie sensible, lorsqu'elle résulte de la négligence de quelqu'un — ou pire du meurtre intentionnel —

, n'est jamais une affaire agréable, Maître Methrim, et les lois, édictées depuis longtemps, sont là pour garantir que les coupables soient retrouvés et punis en conséquence de leur action, afin que l'ordre puisse régner dans le royaume. Mais vu les faits, je ne me ferais pas trop de soucis à votre place. » Octavius se tourna vers son fils pour signaler la fin de la réunion.

Aithen se dirigea vers les portes de la chambre et frappa. Un garde entra immédiatement pour reconduire le maître Methrim à l'extérieur du palais. Le Zébulonien remercia le haut roi ainsi que son fils, puis partit avec le garde.

Le roi et le prince restèrent un moment dans la chambre d'audience pour partager leurs impressions sur le Zébulonien. Aithen confia à son père qu'il avait été surpris de constater que la présence du Zébulonien n'avait pas provoqué chez Octavius les mêmes émotions étranges que celles que lui-même avait éprouvées au cours de son voyage depuis Col de Corne. Et maintenant qu'il en parlait, ce qui surprenait encore plus Aithen, c'était qu'il n'avait rien ressenti de tel depuis qu'il était de retour à Furanville ; peut-être que cette méfiance n'était que la conséquence de l'attaque du col de Corne. Élyana et les docteures l'avaient autorisé à pratiquer, après tout, donc Élyana avait dû, elle aussi, changer d'avis.

Quant à Octavius, il trouva l'homme honnête ; son histoire tenait la route, et Élyana avait vérifié l'emploi qu'il occupait auprès du seigneur Brando de Shadin qui, à part qu'il ne voulait pas avoir à faire à un homme qui s'acoquinait avec des passeurs zébuloniens, n'avait rien à redire sur son ancien guérisseur. Cela étant, Octavius dit à Aithen qu'il accepterait l'offre du Zébulonien dès le lendemain, après que maître Trébloc lui aurait confirmé que la Couronne pouvait se permettre d'embaucher un autre docteur, et qu'Harlion lui aurait assuré que les Frumentarii n'avaient trouvé aucune plainte contre lui dans le royaume.

***

Le bruit d'une longue épée à deux mains frappant une armure résonna dans la cour du palais. En effet, après quelques jours de repos, les plaies de Toras, soignées par Tania et Dalima Lux Baiulae étaient *presque* entièrement guéries — il avait insisté pour garder une cicatrice sur la joue gauche —, le prince avait donc décidé de reprendre ses entraînements martiaux. C'était un rituel important pour Toras, et au Col de Corne, jamais un jour ne passait sans qu'il manipulât une lame, quelle qu'elle fût, sauf les jours de fête.

Aujourd'hui, il avait trouvé deux gardes pour s'entraîner et il s'exerçait déjà depuis près de deux heures et demie, ne montrant nulle intention de s'arrêter malgré la chaleur. L'un des deux gardes était imposant — un véritable colosse — tandis que l'autre était plutôt mince, mais furieusement rapide. Ils faisaient tous deux partie de l'élite de la Garde royale.

Élyana, qui passait par là, ainsi que plusieurs gardes, des plébéiens et un grand nombre de jeunes patriciens — fils et filles des familles nobles de la capitale — assistaient à cet entraînement. Ces jeunes seigneurs et dames venaient chaque quart au palais, du premier au quatrième jour, afin de recevoir l'enseignement du maître Setarcos. Le savant maître Setarcos était au service du haut roi depuis trente ans, d'abord pour éduquer les fils du roi aux arts de la grammaire, de la rhétorique et de la logique, puis pour former les patriciens de la capitale. Le maître Setarcos enseignait également les sciences, mais la plupart des familles préféraient laisser à Élia Lux Baiula — une Cordon jaune — le soin de s'en charger pour leurs enfants, et le vieux Setarcos s'en était accommodé.

509

Ces étudiants visitaient Domus Lucis les cinq et sixième jours afin de recevoir l'instruction d'Élia.

Les étudiants du maître Setarcos passaient habituellement leurs matinées à observer divers artistes dans leurs pratiques, poètes et écrivains lisant leurs créations à haute voix, sénateurs en plein débat législatif, ou Cordons jaunes de Domus Lucis au cœur de leurs expérimentations scientifiques, comme les expériences psychologiques de Laranis Lux Baiula. Ils passaient ensuite l'après-midi à apprendre avec le maître Setarcos en personne le pourquoi et le comment de chaque art, puis rentraient chez eux. Mais ce matin-là, ils avaient décidé d'observer le ballet martial du prince, pour étudier ce qui faisait d'un soldat un bon combattant, et le prince et ses opposants leur avaient fait un beau cadeau avec ce fabuleux spectacle, bien que le premier transpirât bien moins que les deux autres.

Le prince devait sa faible transpiration, malgré le fait qu'il se battait contre deux adversaires redoutables, à sa légère cotte de mailles kynarienne. Ses adversaires, quant-à-eux, n'avaient que leurs habituels gilets de garde en cuir de varagon. Ce cuir était presque aussi impénétrable qu'une cotte de mailles, mais bien plus chaud et plus pesant.

Les spectateurs furent émerveillés par les mouvements de Toras, dont la beauté venait non de son élégance, mais de sa fluidité, de sa rapidité et de sa maîtrise. Son agilité prit Rior, le plus rapide, par surprise, tandis que la force de ses coups étonna Gorus, le plus imposant des deux gardes, mais sa mobilité constante les stupéfia tous les deux. Ils s'attendaient à ce que le prince fût fatigué au bout d'une heure, puisqu'il affrontait deux hommes très différents et qu'il devait donc sans cesse se déplacer et ajuster ses parades et ses attaques — ce serait éreintant physiquement et mentalement, même pour le meilleur des gardes. Pourtant, le seigneur commandant

Toras continuait de danser comme un fondateur, irritant les gardes avec son sourire enfantin et ses railleries incessantes : « Ah ah ! » ; « Raté ! », ou encore « Oups, pas assez rapide ! »

Soudain, le disque horaire sonna le mi-temps de la troisième heure. Le prince s'interrompit et dit avec un sourire sadique : « Très bien, messieurs, finissons-en. »

Les gardes se regardèrent d'un air déterminé rempli d'espoir et, d'un signe de tête, s'accordèrent sur leur tactique ultime ; Gorus recula et se mit en position d'attente, pendant que son agile compagnon redoublait d'efforts.

Toras trouva cela suspect, mais après avoir passé trois minutes à parer les attaques en rafales de Rior, il finit par oublier Gorus. *Où trouve-t-il toute son énergie pour s'battre comme ça maintenant ?! J'dois en finir* avant *d'm'effondrer.* Dans sa distraction, Toras ne vit pas l'immense garde l'attaquer par-derrière. Gorus écrasa le côté de son épée sur le flanc du prince, et Toras s'éloigna des deux hommes en gémissant. *Comment j'ai pu l'oublier celui-là ? J'dois être en train d'perdre la tête, et si j'en finis pas vite, c'est eux qui riront.* Gorus et Rior échangèrent un regard malicieux et sourirent, ravis d'avoir enfin trouvé le moyen de rendre au prince la monnaie de sa pièce.

Le prince avait gémi suffisamment fort pour être entendu par l'assistance, et tous poussèrent des cris de surprise en imaginant la douleur de Toras, ce qui freina très légèrement ses adversaires. Quelques étudiants demandèrent si Gorus avait le droit d'attaquer par-derrière. Un garde, qui se trouvait derrière, leur répondit que oui. L'entraînement était fait pour préparer les soldats aux véritables combats, et, dans la réalité, les opposants n'avaient pas tous un honneur, et pouvaient très bien attaquer leur ennemi par-derrière afin de s'en débarrasser.

Pendant ces quelques secondes de pause, Toras mit sa tactique au point, et ce qui suivit resta à jamais gravé dans les mémoires de tous les spectateurs. Voyant le prince reprendre sa position avec une détermination inébranlable, la foule retint son souffle.

En regardant ses adversaires, le prince pensa : *Bon, c'est parti.*

Gorus et Rior, côte à côte, balançaient leurs lames en attendant que le seigneur commandant fît un geste, se demandant ce qu'il allait faire. Mais le prince resta vif et concentré, concentré sur ses deux adversaires. Après un instant de tension extrême, Gorus décida d'avancer vers le prince, ses gros bras luisants de sueur et son visage angulaire déformé par la moquerie. La foule, qui avait soudain grossi avec l'arrivée d'un groupe de gardes curieux, attendit patiemment en silence.

Gorus était à présent à portée d'épée. Il fit semblant de charger, mais Toras ne bougea pas – sans même un commentaire ni l'esquisse d'un sourire, cette fois. Cela parut décontenancer le colosse. Mais Gorus, voulant en finir avec cet interminable entraînement au combat, décida de le narguer à nouveau. Cependant, le prince continuait à rester là, aux aguets.

Les spectateurs s'agitèrent, se demandant quelle pouvait être la tactique du prince. Seule Élyana semblait le savoir. Elle dit calmement aux deux gardes qui se trouvaient à côté d'elle : « Le prince est concentré sur les deux hommes et attend les signes. »

L'un des deux gardes, un homme aux cheveux noirs, petite moustache et l'air noble lui répondit : « Il attend les signes ? Il les a déjà, les signes, et s'il ne bouge pas, il prendra un coup avant de s'en rendre compte. »

Élyana rétorqua : « Vous vous trompez », puis elle se tut, comme si elle savait que la conclusion était imminente.

Toras fit enfin un mouvement lorsqu'il remarqua que son adversaire avait arrêté de respirer. Le prince glissa sur le côté une fraction de seconde avant que Gorus ne se précipite sur lui pour l'atteindre avec une rapidité incroyable, malgré sa masse imposante. D'un geste vif, Toras frappa la lame de Gorus, et il le fit avec une telle force que l'homme, en dépit de sa puissante musculature, lâcha son épée. Comme l'arme tombait, le colosse poussa un cri de douleur ; les spectateurs émerveillés contemplèrent le colosse qui frottait son bras endolori.

Incapable de résister, Toras s'exclama : « Raté ! », et Gorus secoua la tête.

L'instant d'après, Toras s'éloigna de Gorus et recula alors que Rior se précipitait sur lui par la droite, faisant perdre l'équilibre à cet homme pourtant souple qui tomba sur la lame de Toras. Mais ce dernier retira son épée pour éviter de blesser gravement le soldat. Puis il se tourna et asséna un coup sur le dos de Rior qui s'effondra au sol. Le jeune homme poussa un grognement de douleur, et se rendit.

Toras cria un nouveau : « Encore raté ! », sous les acclamations de la foule. Élyana se retourna vers le garde bien trop beau et, avec un sourire à peine perceptible et les sourcils levés, elle attendit que l'homme admît son erreur.

Il répondit d'une voix criarde : « Vous aviez raison, Lux Baiula. Je me suis trompé. »

Derrière eux, l'un des étudiants du maître Setarcos s'écria : « Par Horin ! Le prince est peut-être un peu étrange, mais il sait se battre, et je n'aimerais pas me trouver en face de lui lors d'un combat ! »

En entendant cela, le seigneur Merlo, le bellâtre, voisin d'Élyana, poussa un grondement fâché, puis alla rejoindre les autres gardes pour remonter le moral de leurs camarades défaits qui serraient la main du prince.

Toras s'entraîna encore ainsi pendant deux jours, continuant à étonner de nombreux membres de la Garde royale qui avaient entendu parler de lui, mais ne l'avaient jamais vu combattre. Le troisième jour du dernier quart de Sextus, se sentant tout à fait rétabli, Toras retourna au col de Corne, impatient de voir comment se passaient les restaurations de la forteresse et de commencer ses patrouilles dans la région de Kartak. Mais ce dont il n'avait pas hâte, c'était de voir une Lux Baiula remplacer son premier officier ; et de devoir accueillir Kendor avec cette nouvelle lorsqu'il retournerait lui aussi, tôt ou tard, à la forteresse.

XXIII LES MAUVAISES NOUVELLES ARRIVENT

Aithen était dans sa chambre à coucher, en train de mettre son uniforme de furanier : une courte tunique bleue brodée du furan à deux têtes de la maison Coriolis, un pantalon de cuir noir à demi renforcé pour protéger ses jambes du frottement, et une chemise blanche desserrée sur le devant pour laisser l'air circuler en ce jour déjà chaud. Il mettait son uniforme de furanier, car il avait décidé de voler jusqu'à la baie royale afin d'y rencontrer les Locari. En effet, il avait fait des cauchemars les trois dernières nuits, et avait vu, chaque fois, le chef des Locari, au loin, essayant en vain de communiquer avec lui.

Qui plus est, la veille, le haut roi avait reçu un rapport l'informant que le rokon — sa véritable identité était toujours tenue secrète — avait attaqué un village au sud, non loin de la capitale. Le rapport était accompagné d'une lettre amère du seigneur Arotek qui dénonçait l'accord conclu deux quarts plus tôt, déclarant qu'il était ridicule de s'attendre à ce que ses forces — bien que non négligeables — pussent servir à protéger le peuple contre une telle créature. Ce qu'il ne mentionna pas, ce fut son refus de recevoir l'aide d'une Lux Baiula qui eut quelque lien que ce fût avec des propriétaires voisins — refus qui avait rendu toute affectation impossible.

Octavius avait convoqué Aithen, Élyana et Harlion afin de discuter du problème Arotek, et, après moult débats, le roi avait décidé de demander à Krystiana d'envoyer sur-le-champ une docteure dans les terres dudit seigneur. Pour éviter tout refus de la part d'Arotek, le haut roi fournirait à la Lux Baiula un passeport royal qui lui permettrait d'aller soigner directement les sujets du roi qui en avaient besoin. Ce passeport porterait également un visa indiquant que la docteure était envoyée par les bons soins du seigneur Arotek. Quant aux renforts militaires, le roi avisa Arotek du nombre insuffisant de troupes dont il disposait pour Mélinor, mais le prévint qu'il était en train d'organiser des unités de frappe d'urgence, afin d'apporter son soutien en cas d'attaque imminente n'importe où dans le royaume.

Certes, Harlion avait commencé à rebâtir la furanerie, mais seulement deux mille équipes furanes sur les trois mille requises avaient pu être assemblées pour l'instant, nécessitant encore beaucoup d'entraînement — des quarts, voire des mois — avant d'être prêtes. Et, de toute façon, Octavius n'avait pas l'intention d'aider Arotek à se dégager de ses responsabilités envers les habitants de ses terres. Le roi avait souri avec fierté en apprenant qu'Aithen avait lui aussi refusé la requête du seigneur.

Une Lux Baiula était donc tout ce que le seigneur Arotek aurait. Il était d'ailleurs peu probable que le Scytale retournât sur ses terres. D'un autre côté, il y avait une petite chance pour que la Lux Baiula fût capable de faire changer Arotek d'avis sur la sororité si elle aidait à soigner les blessés, et si les habitants en remerciaient leur seigneur — cela aurait un résultat positif, ce qui rendit la tâche d'Octavius plus facile pour convaincre Krystiana d'envoyer quelqu'un immédiatement. Mais le roi et la Magna Mater s'étaient également mis d'accord sur le fait que dépêcher « n'importe quelle » docteure n'était probablement pas une bonne idée, et qu'il vaudrait mieux, pour la réussite de la mission, envoyer l'une des meilleures docteures de la sororité, même si l'idée de faire un tel honneur à un homme aussi désagréable et répugnant ne plaisait pas à Krystiana. Ce fut ainsi que l'on alla chercher Fausta Lux Baiula, une docteure de haut rang et ancienne conseillère du roi Juur no'Duur de Yerlah, à dos de furan et qu'elle volait maintenant en direction de Mélinor.

En repensant à tout cela, Aithen se demanda si, à sa place, il aurait fait le même choix que son père. Le plan d'Octavius était génial et allait faire d'une pierre deux coups. Aithen espérait qu'il serait aussi sage et perspicace que son père lorsque ce serait son tour de monter sur le trône, même s'il ferait certaines choses différemment, comme… mais avant de laisser ses pensées s'enfoncer au plus profond du souvenir désagréable de son père abandonnant Toras et les autres hommes aux prises avec les horribles créatures, Aithen s'interrompit, et reporta son attention sur ses soucis initiaux : ses cauchemars. Il avait l'intime conviction que Rivière utilisait les rêves du prince pour l'appeler. Il n'était pas certain que le Locarus pût le faire, mais si les Lux Baiulae en étaient capables, pourquoi pas les Locari ?

Au moment où il enfilait son pantalon, son torse imberbe toujours nu — la plupart des Kynariens étaient très peu poilus, trait que les Mêlés conservaient — on frappa à la porte. C'était Kildare. Aithen fronça les sourcils, légèrement ennuyé, et dit : « Entre, Kil. »

Le jeune homme apparut et baissa la tête en voyant le prince torse-nu. Les écuyers aidaient généralement leur maître à s'habiller, ce qui les mettait rapidement à l'aise à la vue de leur maître à moitié, voire complètement, nu, mais comme Aithen préférait s'habiller seul, Kildare ne s'était donc jamais habitué à voir son maître autrement qu'entièrement vêtu.

« Mon Prince, Élyana Lux Baiula est ici. Elle demande à vous voir… dois-je lui dire de revenir plus tard ? »

Maintenant, ce fut Aithen qui trouva la situation gênante. Son premier réflexe fut d'ordonner à Kil de faire attendre Élyana dans son bureau pendant qu'il finissait de s'habiller, mais il était impatient de partir et ressentit l'envie soudaine de, eh bien de provoquer Élyana, et il dit à Kildare : « Non, fais-la entrer. »

Le pauvre garçon rougit tandis qu'il acquiesçait, et sortit de la chambre pour aller chercher la Lux Baiula, espérant que son maître aurait le temps de s'habiller avant l'arrivée de la femme.

Quand Kil revint et qu'il vit que le prince n'était toujours pas habillé, il lui demanda à nouveau s'il devait faire attendre la Lux Baiula hors de la chambre, mais Aithen lui répondit agacé : « Kil ! Pourquoi — ? Rah ! Fais-la juste entrer, s'il te plaît. »

Le pauvre Kildare sortit de la chambre, mortifié, et fit immédiatement entrer Élyana. Elle passa la porte au moment même où Aithen nouait les lacets de ses bottes, son torse mince et musclé toujours nu. Ce n'était pas la première fois qu'Élyana voyait Aithen torse nu — celui-ci s'entraînait souvent avec les gardes sans chemise — mais c'était la première fois qu'elle le voyait ainsi dans sa chambre, et elle sentit son cœur s'emballer dans sa poitrine. Son éducation prit cependant rapidement le dessus, et elle ravala une inspiration de surprise.

Aithen sentit un feu embraser sa poitrine à la vue d'Élyana. Son accueil fut à la fois chaleureux et pressé lorsqu'il dit : « Élyana, viens. Kil m'a dit que tu voulais me parler ? »

« Aithen. J'aurais pu t'attendre dans ton bureau, si j'avais su que tu étais… »

« Ne sois pas bête, Élyana, je — . »

« Je ne *suis* pas bête, Aithen. Enfin — . »

« Excuse-moi, Élyana, tu sais ce que je –, tu sais que je n'ai pas –, arg. Çä ne me dérange pas, Élyana. » Puis, d'une voix plus douce, Aithen ajouta : « Ta présence me fait toujours du bien. »

Élyana ne répondit pas à l'aveu du prince, mais elle sentit ses vaisseaux sanguins se dilater d'un seul coup, et elle retint immédiatement la réaction, bien que sa voix trahît ses sentiments en disant : « Enfin, comme j'ai commencé à te le dire, je voulais t'apporter quelques nouvelles que je viens juste de recevoir de Tania. Elle m'a informée de la communication par pensée que Méla Lux Baiula — la docteure que nous avons dépêchée avec l'équipe de secours — lui a envoyée hier soir, pour lui dire qu'ils ont retrouvé les survivants de la troupe de ton frère. »

Le visage d'Aithen s'éclaira subitement, puis s'assombrit aussitôt avec un air inquiet, mais il ne dit rien, attendant d'en savoir davantage. Élyana poursuivit : « L'équipe de secours est arrivée dans la région occidentale des monts Colossi à la fin du dix-septième Sextus, comme tu l'avais ordonné, mais il leur a encore fallu deux jours pour localiser les hommes. Ils ont trouvé le primus Kendor, l'un des gardes de Toras, ainsi qu'un de tes officiers — le secundus Jamir — tous vivants. Les hommes sont restés quelques jours là-bas, pendant que Méla Lux Baiula remettait le garde et ton officier d'aplomb, car ils étaient grièvement blessés. Ensuite, ils sont allés se réfugier dans l'avant-poste de Mont-Lac où ils sont encore restés deux jours, pour que le jeune soldat, dont l'état s'était aggravé, soit complètement rétabli grâce aux soins de Méla Lux Baiula. Ils sont maintenant en route et devraient arriver d'ici demain. »

Aithen sembla prêt à éclater de nouveau. Il ressentit une puissante colère remonter de ses entrailles quand il dit : « Tous mes hommes, *morts,* sauf un officier. »

Élyana lui répondit d'un simple hochement de tête, ne pouvant trouver les mots pour approuver ou condamner ses émotions.

Le prince, qui boutonnait sa chemise, s'interrompit dans son mouvement qui, sous la pression, rendit ses doigts blancs. L'instant d'après, il se remit à fermer sa chemise, mais arracha l'un des boutons sous l'effet de la colère ; il jura.

Élyana tenta de le calmer en détournant son attention et remarqua d'un air sérieux : « Ce n'est pas la faute de tes boutons, Aithen. Mais si tu as toujours un problème avec ce qui s'est passé, tu devrais peut-être en parler à quelqu'un, chercher un conseil, un avis — parle avec ton oncle Claudius, par exemple. »

Le prince se retourna vers la femme, prêt à réduire sa proposition en miettes, puis il réalisa qu'elle essayait simplement de l'aider. Il secoua la tête, prit une profonde inspiration, et dit : « C'est simplement que je déteste perdre des hommes, et, même si je comprends pourquoi mon père est parti avec ses hommes, j'ai toujours du mal à l'accepter. »

« Aithen, j'ai l'impression que tu fais exprès de ne pas laisser partir ces émotions, et ce n'est pas bon. »

« Peut-être… Peut-être. Mais il faut que j'y aille, maintenant. » Le prince jeta un œil à son disque horaire et cria : « Kil ! »

Pourquoi y a-t-il toujours quelque chose pour gâcher mon humeur lorsque je suis avec Élyana ? J'avais tellement hâte de la voir avant de partir, et maintenant, voilà que je crie !

L'écuyer entra, inquiet.

« Oui, mon Prince ? »

« Est-ce que Xyre est prêt ? »

« Oui, mon Prince. On l'emmène à votre balcon au moment où nous parlons. »

Aithen se calma et dit avec un sourire forcé : « Merci, Kil. »

Le jeune homme se retira, l'air soulagé.

Élyana dit : « Nous devrions reparler de cela, Aithen. Je suis inquiète. »

La première réaction d'Aithen fut de froncer les sourcils et de grogner, mais il réfléchit un peu et répondit : « Je sais que j'ai été trop souvent en colère ces derniers temps, Élyana. Je le sais et j'apprécie ta sollicitude. Vraiment… c'est vrai. C'est juste que… »

Contre toute attente, Élyana sourit, et sa bienveillance, cette impression très nette qu'elle se souciait vraiment de lui, donna à Aithen envie de lui déclarer sa flamme. Il dit : « J'aimerais vraiment qu'les choses soient autrement, Élyana, j'aimerais que rien de tout ça n'soit arrivé pour que — . »

Élyana refoula une nouvelle dilatation de ses vaisseaux sanguins, et se força à répondre : « Pour que quoi ? »

« Pardon, rien. J'divague, c'est tout. »

« Voilà que tu recommences à contracter les mots. » Puis, d'une voix inhabituellement douce agrémentée d'un regard intense, elle ajouta : « J'aimerais aussi que les choses soient autrement. »

Ce fut au tour d'Aithen de sentir son cœur s'emballer. Mais Élyana ne lui laissa pas le loisir de répliquer ou de la questionner, se rendant compte qu'elle aurait du mal à contenir ses propres réactions si elle le laissait faire. Dans l'espoir d'interrompre toute autre conversation inconfortable, elle s'empressa d'ajouter : « Enfin, où vas-tu, si tu me permets de te le demander ? »

Sa question eut l'effet escompté, et le pouls d'Aithen ralentit tandis qu'il lui répondait : « Où je vais ? Où je vais… Eh bien, je dois aller au bord de l'eau. »

« Hum, j'ai remarqué que tu avais pris l'habitude d'aller au bord de l'eau certains jours par mois et toujours dans l'urgence, ce depuis des années. Cela me fait dire qu'il y a là-bas autre chose qui t'attire que la plage et l'eau. Peut-être pourrais-tu m'éclairer un jour ? »

« Ce serait avec plaisir. Un jour. Bientôt, peut-être. »

Élyana sourit de nouveau, soulagée par sa réponse, et répondit : « Alors très bien. Profite de ton escapade, Aithen. »

« Merci, Élyana. Et merci aussi de m'avoir donné des nouvelles de l'équipe de secours. As-tu déjà informé mon père et mon frère ? »

« J'irai voir ton père d'ici peu ; puis j'enverrai une pensée à mes Sœurs de Col de Corne pour qu'elles transmettent la nouvelle à ton frère. »

« À plus tard alors. »

Élyana sourit encore une fois, d'un sourire bienveillant, et s'en alla avant de laisser au prince la possibilité de réagir. Il valait mieux pour elle éviter de rencontrer les yeux implorants du prince, d'entendre son cœur battre la chamade, ou même de ressentir ses intenses vibrations.

Aithen suivit sa forme des yeux alors qu'elle passait la porte de sa chambre, s'arrêtait, l'ouvrait, puis sortait. Comme il la regardait sortir, une douce chaleur se répandit dans son corps. Il la désirait vraiment, plus que tout ce qu'il n'avait jamais désiré, et à ce moment précis, il prit la décision de ne plus résister à ses sentiments.

Puis Kildare apparut, comme surgi de nulle part, et le tira de son étrange rêverie en disant : « Mon Prince, Xyre vous attend sur le balcon. »

Le prince cligna des yeux et dit : « Merci, Kil. Fais préparer un bon déjeuner pour mon retour, s'il te plaît. » Aithen n'avait pas l'habitude de prendre de gros déjeuner, mais lorsqu'il rencontrait les Locari, il revenait toujours avec un appétit vorace. C'était peut-être plus la nage que les Locari qui lui prenait toute son énergie — comment savoir ? Mais comme il allait rarement sur la plage seulement pour nager, il ne pouvait pas connaître la véritable raison de sa faim. Et puis, qu'est-ce que ça pouvait faire ?

Kil répondit : « Comme d'habitude, mon Prince. J'ai entendu dire que le fils du poissonnier Brak revenait cuisiner au palais aujourd'hui. »

Aithen lui jeta un regard étrange : « Ah oui ? Je ne me rappelle pas l'avoir invité de nouveau. »

« C'est Élyana Lux Baiula qui l'a fait, après votre dîner il y a deux quarts. Apparemment, vous aviez bien aimé son repas. »

« C'est vrai. Mais — »

Un puissant reniflement d'impatience en provenance du balcon interrompit Aithen. Le prince se tourna vers son écuyer et lui lança, tandis qu'il se dirigeait vers le balcon : « Assure-toi simplement que le fils du maître Brak prépare un bon déjeuner aujourd'hui, Kil ! Tu sais combien je suis affamé quand je reviens des côtes. J'arrive, Xyre. Ah, enfin. »

Son destrier le salua gaiement et le poussa légèrement pour le mettre en selle, ce qu'Aithen fit après avoir vérifié que les poches d'eau étaient bien remplies et qu'il avait le gâteau qu'il aimait tant manger lors de ses « escapades » — comme avait dit Élyana. Il vérifia également que son couteau de chasse se trouvait bien dans son fourreau, à droite de la selle. Comme il s'y attendait, tout était en ordre, et s'il faisait toujours ces vérifications, c'était uniquement parce que son père le lui avait appris, depuis le jour où Aithen avait commencé à commander. Mais ses hommes — des garçons d'écurie aux gardes — ne lui avaient jamais donné une seule raison de devoir contrôler leur travail. En effet, les hommes et les femmes de la maison royale étaient les personnes les plus dignes de confiance de tout le royaume, grâce aux méthodes de recrutement très sélectives que la taille de l'Alvinorie rendait possibles (près de deux millions d'hommes et deux millions et demi de femmes, selon le dernier recensement). Bien sûr, il était déjà arrivé que la Couronne et un vassal voulussent le même homme ou la même femme, et dans ce cas, la Couronne faisait valoir un droit ancestral selon lequel le Trésor royal pouvait acheter les services de quelqu'un. Pour cela, le Trésor payait chaque année des frais d'Avantage à ce vassal, tant que l'homme ou la femme restait attaché à la Couronne ; ce système avait notamment permis à la Garde royale de compter les hommes les plus affûtés du royaume.

Mais, à présent, Aithen se demandait si Harlion et lui pourraient continuer de recruter de si bons effectifs avec les temps sombres qui se profilaient. En effet, lorsque les besoins d'une armée dépassaient un certain pourcentage de la population, comme c'était le cas en temps de guerre, la qualité des recrues en pâtissait inévitablement.

Tout haut, Aithen demanda à son furan : « Mais, ai-je vraiment les meilleurs hommes, Xyre ? Il semblerait que depuis Col de Corne — ou peut-être depuis l'arrivée du Zébulonien ? – nombre de mes hommes ont démontré d'étranges comportements. »

Xyre renifla avec incertitude, puis secoua la tête, impatient. Ce geste rappela à Aithen la raison de son vol du jour. Il repoussa donc cette pensée et, sans plus attendre, monta le furan, en disant : « C'est bon, mon ami, tu sais où on va ! » Et, sous la légère pression des talons de son maître, Xyre décolla.

Le furan s'élança avec un cri strident qui résonna dans toute la capitale, avant d'être repris par les deux mille furans installés dans les environs. Ces cris réveillèrent probablement quelques personnes qui dormaient encore et qui se précipitèrent sur les balcons pour maudire leur auteur. Mais Xyre était déjà sorti de la ville et Aithen n'entendit pas leurs insultes.

Comme Xyre se dirigeait vers la baie royale, la fébrilité grandit en lui autant qu'en Aithen, même s'ils avaient tous deux des raisons différentes. Aithen était impatient de savoir si le Locarus l'avait bel et bien appelé, et si oui, pourquoi. Xyre avait hâte de se rafraîchir dans les eaux de la baie, et de chasser ses collations favorites.

* * *

Debout, au bord de l'eau, après avoir sauté de son destrier, Aithen dit : « Que j'aime cet endroit ! N'est-ce pas splendide, Xyre ? » Le furan répondit à la bonne humeur de son maître par un cri joyeux.

« Regarde ! Les algues de la falaise sont maintenant d'un jaune vibrant, alors que la dernière fois que nous sommes venus, elles étaient vertes, rouges et mauves. J'ai lu dans un livre de la bibliothèque d'Élia Lux Baiula que c'est à cause de la salinité de l'eau qui augmente avec la hausse de température tout au long de l'été. »

Xyre secoua la tête, non pas en réponse à ce qu'Aithen venait de lui dire, mais plutôt à cause de son excitation à entendre des choses filer dans l'eau. En effet, les poissons avaient apparemment frayé depuis leur dernière visite, et leurs alevins envahissaient les eaux peu profondes le long de la côte. Là, ils cherchaient refuge parmi les végétaux pour se protéger des prédateurs qui rodaient dans les eaux plus profondes. Leurs mouvements dans l'eau produisaient des vibrations qui fendaient l'air jusqu'au duvet sensible du bec de Xyre. Le furan se mit à chercher la source des vibrations en fouillant l'herbe mauve, tournant sa tête de tous côtés. Mais la « source » ne cessait de se déplacer et rendait le furan fou de ne pas pouvoir la localiser.

On pouvait apercevoir les femelles de plusieurs espèces lézardines nager un peu plus loin ou se prélasser au soleil à une certaine distance des deux intrus. Les créatures étaient à présent prêtes à mettre au monde leur progéniture dont l'abondance d'alevins favoriserait la croissance rapide.

Aithen baissa les yeux vers l'eau et dit : « Tu préfères les poissons frétillants aux algues immobiles, n'est-ce pas ? Je te comprends, c'est plus excitant. »

« Regarde ! Ce sont des alevins dent-de-rasoir ! On les reconnaît à leur corps plat. Ah ah ! Heureusement qu'ils sont inoffensifs quand ils sont petits, sinon nous devrions nous en aller. »

Xyre, qui était impatient de plonger, poussa un cri contrarié et poussa Aithen.

Le prince lui répondit d'un regard ennuyé ; Xyre n'aimait peut-être pas la vue, mais lui, si. Il regarda encore une dernière fois la falaise scintillante, puis se déshabilla et dessella son furan surexcité.

« Bon, le premier arrivé ! »

Et l'homme et la bête plongèrent ensemble dans un fracas qui effraya poissons et lézards. L'eau était effectivement plus chaude que lorsqu'ils étaient venus, quelques quarts plus tôt, comme Aithen l'avait prédit à la coloration des algues. Aithen fut soulagé de constater qu'il était encore capable de donner du sens à certaines choses de la vie, fussent-elles insignifiantes par rapport à tout ce qui se passait.

Aithen nagea à côté de Xyre, soit trois mètres à sa droite, afin d'éviter de se faire renverser par les ailes du furan qui étaient maintenant devenues des nageoires. Les poils du furan, ainsi que les membranes de ses ailes s'étaient également transformés au contact de l'eau : les membranes s'étaient réunies et les poils avaient fusionné avec sa peau, formant une surface lisse propice à la nage. Aithen trouvait son furan plus laid ainsi, mais tout cela témoignait d'une adaptation impressionnante.

Aithen ne possédait aucune adaptation remarquable à l'eau, mais il avait appris depuis des années à retenir sa respiration aussi longtemps que son furan, chose particulièrement impressionnante puisque les furans étaient capables de retenir leur souffle pendant plus de dix minutes. Aithen l'avait appris ici, lors de son entraînement physique et mental avec son père. Le prince avait alors douze ans. L'apprentissage de la nage immergée de longue durée faisait partie de l'une des nombreuses épreuves avec lesquelles Octavius avait défié son fils pour l'aider à développer son corps comme son esprit. Octavius avait ensuite fait de même avec Toras. Les exploits de natation consistaient pour Octavius à envoyer un disque dans l'eau, à une dizaine de mètres des côtes et à demander à Aithen de le rapporter avant son furan. Au bout de quelques années, Aithen était non seulement devenu un excellent nageur, mais il avait aussi appris à absorber un maximum d'oxygène dans ses poumons, à réaliser des mouvements minimes afin de maîtriser sa réserve d'air nécessaire à la nage comme à son cerveau, et à dominer sa peur de la mort — chose qui lui avait déjà été fort utile et qui continuerait à l'être dans les jours à venir.

À présent, Aithen se souvenait de sa rencontre avec les Locari, dix ans auparavant, et remerciait la formation de son père pour cela. En grandissant, il avait souvent entendu parler d'histoires de noyés sauvés par des créatures, mais aucun survivant n'avait jamais été capable de se rappeler quoi que ce fût pour identifier ces créatures. Alors ce jour-là, pour son quatorzième anniversaire, il était venu dans la baie, déterminé à prendre l'une de ces créatures en flagrant délit. Il avait commencé par envoyer Xyre chasser sur la plage pour éviter qu'il ne perturbât son projet. Il était entré dans l'eau, et, une fois assez loin des côtes, il avait fait semblant de se noyer, criant et s'agitant. Au bout de quelques minutes, il ralentit ses mouvements et sa fréquence cardiaque, prétendant d'être inconscient. Son stratagème fonctionna et il fut grandement récompensé lorsqu'il sentit, qu'autour de lui, l'eau se déplaçait, mue par quelque chose d'énorme. Il fit de son mieux pour garder les yeux fermés afin de maintenir son battement lent et paisible, jusqu'à l'apparition des créatures mythiques.

Aithen allait manquer d'oxygène lorsque cela se produisit enfin, et que quelque chose le toucha. Il ouvrit les yeux et découvrit une créature encore plus fabuleuse qu'il se l'était imaginée. Celle-ci, surprise de trouver l'humanoïde tout à fait conscient, s'éloigna. Ce faisant, elle s'approcha d'un congénère et tous deux parurent communiquer. Et puis, il se passa une chose extraordinaire — Aithen sentit un mouvement d'eau l'envelopper soudain. L'eau, à l'intérieur de la « bulle », sembla plus légère, et il s'y enfonça. Puis le liquide entra dans ses poumons et le prince commença à paniquer. Mais il se calma lorsqu'il se rendit compte qu'il pouvait respirer ! Stupéfié et émerveillé, il regarda les créatures qui se trouvaient devant lui ; elles le regardèrent attentivement pendant un moment, tournèrent autour de lui et se mirent à nager. Aithen crut qu'elles le quittaient, et il cria, mais alors, une sorte de filament sortit des créatures et entourèrent la bulle qui se mit à bouger, entraînée par les deux congénères.

Quelques minutes plus tard — minutes qui parurent une merveilleuse éternité à Aithen, tandis qu'il fixait les créatures qui glissaient devant lui — la bulle s'arrêta dans une secousse. Il avait été emmené dans ce qui semblait être leur repère. Quelques instants plus tard, une créature encore plus impressionnante que les deux autres s'approcha de lui. C'était celle qu'il connaissait aujourd'hui sous le nom de Rivière, leur chef. Aithen fut tout d'abord confus et étourdi par un flot de pensées et d'images qui submergèrent son esprit, et qui semblaient venir de la créature devant lui. Finalement, le flot ralentit, et Aithen comprit que la créature lui avait souhaité la bienvenue, et l'avait invité à revenir.

Depuis ce jour, Aithen était revenu régulièrement dans la baie, pour rencontrer les Locari, et, avec l'aide de leur chef, il avait appris leur langage ainsi que des choses qu'*eux* seuls connaissaient à propos de l'histoire de K'Tara. Pour de nombreuses raisons, ses visites avaient été moins fréquentes ces deux dernières années, et la dernière fois qu'Aithen était venu, il avait eu du mal à communiquer avec le Locarus. Qu'il était facile d'oublier une langue, et que cet oubli était frustrant !

Comme avant, lorsque les Locari arrivèrent, l'eau tourbillonna, comme repoussée par un immense vaisseau. Rivière et ses congénères formèrent un cercle autour d'Aithen, plaçant Rivière en face de lui. Ensuite, ils créèrent, comme d'habitude, une grosse bulle d'eau dans l'eau autour d'Aithen, pour lui permettre de respirer. La forme de Rivière lui semblait toujours surréaliste, même après toutes ces années. Une fois qu'Aithen se mit à respirer, le Locarus envoya : « *Nageoires touchent.* »

Aithen forma sa réponse : « *Nageoires touchent* » qu'il envoya avec son esprit, sans doute par le Lien, bien qu'il n'en fût pas sûr, mais il demanderait à Élyana lorsqu'il lui parlerait des créatures — bientôt.

Le Locarus envoya une image de la lune décroissante, puis celle d'un tourbillon d'eau. Cela signifiait qu'un cycle lunaire s'était passé depuis leur dernière rencontre, et que le monde avait connu des chamboulements.

Bizarrement, Aithen n'eut pas de difficulté à former ses pensées, cette fois. Il répondit : « *Oui, et ces eaux me déconcertent aussi.* » Aithen voulut ajouter un « mais » à ses pensées, mais comme il n'avait pas encore appris à le faire, il continua la transmission en ajoutant un « aussi » à son image. « *Mon frère et mon père troublent aussi mes eaux.* » Il espéra que cela fonctionnerait.

Rivière sembla comprendre et renvoya : « *Sur ton esprit, une ombre je vois. Dissiper vite cette ombre tu dois, car te détruire elle va.* »

Aithen envoya : « *Il y en a une qui m'aide à y voir plus clair* », après quoi, il secoua la tête, se demandant pourquoi il avait dit cela.

« *Celle-ci, celle de tes semblables qui le vivant à l'inanimé peut lier elle est.* »

Aithen réfléchit un instant au sens de ces images, puis répondit : « *Oui.* »

« *Celle-là, bonne pour toi elle est.* »

Aithen paniqua et tenta de cacher ses pensées au Locarus, tandis que l'image et l'odeur d'Élyana apparurent dans son esprit, excitant ses sens.

Le Locarus le remarqua et dit : « *Pas peur, Jeune qui marche.* »

Mais Aithen ne savait pas s'il pouvait accepter que le Locarus connût ses pensées intimes, et il envoya une image de lui-même recouvrant une pensée — comme une petite boule de lumière brillante — avec sa main.

Le Locarus lui envoya un hochement de tête, et poursuivit : « *La sagesse de ton père tu connais, et nager avec lui tu dois.* » Puis il envoya une pensée qui semblait représenter des eaux limpides et cristallines au loin, coulant vers l'*ici*, où se trouvait Aithen, et s'éloignant. C'était la métaphore de quelque chose qui avait toujours été dans la vie d'Aithen, et qui continuerait.

Lorsque le Locarus envoya ces pensées, des images — générées par l'esprit du prince — lui apparurent ; celle de son père à ses côtés dans tous les moments importants de sa vie ; celle de son père apaisant une foule en colère ; celle de son père tenant ses promesses à sa famille, à ses sujets, de manière indéfectible… tant que ses promesses ne dépendaient que de lui, ce qui signifiait qu'il en faisait peu, alors qu'il était l'homme le plus puissant du pays. Cette dernière pensée attrista Aithen, et sa tristesse fit place à la résurgence de sa colère, avec les images de son père abandonnant Toras et les autres hommes au pied des monts Colossi. Il avait eu tort ! Et sa décision, bien qu'Aithen l'eût comprise, continuait de le révolter.

« *Jeune qui marche, un nuage sombre dans ton esprit je vois, qui la décision de ton père recouvre. Mais nécessaire, cette décision était.* »

Aithen se demanda : *Comment sait-il tout cela ?*

« *Ouvertes à moi tes pensées sont, Jeune qui marche, et la vérité cachée que toi-même tu nies, je sens.* » Puis il envoya la pensée d'un fleuve se scindant en deux, le bras gauche, tortueux et sombre, le droit, rectiligne et limpide. Une image de son père se trouvait à l'embranchement, et une autre était en aval des deux bras. L'image en amont était nette, tout comme celle en aval du bras droit. Mais celle en aval du bras gauche était sombre. Et Aithen sentit souffler un vent — ou quelque chose qui y ressemblait — qui poussa son père d'un côté, puis de l'autre.

L'espace d'un instant, Aithen resta avec cette pensée, troublé, sans la comprendre. Mais le Locarus lui envoya une nouvelle pensée qu'il interpréta correctement : « *Ces doutes sur ton père, le pousser dans les flots sombres peuvent.* » Aithen sentit grandir en lui la honte. Comment pouvait-il à ce point douter de son père ?

Aithen envoya au Locarus l'image de lui-même baissant la tête — ce qui signifiait qu'il le remerciait.

Une profonde sensation de paix passa du Locarus au prince, puis l'inquiétude y succéda. Il envoya : « *Jeune qui marche, appelé je t'ai, car d'autres courants il y a, et t'en avertir je dois. Parmi ceux qui le vivant à l'inanimé peuvent lier, certains tes eaux empoisonnent.* »

Le prince sentit son estomac se contracter, et il eut soudain envie de vomir ; est-ce que Rivière venait de le mettre en garde contre les Lux Baiulae ? Aithen lui envoya une question empreinte d'angoisse.

Rivière lui répondit : « *Certains, parmi elles… traîtresses sont. Tes eaux elles troubleront, pollueront et empoisonneront. Te préparer à cela tu dois.* »

Aithen sentit son cœur défaillir. Comment pourraient-ils s'en sortir si même la sororité n'était plus digne de confiance ? Aithen demanda avec hésitation : « *Rivière, sais-tu qui sont ces…* » Aithen ignorait comment former l'image de « traîtresses ». Peut-être avec celle d'un ami qui le poignardait ? Cela ne fonctionna pas et Rivière lui renvoya l'image d'un choc. Aithen fit une nouvelle tentative en lui envoyant l'image d'un ami au milieu d'une troupe ennemie où tous riaient de lui. Cela marcha, et Aithen transforma son message en question sur l'identité de ce faux ami qui représentait les traîtres.

« *Cela, voir je ne le peux pas, Jeune qui marche, mais partout dans ce que votre espèce appelle… Urbs Lucis… leurs vibrations inondent.* »

A-t-il envoyé cela ? La sensation était différente de celles de ces envois habituels, et le nom de la sororité sembla avoir été envoyé dans le langage d'Aithen. Le prince se frotta les tempes. La sensation de frottement était étrange dans le fluide léger qui lui permettait de respirer. Il pensa aux fondements de la sororité infestés de traîtres, et il frissonna.

Le Locarus envoya une nouvelle pensée : « *Ceci, ces Marcheurs feront : tes eaux pollueront et empoisonneront, car faibles ils sont. Et rejoindre les eaux de ce que… Temptatori vous appelez, ils vont.* »

Aithen sentit sa tête tourner tandis qu'il tentait de donner du sens à tout ce qu'il venait d'apprendre du Locarus. Il eut besoin de prendre une grande inspiration et de se calmer, mais il paniqua au moment où il commença à remplir ses poumons, pensant se noyer.

« *Jeune qui marche.* » Pas de réponse.

« *Jeune qui marche, respirer tu peux.* »

Au second envoi de Rivière, Aithen se calma, prit une respiration plus longue et plus contrôlée, et se calma un peu plus. Après quelques instants, il envoya l'image de lui-même tête baissée devant le Locarus, pour le remercier de nouveau. Puis il envoya l'image de sa question : « *Rivière, sais-tu qui sont les Temptatori ?* »

Le Locarus lui renvoya une pensée frustrée.

« *Savoir je ne peux pas, sauf s'ils sont aux Locari connectés ou si dans ton esprit déjà ils se trouvent. Mais leurs vibrations je sens, dans les montagnes, là où le fleuve au sud de ta cité sa source prend.* »

Le prince comprit soudain : Kartak.

Rivière continua : « *Là, des plans ils forment pour dans notre orbe le démon faire venir.* »

Aithen envoya, paniqué : « *Rivière, connais-tu quelque chose sur celui qui nous appelons le Porteur des ténèbres ?!* »

« *Les Locari* quelque chose *ne connaissent pas. Les Locari connaissent* Lui *!* »

Le visage du prince se déforma sous l'effet de la surprise et en face des millions de questions qui l'envahissaient, aussi mouillé et ridé qu'il fût dans sa bulle d'eau. Aithen eut également l'impression de sentir l'eau palpiter autour de lui.

Il envoya deux questions : « *Rivière, comment le connais-tu, Lui ? Et pourquoi te soucies-tu de moi, de ma famille et de mon espèce ?* »

« *Un bébé pour nous ton espèce est. Et parmi ceux de ton espèce, toi et ta famille nos soins vous méritez. Mais les Locari ne veulent pas voir ta famille* ou *ton espèce des victimes du taupe en cage devenir.* »

Autour d'Aithen et des Locari, l'eau se mit à vibrer et à bouillonner violemment lorsque Rivière envoya cette dernière pensée.

Aithen demanda : « *Est-ce que tu es en train de dire… d'envoyer… et qu'est-ce qu'une…* taupe en cage *?* »

Aithen eut l'impression que le Locarus avait ri en recevant l'image d'un rongeur dans la question d'Aithen. Mais tout de suite après, Rivière envoya la pensée d'un fondateur en train de nager dans sa propre folie. Cependant, la pensée qui accompagnait l'image ressemblait toujours à une « taupe en cage ». Donc, Aithen inventa un mot humain — et dépourvu de sens — pour l'envoi du Locarus.

Aithen envoya : « *Topancage ?* »

« *Topancage !* »

Aithen eut soudain envie de rire, bien que le sujet ne fût pas drôle du tout. Au lieu de cela, il secoua la tête et sentit son cœur chavirer tandis que l'eau se remettait à vibrer autour de lui.

Rivière continua, mais ses pensées semblèrent différentes ; Aithen avait plus de facilité à les interpréter à présent : « *Les* Locari *avant les humanoïdes étaient là ; l'œuvre des fondateurs nous ne sommes pas, car nous sommes de cet orbe. Il y a plus de vingt-quatre mille cycles solaires, avant même que je vienne au monde, celle que comme créatrice vous vénérez est venue à nous.* »

Aithen leva les sourcils en entendant cela ; il ne vénérait pas la créatrice.

Rivière ne parut pas le remarquer et continua : « *La permission elle nous a demandé de déposer les fœtus de tes ancêtres ; un besoin impérieux, pour elle et pour son espèce, c'était à cause de la misère de leur monde. La permission elle a demandé d'apporter des graines de quelques plantes et des créatures de son monde. Pour nous convaincre, le potentiel de tout cela, la beauté qui pourrait être engendrée, elle nous a alors montré. »*

« Mais nous avons eu peur que cette nouvelle vie interfère avec les habitants de K'Tara — avec nous —. Votre créatrice nous a promis que cela n'arriverait pas, et qu'assez de matières pour permettre aux anciennes comme aux nouvelles vies de se développer sur notre orbe il y avait. Elle a dit que la nouvelle vie celle qui existait déjà viendrait compléter. Pour s'assurer qu'il en serait ainsi, quelqu'un digne de confiance elle a promis d'envoyer, pour veiller à vos besoins et à votre éducation, et pour que tes semblables dans le respect de notre orbe se développent. Nous avons accepté. »

« La promesse de la créatrice s'est réalisée, et notre orbe d'une beauté nouvelle s'est empli. Admirablement adapté à la vie sur K'Tara le Typdeux[74] était. Pendant longtemps, nous avons parcouru le monde, remplis d'admiration, et pleins de reconnaissance pour Aiala'Rhi. »

Aithen se sentit étourdi. Pour la seconde fois en quelques quarts, quelqu'un lui faisait des révélations qui dépassaient son entendement, des choses qui remettaient toutes les vérités qu'on lui avait enseignées en question. *Mais comment se fait-il que ses envois soient bien plus fluides qu'il y a quelques minutes ? Je jurerais que quelqu'un d'autre prend sa place par moments.* Il voulut poser la question, mais le Locarus reprit son récit fabuleux, malgré une certaine tristesse sur son étrange visage.

« Le bonheur n'a pas éternellement duré, car les humanoïdes sont rapidement devenus indisciplinés et

---

[74] Typdeux (le) : Terme locarain qui désigne les formes de vie ayant évolué à partir de graines déposées par les fondateurs sur K'Tara.

insatiables, le chaos partout sous leurs pieds semant, et, pour la première fois, K'Tara a connu la guerre. »

« Et quand le Topancage ! est arrivée, il a corrompu les faibles, et avec l'aide de l'un de vous, appelé l'Umbra, il a installé le chaos pour établir son foyer dans cet orbe. Heureusement pour votre espèce, le topancage ! vous avez enfin vaincu, mais K'Tara n'était plus notre orbe. »

« Quand la créatrice a déposé votre espèce ici, nous marchions toujours sur cette terre, nous volions au-dessus de K'Tara, et nous nagions dans ses eaux. Mais les humanoïdes ont changé tout cela et tout cela ont corrompu, et dans les mers où le topancage ! et votre espèce avaient encore peu de pouvoir, nous nous sommes retirés. Un jour peut-être viendra ou même les mers dépouillées seront. »

Aithen ressentit un puissant dégoût contre ce qu'il savait vrai, le besoin constant des humanoïdes — enfin, pas tous les humanoïdes, seulement les Humains et les Zébuloniens, a priori — de toujours conquérir de nouvelles terres, de les transformer et de les adapter à eux plutôt que de s'adapter à elles. *Mais pourquoi on n'apprend pas cette histoire-là ?! Pourquoi nos livres d'histoire, notre art, ne disent-ils rien sur les Locari ? Les Lux Baiulae doivent certainement les connaître, connaître cette part de l'histoire. Et les Cordons jaunes, ne devraient-elles pas savoir que toutes les espèces k'taranes n'ont pas la même origine ? Cela pourrait expliquer tant de choses !*

L'expression de Rivière changea à nouveau, et son sourire sembla revenir sur ses lèvres inhumaines. Il dit : *« Pendant les années sombres, les — . »*

« Les années sombres ? »

« Pendant la Guerre des ténèbres, comme ton espèce nommez la période, masqués les Locari sont revenus sur la terre combattre aux côtés de ton espèce. Puis, nous avons

découvert le courage et la loyauté de ta famille. À tes ancêtres les miens ont dû leur vie, Jeune qui marche. C'est pourquoi, il y a plusieurs cycles, on t'a mené à moi. »

Père ne m'a jamais parlé de cette relation entre les Locari et notre famille. Est-il au courant ? Aithen reporta son attention sur le Locarus et envoya : « *Merci, Rivière. J'ai appris beaucoup de choses aujourd'hui, et je t'en suis... reconnaissant, même si ce que j'ai appris... recouvre mes eaux d'inquiétude et de confusion. Je vais retourner sur la terre à présent, et je reviendrai lorsque la lune éclairera la mer.* »

L'immense bête — devrait-il l'appeler bête ? Elle était bien plus sage que tous les humanoïdes qu'il connaissait, malgré sa forme de monstre de mer —, la créature envoya un signe de tête suivi d'une pensée qui ressembla alors davantage à ses premiers envois : « *Jeune qui marche, comme un bras balayé par un torrent peut-être tu te sens. Avec toi ce savoir j'ai partagé, pour que le* vrai *torrent qui t'attend tu puisses éviter.* »

Aithen se gratta la tête, perplexe d'entendre le Locarus revenir aux phrases inversées qu'il avait l'habitude d'utiliser. Peut-être que Rivière était en train d'apprendre à agencer ses pensées à la manière des alvinoriens. Quoi qu'il en fût, Aithen lui envoya l'image de lui-même tête baissée pour le remercier.

Mais Rivière n'avait pas terminé et il envoya : « *Cette vérité, je l'ai déjà envoyée : ce qui compte pour les Locari, c'est ta survie. Pour cela, nous devons t'aider. C'est pourquoi un autre de mon espèce va communiquer avec toi.* » À la fin de l'envoi de Rivière, un autre Locarus s'approcha par-derrière. Il était d'un orange vif. Plus petit que Rivière, il restait tout de même énorme à côté d'un humain. C'était la première fois qu'un autre Locarus s'approchait d'Aithen depuis qu'ils l'avaient sauvé et emmené auprès de Rivière, il y avait de cela si longtemps désormais.

Les envois de celui-ci étaient plus mélodieux et bien plus faciles à interpréter que ceux de Rivière. Quelque chose lui fit se demander s'il n'avait pas été à l'origine des derniers envois de Rivière. Et, était-ce une femme Locarus ?

« *Aithen* », envoya-t-il, ce qui surprit le prince, car leur chef n'avait jamais utilisé son nom humain, « *Je suis Courant. Nageoires touchent.* ».

« *Nageoires... Je... nageoires touchent. Tes pensées sont différentes... Courant.* »

Le Locarus envoya un sourire, et il sembla à Aithen que même sa bouche avait esquissé un sourire. Ses yeux parurent briller encore plus fort en envoyant la pensée du sourire : « *Je suis elle.* »

Aithen envoya une pensée de surprise.

La créature envoya à nouveau, avec des vibrations toujours plus intenses : « *Je suis venue te sauver il y a longtemps.* »

« *Toi, c'est toi que j'ai rencontré quand je t'ai...* » Il ne savait pas comment former la pensée pour « je t'ai joué un tour », donc il s'arrêta là.

« *Oui. J'étais parmi ceux que tu as rencontrés quand nous t'avons capturé.* »

Le prince était sur le point de la contredire, lorsque Rivière le coupa et envoya : « *Douée pour ton langage, Courant est, plus que moi. Et apprendre davantage elle doit. Vous connecter vous devez, Jeune qui marche.* »

« *Connecter ?* »

Courant ajouta : « *Pour les Locari, c'est important de... réapprendre complètement votre langage. Torrent voudrait que je me connecte avec toi... par ce que vous appelez... le Lien, pour que pendant les prochaines tempêtes, nous soyons prêts à vous aider, toi et ton espèce.* »

« *Torrent ?* »

« *Oui, tu penses à lui sous le nom de Rivière. C'est proche, mais pas suffisant.* Torrent *est le nom sous lequel K'Tara le connaît depuis plus de trois mille cycles solaires.* »

« *Oh. Trois mille ans ?!* »

La Locara ne sembla pas apprécier la conversion et répéta : « *Cycles solaires.* » Puis elle ajouta : « *Je vais me connecter à tes pensées, et ce qui se passe dans ta tête pendant que tu es éveillé je saurai.* »

Aithen émit un « *Qu'est-ce que !* » qui se traduisit par un grondement aigu et incertain qui déstabilisa le Locarus, ou plutôt la Locara.

Elle envoya : « *Je ne reconnais pas ton envoi.* »

« *Pardon... Je ne peux pas accepter que tu te connectes à moi de façon permanente.* »

La Locara lui renvoya une pensée pleine d'incompréhension.

Aithen envoya à son tour : « *Je ne peux pas accepter que tu te connectes à moi du lever au coucher des soleils.* »

La Locara parut comprendre, cette fois, et ses couleurs évoluèrent, passant de son orange métallique à une palette de bleus et de violets intenses. Elle semblait fâchée. Puis elle envoya une requête extrêmement puissante : « *Mais je* dois *apprendre parfaitement les envois de ton espèce !* »

Olala ! Est-ce que toutes les femelles sont aussi exigeantes ? Aithen ne savait pas comment s'expliquer avec la Locara, il se tourna donc vers Rivière, ou Torrent, et réitéra son refus. Le chef des Locari parut comprendre le caractère inapproprié de la requête et demanda à Aithen d'excuser la jeune Locara, puis de lui préciser la durée de connexion qui lui conviendrait.

Après avoir passé quelques minutes à réfléchir aux risques que pouvait représenter la connexion avec la Locara lorsqu'il se trouverait dans d'importantes réunions, ou pendant qu'il communiquerait avec des Alterintrants capables de détecter sa présence, Aithen prit sa décision. Il espérait juste qu'il ne faisait pas de bêtise, et commença à envoyer sa proposition à Rivière, « *Torrent, je peux...* » Mais il ne parvint pas à trouver l'image correspondant à « accepter », et il poussa un grognement silencieux, montrant à quel point les Locari avaient besoin d'apprendre son langage. Après quelques instants de réflexion épuisante et frustrante, à la recherche de l'exacte métaphore, Aithen eut une idée : deux personnes à un carrefour, se regardant, hochant la tête, puis avançant de conserve dans la même direction. Il choisit cette image et envoya : « *Torrent, je peux... accepter de me connecter avec Courant une heure par jour lorsque les soleils seront couchés, et une autre fois, si cela est possible, à grandjour.* »

« *Merci, Jeune qui marche. Pour en parler avec Courant, te laisser je dois. Nageoires toucheront encore quand la mer par la lune sera éclairée.* » Et la créature majestueuse s'en alla avec le reste de la troupe, à l'exception de la Locara et d'un autre — mâle ? qui prit le relai de la bulle dans l'eau.

La jeune Locara se trouvait en face de lui. Il avait bien du mal à distinguer les Locari mâles des Locari femelles, mais s'ils ressemblaient à la plupart des autres espèces k'taranes, ils devaient sans doute alterner d'un sexe à l'autre, alors qu'importait-il ? *Eh bien, cela importe parce que le genre fait partie intégrante de l'identité d'un être, même si ce genre est temporaire ; il peut expliquer les motivations, les humeurs et — mais qu'est-ce que je raconte ?*

Soudain, Aithen reçut un envoi de la part de la Locara. Elle était de nouveau en colère : « *Alors, les femmes ont toutes le même comportement quand elles sont en colère, c'est ça ?* »

« *Qu —, quoi ?* »

« *C'est ce que je viens de recevoir, Jeune qui marche !* »

La Locara ne l'appela pas par son nom cette fois. Aithen décida qu'il ferait mieux de se calmer et d'essayer de régler cela avec la créature. Le Locarus ou la Locara près de courant semblait bien s'amuser.

Aithen envoya : « *Je suis désolé, Courant. Ce n'était pas... approprié. Dis-moi ce que je dois faire pour t'aider à apprendre notre langage.* »

La Locara poussa un véritable grognement qui résonna doucement dans la bulle d'eau. « *Je vais me connecter avec toi maintenant et laisser dans ton esprit un... un morceau de pensée comme signal. Quand prêt... quand tu seras prêt à te connecter avec moi, pense à ce... morceau, et nous serons connectés.* »

Aithen acquiesça en pensée. « *Un morceau de pensée comme signal. Ça ressemble à ce que nous appelons un phare.* »

« *Oui, un phare.* »

« *Courant, est-ce que les Lux Baiulae — celles qui sont capables de relier le vivant à l'inanimé — est-ce que les Lux Baiulae pourront sentir ce phare ?* »

« *Je ne crois pas. Notre savoir du Lien est plus vieux... que... plus vieux comme. Quelle est la pensée pour cette comparaison ?* »

« *Plus vieux que.* »

« *Oui, notre savoir du Lien est plus vieux que... les humanoïdes.* »

« *Plus vieux que celui des humanoïdes.* »

« *Oui. Merci, Aithen.* »

Aithen sourit, puis, pensant que les Locari pourraient peut-être ne pas comprendre les expressions faciales des humanoïdes, étant donné que leurs propres expressions n'étaient pas aussi plastiques, il envoya également la pensée d'un sourire, qu'il représenta comme le soleil bleu caressant le visage de quelqu'un au petit matin. « *Très bien, je me connecterai à toi demain, à grandjour — peut-être. Sinon, après le coucher des soleils.* »

La Locara le remercia avec ce qui lui sembla être de l'impatience. Elle lui envoya ensuite la salutation habituelle, signe de la fin d'une rencontre, libéra la bulle, et partit avec son compagnon qui — de l'avis d'Aithen — s'était bien amusé.

***

Comme il revenait à la nage vers la rive, Aithen tenta de se rassurer par rapport à ce qui était probablement un risque nécessaire. Il devait simplement s'assurer qu'Élyana ne trouverait pas la Locara dans sa tête par mégarde. Mais elle comprendrait, il l'espérait, si elle trouvait la créature ? S'il le lui disait ? Il devrait le lui dire. Olala ! fut sa dernière pensée avant de sortir de l'eau. Incroyablement, Courant fut capable de saisir cette pensée et lui répondit avec un envoi qui semblait montrer que cela l'amusait, ce qui fit grogner Aithen. *Ça ne va pas être facile de gérer cette connexion entre nous, de toute évidence. Je dois faire attention. Fondateurs !* Tandis qu'il s'éloignait de l'eau, Aithen vit son furan qui l'attendait avec impatience. Il se demanda depuis combien de temps Xyre l'attendait là. Il leva les yeux et remarqua que les soleils avaient maintenant légèrement dépassé leur zénith et il dit : « Je suppose qu'il est temps de rentrer à la maison, Xyre, n'est-ce pas ? »

Pour seule réponse, le furan poussa un cri plaintif mais puissant.

***

544

Lorsque Xyre atterrit sur le balcon d'Aithen, une bonne odeur parvint aux narines du prince depuis l'intérieur et l'incita à venir assouvir sa grande faim. Aithen fut surpris puisque Kil lui avait dit que ce serait le fils du poissonnier Brak qui préparerait son repas, et, bien qu'il eût apprécié le molpoisson, il n'était pas sûr qu'une nourriture aussi raffinée serait capable de le satisfaire aujourd'hui. Mais Kil avait dû avertir Brakis, et celui-ci avait sans doute accepté sa requête, car sur la table, se trouvait une assiette remplie de crout sauvage braisé dans une sauce aux fruits rouges, accompagné d'œufs de lézards et d'une salade de roux. En s'asseyant, Aithen se dit qu'il aimait vraiment beaucoup Kil, malgré ses bizarreries. Puis, comme il mettait son premier morceau de viande dans sa bouche, son esprit s'égara et il se demanda si les lézards et le crout étaient issus d'espèces indigènes k'taranes ou s'ils étaient eux aussi des Typdeux. Mais comme il ne pouvait pas le savoir — il n'était pas chercheur, après tout — il décida donc d'apprécier tout simplement ce repas. Aussi bizarre que cela put paraître, il ne pensa pas aux révélations ni aux avertissements inquiétants de Rivière. Au lieu de cela, il se mit à penser à… Élyana — il avait envie de la voir. Ce fut à ce moment que le souvenir de son pacte avec la Locara lui revint en mémoire, avec toutes les choses que son chef lui avait dites.

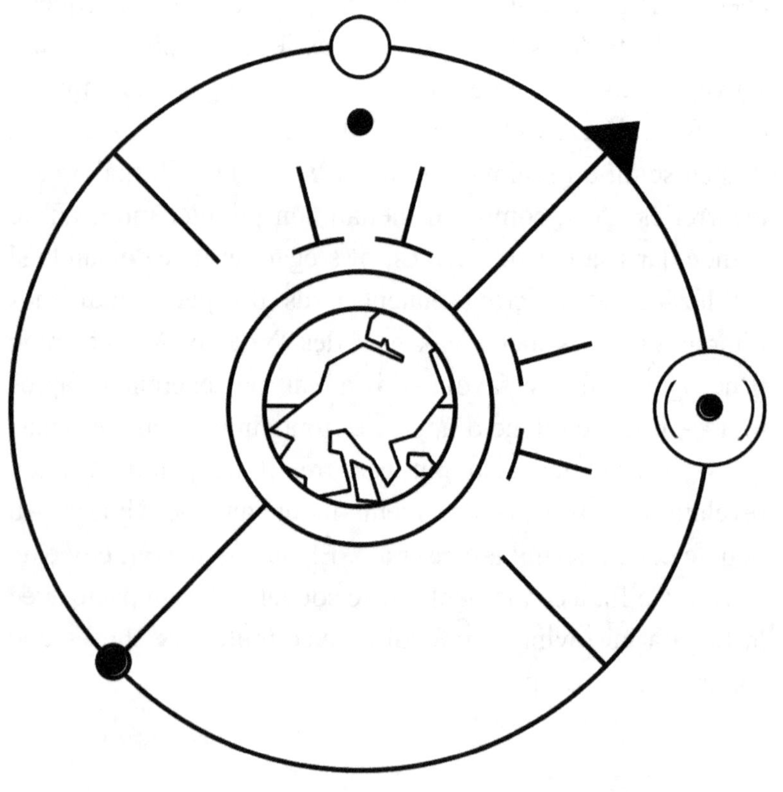

XXIV D'AUTRES RÉVÉLATIONS

Le lendemain de la rencontre troublante d'Aithen avec les Locari, la nouvelle que tout le monte craignait arriva dans la capitale : le Scytale venait d'attaquer deux villages voisins, et il semblait qu'il se dirigeait maintenant vers la ville.

Octavius, Aithen, Harlion et Élyana étaient en état d'alerte, craignant que le Scytale ne vienne chercher le roi, si Octavius était effectivement l'un des deux Luxori que le Scytale et ses compagnons recherchaient, mais ce n'était toujours pas confirmé. Dans tous les cas, ils convinrent tous de garder le secret sur cette menace potentielle pour l'instant.

Le petit conseil se réunissait à présent dans la chambre d'audience privée afin d'examiner les possibilités pour contrer la menace imminente qui pesait sur la capitale. Le conseil comptait normalement les fils d'Octavius, le haut capitaine de la Garde royale et commandant des Frumentarii, le doyen du Sénat, la conseillère personnelle du roi, ainsi que le seigneur Kaffin. Ce dernier n'était néanmoins pas présent étant donné que les décisions à prendre ne concernaient pas le Trésor, pas plus que le prince Toras qui était rentré au Col de Corne quelques jours auparavant.

L'atmosphère était tendue et remplie d'inquiétude, inquiétude que la capitale subît le même sort que la forteresse du Col de Corne — et pour certains, que la vie du roi fût en danger. Le premier sénateur Léo était particulièrement anxieux, alors qu'il venait juste d'apprendre la vérité sur le rokon, et il se tenait là, secouant la tête et se frottant les tempes tout en se demandant comment, au nom des fondateurs, il allait réussir à faire régner l'ordre dans la capitale après que le roi aurait dit en public ce qu'il avait l'intention de dévoiler à propos du rokon.

Octavius, les mains tendues sur la table, dit : « Cette cité n'est jamais tombée, et elle ne tombera pas maintenant, pas aux mains d'un seul adversaire, aussi dangereux et destructeur soit-il. Tout ce dont nous avons besoin, c'est de nous y préparer ; et nous *serons* prêts. » Le roi se tourna vers Harlion et Élyana pour qu'ils confirment ses dires.

Le haut capitaine dit : « La Garde royale sera prête, Sire. Mais nous ne pouvons lutter contre les pouvoirs mentaux du rokon. »

À la mention des pouvoirs psychiques du rokon, le premier sénateur Léo se frotta encore plus énergiquement les tempes.

Élyana se hâta de répondre aux inquiétudes du haut capitaine : « J'ai déjà demandé à ce que deux Cordons rouges soient immédiatement envoyées à la capitale, Sire ; elles devraient arriver ce soir. Grâce à elles, ainsi qu'à nous huit qui sommes déjà sur place, nous *devrions* être capables de nous défendre contre les assauts du Scytale, qu'ils soient physiques ou psychiques. »

Aithen ajouta avec la plus grande sincérité : « Eh bien, vous avez réussi à repousser seule le rokon au Col de Corne. Avec l'aide de vos Sœurs, vous devriez être capable de le terrasser. »

Élyana leva un sourcil et répondit : « Pour ce qui est d'abattre le Scytale, mon Prince, je ne peux pas vous assurer que nous en soyons capables ; il semble qu'il possède des capacités de régénération surnaturelles, bien au-delà de ce que la meilleure docteure peut faire. Ensuite, il y a la question des capacités psychiques du Scytale contre lesquelles nous pouvons simplement nous protéger, sans pouvoir combattre de la même manière. » Élyana ajouta en murmurant : « … du moins pas encore. »

Les hommes se regardèrent, se demandant ce qu'elle venait de dire. Harlion le lui demanda, mais la seule réponse de la Lux Baiula fut : « Pardon, je n'ai rien dit. »

Aithen pensa : *Est-ce qu'elle voulait dire ce que je pense ? Est-ce qu'elle cherche un moyen de retourner dans l'esprit de la chose pour l'attaquer de l'intérieur ?* Aithen regarda Élyana, tentant de lire son visage, rendant son inquiétude sur ce qu'elle projetait de faire évidente pour la Lux Baiula.

Élyana pinça les lèvres et continua : « À partir de ce que j'ai appris pendant l'attaque de Col de Corne, je suis persuadée que nous ne sommes que trois, avec moi, dans toute la sororité à posséder la capacité de produire une nébuleuse suffisante contre les attaques psychiques du rokon. Les Sœurs que j'ai fait venir d'Urbs Lucis sont les deux autres. Mais nous ne serons pas capables, à trois, de recouvrir toute la capitale et de protéger les citoyens contre les assauts. Notre meilleure défense sera donc d'attaquer le Scytale et de le harceler, dans un premier temps, pour l'empêcher d'utiliser ses capacités psychiques. »

Le roi dit : « Hum, d'accord. Nous *aurons* l'avantage d'être plus nombreux que dans la forteresse, et cela sera d'un grand secours, je suppose ? »

« Il est logique de le penser, Sire. En ce qui concerne la nébuleuse contre les attaques psychiques du Scytale, les deux Cordons rouges et moi-même nous en occuperons, tandis que les autres aideront vos forces à repousser le Scytale. »

Cela surprit le roi, le prince et le capitaine.

Le roi demanda : « Je croyais que les Cordons rouges étaient les meilleurs pour attaquer la créature. Vous voulez dire que les seules autres femmes capables de générer une nébuleuse sont les Cordons rouges ? »

« C'est ce que j'ai dit tout à l'heure, Sire. C'est, comme vous l'avez compris, assez regrettable. Mais il semble que la capacité à générer une nébuleuse soit liée aux compétences offensives d'une Sœur, bien que nous n'ayons pas suffisamment d'exemples pour établir un lien clair. »

Le roi répondit par un grognement : « Eh bien, si c'est ce qu'il faut faire. Comme l'a dit Aithen, vous avez pu repousser le Scytale presque seule à Col de Corne. Continuez, je vous en prie, Lux Baiula. »

« Oui, Sire. Comme je le disais, nous serons trois à générer la nébuleuse. J'en créerai une au-dessus du palais pour protéger les défenseurs, mais le personnel du palais, ainsi que les visiteurs officiels, le maître Methrim — et Ori — devront se réfugier dans les caves ; je suis sûre qu'ils y seront en sécurité. En effet, aucun des Passiers qui se trouvaient dans les grottes de la forteresse n'a été blessé, et ils étaient bien loin de ma nébuleuse. Cela pourrait avoir quelque chose à voir avec les minéraux qui composent la roche, mais je n'en suis pas certaine. Quoi qu'il en soit, ils y seront en sécurité — en tout cas, plus en sécurité — car il est possible que je sois incapable, à un moment donné, de garder la nébuleuse et que je la libère accidentellement. Le reste de la population devra idéalement se rassembler quelque part dans l'enceinte, mais il n'y a pas un seul endroit suffisamment grand pour contenir quelque cent mille personnes. Tout le monde devra donc se regrouper dans une ou deux zones extérieures que Xéna et Ulva Lux Baiulae protègeront contre les attaques mentales, et qu'un détachement de gardes protègera contre les attaques physiques. » Élyana se tourna vers Harlion, espérant qu'il lui apportât son soutien et des conseils.

Tout en secouant la tête, le haut capitaine répondit : « Pour ce qui est du soutien de nos gardes, vos Sœurs pourront, bien sûr, obtenir ce dont elles auront besoin. Quant à un endroit pouvant abriter l'intégralité de la population, le seul qui soit assez grand se trouve dans l'ancien parc impérial, entre le temple et la Maison royale, cependant, il est très exposé et ne serait pas facile à défendre pour mes gardes. »

Aithen demanda : « Haut Capitaine, pourrions-nous rassembler la moitié de la population sur la place de Domus Lucis, et l'autre moitié sur la place du Sénat ? »

Harlion tourna les yeux vers Élyana et le premier sénateur Léo. Élyana acquiesça, ajoutant simplement qu'elle devrait en informer Irania Lux Baiula. Le premier sénateur Léo, toutefois, ne fut pas aussi tranché et hésita, faisant froncer les sourcils à tous, y compris au roi :

« Mon Prince… Je crois que le Sénat ne serait pas… contre cette idée, mais —. »

Le roi interrompit le doyen et lui demanda : « Pourquoi hésitez-vous, Léo ? »

« Pardon, Sire, comment dire ? Les membres du Sénat ne s'opposeront pas à ce qu'une partie de la population soit rassemblée sur la place, bien sûr, mais… ils ne voudront probablement pas se trouver dans les rues parmi elle. »

Le roi fronça encore plus les sourcils, mais le premier sénateur poursuivit : « Élyana Lux Baiula, serait-il possible de centrer la… nébuleuse sur la chambre du Sénat ? Afin que les sénateurs puissent rester à l'intérieur… pour être mieux protégés ? »

Élyana lui demanda : « Le Sénat ne mesure-t-il pas plus de deux cents mètres de large, Premier Sénateur ? »

« Je ne sais pas, Lux Baiula. Pourquoi vous… ? »

Harlion interrompit le doyen et dit : « Il mesure exactement trois cents mètres de large, Premier Sénateur, ce qui signifie que si la nébuleuse était générée depuis l'intérieur de la chambre du Sénat, il ne resterait qu'un rayon de cent cinquante mètres tout au plus à l'extérieur du bâtiment pour que les citoyens se rassemblent. Ce n'est pas possible. »

Élyana dit : « Dans ce cas, j'ai bien peur que le seul moyen de générer une nébuleuse depuis l'intérieur de la chambre du Sénat, Premier Sénateur, soit que le Sénat accepte de faire entrer dans le bâtiment tous les citoyens possibles ; le reste pourra demeurer sur la place, près du bâtiment. »

« Laissez des dizaines de milliers de pléb —. »

Le roi interrompit une nouvelle fois le doyen, la mâchoire serrée, et dit d'un ton glacial : « Premier Sénateur, je vous conseille de ne pas terminer cette phrase. Les aînés et leurs familles pourront rester à l'intérieur de la chambre du Sénat, et profiter de la protection physique offerte ainsi que de la présence d'une Lux Baiula. Mais, quel que soit le nombre de citoyens que nous pourrons faire entrer dans le bâtiment, vous devrez les laisser entrer, à moins que vous et le reste du Sénat ne préfériez sortir dans les rues avec tous les autres. »

L'homme se tassa dans sa chaise et s'excusa pour ce qu'il était sur le point de dire.

Le roi accepta ses excuses, essayant tant bien que mal de dissimuler sa frustration face à une telle cruauté venant d'un fonctionnaire. *Pourquoi n'ai-je pas empêché cet homme d'accéder à ce poste ? Pourquoi ?!*

Lorsque Octavius eut retrouvé son calme, il demanda : « Alors, comment pourrons-nous assurer l'ordre après ma déclaration publique ? »

Léo répondit d'une voix chevrotante, l'air anxieux et les mains agitées : « Sire, je vous exhorte à revenir sur votre décision. Révéler à tous la nature du rokon est, eh bien, un projet risqué… très risqué. Nos agents de police sont prêts à vous servir, comme vous le savez, mais ils ne seront pas capables de maîtriser la foule si les gens croient que les ténèbres reviennent enfin les chercher. C'est ce que la plupart d'entre eux, sinon tous, croiront, surtout si les clercs d'Aiala l'apprennent — ce qu'ils feront évidemment si vous faites une déclaration publique. »

« Premier Sénateur, il y a déjà quantité de rumeurs à propos du rokon et de la raison de sa présence en Alvinorie. S'il s'attaque à la capitale, les rumeurs prendront vie, et si je mentais à la population sur la véritable nature du rokon, les gens ne me feraient plus jamais confiance, et avec ce qui arrive, nous aurons grandement besoin de leur confiance et de leur abnégation lorsqu'ils seront appelés à défendre le royaume. »

Aithen comprenait l'argument de son père qu'il savait juste, mais il était également d'accord avec l'évaluation du risque du doyen. Il dit : « Sire, le premier sénateur Léo a raison sur un point. Faire cette déclaration maintenant serait une mauvaise idée, une très mauvaise idée. »

Le visage du roi se crispa en voyant son fils s'opposer à son plan. Mais il ne répondit pas et prit plutôt une grande inspiration, puis se tourna vers Harlion.

Harlion s'adossa à sa chaise, respira profondément à son tour et dit : « Sire, je n'ai pas le choix que de me ranger aux côtés du grand seigneur commandant et du premier sénateur. » Le vieux soldat s'arrêta avant de prendre son courage à deux mains : « Sauf votre respect, Sire, je pense que cette révélation serait à la fois inutile et dangereuse : inutile parce que, au courant ou non des capacités psychiques du rokon, cela n'empêchera pas les citoyens de mourir sous ses attaques ; dangereuse parce que cela pourrait rendre la population incontrôlable – ou pire aller jusqu'à l'émeute si certains ordres religieux trouvent qu'il est dans leur intérêt de pousser à la rébellion. Quant au risque de perdre la confiance de la population en tant que protecteur, cela pourrait être empêché en feignant simplement l'ignorance un peu plus longtemps. »

« Vous faites valoir quelques points intéressants, Haut Capitaine, mais je ne suis pas d'accord avec vous sur le fait de feindre l'ignorance. Comment pourrons-nous — comment pourrai-je — feindre l'ignorance quand la population apprendra qu'il a fallu dix Lux Baiulae pour défendre la capitale contre un rokon ? Même si seulement une poignée de citoyens a déjà affronté un rokon, tout le monde connaît quelqu'un qui en a combattu un, entendu des histoires d'attaques de rokons dans l'ouest, ou l'a peut-être même étudié à l'école. Quoi qu'il en soit, la plupart d'entre eux savent que ce que nous projetons de faire pour protéger la capitale et ses habitants n'est pas nécessaire contre un rokon. »

Aithen ajouta, avec une pointe d'évidence : « Et si nous ne leur disons rien et que le Scytale parvient à tuer des civils avec ses capacités psychiques, ce sera la panique et le chaos dès que les gens verront leurs mères, leurs filles, leurs gars ou maris mourir de manière inexpliquée pendant que les âmes sortiront des corps des victimes. »

Harlion grogna, reconnaissant que les affirmations du roi et du prince étaient marquées du coin du bon sens. Le roi attendit sa réponse, mais elle ne vint pas. Il se contenta de secouer la tête, incapable de décider ce qui était le mieux ; Élyana prit la parole à sa place.

« Sire, il vaut peut-être mieux faire ce que vous voulez. Mais pour en revenir à votre question initiale, il peut y avoir des moyens de maîtriser la réaction générale. Si nous pouvons empêcher les clercs et autres prophètes de malheur de répandre la terreur, nous aurons de meilleures chances de contenir la population. »

Aithen demanda, les sourcils levés : « À quoi penses-tu, Élyana ? »

« Tout d'abord, avant de faire cette déclaration publique, je suggère que des gardes et un officier soient envoyés dans chaque temple, en même temps, afin d'avertir les clercs de se retirer dans leurs grottes jusqu'au lendemain. Pour cela, vos officiers devront se munir d'ordres émanant de vous, Sire. »

Octavius demanda : « Et quelles justifications pourrais-je donner à cet ordre inhabituel ? »

« La vérité, Sire. Que nous attendons l'attaque imminente du rokon et que vous ne souhaitez pas les exposer au danger et que, dès la menace passée, ils pourront refaire surface. »

Octavius réfléchit à la suggestion astucieuse de la Lux Baiula ; il ne détestait pas cette idée — il disait lui-même souvent des demi-vérités, mais il s'inquiétait toutefois de la réaction des clercs, et demanda : « Et ils seraient en sécurité, dans leurs grottes, des attaques mentales du Scytale ? »

« C'est ça, Sire. »

« Hum. Bon. Et votre autre suggestion ? »

Élyana regarda le premier sénateur pour analyser l'état d'esprit dans lequel il se trouvait actuellement. Elle remarqua sa grimace continuelle et le tapotement nerveux de ses pieds sur le sol : elle savait qu'il n'accueillerait pas avec gaieté sa proposition. Elle dit alors : « Je sais que ce n'est pas une suggestion que le premier sénateur appréciera, mais je dois vous la faire, et je suis certaine qu'il en reconnaîtra le bien-fondé. » Tout le monde tourna son regard de la Lux Baiula au premier sénateur, se demandant ce à quoi Élyana pensait, tandis que le doyen affectait un air méfiant sur son visage déjà sombre.

Élyana dit : « Nous devrions aller voir le sénateur Sur'Élando et trouver une bonne raison pour le retenir dans les caves du palais en compagnie de votre personnel et de votre fils. »

Le premier sénateur poussa un cri, n'en croyant pas ses oreilles : « Quoi ? Pourquoi ?! »

Le roi le massacra du regard immédiatement, et le premier sénateur s'en repentit tout aussi vite. En effet, les accès de colère étaient strictement interdits en présence du haut roi. Octavius pensa : *Je ne sais pas si je dois accepter ses excuses précipitées ou me décourager de sa lacheté.*

Élyana attendit que les épaules du roi se détendissent, puis répondit à la question de Léo : « Premier Sénateur, vous savez comme moi que dès que nous aurons rassemblé les citoyens au Sénat, le sénateur Sur'Élando voudra s'adresser à la foule pour les avertir de l'arrivée du démon. »

« Mais — »

« Il pourrait même aller jusqu'à demander à la population de se repentir de ses péchés en se sacrifiant pour apaiser la créature. »

Après le rappel à l'ordre du roi, Léo se força à contenir sa colère lorsqu'il répondit que le sénateur « ne ferait pas une telle chose ».

Élyana resta campée sur sa position et déclara : « C'est ce qu'il fera, et vous le *savez* très bien, Premier Sénateur. Il a déjà fait ce genre de choses par le passé, comme pendant la révolte en Ouragan l'année dernière. Je suis étonnée, par ailleurs, qu'il n'ait jamais rejoint les rangs de l'un des ordres religieux plutôt que ceux du Sénat, car il est assez illuminé. »

Le roi ajouta : « Il a aussi une mauvaise influence. Mais nous nous écartons du sujet. À moins que vous n'ayez de solides arguments à opposer, Premier Sénateur, nous ferons ce que propose Élyana Lux Baiula. »

Le premier sénateur Léo fit de son mieux pour dissimuler le sentiment de défaite qui l'envahissait à présent ; rien ne s'était passé correctement pour lui cette nuit. Mais Élyana avait raison, et le jeune sénateur allait leur causer des ennuis si on le laissait faire. Il dit : « Mon seul argument, Sire, est que le sénateur Sur'Élando ne réagira pas bien à sa séquestration, et que le reste du Sénat demandera des explications, si ce n'est maintenant, ce sera certainement lorsque tout sera terminé. »

Octavius répondit : « J'en suis certain, Premier Sénateur. Et je sais que nous pourrons trouver une raison tout à fait logique pour emmener le sénateur Sur'Élando au palais. Il faudra trouver une raison sensée, Haut Capitaine, une raison qui ne donnera pas au sénateur l'impression d'être trop important ni d'être offensé. Honnêtement, je suis plus inquiet pour la première éventualité. Peut-être que les Lux Baiulae pourront nous aider avec cela. » Et le roi adressa un regard entendu à Élyana. Elle savait qu'il songeait à utiliser la Confusion sur l'homme.

Harlion acquiesça.

Octavius dit : « Très bien. Reste-t-il quelque chose à ajouter avant de suspendre la séance ? »

Harlion hocha la tête à nouveau et proposa que la plupart des deux mille furans soient déplacés dans leurs étables près d'Antar, rappelant au roi que le Scytale avait pris beaucoup de plaisir à raser le village à l'extérieur du Col de Corne, et qu'il était probable qu'il en fût de même pour les grandes écuries jouxtant la Maison de la garde hors de l'enceinte de la capitale. Le premier sénateur Léo demanda pourquoi les équipes furanes ne pouvaient pas être utilisées pour défendre la capitale, ce à quoi Harlion répondit avec agacement que les équipes n'étaient malheureusement pas encore prêtes et qu'elles ne le seraient pas avant encore plusieurs mois. Le roi accepta alors la recommandation du capitaine et donna ses derniers ordres.

« Haut Capitaine, Lux Baiula, Premier Sénateur, veillez à ce que toutes nos décisions soient adoptées ; nous devons être prêts à la tombée de la nuit. Aithen, reste un peu s'il te plaît. »

Harlion et Élyana partirent aussitôt, déterminés à concrétiser les plans sur lesquels ils s'étaient accordés, tandis que Léo se dirigeait vers les portes de la chambre d'un pas lent et incertain, s'efforçant de ne pas secouer la tête en repensant aux décisions — aux décisions du roi.

Il ne les aimait pas du tout, et pensait qu'il était injuste de le forcer à faire face aux conséquences. L'homme n'avait-il aucun scrupule à traiter les sénateurs de la sorte ? Léo n'aimait pas non plus le fait qu'il n'ait qu'une si faible influence dans le petit conseil. Il dirigeait le Sénat, était chargé de l'administration de la cité ainsi que de sa police, il était responsable de l'adoption des lois présentées par le haut roi — avec tout cela, il méritait une meilleure position au sein du petit conseil, meilleure que celle du haut capitaine et meilleure que celle de la Lux Baiula ! Non que les autres ne méritassent pas la confiance du roi ; il savait qu'Harlion était un homme bon et un excellent officier, mais il était trop loyal envers la famille royale et cette loyauté obscurcissait souvent son jugement. Quant à la Lux Baiula, elle *était* une bonne conseillère et avait tiré le haut roi d'un bon nombre de mauvais pas au fil des ans, mais les Lux Baiulae avaient leurs propres desseins et il n'y avait aucune raison de penser qu'Élyana Lux Baiula fût différente des autres. En réalité, Léo avait l'impression que même le roi avait des doutes à son sujet, si ce qu'il avait entendu la veille à propos du roi ayant quitté la capitale sans en informer sa conseillère était vrai. Enfin, s'il y avait quelque chose à creuser là-dessous, il ne manquerait pas de le faire. Mais pour le moment, il devait composer avec les ordres du roi.

✳✳✳

Quand tous furent partis, le haut roi se tourna vers son fils qui se trouvait à côté de lui.

« Aithen, je voudrais que tu rédiges un message pour ta mère. Il faut que ce soit nous qui lui apprenions ce qui se passe ici, avant qu'elle ne l'entende par d'autres. »

« Par porteur ou par furan ? »

« Je pense qu'il nous pouvons nous passer d'un furan pour l'instant. Mais n'envoie pas un messager royal, car je ne veux pas alerter toute la Kynarie. Envoie ton écuyer. Ce sera plus personnel. »

« Très bien, Père. Autre chose ? »

« En effet, tu m'as dit un peu plus tôt que l'équipe de secours est en ce moment sur le chemin du retour avec le primus Kendor, le secundus Jamir, et un autre garde de Toras ? »

« Oui. »

« Nous devrions envoyer une équipe furane pour les intercepter et les ramener par le nord, histoire de s'assurer qu'ils ne se retrouveront pas face au Scytale en arrivant. »

« Je viens juste d'avoir la même idée, Père. »

« Parfait. Alors, c'est tout. Mettons-nous au travail, fiston. Je dois me préparer pour ma déclaration publique sur le Scytale. »

Le prince lui répondit par un soupir, suivi d'un hochement de tête compréhensif. Ensuite, il salua son père, les bras sur la poitrine et la tête légèrement inclinée, avant de quitter la salle d'un pas alerte.

✳✳✳

« J'ai déjà essayé de faire cela plusieurs fois, Saara, et ça ne fonctionne pas. »

La Praefecta Medicas répondit de sa voix rauque et usée, mais insistante : « Eh bien, tu devras réessayer, Kélysia. Il *doit* être possible d'enchevêtrer ces objets. Même si je n'en suis

559

pas tout à fait sûre, cette propriété de la matière doit ressembler à celle qui permet à deux personnes de se connecter à distance, comme lorsque nous effectuons une connexion ou un lien mental. Il doit exister un processus physique qui, lorsqu'il se produit, unit les particules de deux objets — animés ou inanimés. »

Kélysia était une femme exceptionnellement grande aux cheveux blonds, courts et aux yeux noisette. Elle avait été élevée au cordon jaune cinq ans auparavant, et était à présent cheffe de file dans l'étude et les progrès de la connexion mentale, même si elle n'avait que quarante ans.

Kélysia dit : « Hum, je ne sais pas. J'ai l'impression que si c'était le cas, nous pourrions aussi sentir ce que ressent l'autre personne… d'un point de vue physique, je veux dire. Et nos mouvements seraient alors reliés à ceux de l'autre personne. »

« C'est parce que nous relions seulement certaines combinaisons de particules, comme celles qui forment la partie raisonnée du cerveau. Je dis qu'il doit être possible d'enchevêtrer complètement deux corps si on utilise la bonne méthode. »

Kélysia répondit par un grognement hésitant.

La Sœur aînée dit : « Nous allons le faire ensemble, Kélysia. »

« Vraiment ? Les Blanches s'engagent rarement dans les découvertes scientifiques, et préfèrent simplement appliquer dans leurs pratiques de guérison ce que les Jaunes découvrent. »

« Vraiment. Et parce que tu es mon amie, je ne me vexerai pas de ton commentaire. » Saara aurait montré à Kélysia son petit rectangle de toile jaune s'il avait toujours été attaché à son cordon blanc, mais les Praefectae ne gardaient jamais de souvenirs de leur ancien cordon, alors elle dit : « Mais tu sais bien que j'étais une Jaune longtemps avant de rejoindre la cordonneté blanche, et que le frisson du travail scientifique me manque terriblement. »

Kélysia esquissa un sourire ; elle ne pouvait pas être plus d'accord sur cette excitation que procurait la recherche scientifique, même si elle était proportionnellement pleine de frustrations.

Saara ajouta : « En tout cas, Krystiana m'a demandé d'aider ton obédience à infiltrer Kartak, et ce n'est pas pour mes dons de docteure. C'est pour *ça*, pour mon expérience avec l'enchevêtrement, sujet que j'ai étudié il y a longtemps, mais que je maîtrise toujours autant, malgré tout. Je crois que le fait de trouver le moyen d'enchevêtrer des objets est exactement ce qu'il nous faut pour garder des yeux et des oreilles dans Kartak, sans mettre de Sœur en danger. »

Convaincue, Kélysia dit : « Très bien. Alors, allons-y. »

XXV UNE ATTAQUE ET UNE MENACE

Alors que les soleils passaient sous l'horizon, seuls les bruits des armes en cours de préparation et des ordres aboyés perçaient le silence de la cité. La population avait, comme prévu, été répartie entre la place du Sénat, protégée par le bouclier relié d'Ulva Lux Baiula, et la place de Domus Lucis, sous la protection de celui de sa jumelle, Xéna. Les Cordons rouges étaient arrivées une heure avant, et Élyana leur avait expliqué comment elle s'y était prise pour protéger les défenseurs de Col de Corne, et leur avait aussi dit ce que son expérience lui avait appris, dans l'espoir qu'elles seraient capables d'éviter de faire les mêmes erreurs qu'elle.

Dans la chambre du Sénat, certains aînés regardaient les plébéiens de travers, surtout ceux qui essayaient de gravir les marches vers les étages supérieurs, là où se trouvaient les quartiers de résidence des sénateurs. Mais, la majorité des aînés étaient accueillants, et ils étaient nombreux — dont la sénatrice Kraelion — à passer parmi les citoyens afin de les rassurer du mieux possible ou de répondre aux quelques questions auxquelles ils avaient des réponses. Mais ils restaient des politiciens et connaissaient l'art de la langue de bois.

Étonnamment, la « relocalisation » au palais du sénateur Sur'Élando s'était déroulée sans encombre. Harlion était allé à la chambre du Sénat avec le secundus et trois gardes, et avait demandé à parler au sénateur et au premier sénateur Léo. Là, il avait dit à Léo qu'il disposait de preuves tangibles qu'une menace imminente pesait sur les deux hommes, et qu'il était envoyé par le haut roi pour les emmener au palais où ils seraient mis sous la protection des gardes, comme c'était la coutume pour les membres du Sénat. Lorsque Sur'Élando avait demandé d'où venait la menace, Harlion avait répondu qu'il l'ignorait, ne voulant pas pousser le mensonge trop loin.

Voyant que le premier sénateur ne s'opposait pas à la requête du haut capitaine, le sénateur Sur'Élando emporta quelques affaires et suivit l'officier, sachant que le premier sénateur suivrait bientôt. Une fois au palais, Harlion frappa « par inadvertance » la tête du sénateur contre une échelle, laissant à l'homme une égratignure au front pour laquelle il avait reçu les soins de Tania Lux Baiula. En réalité Tania avait utilisé la confusion sur l'homme — à la demande du roi — pour effacer de sa mémoire le scénario fictif d'Harlion, puis lui avait administré un somnifère afin de le garder inconscient pendant les vingt-huit prochaines heures, en espérant que d'ici là, le Scytale aurait eu le temps de venir, puis de repartir. Tania mit en doute la prudence de ce plan, ce à quoi Harlion répondit que c'était toujours mieux de devoir gérer la colère de l'homme une fois le danger passé que d'avoir affaire à lui tout en défendant la capitale contre le rokon.

Dans les places, la police sénatoriale continuait de surveiller les citoyens rassemblés, et tous attendaient avec angoisse que le haut roi s'adressât à la population, ce qui — d'après ce qu'on leur avait dit — pourrait provoquer des émeutes. Mais personne ne leur avait confié ce qu'il allait dire. Ils considéraient donc les gens avec circonspection : la majorité d'entre eux priaient à genoux, d'autres se blottissaient les uns contre les autres en attendant la fin du monde, et d'autres encore gesticulaient nerveusement, secouaient la tête, en essayant de comprendre ce qui était en train de se passer, et demandaient à leurs voisins s'ils savaient quelque chose. Tout le monde était dans le flou à ce moment-là, et le peu qu'on savait relevait plutôt du mythe et n'apaisait aucune inquiétude.

Beaucoup se sont aussi demandé pour quelle raison les clercs n'étaient pas parmi eux, pour leur donner du courage contre ce démon qui arrivait à Furanville, prier pour leur salut ou, peut-être même, éloigner la créature à coups de prières. Nul ne répondit non plus à cette question.

Les clercs des temples d'Aiala et d'Élande avaient en réalité été contraints de se retirer dans leurs abris souterrains. Un secundus avait été envoyé aux dirigeants du temple d'Élande. Le grand prêtre To'kahr et la grande prêtresse To'kahra, qui ne nourrissaient aucune ambition politique, furent plus qu'heureux d'obéir et se retirèrent immédiatement dans leur temple afin de prier pour le peuple — et pour eux-mêmes. Mais ce fut Harlion qui s'occupa du dirigeant du temple d'Aiala, avec l'aide de dix gardes. Car le premier clerc Galadrin était d'une tout autre trempe, et, pour sa part, il *avait* des ambitions politiques que le roi et le prince considéraient comme des délires religieux très dangereux.

Comme Harlion s'y attendait, Galadrin s'était opposé aux ordres du roi ; il avait insisté pour que ses clercs et lui fussent autorisés à rester avec le peuple, à leur donner du courage et à sauver leurs âmes au cas où la mort viendrait les enlever.

Évidemment, comme Galadrin se doutait de la véritable raison de ces ordres inhabituels, il se disputa avec le haut capitaine pendant dix bonnes minutes, puis sa colère tonitruante ne laissa à l'officier que deux possibilités : utiliser la force pour enfermer le clerc et ses partisans dans les caves de leur temple, ou inventer un nouveau mensonge, meilleur, pour que le clerc fît ce qu'ils demandaient. Mais Harlion haïssait le mensonge, plus encore que la guerre, et la nécessité — mère de toute la création — lui offrit un troisième choix : la vérité trompeuse ; il déclara à Galadrin que soit ses clercs et lui iraient de leur plein gré dans leurs sous-sols, soit ils y entreraient par la force, et que, dans tous les cas, ils étaient les bienvenus s'ils souhaitaient déposer une plainte contre eux auprès du haut roi, une fois le danger écarté.

Voyant le haut capitaine aussi décidé, et croyant qu'il était prêt à mettre sa menace à exécution, le premier clerc céda, et demanda seulement à ce que son acolyte fût autorisé à rejoindre sa famille à l'extérieur. Harlion n'y vit aucun inconvénient, et, soulagé de ne pas devoir recourir à la force, il lui accorda son vœu. Galadrin le remercia avec un sourire hypocrite et, après avoir chuchoté ses instructions à son jeune disciple, il descendit dans le sous-sol du temple, ses gens à sa suite.

Au passage, tous lancèrent des regards méprisants et exaspérés aux hommes du roi. Une fois que le dernier ecclésiastique eut franchi le seuil, Harlion fit un signe de tête au secundus Krptus qui referma la lourde porte métallique.

Les hommes poussèrent de grands soupirs de soulagement et félicitèrent Harlion pour sa patience, affirmant qu'à sa place, ils auraient assommé l'homme. Harlion répondit par un sourire gêné, fit craquer ses doigts, et se tourna vers son secundus pour lui demander s'il avait apporté le verrou à chronomètre.

Le secundus, avec son accent autochtone qui laissait traîner les finales de tous les mots, lui répondit : « Oui, capitaine. Vous voulez vraimentt enfermer les prêtres dans leur cave ? »

« Non, Secundus, mais vous savez comme moi qu'on ne peut pas avoir confiance en Galadrin pour rester ici. Verrouillez la porte, je vous prie. »

Krptus était un Yerlayen trentenaire, et le frère de Krpta Lux Baiula. Leurs parents les avaient envoyés à Furanville lorsqu'ils étaient adolescents pour leur permettre d'élever leur niveau de vie — ce qu'ils avaient fait. Ils avaient été tous les deux pris en charge par Tania Lux Baiula, qui était elle aussi yerlayenne. Lorsque la femme avait découvert que Krpta avait la constitution atomique et microbienne d'un Alterintrant, elle avait immédiatement demandé la permission de l'envoyer à Urbs Lucis pour la faire tester et même l'y faire entrer comme débutante. La fille était à présent en passe de devenir la plus jeune conseillère politique de tous les temps, et c'était mérité, car elle avait développé et perfectionné ses capacités de lecture mentale et d'influence d'une manière très impressionnante.

Krptus, quant à lui, avait été envoyé à la Garde royale, puisqu'il avait l'attitude et le physique que recherchait le haut prince Aithen. Krptus avait démontré de grandes capacités et avait été promu à plusieurs reprises. Mais ses débuts dans la capitale n'avaient pas été faciles. En effet, son lourd accent yerlayen, qu'il n'avait jamais perdu contrairement à sa sœur, ainsi que son apparence étrange en avaient fait la cible de moqueries incessantes et blessantes, dont seuls le statut que lui accordait la Garde et l'intérêt que les clercs d'Élande lui témoignaient avaient réussi à le sauver. Ce fut cette étroite relation avec les clercs qui lui fit interroger son commandant à l'instant. C'était, malgré tout, un jeune homme brillant et rationnel, et il comprit, en dépit de ses doutes, la raison de ces ordres. Il verrouilla donc la porte.

Lorsque cela fut fait, Harlion s'en alla en compagnie de sa troupe et avec un terrible mal de tête. Tandis qu'il se frottait les tempes, il aperçut l'acolyte du premier clerc qui se faufilait au loin, et il eut une intuition soudaine. Ne voulant prendre aucun risque après ce qu'ils venaient tout juste de faire, il s'arrêta et glissa à Krptus : « Secundus, veuillez faire parvenir ce message au frumentarius Parok sur-le-champ : "Surveillez le suppôt de la reine." »

Le secundus Krptus jeta un regard interrogateur à son commandant, mais fit ce qu'il lui avait ordonné, et envoya l'un de ses soldats porter le message.

Le départ de près de deux mille furans, derrière trois équipes furanes à leur tête, eut lieu peu de temps avant le retour d'Harlion et de ses hommes au palais. L'officier leva les yeux au ciel et sourit devant la beauté de ce spectacle, malgré son mal de tête persistant, puis il poussa un soupir en songeant à tout ce qui lui restait à faire avant que la furanerie ne fût prête à combattre. Mais tous ceux qui avaient eu la chance d'admirer l'envolée des furans, pendant les quelques quinze minutes qu'elle dura, avaient pu profiter d'un spectacle époustouflant. Pour les enfants, ce fut une attraction merveilleuse, qui nourrit leur imagination comme leurs espérances, et qui leur fit pousser des cris d'excitation jusqu'à ce que les furans disparussent à l'horizon. Mais, comme d'habitude, il y eut, parmi les civils ébahis, des gens qui virent dans cet essor un mauvais présage, et l'on pouvait voir ces hommes et ces femmes secouer la tête avec résignation. Seuls trente furans, y compris Xyre, restèrent dans la capitale au cas où il faudrait évacuer le roi, les princes et les notables. Afin de faciliter une fuite éventuelle, et pour protéger les furans contre le Scytale, les animaux avaient été déplacés dans les anciennes étables du palais.

Quant aux gardes, les deux tiers avaient été assignés à la défense des places, et le dernier tiers avait été affecté à celle du palais. Ces derniers étaient déjà en position, le long des murs entourant le bâtiment. Heureusement pour tout le monde, la nébuleuse d'Élyana parvenait jusque-là.

Octavius considéra ce déploiement depuis le haut de l'escalier du palais avec un air sinistre. Il lui était difficile de voir les jardins du palais ainsi métamorphosés ; c'était là qu'il faisait ses promenades quotidiennes, ou qu'il venait lorsqu'il avait besoin de réfléchir ou de se détendre.

Malgré tout, une pensée réconforta Octavius. C'était le fait de savoir qu'il possédait la meilleure force armée, soutenue par dix femmes talentueuses, pour défendre la capitale. C'était aussi le fait de savoir que l'enceinte de la capitale, comme les murs du palais, avait été doublement renforcés par la fusion-liée lors de leur construction, ce qui leur donnait au moins trois fois la solidité des murs et des bâtiments de Col de Corne. Avec une telle protection, pourquoi devrait-il s'inquiéter ?

Octavius reporta alors son attention sur le bavardage fébrile et agité de ceux qui s'étaient déjà battus contre le Scytale à Col de Corne. Heureusement, la présence de *huit* Lux Baiulae parmi eux rassura grandement les soldats.

Octavius finit par s'en détourner pour regarder son fils qui discutait avec ses officiers de la mise en place de quatre arbalètes, lorsque le premier cri tétanisant atteignit la ville. Aithen leva les yeux vers son père, puis se retourna vers Harlion qui hurlait à pleins poumons de monter les arbalètes.

Les cris mêlés aux ordres donnèrent aux primi et à leurs huit hommes le coup de fouet dont ils avaient besoin pour hisser les quatre arbalètes au sommet des murs du palais — un dur labeur, même avec des grues. Parmi ceux qui hissaient les armes se trouvait Mekiir, celui qui avait perdu son jumeau à Col de Corne. Harlion avait hésité à le laisser se joindre au rang des arbalétriers, cette fois, mais Mekiir s'était remis mieux que de nombreux soldats qui avaient affronté le Scytale, et le jeune homme brûlait de venger son frère. Il était donc là. Harlion considéra l'homme qui bandait ses muscles pour hisser l'arme pesante sur le parapet. Satisfait, le haut capitaine hocha la tête et s'en alla s'occuper d'autres tâches urgentes.

Le roi, qui marchait maintenant vers son fils d'un pas alerte, vit Harlion s'éloigner et l'intercepta pour lui demander si Ori était en sécurité. Le haut capitaine le rassura en lui disant qu'il était en sécurité physiquement comme psychiquement dans les caves du palais, avec le reste du personnel.

Octavius hocha la tête avec inquiétude, puis décida d'aller voir Irania Lux Baiula qui s'entretenait à propos des derniers préparatifs avec Élyana et ses autres Sœurs. Il lui demanda si elles étaient au point. Irania acquiesça. Après cela, le roi signala qu'il était prêt à s'adresser à la population de la capitale ainsi qu'aux gardes. Irania appela donc Élia Lux Baiula, une Cordon jaune très douée dans l'augmentation des vibrations des particules.

Ce soir, Élia allait augmenter la puissance de la voix du haut roi afin qu'elle pût porter dans tout le palais et dans toute la capitale. Pour parvenir à propager la voix dans toute la capitale, trois autres Lux Baiulae allaient créer un bouclier sonore au-dessus de la cité en utilisant les mâts métalliques des drapeaux qui se trouvaient à chaque angle du palais ; le bouclier sonore ferait alors résonner la voix du roi partout dans la ville. L'outil émettait un son accompagné d'un singulier écho, mais cela fonctionnait.

« Haut Roi, quand vous voulez, je suis prête. Parlez simplement, sans crier, mais d'une voix claire, et je propagerai vos paroles autour du palais. »

Octavius fronça légèrement les sourcils en entendant le commentaire de la Sœur ; il parlait toujours clairement ! La femme tressaillit et le roi grogna. Puis il se retourna vers Harlion et dit : « Prêt. »

Harlion fit signe à un soldat qui se trouvait à côté d'un drôle d'engin, et le garde frappa le porteur de son avec son maillet. Ce bruit se répercuta partout dans les jardins du palais et dans la capitale en quelques secondes, grâce aux instruments placés à intervalles réguliers. Chacun des instruments captait le son sur sa face exposée au vent et, par un mécanisme ingénieux, le renvoyait au suivant par son côté opposé. Une autre invention, encore plus ingénieuse, empêchait le son d'être renvoyé à l'instrument précédent ou au premier lorsqu'il avait atteint le dernier ; sans cela, les sons seraient vite brouillés, dissolus ou amplifiés avec une intensité telle que les instruments eussent été incapables de réaliser la tâche qu'ils devaient accomplir. En effet, l'instrument, connu sous le nom de tabellarius[75], avait été inventé plusieurs siècles auparavant afin de permettre à une grande armée de transmettre facilement ses ordres. On pouvait ainsi envoyer diverses commandes à l'aide de codes pouvant être modifiés pour empêcher l'ennemi de les connaître.

En entendant ce son, tous les soldats présents dans les jardins du palais se mirent au garde-à-vous. Dans les places, les gardes firent de même, mais les civils, qui n'étaient pas habitués à ce roulement continu et rythmé des tabellari, sursautèrent.

Octavius prit une grande inspiration, adressa un nouveau signe de tête à la Lux Baiula, puis commença son discours : « Citoyens et citoyennes de Furanville ! La chose qui se dirige sur notre cité, cette créature que nous croyions être un rokon, nous savons à présent que ce n'en est pas un, car il s'agit en réalité d'une créature antique appelée le Scytale. Nous ignorons la raison de sa présence, mais nous savons comment survivre à ses attaques. Col de Corne a survécu ! Certes, de nombreux édifices y ont été détruits, et le lézard s'est attaqué à plusieurs autres endroits depuis. Mais nos gardes, ainsi que

---

[75] Tabellarius : Ce mot désigne à la fois l'instrument sonore qui porte les ordres et la personne qui l'utilise. [Note : Le tabellarius était en réalité un messager romain].

les dix meilleures sœurs de l'Ordre de la lumière, sont ici pour vous protéger. Ayez, comme moi, confiance en eux, ainsi qu'en moi-même et en votre prince, quoi qu'il arrive. Demain, même si l'arbre et le rocher sont en ruines et que la mort nous a rendu visite, cette cité sera encore debout, et nous, ses habitants, nous serons là aussi. Alors, ne craignez rien, et dignes soient vos corps ! »

À ces mots, les citoyens de Furanville firent de leur mieux pour apaiser leurs craintes et croire ce roi en qui ils avaient entièrement confiance, même plus qu'en leurs propres parents, enfants ou amis. Pendant ce temps, la police sénatoriale surveillait de près la foule, prête à intervenir en cas de perturbation qui restait possible, surtout avec les étrangers qui n'étaient pas convaincus des paroles du roi.

Octavius s'adressa ensuite à ses soldats : « Gardes ! Bien que cette bête soit extrêmement dangereuse, nous pouvons la repousser, comme on le fit à Col de Corne avec moins de défenseurs. Faites ce pour quoi vous avez été entraînés ; restez calmes et concentrés quoi qu'il arrive, et suivez les ordres de vos supérieurs. Rappelez-vous également que la peur est un ennemi bien plus puissant que la volonté et la détermination. Par conséquent, préparez-vous à défendre votre cité et votre peuple, et dignes soient vos corps ! »

Ces dernières paroles furent suivies d'un grand chahut de bruits de pieds foulant le sol et d'arcs et de lances frappés sur les pavés en signe de résolution. Ces bruits renforcèrent la détermination des citoyens.

Lorsque le calme revint, Élyana, qui se trouvait devant les marches du palais, appela les neuf autres Lux Baiulae et les lia toutes entre elles dans un étrange rituel qui fit frissonner les gardes. Les Sœurs se mirent en cercle autour d'Élyana — leur chef en cette occasion. Toutes les Sœur fermèrent ensuite les yeux et croisèrent leurs mains, la tête bien droite tournée vers leur cheffe.

Remarquant ces têtes tournées vers un point commun, Aithen fit de même et vit Élyana au centre d'un cercle, sûre d'elle et… magnifique. Cette fois, il ne grogna pas en constatant que ses pensées s'égaraient. Au lieu de cela, il se laissa aller à la douceur des sentiments — et à la peur — qu'il avait pour Élyana, la peur de savoir qu'elle pourrait être à nouveau blessée, ou pire encore. Puis il soupira bruyamment et fit un vœu – pour *quoi*, il ne le savait même pas, mais cela lui donna de l'espoir. Octavius — toujours conscient de ce que faisait son fils — lança un regard interrogateur au prince. Mais Aithen ne répondit pas et lui tourna le dos pour observer les Lux Baiulae.

Octavius avait maintenant la certitude de savoir ce que lui cachait son fils. *Hum, je ne m'y attendais pas. Je peux comprendre, mais je n'avais pas prévu ça. Si nous sommes encore tous là quand ce sera terminé, il faudra que je lui en touche deux mots.*

Encerclée par ses Sœurs, Élyana ferma les yeux et, d'une voix majestueusement puissance, elle établit la connexion mentale entre les Sœurs : « Sorores, nostris mentibus nunc nos ligare[76]. »

L'instant d'après, les cheveux d'Élyana s'étiraient dans tous les sens, tandis que ceux de ses Sœurs pointaient vers elle ; des foulards de lumière bleue reliaient les femmes entre elles et convergeaient vers Élyana. Gardes et officiers regardaient ce spectacle, bouche bée. Même Octavius et Aithen furent émerveillés, car ils n'avaient vu cela qu'une seule fois, avec un autre groupe de Lux Baiulae. Les rubans éthérés continuaient de relier les femmes, s'étirant et craquant,

---

[76] Mes Sœurs, unissons nos esprits à présent.

et offrirent à tous un spectacle merveilleux qui dura une longue minute. Puis les étincelles cessèrent, les rubans se dissolurent, les femmes ouvrirent les yeux, se recoiffèrent, et, sans un mot, reprirent leurs positions respectives, prêtes à affronter tout ce qui pourrait arriver. Soudain, un cri qui sembla méprisant et hautain s'empara de la capitale ; le Scytale n'était plus très loin maintenant. En entendant cela, Ulva et Xéna grimpèrent sur les vorans qui leur avaient été apportés, s'entendirent d'un signe de tête et en adressèrent un autre à Élyana, puis s'en allèrent au galop rejoindre les places qui leur avaient été assignées.

Aithen tourna la tête vers Octavius et dit : « Eh bien, Père, espérons que les nerfs et le courage de nos gardes ont été raffermis par cette démonstration spectaculaire de l'utilisation du Lien, car cela sera n'arrivera pas lorsque le Scytale sera là, et vu la force grandissante de ses cris, je parie qu'il sera là d'ici quelques minutes tout au plus. »

Octavius grogna et acquiesça d'un air grave, puis il dit, plus pour lui-même que pour son fils : « Oui, espérons… »

⁎

L'apparition du Scytale dans le lointain ébranla le roi, incapable de croire que cette créature existait encore, sans vouloir pour autant remettre ses sens en question.

Le haut prince sentit une secousse traverser son corps quand il se souvint de la vague de destruction et de mort que cette chose avait provoquée la dernière fois qu'il l'avait rencontrée. Il laissa échapper un gémissement malgré ses efforts pour avoir l'air sûr de lui.

Le long des murs, on entendit monter des gémissements venant de nombreux hommes choqués à la vue de ce qu'ils croyaient n'être qu'un mythe, couverts par les plaintes désespérées des quelques hommes qui avaient déjà affronté la créature.

À ce moment, le roi tourna les yeux vers Élyana qui se trouvait en haut des marches du palais et hocha la tête. Le roi tapa ensuite sur l'épaule de son fils, et tous deux s'éloignèrent l'un de l'autre ainsi que des gens et objets environnants. L'instant d'après, l'air autour d'eux se mit à étinceler, et leurs vêtements se gonflèrent soudain, tandis qu'Élyana générait le bouclier relié.

Ce bouclier était une découverte des Luxori, cinq cents ans plus tôt, lorsqu'eux aussi avaient participé au développement des sciences du Lien. Le bouclier relié protégeait le sujet contre le feu et contre tout objet contenant du métal. Plus l'objet contenait de métal, plus le bouclier était résistant. Mais le bouclier relié présentait aussi des inconvénients ; il pouvait rester en place trois ou quatre heures tout au plus, et certains de ses effets pouvaient tuer la personne ainsi protégée.

Une fois sous la protection du bouclier relié d'Élyana, le roi et le prince — suivis par la garde prétorienne, le haut capitaine Harlion, Élia Lux Baiula, *et* le Tabellarius — montèrent l'escalier en colimaçon qui menait au sommet de la tour sud de la porte du palais. En haut, le prince inclina la tête vers son père en signe de respect, accompagnant son geste du traditionnel : « Que rien ni personne ne vienne vous ravir », puis s'éloigna de son père, empruntant un passage aérien pour se diriger vers la tour nord. Son officier et le Tabellarius lui emboîtèrent le pas. C'était une pratique séculaire destinée à minimiser le risque, pour le royaume, de perdre son roi et son prince héritier en même temps, en temps de guerre ou lors d'une attaque.

La Lux Baiula resta avec le roi afin de transmettre ses ordres, et pour — plus important encore — le protéger contre les vibrations de détection du Scytale en le recouvrant d'un champ d'inhibition. Cela signifiait que le roi serait également caché d'Élyana, mais c'était un compromis acceptable si le roi était effectivement l'un des Luxori recherchés par la créature.

***

Devant Domus Lucis et la chambre du Sénat, les civils s'étaient mis à paniquer, et leurs cris commençaient à inquiéter les soldats.

Le haut prince, l'esprit en éveil, prit conscience que c'était le moment de rappeler aux soldats qu'ils devaient rester calmes, pour éviter que l'un d'eux ne frappe avant l'heure. Il ordonna donc au Tabellarius de leur transmettre l'ordre d'attendre.

Alors que l'ordre voyageait à travers les jardins du palais, jusque sur les places, les terribles ailes du Scytale battirent une nouvelle fois et le placèrent dans les airs à quelque cent mètres au-dessus de l'enceinte du palais. Il resta là, pendant ce qui parut une éternité, se contentant de scruter les humains amassés le long des remparts. La taille et l'apparence cruelle du Scytale — il paraissait encore plus féroce à la lueur des grandes lanternes qui lui donnaient une teinte rouge sang — pétrifièrent tout le monde, mais heureusement, pas le roi, ni le prince, ni les officiers aguerris, ni les Lux Baiulae.

Octavius éleva la voix pour se faire entendre de son fils de l'autre côté de la passerelle, et lui demanda : « Est-ce qu'il a fait ça à Col de Corne ? Rester dans les airs comme s'il cherchait quelqu'un ? »

Le prince répondit sans le regarder, les yeux rivés sur le Scytale, par la fenêtre de la tour : « Non, pas lorsqu'il est arrivé, mais il a eu un comportement similaire quand il a provoqué le malheureux accident d'Élyana. »

« Oui, elle m'en a parlé. »

La voix d'Harlion arriva depuis la droite du prince : « Grand Seigneur Commandant, nous devrions tirer. »

« Non, attendez, Capitaine ». Aithen regardait toujours le Scytale, comme s'il essayait de comprendre ce qu'il voulait faire. Ce faisant, il se dirigea vers son père dans la tour suivante, mettant tout le monde en alerte.

Lorsque son fils l'atteignit, le roi lui demanda d'une voix calme mais insistante : « Fiston, que fais-tu ici, et qu'attends-tu ? »

Le prince lui répondit sur le même ton : « Je veux savoir ce qu'il veut et ce qu'il fait ici. »

« Aithen, je ne crois pas que trouver la réponse à cette question changera le cours des choses ; il va tuer, et nous devons nous en protéger autant que possible. »

Comme son fils ne lui répondait pas, Octavius cria : « Aithen ! »

Mais Aithen ne répondit pas au roi. Au lieu de cela, sa tête se mit à trembler et il parut soudain ressentir une douleur aiguë.

Octavius paniqua. Il saisit Aithen par les épaules et demanda ; « Aithen, que se passe-t-il ? » Rien. Octavius secoua son fils par les épaules une nouvelle fois, et comme il n'obtenait toujours aucune réponse, il cria pour demander l'aide des Lux Baiulae.

Aithen finit par ouvrir les yeux et les leva vers son père, gêné et fâché. La douleur provenait du phare que Courant avait placé dans son esprit. Elle était inquiète de n'avoir reçu aucune communication de sa part depuis la veille et avait activé le phare elle-même. Aithen répondit avec un envoi plein de colère, lui interdisant de le recontacter. La Locara s'excusa, mais voulut savoir quand il pourrait communiquer avec elle. Il lui répondit qu'il le ferait dans deux jours, s'il était encore en vie, puis il congédia la Locara tout en bloquant son retour.

Enfin, il espérait que ce qu'il percevait comme un verrou en était bien un. Aithen se recoiffa et dit : « Pardon, Père. Je viens d'avoir un… très mauvais… mal de tête… Mais ça va maintenant. »

« Aithen, tu m'inquiètes. Mais nos hommes attendent tes ordres pour attaquer. »

« Oui, bien sûr. Tu as raison, Père. » Et le prince cria l'ordre tant attendu, ordre qu'Élia Lux Baiula retransmit à ses Sœurs par le Lien, et qu'Harlion relaya à ses hommes par le biais du Tabellarius.

Moins d'une seconde plus tard, les premières flèches et des spirales enflammées touchèrent le Scytale qui lâcha un cri perçant que même les prêtres dans leurs souterrains entendirent. Cependant, comme à Col de Corne, cette première volée blessa à peine le Scytale malgré la quantité beaucoup plus importante de projectiles habituels et reliés. Le Scytale fondit alors sur le mur, au nord de la tour du prince, les yeux fumants.

Harlion hurla : « Boucliers ! » et les boucliers ovales des soldats se levèrent prestement une seconde après en avoir reçu l'ordre par les tabellari. Harlion et Aithen avaient décidé d'essayer cette tactique défensive lorsque le Scytale fondrait sur eux, plutôt que de le cribler de flèches ; ils espéraient que cela pourrait empêcher de nombreux soldats d'être enlevés par la créature pour être broyés par ses griffes ou par son bec, ou pour être projetés vers une mort certaine. Les Lux Baiulae, quant à elles, se protégeaient tant bien que mal sous les boucliers reliés, puisque personne ici — à part Élyana et les deux Cordons rouges sur les places — n'avait d'expérience militaire.

Les boucliers firent leur travail et empêchèrent le Scytale d'attraper qui que ce fut lors de son premier balayage, mais il revint aussitôt et un pauvre soldat, qui avait oublié de lâcher son bouclier lorsque le Scytale l'attrapa, fut emporté et jeté au sol, tête la première, l'instant d'après.

Cette nouvelle rencontre venait de causer la mort d'un premier homme. Son secundus, un homme costaud du nom de Telpornion, cracha et murmura avec dureté : « imbécile ! » Aithen, qui l'avait entendu par la lucarne sur le côté de la tour, se demanda si ses craintes que la qualité ne diminuât avec l'augmentation du nombre de soldats n'étaient pas déjà en train de prendre forme ; il voulait que ce ne fût pas le cas ; il espéra qu'il ne s'agissait que d'un malheureux accident et que, peut-être, le gant du soldat était resté coincé dans la poignée du bouclier, et que celui-ci avait été incapable de le lâcher lorsque la bête l'avait attrapé… il devrait tirer cela au clair quand ce serait terminé… si lui-même survivait à cette nouvelle bataille.

Irania Lux Baiula, debout au sommet de la passerelle au nord de la tour nord, envoya une pensée inquiète à Élyana, qui la transmit à toutes les Sœurs : « *Élyana, nos spirales enflammées n'ont aucun effet.* »

« *Je sais, Irania. Comme je vous l'ai dit plus tôt, la créature est dotée d'incroyables pouvoirs de régénération. Mais si nous parvenons à résister et que nous continuons d'attaquer, il pourra peut-être se fatiguer, et lorsque ce sera le cas — si nous ne pouvons pas le tuer — nous pourrons au moins le chasser d'ici.* »

« *Compris* » fut la seule réponse d'Irania, bien qu'elle eût aimé ajouter « j'espère que tu as raison. »

Tous furent profondément frustrés de constater que leur opposant n'était pas cantonné à un côté des murs, mais qu'il pouvait survoler les jardins du palais. Cela signifiait qu'ils devaient utiliser leurs armes classiques avec précaution, car une lance, un projectile ou une flèche tirés sur le Scytale d'un côté du mur risquaient fort de retomber sur un défenseur. La majeure partie de la défense reposait donc sur les Lux Baiulae dont les projectiles disparaissaient dans les airs s'ils n'atteignaient pas leur cible. Et ce n'était que lorsqu'elles parvenaient à repousser le Scytale de l'autre côté du mur, que les soldats pouvaient utiliser leurs armes.

De temps en temps, Ulva et Xéna, qui voyaient bien le combat depuis leurs positions respectives, s'envoyaient des pensées en privé, se lamentant de l'inefficacité des attaques de leurs Sœurs. Ulva était particulièrement affectée par son incapacité à utiliser ses talents de guerrière : « *Si nous survivons à cela, Xéna, nous devrons trouver le moyen d'enseigner à nos Sœurs des autres obédiences comment générer des nébuleuses, pour que —* . »

Xéna acheva la pensée de sa jumelle : « *Pour que nous puissions faire ce que nous faisons le mieux : nous battre ! Je sais, Ulva, ça me rend folle que nous ne puissions pas aider. Elles n'ont pas arrêté de lancer la même arme, sans effet* »

Ulva dit : « *Tu sais bien que les spirales enflammées sont les seuls projectiles reliés que les Sœurs des autres obédiences ont appris à former.* »

Xéna dit enfin : « *Si seulement on pouvait facilement transférer à une Sœur la flore microbienne d'une autre… cela nous rendrait bien plus puissantes…* »

Pendant tout ce temps, le Scytale avait ignoré les civils réunis dans les deux quartiers de la ville défendus par les jumelles. Mais après une demi-heure de combat au palais, le Scytale se dirigea soudain, sans crier gare, vers la chambre du Sénat et se jeta sur la foule assemblée sur la place — et la tragédie frappa les civils et les soldats qui se trouvaient là. Les gardes postés à cet endroit décochèrent immédiatement des flèches sur ses ailes, mais en vain. Ulva Lux Baiula, qui brûlait de se lancer dans le combat dès la première frappe du Scytale sur le palais, laissa libre-cours à ses instincts, libérant la nébuleuse pour lancer une spirale enflammée sur la créature.

Ulva exulta de fierté lorsqu'elle vit le Scytale reculer. Malheureusement, la fierté de la Lux Baiula ne dura pas, car la créature — tout à coup consciente de l'absence de nébuleuse — lança ses attaques cérébrales, et une vingtaine de Furanvillois, y compris des gardes et des sénateurs, succombèrent à la douleur lorsque leurs cerveaux se mirent à griller.

Le pire fut que le trait qu'un garde était en train d'ajuster sur le Scytale lorsque ce dernier lança son attaque mentale tomba sur deux enfants, les transperçant de part en part sous les yeux de leurs parents. La panique se répandit dans la foule, et Ulva appela Élyana en privé, honteuse et fâchée contre elle-même.

Élyana eut envie de la fustiger. Elle avait bien dit aux jumelles de ne pas attaquer. Mais elle se souvint de sa propre réaction à Col de Corne, et elle apaisa sa colère. Elle répondit à la Cordon rouge : « *Inutile d'avoir honte, Ulva. J'ai fait la même erreur que toi à la forteresse, mais ne recommence pas. J'enverrai une Sœur auprès de toi et auprès de Xéna pour vous accompagner pendant le combat.* »

Après un silence embarrassant au cours duquel Ulva se débattait contre sa propre culpabilité, elle remercia Élyana et reporta son attention sur le Scytale.

Élyana envoya alors un message à Irania, mais elle décida de le transmettre par connexion mentale, afin que toutes puissent le percevoir : « *Irania, nous devons envoyer une Sœur à chaque jumelle.* »

« *C'est dangereux, Élyana. Elles seront hors de portée de la nébuleuse le temps qu'elles y arrivent.* »

Élyana lui répondit par une communication privée : « *Je sais, Irania, mais je n'ai pas le choix. Le Scytale vient de tuer une vingtaine de civils quand Ulva a libéré la nébuleuse pour empêcher la créature de fondre sur la foule. »*

« Comment a-t-elle pu... ?! Enfin, peu importe, nous ferons comme ça. » Irania envoya donc l'ordre à deux Sœurs par l'intermédiaire de la communication commune, au cas où le message se perdît ou que les Sœurs en question fussent incapables de le recevoir : *« Dalima, veuillez vous rendre auprès d'Ulma sur-le-champ. Elle a besoin d'une aide offensive pendant qu'elle soutient la nébuleuse. Krpta, va rejoindre Xéna. Faites attention, toutes les deux, car vous ne serez pas sous la nébuleuse avant d'avoir atteint les places. »*

À ce moment, une communication urgente arriva d'Ulva : *« Élyana, le Scytale redescend sur nous, et nous ne pouvons plus l'arrêter ! »*

L'horreur de la pensée de ce qui allait arriver se propagea dans la liaison des Sœurs. Élyana se dépêcha de trouver une solution.

Xéna, qui avait entendu les communications, envoya une question en privé à sa jumelle, et elle reçut une réponse remplie d'impuissance, ce qui était fort inhabituel de la part d'une Cordon rouge ; sa sœur, tout comme elle, était une guerrière ! *Enfin, qu'est-ce qui arrive à Ulva ?* Xéna était sur le point d'envoyer une nouvelle question, lorsque Élyana alerta tout le monde : *« Mes Sœurs, nous avons besoin d'une idée pour aider Ulva, tout de suite ! »*

Plusieurs idées fusèrent rapidement vers Élyana, mais aucune ne la satisfit. Elle exhorta ses Sœurs à lui en donner davantage, et, alors qu'aucune ne lui parvenait, et qu'elle reçut une nouvelle communication générale d'Ulva informant ses Sœurs que le Scytale venait encore d'enlever trois civils, et qu'elle-même y avait échappé de justesse, elle décida que la seule solution reposait sur elle. Elle envoya : *« Mes Sœurs, je vais rompre notre lien de communication pour m'adresser au Scytale.* »

Neuf voix lui parvinrent en même temps, condamnant cette tactique aussi audacieuse que dangereuse, mais Élyana les ignora toutes et rompit la communication avec ces mots : « *Rumpo vinculum nostrum !*[77] »

Irania était furieuse. Mais tout ce qu'elles pouvaient toutes faire, à présent, c'était regarder Élyana et la soutenir du mieux qu'elles le pouvaient, tout en communiquant en privé, d'une manière plus lente et moins efficace.

Concentrée sur le Scytale, Élyana commença à l'appeler, l'invitant à lui parler.

«Bestia*! Volo tecum loqui.*[78] »

Rien.

«*Bestia! Volo tecum loqui.* »

Toujours rien.

« *Bestia!* »

Cette fois, le Scytale perçut l'appel d'Élyana auquel il répondit avec un envoi douloureux qui secoua la Lux Baiula. La créature pensa d'abord ignorer cet appel, mais quelque chose attisa sa curiosité. Voulant connaître l'identité de la personne qui l'appelait, il laissa tomber l'enfant qu'il venait d'arracher aux mains de sa mère, et revint vers le palais. Heureusement pour le bébé, il retomba dans des mains bienveillantes et comblées — blessé par le bec puissant du Scytale — mais tout de même vivant.

Alors que la bête survolait la Route ministérielle, elle remarqua une femme qui courait le long des bâtiments, essayant de se cacher. Un sourire plein de malice traversa son

---

[77] Je brise notre lien.
[78] Bête ! Je veux te parler.

visage tandis qu'elle se demandait qui courait comme ça dans les ténèbres : *Hic jucundus est. Quid hic*[79] ?

Dalima s'apprêtait à traverser la route entre le bâtiment du trésor et la chambre du Sénat, lorsqu'elle sentit le danger au-dessus d'elle ; elle s'arrêta alors et leva les yeux — c'était le Scytale qui la fixait, ses lèvres étirées par un sourire grandissant et grondant. Le cœur de Dalima bondit, mais elle se reprit rapidement et essaya immédiatement de protéger son esprit du Scytale.

Malheureusement pour elle, elle n'avait jamais bien étudié cette capacité, et ses tentatives pour bloquer la bête ne firent qu'affaiblir légèrement les vibrations que la bête lui envoyait.

Lorsque — après avoir joué quelques minutes avec elle — le Scytale intensifia son attaque, Dalima se mit donc à hurler à l'agonie et tomba à genoux en se tordant. La femme se battit avec une seule partie de son cerveau — la seule qui avait encore du pouvoir. Et elle se battit courageusement. Mais après quelques assauts supplémentaires du Scytale, la Lux Baiula était prête à se rendre, à tout laisser tomber, et à ne plus résister. C'est alors qu'une pensée — un petit sursaut d'imagination, et pourtant si puissant — surgit dans son esprit, une pensée qui la somma de résister parce qu'elle *était* une Cordon blanche et qu'elle *avait* forcément un moyen d'atténuer sa douleur sinon de bloquer les attaques de la créature. Elle chassa alors toutes ses peurs jusqu'à être prête à se concentrer, et s'imagina un flot de fluides rafraîchissants et apaisants envahir sa tête — suffisamment pour lui permettre de réfléchir à nouveau. À ce moment-là, elle comprit qu'à moins d'atteindre tout de suite une nébuleuse, c'est les voûtes sombres qu'elle rejoindrait bientôt.

---

[79] Voilà qui est intéressant. Qu'avons-nous ici ?

Sans perdre une minute, elle s'ordonna de courir vers la chambre du Sénat dont elle était séparée par une route, une pelouse et enfin un mur. Mais, ce faisant, elle relâcha un peu son champ d'atténuation, et la douleur revint avec encore plus de force que précédemment.

Ce fut alors que le Scytale s'adressa à la Sœur pour lui glisser qu'elle n'avait aucune échappatoire : « *Tu non effugies me, Soror !*[80] »

La douleur et ses battements de cœur devinrent trop intenses, et Dalima tomba au sol, hurlant d'agonie. Pourtant, la petite partie de son cerveau qui avait encore un peu de volonté envoya une communication urgente à Irania et Élyana : « *Sorores, adiuva me !*[81] »

Malheureusement, comme Élyana avait rompu le lien entre les Sœurs et que les communications privées étaient bien moins efficaces que celles envoyées par connexion mentale, *ce* message prit du temps à atteindre ses destinataires, aussi urgent fût-il. Mais Élyana comme Irania finirent par l'entendre, et elles se regardèrent, horrifiées.

Irania hurla, créant un vent de panique : « Élyana, fais quelque chose ! Vite ! »

Élyana fit la seule chose qu'elle pouvait faire : elle envoya une autre communication mentale au Scytale. Mais cet envoi fut bien plus qu'une simple communication, ce fut une véritable sommation à laquelle peu de K'Tarans eussent été capables de résister : « *Bestia, veni huc !*[82] » Élyana doutait que cela eût autant d'effet sur une créature de Noctiferus, mais elle espérait que cela suffirait pour attirer son attention vers elle — et la détourner de Dalima.

---

[80] Sœur ! Tu ne pourras pas m'échapper !
[81] Mes Sœurs, aidez-moi !
[82] Bête, viens par ici !

Lorsque le Scytale reçut la sommation d'Élyana, il fut momentanément distrait, surpris par le caractère audacieux de cet envoi. Tandis qu'il reportait son attention sur sa sommatrice, la douleur de Dalima s'apaisa. Mais, cette fois, son cerveau était irrémédiablement endommagé : son cortex moteur avait été détruit, et seuls quelques-uns de ses centres cognitifs demeuraient fonctionnels, de même que ses zones de traitement de la douleur. Peut-être que si l'attaque cérébrale s'était arrêtée là, Dalima aurait pu être sauvée, et avec les soins intensifs des meilleures docteures d'Urbs Lucis, elle aurait pu retrouver certaines, sinon la plupart, de ses capacités motrices et mentales. Mais malgré la force qu'elle déploya, Élyana ne parvint pas à arrêter le Scytale avec son appel, et, après une courte pause, la créature se remit à attaquer la Cordon blanche et l'acheva. Dalima laissa échapper un dernier cri alors que son faible bouclier mental se délitait tout à fait, et le reste de son cerveau grilla comme de la viande sur le barbecue. Lorsque la fumée s'échappa de ses orbites, à travers ses yeux qui rétrécissaient, tout croyant aurait pu penser que son âme s'envolait, mais hélas, il n'en était rien.

De retour dans les jardins du palais, Irania envoya une communication angoissée à Élyana : « *Je ne parviens plus à percevoir Dalima. Peux-tu la sentir ?* »

Une réponse teintée d'un terrible sentiment d'échec lui revint : « *Notre sœur est morte* », ce à quoi Irania répondit : « *Et sans aucun transfert de mémoire — la sororité est affaiblie.* »

Élyana lui répondit avec le plus de sang froid qu'elle le pût, essayant tant bien que mal de contenir le sentiment de culpabilité qu'elle savait être déplacé et qui filtrait dans l'envoi : « *Elle est affaiblie.* »

Peu après qu'Élyana et Irania eussent terminé leur échange, le Scytale revint au palais. Il s'arrêta à une certaine distance du bâtiment et commença à scruter les défendeurs, tout comme lorsqu'il était arrivé à Furanville. Aithen s'apprêtait à ordonner aux soldats de tirer quand il remarqua que la créature fixait… Élyana !

Il cria : « Oh Fondateurs ! J'espère que ça ne recommence pas ici ! Élyana ! »

La Lux Baiula lui fit un signe de tête, aussi calme que pour lui dire que tout allait bien. Ses Sœurs se tournèrent vers elle, angoissées, se regardant l'une l'autre, et attendant ses ordres.

Mais au lieu de cela, Élyana fut prise de convulsions et envoya un trait soufflant sur les défendeurs qui la regardaient.

Tania Lux Baiula redescendit des remparts aussi vite qu'elle le put, et courut vers Élyana. Lorsqu'elle arriva auprès de la Sœur, elle la trouva gelée, le visage tordu de douleur. Tania l'ausculta pour s'assurer de son état ; elles ne *pouvaient pas* se permettre de perdre une autre Sœur ce soir, et *surtout pas* Élyana. Tania essaya de tirer Élyana de ce qui la retenait, mais en vain ; la femme était pétrifiée comme une statue, elle ne bougeait pas et respirait à peine. Enfin, Tania posa ses mains sur sa Sœur et comprit alors qu'elle était connectée au Scytale. La docteure murmura des paroles désespérées à sa Sœur, ne sachant pas si celle-ci pourrait les entendre : « Élyana, tu as intérêt à te sortir de là, parce que je n'accepterai pass de te perdre. »

Tout ce qu'elle obtint comme réponse d'Élyana fut un nouvel épisode convulsif très violent. Élyana venait tout juste de recevoir un envoi de la part du Scytale ; ce dernier était agréablement surpris de la revoir, et se demandait pourquoi elle l'avait appelé, mais ses sarcasmes produisaient des vibrations agressantes et douloureuses.

Il dit alors en langue ancienne : « *Soror ! Quam feliciter iterum te invenio ! Cur ergo vocatis me ?*[83] »

Malgré la douleur lancinante, Élyana avait toujours tous ses sens, et elle répondit dans la même langue : « *Ne cherches-tu pas quelqu'un ?* »

« *Bien sûr que oui. Je sais que ma proie est ici. Je sens sa présence. Où est-Il ?* »

« *Arrête ton massacre, et je te le dirai.* »

« *Tu ne pourras pas m'obliger, Sœur, et tu ne devrais même pas essayer ; cela m'insulte. D'un autre côté, je peux te faire mal, et je le* ferai, *afin que tu comprennes que c'est* Moi *qui commande.* »

Et le Scytale mit ses menaces à exécution, en envoyant une vibration douloureuse à Élyana. Elle tomba à genoux et lança un cri qui fit tressaillir Tania. La docteure imposa à nouveau ses mains sur sa Sœur, pour essayer de la dégager des griffes de la bête, mais en faisant cela, elle ressentit une douleur telle qu'elle dut retirer ses mains de peur de s'évanouir sur-le-champ. Ne sachant pas que faire, elle appela Irania, l'exhortant à faire quelque chose, quoi que ce fût, pour éviter de perdre Élyana aussi.

La Cordon mauve prit tout de suite une décision ; le fait que la créature se trouvait à l'extérieur de l'enceinte signifiait que les gardes pouvaient tirer des flèches sans crainte des conséquences. Irania envoya donc une pensée à Élia pour lui demander de transmettre à toutes les Sœurs l'ordre de tirer. Puis elle cria de faire la même chose au Tabellarius, contournant l'autorité d'Aithen et d'Harlion — elle n'avait *pas le temps* de respecter la hiérarchie maintenant.

Harlion allait retarder l'ordre lorsque Aithen lui posa la main sur le bras et secoua la tête, désignant Élyana à genoux

---

[83] Sœur ! Quel bonheur de te retrouver ! Pourquoi m'appelles-tu ?

devant le palais. Harlion grogna en comprenant et laissa les hommes suivre l'ordre d'Irania. Aithen commanda à Harlion de donner l'ordre de lancer les flèches et les projectiles qu'ils avaient préparés plus tôt dans la journée. Les projectiles portaient de petites poches d'huile qu'Aithen espérait voir éclater en touchant le Scytale pour l'asperger d'un liquide inflammable qui pourrait ensuite prendre feu grâce aux spirales enflammées des Lux Baiulae.

Pendant qu'on allait chercher les projectiles chargés, Élyana continuait sa bataille immatérielle avec le Scytale, qui ne la libérait pas de son emprise, malgré l'interminable tir de barrage de toutes sortes de projectiles. Soudain, Élyana cria à voix haute : « Sors de ma tête, Scytale ! »

Le Scytale lui répondit par un envoi par le Lien : « *Je sortirai quand j'en aurai envie, Sœur.* »

Élyana réitéra son ordre, encore et encore, d'une voix chargée de douleur prise dans une torture infinie : « Sors ! »

L'instant d'après, tout le monde ressentit un profond et violent mal de tête, et tous se plièrent en deux ou se prirent la tête dans les mains. Les Sœurs, elles aussi en proie à la souffrance, se rendirent compte qu'Élyana était en train de perdre son combat, que la nébuleuse s'affaiblissait, et que si elle s'effondrait complètement — et ce serait le cas si la créature ne relâchait pas son emprise rapidement — ils allaient tous mourir, de la même manière que Dalima.

Elles rassemblèrent alors toutes leurs forces et reprirent lentement leurs attaques jusqu'à ce que cinq d'entre elles réussissent à lancer tout le feu qu'elles étaient capables de générer sur la bête.

Leurs efforts furent récompensés, puisque, dès que le Scytale détourna son attention d'Élyana pour la reporter sur ses attaquants, la nébuleuse retrouva toute sa force et les défenseurs, leurs capacités à combattre — même les gardes, qui se mirent à lancer les projectiles chargés sur la bête.

Dans la tour, le roi se redressa, se frotta les tempes, et après s'être assuré que tout le monde allait bien autour de lui, s'approcha d'Élia Lux Baiula. Quand la femme lança une nouvelle spirale enflammée, elle remarqua une étrange lumière chatoyante autour du roi. *Je jurerais que ça arrive chaque fois que je lance une spirale enflammée sur le Scytale. Peut-être que c'est dû à une sorte d'interférence avec le bouclier relié qui le protège. Il va falloir que je le signale à Élyana une fois que tout cela sera fini — si nous restons tous en vie.*

En réalité, le roi — qui ne supportait pas de rester là sans se rendre utile — avait secrètement renforcé les projectiles reliés d'Élia, espérant qu'elle ne se rendrait compte de rien à cause du stress de la situation. Les membres de sa garde personnelle pourraient le remarquer, mais il ne craignait pas qu'ils dissent quoi que ce fût.

La créature laissa échapper un cri assourdissant quand sa peau éclaboussée d'huile prit feu après qu'elle fut frappée une quatrième fois par Élia.

Tania se demanda si la réaction du Scytale signifiait qu'il avait complètement libéré Élyana, mais la femme semblait toujours en plein combat psychique. La Cordon blanche se tourna vers Irania et secoua la tête d'un air sombre. Irania hocha la tête et ordonna aux Sœurs épuisées de redoubler d'efforts.

Malgré tout, le Scytale ne tomba pas et ne battit pas en retraite. Au lieu de cela, la chose parut avoir laissé sa peau brûler jusqu'à la dernière goûte d'huile, pour la régénérer juste après. Irania se demanda comment Élyana et les quelques soldats de Col de Corne avaient pu résister à cette créature et comment ils avaient réussi à la faire partir à la fin. Était-ce la même ? Elle n'osa pas émettre la possibilité qu'il y en avait plusieurs du même acabit.

Soudain, la bête se secoua et des flocons grisâtres tombèrent sur les défenseurs, révélant un nouveau cuir, luisant et resplendissant, qui brillait dans la lumière des soleils couchants. Certains défenseurs restèrent pétrifiés sur place, et d'autres s'époussetèrent énergiquement pour débarrasser leurs cheveux et leurs vêtements de cette matière démoniaque.

L'inefficacité de leurs armes ainsi que la régénération fulgurante de la créature déroutèrent tout le monde. C'était comme si le Scytale n'obéissait à aucune loi physique *ou* biologique de K'Tara, car au lieu d'être affaiblie par le combat, la créature paraissait plus forte et plus fière que jamais.

Une fois entièrement guéri, le Scytale retourna ses pensées vers Élyana et lui dit d'un ton menaçant : « *Ces humains et toutes tes Sœurs mourront ce soir, si vous ne me dites pas où se trouve ma proie.* »

La bête resserra son emprise mentale sur Élyana et elle se mit de nouveau à trembler violemment. Elle pensa que cette fois, elle allait s'effondrer et succomber. Elle voulut appeler à l'aide, mais aucun son ne sortit de sa bouche, et son cerveau ne pouvait rien envoyer d'autre que ses réponses au Scytale. Elle pouvait voir que Tania essayait de l'aider, mais sans résultat ; Élyana se trouvait dans un donjon psychologique dont seule la bête pouvait la libérer. Pourtant, elle résistait. Mais les vibrations du Scytale étaient à présent bien plus puissantes qu'elles ne l'étaient à Col de Corne. Comment était-ce possible ? Et cette douleur ! Cette douleur intense ! Élyana parvint, malgré tout, à envoyer une réponse pleine de vigueur à la créature : « *Mais je ne le ferai pas, Bête !* »

À ce moment précis, Élia tira sur le Scytale, mais au lieu d'une spirale enflammée, c'était un javelot de feu qu'elle avait réussi à générer elle-même ! Il jaillit avec une force incroyable ! *Comment est-ce possible ?* Le javelot frappa juste, carbonisant le corps de la bête et l'envoyant à une dizaine de mètres de Mekiir.

L'homme, qui se trouvait à côté de sa colossale baliste, jurant et maudissant son inutilité des dernières heures, vit enfin l'opportunité se présenter et cria à ses assistants de charger le filet à varagon dans la machine. Les soldats s'exécutèrent à grand-peine, bien qu'ils ne fussent pas de jeunes blancs-becs, et Mekiir hurla à nouveau, pour les faire accélérer. Une fois le filet en place, Mekiir fit pivoter l'arme lourde sur son axe d'un geste rapide, visa et lança, et des cris de pure joie éclatèrent lorsque le filet emprisonna la créature.

Incapable de battre des ailes, le Scytale commença à tomber, mais il se contorsionna de colère, ce qui déchiqueta le filet et lui libéra les ailes juste avant de toucher le sol.

Mekiir grogna, redonna un coup de pied à la baliste, la poussa de rage et la frappa. Puis il se tourna vers la bête en agitant son poing endolori.

Le rokon, qui n'en était pas un, cria de frustration et son regard balaya l'espace, de la tour aux remparts, avant de choisir sa prochaine cible. L'instant d'après, il fixa la tour de la porte sud et se lança sur elle, espérant écraser la Lux Baiula qui avait osé brûler son corps une fois de plus — il pourrait s'occuper du soldat qui gesticulait plus tard.

Alors que le Scytale fondait sur sa nouvelle cible — concentré sur elle — son emprise sur Élyana s'affaiblit et la Lux Baiula prit soudain conscience du danger qui pesait sur le roi dans la tour. Elle voulut prévenir Élia, lui dire de générer un bouclier relié au-dessus de la tour, ou d'empêcher la créature d'avancer avec suffisamment de projectiles pour l'arrêter, mais elle ne pouvait toujours pas envoyer ; tout ce qu'elle pouvait faire, c'était écouter l'inévitable avec horreur, découragement et incrédulité.

Élyana se sentit s'effondrer à l'idée que sa Sœur et le roi pussent mourir écrasés. Mais à la place des bruits de pierre ou de tour écroulée, ce qu'entendit Élyana la fit sourire malgré la douleur provoquée par la créature.

En effet, lorsque le Scytale entra en collision avec la tour, il fut projeté sur le côté, comme un aimant ricochant sur une surface de charge opposée. Élia avait protégé la tour avec un bouclier ! À l'intérieur du bâtiment, un étrange écho assourdit tout le monde.

Aithen appela son père pour savoir s'il allait bien, mais il n'entendait plus rien, pas même sa propre voix, tout comme ceux qui se trouvaient dans les tours ne pouvaient l'entendre. Il fallut une vingtaine de secondes avant que l'effet ne se dissipât et que le roi n'entendît la question du prince.

Octavius répondit : « Je vais bien, Aithen, grâce à Élia Lux Baiula, même si je n'apprécie pas les effets secondaires de ce bouclier. »

La Lux Baiula grogna à la remarque du roi, puis sentit son corps se vider de toute l'énergie qui lui restait.

Le primus Julian, qui regardait par la fenêtre à la recherche de l'ennemi, remarqua que la bête revenait et visait une nouvelle fois la tour, à une vitesse fulgurante. Il se tourna vers le roi et dit d'un trait : « Majesté, ce serait intelligent de nous retirer à l'étage inférieur. Je sais que ces murs sont très résistants, tout comme le bouclier de la Lux Baiula, mais le Scytale revient et il semble bien avoir l'intention de détruire la tour — et je n'ai pas envie de revivre la même expérience, surtout que nous n'avons rien pu faire pendant un moment. »

Le roi jeta un œil par la fenêtre, et, d'accord avec son primus, il ordonna à tout le monde de descendre à l'étage inférieur.

Alors que le dernier descendait les marches, le Scytale frappa en même temps les tours des portes nord et sud. Les pierres doublement fusionnées par le Lien réagirent en émettant un son étiré et revenant en écho, et la structure tout entière trembla plusieurs fois. Mais elle tint le coup.

Voyant que les tours avaient résisté à ce deuxième assaut, le Scytale redoubla de colère, et s'envola à une altitude phénoménale, avant de plonger comme un énorme javelot. Juliana Lux Baiula, qui se trouvait sur le muret au sud de la tour sud, décida d'essayer une arme différente dont elle se souvenait et envoya un trait électrique sur le Scytale, pendant que les gardes continuaient leur barrage de flèches d'acier et de javelot, très peu efficace. Mais la décharge ne produisit aucun effet, et Juliana écarquilla les yeux en voyant que le Scytale fonçait à présent droit sur elle. La sueur ruisselait sur son visage tandis qu'elle se démenait pour essayer d'arrêter la chose.

De son point de vue, à côté d'Élyana, Tania vit ce qui allait se passer, et elle cria : « Juliana, va-t'en ! »

Mais Juliana ne l'entendit pas, et lorsque le Scytale se trouva à quelques mètres au-dessus d'elle, il fit entendre le cri le plus puissant qui fût. Juliana ferma les yeux et se figea. Elle était une Cordon mauve, après tout, pas une rouge ; aucune ne l'était à part les deux jumelles coincées à protéger les citoyens de la capitale. Comment l'une d'elles pouvait-elle imaginer affronter de sang-froid le souffle d'une telle créature ? Lorsqu'elle sentit le vent des ailes du Scytale, Juliana se figea. Près de là, des gardes prirent leur courage à deux mains et attaquèrent la bête à coups d'épée pour essayer de l'éloigner de la Lux Baiula. Mais la créature la saisit quand même, se moquant des soldats qui avaient déchiré ses ailes membraneuses, et s'envola tout en lâchant un étrange aboiement — presque un rire.

Le roi ordonna à tout le monde de cesser les tirs. Élia, qui s'y attendait, monta le son afin de s'assurer que personne ne tirerait sur Juliana par inadvertance.

En entendant l'ordre du roi, une vague de découragement et de désespoir s'abattit sur les rangs des défenseurs. Le roi regarda la bête s'éloigner et lâcha un soupir découragé. Son fils, qui avait accouru, lui demanda d'une voix pleine de colère et de peur : « Père, que fait-on ? »

« Je réfléchis, fiston, je réfléchis ! » Le roi se retourna vers son primus, Julian — le frère de la pauvre femme. Il savait qu'il fallait faire quelque chose pour la sauver de ce qui l'attendait. Mais que pouvaient-ils faire ? Que pouvait-il faire, lui ? Il essaya de rassurer Julian en affectant un air confiant.

Julian se retourna, les yeux remplis de désespoir.

Le roi se redressa brusquement après avoir pris sa décision, et dit : « Nous devons l'appeler, attirer son attention, et arrêter ce qu'il a l'intention de faire à Juliana. Nous devons lui donner ce qu'il veut. Lux Baiula, transmettez cela au Scytale : "Créature ! Je suis — ". »

Avant que le roi eût pu finir de dicter son message à Élia, Aithen s'interposa : « Père, tu ne peux pas… te révéler au Scytale. C'est peut-être dangereux. *C'est* dangereux ! Et même si nous devons faire notre possible pour sauver Juliana », Aithen regarda fixement le primus pour lui montrer qu'il pensait ce qu'il disait, « tu ne peux pas te mettre en danger de cette façon ! »

Étonnamment, le roi ne discuta pas, et répondit avec un grognement : « Foutues chaînes ! D'accord. Lux Baiula, demandez au Scytale ce qu'il veut, puis faites venir immédiatement Irania Lux Baiula ici pour qu'elle participe aux négociations pour la libération de Juliana. »

Octavius s'attendait à ce que la Lux Baiula exécutât son ordre sur-le-champ, mais, au lieu de cela, il remarqua son regard vague et demanda : « Qu'attendez-vous, femme !? »

Cette manière de s'adresser à elle choqua tout le monde, sauf la Lux Baiula qui répondit : « Sire, je réfléchis à comment nous adresser à la chose. »

« Comment — ?! Dites "Scytale" ! Comment voudriez-vous l'appeler ? »

Et sans plus attendre, Élia projeta sa voix pour qu'elle atteignît la bête avec force et clarté.

Le Scytale, qui se trouvait à présent près du temple d'Aiala, s'arrêta et se retourna, suspendu dans les airs et battant doucement des ailes, alors qu'il tenait son otage qui était maintenant inconsciente – ou peut-être sa future victime si leur plan échouait. Il examina le mur du palais, à la recherche de celle qui pouvait bien vouloir lui faire face. Mais ne voyant personne, il grogna et cria bien haut, pour la première fois : « Qui ose m'appeler et ne pas se montrer ? »

La voix haineuse et surnaturelle du Scytale fit frémir tout le monde, civils comme gardes, Lux Baiulae comme princes. La créature répéta sa question, agacée que personne ne lui eût encore répondu.

Dans la tour, Élia dit : « Majesté, je dois aller à découvert. »

Octavius ne répondit pas, mais se mit à marcher rageusement dans le petit espace de l'étage inférieur de la tour, se demandant s'il devait affronter lui-même le Scytale, laisser la Lux Baiula le faire, ou attendre Irania, quand, enfin, la Cordon mauve arriva.

Tandis que le Scytale poussait un nouveau cri menaçant rempli de colère, Élia dit avec empressement : « Sire, nous devons sortir, tout de suite. »

En se retournant vers Irania, Octavius dit : « En effet. Lux Baiula ? »

« J'y vais, Sire. Élia, suis-moi. »

Tous ceux qui se trouvaient dans la tour attendaient avec angoisse qu'un nouveau combat, un combat psychologique, commence. Aithen et Octavius se regardèrent, inquiets. Ils savaient qu'Irania était une bonne négociatrice ; elle était la représentante principale d'Urbs Lucis dans la capitale, et ils l'avaient souvent vue obtenir un accord entre des parties diamétralement opposées. Mais les parties avaient toujours été des humanoïdes, des êtres empreints d'une certaine rationalité. Quelqu'un pourrait-il raisonner cette abomination ?

Irania et Élia arrivèrent essoufflées au sommet de la tour. Elles sortirent ; Irania regarda Élia, attendant que la Cordon jaune lui confirmât qu'elle était prête à projeter sa voix, et lorsque la femme acquiesça, Irania commença : « Créature, je suis Irania Lux Baiula, responsable du bien-être de mes Sœurs ici, et je voudrais discuter de la libération de la femme que tu as enlevée. »

Le Scytale projeta sa réponse avec un immense mépris : « Tu es un autre Alterintrant. »

« Oui. »

« Peu importe. Et sache que je ne suis pas une créature, mais l'*Alis Domini*[84]. »

Irania répondit : « Pardon... Alis Domini. »

Le Scytale accepta ses excuses à contrecœur et commença à faire sa demande : « Maintenant, je voudrais parler au Luxor qui se trouve parmi vous. »

« Je ne comprends pas, Alis Domini. Le Luxor ? »

« Oui ! L'un d'eux est ici, parmi vous. Ne t'avise pas de me tromper, sorcière ! »

---

[84] Alis Domini : Ailes du Maître.

« J'ai besoin d'examiner votre demande un instant, Alis Domini. Mais d'abord, j'ai besoin que vous relâchiez mon associée. »

Le Scytale hurla si fort sa réponse, que les civils se mirent à crier et que les défenseurs serrèrent les dents : « Tu n'es pas en position de me dicter ce que je dois faire, sorcière ! Si je la relâche maintenant, ce sera seulement pour l'envoyer à la mort en contrebas. Par conséquent, apporte-moi le *Luxor* ! »

Irania avait le sentiment que la conversation n'allait pas bien se passer, et qu'il valait mieux arrêter de la projeter pour éviter que tout le monde l'entendît. Elle demanda donc à Élia d'arrêter d'augmenter sa voix, et se retourna vers le roi — qui regardait par la fenêtre d'en bas — pour lui dire qu'elle allait poursuivre les négociations par le Lien.

Octavius lui répondit qu'il comprenait, mais dit : « Irania, vous devez insister encore. Le Scytale cherche ce… ce Luxor depuis de nombreux quarts maintenant, et s'il pense qu'il est là, nous avons un avantage. Confirmez-lui qu'il a raison sur le fait qu'un Luxor se trouve ici, mais demandez-lui ensuite de déposer Juliana devant les portes du palais. Je vais y placer trois gardes qui l'y attendront. »

Irania prit une grande inspiration et réessaya, en envoyant sa requête par le Lien : « *Alis Domini, nous sommes prêts à discuter au sujet du Luxor, mais d'abord, je vous demande de ramener mon associée et de la déposer saine et sauve devant les portes du palais, ici. De toute évidence, vous êtes plus fort et nous n'avons pas d'autre choix que d'accéder à votre requête, mais nous ne ferons rien si vous tuez notre Sœur. Trois gardes seront… »*

Pendant qu'Irania discutait avec le Scytale, Élyana se mit soudain à gémir, puis elle se frotta la tête. Tania la regarda avec un sourire plein de doutes. Apparemment, l'échange du

Scytale avec Irania lui avait fait relâcher son emprise sur Élyana.

« Élyana, tu m'entends ? Élyana ? »

La voix d'Élyana était ténue, mais elle répondit : « Oui. Que se passe-t-il ? »

Tania lui répondit : « Ma Sœur, le Scytale a capturé Juliana, et Irania est en train de négocier sa libération ; le Scytale voudrait parler avec le… Luxor. Je ne sais pass ce que ça signifie. »

« Nous… ne pouvons pas… négocier. »

« Tu dois être folle ! »

« Le haut roi Octavius est—Nous… ne pouvons pas négocier. S'il te plaît, dis-le à Irania. »

La tête de Tania se mit à tourner. « Élyana, tu plaisantes !? »

Avec une force subite et étonnante, Élyana cria : « Tania, tout de suite ! »

Sans discuter davantage, Tania transmit l'ordre d'Élyana à Irania et à Élia, au cas où la Cordon mauve n'eût pas reçu son envoi assez vite.

Le fait fut qu'Irania ne reçut pas l'envoi, mais Élia le capta et, ne pouvant croire ces ordres, elle renvoya une réponse cinglante à Tania.

Tania lui répéta les ordres d'Élyana, et, cette fois, ils arrivèrent à Irania qui tourna vers Élia des yeux pleins d'incrédulité et qui lâcha toutes sortes de jurons, indignes d'une Lux Baiula. Mais le Scytale lui parlait de nouveau, et elle revint à ses négociations avec la créature, après avoir lancé un regard glacial à Élyana.

Élia, ne sachant que faire, se tourna face à la tour et cria : « Majesté ! Vous devez parler à Élyana ! Elle vient de dire à l'administratrice Irania de *ne pas* négocier la libération de notre Sœur ! »

Le primus Julian adressa un regard incrédule et stupéfait au roi, tandis que Jashan, Almiar, Kiron et Merr considéraient leur commandant d'un air consterné. Julian cria : « Qu'est-ce qu'elle veut dire, nous ne pouvons pas négocier ? C'est ma sœur que cette chose tient dans ses serres ! »

Octavius intervint : « Primus, calmez-vous. Vous connaissez les raisons d'Élyana. »

« Oui, Sire. Mais il doit y avoir quelque chose que nous pouvons faire. »

Élia continua, sans répondre à la question de Julian : « Sire, Élyana veut aussi que je vous dise que vous ne *pouvez pas* vous révéler au Scytale, ni vous rendre à lui »

Octavius grogna, frustré, et donna un coup de pied dans un tabouret. À ce moment, Élyana poussa un cri terrifiant, suffisamment fort pour que même ceux qui se trouvaient dans la tour l'entendissent. Aithen, angoissé, courut à la fenêtre pour demander à Élia ce qu'avait Élyana.

Élia lui répondit : « Mon Prince, on dirait que ce qui a détourné le Scytale d'elle ne fonctionne plus. »

Au moment où Élia terminait sa phrase, Irania se tourna vers la tour et appela le roi : « Sire, le Scytale ne libèrera pas notre Sœur à moins que… à moins que nous le laissions vous parler. Il pense que vous êtes l'un des Luxori qu'il recherche. Mais comme Élia vous l'a dit, Élyana m'a ordonnée, enfin, elle a *exigé*, que je ne vous laisse pas parler avec lui. Et je dois admettre… que je suis d'accord avec elle. »

Un terrible silence s'abattit sur tout le monde, tandis que le roi réfléchissait à la situation. Et tout le monde espérait, contre toute logique, que ce qu'il déciderait serait la bonne solution.

Lorsque le roi prit enfin une décision, il se redressa et parla d'un ton ferme et résolu : « Je ne laisserai personne mourir ainsi pour moi, et il est certain que Juliana périra si nous refusons d'accéder à la requête du Scytale. Mais je suis prêt à parier qu'il ne me tuera *pas*, et s'il m'emporte, vous pourrez toujours venir me sec — . »

Avant que le roi eût le temps de finir sa phrase, le « Non ! » le plus terrifiant s'éleva de cinq Lux Baiulae.

Le Scytale se trouvait au-dessus des jardins, et, après avoir lâché un nouveau hurlement, il projeta Juliana au sol de marbre devant le palais. Laranis Lux Baiula, qui était du côté nord de la tour nord, tenta de générer un bouclier autour de la femme, mais elle réagit trop tard, et Juliana heurta le sol dans un horrible fracas d'os brisés et de sang jaillissant.

Un hurlement déchirant s'éleva lorsque le primus Julian vit ce qui venait de se passer. Il sauta d'une manière incroyable, par la lucarne du niveau inférieur qui était tout de même à plusieurs mètres du sol, et — ignorant le bruit de son tibia fracturé — se releva pour courir vers sa sœur. Là, il s'agenouilla devant son corps mou, déformé par ses jambes tordues et son crâne broyé. Tout d'abord, il ne parut pas remarquer l'état du visage de sa sœur, et le caressa, sans se soucier du sang ni des éclats d'os qui sortaient de sa chair. Puis, quelque chose se passa, et il hurla sa colère, tournant son visage pétri de colère vers Élyana, et d'incompréhension vers le roi. Élyana ne le vit pas — ne put pas le voir — mais le roi, oui, et il réprima un sentiment de culpabilité et de rage qui risquait de le submerger quand il se détourna de la scène pour offrir son visage torturé à Élyana.

Quant au Scytale, il poussa un hurlement en réponse, puis parla à nouveau, s'adressant à Irania et à Élyana, de sa voix étrangement pleine d'écho : « Sœurs ! Sachez que la prochaine fois que je viendrai, vous tomberez tous si vous tentez de me résister ! Vous avez été témoins de ma force ; elle a augmenté pendant le peu de temps qui s'est écoulé depuis le moment où j'ai rencontré l'une d'entre vous, et elle continuera de le faire dans toutes les villes et villages que je terrasserai, jusqu'à ce que nous nous retrouvions. La prochaine fois, vous me *donnerez* ce que je veux. »

Ayant dit cela, il se retourna et, dans un dernier cri, partit vers l'ouest.

Une fois le Scytale parti, le roi, ses hommes et Élia coururent vers Julian et sa sœur. Lorsqu'ils arrivèrent près du corps de Juliana et qu'ils virent son état, leurs regards horrifiés allumèrent une lumière dans l'esprit de Julian, et la conscience qu'il ne reconnaissait plus le si beau visage de sa sœur le frappa comme un varagon. L'instant d'après, il se recroquevilla et se vida l'estomac sur le sol, puis il prit la main de sa sœur et resta là, assis, fermé au monde extérieur, pendant un long moment.

✳✳✳

Cette nuit, à Furanville, on se consacra à soigner les blessés et à s'occuper des morts, ainsi qu'à relâcher les clercs de leurs souterrains et le sénateur Sur'Élando du palais. Gardes et officiers reçurent l'ordre de ne répondre à aucune question qu'on pourrait leur poser, cette nuit, mais de rassurer tout le monde en disant que le roi s'adresserait bientôt aux citoyens de la capitale.

Le premier travail des Lux Baiulae fut toutefois de veiller au prompt transfert de la mémoire de Juliana. Après avoir choisi Krpta Lux Baiula comme réceptrice, et après avoir délicatement retiré le corps de la femme de son frère catatonique, Tania Lux Baiula pratiqua donc le rituel sacré du transfert de mémoire. Krpta passa les deux jours suivants en isolement, pour intégrer les souvenirs de la femme et apprendre à composer avec ceux que Juliana avait d'elle, du temps où elles étaient toutes deux en formation à Urbs Lucis.

En effet, les souvenirs chargés de sentiments pour la réceptrice étaient particulièrement difficiles à gérer, qu'ils fussent positifs ou négatifs, et certaines parts de la mémoire de Juliana étaient encore plus inconfortables pour Krpta.

Les souvenirs de Dalima furent malheureusement perdus pour tout le monde et pour toujours, en raison de l'horrible destinée de son cerveau, mais sa dépouille et celle de Juliana seraient préservées et ramenées à Urbs Lucis où elles seraient honorées selon l'ancienne cérémonie d'ascension de l'Ordre.

*****

Les jours qui suivirent l'attaque de Furanville furent très difficiles, et tout le monde, du roi aux gardes, en passant par les plébéiens, fut assailli de doutes, de colère et de peur, chacun ayant ses propres raisons. Le roi était furieux contre Élyana de lui avoir ôté la décision de négocier ou non, tandis que le primus Julian aurait souhaité que ce fût Élyana que le Scytale eût prise dans ses griffes, et Aithen trouvait difficile de la regarder dans les yeux.

Ce qui révolta tout le monde, encore plus que le reste, ce fut d'apprendre que pendant qu'Irania, le roi et les autres négociaient avec le Scytale, celui-ci avait communiqué avec Élyana pour lui demander d'accéder à sa requête, sans quoi il commencerait à broyer un à un les os de son otage, et qu'Élyana avait pris la liberté d'envoyer au Scytale un refus catégorique et définitif, refus qui l'avait fait enrager et qui l'avait poussé à projeter la pauvre Juliana au sol, pour y trouver la mort.

Irania et quelques autres comprirent ce qu'avait fait Élyana et la raison pour laquelle elle avait dû le faire, en dépit des terribles conséquences. Le roi lui-même le comprit, même s'il haïssait les principes sur lesquels reposait cette décision, principes qui l'emprisonnaient plus sûrement que des chaînes, et qui avaient maintenant provoqué par deux fois la mort d'innocents qui auraient pu, sans cela, être sauvés.

Aithen comprit aussi. Mais cela ne réconforta pas beaucoup Élyana face au profond dégoût de chacun, malgré les meilleures intentions.

Mis à part cela, Octavius et Harlion durent affronter un premier clerc furieux, qui avait appris par son petit espion que le roi avait sacrifié un grand nombre de civils au Scytale en les réunissant sur les places de Domus Lucis et de la chambre du Sénat. C'était faux, évidemment, mais le clerc allait quand même l'utiliser contre lui. C'est ce qu'il fit, et une minorité de citoyens de la capitale — citoyens excités par les clercs d'Aiala — envoyèrent encore et encore des pétitions à la cour du roi, demandant à savoir pourquoi le roi avait sacrifié ses sujets à la créature. On vit également cette même minorité réunie, de nuit, dans le temple d'Aiala. L'homme d'Harlion ne sut pas quel était le sujet de ces réunions, mais le capitaine savait que seul du mal pouvait en ressortir, et ce fut ce qui, par-dessus tout — en plus de la disparition du frumentarius Parok — secoua violemment Harlion et les services secrets, leur donna un sentiment d'échec, et de nouveaux soucis.

Mais le troisième jour après l'attaque, après que le choc, le déni et la colère se transformèrent en acceptation et en reconstruction, un semblant de calme revint dans la capitale. Dans la chambre d'audience privée, le roi, ses conseillers, et Irania acceptèrent enfin le fait qu'Élyana n'aurait pas pu faire autrement ; la vie du roi — la vie d'un chef — ne pouvait pas et ne pourrait jamais être échangée contre une autre, si affreuses qu'en fussent les conséquences immédiates. En effet, si cela commençait à se faire, le royaume se retrouverait rapidement sans chef, et seuls des moins que rien, des vicieux et des immoraux asserviraient la population.

Le roi et ses conseillers s'accordèrent également sur le fait que le royaume devait être mis en alerte rouge, et que la formation de la furanerie devait se terminer rapidement, faute de mieux.

Quant à Irania et Élyana, elles se rendirent compte qu'à moins que la Cordonneté jaune ne trouvât le moyen de former les Sœurs des autres obédiences à générer des nébuleuses, l'Ordre serait effectivement paralysé, puisque les Cordons rouges ne seraient pas capables d'utiliser les pouvoirs les plus puissants contre le Scytale. Par conséquent, les femmes décidèrent de partir pour Urbs Lucis et de plaider leur cause devant la Magna Mater, avant le rassemblement prévu pour le quatrième de Septimus[85].

Le premier Septimus, donc, les deux femmes partirent à dos de furan, accompagnées par deux gardes royaux pour porter les corps des défuntes, ainsi qu'avec Krpta Lux Baiula et le Zébulonien.

Krpta Lux Baiula se joindrait à la cérémonie de l'ascension en tant que réceptrice du savoir de Juliana, tandis que le Zébulonien était là en tant qu'invité d'Élyana qui allait demander à ses Sœurs des cordons jaune et blanc de pousser plus profondément l'étude de ses vibrations. En effet, à cause des rumeurs ininterrompues sur l'invasion programmée par la Zébulonie, Élyana trouvait qu'il était nécessaire que l'Ordre sût tout sur la manière dont les Zébuloniens accédaient au Lien et l'utilisaient, afin qu'elles fussent capables de se défendre contre les Janarae que Lusk Methrim avait décrites comme les plus terrifiantes humanoïdes qu'il connaissait — à part Zébula en personne.

Bien entendu, Lusk Methrim avait refusé la requête d'Élyana, disant qu'il avait juré de servir le roi et non la

---

sororité. Mais Octavius — qui était naturellement d'accord avec Élyana — avait rappelé au Zébulonien qu'il était en effet venu le servir, et surtout le préparer pour lutter contre la reine Zébula, ce qu'il allait maintenant pouvoir faire à Urbs Lucis.

Octavius et Aithen regardèrent la troupe s'en aller, l'esprit partagé entre espoir et doute. Alors que les furans s'apprêtaient à s'envoler, Aithen croisa le regard d'Élyana et sentit son cœur s'emballer, comme chaque fois qu'elle posait ses yeux sur lui. Il avait espéré qu'elle le regarderait, et à présent que c'était le cas, il ne pouvait lui offrir qu'un petit sourire, mais il y glissa tout l'espoir qu'il put. Élyana lui adressa un léger signe de tête, puis talonna son furan, et l'instant d'après, elle suivait les autres dans le ciel, en direction d'Urbs Lucis. Aithen sentit son cœur chavirer tandis qu'il se demandait quand il allait la revoir, repoussant du même coup des pensées en conflit.

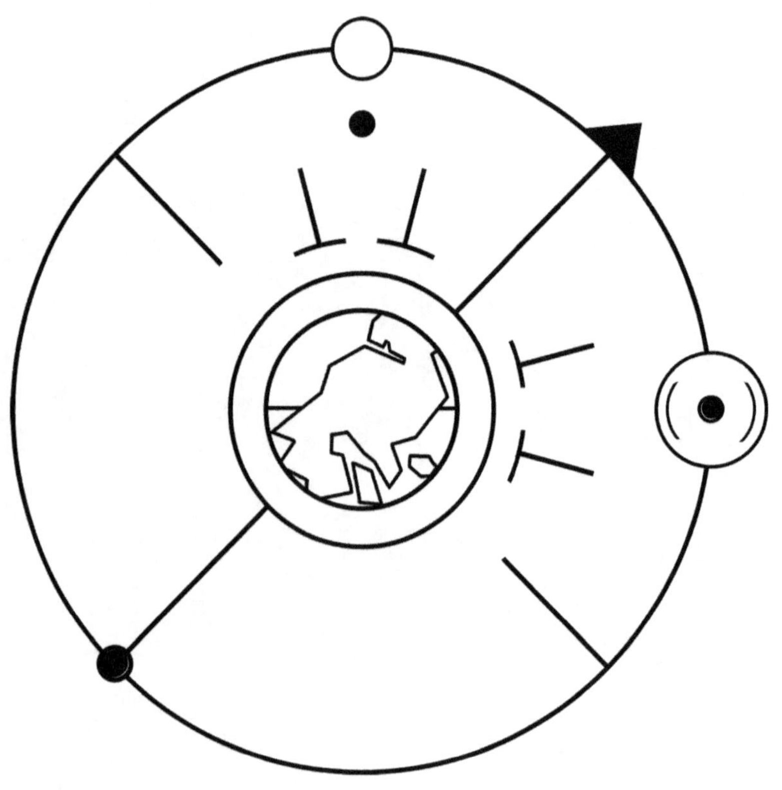

L'arrivée de la troupe fit sensation, surtout dans le Sanctum-intérieur de la capitale de la Lumière qui était habituellement si paisible. Le spectacle de deux équipes furanes portant chacune un paquet recouvert des soleils flamboyants de l'Ordre, ainsi que d'un homme, fascinant et éblouissant, s'avançant sur un autre furan, amena chacun à interrompre ses activités pour regarder les trois Sœurs, d'un air interrogateur, espérant en savoir davantage en décodant l'expression de leurs visages ou peut-être, en recevant un envoi. Mais les femmes ne dire pas un mot, ni verbalement, ni par le Lien, ni même à travers gestes ou expressions, tandis qu'elles progressaient vers le palais.

Au centre de la cour se dressaient deux immenses sphères en rotation qui représentaient les soleils flamboyants. Une novice du cordon mauve se tenait près de la sphère représentant le soleil bleu, et une collègue du cordon rouge était à côté de l'autre sphère, toutes deux tête baissée, yeux fermés et mains tournées vers les astres dont elles maintenaient les flammes allumées. Les Sœurs débutantes des quatre obédiences alimentaient jour et nuit les flammes bleues et or à tour de rôle.

Lorsque la troupe atteignit l'escalier devant le superbe palais bleu et or, une femme tout à fait saisissante — la première portail Laiella — s'avança vers Irania et la salua d'un signe de tête austère.

La première portail était l'officière responsable de la sécurité d'Urbs Lucis. Les portails provenaient du Cordon rouge et avaient la réputation d'être les plus dangereuses de la sororité. Contrairement aux autres Sœurs, elles étaient armées et portaient des vêtements ajustés, adaptés au corps à corps, même si elles avaient l'habitude d'utiliser le Lien chaque fois que cela était nécessaire. Leur uniforme se composait d'un long pantalon rouge kilté ; d'une tunique rouge vif faite de pièces matelassées serrées et solidement imbriquées, le tout surmonté d'un harnais noir contenant une petite épée, le gladius, et de canons d'avant-bras et cubitières brodés à l'effigie des soleils flamboyants. Le rang de Laiella était brodé d'or autour des soleils flamboyants, sur ses cubitières. Mais l'éclat de son uniforme n'était rien comparé à son allure naturellement inquiétante. Originaire de l'île de Brémin, la femme avait un air farouche avec ses épais cheveux roux, sa peau vert pâle et ses yeux gris ardoise, typiques des habitants de l'île.

Le petit côté du poing campé sur son abdomen, l'officière dit : « Bienvenues chez vous, mes Sœurs. Nous vous attendions. »

Irania répondit : « Merci, Première Portail. Sous nos capes se trouvent les corps de celles que nous avons perdues. Veillez à ce qu'ils soient emmenés dans la Chapelle de l'élévation, et remis à Zilla Lux Baiula. »

Après un instant de silence au cours duquel l'officière parut réfléchir à la mort violente des deux Sœurs, elle répondit : « Oui, Administratrice. » Puis, montrant le Zébulonien du menton : « Et que ferez-vous de cet homme ? »

« Élyana Lux Baiula l'emmènera au siège de la cordonneté blanche. Pour ma part, je dois aller vois la Magna Mater tout de suite. »

Laiella grogna, puis se tourna vers Krpta pour lui demander : « Et vous, ma Sœur ? »

Krpta répondit avec un accent sud alvinorien presque parfait qu'elle allait rendre visite à ses Sœurs de la cordonneté mauve, appuyant toujours sur la dernière syllabe du mot « cordonneté ».

« Parfait. Vous pouvez entrer mes Sœurs. »

Sur ce, Irania échangea quelques paroles avec ses compagnes et monta rapidement l'escalier finement orné pour se rendre auprès de Krystiana.

La première portail s'approcha d'Élyana et lui adressa un signe de tête. Elle connaissait évidemment Élyana qui avait été la plus puissante des Cordons rouges avant son transfert dans l'obédience mauve, et qui restait d'ailleurs toujours parmi les plus puissantes, si ce n'était *la* plus puissante des Lux Baiulae encore en vie.

« Ma Sœur, c'est un honneur de vous avoir de nouveau parmi nous, à Urbs Lucis. »

« Merci, Première Portail, bien que j'eusse aimé que ce fût en des circonstances plus joyeuses. »

La femme acquiesça, puis elle ordonna à un jeune laquais en uniforme noir d'emmener les furans à l'étable, avant de s'en aller avec les gardes royaux porter les corps des défuntes dans la Chapelle de l'élévation, où les Cordons blancs les prépareraient ensuite pour la cérémonie.

Les gardes la suivirent de loin. Laiella se doutait de la raison pour laquelle ils faisaient cela : elle était l'une des femmes les plus dangereuses d'Alvinorie. Mais elle se moquait bien de ce qu'ils pouvaient penser.

Élyana et Krpta jetèrent un dernier regard aux corps recouverts, et se mirent à gravir le grand escalier, suivies de Lusk, quelques marches derrière elles. Élyana n'était pas venue ici depuis des mois, et le fait de monter cet escalier fit surgir en elle toutes sortes de souvenirs. Elle aimait Urbs Lucis et tout ce qu'elle représentait ; elle aimait son ambiance ; et elle profitait toujours de toutes les occasions offertes ici pour apprendre encore et encore — même presque cinquante ans après son élévation — au milieu de tant d'autres

Lux Baiulae, et de la bibliothèque municipale, la plus importante du royaume.

En fait, la bibliothèque était sans doute ce qu'elle aimait le plus à Urbs Lucis, et jusqu'à son départ pour Furanville où elle était allée pour devenir la conseillère d'Octavius, elle avait passé ses nuits, assise dans les chaises de lacora du bâtiment, gorgé d'odeurs de papier et de cuir, à lire un livre après l'autre. À son arrivée dans la capitale, elle avait été attristée par la plus petite bibliothèque, bien qu'elle fut la troisième du royaume, après celle du Collège des Maîtres d'Antar. Mais Élyana avait demandé la permission, et l'avait obtenue, de revenir à son Alma Mater un mois par an, ce qui l'avait réconfortée un peu, car ce pèlerinage annuel lui permettait de se replonger dans l'immense collection de livres de la ville des lumières, et d'apprendre tout ce qu'elle pouvait, en assistant une sœur ou une autre Sœur dans ses recherches. Elle se demandait maintenant, alors qu'elle montait l'escalier en repensant à tout cela, ce qui pouvait bien pousser quelqu'un à continuer d'apprendre. Un jour, il faudrait qu'elle se penche sur *cette* question.

Lorsque les trois visiteurs atteignirent le sommet des marches, ils se trouvèrent face à atrium spectaculaire. Son haut plafond voûté, magnifiquement peint et sculpté, représentait l'évolution de l'Ordre, avec des lampes organiques accrochées à tous les murs. Le grand escalier, situé au fond de l'atrium, menait au deuxième étage, où se trouvait le bureau de la Magna Mater. Quatre portails immobiles comme des statues surveillaient l'escalier. L'entrée vers chacune des quatre cordonnetés était placée aux quatre coins de l'atrium. Les cordonnetés étaient désignées par la statue du fondateur de chaque obédience.

Krpta laissa Élyana et se dirigea vers l'entrée des bureaux de l'obédience mauve, situés dans le coin avant droit du bâtiment. Élyana, de son côté, tourna à gauche pour rejoindre la cordonneté blanche. En effet, avant de quitter Furanville, Irania et elle avaient décidé de conduire Lusk Methrim à Saara Lux Baiula, cheffe de l'obédience blanche, en raison de son âge — et de ses compétences particulières — qui faisaient d'elle la moins sensible de toute face à l'inconfort que suscitait Lusk. Tout cela lui donnerait les meilleures chances de tirer de lui tout ce qu'elles avaient besoin de savoir.

En entrant dans la cordonneté blanche, Élyana fut accueillie par l'assistante personnelle de la praefecta Saara. La femme, charnue et non-sensorielle, était de basse lignée de Shadin et dotée d'un tempérament pétillant ; de lourdes boucles d'oreilles étiraient ses lobes, comme c'était le cas pour tous les hommes et les femmes de Shadin. Bien entendu, elle connaissait Élyana, et elle l'accueillit sans retenue, tout en jetant de temps à autre un regard curieux sur son compagnon. Élyana le présenta comme étant le maître Methrim de Zébulonie, ce qui fit lâcher un cri de surprise à la femme qui le regarda ensuite, bouleversée.

« Dame Nila, voulez-vous bien prévenir la praefecta Medicas que nous sommes là pour la voir ? »

Dame Nila détacha son regard du Zébulonien et se tourna vers Élyana, gênée : « Absolument, Lux Baiula. Je reviens. » Et la femme grassouillette s'éloigna d'un pas un peu trop pressé, frôlant presque Lusk Methrim en passant près de lui.

Pourvu que Saara puisse résister à tout ce que dégage le maître Methrim — la dame Nila n'en est assurément pas capable.

Élyana sursauta en entendant Lusk, qui n'avait rien dit depuis leur arrivée à Urbs Lucis : « Elle semble être une personne pleine de joie. Elle vient de Shadin, je suppose — à moins qu'il existe d'autres personnes avec de tels lobes d'oreilles en Alvinorie ? »

Élyana, agacée par le manque de respect de l'homme, lui répondit dans un chuchotement brutal : « Non, il n'y en a pas. Elle vient bien de Shadin. »

À peine Élyana eut achevé sa phrase que la dame Nila revint et annonça : « Lux Baiula, la praefecta va vous recevoir. » Et, en lui montrant l'épaisse porte de bois rouge, elle ajouta : « Vous pouvez entrer. »

Le bureau de la praefecta était orné d'une splendide tapisserie aux dessins du corps humain, ainsi que d'un éventail de petites boites disposées sur les étagères comme sur son bureau, remplies de conserves de colonies microbiennes de toutes sortes, couleurs et textures. La femme était assise à son bureau et tapotait nerveusement des doigts en examinant des notes dans un épais cahier. Ses yeux s'illuminèrent lorsqu'elle entendit Élyana entrer.

Elle accueillit Élyana d'une voix rauque mais chaleureuse, tandis qu'elle marchait vers elle pour la prendre dans ses bras : « Élyana ! Je suis heureuse de vous voir ! »

« Et moi de même, Praefecta. »

« Laissez donc tomber toutes ces politesses, Élyana ! »

« J'ai bien trop de respect pour vous pour les laisser de côté... Praefecta. »

« Hum, en effet. » Puis, détournant son attention sur Lusk, elle dit : « Votre compagnon *semble être...* un Zébulonien. »

Lusk s'inclina respectueusement devant Saara et lui dit : « *En effet*, je suis zébulonien, Praefecta. Je m'appelle Lusk Methrim, récemment nommé guérisseur de la Garde royale. »

« Ah, c'est de vous que Tania Lux Baiula m'a parlé. »

Élyana dit : « Lui-même. »

Avec un sourire rempli d'honnêteté, la vieille Lux Baiula dit : « Bon, alors dites-moi ce que vous attendez de moi, Élyana. » Puis, d'un ton sombre elle ajouta, « Une fois que ce sera réglé, je veux que vous restiez un peu pour me raconter ce qui s'est passé à Furanville. »

Élyana mit un quart d'heure à lui expliquer ce qu'elle attendait des Cordons blancs, et surtout de Saara, en prenant bien soin de parler en code pour évoquer les attitudes déstabilisantes de Lusk. À la fin, Saara accepta de s'occuper de Lusk et de le sonder plus profondément. Quant à l'étranger, il avait accepté de dire tout ce qu'il savait sur les capacités de liaison zéboloniennes en général, et sur celles des Janarae, en particulier.

Élyana eut l'impression que Lusk avait été frustré pendant ces quinze minutes, comme agacé de constater que la Lux Baiula n'était pas sensible à son charme, contrairement à tout le monde, comme ceux qui baissaient leur garde ou qui cédaient à toutes ses demandes. Même Élyana avait laissé échapper des remarques troublantes en réponse aux déclarations de Lusk, ce qui avait surpris Saara. Élyana avait dissimulé son embarras en s'en rendant compte, mais elle fut soulagée de voir que Saara était restée de pierre face à l'homme. *Irania et moi avons au moins pris une bonne décision, en lui amenant Lusk.*

Après avoir laissé Lusk aux bons soins de deux portails chargées de l'installer dans la maison d'hôtes, la praefecta prit Élyana par le bras et l'invita à se promener avec elle dans les jardins du palais. Là, elle demanda à Élyana de lui raconter ce qui s'était passé à Furanville, ce que fit la Cordon mauve avec moult détails, sauf pour les éléments qui la concernaient. La praefecta l'écouta d'un air grave et sincère, inquiète de la capacité de l'obédience des docteures de s'occuper des blessures mentales infligées par le Scytale à ses victimes. Lorsque Élyana eut terminé son récit, Saara poussa un long soupir et hocha la tête, ayant décidé de qu'elle devait faire pour préparer la cordonneté blanche.

Après que les deux femmes se furent promenées en silence pendant quelques minutes, Élyana se tourna vers la vieille praefecta et dit, d'une voix hésitante : « Saara. »

Saara fit face à Élyana, les mains croisées devant sa robe blanche, et répondit : « Qu'y a-t-il mon enfant ? Je vois bien que quelque chose vous tracasse. »

Élyana soupira et continua : « J'ai peur que mes capacités sensorielles ne soient en train de faiblir — ou que quelque chose les perturbe. »

« Et qu'est-ce qui vous faire croire cela ? »

Avec une clairvoyance et une candeur inhabituelles — on pouvait lire son inquiétude sur son visage —, Élyana confia à la praefecta son incapacité à ressentir les vibrations malveillantes que les autres avaient perçues, ainsi que son inaptitude soudaine à ressentir les vibrations qu'elle avait d'abord perçues chez le maître Methrim. Saara l'écouta et acquiesça d'un air ni inquiet ni indifférent.

Lorsque Élyana eut fini, Saara croisa les bras sur sa poitrine et ramena sa main droite sur ses lèvres tout en réfléchissant aux inquiétudes dont la « jeune » venait de lui faire part. Enfin, la praefecta dit : « Puis-je vous sonder, Élyana ? »

Élyana acquiesça et la praefecta Medicas commença le test. Élyana ne ferma pas les yeux et regarda la femme avec anxiété, tentant de décoder le sens des différentes expressions de la praefecta. *Pourquoi a-t-elle froncé les sourcils ? Est-ce qu'elle a trouvé quelque chose qui ne va pas ? Et là ? Pourquoi pince-t-elle les lèvres ?* Telles furent les pensées d'Élyana jusqu'à ce que Saara rouvrît les yeux et qu'elle se remît à parler.

« Je ne pense pas que ces deux problèmes soient liés, Élyana. J'ai sondé le cortex télésensoriel de votre cerveau et je n'y ai rien trouvé de mauvais. Après tout, vous n'êtes ni une Cordon jaune ni une Blanche, et bien que vous ayez de puissantes capacités sensorielles et de liaison, votre capacité à ressentir les vibrations au-delà de la normale *est* limitée. Cela signifie que votre inaptitude à ressentir les vibrations inconnues que d'autres ont perçues ne doit pas vous affoler. Quant à la raison pour laquelle vous ne parvenez pas à sentir les vibrations que vous avez initialement perçues chez le maître Methrim, je ne sais pas. Peut-être avez-vous mal interprété ce que vous avez ressenti la première fois que vous l'avez vu — ». Saara s'interrompit lorsque son ancienne élève lui lança un regard offusqué : « Je ne cherche pas à vous insulter, Élyana. Je veux simplement dire que votre esprit épuisé s'est peut-être trompé. » La praefecta Medicas regarda la jeune Lux Baiula d'un air aimable, tandis que les sentiments d'Élyana oscillaient entre agacement et incertitude pour finalement s'arrêter sur une acceptation.

Saara attrapa les mains d'Élyana et dit : « Si vous souhaitez que je vous sonde plus profondément, revenez plus tard — j'y jetterai un nouveau coup d'œil. »

Élyana secoua la tête et répondit : « Non, merci Praefecta ; vous avez sans doute raison. Je ne suis toujours pas remise de l'épuisement de mon dernier combat contre le Scytale, alors essayer d'évaluer mes capacités sensorielles maintenant est certainement inutile. Mais si j'ai encore des doutes lorsque je serai tout à fait reposée, je vous le dirai *sans faute.* »

Saara gloussa et les deux femmes se séparèrent pour se préparer aux rassemblements de l'après-midi.

* * *

Ce que les Sœurs de Furanville apprirent à la Magna Mater et aux praefectae, ce jour-là, sidéra tout le monde. Ces dernières se rendirent compte qu'à moins de découvrir très vite la véritable nature de la menace qui pesait sur la planète,

617

et à moins de mettre rapidement en place une réponse appropriée, le monde était condamné.

Les cordons blancs, qui avaient préparé les corps des Sœurs défuntes pour la cérémonie de l'Ascension déclarèrent à leur cheffe, plus tôt dans la journée, qu'elles avaient établi au moins une chose lors de l'autopsie du cerveau de Dalima : le genre de blessure au cerveau dont elle avait souffert correspondait exactement à la description qu'en faisait l'encyclopédie médicale de l'époque de la Guerre des ténèbres, une blessure infligée par le Scytale et par les assassins d'élite de Noctiferus au moyen de vibrations connues alors sous le nom de *Quatiô*, aujourd'hui appelées « attaque de survoltage cérébral » ou ASC.

Élyana déclara alors, d'un ton grave : « Mater, nous devons impérativement commencer tout de suite à travailler sur les compétences nécessaires à la génération de nébuleuses, dans le but de dissocier cette capacité de celles des compétences offensives, afin de pouvoir ensuite former les Sœurs de toutes les cordonnetés… » Élyana songea à ce que les légistes blanches avaient rapporté à Saara et ajouta : « surtout si nous devons nous défendre nous-même contre l'apparition d'*assassins* capables d'utiliser le Quatiô. »

Ramela dit : « Ce n'est pas facile à faire, Élyana, si déjà c'est faisable. Ce serait sans doute plus simple de former davantage de cordons rouges. »

Larca répondit avec sa légendaire acidité : « Vous oubliez, *Ramela* que les femmes qui ont la constitution atomique pour devenir rouges sont assez rares, déjà, et puis si nous voulons augmenter nos capacités *offensives*, nous ne pouvons pas non plus paralyser mes Sœurs avec ces dons de protection. »

Ramela, ne se laissant pas déstabiliser par la remarque de l'autre praefecta, rétorqua : « Mais, que je sache, vous n'avez pas recruté de nouvelle rouge depuis des années, non pas parce que vous n'arrivez pas à trouver de femmes ayant la constitution atomique adéquate, mais, tout simplement parce que vous n'avez pas éprouvé le besoin de grossir les rangs rouges depuis fort longtemps. Ce qui veut dire que vous pourriez réellement trouver dès maintenant de nombreuses candidates pour votre obédience. »

Krystiana tapota ses doigts et dit : « Vous avez peut-être raison, Ramela, mais je suis plutôt d'accord avec Larca et Élyana dans le cas présent. Nous avons besoin d'augmenter le nombre de cordons rouges *et* de trouver un moyen de cultiver les capacités de toutes les Sœurs contre le Quatiô. Mais un tel effort nécessite du temps et des financements, tout ce dont nous ne disposons pas actuellement. »

En tant que cheffe de l'obédience mauve, Ramela était aussi responsable du Trésor de la sororité. Elle dit ; « Eh bien, le mois dernier, notre Trésor disposait d'assez de fonds pour soutenir Urbs Lucis, ainsi que pour subvenir aux besoins de nos Sœurs à l'étranger pendant le reste de l'été et de l'automne, mais j'ai bien peur qu'avec la nécessité d'envoyer des Sœurs partout dans le royaume pour aider les villes et les villages attaqués par le Scytale, il n'y ait plus assez de fonds pour assumer un tel recrutement massif. »

Krystiana ne répondit pas, et continua de tapoter ses doigts d'un air pensif : « Saara, Bilena, vous pensez que nous aurons besoin de combien de temps pour identifier la capacité à générer ce type de bouclier ? »

Saara regarda sa collègue et répondit pour toutes les deux : « Un mois, peut-être, Magna Mater. »

« Très bien, un mois — plus tôt si vous le pouvez, parce que vous allez ensuite devoir participer au test des nouvelles recrues rouges. »

Saara et Bilena gonflèrent leur poitrine d'un soupir empreint de pessimisme. Pourtant, elles acquiescèrent ; elles comprenaient tout ce qui était en jeu, ou, du moins, elles comprenaient aussi bien que tout le monde à ce moment-là.

Krystiana poursuivit, en se retournant vers la praefecta Consuasores : « Ramela, je veux que vous rappeliez toutes les Sœurs qui n'ont rien à faire à l'étranger ; ce sera un bon début pour économiser quelques pièces. » Le visage de Ramela se tordit en prenant conscience de ce que signifiait un tel rappel. Mais Krystiana continua ; « Vous demanderez aussi à tous nos débiteurs de rembourser ce qu'ils nous doivent pour les instruments du Lien[86] que nous leur avons fournis, et je veux que vous me donniez toutes vos idées pour augmenter significativement nos revenus — toutes vos idées. »

Ramela retint un frisson, mais elle accepta ses ordres, puis jeta un œil aux autres praefectae qui la regardaient d'un air stoïque ou inquiet.

Bien que Krystiana fût consciente de l'agitation intérieure des femmes à ce moment précis, agitation tacite ou évidente, elle se contenta de hocher la tête, satisfaite, puis elle regarda le disque horaire accroché au mur. Il indiquait sept heures après grandjour. Elle dit : « Mes Sœurs, les soleils se coucheront dans moins de trois heures ; il est temps que nous nous préparions pour la cérémonie. Nous reprendrons cette discussion dans deux jours, pour le grand rassemblement. »

Les femmes se levèrent, s'inclinèrent avec respect, et quittèrent le bureau de Krystiana afin d'aller se préparer pour la cérémonie. Larca sortit seule, avant tout le monde ; Irania et Krpta partirent avec Ramela, et Saara s'en alla avec Bilena. Lorsque Élyana passa devant son amie de longue date, Krystiana posa sa main sur elle et la retint un moment.

---

[86] Les instruments du Lien étaient des objets que les Sœurs du cordon jaune réalisaient pour les vendre à ceux qui avaient les moyens de les acheter. Parmi eux, on trouvait des renforts de murs et de portes, les détecteurs de poisons, les lampes organiques, etc.

Elle lui demanda calmement : « Tu crois que Saara et Bilena ont une chance de résoudre le problème avec la nébuleuse ? »

« Je ne sais pas, Krystiana, mais si quelqu'un peut le faire, c'est bien Saara… tant qu'elle pourra avoir l'aide de Larca, étant donné qu'elle devra sonder les jumelles. Je vais bien sûr me proposer aussi pour les tests. »

« Bon, trouver des moyens de développer ces capacités chez toutes les autres femmes, c'est ce que Larca veut que Saara fasse, non ? Mais je sais qu'elle est capable de demander à Saara et à Bilena de résoudre le problème sans que cela ne gêne les devoirs de ses acolytes. »

Élyana acquiesça, et Krystiana ajouta : « Je vais m'assurer que Larca coopèrera et qu'elle donnera l'autorisation aux jumelles ainsi qu'à tous ceux qui pourraient en avoir besoin pour aider Saara et Bilena dans leurs recherches. »

Élyana acquiesça et attendit que Krystiana se remît à parler. Mais son amie se contenta de la regarder, les yeux pleins d'espoir, la mettant un peu mal à l'aise. Elle demanda : « Qu'y a-t-il, Krystiana ? »

La Magna poussa un petit soupir et répondit : « Je me suis surprise à espérer pouvoir nommer une Manu Dextra[87] pour m'assister et me conseiller. »

Élyana sentit son estomac se serrer, et elle dit avec cette même contraction dans la voix : « Et tu voudrais que je sois cette personne… »

« Oui, Élyana, parce que j'ai confiance en toi plus qu'en quiconque. Tu es raisonnable et tu comprends mieux toutes les forces et les faiblesses de notre Ordre que la plupart des autres femmes. Tu abrites également dans ton esprit les souvenirs les plus précieux que nous ayons, et qui peuvent

---

[87] Manu Dextra (la) : Main droite.

s'avérer essentiels alors que nous nous préparons à affronter ce qui est probablement le plus grand défi de notre ère. »

L'expression d'Élyana trahit ses réserves à ce sujet, mais elle acquiesça, à contrecœur.

Krystiana continua : « Je sais que tu dois respecter ton serment de servir le roi. Mais je te serais très reconnaissante si tu pouvais ne serait-ce que considérer ma requête et me donner ta réponse d'ici demain. Ne sois pas gênée de refuser ; je sais que, quelle que soit ta décision, ce sera la bonne et sûrement la seule que tu pourras prendre. »

Sentant le poids de la proposition de la Magna Mater peser sur ses épaules, Élyana répondit : « Je vais contacter Tania, et lui demander de me retrouver dans le Lien avec le roi, afin que nous puissions en discuter avec lui, Mater. Je te ferai part de ma décision demain dans la matinée. »

« Merci, Élyana. » Puis, se frottant les mains, Krystiana ajouta : « On ferait mieux de se préparer pour la cérémonie. À plus tard, Élyana. » Cela dit, Élyana quitta son amie, tandis que Krystiana se dirigeait, pensive et déstabilisée, vers les sphères de son bureau.

✳✳✳

« Sa Grandeur, je comprends quels sont vos désirs, et c'est pourquoi je continue à vous conseiller, même si d'autres m'auraient sans doute renvoyée depuis longtemps. »

« Oui, tu me comprends, Nihildrina[88] », répondit la femme en passant devant le fauteuil où son amoureux dormait à moitié nu. Elle se tourna pour regarder le garçon, puis ajouta distraitement : « Ça, oui. »

---

[88] Nihildrina : Nom zébulonien pour « filles de personne ».

« Oui, Sa Grandeur, et je comprends aussi que nous devons nous préparer à l'invasion de l'Alvinorie dès que Quartus[89] sera passé. Nous avons besoin de leurs hommes, parce que le clonage ne fonctionne plus, et que les hommes zébuloniens ne sont pas aptes à rétablir notre équilibre créatique[90] ; les siècles à déléguer leur production aux classes inférieures ont eu raison d'eux. »

« Hum, et je me demande encore comment mes ancêtres en sont arrivés là, et pourquoi. N'était-ce pas la première de ta lignée qui l'avait convaincue de l'intérêt de cette pratique ? »

Nihildrina sentit un frisson imperceptible la parcourir. Ce n'était pas le moment de perdre son poste à la cour de Zébula. Elle répondit : « La pratique de la virgocreatio a toujours été pleine de bon sens, Sa Grandeur, mais c'est le renouvellement de nos rangs qui en a pâti, et c'est que nous devons —. »

« Ç'est que ? »

« Ce — ce que nous devons corriger à présent. »

Zébula considéra sa conseillère d'un œil inquisiteur. L'instant d'après, elle dit : « Tu sais, Nihildrina, tu fais ce genre d'erreur de plus en plus souvent. En fait, depuis que tu as commencé à passer plus de temps dans ton sanctuaire qu'à la cour. Tu devrais vraiment aller te faire sonder par un guérisseur. Mais, s'il te plaît, va au bout de ton idée. »

Cette accusation provoqua un nouveau frisson dans le corps de Nihildrina, un frisson auquel succéda rapidement son agacement habituel chaque fois que quelqu'un faisait une démonstration dépourvue de logique. En effet, ses erreurs grammaticales n'avaient rien à voir avec *sa* réclusion de plus en plus fréquente, au contraire, c'était sa réclusion qui était la

---

[89] Quartus : Quatrième mois.

[90] Créatique : Adjectif qui renvoie aux commandes moléculaires qui déterminent la croissance d'un organisme.

conséquence de ses erreurs, des erreurs qu'elle se devait de corriger au plus vite, non pas parce qu'il était absolument nécessaire qu'elle eût un langage impeccable, mais parce qu'elles indiquaient un problème sous-jacent encore plus critique. Nihildrina dit : « Merci, Sa Grandeur. Vous avez raison, bien sûr, et je demanderai à Zéron de me sonder. »

« Tu devrais peut-être t'adresser à mon guérisseur personnel, cette fois. »

Nihildrina réprima une nouvelle réaction et dit : « Merci, Sa Grandeur, mais ce ne sera pas nécessaire. Zéron est tout à fait capable de trouver et de soigner ce qui m'affecte, quoi que ce soit, et je vous promets que mon problème sera réglé. »

Zébula hocha la tête sans être convaincue, mais accepta tout de même la promesse de sa conseillère, et Nihildrina poussa un soupir de soulagement, après quoi elle revint à ce qu'elle disait plus tôt : « Comme je le disais, Sa Grandeur, nous devons absolument reconsidérer nos méthodes pour repeupler nos rangs, et pour cela, nous aurons besoin d'hommes à race compatible — de race compatible. » Nihildrina se maudit en silence, mais continua avant que la reine, qui venait de froncer les sourcils, l'interrompît à nouveau. « Comme vous le savez, la race Alvinorienne est la seule suffisamment proche de la nôtre pour nous garantir la réussite d'une injection de nouvelles créatiques dans nos veines. Évidemment, comme vous vous en doutez, la conquête de l'Alvinorie ne sera pas gratuite, mais toutes mes informations et tous les scénarios que j'ai considérés me mènent à une seule et même conclusion : nous y arriverons. »

Zébula hocha doucement la tête et sourit, en disant : « J'aime ta conviction, Nihildrina, et tu as peut-être raison à propos de notre besoin de sang neuf. Tu peux réunir mes générales et commencer à planifier tout cela pour de vrai. Mais pense à résoudre rapidement ton problème, ou je serai forcée de te remplacer par l'une de tes filles avant la grande Succession. »

Une kyrielle de sonnettes d'alarme résonnèrent dans l'esprit de Nihildrina, mais elle resta de marbre, comme la fois précédente, même si ses réflexes d'autoprotection lui criaient de s'enfuir — ou de se battre. Mais la dernière option n'était pas possible pour elle.

Après avoir mis fin à la discussion, Zébula renvoya sa chirurgienne royale et conseillère éternelle, et alla s'asseoir auprès de son amoureux. Comme elle s'installait auprès de lui et qu'elle regardait sa douce forme, un voile de déception et de ressentiment obscurcit son visage. Elle aurait vraiment aimé l'utiliser, *lui,* pour régénérer sa lignée.

***

Cette nuit-là, le caractère solennel de la cérémonie de l'Ascension fit taire tout le monde, jusqu'aux tzilleurs. Quatre fidèles Cordons jaunes, une à chaque coin de la place, apaisèrent les vents et confinèrent insectes et autres animaux dans un silence religieux. Les feuilles des arbres et des autres plantes continuaient de bruisser hors du Sanctum-intérieur, mais leurs murmures ne parvenaient pas jusque-là.

La Magna Mater se tenait au centre de la cour, avec les quatre praefectae et Krpta Lux Baiula en cercle autour des dépouilles de Dalima et Juliana Lux Baiulae. Ces dernières étaient étendues sur deux lits de lacora déposés devant les soleils flamboyants, et toutes deux étaient enveloppées dans des robes translucides ornées d'entrelacs de fils blancs, jaunes, mauves et rouges, représentant la perte que leur mort avait engendrée pour la sororité.

Leurs dépouilles paraissaient presque vivantes grâce aux soins prodigués par la Chapelle de l'élévation. En effet, les docteures avaient pris soin de réchauffer suffisamment les corps pour que le sang affluât dans les veines, ce qui avait permis d'effacer les traces de torture mentale sur le visage de Dalima, ainsi que les blessures que la chute vertigineuse de Juliana avait causées à son corps. Les docteures avaient aussi stimulé un afflux d'oxygène dans leur système sanguin pour donner à leur peau une couleur rosée. Bien sûr, rien de tout cela ne ramena les femmes à la vie, mais cela leur donna bonne mine, aidant ainsi les vivantes à accepter leur disparition.

Tout autour de la cour, novices, débutantes, et Sœurs diplômées, ainsi que les deux mille habitants de la ville assistaient au spectacle en silence, attendant l'Ascension des corps des deux sœurs.

Krystiana adressa un signe aux débutantes postées près des soleils flamboyants, et, soudain, les sphères se mirent à tourner plus vite, les flammes bleues et dorées s'intensifiant autour d'elles, provoquant de légers crépitements — le premier bruit de la cérémonie. Les spectateurs émirent de petits soupirs imperceptibles.

Krystiana commença d'une voix triste et puissante qui résonna dans la place : « Magna K'Tara, congregamur ut dare tibi sororibus nostris, eos qui mortui sunt tibi servandum. Sorores, nostris mentibus nunc nos ligare ![91] »

Les six femmes entrèrent ensuite dans le Lien, tandis que les Alterintrants de l'assistance se connectèrent à leurs cheffes afin d'assister à l'Ascension depuis l'intérieur du Lien. Le cœur de la Magna Mater, des praefectae et de Krpta ralentirent le rythme de leurs battements pour atteindre la fréquence nécessaire alors qu'elles se cherchaient dans le monde éthéré. La force des muscles de pompage devenait plus présente dans

---

[91] Grande K'Tara, nous voici réunis pour vous offrir nos Sœurs mortes en vous servant. Mes Sœurs, unissons maintenant nos pensées !

le Lien, à mesure que les femmes se retrouvaient et que leurs battements se synchronisaient, jusqu'à ce que, soudain, le son d'un seul et unique pouls explosât dans la place et résonna à travers les lieux. L'éclat de bruit fut additionné d'un spectacle tout aussi impressionnant, avec des arcs de lumière bleue ondulants qui craquaient et vibraient au rythme des connexions de Krystiana avec tous les autres Alterintrants, dont les cheveux s'étiraient en tous sens.

Des soupirs de surprise et d'émerveillement se répandirent dans la cour, même chez les Sœurs. Les scintillements du Lien se mirent progressivement à s'enrouler autour des soleils flamboyants, et de fantastiques motifs aux multiples couleurs apparurent autour des sphères en rotation. Des filaments de lumière s'étiraient maintenant vers la Magna Materles praefectae et Krpta Lux Baiula, et d'elles vers les corps des défuntes. Tout le monde attendait l'Ascension — un événement exceptionnel compte tenu de la longue vie des Lux Baiulae, et de la rareté de leur mort violente — lorsque la Magna Mater commença à ouvrir doucement les bras, geste que Saara et Ramela Lux Baiulae, les cheffes des obédiences des défuntes, imitèrent.

Pendant que les trois femmes continuaient d'ouvrir leurs bras, les corps de Dalima et de Juliana se mirent à trembler, et une chanson terriblement désarmante s'éleva soudain d'un groupe de débutantes qui se tenaient sur les marches de la chapelle de l'Élévation. Ce chant guttural évoluait de graves profonds en crescendos déchirants, sans fin, le tout en cadence avec les flammes bleu et or des sphères ainsi qu'avec la lueur vacillante qui émanait des dépouilles.

Lorsque le chant atteignit son climax, les défuntes se désintégrèrent dans une explosion de lumières qui se déversèrent dans les sphères derrière elles à une vitesse exponentielle. Ce fut alors que Krystiana, Saara et Ramela se mirent à crier : « Dalima Lux Baiula, intrâ junctionem ! Juliana Lux Baiula, intrâ junctionem ![92] » Elles répétèrent l'incantation — qui fut reprise par l'assistance — jusqu'à ce que les corps fussent dissouts et que les dernières particules de lumière qui reposaient encore sur les lits de lacora fussent absorbées par les soleils flamboyants. Les débutantes achevèrent subitement leur chant, marquant ainsi la fin de la métamorphose des Sœurs.

Autour de la place, quelque deux mille cinq cents visages ahuris tentèrent de revenir à la réalité. Krystiana adressa un signe de tête empreint de chagrin et de fierté aux praefectae ainsi qu'à Krpta ; chagrin pour leurs pertes, et fierté pour les traditions de l'Ordre qui leur permettaient de rester fortes et unies. Les femmes lui répondirent à l'identique, après quoi la Magna Mater se tourna vers Krpta Lux Baiula pour la remercier d'avoir accepté les souvenirs de Juliana, et pour l'inviter à venir à son bureau le lendemain matin afin que la jeune Lux Baiula pût lui confier toute chose que savait Juliana et qui pouvait revêtir de l'importance pour la sororité en ces temps-là.

Enfin, la Magna Mater prit la parole devant tout le monde, d'une voix remplie de convictions — malgré ses doutes — et conclut la cérémonie de l'Ascension avec un verset âgé de deux-mille ans : « Ceux qui nous ont quittés viennent d'arriver. Poursuivons notre route sans eux avec autant de force. »

Lorsque ce fut terminé, la foule se dispersa, la plupart des civils retournèrent dans le bas de la ville, tandis que les Lux Baiulae et leurs assistantes se dirigèrent vers leurs appartements personnels. Comme la place se vidait, sauf pour

---

[92] Dalima Lux Baiula, entre dans le Lien ! Dalima Lux Baiula, entre dans le Lien !

les débutantes qui s'occuperaient des flammes cette nuit, la brise se réveilla, et les insectes nocturnes retrouvèrent leurs voix.

***

Le jour du Rassemblement fut célébré par la plus grande congrégation de Lux Baiulae depuis des années. Des Sœurs de toute l'Alvinorie et de la Kynarie étaient là pour parler de la menace qui pesait sur K'Tara, et pour convenir d'une réponse appropriée à la défense de leur peuple contre ce qui était déjà là, ainsi que contre tout ce qui pourrait ensuite surgir des ténèbres.

Le bas de la ville était en effervescence à cause de la déferlante de nombreuses Sœurs et de leurs partisanes, toutes à dos de voran ou en chariot. Les civils, à tort ou à raison, n'avaient pas été mis au courant de la raison du Rassemblement, et ils accueillirent les Sœurs en toute simplicité en ce jour de fête. Le fait que les Sœurs fussent restées de marbre tandis qu'hommes, femmes et enfants les félicitaient ne ternit pas la joie du peuple — après tout, les Luciens étaient habitués aux attitudes des Lux Baiulae, et ils savaient que, derrière leurs visages stoïques, rayonnait la joie — une joie prégnante, et de la tristesse aussi — si tristesse il y avait. Et pour les Luciens, ce jour était rempli de bonheur, à cause du spectacle, des nombreuses activités commerçantes, et sans doute aussi et surtout à cause de la fierté que tous ressentaient à se trouver en compagnie d'autant de femmes si puissantes.

Dans la place du Sanctum-intérieur, on assista à un véritable festival de couleurs, bien que l'humeur fût quelque peu différente de celle d'un festival. Les Sœurs de chaque obédience se rassemblèrent devant les marches du palais,

629

ceintes de cordons mauves, blancs, ou jaunes qu'elles arboraient au-dessus de robes aux couleurs contrastées. Les Cordons rouges n'étaient pas là puisque la plupart résidaient à Urbs Lucis, et celles qui avaient été envoyées pour défendre le royaume contre le Scytale n'avaient pas pu revenir. Murmures et questions fusèrent de tous côtés, tandis que le visage des Lux Baiulae, habituellement impassible, trahit leurs émotions maintenant qu'elles se retrouvaient seules. La première portail et ses gardes les saluèrent une par une, puis les envoyèrent à la dame Falca, l'assistante de la praefecta Ramela, qui se tenait à la table voisine, offrant à chaque femme son agenda et son numéro de chambre.

XXVII URBS LUCIS S'ENGAGE DANS LE COMBAT

Depuis son appartement, dans un bâtiment au nord de la place, d'où il observait l'arrivée des Lux Baiulae, Lusk, qui souriait jusqu'à lors, laissa un froncement de sourcils envahir son visage. Il alla ensuite dans la plus petite pièce de l'appartement, que les Sœurs appelaient la pièce de contemplation. Là, il s'assit sur le tapis et entra dans un état de profonde méditation pour pénétrer dans le Lien. En quelques instants, il trouva les vibrations qu'il recherchait.

Les vibrations venaient d'une sorte de château surplombant un superbe lac, près d'une forêt d'arbres aux feuilles mauves, rouges, et jaunes. Il ne connaissait pas cet endroit, mais c'était peut-être le produit de l'imagination de l'Umbra. L'Umbra se présenta dans ce qui ressemblait à un uniforme militaire, un uniforme que Lusk n'avait jamais vu auparavant. Bien ajusté et élégant, ce costume mettait en valeur la silhouette svelte et musclée de l'homme. Tandis que Lusk s'avançait, il eut un moment de doute : les vibrations étaient bien celles de l'Umbra, mais le visage était… androgyne. L'Umbra remarqua sa réaction et changea immédiatement d'aspect afin que Lusk pût le reconnaître. Ce dernier hésita un instant, puis envoya : « *Umbra, me voilà, car vous m'avez appelé.* »

« *Qu'as-tu à me dire, Vaedrin[93] ?* » L'Umbra préférait appeler Lusk par son nom donné— un nom que Lusk détestait — afin de lui rappeler d'où il venait et les raisons pour lesquelles il devait continuer de le servir avec dévotion.

---

[93] Vaedrin : Nom de naissance de Lusk Methrim. Ce nom est composé du nom de sa mère biologique « Vae » et du suffixe « drin », signifiant « enfant de ».

« J'ai été conduit au siège de la sororité pour que les Lux Baiulae me soumettent à d'autres tests plus poussés, ainsi que pour leur raconter tout ce que je sais sur les liaisons zébuloniennes et sur leurs capacités sensorielles. »

Au lieu d'être fâché, l'Umbra parut excité. Il envoya : « C'est une excellente nouvelle, Vaedrin. Infiltrer la cour du haut roi reste toujours ta mission principale, mais voilà une occasion inattendue qui va nous permettre de détruire la sororité de l'intérieur, ce dont nous ne nous priverons pas étant donné que notre maître veut les voir disparaître en priorité, en même temps que les Kynariens. Par conséquent, tu profiteras de la situation et infiltreras leur organisation, gagneras leur confiance, et entreprendras de les corrompre dès que possible. Une fois que tu auras commencé, j'enverrai des renforts pour t'aider dans cette entreprise. »

L'Umbra se frotta la bouche un instant : « Les Lux Baiulae ont certainement été difficiles à corrompre au cours de la Guerre des ténèbres, mais je suis sûr que tu y parviendras, surtout quand on pense à l'état déliquescent dans lequel se trouve la sororité aujourd'hui. »

Lusk voulut demander à l'Umbra de quelles preuves il disposait pour parler de déliquescence, mais il se ravisa et dit : « Je ferai ce que vous m'ordonnez, Umbra. Allez-vous informer notre maître du changement de programme ? »

« Hum, tu pourras sans doute le faire toi-même lorsqu'il apparaîtra d'ici trois mois. »

Le visage de Lusk se tendit, inquiet. Il demanda : « Veut-il me parler ? »

« En effet ! Il voudrait te demander directement comment se passe ton infiltration des rangs de l'ennemi. » L'Umbra continua, tout en le dévisageant avec ses yeux intenses et menaçants : « Ce serait bien que tu aies de bons résultats d'ici là, Vaedrin. »

Lusk acquiesça, résigné. Que pouvait-il faire d'autre ? Il ne pouvait ni s'enfuir ni se rebeller contre l'Umbra.

Le créateur de l'ombre changea de sujet : « *D'ailleurs, comment s'est passée ton infiltration dans la garde du haut roi ?* »

Dans le Lien, la forme de Lusk s'évanouit un instant pendant qu'il réfléchissait à sa réponse : « *Elle s'est bien passée, Umbra. Mon histoire a retenu l'attention du haut prince, et j'ai réussi à gagner sa confiance ainsi que celle du roi, son père, comme vous l'aviez prédit. J'ai cependant commis une erreur lorsque j'ai perturbé l'esprit de quelques-uns des gardes du haut prince et que cela a éveillé les soupçons des autres. Ça a failli mal tourner lorsque l'un des soldats que j'avais traité et stupéfié en a tué un autre.* »

« *J'entends. Est-ce que cela signifie que tu ne me seras plus d'aucune utilité là-bas ?* »

Lusk ressentit très fortement le poids de la menace, cette fois, et donna à l'Umbra la réponse qu'il voulait entendre : « *Je pourrai continuer à servir le haut roi et le haut prince dès que je serai agréé par Urbs Lucis.* »

« *Parfait. Je suis sûr que les sacrifices que tu as faits en Zébulonie en valaient la peine, Vaedrin, et que ta récompense sera à la hauteur de tes efforts.* »

Lusk ne répondit pas, mais les sillons mentaux qui se dessinaient sur son visage habituellement beau et séduisant témoignèrent de son aigreur persistante. Il avait été marqué psychologiquement et physiquement par sa chute des bonnes grâces de Zébula. Mais au moins sa mère de naissance — un des vaisseaux de procréation des Janarae ; celle qui l'avait élevé et qui avait pris soin de lui — était en sécurité.

Prenant conscience que l'Umbra le regardait attentivement, il laissa ses pensées de côté et reporta son attention sur le lieutenant de Noctiferus, qui lui demandait s'il avait quelque chose à ajouter. « *Oui, Umbra. Ni le roi ni le prince ne poseront de problème, mais j'ai peur que la conseillère du roi — une Lux Baiula nommée Élyana Marina — finisse par découvrir qui je suis en réalité étant donné la difficulté que j'éprouve à la garder en état de stupéfaction.* »

L'Umbra leva un sourcil interrogateur.

Lusk s'expliqua : « *De temps en temps, ses doutes refont surface — pendant peu de temps, heureusement. Cela l'a poussée à m'empêcher d'opérer librement par divers moyens et à plusieurs reprises.* »

« *Hum. Elle semble être puissante. Mais comme elle n'a jamais rencontré de Temptator avant, il est fort peu probable qu'elle découvre ta vraie nature, et elle ne peut d'ailleurs pas douter de ton histoire. La sororité dispose d'une grande librairie, cependant, et elle pourrait avoir lu certaines choses sur la nature des vibrations des Temptatori qu'elle aura peut-être décelées chez toi par hasard. Je te conseille de cacher tes vibrations chaque fois que tu utilises le Lien, que tu te trouves près d'elle ou non ; je sais que ce n'est pas une situation facile à tenir sur du long terme, mais, encore une fois, le jeu en vaut la chandelle.* »

« *Je ferai ce que vous demandez, Umbra, et je serai plus prudent à l'avenir. Mais il y a une personne qui sera encore plus difficile à corrompre : la cheffe de la guilde des guérisseuses, Saara Lucius. C'est une vieille femme totalement impassible. Je n'ai pas réussi à la subjuguer une seule seconde.* »

« *Hum, eh bien, tu as corrompu toutes sortes d'hommes et de femmes en Zébulonie, non ? Jeunes comme vieux. Tu réussiras sûrement à corrompre cette humaine aussi. Tu devras peut-être utiliser des techniques plus invasives. Mais si tu le fais, prends garde à ne pas élever les soupçons autour de toi.* »

Lusk acquiesça.

« *Et qu'en est-il de leur Grande Mère ?* »

« *Je ne l'ai pas encore rencontrée.* »

« *Préviens-moi lorsque tu l'auras fait. Pour le moment, fais ce que je t'ai ordonné. Quant à moi, je dois aller voir les ailes de notre seigneur pour discuter... de l'attaque de Furanville.* »

« *Vous voulez parler de son échec à Furanville ? Ce lézard est bien trop imbu de lui-même ; je doute qu'il réussisse à vous ramener les Luxori.* »

« *Peut-être. Mais sache que si cette créature échoue, ce sera à toi de capturer les Luxori. Je t'intime donc de l'aider.* »

« *Je... J'ai compris, Umbra.* »

« *Parfait, maintenant, va-t'en. Et reviens me donner des nouvelles dans un quart. J'attends beaucoup de toi, Vaedrin. Et rappelle-toi que tu rendras des comptes à notre maître d'ici quelques qu– d'ici quelques mois.* »

Lusk inclina la tête bien bas et sortit du Lien. Il n'avait montré aucun signe de surprise devant l'erreur de l'Umbra, pas plus que son angoisse à l'idée de devoir à nouveau rencontrer leur maître.

De retour dans son corps, Lusk se leva et se mit à faire les cent pas, songeant à Noctiferus. Il ne l'avait rencontré qu'une fois, l'année où le maître des ténèbres l'avait envoyé à Shadin pour en apprendre davantage sur les Alvinoriens en servant le gouverneur de la ville — l'un des hommes les plus gentils que Lusk n'eût jamais rencontrés.

Les vibrations qu'avait émanées le maître des ténèbres au cours de cette conversation, quatre ans auparavant, lui avaient paru terribles, et il avait senti toute sa volonté s'évanouir en un clin d'œil, tandis que laideur et ignominie s'emparaient de lui et s'enfonçaient au plus profond de son âme. Lusk se souvenait de s'être réveillé le lendemain matin de cette rencontre avec la sensation claire d'avoir été violé. Il se rappelait avoir voulu s'échapper, s'enfuir aussi loin que possible de Zéblin, mais comme il était contraint d'obéir, quoi qu'il arrivât, sous peine de — sous peine de voir sa mère de naissance souffrir, il avait obéi. Et son obéissance fut la renonciation si extrême à tous ses principes qu'il ne se reconnaissait plus lui-même..

Depuis ce jour, Lusk s'était souvent demandé comment il pouvait à la fois servir des créatures aussi viles que Noctiferus et l'Umbra — violer ainsi tous les principes moraux qu'il avait toujours défendus — et continuer à soigner ceux qui sollicitaient ses services de guérisseurs. Il semblait pourtant qu'il avait réussi à séparer ces deux facettes de sa personnalité.

En tout cas, sa situation actuelle était toujours la même ; il continuerait de soigner les gardes qui en auraient besoin, il les stupéfierait ensuite, les corromprait, ou pire, ainsi que le commanderait son obéissance ultime à l'Umbra ou à Noctiferus. Et il ferait de même avec les Lux Baiulae, le prince et le roi. Il continuerait à déchirer son âme chaque fois qu'il trahirait ses principes jusqu'à ce qu'il n'y eût plus rien à trahir, jusqu'à ce que, finalement, il terminât dans une errance sans fin dans les couloirs des ténèbres — seul, perdu, détruit.

Parfois, lorsque l'idée de l'horreur qui l'attendait le paralysait, Lusk repensait à la raison pour laquelle il avait vendu son âme à ces créatures : pour libérer sa mère de naissance du carcan des Janarae. Et l'Umbra avait tenu sa promesse : Oolviana Methrim était en sécurité dans un petit hameau yerlayen au nord de la chaîne du Sagr. C'était ainsi qu'il s'était mis au service des ténèbres, et qu'il avait continué à se pervertir sans fin.

✳✳✳

636

La salle de la Lumière était plongée dans le calme lorsque Krystiana ouvrit la séance en milieu de matinée. Si on pouvait lire sur le visage ses femmes de l'assemblée, on y lirait une profonde inquiétude.

La Magna Mater se tenait devant sa cathèdre, au centre de l'estrade. Les praefectae avaient pris place en demi-cercle face à elle, avec Saara, la plus ancienne praefecta, au bout droit de la rangée, suivie de Larca, Raméla, et Biléna à l'extrême gauche. Les Sœurs ordinaires[94] étaient assises en petits cordons face à l'estrade, Élyana, Irania et Krpta au premier rang.

Krystiana balaya l'assemblée du regard et s'arrêta sur les Sœurs qui s'étaient battues à Furanville pour adresser son discours d'ouverture. « Mes Sœurs, merci d'être réunies ici aujourd'hui, en ce jour où nous parlerons d'une menace réelle, menace à nulle autre pareille. »

« Cela fait un moment déjà que nous ressentons des vibrations inconnues et particulièrement déstabilisantes. J'ai demandé à Maréna, Cordon jaune très douée, d'essayer de trouver l'origine de ces vibrations, et je suis convaincue qu'elle nous révélera ce matin ce qu'elle a découvert. »

Tous les visages se tournèrent vers la praefecta philosophas, attendant sa confirmation, mais elle ne dit rien et son visage, parce qu'il fut difficile à lire même pour ses consœurs, semblait indiquer la pire des nouvelles.

Krystiana commença à dresser un inventaire de tous les éléments connus à ce jour, en commençant par les vibrations que nombre d'entre elles — surtout les Jaunes — percevaient depuis plusieurs quarts, puis elle poursuivit en évoquant ce qu'elle et Élyana avaient appris au cours de leur aventure dans le Lien – révélation qui fit lever de nombreux sourcils dans

---

⁹⁴ Le terme « Sœurs ordinaires » renvoie à toutes les Sœurs au-dessous du rang d'Administratrice dans la hiérarchie des Lux Baiulae.

l'assemblée, tandis que certaines qui connaissaient bien la Magna Mater se contentèrent d'acquiescer. Elle raconta ensuite aux Sœurs les attaques du Scytale à Col de Corne, dans les villages de la Basse-Alvinorie, et enfin celle de Furanville, où deux Sœurs avaient trouvé la mort. Elle conclut sa présentation en parlant des créatures qui avaient attaqué le haut roi, le prince et leurs troupes, de retour de Spiritii.

Lorsque la Magna Mater eut terminé, une cordon blanc leva la main pour poser une question. Krystiana aurait préféré empêcher la femme de s'exprimer, car elle avait l'habitude de poser les questions les plus inappropriées, mais elle donna tout de même la parole à Alina Lux Baiula qui dit : « Merci Magna Mater. » Elle se retourna vers Élyana et Irania, puis continua : « Mes Sœurs, Juliana — puisse son esprit éclairer notre voie — avait un frère. Savez-vous comment va le primus Julian ? Je suis certaine qu'il ne va pas bien, car il a sans doute été témoin de ce qui est arrivé à sa sœur, cette nuit funeste. »

Irania se leva, se retourna vers l'arrière de la salle, et répondit après avoir lancé un bref regard en direction d'Élyana : « Le primus Julian a effectivement assisté à la mort de sa sœur, Alina, et cela a été un terrible choc pour lui, comme vous l'imaginez bien. Mais cela a empiré lorsque son aveuglement, provoqué par le premier traumatisme, a laissé place à la révélation. » Irania laissa un temps pour refouler l'image du crâne broyé de Juliana, et ne pas se laisser submerger par ses émotions, puis ajouta : « Le primus Julian est actuellement avec Tania Lux Baiula qui s'occupe de lui. Il devrait s'en remettre grâce à elle, mais cela va prendre du temps, à moins qu'il ne choisisse d'effacer sa mémoire. »

Alina répondit : « Hum. Merci pour ces nouvelles, Administratrice. »

La Cordon mauve allait conclure avec un dernier commentaire, mais Krystiana, impatiente d'en finir avec cet interlude sinistre, dit : « Et merci, Alina. Si plus personne n'a de question à propos de l'attaque du Scytale à Furanville, je vais maintenant laisser la parole à Maréna qui va vous parler de ses découvertes. »

Il n'y eut plus de question, mais Alina ajouta tout de même d'une voix sincère : « Je n'ai plus rien à demander, pour ma part, Magna Mater, mais je trouve qu'il est essentiel d'ajouter, de temps en temps, un peu d'humanité dans nos réflexions. Je vous remercie à mon tour de m'avoir autorisée à intervenir. »

Krystiana n'ajouta rien et acquiesça en se mordant les lèvres. Alina avait raison, mais elle aurait tant aimé ne pas devoir répondre à cette question. Elle entendait les praefectae qui s'agitaient sur leur chaise, tapotaient des doigts ou grinçaient des dents. Les Lux Baiulae avaient la réputation de n'éprouver aucun sentiment, et d'être capables de parler de n'importe quel sujet de manière rationnelle, mais à la vérité, c'était beaucoup plus compliqué, et elles préféraient de loin ignorer les sujets délicats plutôt que se forcer à ravaler des sentiments qu'elles *éprouveraient* forcément en en parlant.

Élyana croisa le regard de Krystiana et lui répondit d'un œil complice, formant les mots « plus tard » du bout des lèvres, signifiant qu'elle irait la rencontrer dans son bureau afin de discuter plus amplement de ce qui s'était passé à Furanville, et surtout, pour préparer la Lucis Sororum Societas aux morts — ces morts atroces — auxquelles elles devaient désormais s'attendre. La Magna Mater hocha discrètement la tête, puis se tourna vers Maréna pour lui donner le signal de débuter sa présentation.

Maréna se leva et se racla la gorge plusieurs fois avant de s'avancer vers le grand écran organique. C'était un écran contenant un gel où vivaient des microbes qui produisaient des pigments sensibles à la pression. Lorsqu'on appliquait un doigt sur l'écran, les microbes libéraient leurs pigments et formaient un dessin dont la couleur et l'intensité variaient selon la pression. Là, on pouvait voir une carte des Aquinos, avec les frontières continentales en vert, les zones de végétation en rouge, les régions désertiques en beige et les montagnes en marron ; les villes et villages étaient représentés par des pigments noirs.

Après quelques « hum » de plus, Maréna commença : « Afin de désigner l'origine des vibrations que vous avez été nombreuses — et plus particulièrement dans ma cordonneté — à ressentir au cours du dernier mois, j'ai consacré mes premiers jours de recherche à essayer de remonter la piste des vibrations dans le Lien. Mais ce fut un échec. J'ai alors cherché… le Scytale, tout en prenant garde de ne pas me montrer, et une fois que je l'ai trouvé, j'ai pu confirmer que ce n'était pas lui qui était à l'origine de ces vibrations. Ne sachant que faire d'autre, mes Sœurs et moi-même avons passé plusieurs jours à réfléchir avant de décider d'une autre stratégie, une stratégie récente pouvant nous permettre de localiser un Alterintrant où qu'il se trouve sur K'Tara. »

Cette déclaration fit cligner des yeux et hausser les sourcils aux Lux Baiulae dans l'assistance. Une vieille Sœur intervint : « N'est-ce pas ce que nous faisons en entrant dans le Lien pour y faire une recherche ? »

Maréna lui répondit d'une voix douce : « Pas toujours ma Sœur », ne souhaitant pas offenser l'ancienne. Elle révéla alors un cristal mauve, de la taille d'un poing serré, serti d'un anneau doré et posé sur un grand trépied, sur une table de marbre à côté de l'estrade, et dit : « Cela s'appelle un DAA, ou "détecteur amplificateur d'Alterintrant" ». Puis Maréna se dirigea vers l'écran organique et dit : « J'ai envoyé trois de mes collègues équipées d'un DAA parcourir l'Alvinorie » ; et lorsqu'elle posa le doigt sur trois points de l'écran dans la carte de l'Alvinorie, les microbes sensibles à la pression s'illuminèrent d'une teinte jaune d'or qui devint immédiatement orange vif. La lueur demeura quelques minutes, permettant à Maréna de poursuivre sa démonstration. « Nous avons placé des appareils à distance des zones de peuplement afin d'optimiser leur sensibilité. Nous avons dû apporter quelques ajustements au cours du dernier quart, mais une fois que tout était en place, nous avons pu remonter à la source des vibrations. »

Toutes attendaient la suite avec impatience, la salle était si calme que l'on aurait pu entendre un grain de poussière tomber. Pourtant, Maréna garda le silence, laissant transparaître sa nervosité en pressant ses mains l'une contre l'autre.

Larca rompit le silence et demanda d'une voix forte : « Alors, Maréna, avez-vous trouvé l'origine de ces vibrations, ou non ? »

La Cordon jaune prit une grande inspiration et répondit : « Elles viennent… du… système solaire. »

Des dizaines d'yeux incrédules fixaient la Lux Baiula. Quelques-unes demandèrent ; « Qu'est-ce qu'elle a dit ? Du scalaire? »

La praefecta Raméla, qui avait écouté très attentivement pendant tout ce temps, demanda sur un ton dubitatif : « Maréna, vous avez ben dit "solaire" ? Le système stellaire du ciel nocturne oriental ? »

« C'est ça, Praefecta. Cela ne fait aucun doute. »

Ursula Lux Baiula, une Cordon mauve de Kirgad, demanda avec son accent rugueux : « Et c'ment qu'vous savez ça, Maréna ? »

« Les DAA sont capables de saisir n'importe quelle vibration du Lien. Et comme ils sont sphériques et que leurs surfaces s'illuminent dans une seule direction, celle dont elles reçoivent le signal le plus puissant, ils sont capables de trianguler la source de toute vibration qu'ils interceptent. Les trois appareils ont désigné, en même temps, l'entourage immédiat du soleil. Des versions améliorées des DAA ont ensuite été installées sur une machine céleste[95], et ont confirmé que la source provenait bien du soleil. »

Les Sœurs se mirent à échanger des suppositions abracadabrantes. Ursula Lux Baiula, assise à côté d'Élyana, lui demanda avec son accent guttural : « Qu'est-ce que fous pensez qu'il y a dans le zoleil, ma Zoeur ? »

Élyana soupira et répondit : « Je préférerais ne pas parier, Ursula. Mais je pense que Maréna a son idée. »

Enfin, ce fut Krystiana qui demanda : « Maréna, veuillez confier à toutes les résultats de vos recherches à propos de ce qui génère ces vibrations. »

« Mater, comme je vous l'ai déjà dit, ces vibrations sont sans aucun doute produites par un être sensible, et mes Sœurs et moi croyons qu'il s'agit de… Noctiferus en personne. »

Des cris d'incrédulité et des jurons s'élevèrent dans la salle de la Lumière, provoqués par la terrible prise de conscience qu'une nouvelle Guerre des ténèbres était sur le point d'éclater.

Krystiana attendit un moment avant d'augmenter sa voix pour rappeler les Sœurs ordinaires à l'ordre. Peu à peu, le calme revint, et les derniers bavardages évanouis, Raméla se tourna vers la cheffe de la cordonneté jaune, assise à sa gauche, et lui demanda : « Biléna, êtes-vous d'accord avec la conclusion de votre collègue ? »

La grande femme au visage pâle ramena ses mains croisées devant elle et répondit : « Oui, Raméla. Les vibrations sont en tous points semblables à celles dont se souviennent nos mémoires datant de la Guerre des ténèbres ; cette conclusion

---

[95] Machine céleste : instrument optique utilisé pour observer les éléments célestes.

nous permet également de comprendre d'autres choses : la présence sur K'Tara des ailes de Noctiferus, ainsi que la résurgence des haïssables Temptatori, dont la présence a désormais été confirmée à Kartak… » Biléna s'interrompit un instant, comme si elle réfléchissait pour terminer sa phrase, « par nos yeux et nos oreilles. »

Une nouvelle indignation parcourut les rangs des Sœurs ordinaires, donnant lieu à un soulèvement de questions inaudibles, et d'une inhabituelle rafale de jurons alors qu'elles commençaient à comprendre ce qu'impliquait cette nouvelle. Krystiana attendit un moment, sachant que l'ordre allait bientôt revenir, et avec lui, un moment plus propice à la discussion raisonnable.

Lorsqu'enfin le calme s'empara à nouveau de la salle, Krystiana poussa un profond soupir et demanda : « Biléna, pourquoi avoir hésité avant de parler de vos yeux et de vos oreilles ? »

« Euh. Oui, eh bien, mes yeux et mes oreilles elles ont croisé deux des espions du haut capitaine Harlion à Kartak, Mater, des espions qu'il avait lui-même envoyés pour essayer de traquer les Temptatori. Mes yeux et mes oreilles, elles ont assisté à l'enlèvement des espions du roi par un grand groupe de voyous ainsi qu'à leur libération — quelques jours plus tard — apparemment sans dommage. Cela a attisé la curiosité de mes espionnes qui ont décidé de confronter les hommes du haut capitaine Harlion. Ce faisant, elles ont ressenti d'étranges vibrations émanant de ces hommes. Mais le pire, c'est que les hommes ont essayé de… enfin… d'abuser de nos Sœurs. Heureusement que mes espionnes, elles ont réussi à lever le voile de ce qui aveuglait ces deux hommes. Il est absolument évident, à la lumière de tout cela, qu'ils ont été… corrompus. »

Anticipant les prochaines questions de quelques Sœurs, Saara précisa les explications de sa collègue : « Je crois que le mot exact est *pervertis*, Biléna. » Biléna acquiesça pour valider la précision ; une Cordon jaune ne prenait jamais mal une correction et recherchait seulement la pure vérité. Saara poursuivit : « Ce qui m'inquiète encore plus, Mater, c'est le sort de ces deux espions royaux qui ont peut-être été asservis par le maître des ténèbres. Pour ma part, je pense que nous ne devrions pas les laisser retourner à Furanville. »

Krystiana répondit : « De toute évidence, oui — *si* et seulement *si* ils ont été pervertis. Peux-tu confirmer leur état, Saara ? »

« La cordonneté blanche travaille d'arrache-pied depuis la dernière fois que nous avons parlé des Temptatori, Mater, afin de trouver tout ce que nous pouvons rassembler sur eux et sur leurs agents de pervertissement, les *Converses*. Les yeux et les oreilles de Biléna ont déjà commencé à mettre en application ce que nous leur avons appris ; elles essaient d'évaluer l'état des deux espions royaux, et de débusquer les autres Converses, ainsi que les Temptatori. »

Cette dernière déclaration affola Krystiana qui dit sur un ton angoissé : « Saara, c'est bien trop dangereux, même pour les meilleurs chasseurs de Biléna de débusquer ces Temptatori ! Comment avez-vous pu autoriser cela ? »

Saara sursauta. Elle semblait ne pas avoir anticipé cette réaction de la part de la Magna Mater. Elle était sur le point de répondre lorsque Biléna se leva et prit la parole à sa place : « Mater, j'ai accepté que mes agentes utilisent de nouvelles compétences, mais vous avez raison, elles ne les maîtrisent pas encore, et pourraient courir un grave danger si elles précipitaient leurs recherches. Je leur ai donc donné l'ordre très strict de toujours travailler en binôme et de ne laisser qu'une seule Sœur sur deux s'ouvrir aux vibrations de ceux qu'elles rencontrent ; enfin, je leur ai interdit de se connecter à qui que ce soit ou de sonder quelqu'un qu'elles soupçonnent être un Temptator, mais de sonder les Converses s'ils semblent inoffensifs. »

« Hum, alors d'accord. Vous pouvez poursuivre vos recherches. Mais, je vous en conjure, assurez-vous que tout est fait pour que la "guetteuse" soit toujours capable d'arrêter le "récepteur" le cas échéant, et qu'elles en informent Urbs Lucis si quoi que ce soit tourne mal. »

Biléna dit : « Je comprends, Mater. Sachez que nous cherchons toujours des moyens techniques pour infiltrer Kartak en toute sécurité, et que nous en avons peut-être trouvé un. En effet, Kélysia et Saara, elles travaillent sur un appareil d'enchevêtrement qui pourrait nous permettre d'écouter à distance. »

Des regards étonnés et intrigués pétillèrent dans la salle.

Krystiana demanda : « Vous avez dit *entendre à distance*, Biléna ? »

« Tout à fait, Mater. Saara pourra vous en dire davantage si vous le souhaitez. »

« Saara ? »

La vieille praefecta bondit et répondit : « Biléna a raison, Mater. L'appareil sur lequel Kélysia et moi travaillons devrait nous permettre de transmettre le son d'un lieu à un autre. Mais il est encore trop tôt pour savoir s'il fonctionnera vraiment ou non. Nous commencerons très bientôt nos essais *pour de vrai*, et, si cela fonctionne *vraiment*, nous pourrons déposer ces appareils autour de Kartak et écouter les conversations entre des individus suspects, et éviter ainsi de mettre les yeux et les oreilles de Biléna — nos Sœurs — en danger. »

Surprise et émerveillement furent rapidement remplacés par de l'impatience ou de l'inquiétude. Même Krystiana leva un sourcil. Un appareil allait-il désormais être capable de faire ce qu'elles faisaient dans le Lien ?

La Magna Mater dit : « Ce n'est pas tout à fait ce à quoi je m'attendais avec vos recherches, Saara, mais c'est effectivement très intéressant. Continuez, je vous prie, et venez nous voir lorsque vous aurez obtenu des résultats concluants. Le conseil de la lumière devra bien sûr se pencher sur cette nouvelle technologie avant d'en approuver l'utilisation – si cela fait effectivement ce vous prétendez. »

« Bien sûr, Mater. »

Le visage de Krystiana se détendit et Saara exhala un soupir de soulagement. La Magna Mater prit un moment pour réfléchir au projet de Biléna de démasquer les Temptatori et les Converses de Kartak, ainsi qu'à celui de Saara avec ce nouvel appareil qu'elle concevait avec la cordonneté jaune. « J'imagine que vos projets constituent un compromis acceptable, praefectae, vu l'urgence de notre situation. »

Chacune leur tour, Biléna et Saara remercièrent Krystiana.

La Magna Mater continua, tout en fixant les deux praefectae : « Quoi qu'il arrive, continuez de travailler ensemble pour combler nos lacunes, et trouver le moyen de nous donner l'avantage dont nous avons tant besoin. Nous devons absolument savoir quels sont les plans de nos ennemis pour infiltrer l'Alvinorie, et comment détecter les Temptatori ainsi que les Converses. » Et avec une angoisse manifeste dans la voix, Krystiana ajouta : « Il est particulièrement important de trouver le moyen de protéger notre organisation le plus vite possible, sans quoi nous nous retrouverons bientôt assiégées et impuissantes. »

En tant que praefecta ainée, Saara répondit pour toutes les deux : « Oui, Mater. Nous comprenons nos missions. Et nous ferons en sorte de répondre à ces besoins. »

Satisfaite, Krystiana jeta un œil à Élyana et à Biléna, et demanda : « Maintenant, que devons-nous faire à propos des espions du roi, en attendant que vous validiez ou invalidiez leur… *conversion*, si c'est comme ça que l'on dit ? »

Élyana répondit à la place de Biléna : « Mater, je voudrais en parler avec le haut roi et le haut capitaine, étant donné le caractère délicat du sujet. Je leur proposerai de nous envoyer ces hommes pour que nous les surveillions en attendant d'être sûres qu'ils n'ont *pas* été corrompus. »

« Parfait. Vous devrez également avertir le haut roi de ne plus envoyer personne là-bas. À partir de maintenant, Kartak devrait être interdit, sauf à quelques-unes d'entre nous. »

« À vos ordres, Mater. »

La question étant close, Krystiana passa au dernier sujet de la discussion. Elle appela Élyana et Biléna à présenter leurs conclusions sur la Zébulonie.

Élyana se leva à nouveau et prit la parole. « Merci, Mater. Mes Sœurs, certaines de vous ont sans doute appris qu'un Zébulonien était venu rencontrer le haut prince lorsque nous étions en chemin entre Col de Corne et Furanville. Certaines l'ont même sûrement aperçu ici, à Urbs Lucis, où il est actuellement évalué par la cordonneté blanche. » La majorité des femmes affectèrent un air étonné et se retournèrent pour regarder autour d'elles, se demandant si leurs voisines étaient au courant. Élyana poursuivit. « L'homme, Lusk Methrim, a dit au prince que la reine Zébula projetait d'envahir l'Alvinorie. »

La salle de la Lumière explosa d'un brouhaha encore plus important qu'à l'annonce de l'existence possible de Temptatori à Kartak. Élyana laissa l'effet de surprise se dissiper tout en se disant : *Ce rassemblement restera sans doute gravé dans nos mémoires, mais ce n'est rien comparé à ce qu'Aithen m'a raconté sur ce qui s'est passé lors de son discours au conseil de l'Union et au Sénat. Quoi qu'il en soit, j'espère que mes Sœurs feront preuve d'un peu plus de retenue, si ce n'est d'une maîtrise totale de leurs émotions.*

Lorsque quelques femmes demandèrent enfin à Élyana si elle avait confirmé cette accusation, elle reprit la parole : « Je n'ai pas pu vérifier, personnellement, l'accusation du maître Methrim, mais la logique ainsi que les conclusions de ce que j'ai sondé en lui me font dire qu'il ne ment pas. Mais la praefecta Biléna a pris soin d'envoyer ses yeux et ses oreilles enquêter le long de la frontière sud, afin de confirmer ou d'infirmer les dires du Zébulonien, et je crois qu'elle a des choses à nous dire à ce sujet. »

Sans y être obligée, Biléna remercia Élyana de lui laisser la parole ; le statut d'Élyana étant particulier au sein de la sororité, de par sa position de conseillère du haut roi et celle d'amie très proche de la Magna Mater. Biléna se leva et dit : « Mes Sœurs, ce que ce Lusk Methrim a confié au prince semble malheureusement être la vérité. » Une vague de découragement s'empara alors de toutes les Sœurs assemblées. « Mes espionnes, elles m'ont confirmé que les passeurs zébuloniens ont effectivement entendu parler de cette invasion de l'Alvinorie fomentée par Zébula. »

Depuis le fond de la salle, une Sœur demanda si les sources de la cordonneté jaune avaient évoqué une date, ce à quoi Biléna répondit : « C'est sûrement la seule bonne nouvelle de cette affaire, Mariana ; toutes nos sources, elles s'accordent à dire que cette invasion ne commencera pas avant plusieurs mois, si ce n'est des années. Le seul point obscur reste la raison de cette offensive. Mais nous essaierons d'y voir plus clair et d'obtenir des informations par nous-mêmes directement en Zébulonie, afin de confirmer ce que nous avons appris. »

Larca, qui n'avait pas cessé de se mordre les lèvres depuis le début de la rencontre, ne put tenir sa langue plus longtemps et déclara : « Directement en Zébulonie ? Comment comptez-vous faire cela, Biléna ? Je ne savais pas que quelqu'un parlait zébulonien. Il vaudrait peut-être mieux entrer simplement dans l'esprit des *passeurs* et en tirer la vérité ! Ou dans celui de ce Lusk Mer–, Methrim. »

Biléna répondit d'une voix inhabituellement calme et confiante : « Larca, vous savez que nous n'avons plus ces capacités. Et même si nous les avions, au-delà du fait que nos lois nous interdisent de le faire, je ne pourrais, ni ne voudrais, autoriser le viol de l'esprit d'un être vivant. »

Krystiana écoutait calmement tout en pensant : *Je me demande comment Biléna réagirait si elle savait qu'Élyana et moi possédons ces capacités interdites.*

Larca lâcha un grognement rempli de sarcasmes et continua : « Alors, *comment* comptez-vous obtenir des informations directement en Zébulonie ? »

« Eh bien, comme vous le savez peut-être, il existe une petite enclave au creux des monts du Sagr — mais de ce côté de la frontière — une enclave appelée Razeb… elle s'appelait jadis Rakilah Zebulonia, ce qui signifie "Petite Zébulonie", mais aujourd'hui, c'est juste Razeb. Cet endroit est habité par des descendants zébuloniens qui ont émigré il y a environ cent ans — enfin, nous ne sommes pas sûres des dates. Ils avaient très peu de contact avec l'Alvinorie jusqu'à ce que nous les découvrions, en 1798. Nous leur avons ensuite rendu visite régulièrement, et avons pu établir une relation de confiance. Ce qui est intéressant, c'est qu'ils parlent un dialecte zébulonien, ce qui nous permettrait d'en profiter, bien que nous ne sachions pas exactement dans quelle mesure ce dialecte ressemble ou non à la langue zébulonienne. »

Larca aboya : « En profiter ? Comment ? »

Biléna soupira et continua : « Nous venons de découvrir là-bas deux filles aux capacités sensorielles prometteuses. »

« Des filles ?! »

« Elles ont dix-huit ans. Techniquement, ce sont des adultes, Larca. »

Encore une fois, Larca aboya sa question : « Et vous ne les aviez pas trouvées avant ? Il est évident qu'elles devaient déjà avoir ces compétences depuis plusieurs années. »

« Il est possible que les zébuloniens atteignent leur puberté plus tard, ou au même moment que les Alvinoriens et les Kynariens, mais qu'ils développent leurs capacités sensorielles plus tard. Dans tous les cas, nous les ferons venir bientôt et leur apprendrons à maîtriser leurs nouvelles capacités tout comme nous le faisons ici avec les jeunes filles. Et comme elles sont toutes les deux adultes, nous pourrons les utiliser pour infiltrer la cour de Zébula dès qu'elles seront prêtes. »

À la grande surprise de Biléna, et de toute l'assemblée, Larca ne lança pas de remarque insultante cette fois, et dit : « C'est un plan plein d'audace, Praefecta. »

En entendant Larca s'adresser à Biléna par son titre, Krystiana hocha la tête avec satisfaction. Le changement d'attitude de Larca tomba à point nommé et la rassura avant qu'elle ne se décidât à dire ce qu'elle avait prévu de confier à l'assemblée des Sœurs une fois que Biléna en aurait fini.

Raméla demanda ensuite : « Biléna, ton plan semble bon, mais ne serait-il pas prudent d'envoyer à la cour de Zébula quelqu'un qui parle assurément la bonne langue, et qui n'aura pas besoin de suivre l'entraînement intensif dont les filles auront besoin ? Comme ce Lusk Methrim ? »

Biléna se tourna vers Élyana qui se leva et répondit à sa place : « D'après ce que nous savons, Praefecta, les hommes zébuloniens n'ont pas le loisir de faire ce que bon leur semble. Le maître Methrim nous a dit que les hommes sont en réalité des esclaves dans ce pays, et c'est la raison pour laquelle celui-ci ne nous serait d'aucune utilité là-bas. De plus, il est une… *persona non grata* à la cour de Zébula. Ce que propose la praefecta Biléna représente notre unique chance d'envoyer quelqu'un en Zébulonie afin de confirmer ou d'infirmer ce qu'il nous a dit et ce que nos yeux et nos oreilles ont entendu sur les projets de Zébula. *Mais*, nous pouvons absolument utiliser le maître Methrim pour tester les compétences des filles en matière de langue zébulonienne. »

Raméla remercia Élyana et Larca l'imita en ajoutant : « Hum. Merci, Élyana. Et merci, Praefecta. Compte tenu des circonstances, je pense que j'aurais fait la même chose. »

Krystiana afficha à nouveau un air satisfait. *Voilà qui est de bon augure. Il est à présent temps de conclure notre séance matinale et pour moi de faire mon annonce.*

La Magna Mater se leva derrière sa cathèdre et remercia Biléna et Élyana. Elle prit ensuite une grande inspiration, croisa les mains, et dit : « Praefectae, mes Sœurs, vous savez maintenant tout ce que sait la sororité, tout ce que nous avons trouvé depuis ces premières vibrations inquiétantes que quelques-unes d'entre nous ont perçues il y a plusieurs quarts ; vous savez ce que les cordonnetés jaune et blanche ont mis en place pour tenter de trouver des réponses à nos questions les plus urgentes ou pour nous préparer à combattre notre ennemi. Nous consacrerons le reste de la journée, après notre repas, à envisager nos possibilités défensives et offensives. Mais avant tout cela… » Tandis que Krystiana prononçait ses mots, le disque horaire, dans le fond de la salle, sonna grandjour, « j'ai deux annonces à faire. »

Après un instant de tension au cours duquel les femmes changèrent de position sur leurs sièges, se redressèrent ou tirèrent sur leurs robes, en attendant un moment mémorable — Élyana fut la seule à ne pas bouger, bien qu'elle sût que la sororité était sur le point d'être chamboulée avec les quelques mots que Krystiana allait prononcer— la Magna Mater lança :

« Le danger que nous affrontons déjà est clair ; le Scytale attaque sur tous les fronts et tue aveuglément ceux qui se trouvent sur son passage dans sa recherche de ces deux *Luxori* qu'il a bien l'intention de trouver. Des créatures viles et féroces surgissent soudain des coins les plus reculés de notre orbe, créatures qui étaient tapies dans l'ombre pendant plus de six cents ans, et contre lesquelles nous devrons réapprendre à nous défendre. Il est aussi évident que les Temptatori et leurs Converses viendront nous infiltrer très prochainement — s'ils ne se trouvent pas déjà parmi nous — afin de détruire de l'intérieur l'ensemble de notre société. Nous devons à tout prix empêcher cela d'arriver. »

« Enfin, en ce qui concerne l'origine — et la cause — de toutes ces perturbations, je dois me rendre à l'évidence et me ranger à l'opinion de la cordonneté jaune : Noctiferus, aussi invraisemblable et fou que cela puisse paraître, est le seul qui puisse se cacher derrière elles, et nous savons toutes ce que cela signifie. Bien entendu, nous *ne pouvons pas* laisser ses projets se concrétiser, mais la manière dont nous allons nous y prendre pour les contrecarrer, je ne la connais pas encore. Malheureusement, notre sororité ne représente qu'un cinquième de ce qu'elle était à l'époque de la Guerre des ténèbres, et il n'y a plus de Luxori pour combattre à nos côtés. »

« Mais nous combattrons et nous résisterons, malgré tout. Et pour cela, nous devons nous préparer. Afin d'y arriver, je nomme au poste de conseillères-défense les praefectae Saara, Raméla, et Biléna, pour qu'elles veillent à ce que les décisions prises dans le cadre de nos efforts défensifs n'affaiblissent pas la sororité. Et dans le but de ne pas affecter ma neutralité ainsi que ma capacité à veiller au bien de la sororité, et à celui du peuple, je nomme la praefecta Larca, générale suprême de notre effort de guerre. »

« Enfin, je nomme Élyana Lux Baiula au poste de Manu Dextra. Elle démissionnera par conséquent de son poste de conseillère du haut roi auquel j'assignerai immédiatement Irania Lux Baiula. »

« Aithen, pourquoi avons-nous si peur de Noctiferus ? »

« Que veux-tu dire, Ori ? »

« Le maître Sétarcos dit que Noctiferus est sans doute comme nous, un être de chair et de sang. Alors pourquoi devrions-nous avoir aussi peur de lui ? »

« Le maître Sétarcos croit qu'il est fait de chair et de sang, mais nous ne *savons* pas s'il est comme nous, c'est-à-dire quelqu'un que l'on peut blesser, arrêter ou même raisonner. Les sceptiques ont terriblement peur de lui, quelle que soit sa nature, et la plupart des gens croient qu'il est un *fondateur*, l'un des créateurs de notre monde, et si c'est le cas, alors nous ne *sommes* que des microbes pour lui. »

Ori dit : « Moi, je ne crois pas qu'il puisse être fait d'autre chose que de chair et de sang. Quelles que soient sa nature et son apparence physique ; il fait partie de l'univers, ce qui veut dire qu'il est fait de la même matière que *nous*, même si c'est un fondateur et qu'il a participé à notre création. »

« Tu sais, Ori, c'est aussi ce que je pense. Mais les choses sont ainsi, et même si ce que tu penses est la réalité, nous restons des microbes pour lui. »

« Ce que tu dis n'est pas très encourageant, Aithen. »

« Je suis désolé, Ori. Parfois, je me dis que je ferais mieux de te mentir lorsque tu me poses ce genre de question, pour te protéger. Mais ce ne serait pas bien ; Père nous a appris que la vérité est toujours la meilleure des réponses, et je suis d'accord avec lui. »

« Mais, Ori, ce qui est bien dans *cette* vérité — si c'est bien la vérité — c'est que s'il est comme nous, *fait de chair et de sang*, nous n'avons pas à le vénérer, car le vénérer nous obligerait à obscurcir notre raison aussi bien que nos sens. Au lieu de cela, nous pourrons le regarder droit dans les yeux le jour où nous le rencontrerons, et nous pourrons ainsi le juger, l'évaluer, et… réfléchir au meilleur moyen de le terrasser. Exactement comme tu as fait avec le fils du sénateur Clovis, lorsque tu as pris conscience que malgré sa force et sa taille supérieures, il n'était qu'un enfant — comme toi — et que tu as pris ton courage à deux mains pour l'affronter, puis le vaincre. »

Ori sourit. *C'était* une plus belle façon d'envisager le monde.

FIN DU LIVRE PREMIER

Si vous avez apprécié ce roman, n'hésitez pas à déposer vos commentaires sur Amazon.com, et à partager votre expérience sur les réseaux sociaux. Votre retour sincère est très important – pour les autres lecteurs potentiels comme pour moi. Vous pouvez également vous rendre à l'adresse suivante : https://ladipaolo.net/ afin de trouver de l'information sur la série de livres, ainsi que sur moi, et pour vous inscrire à ma liste de diffusion.

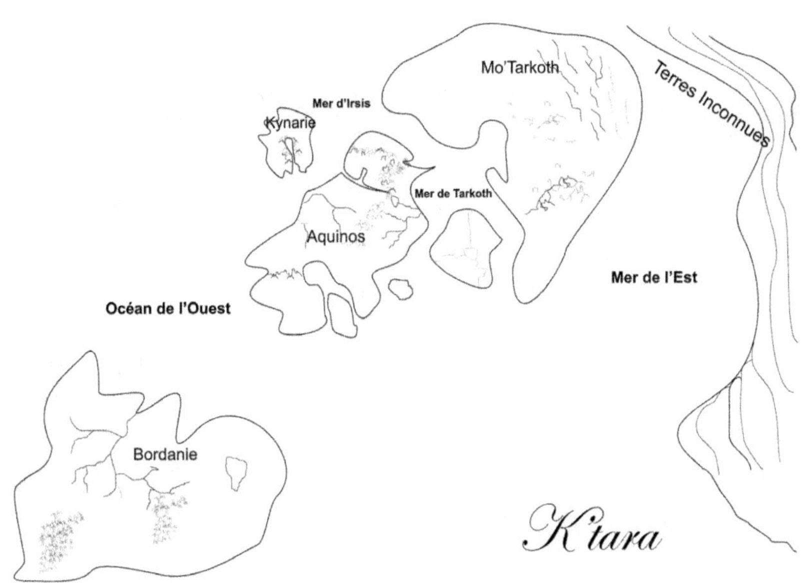

Mo'Tarkoth
Terres Inconnues
Mer d'Irsis
Kynarie
Mer de Tarkoth
Aquinos
Mer de l'Est
Océan de l'Ouest
Bordanie
K'tara

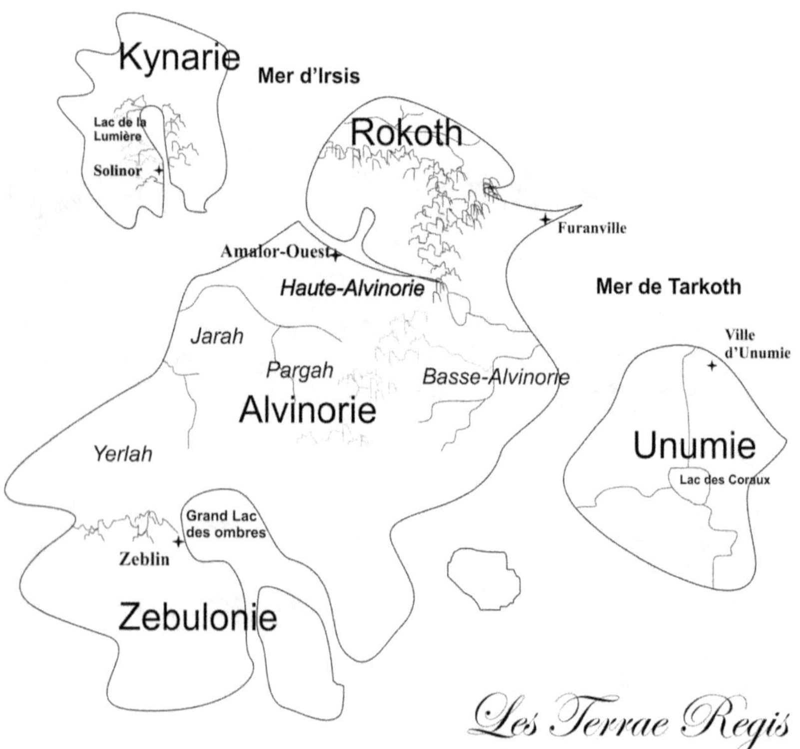

Kynarie
Mer d'Irsis
Lac de la Lumière
Solinor
Rokoth
Furanville
Amalor-Ouest
Haute-Alvinorie
Mer de Tarkoth
Jarah
Pargah
Basse-Alvinorie
Ville d'Unumie
Alvinorie
Unumie
Yerlah
Lac des Coraux
Grand Lac des ombres
Zeblin
Zebulonie
Les Terrae Regis

Rokoth
Summit
Morkor
Monts Rokoth
Monts Furans
Col de Corne
Antar
Amalor-Est
Kartak
Furanville
Amalor-Ouest
Urbs Lucis
Fleuve Argon
Col d'Argon
Formations Crécelles
Haute-Alvinorie
Mélinor
Galior
Jarah
Praeghe
Jarad
Peaks of the Giants
Pargad
Pargah
Basse-Alvinorie
Kirgad
Alvinorie
Yerlah
Spiritii
Ouragan
Yerlaya
Ville de Shadin
Grand lac
des ombres
Chaîne du
Sagr
Zeblin
Karlin
Île Nonnommée
Zebulonie
Brémin
Île de Bremin
Vermin
Échelle: Vermin à Summit = 5000 Km
Les Aquinos

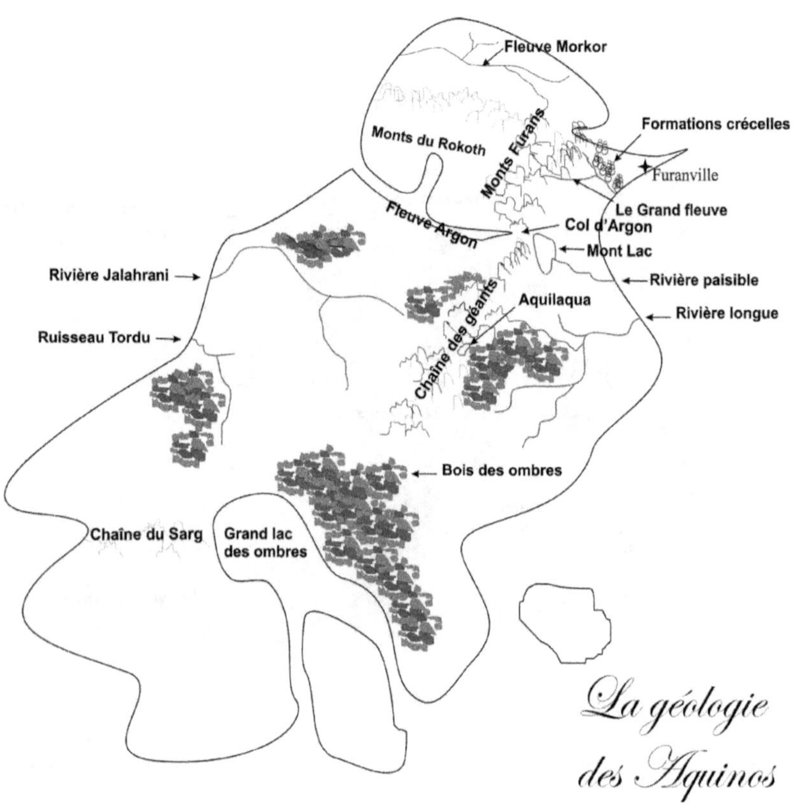

Fleuve Morkor
Formations crécelles
Monts du Rokoth
Monts Furans
Furanville
Le Grand fleuve
Fleuve Argon
Col d'Argon
Mont Lac
Rivière Jalahrani
Rivière paisible
Rivière longue
Aquilaqua
Ruisseau Tordu
Chaîne des géants
Bois des ombres
Chaîne du Sarg
Grand lac des ombres
La géologie des Aquinos

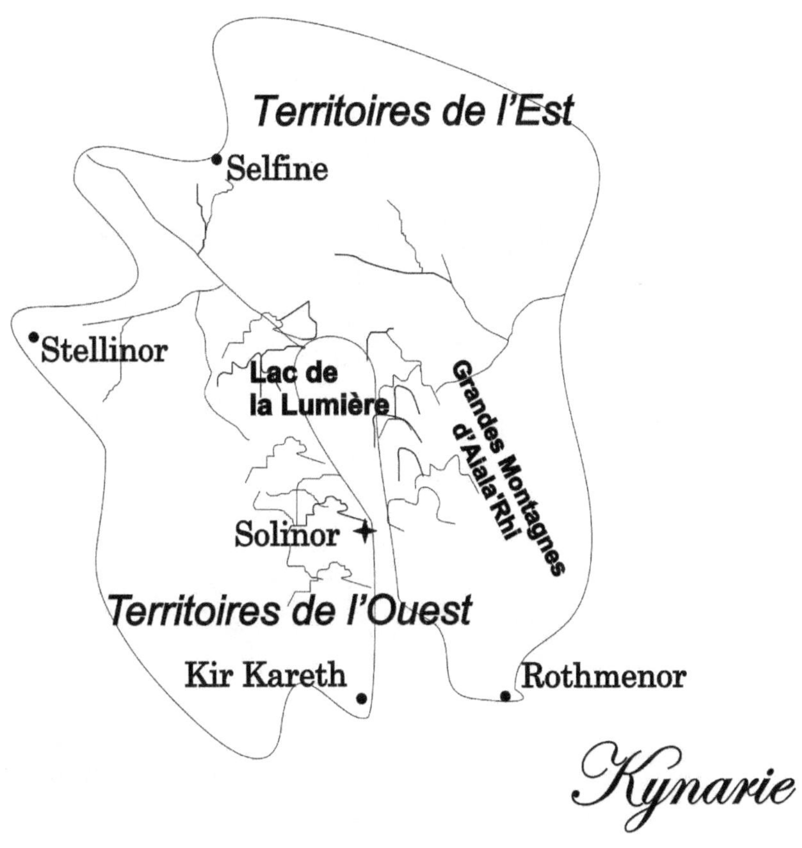

Territoires de l'Est
Selfine
Stellinor
Lac de la Lumière
Grandes Montagnes d'Alaia'Rhi
Solinor
Territoires de l'Ouest
Kir Kareth
Rothmenor
Kynarie

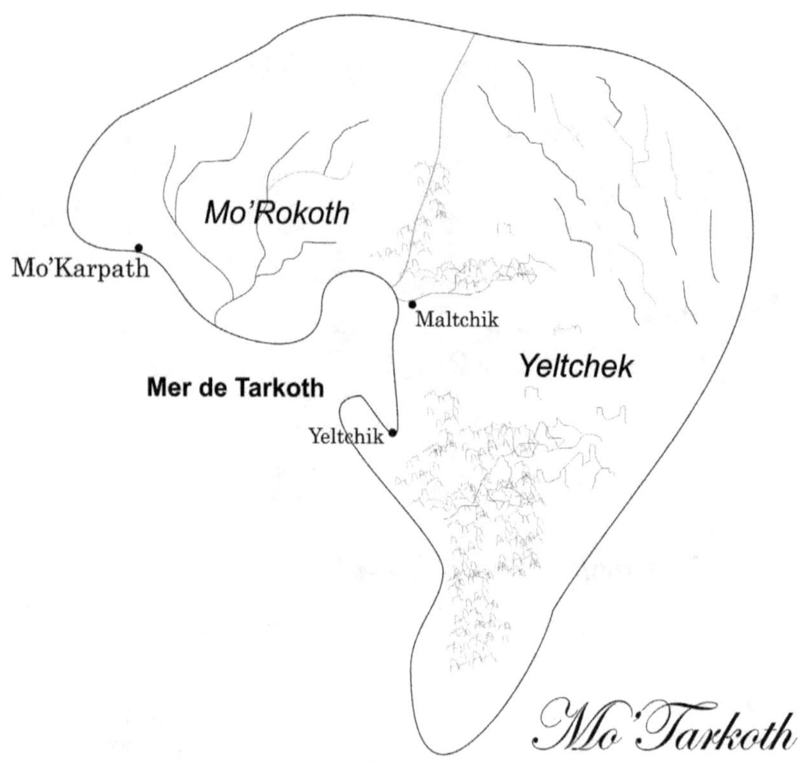

Mo'Rokoth
Mo'Karpath
Maltchik
Mer de Tarkoth
Yeltchek
Yeltchik
Mo'Tarkoth

Furanville
Domus
Lucis
Allée du Triomphe
Allée Impériale
Route ministérielle
Maison royale
Chambre
du Sénat

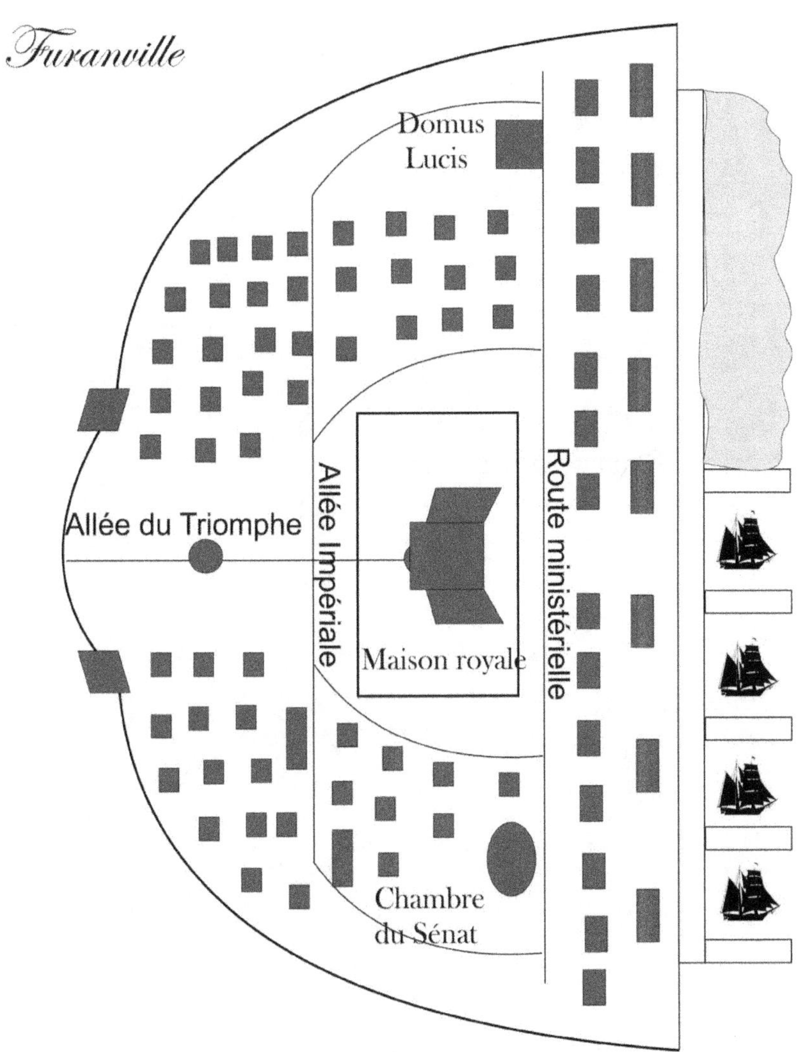

665

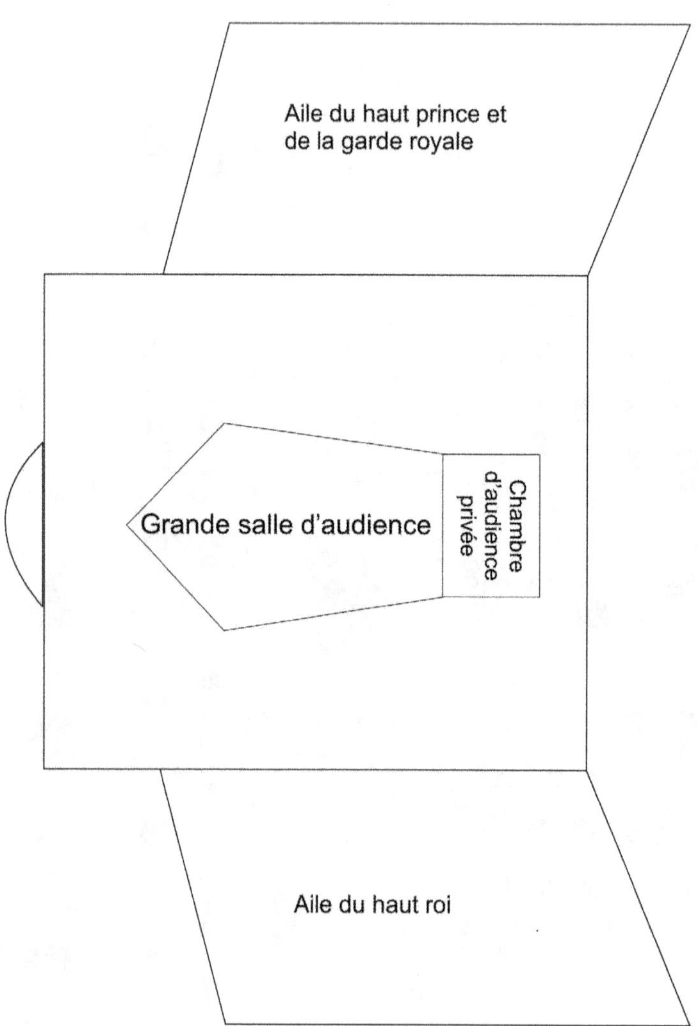

La Maison royale

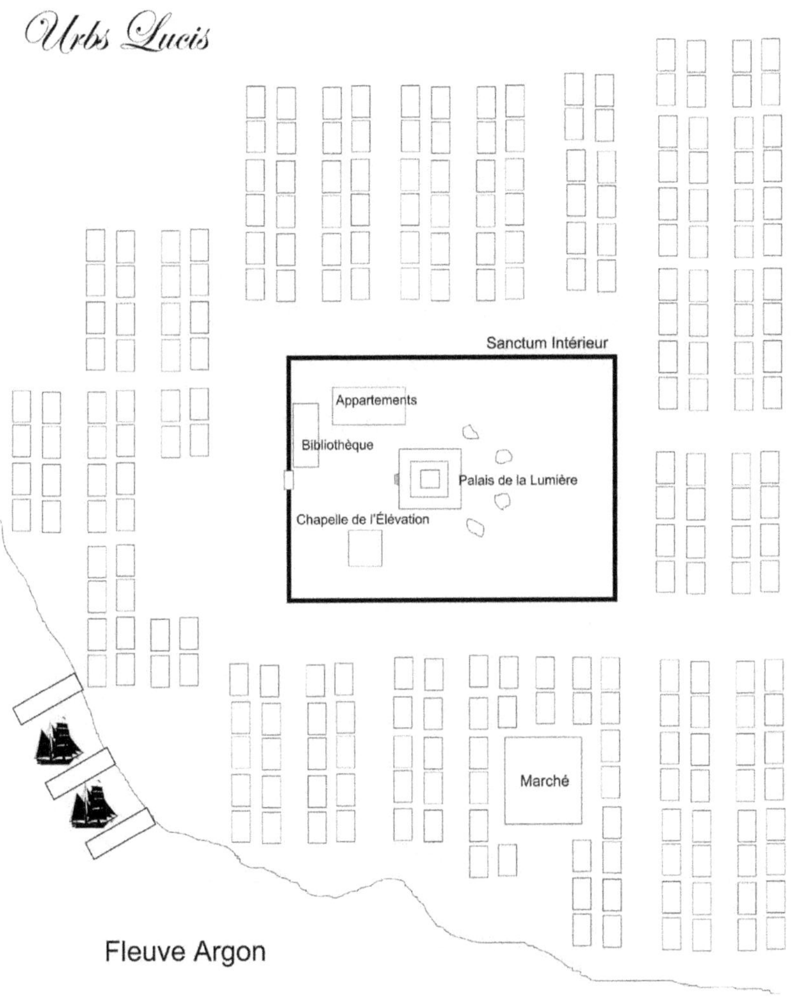

Urbs Lucis
Sanctum Intérieur
Appartements
Bibliothèque
Palais de la Lumière
Chapelle de l'Élévation
Marché
Fleuve Argon

APPENDICE II — PERSONNAGES

Adagnitius : Plus vieux Ionem. Il est vénéré par les sylvians. Branche Vivante, la cheffe de la secte, vit à l'intérieur de l'arbre.

Adid, Roi : Souverain de Jarah, grand vassal du Haut Roi Octave.

Afanasiia Volkov Lux Baiula : Sœur à l'origine du pouvoir du transfert de mémoire qu'elle découvrit et mit au point au cours de la Guerre des ténèbres pour protéger les connaissances de la sororité. Elle fonda plus tard le Cordon jaune.

Aithen de la maison Coriolis, Haut Prince et Grand Seigneur Commandant : Mêlé, fils aîné de dame Darya et du haut roi Octavius. Il supervise la Garde royale et l'armée de l'Union. Âgé de 26 ans, la peau brun pâle, il a la taille, le nez fin et la silhouette mince d'un Kynarien, mais ses cheveux ont le noir profond des humains, et la forme de ses sourcils comme ses yeux verts sont ceux de la maison Coriolis. Aithen possède un furan nommé Xyre et un voran répondant au nom de Magnus.

Alina Lux Baiula : Cordon blanc d'Antar. C'est une femme petite, anticonformiste, aux cheveux blonds, âgée de trente-cinq ans.

Almiar : Membre le plus jeune de la garde personnelle du haut roi ; âgé de 18 ans, il est courageux, doué avec l'épée et furtif.

Amis, Sénateur : Fait partie des trois doyens, avec la sénatrice Paula et le premier sénateur Léo.

Annan, Magistera : Prêtresse Kynarienne et professeure de lecture animale.

Aria : Mêlée, fille du seigneur Claudius et cousine d'Aithen et de Toras. Aria est hautement qualifiée en interprétation de motifs. Âgée de 19 ans, elle est rebelle et fière.

Arotek, Seigneur : Seigneur de Mélinor. Il témoigne d'une profonde aversion pour Claudius Coriolis.

Bataille : Voran du haut roi Octavius.

Biléna Lux Baiula : Praefecta Philosophas et cheffe de l'obédience des Sœurs en quête de vérité. Originaire d'Amalor-Est, elle est grande à la peau pâle, comme la plupart des Amaloriens, mais avec le buste court des Yerlayens et le long nez des Pargahnis. Biléna est très rationnelle, sauf pour tout ce qui touche à la réputation de l'Ordre de la lumière.

Brak : Poissonnier, découvreur de l'encre « vivante », puis espion pour l'Ordre de la lumière.

Brando, Seigneur : Gouverneur de la ville de Shadin, également connu sous le nom de Shadisha.

Brathan, Roi : Régna sur ce qu'on appelait autrefois la Trionie. Il fut assassiné par un tueur mandaté par l'empereur Flavius III au début de la Troisième ère, 267 ans auparavant, en 1333.

Brokk, Gros Poing : Chef des Colossi.

Callain, Magister : Professeur de mathématiques.

Carasina (dite Cari) : Kynarienne, néo confirmée et amie d'Aria. C'est une jeune femme joviale, potelée, aux yeux ovales, bleus et pétillants, et au teint couleur crème fraîche brune.

Carla Lux Baiula : Sœur capturée par les Temptatori pendant la Guerre des ténèbres. Premier sujet du transfert de mémoire d'Afanasiia Lux Baiula.

Carrain : Sœur débutante. Elle fait partie du cercle d'amies de Lopénia, Moradien, Lisandeka et Morla.

Claren : Assistante-débutante d'Élyana Lux Baiula. Claren a l'intention d'entrer dans le Cordon mauve.

Claudius de la maison Coriolis, Seigneur de Brémin : Frère d'Octavius Ier. Claudius est un érudit, un jurisconsulte et le chef de l'un des ports les plus fréquentés d'Alvinorie. Il est marié à la sœur du seigneur Brando, dame Brandea, avec qui il a deux fils et une fille. Claudius est âgé de 130 ans.

Clovis, Sénateur : Toujours le premier à prendre la parole pour donner son opinion sur tel ou tel sujet, et toujours le premier à poser des questions.

Coris : Garde parmi les quatre assignés à Aithen.

Crassius, Primus : Premier officier de la Garde royale.

Curos : Soldat à l'avant-poste de Mont-Lac.

Dalima Lux Baiula : Cordon blanc à Furanville, chargée des débutantes et tuée par le Scytale.

Darius : Ancien haut capitaine de la Garde royale ; prédécesseur de Harlion. Il est mort empoisonné.

Darya de Laranir, Dame : Femme noble et prêtresse kynarienne, elle est l'épouse du haut roi Octavius Ier et la mère des enfants de ce dernier. C'est une femme à la beauté et au caractère remarquables, à la peau brune et douce, et aux yeux bleus.

Delora, Directrice : Cheffe de l'école de la Kynarie. Elle possède un magnifique accent kynarien du sud. Même si elle n'est pas grande, elle est solide, avec ses jambes pareilles à des poteaux courts et trapus, ainsi que des bras tout aussi larges.

Rivière : Chef des Locari, connu par ses congénères sous le nom de Torrent. Les Locari sont une espèce aquatique sensible appartenant au clade des Locariens supérieurs dont les espèces peuvent se métamorphoser rapidement de formes de vie terrestre en formes aériennes et aquatiques.

Élia Lux Baiula : Cordon jaune à Furanville, capable d'augmenter le volume de la voix.

Elmanon : Soldat de l'avant-poste à Mont-Lac.

Élyana Lux Baiula : Cordon mauve anciennement Cordon rouge. Élyana est sans doute la plus grande Lux Baiula depuis des siècles et une amie fidèle du haut roi Octavius Ier, auprès duquel elle fut nommée conseillère spéciale trente-trois ans auparavant. C'est une belle femme d'Amalor-Ouest, grande, mais pas aussi claire de peau que la plupart des Amaloriennes. Elle possède de longs cheveux roux ondulés et des yeux d'un bleu profond.

Elle a 65 ans, mais ne paraît pas plus âgée qu'une femme de 24 ans.

Falca, Dame : Assistante de Praefecta Raméla.

Falco, Dame : Dame d'Amalor-Ouest.

Falor Falirin : Soldat de la garde de Toras ; frère de Felor.

Fausta Lux Baiula : Médecin de haut rang et ancienne conseillère du roi de Yerlah, Juur no'Duur.

Felor Falirin : Soldat de la garde de Toras ; frère de Falor.

Flavius Premier, Empereur : Empereur ayant régné sur le continent des Aquinos au début de la Troisième ère, il y a cinq cent quatre-vingts ans, de l'an 1210 à 1252. C'est un Luxor.

Frélina : Aide-guérisseuse au Col de Corne.

Gabel : Soldat de la garde de Toras ; membre de l'équipe de recherche.

Gaius de la maison Coriolis, Seigneur de Praeghe : Le plus jeune frère du haut roi Octavius Ier. Gaius est un homme jovial et dynamique, propriétaire de l'une des terres les plus fertiles d'Alvinorie. Gaius est âgé de 100 ans.

Galadrin, Premier clerc d'Aiala : Galadrin est chef de l'Ordre d'Aiala.

Gengis : Proconsul de la Force terrestre depuis l'an 2261 du calendrier terrien (deux mille trois cent soixante-dix ans avant l'heure actuelle ou l'année 570 AEC sur le calendrier K'Taran). Gengis est âgé de 2409 ans.

Gharana, Prêtresse : Une Kynarienne orientale grassouillette. Elle est prêtresse traqueuse. Elle parle avec un accent kynarien oriental composé de longues voyelles extrêmement étirées.

Gorvald, Premier Seigneur : Gouverneur d'Amalor-Ouest.

Grael : Garde touché par Lusk Methrim.

Grand'front : Bibliothécaire du Col de Corne.

Grom : Messager de Galior.

Hanne : Garde posté à Mont-Lac. Dans la mi-vingtaine, il est svelte, mais filandreux, possède des yeux et des cheveux noirs.

Harlion Brise-Tempête, Haut Capitaine : Commandant de la Garde royale et de la police secrète d'Alvinorie, ainsi que mentor d'Aithen. Il possède un voran brun répondant au nom de Rufus. Harlion est âgé de 60 ans.

Irania Lux Baiula : Cordon mauve et cheffe de la Chambre de l'Ordre à Furanville.

Jamir, Secundus : Capitaine de la Garde royale.

Jashan : Garde du corps personnel du haut roi Octavius, originaire de Spiritii.

Jonal : Garde royal assigné aux besoins d'Élyana.

Julian, Primus : Premier officier de la Garde prétorienne. C'est un humain grand, musclé, aux cheveux roux et aux yeux verts, âgé d'une trentaine d'années.

Juliana Lux Baiula : Cordon mauve, conseillère du seigneur Valorian de Spiritii et sœur cadette de Primus Julian. Elle possède un voran gris âgé de cinq ans et répondant au nom de Pétale.

Juur no'Duur, Roi : Souverain de Yerlah, grand vassal du haut roi Octavius.

Kaffin, Seigneur : Trésorier royal.

Karista : Première guérisseuse du Col de Corne. Elle est grande, imposante et intimidante.

Kélysia Lux Baiula : Cordon jaune, élevée dans l'obédience cinq ans plus tôt, et cheffe dédiée à l'étude et au développement de l'attachement mental. Kélysia est une femme exceptionnellement grande aux cheveux blonds, courts et aux yeux noisette. Elle est âgée de 40 ans.

Kendor, Primus : Premier officier du seigneur commandant Toras. Kendor est un homme aux cheveux courts gris, avec de larges pattes de part et d'autre de son visage rectangulaire planté sur un cou que les nombreuses années de combat à l'épée ont rendu très épais. Kendor est âgé de 65 ans et a combattu aux côtés de Harlion durant ses premières années.

Kérésina Lux Baiula : Cordon rouge à Furanville. Elle est âgée de 21 ans.

Kildare : Écuyer d'Aithen, jeune homme de 18 ans et fils d'un seigneur de moindre importance au nord-ouest de la capitale. Il a des cheveux blonds rebelles et une pilosité naissante sur le visage où se mêlent poils blonds et noirs, il est mince et a des jambes solides. Kil possède un voran bai nommé Vent.

Kilio, Seigneur : Propriétaire d'un territoire situé au nord-ouest de Brémin, près de la pointe sud des Bois sombres. Son fils, Larad courtise Aria.

Kiron : Garde du corps personnel du haut roi Octavius.

Krpta Lux Baiula : Yerlayenne, elle est parmi les plus jeunes Cordons mauves. Krpta est appelée à devenir bientôt la plus jeune administratrice en qualité de secrétaire du premier seigneur Gorvald d'Amalor-Ouest. Sœur de Secundus Krptus. Elle est âgée de 32 ans.

Krptus, Secundus : Yerlayen, capitaine de la Garde royale. Frère de Krpta Lux Baiula. Il est âgé de 30 ans.

Krystiana Lux Baiula : Magna Mater ; Cheffe de l'Ordre de la lumière depuis cinquante-cinq ans. Originaire d'Amalor-Est, elle est grande et pâle, mais toujours belle : même si elle a presque 100 ans, elle ne paraît pas plus de 40 ans.

Kynarie Moro : Prêtresse qui fonda l'Ordre de Kynarie il y a 1200 ans, appelé alors Ordre des Sœurs d'Aiala'Rhi.

Laiella Lux Baiula : Première portail. Grande guerrière austère aux techniques meurtrières. Originaire de l'île Brémin, son teint est vert pâle et ses cheveux, roux.

Lania : Vieille Kynarienne entrée depuis peu comme jeune néo.

Laranis Lux Baiula : Cordon jaune à Furanville, spécialisée dans les études psychologiques.

Larca Lux Baiula : Praefecta Milites, cheffe du Cordon rouge ou de l'obédience des guerrières depuis vingt-six ans. Une Bréminoise aux origines variées. C'est une femme petite et sèche. Ses cheveux sont roux, courts sauf dans son dos où ils sont attachés et pointent vers le haut, comme une queue de grassier. Elle a le teint vert pâle.

Lénion : Serviteur de Toras.

Laren : Amie d'Aria à Furanville.

Léo, Premier Sénateur : Chef du Sénat de Furanville.

Léon : Sergent de la Garde royale, dont les hommes, Gaël et Locke, ont été touchés par Lusk Methrim.

Les Uns : Race humanoïde communautaire, agissant plus comme un seul organe que comme plusieurs individus. Les individus sont difficiles à distinguer les uns des autres et leur langage est extrêmement difficile à comprendre pour tout autre humanoïde.

Liolwyn, Dame : Prêtresse et première Kynarienne à épouser un humain.

Lisandeka : Sœur débutante et membre du cercle d'amies de Carrain, Lopénia, Moradien et Morla.

Locke : Garde infecté par Lusk Methrim.

Loma : Prêtresse vétérinaire de Kynarie.

Londo : Ami de Toras.

Lopénia : Sœur débutante et membre du cercle d'amies de Carrain, Moradien, Lisandeka et Morla.

Loris de Brémin, Prince : Cousin d'Aithen et de Toras, il meurt lors de l'attaque du Col de Corne.

Lub Methor : Zébulonien représentant des mâles rebelles, petite stature, peau claire et yeux bridés.

Lucius Premier, Roi, puis Haut Roi : Premier souverain des Aquinos à avoir apprivoisé les furans, il a créé l'Union et publié la Charte Coriolanne.

Lucius Trois, Haut Roi : Grand-père d'Aithen et de Toras.

Lucra Lux Baiula : Sœur d'Irania Lux Baiula et cheffe de la restauration.

Luma Kraelion : Sénatrice et amie du haut roi Octavius, elle est aussi drôle et joyeuse que très intelligente.

Lupa Lux Baiula : Secrétaire de Krystiana Lux Baiula.

Lusk Methrim (dit Galdrin, Vaedrin Unus) : Parmi les Temptatori les plus puissants de Noctiferus. À son arrivée en Alvinorie, il adopte le pseudonyme Lusk Methrim ; son nom de naissance est Vaedrin. La peau de Lusk est d'une couleur laiteuse, il a les yeux bridés, le nez étroit, des cheveux d'un noir profond parsemés de mèches rousses tressés dans la nuque, et rasés sur les côtés et. Sur son visage, ses poils sont entièrement roux, même ses sourcils.

Magnus : Voran d'Aithen. C'est un magnifique destrier. Il a une robe sombre, noire et rouge, une crinière rouge sombre et des boulets poilus. Sa queue est composée de mèches noires et rouges foncées. Au garrot, il mesure dix-sept mains.

Mara Lux Baiula : Docteure en cheffe du seigneur Valorian de Spiritii. Elle est plus petite que la moyenne, mais elle est dotée d'un grand charisme. Elle a d'épais cheveux noirs rayés par une mèche blanche devant et un large visage piqué de grands yeux ovales. Elle possède un vieux voran castré nommé Étoile. Mara est âgée de 48 ans.

Marcus Vrol, Le Lecteur : Mêlé, sensoriel et relieur, il est le seul homme à avoir jamais été admis dans la Sororité en raison de ses grandes compétences. Marcus fut le chef des forces de la police royale et l'ami d'Octavius. Il fut banni quarante ans plus tôt pour avoir pénétré l'esprit d'une femme contre son gré. Marcus est âgé de 127 ans. Il est grand, la peau pâle, et présente des cicatrices de part et d'autre de son visage.

Maréna Lux Baiula : Cordon jaune, envoyée en Kynarie pour apprendre à lire les animaux.

Martius : Garçon de dix ans guéri par Élyana.

Mekiir : Soldat de la Garde royale. Mekiir et son frère jumeau, Kemiir, sont originaires de Haute-Alvinorie. Tous deux sont de taille moyenne, mais présentent une musculature redoutable. Mekiir a perdu son frère lors de la première attaque du Scytale au Col de Corne.

Méla Lux Baiula : Docteure faisant partie de l'équipe de secours à la recherche du prince Toras, entre autres.

Menn : Soldat de la Garde de Toras ; membre du groupe de recherche.

Mérina Lux Baiula : Cordon jaune en poste à Mélinor.

Merr : Kynarien et garde du corps personnel du haut roi Octavius ; c'est l'un des meilleurs archers des Aquinos.

Moradien : Sœur débutante, membre du cercle d'amies de Carrain, Lopénia, Lisandeka et Morla. Elle est la fille de dame Moradina.

Moradina, Dame : Dame d'Antar, mère de la Sœur débutante Moradien.

Morla : Sœur débutante et membre du cercle d'amies de Carrain, Lopénia, Moradien et Lisandeka.

Natalia Do'Manis : Ancienne Sœur, en exil en Unumie. Elle est capable de pénétrer dans l'esprit d'autres humanoïdes et fut condamnée à l'exil soixante ans plus tôt pour s'être apparemment introduite de force dans l'esprit d'un étudiant.

Nihildrina : Chirurgienne éternelle et conseillère de la Reine Zébula.

Nila : Femme replète, non sensorielle, de basse classe shadinienne, au tempérament énergique ; elle est l'assistante personnelle de Krystiana Lux Baiula.

Noctiferus : Voir description dans l'appendice V.

Nogarin Vrollis : Seigneur et capitaine dans l'armée royale de Flavius Premier.

Octavius Ier de la maison Coriolis, Haut Roi : Souverain de Haute et Basse-Alvinorie et seigneur des terres de Jarah, Pargah et Yerlah ; on l'appelle aussi « le Sage ». Octavius est âgé de 142 ans. Il est l'époux de dame Darya.

Oolviana Methrim : Mère de naissance de Lusk Methrim.

Ori de la maison Coriolis, Prince : Ori est le plus jeune enfant du haut roi Octavius. Il est âgé de 13 ans.

Parok Vrol, Frumentarius : Responsable des services secrets du haut capitaine Harlion.

Parthos : Jeune garde de la forteresse, en poste devant les appartements de Toras.

Paula, l'aînée : Parmi les trois aînés, avec le sénateur Amis et le premier sénateur Léo.

Peter : Garde royal, apprenti medicus militus.

Piros : Garde assigné à la protection d'Aithen.

Rackeli : Majordome du haut roi Octavius.

Raméla Lux Baiula : Praefecta consuasores, cheffe du Cordon mauve ou obédience des conseillères. C'est une femme magnifique aux cheveux bruns, au visage ovale bien arrondi et aux yeux brun clair. C'est une pure Jarahni. Elle est franche, mesurée et intelligente.

Rathos : Garde de la forteresse, en poste devant les appartements de Toras.

Rinius, Primus : Premier officier de la Garde royale.

Rovali : Majordome d'Aithen. Rovali surveille la maison du prince.

Rufus : Voran de Harlion.

Rulok : Garde royal, tué par un bourras.

Saara Lux Baiula : Praefecta Medicas, cheffe du Cordon blanc, ou obédience des docteures, depuis trente-trois ans.

Ancienne Cordon jaune. C'est la Lux Baiula la plus âgée, elle a 175 ans.

Saborin : Ami de Mekiir, soldat de la Garde royale.

Sarrinia Lux Baiula : Cordon blanc, guérisseuse des porteuses, responsable de la santé des autres Lux Baiulae.

Scratch : Furan du prince Toras. Comme son maître, il est âgé de 22 ans.

Scytale, le : Aussi appelé *Alis Domini* ou Ailes du Maître. C'est un rokon mutant. Physiquement, il ressemble à ceux de son espèce, mais ses mutations lui confèrent des pouvoirs incroyables, comme celui de griller le cerveau de sa victime avec une énergie de forme inconnue semblable au Quatiô, aussi connu sous le nom d'ASC (voir la définition à l'Appendice IV).

Sharan : Habitante du Col de Corne et mère du jeune garçon guéri par Élyana.

Sheffar d'Amalor, Secundus : Capitaine de la Garde noire au Col de Corne.

Sur'Élando Cronin, Sénateur : Jeune sénateur mystique.

Tamas, Sergent : Commandant à l'avant-poste de Mont-Lac.

Tania Lux Baiula : Cordon blanc de Yerlah. Docteure en cheffe à Furanville. Elle est âgée de 95 ans.

Tarchus le Grand, Empereur : Règne sur le continent des Aquinos ainsi que sur les îles de Kynarie et Unumie au cours de la Première Ère. Le calendrier alvinorien date de l'accession au trône de Tarchus le Grand en l'an 0 AEC (ère actuelle).

Tarkian le deuxième, Haut Roi : Initiateur de ce qui devint la force aéroportée la plus importante de tout le pays en 1468 AEC : à son apogée, la force comptait dix mille furans noirs et vingt mille cavaliers.

Telpornion, Secundus : Capitaine de la Garde royale.

Thabo : Ministre des sciences et collaborateur de Gengis.

To'kahr : Grand prêtre du temple d'Élande, frère de To'kahra et d'origine rokothienne.

To'kahra : Grande prêtresse du temple d'Élande, sœur de To'kahr et d'origine rokothienne.

Toras de la maison Coriolis, Prince et Seigneur Commandant : Mêlé, fils cadet de Darya et d'Octavius. Il commande la Garde noire. Âgé de 22 ans, il est et de taille moyenne avec un physique massif. Son furan s'appelle Scratch.

Trébloc, Neaj : Jeune employé du Trésor royal. C'est un homme petit aux cheveux noirs et ondulés dont les petits yeux semblent vouloir percer ce qu'ils regardent.

Ulva Lux Baiula : Cordon rouge à Urbs Lucis, jumelle de Xéna Lux Baiula.

Ulvius Coriolis, Seigneur : Fils du seigneur Gaius Coriolis et propriétaire de la Grande société minière dont il détient les droits pour exploiter l'ardamantis.

Umbra : Lieutenant de Noctiferus sur K'Tara. Aussi appelé Ombre, ou Créateur de l'ombre.

Urlis : Garde royal, originaire de la ville de Shadin. C'est un homme grand qui vante sa musculature colossale. Il a grandi sur des bateaux de pêche et aidait son père à chasser les léviathans marins.

Ursula Lux Baiula : Cordon mauve à Kirgad dont l'accent hache les mots.

Valorian, Seigneur : Gouverneur de Spiritii, ami du haut roi Octavius.

Warbender, Seigneur : Seigneur de l'Armurerie.

Wasil, Roi : Souverain de Pargah, grand vassal du haut roi Octavius.

Xéna Lux Baiula : Cordon rouge à Urbs Lucis, sœur d'Ulva Lux Baiula.

Xyre : Furan d'Aithen. Il est âgé de 27 ans.

Ylana Maryn Dar'Muntake, Révérende : Prêtresse suprême de l'Ordre de Kynarie. Elle est très grande et mesure un peu plus de 2 mètres. Elle a la peau brune, de longs cheveux grisonnants et de beaux yeux orange. Le sommet de ses oreilles présente de profondes entailles au sommet, indiquant son importante connexion au Lien.

Zébula Six, Reine de Zébulonie : Souveraine actuelle de Zébulonie, descendante de Zébula la Répresseure.

APPENDICE III — GLOSSAIRE

Administrateur (l') : Grade des Lux Baiulae titulaires de postes locaux de la sororité, comme celui de Domus Lucis à Furanville. Les administrateurs appartiennent généralement au Cordon mauve, mais ils peuvent parfois relever du Cordon blanc dans les petites villes ou du Cordon jaune dans les cités collégiales comme Antar. Il n'existe pas d'administrateur provenant du Cordon rouge.

Alnor (l') : Arbre qui se trouve uniquement dans les bois à proximité de la forêt des Colossi. Son tronc est constitué de fibres longues et élastiques, mais très résistantes.

Alterintrant (un) : Être capable de se connecter au Lien. Ceux qui n'ont développé que des compétences de détection sensorielle sont appelés les sensoriels, tandis que ceux qui peuvent à la fois ressentir et utiliser le Lien se nomment les relieurs. Un Alterintrant se connecte au Lien et utilise diverses « liaisons » pour accomplir son action (comme la télékinésie, la guérison, etc.).

Amère (l') : Tisane à base d'herbes consommée après un repas en raison de ses propriétés médicinales et digestives.

Arbre à Bô (l') : Gros arbre au feuillage rouge, procurant ombrage et intimité à ceux qui s'y abritent.

Arc d'alnor (les) : Arcs les plus précieux des Terrae Regis. Fabriqué à partir des branches d'alnor, il permet de lancer des flèches à plus de mille mètres.

Ardars (les) : Heures les plus chaudes de la journée sur K'Tara. C'est le moment où le soleil bleu et le soleil rouge se trouvent côte à côte à leur zénith. À ces heures, les animaux terrestres se cachent s'ils n'ont pas un corps adapté aux rayons brûlants. Les fleurs enveloppent leurs pétales dans des capsules protectrices cireuses. Le terme provient d'une déformation par les Alvinoriens de l'expression « ardentes heures ». Un quart d'ardar représente le quart au cours duquel les soleils sont côte à côte. Les quarts d'ardar alternent avec les entre-quarts d'ardar, où les soleils se chevauchent, le petit soleil bleu étant devant le gros soleil rouge ou inversement. Ces quarts sont plus frais que les quarts d'ardar.

Bourras (le) : Aussi appelé terreur de l'ombre par les anciennes Lux Baiulae. Le bourras est la bête la plus horrible qui soit. D'apparence humaine, il se déplace principalement en position accroupie ; il est capable de générer des projectiles qu'il lance à très grande distance par ses jointures, afin de tuer sa proie. Le bourras n'a pas de langage propre et se contente de bourrasser la plupart du temps, mais il peut parfois imiter certains humanoïdes.

Capitaine (le) : Ici, « capitaine » est un titre générique désignant tout officier responsable.

Cercles de la connaissance (les) : Guildes zébuloniennes composées de guérisseurs, d'instructeurs, de philosophes et de tailleurs de pierre, destinés à fournir à la reine et à ses sujets tout ce dont ils ont besoin.

Chambre isolée (la) : Pièce faite avec des matériaux imperméables au Lien.

Chapelle de l'élévation (la) : Chapelle appartenant à l'Ordre de la lumière d'Urbs Lucis où se tiennent diverses cérémonies comme l'élévation des Sœurs débutantes au corps sororal, ou l'ascension des Sœurs décédées vers le Lien.

Coclice (la) : Pâte à tartiner sucrée faite à partir des cocons générés par les beugleurs pour se protéger de la chaleur des ardars.

Conseil de l'Union (le) : Conseil regroupant les trente-deux propriétaires (vingt-huit hommes et femmes et trois rois) de l'Union.

Conseil de sélection (le) : Organisme kynarien et alvinorien qui a pour mission d'approuver l'union entre un monarque alvinorien et son épouse kynarienne ou humaine.

Cordonneté (la) : Bureaux d'une obédience de l'Ordre de la lumière à Urbs Lucis. Chaque obédience occupe l'un des quatre angles du palais : l'obédience blanche se trouve à l'angle Sud-Ouest, la jaune, au Nord-Ouest, la mauve est au Sud-Est et la rouge au Nord-Est. Le terme désigne également le Conseil du Cordon.

Dard (le) : Symbole utilisé lors des communications avec le haut roi pour désigner les activités ou personnes présentant un risque pour le royaume d'Alvinor.

Disque horaire (le) : Objet composé d'un disque principal indiquant l'heure, et d'un disque plus petit placé dans la partie inférieure, permettant de régler une alarme après une certaine durée. Chaque tour du disque-alarme équivaut à 15 minutes. Une fois totalement déroulé à une certaine vitesse, le mécanisme frappe le disque, produisant ainsi une petite sonnerie.

Écran (l') : Désigne toute protection physique ou mécanisme chimique de défense que les animaux incapables de se cacher des soleils de midi déploient sur leur corps pour se protéger.

Engagement du furan (l') : Art d'élever des furans en captivité et de les lier à leur maître. Ces furans peuvent retourner à l'état sauvage après l'âge de 50 ans. Alors, ils trouvent en général un autre furan pour se reproduire. Une fois engagés, les furans sont considérés comme inutiles si leurs maîtres viennent à mourir, à moins qu'une Lux Baiula ne le libère de leur engagement.

Envoi (l') : Employé comme nom, envoi désigne la communication non verbale des Locari, communication basée sur un concept. Employé comme verbe, envoyer désigne l'acte de communiquer de cette manière non verbale.

Ère (la) : La première, appelée Première ère impériale, s'étend de l'an 0 à l'an 687. La Seconde ère impériale s'étend de l'an 688 à l'an 1034. La troisième, toujours en cours, est nommée l'Ère aquinienne.

Frumentarius (le) : Membre des services secrets du royaume.

Furanerie (la) : Force montée de furans dans l'armée alvinorienne, reformée à 3000 troupes au début de l'histoire.

Galets (les) : Un galet est la température atteinte par un litre d'eau près du point de gel en une minute sous l'effet d'un galet brûlant de 10g. Chaque galet équivaut à environ 2°C.

Garde (la) : La garde alvinorienne est composée de la Garde royale, de l'armée de l'Union et de la Garde noire. La Garde noire compte mille hommes dont 100 chevauchent des furans. Le haut capitaine Harlion dirige la Garde royale sous la supervision du grand seigneur commandant Aithen. La Garde royale possède 20 000 soldats répartis sur cinq bases à travers l'Alvinorie, dont 3000 chevauchent des furans et 1000 sont assignés à la Maison de la garde hors de l'enceinte de la capitale. L'Armée de l'union, également placée sous le contrôle du grand seigneur, contient des soldats engagés par chacun des principaux propriétaires, pour un total de 105 000 soldats. La Garde noire surveille le passage entre la Basse-Alvinorie et le Rokoth. La Garde prétorienne du roi, unité d'élite de la Garde royale, est composée de quatre hommes menés par Primus Julian.

Garde prétorienne (la) : Unité d'élite de la Garde royale. Ses membres sont les gardes du corps du haut roi. La garde personnelle du haut roi Octavius comprend Primus Julian et les gardiens Jashan, Almiar, Kiron, et Merr.

Grand Conseil (le) : Conseil de Kynarie. Entre autres choses, les membres de ce conseil décident du passage d'un néo à la prêtrise.

Grandjour : Deux à trois heures autour de midi pendant lesquelles les soleils sont à leur zénith.

Grottes de la mort (les) : Succession de grottes en Zébulonie où la reine emprisonne voleurs, meurtriers et opposants politiques pour les laisser mourir lorsqu'ils ne sont pas exécutés.

Guerre des ténèbres (la) : De l'an 1220 à l'an 1226. Bataille contre Noctiferus et ses troupes. La Guerre des ténèbres s'acheva lorsque le roi Flavius III réussit à réunir les dernières forces humaines et kynariennes afin d'éradiquer les troupes de Noctiferus après sa capture par les Luxori et les Lux Baiulae.

Guerre trionique (la) : En l'an 1333 de notre ère, l'empereur Flavius III, en faisant assassiner le roi Brathan de Trionie, déclencha une guerre entre les troupes trioniques et leurs alliés (les Rokothiens) et les troupes de l'empereur. À la fin de la guerre, la signature d'un traité accorde l'indépendance à la Trionie et au Rokoth.

Halami (le) : Boisson réalisée à partir du jus d'un fruit rond, sucré et charnu, dans lequel on a noyé de gros insectes aux ailes coriaces. Ce processus permet la décomposition des chairs internes de l'insecte et favorise l'extraction des éléments nutritifs augmentant la durée de conservation de la boisson lors des longs voyages.

Hurleur-couvrant (le) : Nombre de hurleurs nécessaires pour rester au chaud. Plus il faut de hurleurs, plus il fait froid.

Instruments du Lien (les) : Objets créés par les Sœurs du Cordon jaune et vendus à ceux qui ont les moyens de se les offrir. On y trouve les renforts de murs et de portes, les détecteurs de poisons, les lampes organiques, etc.

Janarae (les) : Sorcières et soldats de la reine de Zébulonie. La Reine Zébula III a érigé les Janarae en société secrète dès son accession au pouvoir, et Zébula IV en a fait une armée.

Kynarien (un) : Race humanoïde de K'Tara parmi d'autres. Les Kynariens sont en général des intellectuels, des artistes et des politiciens doués d'un fort pouvoir sensoriel. Ils possèdent également une classe sacerdotale puissante. Sur le plan physique, les Kynariens mesurent environ 1,8 m (5' 10"), ont un nez pointu et des lèvres minces, la peau brune et des yeux variant du gris au bleu profond. Leurs hanches sont plus hautes, proportionnellement à leur taille, que celles des humains. L'espérance de vie moyenne d'un Kynarien est de 180 ans.

Lien (le) : Dimension spatio-temporelle où se reflètent les énergies des vivants. Il est possible d'y voir le reflet d'un objet inanimé si un humanoïde interagit avec lui.

Lieusûr (le) : Abri caché obligatoire dans chaque village, agglomération et ville du Royaume. Les emplacements de ces abris sont archivés par la Garde royale et la sororité.

Locari (les) : Espèce aquatique sensible aussi évoluée que tous les humanoïdes. Le corps des Locari est plat, semblable à un cerf-volant, et leur peau nacrée peut changer de couleur. Les Locari, ainsi que de nombreuses autres espèces originaires de K'Tara, sont capables de se mouvoir dans l'eau, sur terre et dans les airs, après une brève métamorphose.

Lonem (le) : Arbre odorant ; les habitants de la côte Est se sont installés à l'intérieur de ces arbres. Le Lonem pouvait atteindre une hauteur de cent mètres et se vanter de troncs de neuf mètres de large.

Lucis Sororum Societas (la) : Voir « Ordre des Sœurs de la lumière ».

Lux Baiulae (les) : Porteuses de la lumière. Membres de l'Ordre de la lumière.

- **Évolution (l')** : Les femmes entrent dans la sororité comme novices et peuvent évoluer pour devenir Sœurs débutantes. Novices et débutantes sont toutes considérées comme des apprenties. Les Sœurs débutantes accèdent au corps sororal par l'intermédiaire d'un rituel nommé rituel d'élévation.

- **Direction (la)** : La cheffe de la sororité est la Magna Mater, élue par les praefectae. La Magna Mater est conseillée par les praefectae qui composent son conseil de direction. Ensemble, elles forment le Conseil de la lumière. Sous les praefectae, se trouvent les administratrices qui représentent la sororité aux postes locaux d'Alvinorie et de Kynarie.

- **Divisions (les)** : La sororité se répartit en quatre fonctions représentées par quatre cordons de différentes couleurs et organisées selon quatre obédiences. Le Cordon rouge est l'obédience des guerrières, le Cordon jaune est celle des Sœurs en quête de la vérité, le Cordon mauve contient les fonctionnaires et les conseillères, et le Cordon blanc regroupe les docteures. Chaque obédience est dirigée par une praefecta. Une femme peut être élevée à plus d'un Cordon, l'un après l'autre, mais pas en même temps. Dans ce cas, un échantillon de son ancien cordon doit être cousu sur le nouveau. Les Sœurs novices ne portent aucun cordon. Les Sœurs débutantes portent le cordon de l'obédience qu'elles ont choisie avec un petit rectangle de toile blanche cousu à la verticale.

- **Divers** : Seules 7 Lux Baiulae peuvent se trouver en même temps à Furanville.

- **Taille de la sororité (la)** : Au début de l'histoire, la sororité compte 681 Sœurs, la Magna Mater comprise. Il y a en tout 200 Cordons blancs (dont 20 à Urbs Lucis), 180 Cordons jaunes (dont 110 à Urbs Lucis), 149 Cordons mauves (dont 18 à Urbs Lucis), et 151 Cordons rouges (toutes à Urbs Lucis). Il y a également 200 apprenties (111 novices et 89 débutantes).

Luxor (le) : Membre de la division masculine de l'Ordre de la lumière ; les Luxori ont disparu en l'an 1567, à la suite d'une épidémie qui les a décimés en l'espace de quelques mois.

Main de la créatrice (la) : Groupe de fanatiques religieux chargé d'assassiner les athées de l'Union. Le groupe aurait été éliminé en l'an 1760, soit quarante ans avant cette histoire.

Manu Dextra (la) : Conseillère personnelle ou main droite de la Magna Mater.

Mêlés (les) : Terme qui désigne les humanoïdes hybrides de sang kynarien et humain.

Nettoyage (le) : Retrait de tous les hommes « perturbateurs » d'une ville.

Objets en feuilles de lacora (les) : Objets tels que des chaises, litières et lits, formés par des branches et des feuilles de lacora. Les moines de l'Ordre d'Élande mettent plusieurs années à façonner les plantes et vendent les produits finis à de rares privilégiés. Les chaises et les lits sont les objets les plus convoités. Lorsque la personne bouge, la chaise ou le lit adapte sa forme à son corps, quelle que soit sa position. L'angle est déterminé par la position des deux branches de la plante. Pour une chaise, l'assise est faite d'une branche horizontale, et le dossier d'une branche verticale.

Ordre des Sœurs de la lumière (l') ou Lucis Sororum Societas (la), ou Sororité (la) : Ordre créé au début de la Seconde ère, il y a près de mille-deux-cents ans. Ses membres sont des humaines exceptionnelles capables de ressentir et d'utiliser les énergies accumulées grâce au Lien — mais ceci — seulement après de nombreuses années d'entraînement intensif, bien que certaines parviennent à s'élever beaucoup plus rapidement. L'Ordre doit, entre autres, protéger les K'Tarans à qui il a fait un serment inaltérable. Ses membres sont les Lux Baiulae.

Organisation pour la libération des hommes zébuloniens (OLHZ) (l') : Organisation fondée en l'an 1796 — année qui suivit l'échec du soulèvement — et dirigée par de nombreuses guildes d'hommes voulant renverser la reine Zébula et son gouvernement.

Palanoix (la) : Grosse noix faisant la taille d'une tête d'humain.

Police secrète (la) : Corps secret créé pendant le règne du haut roi Lucius III. Octavius a été son premier commandant sous le règne de son père, maître Vrol, puis Harlion lui ont succédé. Ses membres s'appellent les Frumentarii.

Police sénatoriale (la) : Corps de police chargé de maintenir l'ordre dans la capitale.

Portail (la) : Titre donné aux Sœurs responsables de la sécurité à Urbs Lucis. Les portails proviennent du Cordon rouge et ont la réputation d'être les plus dangereuses de la sororité. La première portail commande la garde.

Praefecta Consuasores (la) : Cheffe de l'obédience des fonctionnaires et des conseillères.

Praefecta Medicas (la) : Cheffe de l'obédience des docteures.

Praefecta milites (la) : Cheffe de l'obédience des guerrières.

Praefecta Philosophas (la) : Cheffe de l'obédience des Sœurs en quête de vérité.

Prêtres et prêtresses kynariens (les) : Membres de l'Ordre de Kynarie fondé par Kynarie en l'an 200 de notre ère. Les ecclésiastiques kynariens passent du grade de jeune néo à celui de néo confirmé, aussi appelé « avancé », puis obtiennent la prêtrise par le rituel de passage. Les jeunes néos portent des habits verts et une dentelle noire autour du bras droit. Les ecclésiastiques kynariens se distinguent par leur robe ou habit à haut col et par l'entaille arrondie sur le sommet de l'oreille. Plus l'entaille est profonde, plus leur connexion au Lien est importante.

Purification des champs (le) : Punition infligée aux débutantes et aux novices ayant désobéi aux lois et règlements de la sororité. La purification des champs consiste en l'utilisation du Lien pour aseptiser les écoulements urbains, puis restaurer les microorganismes bénéfiques et accélérer la décomposition des détritus en matières organiques simples et non organiques.

Quart (le) : Période de 8 jours. Le calendrier alvinorien divise chaque mois en quatre quarts et chaque année en seize mois. Les quarts se basent sur la révolution des soleils l'un autour de l'autre, soit un cycle de 32 jours.

Rapporteur (le) : Homme qui collecte les informations pour les vendre aux parties intéressées.

Révérende (la) : Chef de l'Ordre de Kynarie.

Rotules du Premier (les) : Instrument de marbre noir en forme de demi-lune, doté de quatre rotules sur le côté convexe. On utilise des rotules pour « frapper » une base en aluminium, émettant un grand bruit d'explosion chaque fois qu'elles entament le métal.

Sabara (la) : Petit fruit mauve sombre, sucré et charnu qui pousse en grappes sur les branches principales de l'arbre.

Sénat (le) : Conseil composé des aînés du patriarcat alvinorien.

Sœurs postées (les) : Lux Baiulae assignées aux postes de Gardiennes hors des salles de réunion.

Souillé, souillée (le, la) : Individu masculin ou féminin porteur de microbes dangereux, capable d'infecter les autres lors de l'utilisation du Lien. Les souillés sont internés à vie à l'observatoire d'Urbs Lucis, condamnés à être lavés tous les jours avec des antimicrobiens, contraints à boire toutes les nuits des décoctions toxiques afin de contrôler leur flore microbienne dangereuse. Malheureusement, ces soins empêchent aussi le développement des microorganismes bénéfiques, laissant les patients faibles et misérables et écourtant considérablement leur espérance de vie.

Symbole (le) : Les deux soleils, le bleu et le rouge, représentent l'Ordre de la lumière.

Tabellarius (le) : Voir définition de l'Appendice VI.

Temptator (le) : Humanoïde corrompu par Noctiferus pour infiltrer les cercles privilégiés de K'Tara et y recruter leurs propres chefs et membres, en comblant tous leurs désirs, afin d'exécuter les ordres de Noctiferus. Les Temptatori alterintrants peuvent utiliser le Lien pour influencer leurs victimes, tandis que les Temptatori non sensoriels passent par la ruse et par le charme.

Tombeau de Coriolan (le) : Grotte située sous le palais, contenant les dépouilles des gouverneurs Coriolan.

Traité de paix pargahnais et kirgahnais (le) : Traité signé vingt ans plus tôt entre les deux villes.

Travaux (les) : Punition infligée aux soldats ayant désobéi ou à l'origine d'un désordre. Les travaux représentent plusieurs quarts consacrés à nettoyer le fumier des vorans, creuser et remplir les fosses à détritus, réparer les chariots et accomplir toutes sortes de tâches pénibles ou très désagréables.

Typdeux (le) : Terme locarain qui désigne les formes de vie ayant évolué à partir de graines déposées par les fondateurs sur K'Tara. On trouve parmi eux les humanoïdes ainsi que la plupart des autres créatures binaires. Le typdeux existe par opposition au typun (voir plus bas).

Typun (le) : Terme locarain qui désigne les premières espèces sur K'Tara. La plupart des espèces primaires sont des êtres hermaphrodites séquentiels dont l'anatomie et la physiologie alternent entre mâle et femelle.

Union (l') : Organisation qui regroupe tous les pays sous le règne d'Octavius I, y compris les royaumes de la Haute et Basse-Alvinorie, ainsi que les territoires de Jarah, de Pargah et de Yerlah. L'Union a été fondée par le haut roi Lucius premier, au début de la Troisième ère, il y a quatre-cent-soixante-sept ans.

Vaisseau de procréation (le) : Classe inférieure zébulonienne que les Janarae utilisent pour porter leur progéniture à leur place.

Velnia (la) : Plante médicinale zébulonienne qui pousse dans la partie occidentale du pays et qui possède des propriétés régénérantes extrêmement puissantes : elle régénère la peau déchirée de la veille sans même laisser une seule cicatrice.

Voûtes sombres (les) : « Rejoindre les voûtes sombres » signifie retrouver dans l'au-delà ceux qui ont connu une fin tragique.

APPENDICE IV — ANIMALIA

Aquilian (un) : Grand voleteur prédateur.

Bêleur (un) : Animal des plaines qui produit du lait, de la race des voleteurs, mais dont la capacité à voler a été perdue au cours de son évolution.

Bellique (une) : Animal carnivore gigantesque originaire des monts Furans, de la taille d'un voran de combat, qui tente souvent de se nourrir de jeunes furans.

Bogramme (un) : Amphibien herbivore au corps allongé et trapu, mesurant environ deux mètres de long. Sa peau est nacrée. Les Alvinoriens raffolent de leur viande savoureuse.

Porteur (un) : Petit animal volant qui achemine des messages d'une ville à l'autre.

Cacardeur (un) : Voleteur qui cacarde. Le cacardeur fait partie des rares espèces de grands voleteurs dépourvues d'écran et doit donc chercher de l'ombre à grandjour.

Coquillon (un) : Petite créature invertébrée qui porte une mince coquille sur son dos.

Croqueur (un) : Insecte capable d'entailler la chair sous des cheveux humains et les poils des furans, qui fait des trous de la taille d'une tête d'épingle et les laisse saigner très longtemps. Ces plaies souvent infectées peuvent parfois être mortelles. Les croqueurs vivent au pied des monts Furans et Colossi.

Furan (un) : Animal caractérisé par un bec pointu, de la fourrure sur le corps et deux paires d'ailes membraneuses. Le furan possède des pattes longues et puissantes qui lui permettent de s'élancer dans les airs ou de courir, bien que, à cause de ses ailes, sa course ne soit pas aussi élégante que celle des autres animaux.

Il y a trois espèces de furans :

- Le **furan blanc** est réparti entre les monts Rokoth et la Kynarie. Il mesure 2,5 mètres d'envergure. Son espérance de vie est d'environ 50 ans. Espèce territoriale, le furan blanc ne peut être apprivoisé.
- Le **furan noir** est une espèce endémique des monts furans. Le plus grand des trois espèces connues, il mesure 4 mètres d'envergure, ce qui en fait un formidable animal de bataille. Son espérance de vie atteint plus de 90 ans. Le furan Noir est un animal très fier. Le furan royal est sélectionné parmi les meilleurs furans noirs. Des Lux Baiulae spécialistes le lient aux humanoides. Son ronronnement produit un son très plus profond. Comme tous les furans, le furan noir est capable de percevoir les ultrasons, c'est pourquoi les furaniers soufflent dans des cornes de bêleurs du Sagr pour appeler leurs montures. Ces cornes produisent des ultrasons sur des dizaines de kilomètres.
- Le **furan vert** vient de l'Unumie. Son territoire s'étend majoritairement en Unumie, mais il peut se déplacer jusqu'à la côte ouest de la Yeltchek et la côte est de la Basse-Alvinorie. Il mesure 2 mètres d'envergure. Cette espèce vit approximativement 40 ans.

Les furans vivent en société organisée, forment des liens monogames à vie, et communiquent entre eux au moyen d'un vocabulaire élaboré combinant cris et grognements pour mettre en place des stratégies de chasse. Ils comprennent les langues humanoïdes ainsi que la langue des signes. Malheureusement, les humanoïdes ne comprennent pas bien leurs cris et leurs ronronnements, bien que les soldats aient appris à reconnaître certaines de leurs vocalisations ainsi que leurs mouvements de tête et de pattes, et que les kynariens puissent lire leurs pensées grâce au Lien. Les jeunes furans sont appelés furins.

Lemme : Herbivore à une hauteur de hanches vivant en petits groupes et s'alimentant surtout le soir.

Grassier (un) : Animal de la race des voleteurs rendu incapable de voler par d'importantes modifications de sa queue qui se déployait comme un éventail.

Grignoteur (un) : Animal dont la taille varie de quelques centimètres à 1 mètre de long, avec de longues incisives très dures dont il se sert pour manger des végétaux coriaces.

Hurleur (un) : Grand voleteur prédateur domestique ; au garrot, il arrive à hauteur de la taille. Le hurleur est un animal de compagnie et offre sa protection aux humains contre d'autres bêtes, souvent plus grandes que lui ; il participe également à la chasse.

Léviathan (un) : Grand animal marin dont la taille varie de 15 à 50 mètres (de à 45 à 150 pieds). Les léviathans sont, pour la plupart, des créatures paisibles malgré leur taille. Ils sont également connus pour leur beau chant.

Locarien rouge (un) : Locarien inférieur avancé.

Molpoisson (un) : Invertébré de la mer de Tarkoth, chassé pour son encre noire.

Rokon (un) : Grand reptile volant, prédateur du Mo'Tarkoth. Le rokon mâle mesure environ cinq mètres d'envergure, tandis que le rokon femelle avoisine six mètres. Le rokon tue sa proie, en général un bêleur, en la projetant violemment au sol pour lui briser la colonne. Il vole ensuite au-dessus d'elle pour déchirer sa chair à l'aide des dents qui recouvrent ses ailes et son corps, dents desquelles coulent des enzymes qui attendrissent la viande.

Tarkan (un) : Créature souterraine qui creuse un grand trou dans le sol pour avaler sa proie. Les tarkans vivent sur l'île de Brémin.

Tzilleur (un) : Voleteur chantant, parmi cent autres espèces.

Valle (une) : Sorte de léviathan, parmi les plus imposants. Leurs chansons ne sont pas les plus belles, mais elles ravissent ceux qui les écoutent. Les valles se déplacent généralement en groupe.

Varagon (un) : Gros animal qui mesure environ sept mètres de long et trois mètres au garrot. Le varagon possède six cornes sur le front et deux longues défenses recourbées. Son corps musclé est caractérisé par une bosse sur la nuque et un cuir épais et doré. Jugé trop dangereux, l'Alvinorie a lancé une campagne d'éradication 20 ans plus tôt, et il a maintenant disparu du le nord-est du royaume.

Voran (un) : Grand trompettiste domestique de trait ou de selle. Les trompettistes sont des herbivores à trois doigts, reconnaissables à leurs cris comme des coups de trompette. Le voran possède un magnifique cri. Il existe plusieurs sortes de vorans, avec différentes couleurs d'yeux et de robe ainsi que des variations de cris.

Alvinorie : Territoire dont la population s'élève à près de quatre millions d'habitants.

Brémin : Ville fondée par un groupe de Bréminois dissident. Les Coriolans règnent sur la ville depuis 1350 et Claudius de la maison Coriolis, frère du haut roi Octavius Ier la dirige à présent.

Chambre d'audience privée : Salle où le haut roi Octavius organise les réunions importantes pour discuter des problèmes et prendre des décisions.

Col d'Argon : Col situé entre les monts Colossi et les monts Furans. Son nom vient du fleuve Argon qui prend sa source sur les pentes des monts Furans.

Col de Corne : Col situé au nord des monts Furans, entre le Rokoth et la Basse-Alvinorie, sous la protection de la forteresse du même nom. La Garde noire veille sur le Col de Corne, avec un millier d'hommes. Le fort fut construit entre 1334 et 1338, à la suite de la scission du Rokoth et de l'empire Coriolan.

Furanville : Ville de 90 000 habitants, flanquée de la Maison de la garde, juste de l'autre côté du mur d'enceinte nord de la ville. La Maison de la garde abrite 1000 hommes et leurs furans. Le Palais royal est dans la partie est de la ville.

Grande salle d'audience : Salle qui abrite le trône du haut roi Octavius.

Haute-Alvinorie, Basse-Alvinorie : Régions gouvernées par le haut roi Octave I, formant ensemble l'Alvinorie.

Île Brémin : Grande île à l'entrée du Grand Lac des ombres, propriété de la Nation indépendante de Brémin. Les

Bréminois sont des humanoïdes aux cheveux roux, à la peau vert pâle et aux yeux gris.

Kynarie : Terre des Kynariens. Le gouvernement civil de Kynarie est chargé d'administrer uniquement les travaux publics et éducatifs. La prêtrise administre — contrôle — le commerce, les finances, la santé et la défense nationale.

Salle de la lumière : Salle d'audience au deuxième étage du palais d'Urbs Lucis. De forme ovale, elle contient une estrade, une chaire et des sièges à l'arrière destinés aux Praefectae. Biléna s'assied à l'extrême gauche de la Magna Mater, suivie de Raméla, puis de Larca à l'extrême droite, et Saara à la droite de la Magna Mater.

Solinor : Capitale de la Kynarie édifiée sur cinq sommets, ou collines, qui surplombe la superbe baie de Lardos, probablement le plus bel endroit sur K'Tara. Le siège du pouvoir Kynarien se situe sur le sommet le plus septentrional, appelé colline du Premier siège. On y trouve la résidence du souverain, la chambre du Sénat et la chambre Aiala'Rhi. L'école, appelée « école de Kynarie », se situe sur la colline du Second siège, à l'est de la colline du Premier siège ; de nombreux bureaux administratifs sont sur la colline du Troisième siège, à l'ouest de celle du Premier siège, et les civils occupent les collines des Quatrième et Cinquième sièges.

Territoires alliés : Territoires composés de la Haute et Basse-Alvinorie et du Rokoth.

Urbs Lucis : Ville des lumières. Capitale de l'Ordre de la lumière. Elle est composée d'une partie basse, habitée par 2000 civils fournissant à la sororité divers produits et services, et d'une partie haute, le Sanctum-Intérieur, occupé par près de 500 Lux Baiulae, novices et débutantes, et leur entourage ainsi que d'autres civils employés par la sororité. Le palais de l'Ordre trône au centre du Sanctum-Intérieur. Urbs Lucis est une ville indépendante du royaume d'Alvinorie et, à ce titre, elle ne doit au royaume que le paiement de ses impôts et la gratuité des soins médicaux pour les citoyens, en contrepartie de son indépendance.

Yerlah : Royaume vassal du sud-ouest des Aquinos. Les Yerlayens ont des cheveux blanc cendre, des sourcils sombres et des yeux d'un bleu profond. Leur accent appuie sur les dernières syllabes des mots, et ajoute souvent à ceux-ci la voyelle « e ».

Zébulonie : Territoire au sud de la chaîne du Sagr, anciennement nommé la Trionie. La reine Zébula I la rebaptisa lors de son accession au trône à la fin de la guerre trionique qui sépara la Trionie des Aquinos en 1333 ; la guerre trionique fut déclenchée par l'assassinat de l'empereur Flavius III commandité par le roi Brathan de Trionie.

ANNEXE VI — POUVOIRS ET TECHNOLOGIE K'TARANS

LES POUVOIRS

Les êtres capables de se connecter au Lien s'appellent les Alterintrants. En général, l'accès au Lien dépend de la flore microbienne et des prédispositions atomiques de l'Alterintrant, ainsi que de sa capacité à s'approcher des zones subconscientes du cerveau. C'est ainsi qu'un être sensible, un sensoriel, peut entrer dans le Lien et percevoir de nombreuses formes d'énergie qu'un non-sensoriel ne peut pas détecter. Il est possible que cet être puisse également canaliser les vibrations du Lien et s'en servir pour agir sur une cible ou sur une zone déterminée. Ce type d'Alterintrant se nomme un relieur. Selon la manière dont se combinent flore microbienne et prédispositions atomiques d'une personne, il existe différents types de relieur.

Attache mentale : Technique permettant à deux Alterintrants volontaires de partager leurs signaux sensoriels ainsi que leurs pensées. Le partage des pensées n'est pas nécessairement bidirectionnel. L'attache mentale permet également à une Lux Baiula de protéger l'esprit de l'autre contre la révélation de ses pensées. Sa mise en œuvre est assez violente.

Attaque de survoltage cérébral ou ASC : Pouvoir permettant à celui qui l'utilise de tuer sa victime à distance en infligeant à son cerveau d'importantes décharges statiques. Au cours de l'ère précédente, on parlait de Quatiô : le Quatiô majeur, utilisé par le Scytale, désignait le pouvoir de faire frire le cerveau ; le Quatiô mineur, employé par les mercenaires de Noctiferus, désignait le pouvoir d'arrêter le fonctionnement du cerveau.

Bouclier relié : Bouclier électromagnétique placé autour d'une personne pour la prémunir contre les dommages physiques. Le bouclier fut découvert par les Luxori, cinq cents ans plus tôt, lorsqu'ils participaient au développement des sciences du Lien. Afin de pouvoir protéger une personne à l'aide d'un bouclier relié, il fallait que ladite personne eut précédemment reçu un traitement microbiologique particulier. Il en était de même des objets inanimés que l'on désirait pouvoir protéger d'un bouclier relié.

Bouclier sonore : Protection créée par l'augmentation de la densité de particules qui vibrent de manière déformante sur la surface des murs d'une pièce.

Carillon : Vibration utilisée pour appeler ou alerter une autre Lux Baiula par l'intermédiaire du Lien. La destinataire perçoit ces vibrations comme le son d'un carillon éolien.

Champ d'inhibition : Champ créé autour de l'esprit d'une personne pour cacher sa présence ou pour l'empêcher de transmettre par la pensée.

Confusion : Procédure sûre par laquelle une Lux Baiula efface la mémoire immédiate de quelqu'un ; la loi d'Urbs Lucis interdit d'utiliser ce pouvoir sur des humanoïdes inoffensifs.

Coup de tonnerre : Puissante arme du Lien, mais rarement utilisée au combat à cause du réglage difficile et imprécis de la visée.

Fusion-liée : Pouvoir de rendre la matière minérale plus dure et de faire fondre des objets minéraux.

Fusion noire : Pouvoir de contrôler les pensées d'un autre.

Itinérance : Capacité de voyager à l'intérieur du Lien.

Jet enflammé : Sorte de javelot qui fonctionne avec un système de petite pierre dense maintenue à distance et servant de combustible. Une Lux Baiula réalise, autour de la pierre, un bouclier-relié en forme de cône ; le bouclier est fermé à l'arrière et pointe en direction de la cible. En tournant sur lui-même, le bouclier enflamme la pierre et projette ensuite le feu.

Lien mental : Technique simple permettant à au moins deux Alterintrants volontaires de connecter leurs esprits.

Mur de son : Protection créée par certains minéraux résonants losqu'ils sont placés à l'intérieur de matériaux comme la pierre, le métal et l'écorce de bois durs. Plus il y a de minéraux, plus le diamètre du mur créé est grand. Seuls les chants des voleteurs forestiers (ou des sons aussi aigus) sont capables de traverser ces champs.

Nébuleuse : Champ d'énergie généré par quelques Lux Baiulae et capable de protéger les gens contre des ondes cérébrales nocives ; appelé aussi « champ de perturbation ».

Reliaison : En kynarien, la reliaison permet à deux personnes de communiquer par télépathie.

Spirale enflammée : Boule de feu produite autour d'une cible par projection de matériaux inflammables.

Transfection : Transfert de la flore microbienne d'une Sœur à une autre servant à conférer à la destinataire des pouvoirs équivalents à ceux de la donneuse. Équivalents ne signifie pas identiques, car les pouvoirs d'une Sœur dépendent à la fois de sa flore microbienne et de sa constitution atomique.

Transfert mémoriel : Action de capter la mémoire d'une personne sur son lit de mort. Le transfert mémoriel permet d'acquérir de précieuses connaissances, ainsi qu'une meilleure compréhension du monde et de ses rouages. Mais il peut aussi mener à la confusion mentale, voire à la folie. La Lux Baiula qui recueille la mémoire est appelée « réceptrice ». Afanasiia Lux Baiula a découvert cette technique en 1225, au cours de la Guerre des ténèbres.

Transmission par pensée : Communication établie entre deux Sœurs par lien mental ou par attache mentale, ou encore lors d'une itinérance entre Sœurs. Les transmissions par pensée sont quasi inaudibles.

TECHNOLOGIES K'TARANNES

La plupart des technologies K'Tarannes s'appuient sur la capacité à utiliser et à contrôler les microbes. Les autres reposent sur l'utilisation de minéraux ou de pierres en interaction avec les forces du Lien.

Communicateur : Appareil permettant au son de voyager de part et d'autre d'un mur. Pour communiquer, une Sœur envoie sa voix vers lui.

Détecteur amplificateur d'Alterintrant (DAA) : Cristal mauve, de la taille d'un poing serré, serti d'un anneau doré et posé sur un grand trépied, servant à localiser les Alterintrants partout sur la planète.

Écran organique : Écran contenant un gel où vivent des microbes qui produisent des pigments sensibles à la pression. Lorsqu'on applique un doigt sur l'écran, les microbes libèrent leurs pigments et forment un dessin dont la couleur et l'intensité varient selon la pression utilisée.

Lampes organiques : Lampes peuplées de micro-organismes luminescents et utilisées pour éclairer un espace. On les recouvre de Chiffons apaisants la nuit pour éteindre la lumière et arrêter la luminescence afin de restaurer les réserves en énergie des micro-organismes.

Tabellarius : Instrument aussi appelé « porteur de son », chargé de transmettre les ordres dans la Garde royale. Tabellarius est aussi le nom de celui qui frappe l'appareil avec un maillet. L'instrument transmet dans l'air le son produit qui est ensuite capté, du côté exposé au vent, par le tabellarius suivant et, grâce à un mécanisme ingénieux, répété automatiquement côté vent, puis reçu par l'instrument suivant de la chaîne, et ainsi de suite. Une seconde invention empêche la répétition du son par les instruments précédents, ce qui aurait pour effet d'annuler les sons, de les brouiller ou de les rendre incompréhensibles.

APPENDICE VII — MYTHES FONDATEURS DE K'TARA

Aiala'Rhi : Principe d'ordre ; connu par les humains, les kynariens et les zébuloniens comme étant le Créateur de toutes choses. Aiala'Rhi signifie « Aiala la Grande ».

Élande : Principe d'équilibre, Élande fut créé par Aiala'Rhi pour contenir les effets de Aiala'Rho. Elle serait la troisième fondatrice selon les Écritures.

Horin : Principe de la vérité. C'est le deuxième fondateur.

Noctiferus : « Porteur de ténèbres » en langue ancienne, également appelé Hrackmol ! par les Locari. Les K'Tarans l'appelaient autrefois Aiala'Rho, Principe de changement et époux d'Aiala'Rhi. Il est considéré comme le premier fondateur.

APPENDICE VIII — RITUELS

Applaudissement : Acte accompli sur K'Tara avec la main sur la jambe.

Cérémonies de passage : Cérémonies ayant lieu un ou deux quarts après un décès survenu à la suite d'un meurtre. Au cours de la cérémonie, les prêtres d'Élande offrent les cendres et les souvenirs de la victime à sa famille et à celle de l'assassin.

Salutations à la famille royale : Acte accompli les mains jointes en basculant lentement la tête vers l'avant.

Prières :

- « Digne soit ton corps » est une formule employée pour souhaiter bonne chance à ceux que l'on quitte. Cette formule provient du Rhiisme, la religion officielle des Terrae Regian, selon laquelle le jour de l'Union, les fondateurs et autres dieux viendraient sur K'Tara pour accorder la vie éternelle aux corps des humains qui le méritent le plus. Ils le feraient en fusionnant leurs propres esprits avec les corps des plus dignes, vivants ou morts.
- « Que l'air chante » est une prière alvinorienne que l'on dit à quelqu'un avant qu'il prenne part à une réunion attendue depuis longtemps ; cette expression signifie « puisse votre réunion être heureuse ».
- « Qu'Alba libère ta voie » est une prière alvinorienne et kynarienne adressée à quelqu'un qui s'engage sur une voie difficile, jonchée de décisions pénibles.

L.A. Di Paolo est un italo-canadien américain vivant à Pottstown, Pennsylvanie. De jour, en raison de son éducation en sciences et affaires, il gère des projets de développement pharmaceutiques. De nuit, il chevauche et écrit ou écrit et chevauche. Mais son cheval n'est la source de son inspiration; les questions qui lui trottent constamment dans la tête en sont la source. Questions sur l'évolution, la nature, et la condition humaine. Il a pris la plume dans le but d'explorer ces questions et leurs réponses, d'abord dans des journaux étudiants, puis dans un magazine qu'il a publié, et enfin par l'entremise de ce premier roman et de ses nouvelles.

Si vous êtes intéressé à en savoir plus sur L.A. Di Paolo ou sur son roman, visitez son site web à https://ladipaolo.net/fr/, ou scannez le code ci-dessous avec votre cellulaire.